Giovanni Ruffi

Il Dottor Antonio

Traduzione dall'inglese di
Gerolamo Alchieri

ATENE EDIZIONI

Il Dottor Antonio
Traduzione dall'originale inglese

via Queirolo, 49 - Arma di Taggia (Imperia)
tel. 0184.449.087

Traduzione di Gerolamo Alchieri
A cura di Gerolamo Delfino

Illustrazioni di
Roberto D'Andrea

Prima edizione 1999

Coordinamento grafico: Studio Gioberti
Stampa: Litografia Microart's - Recco

Atene Edizioni

Il Dottor Antonio

CAPITOLO I

I potenti e gli umili

In un bel pomeriggio di sole dei primi d'aprile dell'anno 1840, un'elegante carrozza da viaggio avanzava rumorosamente, tirata a tutta velocità da quattro cavalli, sulla strada conosciuta dai turisti col nome di "Cornice" che corre lungo la Riviera di Ponente di Genova, da questa città fino a Nizza.

In Europa ci sono poche strade più belle, e in ogni caso di rado riuniscono in sé tre elementi di bellezza naturale quali il Mediterraneo da un lato, gli Appennini dall'altro e sopra la magnificenza di un cielo italiano. L'operosità dell'uomo ha fatto il possibile, se non per competere con la natura, almeno per non rimanere inferiore. Numerose cittadine e paesi, alcuni graziosamente seduti sulla riva, con i piedi a bagno nell'onda d'argento, altri stesi sulla costa delle montagne come un gregge di pecore, oppure pittorescamente buttati a cavalcioni sul crinale di un monte, con qui e là un isolato santuario, appollaiato su una scogliera lavata dal mare o quasi perduto in una foresta di verde in cima a qualche piccola valle; palazzi di marmo e ville variopinte emergono da vigne soleggiate, da giardini gioiosamente fioriti o da boschetti di aranci e limoni; miriadi di *casini* candidi con persiane verdi sono sparsi sulle colline, un tempo sterili, ma poi, con il loro scarso suolo sostenuto da terrazze digradanti su terrazze, ricoperte fino alla cima da olivi... Insomma, in breve, tutto il lavoro manuale dell'uomo suggerisce l'impegno e l'ingegnosità di una razza piena di pregi e buon gusto.

La strada, obbediente ai capricci della costa frastagliata, è irregolare e serpeggiante; in certi punti, a livello del mare, corre tra siepi di tamerici, aloe ed oleandri, in altri si snoda su qualche costa scoscesa di monte, attraverso scure foreste di pini, innalzandosi a una tale altezza che l'occhio evita terrorizzato di guardare nell'abisso sottostante; qui scompare dentro gallerie scavate nella viva roccia e là ricompare su un'enorme distesa di terra, cielo ed acqua; ora gira verso l'interno e pare sia determinata ad aprirsi un passaggio attraverso la montagna, ma presto si lancia bruscamente nella direzione opposta, come piegata dalla fretta di raggiungere il mare e tuffarvisi. La varietà di prospettive che risultano da questo continuo cambio del punto d'osservazione è infinita, come quella offerta dalle combinazioni sempre mutevoli di un caleidoscopio. Potessimo dare a questo schizzo un po' del colore, del vero colore del paesaggio, che fantastico dipinto ne verrebbe fuori! Ma non possiamo. Va oltre il potere delle parole descrivere la brillante trasparenza di questa atmosfera, l'azzurro tenero di questo cielo, il profondo blu di questo mare, le tenui gradazioni di tono che colorano queste montagne ondeggianti mentre si superano una con l'altra. La tavolozza di uno Stanfield, o di un D'Azeglio, sarebbe appena adeguata al compito.

È in uno scenario del genere che la carrozza prima posta all'attenzione del lettore, avanzava ad andatura sostenuta. Era un pezzo di ottima fattura, quale può uscire dalle mani di un carrozziere londinese di prima classe: leggera, elegante, ben bilanciata, spaziosa, dall'aspetto confortevole, e tutto l'insieme stava ad indicare la classe e il lusso, dalla miniatura dello stemma, con numerosi quarti (scarsamente visibili sugli sportelli dipinti finemente di scuro), sormontato dalla mano insanguinata, che definiva la posizione dei viaggiatori nella scala sociale della Gran Bretagna, all'elegante cameriera della signora e all'uomo in livrea alquanto corpulento, seduti a cassetta, i quali mostravano il loro interesse per la natura circostante, sonnecchiando placidamente.

I due occupanti, un gentiluomo di una certa età e una ragazza, con ogni evidenza padre e figlia, sembravano, a giudicare dalle apparenze, altrettanto insensibili, come i loro domestici, alle diverse bellezze che pure sollecitavano la loro ammirazione.

Vele bianche che scivolavano come enormi cigni sopra l'incresparsi delle onde, alberi da frutta, così carichi di fiori da parere, più che alberi, degli enormi bouquet, campi colorati di giallo dalle giunchiglie, di blu dagli anemoni, di bianco dai lunghi stami delle stelle di Betlemme, scogli grigi, armati in ogni fenditura da foglie di gigantesche aloe simili a lance, passavano in rapida successione, allo stesso modo ignorati o trascurati dai nostri viaggiatori.

Mezza sepolta sotto un mucchio di cuscini, guanciali e scialli, la giovane signorina completamente distesa, si sforzava di dormire; ma anche se la sua guancia era pallida per la stanchezza e un cerchio blu intorno agli occhi rivelava purtroppo il suo bisogno di riposo, il sonno si rifiutava di arrivare, come dimostravano chiaramente al suo compagno l'incessante cambiare di posizione, le contrazioni e i lamenti tipici di un'impazienza infantile. Era uno splendido esempio di quel tipo di bellezza che non è raro incontrare in Inghilterra, soprattutto tra le classi più elevate; un tipo che unisce caratteristiche che sembrerebbero incompatibili: un'impronta di distinzione un po' altera e una soavità di tratti quasi ideale. Il velo di languore steso sulla sua persona dava alla sua avvenenza un fascino particolare, un tocco irresistibile La natura, che aveva fatto questa ragazza incantevole, pareva aver scritto su ogni suo lineamento la parola "fragile". Le sottili venuzze azzurre che davano alle sue tempie l'aspetto del marmo, il celeste chiaro dei suoi occhi, la purezza virginale dell'incarnato roseo, suggerivano l'effimero sbocciare e la delicatezza di un fiore. I capelli, i cui riccioli fuggiti dall'elegante prigione di una rete ricamata si smarrivano qua e là, avevano quella tonalità dorata con cui i pittori italiani adornano le teste dei cherubini. Nell'insieme le sue fattezze erano così graziose e simili a quelle di una fata come mai occhio umano aveva visto, fattezze che un angelo sceglierebbe se fosse condannato ad assumere una forma mortale: abbastanza corporee da attestarne l'umanità, ma sufficientemente evanescenti da far trasparire lo splendore della sua origine celeste.

Sir John Davenne - così si chiamava l'attempato gentiluomo che stava accanto a questa bella creatura - sedeva assorto nei suoi pensieri, che non apparivano di natura piacevole e dai quali niente aveva il potere di distoglierlo, se non il suono, seppure trattenuto, di un improvviso e secco colpo di tosse, che risvegliava in lui tutta la sollecitudine di genitore affettuoso. Allora si voltava verso la sua giovane compagna di viaggio, le chiedeva, in un sussurro pieno di tenerezza, se si sentiva peggio, mormorava qualche parola di affetto o di incoraggiamento, e sprimacciava o sistemava i cuscini.

A suo modo anche la figura del padre era attraente, a prima vista. La carnagione fresca, quasi femminea nella sua mollezza, l'occhio azzurro chiaro, la fronte alta, appena ombreggiata da rade ciocche di capelli grigi e lucidi, pettinati con cura in avanti, la figura alta e dritta, che non dimostrava le cinquantasei o cinquantasette primavere che il suo possessore aveva contato, tutto era calcolato per produrre un'impressione gradevole. Un'ispezione più accurata e un'occhiata più prolungata avrebbero rivelato macchie su questa superficie intatta. La fronte, dalla pelle chiara e liscia come il marmo, era alta ma stretta e sfuggente, come la fronte di Giorgio III e Carlo X, un tratto ereditario della famiglia dalla quale il gentiluomo discendeva, e che manteneva quel che sembrava promettere: un'ostinazione che non avrebbe screditato le teste coronate cui lo abbiamo accostato. L'occhio azzurro chiaro era troppo rotondo e sporgente, le narici del fine naso aquilino contratte, le labbra sottili e ben disegnate piegavano verso l'alto e, insieme all'angolo acuto delle narici, denotavano un abituale atteggiamento di orgoglioso disprezzo. L'espressione generale dell'aspetto di questo gentiluomo rimarcava che l'argilla di cui erano fatti gli altri uomini "si frapponeva tra il vento e la sua nobiltà".

Un'incessante serie di colpi di frusta del postiglione e il selciato su cui ora la carrozza sbatacchiava rumorosamente, annunciavano con fragore l'ingresso in una città. Uno stentoreo "ohe!" del conducente dell'aristocratico veicolo, avvertiva l'invisibile occupante di un misero *calessino* a due ruote, che sostava di fronte alla stazione di posta, di fare spazio a chi gli era superiore in rango. Sarà stato per l'effetto dello stemma con la mano insanguinata, che si faceva sentire anche a distanza, o soltanto perché il proprietario del calesse aveva degli affari urgenti da sbrigare, fatto sta che la parola di comando fu avvertita prima ancora di essere pronunciata, e il polveroso *calessino* partì alla velocità massima che il suo ronzino consentiva, lasciando indiscusso padrone del campo il suo preoccupante concorrente.

La cameriera della signorina e il servitore scesero da cassetta, e rimasero ossequiosamente in attesa alle porte della carrozza. La malata chiese un po' d'acqua. Trovata l'acqua, sir John vi versa alcune gocce da una fiala, e porta il bicchiere alle labbra della ragazza sofferente. Nel frattempo due mendicanti di professione, un uomo e una donna, vestiti di pittoreschi stracci, cominciano una lunga litania di miserie, che finisce con un ritornello ripetuto allo sfinimento, che la *Madonna Santissima e tutti i Santi del Paradiso* ripagheranno, decuplicandola, la carità dei *buoni benefattori.* Miss Davenne cerca la sua borsetta e mette del denaro nelle mani della donna, che si trova casualmente dal suo lato della carrozza. Sir John getta per terra qualche pezzo d'argento per l'uomo. Certo sia il padre che la figlia sono spinti da un identico meritevole sentimento, ma com'è diversa la maniera d'esprimerlo! Anche i mendicanti ne avvertono la differenza: la vecchia butta lì un ringraziamento e un sorriso, mentre il vecchio raccoglie i soldi e si allontana risentito.

"Come si chiama questo posto?" chiede miss Davenne. "San Remo" è la risposta. Sir John Davenne non apprezza il nome; per lo meno è quello che si potrebbe dedurre dalla contrazione del suo labbro quando lo sente pronunciare. Dà un'occhiata su e giù lungo la strada e poi ritira il capo all'interno della carrozza. Se sir John avesse tenuto un diario avrebbe di sicuro scritto una nota di questo tipo: "San Remo, un posto piuttosto strano, stretto, con le strade mal pavimentate, dalle case alte e irregolari, con gente cenciosa e sciami di mendicanti", e così via per un'intera pagina. Fortunatamente per la reputazione pubblica di San Remo, sir John non teneva un diario.

A questo punto erano già stati attaccati alla carrozza quattro cavalli, ma, secondo il maestro di posta, la lunghezza della tappa successiva e il carattere collinoso della strada, richiedevano un cavallo in più. Questo quinto cavallo però, che doveva essere attaccato in testa agli altri, manifestava una decisa ripugnanza per il posto assegnatogli: continuava a scalciare oppure a lanciarsi in avanti finché alla fine riuscì a liberarsi e si buttò al galoppo lungo la strada stretta, inseguito, a quanto pareva, da tutti gli uomini e i ragazzi della città; e grazie a questa unità di sforzi, dopo un inseguimento appassionato, fu alla fine catturato, riportato trionfalmente indietro e attaccato di fronte agli altri quattro. Il postiglione saltò sulla sua sella pesante, agitò la lunga frusta sopra la sua testa, prima a destra e poi a sinistra, e a ogni suo gesto seguiva un colpo come di pistola, e la carrozza infine fu fatta ripartire, tra un vero e proprio frastuono di voci indistinte.

In poco tempo ricomparve il calesse notato prima a San Remo, che ora procedeva a fatica su per una ripida e lunga salita; era davvero un curioso esemplare di mezzo di trasporto in uso nel paese: una cosa segnata dalle intemperie, scolorita, che si faceva largo a stento, quasi senza forma. Era un miracolo che riuscisse a tenersi insieme e a reggersi sulle ruote. La distanza tra i due veicoli diminuiva notevolmente, le quattro ruote guadagnavano terreno rispetto alle due, con la stessa proporzione di un battello a vapore gettato all'inseguimento di una barchetta. Adesso gli spessi strati di polvere sulla strada attutivano il rumore delle ruote e degli zoccoli dei cavalli, rendendo più necessari che mai gli usuali avvertimenti sonori con la frusta. Eppure il postiglione non dava segni di vita. Con tutta probabilità dava per scontato che il guidatore del calesse dovesse accorgersi del sopraggiungere del suo maestoso vicino, e stesse attento, o magari era così occupato ad aggiustare la frusta da dimenticare il suo dovere; sta di fatto che l'equipaggio inglese, appena raggiunta la cima della salita, si lanciò inaspettatamente a tutta velocità sorpassando l'umile e impreparato veicolo. Il piccolo ronzino, spaventato a morte, fece un balzo sulla sinistra, tanto che se la mano che reggeva le redini non fosse stata così forte ed esperta, calesse, cavallo e guidatore sarebbero finiti in mare.

La sequela di improperi con cui il solitario gentiluomo del calesse salutò l'improvviso comparire dei suoi compagni di strada (e dal tono arrabbiato in cui furono espressi, non c'era pericolo di confonderli con delle benedizioni), testimoniava a sufficienza il suo risentimento per la condotta poco educata del postiglione. Anche se miss Davenne aveva studiato l'italiano con buoni risultati, per fortuna non capiva il dialetto della Riviera, altrimenti avrebbe ascoltato un esempio peculiare e non proprio piacevole dell'appassionata eloquenza locale.

Se l'incontro inaspettato aveva scosso la calma del misero cavallino e del suo padrone, il famoso cavallo aggiunto alla carrozza di sir John non si era dimostrato più impassibile. Forse l'agitazione era contagiosa, o forse la creatura aveva una speciale antipatia per la discesa che stava cominciando. Qualunque fosse la causa, dal momento in cui aveva sorpassato il *calessino* la sua andatura era diventata un misto casuale di galoppo, balzi in avanti e arretramenti. Sir John, che, con la testa fuori dal finestrino, seguiva con ansia crescente ad ogni momento le strane evoluzioni della bestia, avrebbe subito richiamato il postiglione, se non fosse stato per la duplice paura di svegliare di soprassalto sua figlia dall'assopimento in cui sembrava essere caduta dopo aver lasciato San Remo, e di far fermare di botto i cavalli ormai lanciati a tutta velocità. Ma appena la carrozza raggiunse il fondo della discesa, che non era lunga, e dato che miss Davenne nel frattempo si era svegliata, sir John ordinò al postiglione di fermarsi, e con lo stesso fiato chiese a John, l'uomo seduto a cassetta, accanto alla cameriera della signorina, di scendere e di andare a vedere cosa fosse successo. John scese e incominciò così un colloquio tra il valletto e il postiglione, che non avrebbe portato a nessun risultato soddisfacente, dato che quest'ultimo non capiva una sillaba delle domande e degli ordini di John, espresse nell'italiano più imperfetto, e neanche John comprendeva una sola sillaba delle spiegazioni del postiglione, elargite nel dialetto della Riviera. Ogni parte in causa ripeteva le proprie parole continuamente, senza comunicare nessuna idea all'altro; l'inglese John insisteva che il cavallo irrequieto fosse posto tra le stanghe e fosse sostituito in testa, da uno dei cavalli più calmi; intanto il postiglione, con la dialettica indigena, insisteva nel rassicurarlo che non c'era pericolo, che i balzi e gli arretramenti del cavallo in testa erano causati dalla stanga che gli batteva sui garretti, e che avrebbe sistemato la faccenda in un attimo.

Alla fine l'energica pantomima dell'italiano, un ragazzo, visto che non doveva avere più di vent'anni, diede a John un'idea di quello che il suo interlocutore stava dicendo. Il giovane portava alla sua attenzione un fatto così evidente, anche se forse non era la sola causa dell'irrequietezza del cavallo, che John, felice di risparmiarsi un'ulteriore discussione per un motivo così futile, cosa che gli costava in dignità, accettò prontamente la spiegazione, e dopo aver riferito al padrone che si trattava solo di una sciocchezza fuori posto nei finimenti, cui si sarebbe subito rimediato, risalì solennemente sul suo comodo sedile vicino a miss Hutchins.

Il postiglione aveva appena cominciato a provare ad accorciare le catene della stanga, così che non battesse contro il cavallo, fischiettando intanto sonoramente, quando il calesse, che era stato lasciato indietro, arrivò e si fermò al suo fianco, senza che lui l'avesse sentito o visto. "Salve Prospero!" disse una voce, che simultaneamente spaventò il giovane uomo, lo fece guardare su e togliere il cappello con una certa sveltezza. "Che diavolo ti succede oggi? Non ti sei accorto, stupidaccio, che sei stato lì lì per farmi precipitare in mare!"

"Precipitare *Vossignoria* in mare!" esclamò Prospero, con un buffo miscuglio di rabbia e desolazione nella voce. "*Vossignoria* lo sa che preferirei cento volte annegare io stesso: ma questo non è il *calessino* del Signore, e come facevo a indovinare che c'era dentro il Signore!"

"E questo cosa c'entra!" rispose con rabbia la voce del sopraddetto "Signore". "Cosa importa che dentro ci sia io o il Gran Khan dei Tartari? Come osi, signore, giocare con la vita di chiunque! È affar tuo e tuo dovere assicurarti che i cavalli che tu guidi non mettano in pericolo di morte dei tranquilli cittadini. Hai capito?"

Prospero, ora profondamente umiliato, affermò che era molto dispiaciuto e che avrebbe fatto del suo meglio perché una cosa del genere non accadesse più.

"Molto bene; ma che razza di cavallo hai lì?" continuò la voce; e una mano si allungò da sotto il mantice del *calessino* indicando il cavallo aggiunto.

"È nuovo, Signore; è arrivato alle stalle solo ieri. È una bestia un po' nervosa."

"E lo chiami nervoso? *Bagatella!* È l'animale più ombroso che abbia mai visto; il tuo padrone non dovrebbe attaccarlo a nessun veicolo con a bordo dei Cristiani. Ho osservato il tuo cavallo nervoso nell'ultimo quarto d'ora. Segui il mio consiglio, finché sei in tempo, Prospero; invece di stringere quella fibbia, scioglila, e lascia che il cavallo trovi la strada del ritorno a San Remo."

Se Prospero fosse stato un uomo sulla cinquantina, con una reputazione affermata di buon postiglione, ci sarebbero state discrete probabilità di indurlo ad accettare questo valido consiglio; ma era appena un ragazzo, come abbiamo detto, pieno di coraggio e di fiducia nella forza delle sue braccia, e con l'ardente desiderio di essere riconosciuto sulla strada come una frusta di prim'ordine. Ora, rimandare indietro un cavallo, data la circostanza, sarebbe stato come ammettere la propria incapacità a domarlo - una confessione che l'autostima e l'ambizione di Prospero proibivano. I postiglioni hanno i loro punti d'onore, esattamente come le persone che trasportano.

Così Prospero replicò, con un certo risentimento: "Lasciarlo sulla strada, voi dite signore? Ma come farebbe a ritrovare la via del ritorno, dato che è arrivato qui soltanto ieri, da un paese dell'interno? Mi troverei in un bel guaio col padrone se lasciassi libero il cavallo qui! Ma non c'è pericolo," continuò Prospero, recuperando il buon umore e l'educazione, "qualsiasi bestia scalcerebbe se avesse un grosso pezzo di legno che gli sbatte sulle zampe ad ogni passo che fa. Vedete qui, Signore? Se allento un po' le cinghie, e accorcio la catena, così da tenere ben ferma la stanga, lui diventerà calmo come un agnello."

"Be', tu dovresti saperne più di me," rispose la voce; "ad ogni modo, tienilo d'occhio, e la prossima volta che ti avvicini a me cerca di non ribaltarmi e di non farmi fare un bagno freddo, se ci riesci".

Queste ultime parole furono dette in tono scherzoso; il postiglione mostrò tutti i suoi denti bianchi nel sorriso allegro con cui accolse la raccomandazione e fece un profondo inchino mentre il calesse ripartiva.

Il dialogo, che sicuramente i viaggiatori inglesi non avevano compreso, durò sì e no due minuti, visto che il modo di parlare di entrambi gli interlocutori era rapido e incisivo. La voce di quello invisibile, notevole per la ricchezza di toni, faceva un ottimo uso di ciò che potremmo chiamare il *chiaroscuro* della parola. Quando diciamo *invisibile* lo diciamo solo rispetto agli occupanti della carrozza, i quali dato che i due veicoli stavano uno accanto all'altro, quasi sulla stessa linea, non potevano vedere nulla della persona sul calesse coperto, se non la mano con cui aveva indicato il cavallo.

Allentate le cinghie e accorciata la catena, non trascorse molto tempo senza che la grande carrozza inglese sorpassasse nuovamente il democratico *calessino*, ma questa volta a un'andatura molto moderata, e non prima che il ravveduto Prospero avesse fatto risuonare l'aria con ogni sorta di fischio, di grida, o di richiami possibili per una gola umana, e con tutti i segnali che può dare una frusta; avvenuto il sorpasso, sir John Davenne tirò un sospiro di sollievo. Strano, ma il Baronetto si era degnato di provare una personale antipatia per quel *calessino*, che sperava di aver visto ormai per l'ultima volta. Ah! sir John Davenne, c'è un motto o proverbio ancora più antico delle Crociate, "L'homme propose, Dieu dispose." L'animale impaurito si stava comportando bene per il momento, miss Davenne ora bellamente addormentata, quindi essendo improvvisamente sparita ogni causa di disagio o fastidio, sir John sprofondò di nuovo nei suoi sogni ad occhi aperti, che, passati alcuni minuti e nonostante uno o due sforzi virili, divennero un sonnellino molto evidente.

Sir John aveva chiuso gli occhi da poco quando la strada, che per un po' era stata in salita, cominciò a scendere. Per un buon miglio correva in discesa a zigzag intorno a una scogliera arida e rossiccia che si protendeva verso il mare, fino a che, con una brusca curva a destra, si apriva alla vista l'ultima ma più ripida parte del declivio; restava poi una corsa di non più di duecento passi a livello del mare. Qui la strada ricominciava a salire e ben presto si biforcava; il ramo minore si arrampicava su un piccolo promontorio, che chiudeva l'orizzonte ad ovest - un ridente e verdeggiante pezzo di terra, con un campanile e qua e là qualche tetto che brillava al sole - il ramo principale costeggiava la base della roccia a sinistra.

Ora Prospero, il cui senso di responsabilità era stato messo sul *chi vive* dagli avvertimenti dell'occupante del calesse, si avventurò con ogni attenzione possibile giù per la discesa, tenendo d'occhio il bizzoso cavallo che guidava gli altri. Ma tutta la sua attenzione e abilità non furono sufficienti a prevenire un risultato inevitabile, date le circostanze, e cioè che le tirelle del cavallo di testa, tese nella salita, inevitabilmente si allentassero nella discesa, e anzi a tratti fossero penzoloni, e che la barra con cui l'animale era assicurato al timone, ricominciasse di nuovo a sbattergli contro i quarti posteriori. Un saltuario scatto dei garretti diede l'avviso del pericolo imminente. La faccenda si aggravò quando la discesa, all'inizio abbastanza dolce, proprio sulla curva già descritta, si fece più ripida, e il disagio causato dal bilancino aumentò in proporzione al moto accelerato del veicolo. La rabbia e il terrore dell'animale così pungolato aumentavano ad ogni passo, mentre gli sforzi dell'allarmato guidatore per calmarlo servivano solo a spaventare gli altri quattro cavalli. Sentendo che stava perdendo il controllo di tutti e cinque, Prospero a un tratto lasciò le redini, e con uno schiocco di lingua li lanciò a pieno galoppo, stando molto attento alla strada, così da evitare qualsiasi cosa avesse la parvenza di un ostacolo che, seppur piccolo, alla spaventosa velocità della carrozza, ne avrebbe messo in pericolo l'equilibrio. Era sicuro, ovviamente, di riuscire a far rallentare i cavalli non appena avessero sentito l'inizio della salita di fronte a loro. Sir John d'un tratto si svegliò. La realtà delle cose aveva influito sul suo sonno, tanto che aveva sognato per tutto il tempo cavalli in fuga, e appena sveglio, con comprensibile turbamento, mise la testa fuori dal finestrino urlando al postiglione di fermarsi. Il rumore svegliò miss Davenne, che, a sua volta, alquanto impaurita, cominciò a gridare. Il richiamo e le grida fecero voltare un po' la testa allo sfortunato Prospero, che così facendo perse di vista la strada per un secondo, ma anche un secondo era troppo in questa situazione critica. Una delle ruote posteriori passò su una pietra, la carrozza fece un balzo come se stesse per spiccare il volo, oscillò per un momento sul ciglio della strada, poi si rovesciò, con cavalli e tutto. Vista la grave situazione, avrebbe potuto anche andare peggio. La strada era solo pochi metri sopra la riva, e , fortunatamente, in quel punto c'era uno spesso strato di sabbia, che attutì la caduta. Era stato un bene che sir John non si fosse svegliato prima dal suo sonnellino, altrimenti l'incidente avrebbe messo alla prova persino un uomo della sua importanza.

Mentre miss Hutchins, tutta sconvolta nell'animo e nelle vesti, a causa dell'improvviso volo fatto, si tira su il più velocemente possibile, stupita di scoprirsi ancora tutta intera, mentre John, torvo e dignitoso come non mai, nonostante il capitombolo molto brutto e un lungo taglio sul naso che sanguina abbondantemente, tira fuori da un finestrino sir John, che casualmente si trova dal lato superiore dell'abitacolo rovesciato su un fianco, e sembra non aver riportato alcuna ferita; mentre tutti e tre uniscono le loro forze per riuscire a estrarre il corpo inanimato di miss Davenne dalla carrozza incidentata, mentre Prospero, in preda a un accesso di disperazione, fissa con occhio assente prima uno poi l'altro, lasciando i suoi cavalli a scalpitare e a dibattersi a loro piacimento, con l'aspetto di un individuo caduto dal cielo piuttosto che dalla strada, si poteva vedere l'odiato calesse correre furiosamente giù per la collina, come un fulmine su ruote. Sarà che anche il ronzino si è lanciato in una corsa, o sarà che la persona alla guida appartiene a quella specie rara di esseri umani sui quali la prospettiva di portare aiuto ai propri simili in disgrazia, agisce come una droga intossicante, rendendoli incuranti del pericolo per sé? Lo scopriremo via via.

"C'è qualche ferito? Vi siete fatti male?" urlò il gentiluomo del calesse, mentre si accostava al luogo dell'incidente." Vi posso essere d'aiuto? Sono un medico." Intanto era uscito dal *calessino*, e si era diretto verso il gruppo che stava intorno a miss Davenne, un uomo alto, scuro, con la barba nera, con in testa un cappello conico a larga falda - in breve, una figura tale che se sir John l'avesse incontrato in altre circostanze, avrebbe estratto le due pistole, che come al solito portava con sé, dovendo viaggiare nella classica terra dei banditi. Al momento il Baronetto inglese, che non aveva capito una parola dell'italiano dell'estraneo, si accontentava di fissare il nuovo venuto un po' con stupore e un po' con disapprovazione, come se dicesse: 'A quale specie appartiene questa creatura?' Per niente scoraggiato dal genere di occhiata, lo sconosciuto aveva oltrepassato sir John, si era inginocchiato al fianco della ragazza stesa a terra, e stava cercando di sentirle il polso, quando sir John, che non aveva capito la buona intenzione, si buttò in avanti, come se volesse allontanarlo da sua figlia.

"Ma è matto?" urlò lo straniero in italiano; poi in francese: "Je suis médecin, vous dis-je", questa volta aggiungendo rapidamente in chiaro e buon inglese, come se sul viso del Baronetto avesse visto issare la bandiera della Gran Bretagna: "Non ha sentito che ho detto che sono un medico?" Il suono della propria lingua natia finalmente trasmette alla comprensione di sir John un concetto chiaro e distinto, e un raggio di consolazione scende nella sua anima. Perché avere vicino un dottore in un guaio del genere, e per di più un dottore che parli inglese, sebbene l'aspetto urtasse contro ogni idea precostituita di dottore galantuomo che può avere un inglese, era una cosa straordinaria, ammise con se stesso sir John.

Come se quello che aveva detto non avesse bisogno di altri commenti o domande, il dottore continuò a tastare il polso della ragazza, le tolse la rete ricamata, e le esaminò con gentilezza la testa. Lì non c'erano ferite, neanche un livido. Anche il petto era incolume, perché, sebbene svenuta, il suo respiro era regolare; "a meno che non ci sia un trauma cranico" disse il dottore a se stesso. Proprio mentre scuoteva la testa a questo pensiero spiacevole, i suoi occhi incontrarono quelli di sir John Davenne. La forte ansia che esprimeva quel volto non poteva essere frainteso neanche per un momento. "Non si deve preoccupare per sua figlia," disse il dottore, rispondendo alla domanda non fatta, e dando per scontato il grado di parentela, "si tratta soltanto di uno svenimento, la signorina si riprenderà presto," e mentre stava ancora parlando, tirò fuori dalla tasca della giacca un astuccio, dal quale estrasse un paio di grosse forbici e le mise nelle mani tremanti di miss Hutchins, dicendo: "Mentre scendo al mare a prendere un po' d'acqua, deve riuscire ad aprire il vestito della sua padroncina. Tagli tutto, ma stia attenta a non muoverla."

Senza aspettare risposta, l'alto gentiluomo si allontana, riempie il suo cappello di acqua, e torna indietro in un battibaleno. Ogni suo movimento è veloce ma calmo, e anche se appare visibilmente teso, tutto quello che fa o dice, lo fa e lo dice in un modo tutto suo, risoluto, tranquillo, serio, senza né fretta né confusione. Mentre sta tornando, la sua attenzione è attratta dai cavalli agitati e dal pietrificato Prospero, e urla con una voce che obbliga all'immediata obbedienza: "Taglia le redini di quei cavalli, mi hai sentito? E fallo alla svelta" e tiene d'occhio il postiglione fin quando non lo vede voltare la testa come se facesse la pantomima di un Arlecchino desolato, e cominciare a frugarsi in una tasca della giacchetta per cercare un coltello.

Il dottore spruzzò abbondantemente il viso e il collo di miss Davenne con l'acqua, le mise un fazzoletto bagnato sulla fronte, mentre la Hutchins le teneva sotto il naso i sali, e le bagnava le mani con acqua di colonia. Ma, nonostante tutti questi sforzi, la ragazza rimaneva priva di sensi. Per un occhio clinico stava diventando evidente la necessità di passare a rimedi più energici per farla rinvenire. Di nuovo il dottore estrasse l'astuccio degli strumenti, e, con grande costernazione di sir John, tirò fuori un bisturi. In quel momento fortunatamente, miss Davenne socchiuse gli occhi, e mormorò un tremolante "Papà!" Sir John si chinò con premura su di lei: "Cosa c'è tesoro mio?"

"Oh, il mio piede! Ho un dolore terribile al piede!"

"Quale piede?" chiese l'italiano.

La ragazza alzò su di lui uno sguardo stupito, poi, indicando il suo piede destro, disse: "Questo qua." Tali parole erano state appena pronunciate che il dottore, prese le sue grosse forbici, in un secondo tagliò con maestria lo stivale elegante e le belle calze, portando alla nudità un piedino d'alabastro, che poteva essere giusto per la scarpina di Cenerentola, ma slogato in malo modo. E non era tutto. La gamba era rotta, proprio sopra la caviglia. Questo, con una rapida intuizione medica, lo indovinò più che vederlo, e con movimento veloce quanto il pensiero, coprì con uno scialle l'arto ferito, così da nasconderlo alla vista sia del padre sia della figlia, dicendo, in tono calmo: "Ah, una caviglia slogata! Una cosa piuttosto dolorosa, ma non seria. Mi servono tutti i fazzoletti che avete" aggiunse guardandosi intorno. Fazzoletti di ogni tipo e misura vennero fuori dalle tasche dei presenti. "Basta, basta" disse sorridendo, nel vedere quella pioggia inaspettata. "Intanto con questi faremo una fasciatura temporanea, che allevierà il dolore della signorina". Con molta attenzione fasciò il povero piede e poi disse: "Ora signora, mi permetta di farle notare quanto sia importante che lei rimanga il più ferma possibile. La devo lasciare per un po', per procurarmi il necessario per fasciare il suo piede come si deve, cosa che deve essere fatta prima di poterla muovere dalla scomoda posizione attuale. Mi promette di non agitarsi mentre sono via?"

"Sì" disse miss Davenne, tentando un debole sorriso di ringraziamento.

Il dottore si alzò con agilità, e stava andando via alla svelta, quando improvvisamente, rivolgendosi a John, che stava in piedi vicino a lui con uno sguardo di profonda compassione, quasi comico sul suo viso tutto nero e blu per i lividi, disse: "Che ne direbbe di tenere un ombrello aperto sulla testa della signorina che è in pieno sole?" Poi continuando per la sua strada, saltò sul calesse e incitò il ronzino al galoppo.

CAPITOLO II

L'Osteria

"Dunque - papà - quel gentiluomo è un dottore" disse Lucy; questo era il semplice nome cristiano dato alla figlia dall'altero Baronetto.

"O almeno si fa passare per tale" rispose sir John.

"Sono capitata bene!" notò la ragazza.

"Certo" aggiunse sir John, "anche se per essere un dottore ha un aspetto davvero strano."

"Sì, è quello che penseremmo in Inghilterra", replicò Lucy "ma all'estero, lo sai, la gente è meno attenta al modo di vestire, e dopotutto ha l'aria di un gentiluomo. Gli hai guardato le mani papà? Sono sicura che sono le mani di un gentiluomo."

"Può darsi, può darsi" disse sir John in tono dubbioso.

"Chissà se è inglese, papà; parla molto bene l'inglese".

"Sì, ma con un forte accento straniero" rimarcò il padre.

Lucy rimase in silenzio, e, appoggiato il capo sulla mano, sembrava poco disposta a continuare la conversazione. Sir John, lasciato così solo con se stesso, tutto a un tratto si ricordò del postiglione, e appena ci pensò, tutta la rabbia, dimenticata nella preoccupazione per Lucy, montò fino a trasformarsi in furia, che gli sgorgò dalle labbra. Cominciò ad insultare lo sfortunato ragazzo in inglese purissimo, intervallato qua e là da parole che nella sua intenzione dovevano essere italiane. "Guardatelo, quel mascalzone dal sangue freddo," tuonò sir John indicando Prospero, il quale, fermo, in piedi, con le redini dei cavalli tenute meccanicamente tra le mani, e con lo sguardo fisso nel vuoto, dava l'impressione che la tempesta di parole che aveva infastidito le sue orecchie negli ultimi cinque minuti, non lo riguardasse; ma l'apatia non era né indifferenza, né durezza, né sangue freddo, al contrario, era la pietrificazione di un disperato. Quest'immobilità ad ogni istante che passava, irritava sempre di più sir John portandolo alla fine a giurare che, non potendo rimanere sul posto abbastanza a lungo da trascinare in tribunale il farabutto per deliberato tentato omicidio, avrebbe scritto al maestro di posta e lo avrebbe fatto licenziare. Il ragazzo rimase impassibile. No, avrebbe fatto di meglio: si sarebbe rivolto all'Ambasciata Inglese a Torino; lui, sir John Davenne, era deciso a fare di quel disgraziato un esempio a beneficio dei viaggiatori e dei postiglioni a venire. Prospero restava ancora immobile, come avesse fatto parte della roccia cui stava accanto. Lui, sir John, non avrebbe avuto mai pace, no, mai, finché quella canaglia buona a nulla di un italiano non fosse stata sbrigativamente punita, anche se avesse dovuto presentare ricorso al Re di Sardegna in persona. Lo sfortunato Prospero sentiva il tono arrabbiato della voce del Baronetto, ma la cosa non lo distoglieva dalla sua propensione a meditare sulla furia del maestro di posta *in posse* e sul timore *in esse* di aver ferito mortalmente *la bella Signorina.* Se non altro lo scoppio d'ira servì come distrazione, che aiutò sir John ad aspettare il promesso ritorno del dottore italiano con più pazienza di quanta ne avrebbe avuta diversamente.

Miss Davenne fu piena di gratitudine quando rivide il vecchio e misero calesse. "Allora," disse la voce allegra del dottore "dobbiamo renderci tutti utili. Ah! Questo ombrello qua mi è d'impiccio, avrebbe la bontà signore," rivolgendosi a sir John "di tenerlo lei, per riparare sua figlia dal sole? Mi perdoni, ma lo farà meglio se si siede qui accanto, così", e piazzò sir John vicino alla testa della figlia.

"Anche voi sedetevi," continuò, rivolto ai domestici, "ai piedi della signorina e fate esattamente quello che vi dico. Io mi metto qui, nel mezzo." E posò un ginocchio a terra, con le spalle rivolte a sir John e alla paziente, così da impedir loro di vedere quanto si apprestava a fare.

"Non ci vorrà molto e non le farò troppo male" aggiunse, voltandosi per un attimo verso miss Davenne. E così dicendo sciolse i fazzoletti, ordinando alla Hutchins e a John di sostenere il piede.

Lucy rimase calma e passiva nelle sue mani, persino con uno sguardo di fiducia che le brillava negli occhi, come se, invece di averlo incontrato per caso su una strada in Italia, lui fosse stato il medico che la curava fin dall'infanzia. In realtà tutti i presenti, perfino sir John, sembravano incantati dalla combinazione di semplicità e forza che quell'uomo emanava.

Uno strattone...uno scricchiolio come di ossa che si urtano...un gemito represso: "Là, ecco fatto!" esclamò il dottore, scrollandosi di dosso, con un colpo di testa, le grosse gocce di sudore che gli colavano sulla fronte. "Sente già meno dolore, vero?" chiese piegandosi verso Lucy. Povera ragazza, era così sconvolta che non riusciva neanche a dire come si sentiva. Il piede dovette essere bendato, un'operazione che richiedeva estrema cura e che prese un certo tempo. Finalmente la manovra terminò. Due sottili pezzetti di non sappiamo cosa, che erano tra gli involti portati dal dottore (due assicelle di legno, sospettiamo, fasciate precedentemente con stoffa per nascondere ai presenti la loro vera natura) furono assicurati ai lati del piede, sopra la fasciatura, così da chiuderla saldamente e da mantenere ogni cosa al suo posto, e fu tutto finito.

Nel frattempo, quattro contadine, robuste e bruciate dal sole, avevano portato una specie di barella molto primitiva, con sopra dei materassi, e stavano aspettando a una certa distanza dal gruppo principale.

"Portate qui uno dei materassi" urlò il dottore, ordinando di posarlo vicino a miss Davenne. Poi dispiegò un lenzuolo e le disse: "Faremo scivolare questo lenzuolo sotto di lei, per poterla sollevare con attenzione e stenderla sul materasso, che poi potremo issare sulla barella senza timore di dare scossoni o colpi al suo piede. Tutto quello che la prego di fare è di restare completamente passiva nelle nostre mani, e si guardi bene dal compiere qualsiasi movimento involontario teso ad aiutare se stessa o noi."

"È già la seconda volta che mi fa raccomandazioni con tanta serietà. Sono ferita così gravemente allora?" chiese la ragazza con un certo timore.

"Niente affatto" replicò l'italiano "non deve spaventarsi per le attenzioni che le impongo." E piegandosi di nuovo verso di lei, aggiunse sottovoce: "Capirà da sola che ci possono essere delle conseguenze molto spiacevoli a un incidente, senza che queste mettano in pericolo la vita. Ad esempio, guarire la sua gamba - perché per essere esatti è la sua gamba ad essere ferita, non il piede - è un compito facile, che dipende più dal tempo e dalla pazienza che dall'abilità del chirurgo. Ma la certezza che, una volta guarita, la gamba torni quella di prima, non un millimetro più lunga o più corta" (Lucy cambiò colore quando udì queste parole) "è una cosa ben diversa, e ci vorrà il massimo dell'attenzione e della delicatezza. Allora, adesso capisce perché la esorto a non disobbedire al suo dottore?" aggiunse con un sorriso di incoraggiamento. "Ogni imprudenza o negligenza che lei commette può rendere inutili tutte le sue attenzioni."

Ritenendo, dallo sguardo di risposta che riceveva, di aver detto abbastanza per assicurarsi la docilità della paziente, il dottore, con l'aiuto della Hutchins, mise il lenzuolo sotto miss Davenne; dopo di che fece avvicinare tre delle donne; tutti insieme presero il lenzuolo per gli angoli, sollevarono la ragazza facendola oscillare come su un'amaca, e la distesero sul materasso vicino, per poi trasferire questo sulla barella. Coprì l'ammalata con uno scialle, le mise un cuscino sotto la testa, e diede il segnale di partenza; ma, dopo il primo movimento urlò agli altri di fermare la barella per voltarla, cosicché, avendo la testa davanti, la povera ragazza potesse vedere suo padre che le era poco dietro. "Sarà di conforto alla signorina" spiegò il dottore alle donne che la trasportavano "riuscire a vedere il caro e ben noto viso di suo padre."

Chi ha un po' di esperienza di vita avrà spesso notato e ammirato l'immediata sensibilità e la delicatezza di molta povera gente quando si tratti di affetti; e la forza di questi legami famigliari è sentita in modo particolare nel cuore dei bambini italiani dalla pelle olivastra. Quattro paia di occhi scuri brillarono per le lacrime che li facevano sembrare diamanti neri, mentre le quattro vigorose matrone mormoravano, con l'intonazione peculiare della loro terra, così espressiva, così indescrivibile, la solita preghiera alla Vergine.

A Lucy non servì ascoltare la spiegazione per indovinare il perché del cambiamento ordinato, e con una leggera inclinazione del capo, anzi con un'occhiata, accompagnata da un sorriso, fece percepire al dottore che l'aveva capito. Lo sguardo e il sorriso portarono un piacevole calore al viso e al cuore del medico. L'incidente aveva stabilito una comunicazione empatica, una specie di corrente magnetica, per usare un'espressione moderna, tra i due giovani; il dottore aveva meno di trent'anni. Che uomo di buon cuore, pensava Lucy. Che cuore gentile e grato, pensava il dottore. Così ognuno di loro aveva avuto un'idea della natura dell'altro.

L'italiano stava camminando lentamente dietro la barella quando il Baronetto, raggiungendolo, disse, piuttosto bruscamente: "Penso sia il caso che io mi presenti...Signore, io sono sir John Davenne, di Davenne Hall, nello ....shire."

Il gentiluomo più giovane, distratto così dalle sue riflessioni, si tolse il cappello, e, con un inchino abbastanza garbato, replicò:

"E io, signore, sono il dottor Antonio, medico condotto di Bordighera," e ci fu un lampo nei suoi occhi, come se avesse provato un gusto eccessivo in quella sua risposta.

Sir John contrasse le narici e strinse le labbra, esattamente il tic muscolare di uno il cui senso dell'olfatto è stato offeso, una smorfia usuale del Baronetto, sia quand'era provocato, sia quand'era seccato.

"Posso chiederle" continuò, rivolgendosi all'interlocutore provocatoriamente in un modo troppo cerimonioso per non tradire un'intensa irritazione, probabilmente perché non era stato consultato sul modo di intervenire a proposito di sua figlia: "Posso chiederle, dove stiamo andando?"

"Mi scusi, mio caro signore" ('Al diavolo la sua impudenza!' disse mentalmente sir John) "nella fretta e nell'ansia per la signorina mi sono scordato di dirglielo. Stiamo andando laggiù in quella casa rossa, mezza nascosta dagli alberi" rispose il dottore, indicando una misera costruzione a due piani, piuttosto mal messa, sulla sinistra della via, quasi a metà strada tra il punto in cui erano e il piccolo promontorio verdeggiante già descritto prima. "È soltanto una locanda," continuò "tenuta da persone povere ma gentili e rispettabili. Là troverete, mi dispiace dirlo, una sistemazione scomoda, ma la dovuta cura e attenzione e" aggiunse con intenzione "la cosa più importante in questo momento: un letto per sua figlia."

A giudicare dalla contrazione dei muscoli intorno al naso, sir John avrebbe fatto volentieri a meno di parte della millantata cura e attenzione in favore di qualche comodità personale in più, ma non disse nulla del genere, e replicò:

"Bene, bene, la sistemazione non ha grande importanza, dato che non appena mia figlia si sarà riposata un po', riprenderemo il nostro viaggio per Nizza."

"Non se ne parla neanche," esclamò l'italiano, bloccandosi sgomento; ma ripreso immediatamente il controllo di sé, aggiunse, in tono calmo e conciliante: "Ho paura, anzi, sono sicuro che miss Davenne non potrà riprendere il suo viaggio per qualche"... una pausa esitante.

"Ora?" suggerì il Baronetto.

"Giorni, settimane forse" concluse il dottore con gentilezza.

"Settimane?" ansimò sir John, bloccandosi a sua volta. "Settimane!" ripeté, questa volta con uno sbotto di indignazione. "Impossibile! Ho degli impegni che non posso rimandare. Devo essere a Londra entro dieci giorni."

"Mi dispiace dirle che per sua figlia una cosa del genere è fuori questione."

"Fuori questione! Fuori questione!" brontolò sir John: "Perché sarebbe fuori questione?"

Il tono con cui fu posta questa domanda era così perentorio e secco che il dottore cominciò a irritarsi.

"Perché," disse con calore "se lo vuol proprio sapere, il caso di sua figlia…non vorrei allarmarla ma…il caso di sua figlia non è…" Stava per aggiungere 'quello che ho detto prima' e Dio solo sa cos'altro; ma alla vista dello sguardo ansioso del padre, già preoccupato, il giovane medico non se la sentì di andare avanti, e così finì per dire invece: "…Non è una cosa da prendere alla leggera."

Ecco, pensò sir John, ritrovando il controllo di se stesso e la rabbia, capisco tutto; quest'uomo sta cercando di spaventarmi per cavare più che può da quest'affare, riflessione che non lo aiutava certo a mitigare la sua ira.

"Bene, bene" disse con impazienza: "Io, come tutti, so cosa sia una slogatura. Una strana pretesa la sua, di tenerci prigionieri per un periodo di tempo indefinito, con la scusa di una slogatura!"

"Pretesa di tenervi prigionieri?" esclamò l'italiano, con una stupefacente contrazione delle tempie: "Nessuno vi tiene prigionieri, mio caro signore." (Il secondo "mio caro signore", traduzione innocente di una formula comune in Italia per rivolgersi a una persona, quel "Caro Signor mio", formula di cortesia e non di familiarità, agì su ogni fibra aristocratica di sir John come una lima grattata sul marmo agisce sui nervi delle persone più sensibili). "Non è in mezzo a pirati moreschi, ci sono nei paraggi altri uomini di medicina che lei può consultare, ci sono medici inglesi a Nizza ai quali può chiedere consiglio."

"Non chiederò consiglio a nessuno" ribatté il Baronetto con testardaggine: "Non ne voglio. Tutto quello che voglio è andarmene, e me ne andrò!"

"Faccia quello che le pare," rispose l'italiano "ma io ho un dovere da compiere, e voglio e devo compierlo; miss Davenne, e sto parlando molto seriamente, non può essere mossa senza rischio per almeno quaranta giorni". E dopo aver detto questo il giovane uomo riprese a camminare, lasciando l'interlocutore solo con i suoi pensieri.

"Quaranta giorni!" boccheggiò sir John, rimanendo fermo come un tronco. "Quaranta giorni!" e questa volta cambiò il suo primo tono di sgomento in una risata rabbiosa. "Proprio un bello scherzo!" e voltandosi con intenzione, fece cenno a John, che era fermo vicino alla carrozza e gli ordinò di portarla immediatamente alla casa rossa, e di accertarsi sull'entità del danno subito. Quindi il Baronetto seguì la piccola carovana con passo lento e ombroso.

La processione non ci mise molto a raggiungere la meta.

"Eccoci arrivati," disse il dottore, avvicinandosi a miss Davenne, mentre, dopo aver lasciato la strada principale, girato in un largo viottolo diretto alla spiaggia e aver oltrepassato a sinistra un cancello, su cui pendeva un ramo di pino, stavano entrando in un giardino, all'interno del quale c'era la casa color mattone. La barella fu portata su per una ripida rampa di scale esterne e poi passando attraverso una stanza grande e una piccola, in una cameretta, dove Lucy e il materasso furono depositati sopra la rete di un letto.

Il dottore congedò le quattro donne, e rivolgendosi alla sua paziente, che appariva pallida e triste, disse:

"Anche se tutto è molto semplice, stia tranquilla che il letto e le lenzuola sono puliti: ho controllato io stesso prima di portarla qui."

"Lei è davvero gentile" disse Lucy, a voce molto bassa.

"Ho l'impressione che queste mura nude e lo scarso mobilio siano un po' deprimenti" proseguì il dottore: "Quanto prima cercheremo di rendere la stanza più allegra. Posso presentarle la padrona di casa, Rosa, e sua figlia Speranza? Graziosi questi nomi vero?" aggiunse, notando un sorriso sul volto di Lucy. "Sembrano di buon auspicio. Sono entrambe parecchio ansiose di rendersi utili, e lei le farà molto felici se accetterà i loro servizi."

Lucy fece un cenno del capo alle donne che lui le stava indicando e che rimanevano ferme sulla porta, donna matura l'una, ragazza pallida con gli occhi neri, l'altra. Si fecero avanti ad un cenno del dottor Antonio e baciarono la mano della bella signorina con un misto di tenerezza entusiasta e di reverenza. La pelle chiara, gli occhi celesti e i capelli dorati facevano sembrare Lucy più simile a un angelo che a una della loro specie.

Il dottore, soddisfatto per la simpatica atmosfera che si era creata tra l'ospite e la padrona di casa, si rivolse a Lucy: "Bisogna che le dica come vi ho sistemato, il meglio possibile. Le quattro stanze di questo piano, le sole decenti della casa, sono a vostra totale disposizione; questa per lei, quella vicina per la sua cameriera, e dall'altra parte della grande sala d'entrata o atrio che abbiamo attraversato, una camera da letto per suo padre. Per il vostro servitore c'è una stanza al piano di sotto."

"Andrà benissimo" disse la povera Lucy, cercando di sembrare allegra. "Spero che papà sia soddisfatto quanto lo sono io." L'italiano non osò replicare a questa stravagante speranza, ma le chiese: "Ha un po' di appetito? Vuole qualcosa da mangiare?"

"No, grazie, non ho fame per niente."

"Meglio così. Le consiglio di non assumere per il momento cibi solidi. Ora devo lasciarla e spero che riuscirà a dormire. In ogni caso, rimanga tranquilla, e non tenti di muoversi, se lo ricordi. Le manderò un preparato di cui potrà prendere un cucchiaio di tanto in tanto, se le viene sete."

"Ma la rivedrò presto?" chiese Lucy, alquanto spaventata nel sentire che il suo nuovo amico stava andando via.

"Tra un'ora o due," rispose il dottore gentilmente "e allora vedremo che possiamo fare per rendere questa camera un po' più confortevole. Sto parlando naturalmente di un comfort relativo. Tutto quanto quaggiù è relativo, *non è vero?*"

Nel modo in cui aveva posto la domanda sembravano lottare un sospiro e un sorriso.

"Usi senza paura le forbici per spogliare la sua padroncina" spiegò a miss Hutchins, lasciando la stanza. "Miss Davenne non si deve muovere, non **deve,** ha capito?" e poi ripeté la stessa raccomandazione in italiano a Rosa e a Speranza.

Mentre usciva dalla camera, sulla soglia incontrò sir John, che si era attardato di sotto per aspettare l'arrivo della carrozza. Visto che il Baronetto non esprimeva né a gesti né a parole la voglia di comunicare, il dottor Antonio proseguì in silenzio. Riflettendo però che il Baronetto avrebbe avuto qualcosa da dire dopo la visita a sua figlia, si fermò qualche minuto nell'atrio (così chiameremo d'ora in poi la sala d'entrata). Ma l'inglese uscì dalla stanza di Lucy e, condotto da Speranza, attraversò l'atrio diretto alla sua camera senza in alcun modo notare la presenza dell'italiano, il quale, intuendo di non essere desiderato, lasciò la casa.

Sir John, accompagnato nella camera a lui destinata, si gettò con ostinazione su una sedia e lanciò in giro un'occhiata rabbiosa, come fosse stata un dardo. "Davvero un bel posto dove passare quaranta giorni!" sogghignò il Baronetto. "E perché non sei mesi?" e rise ad alta voce. La stanza, a dire il vero, corrispondeva perfettamente alla descrizione della locanda data dal dottore, anzi forse la superava. Le mura, una volta bianche, adesso ingiallite dal tempo, senza neanche una serie di misere stampe della *Via Crucis,* o un misero pezzo di specchio per interromperne la nuda uniformità; la finestra priva di tendaggi; il vecchio tavolo d'abete; le sedie rozzamente impagliate, due di numero; la lunga *cassapanca* (l'armadio) simile a una bara, posta ai piedi del letto senza baldacchino, rendevano la stanza più come la cella di un anacoreta che come la camera da letto di un Baronetto Protestante.

"Dobbiamo a tutti i costi andarcene da questo buco" mormorò sir John, alzandosi e camminando nervosamente su e giù, fino a quando il rumore di passi che si avvicinavano lo fece fermare. Era John, che, come gli era stato ordinato, veniva a fare il rapporto dei danni. A parte i finestrini infranti e qualche graffio sugli sportelli, non c'era nulla nelle condizioni della carrozza che impedisse di proseguire per Nizza.

"Molto bene," disse sir John "fai subito sostituire i vetri dei finestrini." Sfortunatamente quella era una cosa impossibile. John si era già informato al riguardo, e dalle sue ricerche risultava che nel paese vicino non si trovavano lastre di vetro della misura necessaria. Sir John accolse la notizia con una serie di "Uffa!" e di "Puah!" e dichiarò, nel tono più amaro possibile, che si sarebbe davvero meravigliato se fosse andata diversamente. John proseguì la sua relazione dicendo che non era riuscito a portare la carrozza alla porta, perché non passava dal cancello del giardino che era troppo piccolo e inoltre lì non c'era neppure una rimessa. Che si doveva fare?

Sir John non rispose, ma si diresse verso il cancello del giardino e, dopo un breve sopralluogo del posto, uno sguardo alla carrozza, uno al cielo e qualche ulteriore esitazione, ordinò a John di spostare la carrozza un po' su un lato, dove sarebbe rimasta per la notte, **se necessario.** "Perché" spiegò sir John, con un sospiro di rabbia, "le notti sono ancora fresche, e a meno che non si riesca a partire tra un'ora o due, cosa di cui dubito, quei maledetti finestrini ci obbligheranno a passare la notte qui. Ma domani," continuò il Baronetto risolutamente "domani, vetri o non vetri, partiremo per Nizza."

"Mi perdoni signore," osservò esitante John "sarà prudente lasciare la carrozza e i bagagli tutta la notte sulla strada?"

"Certo no" rispose il padrone. "Vediamo...nel caso in cui fossimo costretti a restare sarà meglio che tu faccia la guardia alla carrozza con un paio di pistole."

Avendo così sistemato la faccenda, e quanto John ne fosse personalmente soddisfatto non lo possiamo dire, sir John salì gli scalini di pietra che portavano al secondo piano, ai suoi alloggi del momento, e si diresse verso la stanza di Lucy, ma a metà strada incontrò miss Hutchins che, in punta di piedi, gli riferì come la sua padroncina si sentisse davvero molto debole e avesse appena chiuso gli occhi per cercare di dormire. Quindi sir John, molto addolorato da questa notizia che gli confermava fin troppo bene la paura di essere trattenuto dove si trovava per la notte, si ritirò nella sua camera.

Tuttavia, era rimasto lì soltanto un quarto d'ora quando uscì di nuovo, scese i gradini e cominciò a camminare avanti e indietro davanti alla casa, spingendosi ogni tanto fuori dal cancello per dare un'occhiata malinconica alla carrozza e su e giù per la strada. Dato che anche un secondo tentativo di vedere la figlia era fallito come il primo, l'infelice Baronetto fece una dozzina di giri nell'atrio, poi si rifugiò nella sua camera, si lasciò cadere su una seggiola, e disse forte, mentre consultava il suo orologio: "Accidenti, il tempo non passa mai in questo maledetto paese."

E invece il tempo era passato e aveva portato con sé un'ulteriore dose di malumore e disagio alla già sovrabbondante provvista di questo povero gentiluomo. Oh, com'è fragile la carne, anche quella dell'uomo più orgoglioso di Inghilterra! sir John aveva fame, tanta fame, e si vergognava di averne, e trovava la cosa offensiva, ed era preso dal terrore davanti alla spaventosa necessità - una necessità che si faceva sentire sempre di più ad ogni momento che passava - di dover chiedere del cibo. Chiedere del cibo in **quella** casa! Sedersi a tavola per la cena sotto **quel** tetto! Era come posare le armi di fronte al nemico; come rinunciare di colpo a tutto ciò che c'era di eroico nella sua situazione. Immaginate Attilio Regolo: la prima cosa che fa, appena tornato da Cartagine, è ordinare la colazione! Era questo che sir John provava. Per un po' lottò coraggiosamente, ma alla fine si arrese. Istintivamente allungò la mano per suonare un campanello, del quale però non c'era neanche l'ombra, e con sua grande mortificazione dovette andare sul pianerottolo a chiamare John. "Vai a vedere se c'è qualcosa in dispensa" chiese sir John senza energia "ammesso che esista qualcosa di simile a una dispensa in questo... in questo posto; comunque, guarda un po' se ci si può procurare qualcosa di commestibile."

Dopo aver consumato questo sacrificio, sir John andò a trovare la figlia. Povera Lucy! Tutto l'eroismo sembrava a carico suo. Stava soffrendo intensamente. "Dove, figlia mia?"

"Oh, papà, dappertutto. Mi sento lividi ovunque. Ho una sensazione così strana e dolorosa al piede: mi pare si sia gonfiato come una montagna di sughero."

"Ma mia cara, sai che si tratta solo di immaginazione. Cerca di dormire."

"Caro papà, ci ho provato e non ci riesco."

Poverina, era sfinita dalla fatica, eppure non riusciva a chiudere occhio. Sir John fece del suo meglio per consolarla, e, spostandole affettuosamente i riccioli sparsi che si posavano sulla guancia bollente, le promise che il giorno dopo sarebbe andata a Nizza, dove, se fosse stata costretta a rimanere, avrebbe avuto ogni comodità. Ma queste parole non ottennero l'effetto voluto. Lucy non aveva il coraggio di affrontare il viaggio per Nizza il giorno seguente, non le importava nulla del comodo appartamento che - suo padre ne era sicuro - il loro corriere avrebbe facilmente trovato, in un luogo di soggiorno così famoso tra gli inglesi, "e dove ci sono medici inglesi di prim'ordine, bimba mia," aggiunse, per rimarcare la cosa più importante.

"Oh se è per quello," disse Lucy "sono piuttosto soddisfatta di questo dottore italiano: è gentile, e più premuroso di tutti i dottori che ho conosciuto e tu lo sai papà che ne ho conosciuti parecchi."

Sir John arricciò il naso; comunque non replicò. "Non lo credi anche tu papà?" chiese Lucy, con l'ostinazione di una bambina viziata.

"Be', Lucy, non saprei, l'ho visto così poco, e non è da me farmi prendere dagli entusiasmi." Seguì un silenzio, poiché alla buona Lucy non era piaciuto che le avesse risposto in quel modo.

Dopo circa mezz'ora qualcuno bussò alla porta aperta, e la voce di John annunciò formalmente che la cena era servita. "Devi provare a mangiare qualcosa," disse suo padre alzandosi "ti farò portare un'ala di pollo o un uovo... almeno quello ci sarà qui; ti farà bene e ti tirerà su il morale."

"No, papà!" disse Lucy, con decisa determinazione: "Il dottore ha detto che non devo mangiare."

"Bene, mia cara, per oggi attieniti alle sue istruzioni," replicò sir John, così ostinato nei suoi sentimenti quanto la giovane figlia. "Domani, spero, avrai dei consigli migliori da seguire," e così dicendo lasciò la stanza.

La tavola era stata apparecchiata nell'atrio. La cena, con gran sorpresa e con un po' di fastidio da parte di sir John, fu eccellente, anche se molto semplice. Pesce, pollo arrosto, verdure, una frittata, formaggio, conserva di frutta, arance, e una bottiglia di vino locale, apprezzabile anche dal palato del conoscitore più schizzinoso. Sir John mangiava e brontolava, ma anche brontolando, mangiò di gusto per tutta la cena. John, con una grossa benda nera sul naso ferito, portava sotto il braccio un tovagliolo, non di fiandra, ma di un buon lino bianco tessuto in casa; John, in cravatta bianca e abito nero, serviva solenne e impettito il suo padrone, come se fosse a un pranzo di gala a Davenne.

Il Baronetto stava godendosi imbronciato la sua seconda arancia, colta fresca dal ramo, quando il dottor Antonio, con un grosso involto sottobraccio, apparve in cima alla scala. Il dottore, fatto un inchino a sir John, proseguì verso sinistra - la stanza di sir John era sul lato opposto- e fu introdotto dalla Hutchins nella camera di miss Davenne.

"Quanto ci avete messo!" esclamò Lucy, appena lo vide, con tutta l'impazienza del malato.

"Sono felice di sentirle dire così" replicò lui: "Quando il paziente non vede l'ora di rivedere il dottore è un buon segno. Significa che ha fiducia in lui, ed è mezza battaglia vinta. Sono stato trattenuto contro la mia volontà. Ma mi dica come si sente." Il dottor Antonio ascoltò la relazione della sua paziente con quel tipo di interesse che è così consolante per chi soffre, e poi disse: "Vorrei poterla far soffrire meno, ma le confesso che, per il momento purtroppo non penso sia possibile. Lei ha subito un grosso shock e provato un grande dolore; la natura, turbata in questo modo, ha bisogno di un po' di tempo per recuperare il proprio equilibrio. Tutto quello che noi dottori possiamo fare è aiutare la natura senza forzarla. Beva pure quanto ne vuole del medicamento che le ho mandato; forse la farà dormire fra breve."

Lucy scrollò la testa, dato che era ormai certa che non sarebbe più riuscita a dormire, ma disse soltanto: "Che cos'ha lì?" indicando il fagotto.

"Tendine per le sue finestre. Tutte queste stanze danno sul lato sud, e bisogna cercare riparo dall'intrusione del nostro sole italiano." Nel parlare così, unendo alle parole l'azione, salì su una sedia, e cominciò a piantare dei chiodi, cercando di fare meno rumore possibile. "Uno impara a fare un po' di tutto nei piccoli paesi di campagna:" disse, guardandola da quel punto di elevazione poco eroico, e con una tenda sul braccio: "Siamo molto diversi da voi abitanti delle grandi città; siamo povera gente, e non offriamo nessuno stimolo ai commercianti per venire a stabilirsi qui da noi. Da queste parti ognuno è il giardiniere di se stesso, il falegname, e il tappezziere, come può vedere in questo momento. A dir la verità, molto spesso, per risparmiare e non pagare un piccolo onorario, uno diventa anche il dottore di se stesso."

"Lei dice 'noi' parlando di questo posto" osservò miss Davenne: "Non vorrà dirmi che lei davvero appartiene a questi luoghi?"

"E cosa le fa pensare che non sia così?" chiese il dottore, alquanto divertito.

"Non lo so di preciso" rispose la giovane signorina, "ma in lei c'è qualcosa che mi fa supporre non abbia vissuto qui tutta la vita."

"In parole povere lei vuol dire che non ho quell'aria da zoticone che si aspetterebbe di trovare in un medico di campagna. È un'acuta osservatrice per la sua età, signorina."

"E quanti anni crede che io abbia?" indagò Lucy, divertita a sua volta.

"Sedici o diciassette al massimo."

"Molti di più, ne ho quasi venti."

"Ah, davvero? Allora ne dimostra meno. Be', devo fare omaggio alla sua perspicacia, e ammettere che lei ha ragione in questo, a supporre che io non appartenga alla Riviera. Sono originario della Sicilia; sono nato a Catania."

"Mi perdoni se sono così tanto curiosa, ma lei non ha mai vissuto in Inghilterra?"

"No, non ci sono mai stato" rispose il dottore: "Anche del mio inglese si stupisce, vero? Le dirò subito come ho imparato a parlarlo. La sorella maggiore di mia madre si sposò, nel 1810, con un ufficiale britannico di uno dei reggimenti all'epoca di stanza in Sicilia. I figli di mia zia furono cresciuti in tutto e per tutto come bambini inglesi, e, avendo una balia inglese, parlavano questa lingua fin dalla culla; dato che fui educato con i miei cugini, anch'io naturalmente la imparai e mi divenne familiare quasi quanto quella della mia terra."

Così, un po' chiacchierando e un po' inchiodando, l'affaccendato dottore intratteneva la ragazza malata, e riusciva a mettere su le tende. Contemplò per un attimo, e con aria di grande soddisfazione, quello che il suo talento di tappezziere era riuscito a fare, e poi, dando uno sguardo alla stanza, disse: "Ah! C'è dell'altro lavoro per me: vedo una fessura nella porta dietro il suo letto. Non c'è nulla di più traditore di una corrente d'aria: più piccola è, peggio è." Il dottore sparì, ma ritornò dopo un attimo, con una lunga striscia di carta in una mano e un guscio d'uovo nell'altra.

"Ha mai visto un modo più economico e veloce per fare della colla?" le chiese, mostrando a Lucy il pizzico di farina e la goccia d'acqua che erano contenuti nel guscio d'uovo.

Lei rise e si meravigliò di quell'impegno e di quell'ingegnosità. Infatti, non si poteva non essere colpiti dalla nobile semplicità con cui lui faceva cose che i gentiluomini di solito ritengono indegne di loro e anche se si metteva in posizioni che avrebbero reso ridicola la maggior parte della gente, non perdeva, neppure per un momento, quell'aspetto piacevolmente virile che non l'avrebbe fatto passare inosservato nemmeno in mezzo a una folla.

Sir John entrò proprio mentre Antonio stava accucciandosi per incollare la carta sopra la fessura. Il Baronetto seguiva ogni mossa del dottore, dapprima con uno sguardo di disagio, come sospettando fosse impazzito, e poi, appena capita la natura della sua strana occupazione, i tratti di sir John si rilassarono in un sorriso, che esprimeva contemporaneamente il più intenso disgusto e disprezzo. Sir John trova in se stesso il *beau idéal* di gentiluomo; ora, neanche per salvare il mondo dalla rovina sir John si sarebbe abbassato a fare quello che considerava un compito da servo; e l'uomo che incollava carta sopra la fessura della porta, facendo, sia pure per una Davenne, il lavoro di un falegname, o di un tappezziere, perdeva ai suoi occhi tutto il diritto al rispetto e alla considerazione. Mentre sir John perdeva tempo con i suoi pensieri sul dottore, che non pensava per niente a lui, Speranza, la figlia della padrona, portò un grosso mazzo di fiori, più che altro fiori selvatici, e lo diede al dottor Antonio, che, apparentemente soddisfatto sia del suo successo nell'incollare la carta che nell'appendere le tende, cominciò ad esaminare e nello stesso tempo a sistemare il bouquet. Lucy, notando che metteva nel vaso solo alcuni dei fiori, buttando fuori dalla finestra gli altri, gli chiese perché stesse gettando via quelli più belli.

"Perché il profumo di quelli che lei chiama i più belli può darle fastidio. Volevo che lei avesse un mazzo di fiori per rallegrare i suoi occhi, non per profumarle la stanza. È sempre un errore mettere dei fiori profumati in una camera da letto, e *a fortiori* sarebbero ancora più fuori luogo nella stanza di un ammalato. E qua non voglio nemmeno lasciare questi." E dirigendosi verso la stanza adiacente mise il vaso su un tavolo, visibile dal letto di miss Davenne.

"E ora, cos'altro?" disse, passandosi l'indice sulla fronte come se cercasse di ricordare qualcosa. "Ah! Ecco..." e voltandosi verso Lucy: "Lei è abituata a tenere una lampada accesa nella sua stanza durante la notte?" Appena lei rispose 'sì', continuò: "Allora bisogna cercare di procurargliene una che non sia pericolosa." Chiamò Speranza invitandola a portare un sughero e un pezzo di stoppino usato nelle loro lampade a olio, e con questo materiale costruì una lampada da notte, che funzionava tanto quanto quelle uscite dai migliori negozi londinesi. Dopo aver dato un'altra occhiata al bendaggio del piede di miss Davenne, disse:

"Si sta facendo tardi, quindi devo salutarla. Se durante la notte, dovesse sentirsi peggio, cosa che io spero e credo non accada - e badi che lo dico solo per lei e non per me - mandi subito qualcuno a Bordighera a chiamarmi. La gente di casa troverà un messaggero: e poi tutti sanno dove vive il dottor Antonio."

"E prego... quanto è lontano questo... Bordigore, o come diavolo l'ha chiamato?" chiese sir John, parlando per la prima volta da quando era entrato nella stanza.

"Circa dieci minuti a piedi," rispose Antonio, "se viene a questa finestra lo vede di qui. Là, in cima a quella collina alla nostra destra."

"La ringrazio; e posso pregarla di dirmi se è possibile trovare un magistrato da queste parti?"

"Abbiamo un giudice di pace a Bordighera" rispose il dottore.

"Ah! Andrà bene lo stesso. Troverò il tempo di andargli a far visita domattina presto, perché non intendo permettere che quel manigoldo di postiglione se la cavi così facilmente."

"In tal caso dovrà avere un po' di pazienza" replicò il dottore: "Prospero al momento non potrebbe rispondere a nessuna citazione. È a letto ammalato, non perché si sia ferito fisicamente, ma per lo shock morale che ha subito. Ho dovuto praticargli un salasso questo pomeriggio prima di venire qui."

"Mi dispiace" disse sir John rabbonito. "Ma comunque lei sarà d'accordo con me, signore, che è un mio dovere verso tutti i viaggiatori non lasciar passare l'evidente pessima condotta di un ubriacone, e..."

"Mi scusi se la interrompo, signore. Non ho alcun desiderio di difendere Prospero dalle sue colpe, ma, mi creda, lo stato di alcolismo non ha niente a che fare con il triste evento di oggi. Prospero non si è mai ubriacato in vita sua. Posso affermarlo con sicurezza, visto che lo conosco da tre anni. Il vizio del bere è molto raro da queste parti, e specialmente i nostri postiglioni, sono guardati come esempi di sobrietà. Chieda a tutti i cocchieri delle diligenze postali che giornalmente vanno da Genova a Nizza, e *viceversa*, e loro le diranno, come hanno detto a me molte volte, che se ci sono così pochi incidenti su questa strada, nonostante la serie praticamente ininterrotta di salite e discese, e le non poche curve molto brusche, è proprio grazie all'attenzione e alla proverbiale sobrietà dei nostri postiglioni."

Sir John non replicò a questa difesa, così il dottore, con un inchino, se ne andò.

"Spero che non denuncerai quel povero ragazzo, papà" disse Lucy.

"Sarebbe inutile al momento, mia cara, come hai appena sentito, e quando si sarà ristabilito, saremo già andati via da un pezzo."

"Ah, papà," replicò Lucy, "ho paura che non sarò in grado di sopportare la fatica di un viaggio per un bel po'; mi sento così debole e scossa. Mi dispiace molto per te caro papà."

"Non ti preoccupare per me, mia cara ragazza," disse sir John, dandole un buffetto su una guancia: "Prima di tutto, tu non sai quello che può fare una notte di buon sonno, e poi, alla peggio," aggiunse il Baronetto, diventato più magnanimo dopo la cena, "non mi importerebbe di un certo disagio per qualche giorno: basta che tu stia bene." Lucy, grata, gli prese la mano e la baciò.

"Lo sai papà," disse la malata, dopo una breve pausa, "che ho scoperto da dove viene?"

"Chi?... Il postiglione?" chiese sir John, distogliendosi da riflessioni non molto piacevoli.

"Papà, papà, ma cosa dici?... Il dottore. È siciliano."

"Davvero? Ho sentito dire che la Sicilia è una terra molto bella" rispose il Baronetto piuttosto freddamente.

"Sono sicura che c'è qualcosa di misterioso in lui" continuò Lucy. "Io non credo - e tu lo credi papà? - che fosse destinato dalla nascita a diventare dottore. Non mi stupirei se saltasse fuori che è uno di quei gentiluomini che sono stati esiliati. Mi ricordo che a Roma ho sentito parlare di rifugiati politici. Sembra una di quelle teste di Van Dyck che abbiamo visto a Genova. Non ti pare molto bello, papà?"

"Sì, è un bell'uomo, e sarebbe un magnifico *chasseur* con quella barba," disse sir John in tono asciutto.

"Oh, papà, non essere cattivo... Come puoi dire questo di una persona che è evidentemente un galantuomo, e che è stato così gentile con noi?"

"Mia cara Lucy, la tua gratitudine non è molto logica. Il fatto che questa persona ci sia stata utile, non vuol dire che io debba tutto a un tratto crederlo un principe sotto mentite spoglie. Comunque, mia cara Lucy, non ho nulla da obiettare alle tue romanticherie su questo Esculapio dalla barba nera, solo ho il sospetto che lui preferirà il modo che sceglierò io per dimostrargli il senso di gratitudine che dobbiamo avere verso di lui."

Lucy lo fissò con una certa ansietà. "Non aver paura, Lucy, la parcella che offrirò al tuo eroe sarà in proporzione al suo presunto rango piuttosto che a quello apparente." E dato che Lucy sembrava ancora contrariata, il Baronetto continuò: "Sciocchina, pensi che questo dottore si sia tanto affaccendato per amore del tuo grazioso faccino?"

Lucy sospirò, perché era pienamente convinta che il dottore si fosse dato tanto da fare solo per pura gentilezza; forse era un pensiero romantico il suo. Comunque, non disse più nulla, visto che il sospiro fu seguito da un accesso di tosse che la lasciò esausta.

Quando lei si fu calmata, sir John pensò fosse opportuno lasciarla sola, nella debole speranza che potesse prender sonno. Mentre si abbassava per baciarla, il suo sguardo fu attratto da qualcosa di strano che non aveva notato prima sopra la testata del letto. Guardando meglio, vide che appesi in malo modo al muro c'erano un piccolo crocefisso di piombo, una Santa Vergine in gesso, con sotto una piccola acquasantiera incrostata, e un rametto d'ulivo, che, certamente, era stato benedetto. Chiunque abbia viaggiato per l'Italia deve aver visto cose del genere ogni giorno, o in vendita per la strada, o nelle camere da letto delle case più povere. Sir John, intransigente riguardo al culto esteriore come riguardo a qualunque altra cosa, vedendo sopra la testa di sua figlia quelli che considerava simboli d'idolatria, perse il poco di pazienza che gli era rimasta, e ordinò perentoriamente alla Hutchins di far sparire tutta quella spazzatura, e di fare in modo che lui non dovesse vederne ancora in qualsiasi altra stanza. Aspettò l'esecuzione dei suoi ordini, e poi, in uno stato d'animo non molto caritatevole, prese una candela e si ritirò nel suo alloggio.

La paura di Lucy di non potersi muovere il giorno successivo e lo stato di completa prostrazione in cui l'aveva lasciata, fecero sì che alla mente di sir John, rimasto solo un'altra volta, si riaffacciassero tristi timori riguardo alla dichiarazione allarmante del dottor Antonio sull'impossibilità di muovere sua figlia, e mentre ci ripensava, la ferma decisione fino ad allora alimentata, di non dare importanza a quella dichiarazione, cominciò a vacillare. Certo nella mente di sir John stava avvenendo una reazione. Per la prima volta, da quando era entrato nell'Osteria, l'orgoglioso gentiluomo capì che la terribile sentenza dei quei quaranta giorni in quella landa desolata poteva essere eseguita. Un'ammissione, è vero, che appena fatta fu revocata, anzi annullata, dalla convincente replica mentale che la volontà e il denaro per realizzarla non potevano fallire, dopotutto, nel superare qualsiasi difficoltà. Se si fosse steso un materasso sui sedili della carrozza, pensò sir John, e si fossero tenuti i cavalli al passo, be', Lucy sarebbe stata comoda e al sicuro come nel suo letto. Una sistemazione eccellente, senza dubbio, ma... c'erano ancora di mezzo dei "ma". Ahimè, sia che facesse o no sforzi per non vederla, la realtà, la dura realtà guardava fisso il Baronetto in faccia.

Preso da questo conflitto di pensieri si preparava a stendersi sul suo letto con un pesante sospiro - un sospiro sollecitato non solo dall'aspetto del misero giaciglio e dalla prospettiva di una notte scomoda; vecchie reminiscenze risvegliavano nella mente del Baronetto altri motivi di inquietudine. Che fosse in terra straniera, tra sconosciuti, senza nessun connazionale a portata di mano, era già abbastanza; ma il fatto che si trovasse tra italiani era davvero troppo e autorizzava l'insorgere di ogni sorta di paura. In una cellula del suo cervello c'era un arazzo di nozioni sull'Italia, su cui erano illustrati pugnali, banditi e vendette accanto a locande isolate, o case spoglie sulla spiaggia, dove i viaggiatori venivano attirati, assassinati e depredati. "Paese diabolico e spiacevole!" esclamò sospirando sir John "e dove i medici condotti devono per forza assomigliare a Rinaldo Rinaldini." Le campane delle chiese di Bordighera, che battevano l'una di notte suonando il *De Profundis*; le voci dei pescatori che si chiamavano a distanza; anche il suono del mare che si rompeva pigramente sulla spiaggia, avevano qualcosa di sinistro per l'orecchio del Baronetto. Scivolò senza far rumore fuori dalla stanza, andò alla porta della cameriera della signorina, le ordinò, in un cauto sussurro, di chiudere a chiave, poi, tornato nella sua stanza vi si barricò dentro e andò a letto in uno stato d'animo tanto gioioso quanto quello di uno che si fosse imbattuto in una tribù di pellirosse.

Dobbiamo dare atto a sir John di una cosa: se avesse saputo e creduto che l'incidente occorso a sua figlia era davvero di natura grave, il pensiero preoccupato per il suo tesoro avrebbe impedito a tutti questi insignificanti sospetti e paure di alzare le loro teste d'idra; invece, compiacendosi nella certezza che la cosa più seria era solo una caviglia slogata, e non vedendo in questo un motivo di apprensione, sir John poteva con facilità riflettere tristemente a suo piacimento, non solo sulle reali seccature, ma su quelli che gli faceva piacere pensare fossero i pericoli della sua situazione. Ma come poteva, di fronte alle molte circostanze sospette, e dopo gli evidenti suggerimenti di Antonio, essere ancora vittima di una tale illusione? La risposta è ovvia. Sir John era tratto in inganno da un'idea preconcetta, l'idea che il dottor Antonio avesse ogni interesse più a esagerare che a minimizzare la gravità del danno subito da miss Davenne. E quanto alla sua capacità di supporre che un perfetto estraneo, un medico di paese, e un italiano per di più, avrebbe potuto per riguardo a sir John, ai suoi sentimenti, evitare di dirgli l'aspetto peggiore del caso di sua figlia, una tale assurdità non sarebbe mai entrata nella sua testa. Per l'altero Baronetto sarebbe stato come supporre che… che la famiglia Davenne non era la prima famiglia di tutto il Regno Unito.

Mentre sir John si chiudeva a chiave, e il suo umile omonimo, in uno stato di grande nervosismo, faceva la guardia alla carrozza, Rosa e Speranza, i cui servizi non erano più richiesti dai loro ospiti al piano superiore, si erano ritirate nella loro cosiddetta camera da letto: un piccolo e buio retrocucina dove di solito tenevano una piccola provvista di carbone e legna. Un materasso di paglia, e una coperta in due, sarebbero stati tutto il loro letto; era quello che queste povere, semplici e laboriose creature avevano pensato di tenere per sé. Tra la compassione per la giovane signorina e il timore riverenziale per sir John, e il suo servitore John, avevano rinunciato a usare non solo quella parte della casa destinata ai modesti viaggiatori di passaggio che qualche volta vi trascorrevano la notte, ma anche le loro stanze, e tutto quello che possedevano in fatto di letti, materassi, guanciali, ecc. Non rimpiangendo per nulla il sacrificio dei loro soliti piccoli agi, madre e figlia erano totalmente prese da come potevano aggiungerne altri per i loro inaspettati ospiti. "Meno male" disse Speranza "che questi signori viaggiano con le loro stoviglie! Se no come avremmo fatto noi con i nostri quattro cucchiai e forchette d'argento? Perché pensa, mamma, che il vecchio gentiluomo deve avere cucchiaio e forchetta puliti ad ogni portata!" E le due donne cominciarono a passare in rassegna nelle loro menti le forniture di casa dei loro vicini più ricchi, prendendo in considerazione la possibilità di farsi prestare il giorno dopo, questo o quel pezzo di mobilia. Ma, dopo tutto, che senso aveva lambiccarsi il cervello quando c'era il dottor Antonio? Il dottor Antonio sarebbe riuscito a procurare tutto il necessario... il dottor Antonio avrebbe sistemato tutto. A sentire le due donne chiunque avrebbe potuto supporre che questo dottore fosse uno di quei geni da *Mille e una notte,* al quale bastava pestare un piede per far scaturire dalla terra un palazzo con tutti i suoi accessori.

"C'è una cosa, mamma," disse la ragazza "che dobbiamo fare subito: dobbiamo tirare giù il ramo di pino dal cancello. Ho capito che il vecchio gentiluomo non lo può neanche vedere: ha fatto una tale faccia quando ci è passato vicino" - "Allora lo tireremo giù" replicò la madre: "Forse sarebbe meglio togliere le panche e la tavola dal giardino. Domani è domenica, e la gente di Bordighera verrà qui dopo i Vespri, e sono sicura che al gentiluomo non farebbe piacere vedere tanta gente in giardino. A chi vuole una bottiglia di vino, la potremo servire nel salotto e a chi non sta bene così, dovrà andare da un'altra parte. Non mi sembra il caso di avere gente che fuma e che canta sotto le finestre della *Signorina.*" - "È vero" disse la figlia: "Il dottor Antonio, tra le altre cose, ha detto che non deve essere disturbata. Oh mamma, hai mai visto un viso più dolce? Assomiglia alla Madonna che c'è sull'altare" - "Già, hai proprio ragione" ne convenne Rosa.

"Dio la benedica!" - "Dio la benedica!" le fece eco Speranza; e con quella benedizione tra le labbra madre e figlia si addormentarono.

Dato che abbiamo sistemato tutti i nostri personaggi, a parte quello principale - o che almeno dovrebbe essere tale, secondo il nostro titolo - ora possiamo dare un'occhiata anche a lui.

La casa del dottor Antonio a Bordighera consiste in una stanza piuttosto grande, che funge sia da salotto, sia da ambulatorio, sia da biblioteca, e sulla quale si apre una piccola camera da letto; un lato del salotto è completamente coperto da scaffali ben pieni di libri; una mezza dozzina di sedie e un tavolo di misura media completano l'arredamento. Sul muro, opposto alle mensole con i libri, sono appesi un flauto, una chitarra, due fioretti, alcuni guanti e maschere da scherma; sotto c'è una mappa della Sicilia. Ci sono libri dappertutto, sulle sedie, sul pavimento: e ce n'è una montagna sul tavolo, di fronte a cui è seduto il nostro eroe, il quale accarezzandosi la barba pondera su un volume che assorbe tutta la sua attenzione. Tra le pagine stampate ci sono tavole a colori, di gambe con fratture di ogni genere, e con tutti i tipi di fasciature e bendaggi possibili. Di tanto in tanto il dottor Antonio si alza e cammina in su e giù per la stanza, in profonda meditazione, va agli scaffali dei libri, prende un grosso in-folio e sembra confrontare delle note. Le ore passano velocemente e lui sta ancora lì a leggere e ad accarezzarsi la barba. Ora guarda l'orologio, esclama ad alta voce il suo stupore su come il tempo sia passato, prende la lampada come se andasse a letto nella stanza adiacente, poi si ferma all'improvviso, riposa la lampada, e ancora una volta torna agli scaffali dei libri. C'è ancora un punto che non gli è chiaro del tutto, c'è una complicazione che può insorgere, e di cui non ha ancora trovato menzione. L'aurora splendente attraverso le finestre lo trovò ancora a leggere. Alla fine chiuse il libro, spense la lampada ormai inutile, e , tutto vestito come si trovava, si buttò sul letto.

CAPITOLO III

Sir John Davenne

Sir John Davenne, il quinto baronetto con questo nome, aveva ereditato insieme alle terre paterne, quello che si poteva proprio considerare un bene di famiglia, e che era stato trasmesso con cura di generazione in generazione: il *tic* di un orgoglio arrogante e alquanto esagerato; orgoglio di lignaggio, di qualsiasi persona che potesse, anche remotamente, rivendicare un grado di parentela con i Davenne, di qualsiasi cosa che appartenesse o fosse appartenuta a loro, e un equivalente disprezzo per qualsiasi cosa o creatura meno favorita in quanto a stirpe e rimembranza storica.

I Davenne di Davenne, situato nella contea di…., professavano di discendere da uno scudiero normanno chiamato D'Avesne, menzionato in varie cronache storiche per essere stato al seguito di un De Vere alla battaglia di Hastings. Sir John asseriva, come avevano fatto prima di lui suo padre e il padre di suo padre, che i Davenne avevano sempre condiviso le glorie e i pericoli dei bellicosi De Vere, i quali, come ci racconta la storia, erano nelle schiere dei crociati di Riccardo Cuor di Leone. Dalla luce presa a prestito da questi nobili, un Davenne emerse vincendo i suoi speroni d'oro di Cavaliere all'incirca in quel periodo, e da quel momento la storia della loro famiglia si fuse con quella del loro paese. I Davenne parteciparono alla Guerra delle Rose; uno fu ucciso a Bosworth, un altro andò con Essex in Irlanda; un Davenne, dopo aver combattuto virilmente a Marston Moor e a Naseby, fu tra i pochi che accompagnarono Carlo nella sua fuga in Scozia, e rimase vicino al suo sfortunato signore fino all'ultimo, uno dei cavalieri più ostinati e intrepidi. Quando Cromwell conquistò il potere assoluto, Davenne, le cui proprietà erano state confiscate, fuggì con la sua famiglia e raggiunse la Corte del giovane Carlo in Olanda. Durante la Restaurazione la sua lealtà e devozione alla causa regia gli fecero guadagnare un *dénoument* più favorevole di tanti altri cavalieri altrettanto leali e devoti. Non solo riebbe indietro le sue proprietà, ma, essendo cambiato il vento, ottenne inoltre anche quelle del suo vicino, che era, come si diceva allora, una Testa Tonda dalle orecchie mozze.[1] Nella stessa epoca il Davenne di quel tempo fu nominato Baronetto, un titolo che i due Baronetti, il padre e il nonno del nostro sir John, si erano rifiutati di convertire in uno più alto; il defunto sir Aubrey diceva che preferiva essere alla testa dei baronetti che in coda ai lord.

Dalla Restaurazione alla Rivoluzione del 1688, i Davenne sembrano aver pensato più a curare le terre paterne ereditarie che a intromettersi nelle liti dei Re e dei Parlamenti. È un fatto certo che la famiglia rimase a Davenne quando Giacomo II si rifugiò a St. Germains. Probabilmente il sir John di allora aveva dei ricordi giovanili che gli consigliarono di scrollare le spalle di fronte alla malvagità dei tempi, accontentandosi di inveire, nei suoi saloni, contro l'ostinazione dei Vescovi e dei Comuni. La sola prova di fedeltà che diede alla dinastia Stuart, fu l'evitare di apparire, lui e tutta la sua famiglia, alla Corte di William e Mary.

Lo spirito bellicoso dei vecchi Davenne improvvisamente divampò di nuovo nel figlio primogenito di questo padre prudente. Sotto Marlborough[2] combatté e si distinse raggiungendo il grado di Generale. Il suo successore, sir Aubrey, pagò il tributo alle esigenze militari del suo sire, prestando servizio durante la guerra di Indipendenza Americana. Tenendo presente il parere professionale di sir Aubrey, e i suoi alti principi Tory che si sono tramandati per secoli da Davenne a Davenne, è facile immaginare l'amarezza con cui egli vide il successo degli americani, e il riconoscimento della loro autonomia. Ma uno dovrebbe essere vissuto in quei tempi, o dovrebbe aver ascoltato dalle labbra di coloro che furono gli attori della scena una descrizione del cittadino inglese, e del gentiluomo di campagna in particolare, per poter concepire la virulenza, l'odio e l'orrore che si impossessarono di sir Aubrey quando scoppiò la Rivoluzione Francese del 1789. A volte il suo risentimento montava fin quasi al delirio quando sui giornali quotidiani leggeva i discorsi degli oratori inglesi, che all'adiratissimo Tory, sembravano esprimere, proprio nel Parlamento della Gran Bretagna, opinioni poco migliori di quelle dei Repubblicani Francesi.

L'attuale sir John, nato nel 1783, era stato educato di conseguenza ed era cresciuto, fino all'età matura, in mezzo ai sentimenti violenti scaturiti su questo lato della Manica dallo stato degli affari in Francia e da vent'anni di guerra incessante. Dal giorno in cui bambino, in piedi accanto alla sedia del padre, faceva il brindisi quotidiano "Abbasso i Francesi!", fino al momento attuale, i pareri di sir John, ciò che gli piaceva e quello che non gli piaceva, tutto aveva preso le tinte dell'ambiente passionale che aveva attraversato e in cui si era sviluppato. Un'ammirazione esclusiva e illimitata per ciò che era inglese, e un'assoluta avversione per tutto quello che non lo era, chiudevano la sua mente e le sue percezioni come dietro una muraglia cinese.

Sir John si era sposato nel 1811, due anni dopo la morte di suo padre, con la figlia del Visconte Deloraine, e nipote da parte di madre del Duca di.... Per fortuna questo matrimonio riuniva la certezza di un *"sangre azul"* degno della sua stirpe, alla soddisfazione delle sue inclinazioni, perché sir John non era un uomo che avrebbe fatto violenza ai suoi affetti, per un paio di ragioni: primo, perché odiava la contraddizione, in ogni sua forma; in secondo luogo, perché credeva che il lustro della sua famiglia fosse tale da rimediare ad ogni deficienza del blasone della promessa sposa, anche se la sua scelta fosse caduta sulla figlia di un ciabattino. Nella primavera dell'anno successivo a questa unione, nacque suo figlio, l'erede, che divenne il punto in cui si concentrarono il suo orgoglio e il suo affetto, almeno fino al 1820; quando il piccolo Aubrey aveva otto anni, arrivò una bambina a reclamare la sua parte di interesse ed amore.

Nel 1815, il Continente si riaprì ai viaggiatori britannici e sir John, che in gioventù non aveva fatto il *grand tour*, pensò che per un uomo del suo rango fosse giusto rimediare, anche se piuttosto tardi, a questa carenza di un'educazione aristocratica, e, con la moglie e il figlio piccolo, passò alcuni mesi visitando la Francia, La Germania e l'Italia. È quasi inutile dire che il soggiorno all'estero di sir John lasciò intatta la tela di ragno di pregiudizi che ricopriva il suo intelletto, e che teneva al sicuro tutte le mosche morte delle sue nozioni giovanili. I rapporti con le persone straniere e con le loro usanze, almeno quei rapporti che erano permessi dalla sua fastidiosa *morgue* e dalla perenne paura di *déroger* da essa, più che altro rafforzarono quello che sir John considerava il suo patriottismo; quella sorta di patriottismo che racchiudeva tutto l'onore, tutto il bene, tutto il valore, entro il ristretto circolo in cui lui era nato, vissuto e si era mosso.

Poco dopo questo viaggio all'estero, visto che si era liberato un posto nella rappresentanza dello ...*shire*, dove Davenne si trovava, sir John fu spinto a candidarsi per la contea, ma declinò quell'onore, come, in verità, aveva costantemente declinato di essere eletto nel municipio cui apparteneva la sua famiglia. Sir John aveva abbastanza buon senso per sapere che non era nato per brillare né come oratore né come uomo di stato, e troppo orgoglio per figurare soltanto tra i silenziosi "sì e no" del Parlamento. Ma l'ambizione che non aveva per se stesso, sir John la carezzava, e si sentiva ampiamente giustificato nel farlo, per suo figlio. Aubrey era un ragazzo che somigliava a un Ercole, pieno della giovialità e dell'arroganza tipiche dell'infanzia indisciplinata dei ricchi. La forte, innata vivacità, la briosa sfacciataggine e la coraggiosa risposta pronta, erano, agli occhi di suo padre, altrettanti segni di un genio precoce. Uomini molto più intelligenti di sir John restano accecati dalla parzialità di padre e dall'orgoglio di progenitore. Quindi Aubrey, evidentemente destinato a diventare un grande uomo, fu votato al Parlamento e alle cariche politiche fin dalle fasce, e, non ne era ancora uscito, che fu messo nelle mani di un tutore, che doveva guidarlo a spron battuto alla prima tappa del suo viaggio, Oxford. Ma il piccolo William Pitt in erba oppose ad ogni trasfusione scientifica o letteraria una *vis inertiae* degna di miglior causa; che, percepita alla lunga persino dall'infatuato padre, spinse questi a mandare suo figlio a Eton, dove, in effetti, il giovane gentiluomo presto si distinse, non nell'apprendimento classico, ma nelle arti indigene della boxe e della scherma col bastone.

A diciassette anni Aubrey, a un tratto un *petit-maître* e un giovane briccone sfrontato, lasciò Eton e la vita dello studente. Sembrava già un uomo, essendo il suo sviluppo fisico indirettamente proporzionale a quello intellettuale. Quando fu informato da suo padre che sarebbe dovuto andare a Oxford, e che era votato fin dall'infanzia al sacerdozio di Downing Street, Aubrey si permise di affermare con chiarezza che lui odiava la politica, in generale pensava che i libri fossero una noia, e, com'era sicuro che doveva andare a Oxford, così era certo che sarebbe stato sospeso se non espulso, che già da lungo tempo aveva deciso di non servire nessun altro Dio o Dea se non Marte; e che la miglior cosa che suo padre potesse fare era quella di procurargli subito il diritto di difendere i colori di Sua Maestà. Tutto questo fu detto con spedita impertinenza che colpì al cuore l'ambizione accarezzata dal padre. Sir John provò a ragionare, a persuadere, a protestare e infine a minacciare; ma Aubrey era figlio di suo padre; scosse la sua bella testa, maledì il Municipio e il Parlamento; e come ultimatum disse che se suo padre non avesse consentito a lasciarlo entrare nell'esercito da gentiluomo, si sarebbe arruolato come soldato semplice.

A sir John si rizzarono i capelli in testa nel sentire la dichiarazione del giovane caparbio, e mentre ascoltava gli si accese nella mente la convinzione che il ragazzo sarebbe stato capace di farlo; sir John conosceva bene il sangue dei Davenne, e aveva svariati ricordi della precoce ostinazione del signorino Aubrey. La lotta andò avanti per un po', ma finì, è ovvio, con Aubrey vittorioso; perché, sotto lo strato di dignità, che faceva di sir John una persona piuttosto notevole, si nascondeva, come abbiamo accennato, una serie di debolezze - la più naturale delle quali era l'eccessiva indulgenza paterna. Ora Aubrey, con il suo portamento virile e le sue belle sembianze, era nato per essere il vittorioso oppositore, anzi no, il tiranno di suo padre. Agli occhi del Baronetto, l'arroganza che era alla base del carattere di suo figlio - un'arroganza così intensa che sembrava che tutto l'orgoglio dei Davenne defunti scorresse come sangue nelle sue vene - era semmai una grazia in più. Persino tutte le ragazzate di Aubrey ad Eton, che, come egli stesso raccontava, sembravano derivare dalla sua presunzione ingiustificata, non avevano fatto altro che renderlo simpatico a sir John, il quale vedeva in questo spirito che tollerava con difficoltà un suo pari, solo il giusto orgoglio degno di un rappresentante dei Davenne. Così avvenne che sei mesi dopo aver lasciato Eton, Aubrey fu destinato come alfiere di cavalleria a un reggimento di dragoni, e prima della fine dell'anno salpò con la.... per l'India; era riuscito a portare suo padre non solo ad acconsentire al suo ingresso nell'esercito, ma - cosa ancor più difficile, perché qui la sua idolatria per il figlio era in lotta con i desideri del ragazzo - a prendere accordi perché fosse trasferito in un reggimento destinato a Calcutta. Quello che Aubrey aveva sognato da sempre, anche ad occhi aperti, era la caccia all'elefante e alla tigre, e l'India era per lui la terra di Canaan. E così la realizzazione delle aspirazioni del figlio aveva distrutto quelle del padre. Scottato da questa grave delusione, la prima di una qualche importanza nella sua, fin qui, incontrastata vita, sir John, guardandosi intorno in cerca di consolazione, si rese conto, per la prima volta, che aveva a portata di mano un balsamo, per il suo cuore afflitto, nel pallido e amabile cherubino che sollevava verso di lui le sue braccine, e sembrava reclamare la sua parte d'amore, una parte che fu presto tutta per lei. La ferita che la volontà egoistica di Aubrey aveva inflitto non era ancora guarita del tutto, che la morte di Lady Davenne gettò nuovamente una profonda tristezza addosso alla casa del Baronetto. Da tempo la salute di Lady Davenne stava declinando, e più rapidamente che mai dopo la partenza del figlio. Il colpo, anche se atteso, fu comunque tremendo. Il dolore di sir John fu estremo, anche se silenzioso e nascosto; perché l'altero Baronetto considerava qualsiasi dimostrazione esteriore di un forte sentimento, incoerente con la propria dignità. Aveva anche un'altra e più importante ragione per controllare le sue emozioni, e cioè la paura di aggiungere al violento dolore della figlia, anche il suo.

Sir John si ritirò nella sua casa di campagna, e là visse in relativa solitudine, interamente assorbito da sua figlia, che era diventata la sua sola occupazione - il suo unico piacere. Lucy era una bambina debole, sensibile e intelligente che aveva davvero bisogno di tutta la cura e la protezione di un genitore, uno di quei fiori belli e fragili che suscitano in egual misura speranza affettuosa e tenera ansia. Comunque l'aria di campagna, gli orari regolari, e una prudente alternanza di esercizio e riposo, di studio e divertimento, sotto la direzione di una assennata governante, rafforzarono la sua salute con tale successo che a diciassette anni miss Davenne, anche se ancora un po' delicata, era diventata una ragazza alta, fiorente e allegra, e stava anche diventando bella.

Ora l'aspettava la vita di una damigella di Londra. Sir John non aveva mai dubitato che lei potesse abbandonare le usanze della sua casta. Doveva essere presentata a Corte; e le persiane chiuse della casa in…. Square furono nuovamente aperte, e tutto e il sole e la luce che si possono trovare in una metropoli della Gran Bretagna brillarono nelle nobili stanze. Quindi sir John e sua figlia andarono in città nella primavera del 1837; e Lucy, una volta lanciata nella corrente dell'allegria londinese, cominciò a girare vertiginosamente nei suoi mulinelli. La fine della sua prima stagione la colse con le guance pallide e lo spirito esausto; ma il timore che sir John aveva provato fu dimenticato con facilità, quando vide che alcuni mesi di relativa calma a Davenne sembravano averla rimessa in sesto. La gioventù è un potente ausilio alla guarigione; così quando tornò la primavera, trovò padre e figlia nuovamente a Londra. Ma il dare o frequentare feste, i saloni animati e le ore tarde, non impiegarono molto ad annullare i benefici effetti della natura. Il capo di Lucy si piegò prima che si raggiungesse il culmine della stagione; il padre udì di nuovo con preoccupazione la tosse secca e stizzosa - il segnale di un nemico che lui non aveva dimenticato. Il povero sir John chiamò prima un medico e poi un altro; uno consigliò aria di campagna e una dieta a base di latte, un secondo, abluzioni fredde esercizio a cavallo; un terzo, bagni di mare e bicchieri di Porto - ma tutti furono d'accordo sulla necessità di una totale astinenza da ogni forma di eccitazione o baldoria. Si provò di tutto, ma nessuno dei rimedi riuscì a bandire gli accessi di tosse importuna che trapassavano il cuore del padre terrorizzato, niente poteva sconfiggere il languore morboso che sembrava quasi arrestare il flusso della vita di sua figlia. Lucy continuò così per alcuni mesi, fino a che i dottori diedero questo consiglio, che ad orecchie esperte suonava come una campana a morto: "Provate un cambiamento di clima; a miss Davenne fate trascorrere il prossimo inverno a Roma" fu decretato. Nonostante un vecchio malanimo che aveva contro Roma - "Il posto più deprimente della Cristianità," come sir John soleva chiamarla - e rinunciando ai ritrovati piaceri dei club e delle compagnie, il Baronetto non ebbe un attimo di esitazione. La casa di Londra di nuovo esibì le imposte chiuse - quel desolato segno di abbandono; la governante a Davenne lavorò un mese per rivestire tutto il mobilio; e sir John e sua figlia andarono a Roma. Il sacrificio fu ripagato. L'inverno del 1839-40 fu uno dei più belli e miti mai registrati a Roma, e respirare per sei mesi quell'aria soave e congeniale ebbe un effetto assai ricostituente sulla salute di Lucy. Sir John era così felice di questo risultato, che, con l'approvazione di un dottore inglese di una certa fama, decise di prolungare la permanenza fino all'arrivo del clima caldo, di viaggiare in Svizzera durante l'estate, e tornare di nuovo a Piazza di Spagna per un altro inverno. Aveva appena organizzato tutto che arrivò una lettera di Aubrey, ora Capitano Davenne, datata a Madras, che annunciava la sua intenzione di tornare, con la prossima diligenza postale, per un congedo di tre anni. Questo comportò una variante, o meglio una modifica ai piani di sir John. Dovevano lasciare Roma più presto di quanto fosse stato programmato, e l'Inghilterra avrebbe preso il posto della Svizzera nel loro itinerario. La sola imposizione data dal dottore, consultato di nuovo, fu che il viaggio avrebbe dovuto essere fatto per mare e non via terra, così da risparmiare ogni possibile fatica all'appena convalescente Lucy.

Seguendo questo consiglio, sir John e sua figlia, verso la metà di marzo, s'imbarcarono a Civitavecchia a bordo del vapore governativo, diretto a Marsiglia. Il mare era come un lago quando levarono l'ancora, ma il bel tempo durò solo poche ore. Improvvisamente arrivò una di quelle burrasche furiose frequenti nel Mediterraneo in quel periodo dell'anno. La nave, a eliche ferme, restò per una notte e un giorno alla mercé dei venti e delle onde, e solo dopo uno scampato naufragio nel Golfo di La Spezia, i passeggeri furono fatti scendere nella città che porta questo nome e che si trova ad est di Genova. Il terrore prolungato e il mal di mare avevano così gravemente debilitato Lucy da renderla incapace di muoversi o persino di stare in piedi; dovette essere portata a riva in questo stato pietoso, e ci volle più di una settimana di cure e di quiete perché riacquistasse la forza sufficiente a riprendere il viaggio; questa volta via terra, e con brevi tappe, facendosi precedere ogni mattina da un corriere che provvedeva alla migliore sistemazione possibile per la notte. Sfortunatamente la spossatezza non era il solo risultato della combinazione di paura e mal di mare. Alcuni dei vecchi sintomi, che erano svaniti durante il soggiorno a Roma, riapparvero, allarmando grandemente sir John.

Fu nel quarto giorno dopo aver lasciato La Spezia quando, avendo dormito ad Oneglia, presumevano di essere a Nizza per la sera, che la nostra storia colse il padre e la figlia; quest'ultima, come abbiamo descritto, tossendo senza requie in cerca di sollievo e sonno, il primo, diviso tra l'ansia nuovamente risvegliatasi per la figlia e la preparazione mentale di svariati discorsi per il figlio, tutti intenti a persuaderlo di lasciare l'esercito ed entrare in politica.

CAPITOLO IV

Schermaglie

Piuttosto pensieroso, ma con la sua solita aria di sicurezza, a buon passo regolare, ma senza fretta, il dottor Antonio, la mattina dopo di buon'ora, scendeva dalla collina di Bordighera diretto verso la locanda, dove stava la sua giovane paziente. Il dottor Antonio non era bello, almeno non bello come sono generalmente gli eroi dei romanzi. Aveva una bocca larga, un naso dal taglio né greco né romano, gli zigomi piuttosto alti, insomma un insieme di lineamenti tutto sommato irregolari e in un certo qual modo leonini - in loro favore si poteva dire soltanto che erano molto espressivi e intelligenti. Dietro le sue tempie rotonde e prominenti, che a volte contraeva in modo straordinario, si nascondevano forza di volontà e di pensiero. Il suo sorriso, a volte tinto con un'ombra di placida ironia, era di solito dolce e accattivante. Nel suo insieme l'uomo aveva un aspetto importante, con qualcosa in lui che incuteva forse più rispetto che simpatia.

Il nostro dottore, dunque, la mattina presto, si avviava verso l'Osteria *del Mattone*: così infatti si chiamava l'umile locanda; non abbiamo elementi per dire se portasse questo nome per via del rosso dei suoi mattoni, o se era perché si trovava su un terreno occupato un tempo da una fabbrica di mattoni. Nessuno provvisto di occhi poteva azzardarsi a negare che aveva un aspetto tanto desolante quanto bizzarro. Il fatto era che, quando fu costruita, la casa doveva avere la facciata sul lato nord, cioè di fronte alla strada, ma nel corso del tempo, probabilmente per evitare la polvere, la porta e le finestre originali erano state murate con pietre e calce, e ne furono aperte di nuove sulla facciata opposta, cioè sul lato fronte sud. Il risultato era contorto e scomposto, in certo qual modo innaturale, molto ridicolo a vedersi. Per rimpiazzare le scale che all'origine portavano dal pianoterra a quello di sopra, e che la disposizione attuale aveva reso inutili, era stata aggiunta all'esterno una doppia rampa di scalini di pietra massiccia, che in alto raggiungeva un largo pianerottolo o terrazzino, andando dal giardino fino al piano superiore all'altezza della finestra centrale, tagliata in modo da fungere come porta d'ingresso a vetri. L'enorme scala e il terrazzino, essendo tristemente fuori proporzione con la minuscola casa su cui poggiavano, aumentavano la stranezza della sua fisionomia, e suggerivano l'idea del cappotto di un uomo adulto buttato sulle spalle di un bambino di dieci anni.

Il dottor Antonio trovò la sua paziente in uno stato lontano dall'essere soddisfacente. Lucy aveva a malapena chiuso occhio durante tutta la notte, si lamentava per il mal di testa e la sete costante, aveva le labbra secche; il suo polso non era buono: aveva la febbre alta. "Avrei dovuto farle un salasso ieri" disse il dottore dopo averle tastato il polso "Ha qualche obiezione a farsi salassare?"

"Assolutamente no, se lei dice che è necessario," rispose Lucy "ma è meglio che ne parli con papà, prima."

"Molto bene, sarebbe così gentile allora da mandare la sua cameriera a dire a sir John Davenne che vorrei parlargli?"

La Hutchins, con un'occhiata alla sua padroncina, fece per andare.

"Aspetta un attimo nella tua camera, prima di andare da papà" disse Lucy "voglio chiedere una cosa al dottor Antonio."

Appena furono soli, Lucy spalancando gli occhi, lucidi per la febbre, li puntò con decisione sull'alquanto stupito dottore, e poi disse: "Sono in pericolo?"

Il dottore scoppiò a ridere.

"Non più di quanto lo sia io" rispose. "Cosa le ha fatto venire un'idea del genere?"

"La prego," disse Lucy "non provi a prendermi in giro; non mi tratti come una bambina. Non ho paura di morire, e se sto morendo è mio diritto saperlo, e io devo e voglio saperlo."

"Sono sicuro che lei ha un cuore coraggioso," replicò il dottore, con una certa emozione, "ma le posso assicurare che la sua attuale situazione non richiede affatto la sua forza d'animo. Mi creda, lei al momento ha tante probabilità di morire quante ne ho io.

"*Parola*?" chiese Lucy, tendendo la sua piccola mano.

"*Parola*" rispose Antonio, prendendola con la sua.

"Grazie," disse Lucy "ora le dirò cosa mi ha fatto pensare di essere in pericolo. La prima persona che ho visto stamattina presto è stata la ragazza che lei chiama Speranza. Suppongo fossi mezza addormentata, perché non l'ho vista entrare nella stanza. Stava seduta su una sedia e mi guardava intensamente. I suoi occhi, che sono sempre così espressivi, quando incontrarono i miei erano pieni di pietà e tristezza, tanto che un brivido di paura mi colpì il cuore. Lacrime, proprio grosse lacrime le stavano scendendo giù per le guance. Ho pensato che una ragazza non poteva essere così disperata riguardo a un'estranea, a meno che io non fossi afflitta da qualcosa di molto grave, e dato che mi sentivo così male potevo solo immaginare di..."

"Ma che assurdità!" la interruppe il dottore. "Speranza è una sciocchina, piena di sentimento che non può fare a meno di mostrare, anche quando non è il caso. Noi italiani siamo conosciuti come persone stupidamente espansive, lo sa," aggiunse sorridendo "comunque non mi stupisco che una ragazza di buon cuore, com'è Speranza, si commuova fino alle lacrime vedendo lei così giovane e così..." (qui Antonio si fermò ed esitò, ma non più di un secondo) "... così bella, soffrire tanto. Adesso mi permette di vedere suo padre?"

"Oh! sì" e alzando un pochino la voce, Lucy ordinò alla Hutchins di andare a consegnare il messaggio del dottor Antonio.

Sir John si era alzato molto presto nel deplorevole stato mentale di uno che ha trascorso una notte deplorevole, con un inizio di attacco di gotta in arrivo. Aveva già visto la Hutchins e ricevuto da lei un rapporto sfavorevole sullo stato di sua figlia, e quindi era caduta ogni speranza di partire il giorno stesso. Sir John inoltre, avendo chiesto di John perché gli portasse i rasoi, aveva scoperto che non era nei dintorni. Questa sequela di seccature aveva agito in modo violento sui nervi del dispotico Baronetto, che aspettava con impazienza il ritorno del suo servitore per poter rovesciare sulla sua grossa testa sferica tutta la quantità di malumore - malumore, non collera è il termine giusto - che era represso nel suo petto. "Va tutto storto in questo maledetto paese!" esclamò il Baronetto, nel tentativo di provare sollievo.

Sir John aveva sull'Italia e sugli italiani poche ma precise nozioni. L'Italia, sir John lo ammetteva, era un bel paese, ma poco vivibile; un forno d'estate e una ghiacciaia in inverno. Roma era un posto che valeva la pena vedere, ma deprimente! deprimente! deprimente!

Diceva che gli italiani erano persone rapaci, trasandate, dalla parlata melliflua, che non uscivano mai senza un rosario in una mano e un pugnale nell'altra. Un uomo su due incontrati per strada o fa il cantante o è un bandito, o è un nobile decaduto che vive di espedienti; il catalogo degli individui che costituivano il corpo sociale italiano si era arricchito in ultimo con la nuova aggiunta dei repubblicani cospiratori, assetati di sangue, che complottavano continuamente contro i legittimi regnanti - una varietà nuova della specie italiana, di cui sir John aveva molto sentito parlare durante l'ultima permanenza a Roma dal nipote di un Cardinale, un giovane principe romano, molto influente nella società inglese. Perché, per meglio studiare il carattere, le abitudini e i modi degli italiani, sir John frequentava solo famiglie inglesi; aveva un dottore inglese, servi inglesi, persino un cuoco inglese, mangiava cibi inglesi, beveva *soi-disant* vini inglesi e comprava in negozi inglesi: insomma sir John aveva creato a Roma una piccola Londra a proprio uso e consumo.

Quando John, al suo ritorno, si presentò al padrone, aveva sulla faccia un'espressione disperata talmente intensa che, anche nell'attuale stato d'animo, il Baronetto cambiò la meditata tempesta di invettive nella domanda... "Cosa diavolo succede ora?"

"Sono stato a Bordighera, signore," rispose John "e non si trovano né manzo, né tè, né burro fresco! Cosa dobbiamo fare?" chiese in un tono così pietoso che tre quarti di sorriso stiracchiarono le labbra di sir John.

Proprio in questo interessante momento si sentì bussare alla porta ed entrò miss Hutchins con il messaggio. Il Baronetto, un po' preoccupato, andò subito nell'atrio, dove trovò il dottore. Sir John lo pregò di sedersi.

"Questa mattina ho trovato miss Davenne" cominciò il dottore prendendo una sedia "con la febbre alta. In fondo me l'aspettavo. Penso che le farebbe bene un piccolo salasso."

Sir John, che aveva tra i suoi pregiudizi preferiti quello che tutti i dottori italiani salassavano **tutti** i loro pazienti fino a farli morire, sentendo questa proposta diede un balzo sulla sedia, e disse, con gran calore:" Salasso? Nessun salasso, per nessuna ragione! Non permetterò nessun salasso!"

Il dottor Antonio arrossì fin nel bianco degli occhi - e chissà che cosa avrebbe voluto replicare! - ma con un grosso sforzo trattene la risposta pronta e disse, lentamente e con calma: "Neanche se io le assicuro che è assolutamente necessario?"

"Non ne riconosco la necessità" ribadì sir John ostinatamente. "E non salassare mia figlia è la condizione *sine qua non* se vorrete continuare a curarla"

"Se la mette così..." disse il dottore e, senza ulteriore discussione, tirò fuori la sua agenda e scrisse alcuni nomi su un foglietto volante, che diede a sir John continuando: "Questi sono i nomi e gli indirizzi dei due medici professionisti più vicini, la signorina sarà ben curata da uno qualsiasi dei due. Non mi allontanerò fino a quando uno di questi due signori non sarà qui." Così dicendo, si alzò con un inchino, andò sulla terrazza, e si appoggiò alla ringhiera con le braccia conserte, con l'atteggiamento di una sentinella che aspetta il cambio.

Trovandosi di fronte alla risoluzione messa in atto così repentinamente dall'italiano, sir John, come la maggior parte delle persone che si sono lasciate trascinare dalla passione, cominciò a pentirsi di essersi spinto tanto oltre. Le difficoltà sfilavano nella sua mente cocciuta una dopo l'altra, come la catena delle Alpi. "Supponiamo che nessuno dei due dottori parli inglese - e non è molto probabile che lo facciano; supponiamo che Lucy, che ha preso in simpatia questo Antonio, si rifiuti di vederli, supponiamo che quest'uomo abbia ragione, e supponiamo che la vita di mia figlia sia messa in pericolo dalla mia opposizione. Non c'è altro da fare" pensò sir John "se non una piccola riconciliazione con questo sgradevolissimo italiano - l'uomo, certamente, non aspettava che una parola" e con uno sforzo prodigioso il Baronetto chiese con un tono querulo: "Perché vorrebbe salassarla?"

"Perché" rispose Antonio, girandosi verso di lui mentre iniziava a parlare, e riprendendo poi la sua posizione precedente, "perché, come ho già dichiarato, penso sia indispensabile."

Seguì un silenzio di tomba.

"Gli italiani curano sempre allo stesso modo" sbottò sir John parlando da solo ad alta voce "o il bisturi o niente: gli stessi medicastri in tutta la nazione. No, no, non può essere; come posso permettere un salasso?"

Antonio sentì tutto ma non replicò nulla.

"Dottor Antonio, lei quindi è proprio deciso a salassare?" esclamò il Baronetto, camminando esasperato per la stanza.

"Si sbaglia" ribatté il giovane uomo, con una certa arroganza. "Sono deciso a non fare più nulla riguardo a questo caso, se non consegnare la signorina in mani migliori. Aspetterò di sotto l'arrivo del mio successore" e si mosse verso la scala. Sir John si avvicinò alla porta a vetri e disse con assoluta disperazione:

"Forse sono stato troppo impulsivo; ma lei potrà capire i miei sentimenti, signore… i sentimenti di un padre per la sua unica figlia."

C'era un'angoscia genuina nella voce, un'angoscia genuina nel tic mimico del Baronetto, come notò il dottore che si era voltato a guardarlo.

"La prova che io capisco e rispetto i suoi sentimenti" precisò Antonio, "è il fatto che invece di risentirmi per i suoi insulti verso la mia professione e il mio paese, come avrei fatto con chiunque altro, io la scongiuro un'altra volta di lasciarmi fare quello che considero necessario per la mia paziente."

Queste parole furono pronunciate così semplicemente, seppure con serietà; c'era una tale impronta di dignità in quest'uomo, mentre stava sulla soglia con l'atteggiamento di uno che dà un solenne avvertimento, così tanta reticenza eppure tanta cortesia nella sua voce, che sir John, esasperato com'era, non poté non essere colpito da questo *ensemble*, e disse, con evidente esitazione:

"Se acconsentissi al salasso di mia figlia, andrei contro ogni consiglio datomi dai dottori che l'hanno avuta in cura sinora."

"Anche io le darei lo stesso consiglio," assicurò Antonio "ma ci sono certe condizioni in cui bisogna modificare le regole più salutari, e lo stato di miss Davenne è uno di questi casi."

"Bene" acconsentì sir John, "vista la mia situazione non ho scelta se non permetterle di fare quello che lei ritiene opportuno; ma si ricordi che salassando miss Davenne agisce interamente sotto la sua responsabilità."

"Una cosa da cui non mi sono mai sottratto e che accetto volentieri," replicò Antonio, illuminandosi, e senza frapporre indugi ritornò nella camera di Lucy.

Sir John aveva appena dato il suo sgarbato consenso che già era pieno di rabbia verso se stesso per averlo fatto, e ritornò nella sua stanza con l'aria di un uomo afflitto per il dolore. Dopo un quarto d'ora, questo sentimento, curato e coccolato a dovere, cresciuto, si era espanso ed era maturato in una convinzione chiara e decisa: che avevano avuto la meglio su di lui con disonestà, una scoperta a cui seguirono un'intensa commiserazione di sé, la vittima, e uno scoppio di bruciante indignazione verso Antonio, il carnefice. "E così eccomi qua, alla mercé di quest'uomo!" si disse sir John. Tutto il sangue orgoglioso dei Davenne vibrò nelle sue vene all'idea. Si avviò con rabbia verso la porta a vetri e chiamò John, che, depresso stava passeggiando in giardino, perché ordinasse al più presto dei cavalli di posta per la carrozza e lo raggiungesse di sopra, subito dopo averlo fatto. Poi aprendo lo scrittoio con gesto violento, il Baronetto cominciò a scrivere, non con l'abituale pomposa calma, ma in modo molto teatrale, con trattini a destra e a manca, capaci di fare a pezzi la carta, accompagnati da uno scricchiolio e da uno schizzar della penna, sufficienti a dare sui nervi a chiunque non fosse stato infuriato come lui.

Sir John aveva finito e sigillato la sua adirata lettera, quando il servitore riportò la consolante notizia che i cavalli sarebbero arrivati immediatamente. "Attaccali appena arrivano," comandò il Baronetto "e vai a Nizza più presto che puoi con questa lettera per il Console Britannico, e consegnala nelle sue mani. Gli chiedo di darti il nome e l'indirizzo del primo medico della città… medico inglese si intende. Trovalo e portalo qua ad ogni costo e nel minor tempo possibile. Nessuna sosta sulla strada; devi essere di ritorno entro domani."

John si inchinò, e dopo dieci minuti sir John ebbe la consolazione di sentire la carrozza che andava via.

Bisogna dire qualche parola sul messaggero. John Ducket era il discendente diretto di una generazione di servitori della famiglia Davenne, tutti come lui nati e cresciuti nella proprietà di Davenne, e che si erano succeduti come maggiordomi uno dopo l'altro con una regolarità che aveva finito per rendere quel lavoro un'eredità di famiglia. John, nato quando il suo padrone era ancora in fasce, era stato assegnato da sir Aubrey al proprio erede, in riconoscenza dei servizi fedeli dei Ducket. Mentre il tempo usava la sua falce, John prese il posto del padre e del nonno, ed era divenuto il valletto personale di sir John - un uomo nel quale il Baronetto riponeva infinita fiducia, e, cosa meno onorevole per il suo padrone - un uomo che era spesso il suo *souffre-douleur*. John era stato addestrato all'obbedienza passiva fin dalla gioventù, e continuava a camminare sulla strada di un'obbedienza che non gli sembrava per nulla onerosa, dato che se c'era una persona al mondo che teneva in considerazione la famiglia Davenne più di sir John stesso, questa era John Ducket. Ne adorava anche il solo nome: per lui ogni parola che usciva dalle labbra di sir John aveva l'autorità di un oracolo. Se sir John gli avesse ordinato di andare a Nizza e riportargli indietro la prima persona che incontrava in città invece del primo medico, John sarebbe partito con la stessa determinazione di obbedirgli alla lettera, e avrebbe creduto che sir John avesse perfettamente ragione.

Mentre John, allegramente a suo agio nella carrozza del padrone, gioca a fare il Baronetto, e sdegnosamente guarda dall'alto in basso i viaggiatori a piedi, che lo scambiano per un grosso personaggio e si toccano il cappello in segno di saluto, facendosi da parte per lasciarlo passare; mentre sir John conta le ore che passano, e nell'animo assapora la vendetta, quel frutto così dolce nell'aspettativa, così amaro nel gustarlo, il dottor Antonio attende con ansia malcelata l'effetto del salasso mattutino. Si è già informato quattro volte nel corso di poche ore, e miss Hutchins continua a dare la stessa risposta, che lui continua a ricevere con lo stesso sguardo di intensa soddisfazione: "miss Davvenne è tranquilla e sembra essersi addormentata." Dato che a nessuno è permesso entrare nella sua stanza per paura di disturbare un riposo così a lungo agognato e così necessario per la povera ragazza, miss Hutchins, che la guarda attraverso la porta lasciata aperta tra le due camere, di tanto in tanto va in punta di piedi da sir John e gli fornisce lo stesso bollettino. La casa, grazie alla cura premurosa di Rosa e di sua figlia, è così silenziosa che uno potrebbe pensarla disabitata. I clienti domenicali di Bordighera sono stati mandati via spietatamente. Verso sera Lucy chiama la sua cameriera, e chiede se il dottore è venuto. È da un'ora che se ne sta seduto sul pianerottolo da solo, e va subito da lei. Lucy si sente meglio, pensa persino di aver dormito. Antonio le tasta il polso con le dita, desidera che lei non parli, porge alle sue labbra un bicchiere contenente un lieve sonnifero, e le augura una buona notte. Non ci sono dubbi; il provvidenziale salasso ha dissipato le complicazioni che lui temeva; si intuisce dal suo viso che si è tolto un grosso peso dal cuore. Procedendo verso casa il suo passo è più vivace di quello del mattino, e abbozza un motivetto mentre cammina.

Lucy dormì, e profondamente; in realtà non si svegliò fino alle dieci del mattino dopo, e allora si sentì così rinfrescata e così tranquilla da sentirsi quasi un'altra creatura. "Stavo cominciando a pensare che volesse licenziarmi tutto a un tratto" annunciò Antonio allegramente, mentre miss Hutchins lo faceva entrare: "Sono già passato due volte stamattina, e ogni volta ho trovato le porte chiuse."

"Ho dormito fino a tardi, davvero troppo" disse miss Davenne un po' confusa.

"Benissimo" replicò il dottore; "deve rifarsi del tanto tempo perduto. E come si sente? Il suo aspetto è messaggero di buone notizie."

"E che cosa dice?" chiese Lucy. "Vediamo se dice il vero."

"Dice" proseguì Antonio "primo, che ha avuto una bella febbre; secondo, che ha voglia di fare colazione. Ho indovinato?"

"Come un secondo Daniele" rispose Lucy sorridendo. "avevo proprio voglia di una tazza di tè e di burro fresco."

"Mhmm" disse il dottore "per la tazza di tè non c'è problema. Ero talmente sicuro che una signorina inglese avrebbe sospirato il suo tè che, vede, ne ho messo in tasca un po' per lei."

"È stato gentile!" esclamò Lucy "Ma a lei, da buon gentiluomo italiano, non piace il tè?" chiese con una certa malizia.

"Al contrario, sono un gran devoto della 'tazza che rallegra ma non inebria'. Anch'io faccio sempre colazione con il tè. Quanto al burro fresco, bé, è un'altra faccenda. Credo che pur volendo scambiarlo a peso d'oro, non gliene troverei neanche una briciola in tutto il vicinato."

"La gente non mangia burro da queste parti?" si informò Lucy "o vuole dire che nessuno qui sa come farlo?"

"Non sono così arretrati" rispose l'italiano "ma le spiegherò tutto tra poco. Dato che lei è stata una paziente così amabile, che mi ha dato così tanta fiducia, devo trovare il modo di ricompensarla. Le farò io stesso del burro."

"Lei!" esclamò Lucy "lei fa il burro?"

"Vedrà," rispose lui, quasi ridendo di quella genuina sorpresa, e uscì dalla stanza; ritornò dopo un quarto d'ora, portando una grossa bottiglia piena per tre quarti di latte.

Poi, seduto vicino al letto, e con tutta la serietà del mondo, cominciò ad agitare la bottiglia con una violenza e una perseveranza che presto lo fecero diventare rosso come il fuoco. Lucy cercò invano di non ridere. "Lei sta ridendo del mio modo di fare il burro," constatò lui con molta calma "è un modo primitivo, è vero, ma funziona benissimo." E la bottiglia continuava ad andare su e giù. "Guardi," disse, tenendola davanti al grande paio di occhi che lo fissavano con uno sguardo misto di divertimento e meraviglia, "le vede quelle palline? Sono l'inizio della sua porzione di burro."

"Ma si è dimenticato" insinuò Lucy "di raccontarmi perché siete obbligati a farvi il burro da soli;" e mentre parlava, un pensiero le attraversò la mente 'Cosa penserebbe papà se vedesse il dottore adesso?'.

"In primo luogo" spiegò il dottore "la terra è troppo asciutta qui per offrire dei buoni pascoli, e questa è la ragione per cui i nostri contadini non tengono più di una o due mucche. Ora, il latte di una o due mucche non dà abbastanza crema per fare il burro un giorno sì e uno no, lei lo sa."

"No, non ne so niente di queste cose," ammisse la ragazza ancora ridendo "ma vada avanti."

"Di conseguenza" riprese lui "si aspetta di avere la crema di una settimana prima di fare il burro, e dato che a quel punto la maggior parte della crema è rancida, il burro che ne viene fuori è una roba detestabile, che brucia la gola e quasi ti soffoca. Eppure potrebbe essere ottimo, perché, grazie alle piante aromatiche che crescono in abbondanza qui intorno, il latte, anche se non molto ricco, è davvero dolce. Ma la verità è che non c'è domanda per il burro."

"Non c'è domanda?" ripeté Lucy. "E come fa la gente da queste parti, voglio dire le famiglie benestanti?"

Il dottore sorrise: "Non siamo in Inghilterra, *signora* e troviamo che il nostro olio sia un eccellente sostituto."

"Oh!" disse Lucy "io per l'olio ho un tale orrore."

"Uno dei vostri pregiudizi inglesi," rispose lui. Seguì un breve silenzio, durante il quale Lucy esaminò il viso intelligente e virile e la figura imponente del dottore, così in contrasto con la sua occupazione.

Alla fine, dopo una zelante occhiata scrutatrice nella bottiglia il dottore esclamò: "*Eccolo, oh caro*, ecco qua la sua porzione di burro" E con un'aria leggermente trionfante, aggiunse: "Ora devo provvedere a sciacquare e pressare la mia microscopica produzione, prima che si sciolga." Il contegno di miss Hutchins durante l'intera esibizione sarebbe stato un buon studio per un pittore; incredulità, derisione, e alla fine meraviglia, erano mirabilmente espresse in ogni tratto del suo viso.

"Dato che non posso venire a fare il burro tutti i giorni," disse il dottore tornando "credo che il modo migliore per avere burro fresco per lei e il suo seguito sia quello di prendere in affitto un paio di mucche per il vostro bisogno. Se lei vuole, Speranza potrà organizzare la cosa, e le mungerà di persona, ha detto, per essere sicuri che il prodotto sia genuino. E visto che siamo in argomento di cibo, si lasci dare uno o due consigli che le potranno essere utili, in quanto non sarà in grado di lasciare questo povero luogo per un certo tempo."

"Cosa farà papà allora?" chiese Lucy ansiosamente "è così impaziente di andare a Londra."

"Mia cara ragazza," rispose il dottor Antonio, con tono tranquillizzante "stia sicura che a sir John non importa altro se non la sua guarigione; quindi ora ascolti quello che stavo per dirle. Ogni giorno passano di qui due diligenze postali, una da Genova a Nizza, e una da Nizza a Genova, e lei potrà quindi, rifornirsi regolarmente di qualsiasi cosa di cui può aver bisogno ai mercati di una delle due città; solo deve avere qualcuno a Genova o a Nizza che vada a comprare per lei, e che consegni la spesa alla stazione di posta delle diligenze. Se lo desidera, in ambedue i posti ho degli amici che si assumeranno per lei questo compito."

"La ringrazio molto," disse Lucy "ma abbiamo il nostro corriere a Nizza che può fare tutto questo senza disturbare i suoi amici."

"Meglio così," replicò Antonio. In quel momento entrò la Hutchins con la colazione, e miss Lucy attaccò il pane tostato e il burro con un'alacrità di buon augurio, dicendo che quello era il miglior burro che avesse mai assaggiato. “Ora che ci penso,” rifletté miss Davenne “che ne è stato di Speranza? È da ieri mattina che non la vedo.”

“Speranza” rispose il dottore “si è presa una bella sgridata e si vergogna di farsi vedere da lei.”

“Ah! Così lei sgrida pure; e perché l’ha sgridata?”

“Per aver spaventato una certa signorina, con occhiate insensatamente piene di paura,” rispose di rimando Antonio. “Non avrei mai immaginato che fosse così imbecille.”

“Cioè?” chiese la giovane signorina.

“Suppongo di non far male a nessuno se le racconto della sua stupidaggine. Deve sapere,” continuò il dottore “che quando la ragazza ha sentito che lei aveva fatto togliere il crocifisso e la Madonna che erano appesi sul suo letto...”

“Si è offesa, non è vero?” suggerì Lucy.

“No, no! Ma ha tratto subito la frettolosa conclusione che lei non era cristiana, e, come mi ha raccontato, le dispiaceva talmente tanto, così tanto il fatto che in futuro le fosse interdetto il Paradiso, che quando si sedette vicino a lei, non poté fare a meno di piangere.”

“Che cara anima gentile!” esclamò Lucy “non bisogna che Speranza pensi che non sono cristiana. La prego, dottor Antonio, vada a cercarla.”

Lui uscì subito, e tornò ben presto trascinandosi dietro la riluttante ragazza italiana, più graziosa che mai, con le gote rosse come ciliegie per la vergogna. “Le chiedo perdono signora,” disse con voce tremolante “non volevo offenderla, davvero, non volevo.”

“Non sono offesa, *cara mia*,” assicurò Lucy in italiano, con grazia ma, a sua volta, con un certo imbarazzo, che portò un lieve rossore al suo viso pallido: le due ragazze facevano un bel quadretto. “Anzi, ti sono molto grata per esserti tanto interessata a una totale estranea. Se non fossi cristiana, dovrei davvero essere oggetto della pietà di chiunque. Ma io lo sono, mia buona Speranza, e adoro e prego lo stesso Padre in cielo che adori e preghi tu.”

Speranza prese la mano della signorina, e stava per portarsela alle labbra, quando Lucy, tirandola velocemente a sé, la baciò sulla guancia.

“Ora basta così” interferì il dottore, che non voleva che la sua paziente si eccitasse troppo. “Non deve dimenticare che ha nel piatto ancora un po’ del mio burro.”

Sir John entrò nella stanza poco dopo questa scena, quando gli attori che l'avevano recitata, ancora sotto il suo effetto, parevano molto contenti. Perché, anche se non è una novità, è nondimeno una verità consolante, e che vale la pena di ricordare, che niente è più salutare, niente fa meglio all'aspetto delle persone, di un breve scambio della piccola moneta della benevolenza. Sir John era in uno stato d'animo che gli permetteva di farsi contagiare dal buon umore che vedeva negli altri. Contrariamente alla prima notte, aveva dormito molto bene: non è meraviglioso e mortificante pensare quanto dipenda il colore della prospettiva mentale di un uomo, dal tipo di notte che ha trascorso? Sir John, quindi, aveva dormito molto bene; si era sbarbato con gran piacere; aveva ricevuto buone notizie su sua figlia; aveva bevuto una tazza di tè eccellente, il tè personale del dottore, e tutto sommato si sentiva su di morale.

"Vede sir John," disse il dottor Antonio, di buon umore, dopo aver scambiato i convenevoli mattutini "vede che anche una misura estrema e terribile come il salasso può essere intrapresa con risultati soddisfacenti? Qui c'è sua figlia a testimoniarlo."

"Nessuno gioisce più sinceramente di me per il successo della sua cura; e miss Davenne e io siamo molto in debito con lei," replicò sir John, con non poco imbarazzo, mentre tutto a un tratto gli veniva in mente il pensiero sulla possibilità che il dottore inglese arrivasse mentre l'italiano era ancora lì. Ma proprio mentre l'apprensione di un tale incontro si si presentava, il dottor Antonio prese il suo cappello, dicendo che temeva di non poter ritornare prima di sera.

"Ora che sto meglio, lei mi abbandona?" chiese miss Davenne con un'ombra negli occhi.

"Per nulla al mondo," replicò il dottore con forza "ma in un posto a qualche chilometro da qui ho una visita da fare che rimando da due giorni e che non posso rimandare oltre."

"Un momento, dottor Antonio" disse sir John, così sollevato che il suo buon umore si ravvivò, e con il desiderio istintivo, così comune nella natura umana, di fare qualcosa per compiacere l'uomo per il quale si è preparata una grossa mortificazione "mi può dare qualche notizia su quello sfortunato postiglione?"

"Di Prospero?" chiese di rimando il non poco sorpreso dottore. "Sta piuttosto male; ha sempre la febbre che va e viene."

"È pericolosa?" chiese Lucy.

"Non pericolosa," fu la risposta "ma capace di inchiodarlo a letto per settimane, una prospettiva molto triste, miss Davenne, per le persone che non possono far conto su nulla per procurarsi il pane se non sul lavoro delle proprie braccia, e che, inoltre, hanno altri che dipendono da loro."

"Prospero è sposato?" si informò la giovane signorina.

"Non ancora, ma mantiene la vecchia madre e il fratello più giovane, perché Prospero è più bravo come figlio e come fratello che come postiglione. Ma ora devo proprio lasciarla, quindi buona giornata e *a rivederla.*"

"Papà," disse Lucy, quando il suono dei passi del dottore sparì "tu non hai obiezioni, vero, se mando un po' del mio denaro a quel povero uomo? Il dottor Antonio ne parla così bene."

Sir John trattenne un'esclamazione soddisfatta che gli salì alle labbra di fronte alla proposta che gratificava il suo orgoglio di padre per i caldi sentimenti di sua figlia, e riconciliava i suggerimenti del suo cuore, in realtà gentile, con quelle stravaganti nozioni di dignità, di fronte al tribunale delle quali tutti gli impulsi di tenerezza erano proprie dei deboli. Il fatto è, che sir John, va detto a suo merito, sentendo la situazione del povero Prospero, aveva subito cominciato a pensare come poteva fare per mandargli un po' di denaro senza compromettersi. Ora, la proposta di Lucy era proprio quello che avrebbe potuto desiderare. Prospero avrebbe ricevuto del denaro, e sarebbe stata lei a mandarglielo, non lui; quindi rispose con studiata noncuranza: "Se vuoi, puoi farlo mia cara, sebbene non sia grazie a lui che non ci siamo rotti il collo; comunque, non è un buon motivo perché la madre ne debba soffrire. Manda i soldi alla povera vecchia, che certamente merita compassione per avere un figlio così senza cervello."

"Penso, papà, che sarà meglio che ne parli al dottor Antonio, lui ci dirà cos'è meglio fare."

"Come preferisci, mia cara," disse sir John; poi, per cambiare argomento, le fece notare che bella giornata fosse.

"Non è vero?" confermò Lucy: "E l'aria è così dolce. Vai a fare una passeggiata papà, ti farà bene."

"Avevo una mezza idea di farlo; ma tu forse ti sentirai sola. Vuoi che la Hutchins ti legga qualcosa mentre non ci sono io?"

"Ho chiesto al dottore se si poteva, papà, ma ha detto che non è ancora il momento."

"Il tuo dottor Antonio mia cara," disse sir John stizzito "è un uomo terribilmente lento."

"Lo sai che gli italiani hanno un proverbio che dice, *chi va piano va sano, chi va sano va lontano?*" replicò scherzosamente miss Davenne. "Me ne starò tranquilla a pensare. Buona passeggiata papà."

Il mare, il cielo, le montagne, tutto sembrava sorridere intorno, e una tenue brezza temperava l'ardore del sole di mezzogiorno. Mentre, rinfrescato dalla gradevole aria , sir John camminava tranquillamente verso Bordighera, un senso di benessere fisico lo prese di nascosto, e sotto quell'influsso, si risvegliarono in lui tutti i lati migliori del suo carattere. A dir la verità, il suo cuore era così raddolcito che se gli fosse stato chiesto di specificare i motivi di lagnanza verso il dottor Antonio - mulini a vento che ieri aveva scambiato per giganti - ora sarebbe stato molto perplesso sul come farlo. Possiamo spingerci così oltre da asserire che ci fu un momento in cui sir John desiderò, desiderò davvero, di non aver mai spedito John a Nizza, o che John ritornasse da solo.

Ma questo buon umore ebbe vita breve. Proprio perché sir John era molto orgoglioso, era anche una persona molto sensibile, e capace di scombussolarsi nel trovare un capello fuori posto nell'acconciatura della sua grandezza. Il capello fuori posto venne a disturbarlo questa volta nella forma corporea di un vigoroso contadino, con un atteggiamento franco e allegro. Sir John aveva già incontrato parecchie persone, e tutti si erano tolti il cappello mentre gli passavano accanto, cosa che lui aveva ritenuto soltanto doverosa. La notizia dell'incidente che era capitato al gentiluomo inglese e a sua figlia, la descrizione data da Rosa e Speranza sull'insuperabile bellezza e gentilezza di quest'ultima, si erano sparse in lungo e in largo, e avevano naturalmente generato una calda simpatia verso gli stranieri. La buona gente incontrata da sir John quella mattina aveva espresso questo sentimento, come abbiamo detto, togliendosi il cappello davanti al gentiluomo; ma al robusto lavoratore appena menzionato quella silenziosa pantomima sembrava non bastare. Si avvicinò al Baronetto, e gli rivolse a lungo la parola, per poi terminare con un tentativo di stretta di mano; una familiarità odiosa a sir John alle elezioni e nelle feste pubbliche in Inghilterra, e che era poco incline a tollerare su una strada in Italia. Il nerboruto paesano, le cui manifestazioni di interessamento e buona volontà erano espresse in un dialetto assolutamente incomprensibile al suo ascoltatore, neanche si sognava l'offesa che aveva recato quando vide l'imbarazzato inglese dargli improvvisamente le spalle, e ritornare sui suoi passi verso l'Osteria, dove arrivò di un umore ben diverso da quello che aveva reso gradevole l'inizio della sua passeggiata.

CAPITOLO V

Una battaglia campale

Sir John era da poco giunto a casa, quando il rumore di ruote che si avvicinavano velocemente lo fece saltare in piedi e correre sul terrazzino, da dove vide la propria carrozza ferma al cancello, e il suo servitore John che, dopo aver aiutato un uomo di mezza età, basso e grassottello, a scendere, lo conduceva attraverso il giardino. Sir John si affrettò a chiudere la porta tra la stanza della Hutchins e l'atrio, e ritornò al suo punto di osservazione in tempo per vedere il nuovo venuto fermarsi ai piedi della scala, togliersi il cappello, tirar fuori un fazzoletto candido come la neve, e mentre lentamente si asciugava la grande testa calva, che brillava al sole come una palla dorata, fare un veloce esame di tutto quello che poteva vedere della propria persona; dunque, dopo aver pestato prima un piede e poi l'altro per scrollare via qualche piccola particella di polvere che spegneva la brillantezza dei suoi stivali lucidi di vero cuoio, montare la scala con passo deciso. "Qualcuno che assomiglia a un dottore!" mormorò il Baronetto, alla vista più ravvicinata del largo e onesto viso inglese, col mento rasato di fresco, e del vestito nero, rigoroso e professionale, a cui il dovere[3] di un bianco irreprensibile e i larghi merletti ben pieghettati della camicia, davano un tocco squisito. Il cuore di sir John si allargò come un fiore, morso dalla brina mattutina, si apre sotto i raggi incoraggianti di un sole di ottobre.

Sir John ricevette l'estraneo con la cordialità permessa dal carattere e dall'umore di sir John; tese l'indice e il medio della mano destra in segno di benvenuto, e fece esplicitamente delle lievi scuse per il disturbo che gli aveva procurato. Il dottore inglese accolse tra il proprio pollice e l'indice le due dita che gli venivano tese, con la dovuta deferenza, esercitando una leggera pressione professionale, come se dovesse sentirgli il polso. Fatto questo il dottor Yorke - tale era il nome del nuovo dottore, così in contrasto con l'altro - con la sicurezza di un uomo abituato da lungo tempo a trattare persone di ogni classe e di ogni paese, e a capire con un'occhiata le fobie e le malattie in atto, continuò pregando sir John di non parlare di disturbo. I suoi servizi erano, com'era giusto fossero, agli ordini di chi soffre in generale; era suo dovere essere pronto per tutte le emergenze. Nel presente caso, qualsiasi piccolo fastidio personale era più che compensato dall'onore di fare la conoscenza con sir John Davenne (qui ambedue i gentiluomini si inchinarono) e, come ardentemente sperava, dalla soddisfazione di essere di una qualche utilità a miss Davenne, del cui sfortunato incidente aveva saputo dal servitore.

Tutto ciò si accordava con l'idea di sir John della buona creanza e il senso di sollievo che provò ascoltando il dottor Yorke, si potrebbe paragonare soltanto a quello di un uomo che si salva dal soffocamento. Mentre il pingue piccolo dottore faceva una pausa per riprendere fiato, sir John ebbe il tempo di benedire la buona sorte che gli aveva mandato un uomo tanto educato. Finalmente, terminati tutti i preliminari, i due inglesi si sedettero, e sir John raccontò diffusamente le sue disavventure: l'imbarco a Civitavecchia, gli orrori della tempesta, l'arrivo a La Spezia (che buco quella Spezia! Letti troppo corti e duri come pietre) e il viaggio via terra fino al culmine del capitombolo. Pensare che la tempesta del Mediterraneo e i letti troppo corti a La Spezia, erano entrambi stati escogitati per dare noia a lui! Ma non fece alcuna accusa specifica finché non arrivò a quell'essere sfortunato di un postiglione, quando, dimentico della pietà mattutina, il Baronetto dichiarò che secondo lui l'incidente era stato un atto deliberato, nient'altro che un evidente tentato omicidio.“ Non mi chieda i motivi,” proseguì sir John, riscaldandosi - perché sir John voleva essere arrabbiato, e faceva ciò che poteva per andare su tutte le furie - “I suoi motivi? Che ne so di quali possono essere stati i suoi motivi? Ma che ci fosse premeditazione, fredda premeditazione, signore, ne ho la prova inconfutabile nell'indifferenza del mascalzone dopo aver commesso il delitto. Crede che abbia mosso un dito per prestare aiuto? No, signore, se ne stava lì noncurante come i suoi cavalli... No, mi sbaglio, le povere bestie tremavano per il terrore."

Poi sir John descrisse il dottor Antonio che cadeva su di loro come un missile Congreve.[4]

"La più stravagante figura di medico che abbia mai incontrato" disse il Baronetto, "con una barba da colono francese, e un cappello a cono proprio come quello del capo dei banditi di un melodramma." L'educata attenzione del dottor Yorke a questo punto si fece doppia, e nell'angolo sinistro della sua bocca tremolò un sorriso malizioso che poteva essere un complimento alla forza descrittiva di sir John, o il godimento di una sua bislacca vanità. "Questo dottor Antonio, se davvero si chiama così, dice di essere un medico, e senza tanti complimenti balza su mia figlia, comincia a esaminarle il piede, dichiara che si tratta di una caviglia slogata, niente di grave, e senza neanche dire 'con permesso' si prende la briga di ordinare che sia portata qui. Be' signore," continuò sir John, con un'enfasi adirata ed eloquente, "e non è tutto. Naturalmente io esprimo la mia intenzione di continuare il mio viaggio per Nizza dopo alcune ore di riposo. 'Ore!' si mette a urlare, fissandomi: 'Diciamo settimane.'

Settimane! E alle mie rimostranze nel sentir nominare un periodo così mostruosamente lungo, l'oracolo pronuncia la sua sentenza, che mia figlia non si può muovere per almeno quaranta giorni. Quaranta giorni! Facile a dirsi per lui, ma non così facile per me che li devo trascorrere in un posto come questo; per non parlare del mio unico figlio maschio, il Capitano Davenne, che arriva a Londra per la fine del mese, dopo un'assenza di dieci anni."

"Davvero molto seccante" rimarcò il dottor Yorke.

"Non che questa circostanza possa modificare la situazione," aggiunse accondiscendente sir John "ma io mi rimetto a lei, dottor..."

"Yorke" suggerì il dottore.

"Mi rimetto a lei dottor Yorke, come membro illustre della professione medica: - il dottor Yorke si inchina - è mai possibile che una semplice caviglia slogata possa impedire a qualcuno di viaggiare su una comoda carrozza per l'enorme periodo di tempo di quaranta giorni?"

Il dottor Yorke, chiamato in causa così direttamente, tirò fuori dalla tasca del suo panciotto una tabacchiera d'oro massiccio con un'iscrizione, vi batté sopra i tre colpetti rituali, la tese a sir John che declinò l'offerta, pigliò una presa di tabacco per sé, e dopo un secondo di indugio meditabondo, disse che non era così facile, come poteva sembrare *prima facie,* rispondere alla domanda postagli. Di solito una semplice slogatura guarisce in una o due settimane, sebbene dovesse aggiungere che si era imbattuto, nel corso della sua pratica medica, in incidenti come quello descritto accompagnati da sintomi talmente gravi, da richiedere un assoluto riposo per un periodo anche più lungo di quello menzionato dal Baronetto. La slogatura di miss Davenne in quale categoria doveva essere posta? Questo era il punto da affrontare, e niente, riprese il dottor Yorke, poteva deciderlo se non una visita accurata del piede.

"Proprio così" soggiunse sir John "una visita accurata da parte di un gentiluomo della sua reputazione ed esperienza è tutto quello che desidero. Mi inchinerò volentieri alla sua autorità."

"Allora, sir John, meno perdiamo tempo meglio è" osservò il dottor Yorke. "Il gentiluomo italiano è qui?"

Sir John rispose negativamente.

"Vi prego di mandarlo subito a chiamare, la sua presenza è indispensabile."

"Mi dispiace dottor Yorke," riferì il Baronetto con una certa timidezza "ma quando il dottor Antonio è venuto a fare la sua visita questa mattina, ha detto di averne da fare un'altra in un posto distante, e che non sarebbe tornato prima di sera."

"Molto strano!" esclamò il dottor Yorke "sapendo che lei aveva chiesto da Nizza il consulto di un altro medico."

Sir John, con crescente imbarazzo, fu costretto a confessare che non aveva menzionato tale circostanza al dottor Antonio.

"Dio mi benedica, questo è molto imbarazzante!" disse il piccolo gentiluomo, cominciando ad apparire confuso. "Non lo sa, mio caro sir John, che è una regola, una regola canonica tra i medici, non visitare mai il paziente di un altro dottore se non in sua presenza?" 'Siamo in un bel pasticcio', aggiunse mentalmente fra sé.

"Ma dottor Yorke, vista la circostanza non può esimersi da questa mera formalità?" osservò sir John con un tono persuasivo "siamo in Italia, lo sa, non in Inghilterra."

"La regola vale sia qui che là," rispose con calma il medico inglese "non è la mera formalità che appare ai suoi occhi, e nemmeno un semplice atto di cortesia. È stata accettata come una legge tra noi, per prevenire quegli abusi che potrebbero facilmente insorgere se non ci fossero restrizioni. Conosce quel detto popolare 'Troppi cuochi...' Ah! Eccola qua," continuò il dottore, in tono completamente diverso "Che fortuna! Stavamo giusto rammaricandoci per la sua assenza."

Queste ultime parole erano indirizzate al dottor Antonio, la cui alta figura faceva ombra sulla porta esterna. Il dottor Antonio era tornato prima del previsto, e passando a cavallo davanti all'Osteria, era stato assalito da una certa apprensione, che il pane tostato e il burro del mattino avessero potuto provocare un attacco di indigestione, e così, per dipanare questo dubbio, era sceso da cavallo e aveva fatto una capatina.

Le tempie rotonde e prominenti di Antonio si contrassero paurosamente, e i suoi occhi dardeggiarono un lampo di rabbia - ma durò solo un secondo, e mentre entrava nella stanza il suo contegno era ritornato alla sua solita serenità con un placido sorriso. Il dottor Yorke si alzò con la mano tesa per salutare il suo confratello in medicina. Sir John si rese sgradevolmente conto in quel momento che i due medici si conoscevano, e sembravano anche in ottimi rapporti, come infatti erano. Si erano conosciuti ai tempi in cui il colera imperversava su Nizza e dintorni, e si erano incontrati per molti consulti in quella triste occasione, e uno a fianco dell'altro erano stati al capezzale di molte persone morenti.

"Come sta, mio caro signore?" disse Antonio allegramente. "Come sono felice di stringerle la mano! È venuto a visitare la signorina, vero? Andiamo subito da lei."

"Lei mi trova qui," disse il dottor Yorke, desideroso di spogliare la sua posizione da ogni ambiguità, "su espresso invito di sir John Davenne, per consultarmi sullo stato di miss Davenne con il suo dottore, che, sono felice di scoprire, è lei. Sono sicuro che, visto che la paziente è in così buone mani, non ci sia bisogno di me; in ogni caso, se lei non ha obiezioni..."

"Assolutamente nessuna," disse il dottor Antonio, non permettendo al collega di finire la frase "Sottomettere le misure che ho preso al giudizio di un uomo così gentile e competente, è sempre un onore per me..." Il dottor Yorke, con la sua mano bianca e grassottella, fece un cenno, in segno di modestia, "...sì, un onore, e, lasci che glielo dica, un piacere" concluse Antonio. "Ma basta chiacchierare fra vecchi amici; ho paura di averla già trattenuta troppo. Se sir John avesse avuto la bontà di da farmi sapere questa mattina che la stava aspettando," proseguì l'italiano, con intenzione nella sua voce, e voltandosi a guardare in faccia il Baronetto, "avrei fatto in modo di essere presente."

A queste parole, sir John sentì aumentare il peso sulla coscienza e trattenne la lingua, felice di non aver avuto il tempo di parlare del salasso, che era il secondo capo d'accusa contro Antonio.

"Sono ai suoi servizi, dottor Yorke, ma penso ci sia un punto da considerare prima di andare da miss Davenne, e cioè se anche lei è impreparata..."

"Infatti è così" chiarì sir John.

"Bene, allora," prosegì l'italiano "miss Davvene può forse spaventarsi, voglio dire si può preoccupare, come di solito fanno i malati, alla vista inaspettata di due dottori al suo capezzale (E tanto, anche! disse il medico inglese in un a-parte teatrale). "Potrebbe naturalmente supporre," continuò Antonio con gravità "che ci sia qualcosa di molto serio che la riguarda."

"Ah, vero! Molto giusto, un'ottima intuizione," sorrise il dottor Yorke "una testa vecchia su spalle giovani, sir John."

Sir John desiderò che il dottor Yorke non fosse così faceto.

"Quindi sarebbe prudente" riprese l'italiano "presentarle il dottor Yorke come fosse un mio amico."

"E questa non è una bugia" si inserì il dottor Yorke.

"Un mio amico, incontrato per caso mentre tornava a Nizza, e del cui consiglio mi faceva piacere avvalermi."

Avendo accettato questa proposta, sir John andò da sua figlia per dirle della visita imminente.

Appena sir John ebbe lasciato soli i due dottori, Antonio disse: "Devo approfittare di questo momento per avvertirla che il caso in questione è di natura seria, nientemeno che una gamba fratturata, e un piede severamente slogato."

Il dottor Yorke stirò le labbra esclamando: "Tsz, tsz, molto male, molto male!"

"Sì, infatti" proseguì Antonio "una complicazione molto spiacevole. Non volendo allarmare la mia paziente, che è una giovane creatura, delicata ed eccitabile, ho diagnosticato una caviglia slogata"- "Un'ottima idea" intervenne l'inglese. - "E mentre stavo per informare il padre della vera natura del caso, il vecchio signore mi è sembrato così spaventato che mi è mancato il cuore di proseguire, sapendo per di più che era condannato a restare in questo posto fuori dal mondo e tra estranei. Ora ripensandoci," continuò Antonio "forse ho sbagliato; e se lei ritiene che sia più giusto metterlo al corrente della verità..."

"Niente affatto, niente affatto," interruppe in fretta il piccolo gentiluomo. "A che servirebbe? Lei ha agito da quella brava persona che è," e afferrando la mano di Antonio, il dottor Yorke la strinse con calore. Miss Hutchins mise le briglie all'emozione del medico inglese, annunciando che la sua giovane padroncina era pronta a ricevere i gentiluomini, che la seguirono, ed entrarono nella stanza di miss Davenne sottobraccio, perché lei non avesse dubbi sulla loro amicizia. L'italiano le presentò formalmente l'inglese come suo collega e intimo amico. Il dottor Yorke seguì il suo esempio, e disse una moltitudine di piccole gentilezze alla giovane signorina, che però accoglieva il nuovo dottore, anche se educatamente, con parecchia freddezza. La visita al piede durò a malapena un minuto. Dopo alcune domande che il dottor Yorke pose per salvare la forma e per esprimere il suo piacere alla prospettiva della veloce guarigione della ragazza, i due dottori si ritirarono, e così fece sir John.

Nell'atrio trovarono la tavola apparecchiata, e un succulento rinfresco servito... grazie al previdente John, che aveva approfittato del suo viaggio a Nizza per portare indietro una scorta di manzo, tè, e burro fresco, e aveva riempito ogni centimetro libero della carrozza, con tutte le prelibatezze su cui aveva potuto mettere le mani, sia per quanto riguarda il mangiare che il bere facendo una provvista che avrebbe potuto durare sei mesi. Sir John e il dottore inglese si sedettero per pranzare; il dottor Antonio declinò l'invito di sir John ad unirsi a loro. Antonio si mise in una posizione tale da poter guardare in faccia sia sir John che il dottore, e dopo un breve silenzio si rivolse a quest'ultimo.

"Dato che ho alcuni impegni," disse "e non ho molto tempo a disposizione, vi prego di lasciarmi entrare subito nell'argomento che ci ha riuniti. La presenza di sir John è sostanziale per me." Le narici di sir John si arricciarono per il malaugurio di questo inizio. "Per metterla completamente al corrente del caso," continuò Antonio "ricapitolerò brevemente le sue circostanze dall'inizio, e poi le sottometterò la procedura..."

"Mio caro dottor Antonio, tutto ciò è alquanto inutile" interruppe il dottor Yorke con cortese premura "lo stato molto buono della sua paziente porta più di una prova valida della magistrale procedura che lei ha seguito."

"Grazie," disse il dottor Antonio "ma ho le mie ragioni per desiderare di procedere in questo modo, il più regolarmente e metodicamente possibile. Mi farà la cortesia di permettermi di fare a modo mio?"

"Oh, certo, certo" replicò il dottor Yorke, presagendo la tempesta nell'aria.

"Quando vidi la signorina per la prima volta," cominciò l'italiano, "ovvero subito dopo l'incidente, la trovai svenuta, stesa sulla spiaggia. I soliti metodi per farla riprendere non avevano successo, eppure non c'era nessuna ferita esterna visibile che giustificasse il protrarsi dello svenimento. Temendo una commozione cerebrale stavo per prepararmi a farle un salasso, quando lei si riprese e con le sue esclamazioni diresse la mia attenzione sul suo piede destro. Dopo un esame mi resi conto che si era slogata la caviglia nello strano modo che le ho spiegato prima che lei la visitasse."

Il dottor Yorke qui assentì col capo, in modo molto significativo.

"Le fasciai il piede, il meglio possibile, con alcuni fazzoletti, e tornai a casa per procurarmi il bendaggio appropriato. Lei ha visto la fasciatura del piede; incontra la sua approvazione?"

"Completamente," disse il dottor Yorke "degna del miglior chirurgo... un'abilità rara, che sarebbe bello che più dottori possedessero."

Il dottor Antonio si inchinò leggermente e continuò: "Poi ho fatto stendere la signorina su una specie di barella... l'unico mezzo di trasporto tollerabile, e l'ho fatta condurre in questa casa, avvertendola ripetutamente di non tentare il pur minimo movimento, per paura di conseguenze spiacevoli. Secondo lei sono stato troppo meticoloso?"

"No, no, mio caro amico," disse il dottor Yorke, mentre ad ogni dettaglio cresceva in lui il desiderio di prevenire lo scoppio di quella nuvola tempestosa. “La cautela non è mai *de trop*, e lei non è il tipo da fare tante storie per nulla. Il piede è un arto molto delicato,” spiegò, voltandosi verso sir John, “così pieno di legamenti, tendini, e… insomma, una faccenda mostruosamente complicata. Trattare un piede è come camminare sulle uova.”

“Sir John Davenne” continuò Antonio “era naturalmente ansioso di proseguire il suo viaggio, e il mio dovere mi costrinse a dirgli subito che per almeno quaranta giorni la signorina non poteva assolutamente viaggiare. Lei pensa che ho esagerato col tempo?”

“Vorrei poter dire ‘sì’, davvero vorrei,” borbottò il dottore inglese “ma non posso; sono costretto ad essere d’accordo con lei, che non la si può muovere da qui per molti giorni a venire.”

Sir John diede un pesante respiro, e il debole sole sul suo viso, svanì.

“Tutto questo,” proseguì Antonio, “succedeva sabato pomeriggio. Domenica mattina presto ho trovato la mia paziente molto lontana dallo star bene: irrequieta, assetata, con le labbra secche, non era riuscita a dormire, aveva una buona dose di eccitazione, e un polso a 120. Non ho esitato un momento a….”

“Farle un salasso, è ovvio” suggerì il dottor Yorke.

Sir John in quell’istante odiò il suo connazionale.

“Sì, le ho praticato un salasso” riprese Antonio “Lei l’avrebbe fatto?”

“Per forza. I sintomi erano imperativi.”

“Verso le sei della sera la febbre si era abbassata e questa mattina, dopo una buona notte di riposo era completamente sparita. La paziente, come lei dice, sta procedendo nel modo soddisfacente che ci si può aspettare. Non ho niente altro da aggiungere su questo caso.”

“E io,” assicurò il dottor Yorke, con un’animazione intesa a soddisfare la legittima rabbia del dottor Antonio, e a portare sir John a capire la necessità di un qualche riconoscimento dei servizi resi, “e io posso solo dirle: vada avanti così, di bene in meglio, come ha cominciato.”

“La ringrazio” disse il dottor Antonio con una certa reticenza. Poi, voltandosi verso sir John, aggiunse: “Spero che lei sia soddisfatto signore.” Il Baronetto, non sapendo bene come intervenire, si inchinò più gentilmente che poté.

“E ora,” riprese il dottor Antonio alzandosi “mi resta solo da concludere che io rassegno il caso in mani più abili delle mie, e vi auguro buon giorno.”

"Lei non dirà sul serio amico mio," replicò il dottor Yorke, sentendo che tutto era perduto, e il brav'uomo era così turbato che la sua forchetta, con una fetta di prosciutto, rimase sospesa tra il piatto e la bocca, mentre con gli occhi spalancati guardava ora il Baronetto, ora l'italiano scuro in volto.

"Mi scusi dottor Yorke, ma dico proprio sul serio invece. Ho delle ragioni che rendono perentorio l'agire in questo modo. Un medico, perché possa adempiere alle sue responsabilità, deve avere la propria volontà libera da impedimenti, e la mia non lo è; deve possedere la fiducia, non solo del suo paziente, e in questo sono fortunato, ma anche di coloro che hanno autorità sul paziente, anche questo è necessario. Sir John Davenne non ha fiducia in me."

Il dottor Yorke tentò di parlare.

"Mi conceda ancora un momento, " disse Antonio, sorridendogli con gentilezza "e ho finito. Sir John Davenne, le ripeto, non ha fiducia in me. Constato semplicemente il fatto; non me ne lamento. E la miglior prova di questa mancanza di fiducia è la sua presenza qui, la presenza di un gentiluomo medico senza che io ne sia stato messo al corrente. La mia condotta in questa situazione, la sola condotta consentitami dai miei doveri verso la paziente, dai doveri verso me stesso e la dignità della nostra professione, è di ritirarmi; e lo faccio senza alcun malanimo, al contrario, nella disposizione d'animo migliore possibile con chiunque." E stringendo velocemente la mano che il dottor Yorke aveva teso verso di lui nel tentativo di trattenerlo, l'italiano si inchinò a sir John, e andò via, con un'aria né umile né altera: triste piuttosto. Il dottor Yorke corse sul terrazzo, arrivando giusto in tempo per vedere il suo amico in ritirata sparire dal cancello del giardino.

"Siamo in un bel pasticcio!" borbottò il dottor Yorke mentre riprendeva il suo posto a tavola, con la faccia - una faccia che probabilmente aveva fatto fare a molti dei suoi pazienti - di uno che ha appena ingerito una medicina molto sgradevole. Seguì un imbarazzato silenzio, rotto alla fine dal dottor Yorke: "È un peccato che lei non abbia avvertito il dottor Antonio di avermi fatto chiamare."

"Non ne vedevo la necessità" replicò sir John, tagliente. "Il fatto che mia figlia sia in cura dal dottor Antonio è stato una casualità che lui ha saputo sfruttare abilmente, con l'idea di poterne trarre un buon guadagno."

Sebbene fosse un uomo di mondo, dedito esclusivamente a fare la propria fortuna, e quindi di solito disposto ad assecondare i capricci dei suoi clienti, specialmente se benestanti, il dottor Yorke aveva dei sentimenti; e nonostante tutti i suoi sistematici sforzi per reprimerli, visto che erano una seccatura, questi sentimenti - come vivaci cavalli imbrigliati - ogni tanto scalpitavano, si slanciavano in avanti, e gli prendevano la mano, come in questo momento, quando si rese conto che sir John era proprio un vecchio baronetto inglese senza gratitudine. Così, borbottando un 'oh!' che sembrava un lamento, il dottor Yorke pigliò una presa di tabacco, *ab irato*, e disse con un certo calore: "Mi permetta di dirle che lei ha completamente torto. Il dottor Antonio è l'ultimo uomo al mondo che può farsi influenzare da sordidi motivi."

"Davvero?" fece di rimando il Baronetto, lasciando libero a un tratto tutto il malumore accumulato nell'ultima mezz'ora. "Sono felice di sentirglielo dire. Sono pronto a riconoscerlo come esempio di disinteresse. Ma che ci posso fare se sono stanco dei suoi modi prepotenti, e non voglio sopportare oltre le sue arie di superiorità? Non sono libero di scegliere il dottore che voglio? Ora, mi fa il piacere, signore, di cambiare argomento?"

"Come preferisce" rispose il dottore freddamente e con un impercettibile cenno del capo, come a dire: 'È inutile cercare di farlo ragionare'. "Ma mi permetta un'ultima domanda a questo proposito. Lei crede quindi che miss Davenne possa fare a meno di un'assistenza medica?"

"Faccio conto su di lei" replicò sir John.

"Certo," disse il dottor Yorke, con evidente esitazione "per qualche consiglio per lettera e una visita ogni tanto, diciamo una volta a settimana, io sono a vostra disposizione."

"Non può rimanere qui con noi," disse sir John con un inizio di sgomento "e prendere in carico il caso di mia figlia? Il compenso..." proseguì altero.

"Non me ne parli neanche" interruppe svelto il piccolo gentiluomo, "Vorrei con tutto il cuore poter restare qui, o che voi foste più vicini a Nizza, così che potrei trarla d'impaccio. Invece la mia presenza qui, fosse anche solo per un giorno, è assolutamente impossibile al momento. Ho una serie di pazienti a Nizza che non posso lasciare. Lord B..., con un forte attacco di gotta, mio paziente da vent'anni...capirà che non posso abbandonarlo, poi c'è il piccolo Visconte F... con il morbillo; sua madre, una povera creatura nevrotica, lo adora, si spaventa per nulla, vuole essere rassicurata ogni due ore che il bambino sta bene, mi fa correre di continuo. Non posso lasciare questi pazienti, è proprio impossibile, lo capisce anche lei."

Anche se deluso al di là di ogni dire, sir John neanche per un momento mise in questione la validità della scusa, e i due nomi aristocratici caddero come due gocce d'olio sulla ferita inflitta dal rifiuto del dottor Yorke. Il Baronetto sarebbe stato così paziente se le persone coinvolte si fossero chiamate Mr. Smith o Mr. Brown?

"In questo caso, mi può consigliare qualche buon dottore qui vicino?" chiese sir John, dopo un attimo di riflessione. Il dottore si strofinò la fronte con energia, abbassò gli occhi a terra, come se studiasse una mappa aperta sul pavimento, e poi rispose:

"Be', entro dieci miglia, anzi, posso dire in tutta la Riviera, non c'è nessuno che possa reggere il paragone con il dottor Antonio."

"Ancora il dottor Antonio!" scoppiò con rabbia il Baronetto: "Nomini chiunque, ma non lui."

Il dottor Yorke ancora una volta chiese consiglio alla sua tabacchiera." Vorrei poterlo fare" disse, " ma uomini come questo... dottore italiano non crescono nei cespugli lungo la strada. Potrebbe essere un inglese; ha sentito come parla la nostra lingua. Sì, dovrebbe essere un inglese. Certo, il suo aspetto e i suoi modi sono così strani che non mi meraviglio che lei ne sia stato colpito. La capisco; però... la signorina, che in tutto questo è la nostra preoccupazione principale, sembra essere soddisfatta di lui."

Dato che il dottor Yorke qui si fermò di proposito, come in attesa di una risposta, sir John fu costretto a fare un riluttante cenno d'assenso.

"Punto importante" riprese il dottore, "la soddisfazione del paziente, la sua tranquillità; è una considerazione di importanza capitale, sir John, e vale la pena di sacrificare qualsiasi prima impressione un po' spiacevole. In breve" concluse il medico dopo aver preso fiato, "la cosa migliore da fare, secondo me, è far pace con questo... dottore italiano, e fargli riprendere le visite."

"Riprendere le visite?" esclamò il Baronetto, a un pelo dal perder la pazienza, ma ricordandosi in tempo che non era il caso che un uomo come lui si facesse prendere da una bassa passione con un uomo come il dottor Yorke, il quale avrebbe potuto vendicarsi prendendolo in giro con i suoi pazienti a Nizza. "Chiedergli di tornare dopo quello che è successo, espormi all'umiliazione di un suo rifiuto? Abbassare la mia dignità davanti a questo.... un.... maledetto straniero permaloso?!"

"Via, via," disse il dottor Yorke, in tono tranquillizzante "chi parla di umiliazioni, chi parla di lei costretto a chieder qualcosa? Le sembro tipo da consigliare a sir John Davenne di fare un qualsiasi passo pregiudizievole per il suo carattere e il suo rango sociale? Che ne direbbe se io riuscissi a sistemare questa faccenda per la soddisfazione di tutti i partiti, mentre lei rimane qui calmo e neutrale? Che ne direbbe se le garantissi che la proposta che io farò sarà accettata con... con gratitudine?"

La parola 'gratitudine', detta così, nel calore della discussione, più che ricercata con la mente, contribuì al successo della diplomazia del dottor Yorke più di tutta la sua eloquenza, che non era poca. Sir John, come per magia, si sentì rimesso sul suo piedistallo, in sella al proprio cavallo di battaglia; la sua superiorità, l'onore dato alla sua decisione di licenziare l'italiano, erano ambedue apertamente confessati, e l'inferiorità del suo avversario, se non riconosciuta, era implicita. Il dottor Yorke se ne accorse e si affrettò a trarne vantaggio con grande delicatezza di tatto. Sir John, dopo aver mostrato una decorosa resistenza, cominciò a cedere, e diede potere al suo connazionale di negoziare il ritorno di Antonio, a una condizione: il dottor Yorke doveva promettere che si sarebbe impegnato a nome dell'italiano a dichiarare che il dottor Antonio non intendeva offendere nessuno. Con questo accordo, il medico plenipotenziario, dopo un'esitante occhiata al sole, si fece scudo con l'ombrello, e salpò alla ricerca di Antonio.

Il dottor Antonio si era ritirato nella sua tenda, in altre parole, era andato a casa sua, dove, con la porta spalancata, il suo confratello medico lo trovò a tirare disperatamente di scherma con qualche immaginario nemico, rappresentato al momento da uno dei muri del suo salotto. "Un modo eccellente per sbarazzarsi del malumore" annaspò entrando l'ometto, "anche se deve essere faticoso con questo caldo."

"Caldo?" disse Antonio, "ma se è così piacevolmente fresco!"

"Uff! Mi permetta di chiudere quella finestra per favore, sono in un bagno di sudore. Grazie... Siamo in un bel pasticcio!" aggiunse tra sé, mentre, dopo un'occhiata ad Antonio, più che sedersi cadeva su una seggiola.

"Molto carino da parte sua avventurarsi fin qui sotto il sole, lei che lo detesta tanto," disse Antonio. "Cosa gradisce? Un bicchiere di sherry invecchiato, o di rosolio, o, visto che è così accaldato, un po' di negus [5] caldo?"

"No, niente vino... un po' di limonata per favore. Uff! Queste sedie non sono... delle più morbide amico mio" disse il dottor Yorke facendosi vento con il suo fazzoletto.

"Non sono comode, eh?" disse sorridendo Antonio. "Miss Davenne? Come l'ha lasciata?" gli chiese, spremendo un limone fresco dentro un bicchiere.

"Non sono fatto di pietra come lei," rispose il dottor Yorke, dando inizio al suo attacco, "quindi non sono andato a trovarla prima di venire qui. Non avevo cuore di andarle a dire che lei l'ha abbandonata."

"Povera colombella!" disse Antonio, con un sentimento che non nasceva da una pietra. "Gentile come un agnello, e per di più assennata."

"Già," disse il dottor Yorke con calma, "lei ha avuto il tempo di scoprire tutto questo."

"Mi rimpiangerà, ne sono sicuro."

"Lo farà senza dubbio," assicurò l'ometto, con contentezza. "E quel povero sir John! Non si può fare a meno di commiserare anche lui. In vita mia non ho mai visto un uomo più disorientato."

"Perché mai?" chiese l'italiano mescolando lo zucchero nel bicchiere di limonata.

"Non c'è peggior cieco di chi non vuol vedere. Lei lo abbandona e io non posso restare. Quindi che ne sarà di sua figlia, quella dolce e graziosa creatura?"

"Lei non può restare?"

"Impossibile! Devo tornare a Nizza questo pomeriggio, ho così tanti malati là."

"Molto seccante" sospirò Antonio, "una vera sfortuna! Mi dispiace molto, davvero molto per la povera ragazza. Riguardo a quella vecchia e rigida incarnazione di orgoglio che è suo padre, ha avuto solo quel che si merita. Non ho mai visto una vecchia mummia, dura, presuntuosa, testona, arrogante, insensibile come lui."

Il dottor Yorke alzò le spalle per difendersi da quella pioggia di epiteti.

"Se sua figlia fosse mia sorella," continuò Antonio, "non avrei potuto fare di più per lei; e cosa ho ricevuto in cambio dalle mani di questo ricco gentiluomo? Fin dall'inizio niente, se non resistenza, sfiducia, contraddizioni, insolenza e il Cielo sa cos'altro."

"Bisogna compatirlo mio caro amico," intervenne con calma il dottor Yorke, "forza dell'abitudine, gente di rango, sa...una delle prime famiglie d'Inghilterra."

"Accidenti!" esclamò Antonio tutto infiammato. "E a me cosa importa? Che tutta l'Inghilterra onori il suo rango e la sua famiglia; io non lo voglio fare, io sono fatto a immagine e somiglianza di Dio, proprio come lui, e non mi farò calpestare fosse anche venti volte più ricco e più grande di quello che è. Voi inglesi siete una razza orgogliosa - tanto meglio - anche io lo sono, e mi piace la gente che conosce il proprio valore. Ma è un orgoglio nobile, fondato sulla consapevolezza di quanto si vale, quello che esclude il riguardo dovuto alla dignità degli altri?"

"Certamente no," osservò il dottor Yorke, con le mani intrecciate sopra il rispettabile volume coperto dal suo panciotto facendo girare i pollici, prima in un senso e poi nell'altro.

"Io penso che un po' di cortesia" riprese l'italiano, "come quella che anche dei perfetti estranei si concedono, era il minimo che mi fosse dovuto, se quell'uomo avesse un atomo di sensibilità o di sentimento, considerando la relazione in cui eravamo. Perché, dopo tutto, era lui o io la persona in debito? È lui che ha reso un servizio a me, o io a lui? Vedo una carrozza capovolta; mi affretto a prestare assistenza; poi io... ma ora che ci penso, forse sono stato invadente. Sì, sì, certamente! Che sciocco sono stato a non leggerlo subito sul viso del vecchio! Sì, aveva ragione; che diritto avevo io di mettere le mani sul piede della signorina, o di fasciarlo, o di fare qualsiasi altra cosa io abbia fatto, senza prima chiedere il permesso a questo inglese potentato! Quando lo rivedrete, vi prego di offrirgli le mie sincere scuse, e ditegli che non peccherò mai più in quel modo. Che io sia maled... se lo farò! D'ora in poi tutte le signorine di Inghilterra si possono rompere le gambe, le braccia e il collo, senza temere che io offra la mia sollecita assistenza."

Avete mai visto un abile pescatore con all'amo un grosso salmone, avete mai notato come lascia che il pesce infuriato svolga tutta la lenza del mulinello, senza il minimo freno? Lui, anzi, molla canna e lenza al massimo della forza del catturato, incoraggiandolo a spendere le sue energie; aspetta il momento in cui sarà esausto per i suoi salti vigorosi, e allora, con un abile strattone, tira sulla riva la sua preda indifesa e senza fiato. Per lo stesso processo l'acuto dottor Yorke lasciò che il suo giovane amico andasse avanti senza interruzione con la sua filippica, dando molto spago al suo furore, sempre attento a poter cogliere il momento favorevole per acchiapparlo e trarlo in secca.

"Ma la ragazza," chiese il dottor Yorke, cogliendo la prima pausa: "Non mi ha parlato della ragazza. Anche lei si è comportata male?"

"Dio la benedica," disse Antonio, improvvisamente con un tono più dolce, "no; fin dal primo momento è stata grata e gentile."

"Allora perché, in nome del cielo," esclamò il piccolo dottore, voltandosi di scatto verso Antonio, "vuol far ricadere i peccati del padre sulla figlia innocente?"

Antonio non rispose.

"Molto bene," disse il dottor Yorke: "Capisco il suo silenzio. La questione per me ora è..." (tendendo la lenza) "chi curerà miss Davenne. Lei non vuole farlo e io non posso."

"Non mancano i dottori" replicò Antonio, con una smorfia di sorriso: "Ce n'è uno a Ventimiglia, un altro a San Remo. Ho già dato a sir John Davenne il nome e l'indirizzo di tutti e due."

"Molto gentile da parte sua; ma lei sa benissimo che nessuno dei due è all'altezza. Sì; continui a fissarmi in quel modo quanto le pare...ma lei sa benissimo che il caso di miss Davenne ha bisogno di un grado di abilità manuale che nessuno dei gentiluomini che ha menzionato, possiede, e di una continua cura e attenzione che solo una persona che è sul posto può dare. Dunque, allora, " continuò il dottore, dando un grande strattone, "che succede se questa giovane signorina - una ragazza molto bella tra l'altro! - rimane storpia per tutta la vita, e tutto per non aver avuto le cure adeguate?"

"Dio non voglia!" esclamò il dottor Antonio con fervore.

"Andiamo, su," proseguì il dottor Yorke, "dica una parola per trarre d'impaccio un vecchio amico, avanti!"

"Quale impaccio?" chiese stupito l'italiano, il quale si aspettava una richiesta del tutto diversa.

"Be'," disse l'inglese, tirando a secco il salmone, "lei deve capire che, qualunque siano i miei impegni a Nizza, e sono davvero importanti, non è decoroso, anche a rischio della mia clientela, che io lasci padre e figlia in un tale dilemma, soli e in un paese straniero."

"Dovrei forse dedurre", domandò Antonio, dopo un breve silenzio, "che lei è stato mandato da sir John?"

"Ma certo, sì!" fu la risposta.

"E che sir John è disposto a..."

" 'Disposto' non è la parola giusta," interruppe il divertito piccolo gentiluomo, " 'felice' mio caro signore, felice di riaverla alle condizioni che desidera. Nella stanza della malata lei sarà il monarca assoluto."

"Bene, e sia!" capitolò Antonio sopraffatto. "Tornerò, e prenderò di nuovo in carico il caso di sua figlia; ma si ricordi che se lo faccio, è solo per lei e per quella ragazza."

"Grazie, grazie," disse il dottor Yorke, con vera emozione. "Lei è un uomo nobile, e vale una dozzina di sir John. Grazie" ripeté ancora, stringendo cordialmente ambedue le mani di Antonio. L'italiano indossò il cappello conico che aveva così tanto spaventato e scioccato sir John al primo incontro, e i due dottori, fianco a fianco, mossero i loro passi verso l'Osteria *del Mattone*. Il dottor Yorke evitò di menzionare la dichiarazione secondo la quale "il dottor Antonio non intendeva offendere nessuno" che, secondo le istruzioni di sir John, era la condizione *sine qua non* preliminare a qualsiasi negoziazione. Non se la sentiva di mettere a rischio il successo della sua diplomazia con una complicazione del genere. Conosceva la natura calda e generosa di Antonio troppo bene per non essere certo che a qualsiasi suggerimento in materia da parte del Baronetto, l'italiano sarebbe andato incontro più che a metà strada, e avrebbe reagito con animo gentile.

Sir John per tutto questo tempo aveva passeggiato in su e in giù nell'atrio, in uno stato di considerevole perplessità, andando ogni tanto fuori sul terrazzino, che era il confine del suo deambulare su un lato, a guardare la strada per Bordighera. Durante una di queste soste il Baronetto scorse i due gentiluomini venire giù dalla collina, a braccetto - una vista che, lontana dall'essere piacevole, fece contrarre d'un tratto le sue narici, come se tutti gli alberi di arancio e di limone che profumavano l'aria del giardino, avessero esalato vapori mefitici e nauseabondi.

Comunque, quando i due gentiluomini entrarono nella stanza, sulla fronte liscia di sir John non c'era più traccia della lotta dei sentimenti, e l'accoglienza che riservò a entrambi i suoi visitatori, si dimostrò molto gentile. Si degnò persino di rivolgere al dottor Antonio alcune educate ma piuttosto formali parole per esprimere il suo rincrescimento per l'equivoco che aveva avuto luogo, provocando da parte dell'italiano una dichiarazione identica nella sostanza, ma molto più soddisfacente nei toni. Il dottor Yorke, che durante questa transazione tradiva la sua ansia con i continui e disperati appelli alla sua tabacchiera, tirò finalmente un enorme sospiro, e mormorò tra sé: "Sono fuori da un bel pasticcio!"

" E ora," disse sir John, rivolgendosi al dottor Yorke, "non mi resta che porgerle i miei ringraziamenti, e, lasciandola libero all'istante, offrirle le migliori scuse possibili per aver preteso che trascorresse così tanto del suo prezioso tempo con noi. Ordinerò subito che i cavalli siano attaccati alla carrozza!" L'alacrità con cui l'offerta fu accettata dimostrava quanto fosse gradita. "Bene, allora, signori," continuò il Baronetto "vi devo lasciare a farvi compagnia l'un l'altro, perché approfitterò di questa occasione per mandare qualche lettera d'affari a Nizza." E felice di avere una scusa per scappare, si affrettò a uscire dalla camera.

Sir John fece buon uso del tempo che ci voleva per procurare i cavalli; scrisse una lettera dietro l'altra: a suo figlio Aubrey, indirizzata alla casa in ... Square; ai suoi banchieri, al suo uomo d'affari a Londra, e al suo fattore in campagna (dando ordine a questi ultimi tre di spedirgli tutta la sua corrispondenza a Bordighera) e redasse anche una lunga lista di articoli, ordinando al suo corriere di mandarli senza indugio all'Osteria. Anche a John fu affidata una ventina di istruzioni verbali; tutto quanto - le lettere, le liste, le istruzioni e gli ordini - implicava che sir John aveva deciso una sosta protratta negli attuali scomodi alloggi. Era così infatti; sir John si era finalmente reso conto della situazione, e anche se molto contro voglia, si sottometteva di malumore alle sue consuetudini. Questo, e solo questo era il risultato dell'esperienza delle ultime ore. Il risentimento è un cattivo consigliere, e pochi uomini si possono permettere di essere giusti sotto il dolore di una doppia sconfitta. Ci dispiace dirlo, perché, nonostante i pregiudizi del padre di Lucy, confessiamo un debole per lui, ma la verità va detta, e la verità è che il lievito del risentimento stava fermentando nel petto di sir John più velocemente che mai.

Il baronetto insistette per accompagnare il dottor Yorke alla carrozza, per vedere, con i propri occhi, che tutto fosse come doveva essere. Questo fu il pretesto che gli permise di lasciare sul sedile, a fianco del dottor Yorke, un foglio di carta ripiegato, che il dottore al momento scelse di non notare, ma che, appena John chiuse lo sportello della carrozza, egli spiegò ed esaminò con cura, e che, con evidenti segni di soddisfazione, depositò nel suo portafogli. Il medico inglese era così stremato dalla preoccupazione mentale e dallo sforzo fisico che, dopo aver esclamato ancora una volta: "Sono stato in un bel pasticcio!", si stese e si addormentò tanto profondamente da non svegliarsi più fino a quando la carrozza non si fermò di fronte alla porta di casa sua, a Nizza.

CAPITOLO VI

Piccole occupazioni

"Ho migliaia di domande da farle," disse Lucy, quando Antonio fece la sua comparsa il mattino seguente.

"Davvero?" replicò l'italiano di buon umore. "Benissimo, sono pronto. Si stancherà prima lei di domandare che io di rispondere. Ma prima mi dica come sta, e si faccia tastare il polso."

Soddisfatta a dovere l'indagine medica, Lucy riprese: "Allora, per cominciare le dirò che vorrei dare del denaro a Prospero. Quanto devo mandargli?"

"Vediamo," disse Antonio, riflettendo. "Supponga che Prospero non potrà lavorare per un paio di settimane, cosa assai probabile, quindici giorni di lavoro a trenta soldi il giorno, che è quello che guadagna di solito, fanno ventidue lire e cinquanta centesimi. Se gli manda venticinque lire ci sarà un piccolo extra per procurarsi del cibo migliore durante la convalescenza."

Lucy chiese a miss Hutchins di portarle la sua borsetta. Facciamo notare una volta per tutte che la Hutchins era sempre a portata di mano durante le visite dell'italiano, lavorando o al fianco della sua giovane padrona, o nella propria stanza a un tavolino di fronte alla porta aperta che separava le due camere. Lucy allungò del denaro al dottore.

"Cinquanta lire!" disse lui. "È il doppio di quello che suggerivo."

"Le venticinque lire in più" osservò Lucy, "pagheranno le medicine di Prospero."

"Prospero non deve pagare né dottore né medicine. Sono il medico condotto, e il comune mi paga per curare i poveri."

"Ma chi gli procura le medicine?"

"Io stesso. Ne ho parecchie e sono più che felice di potermene sbarazzare. Si deve stare molto attenti a come si aiutano i poveri. Un dono più grande di quello che è assolutamente necessario incoraggia solo la pigrizia, e fa più male che bene."

"È quello che dice sempre papà" replicò Lucy. "Non insisterò per fare a modo mio questa volta, dottor Antonio, a patto della promessa che, se Prospero avesse bisogno ancora d'aiuto, o se lei sentisse di qualcuno che è disperato, me lo farà sapere."

"Non credo proprio che le farò una promessa del genere" disse Antonio, con un sorriso che ammorbidiva le sue parole: "Se lei facesse a modo suo, come dice lei, ho paura che le persone povere ma indipendenti di questo paese si vizierebbero in poco tempo. Le sue domande sono già finite?"

"Sono appena cominciate. La prossima cosa che voglio sapere è perché ieri mi ha fatta visitare da quell'odioso medico inglese!"

"Odioso? In che senso odioso?" chiese a sua volta Antonio con un tono di sorpresa.

"Odioso, perché è così sdolcinato e mellifluo. Detesto le persone con la lingua di miele. Avrò soltanto lei come dottore, quindi non serve che lei mi faccia visitare da altri."

"La ringrazio per la preferenza, che, se ho capito bene, dipende dai miei modi scortesi. Non c'è pericolo che il dottor Yorke si metta in competizione con me: a quest'ora starà tranquillamente a casa sua a Nizza."

"Spero che ci rimanga allora. Ma perché mai è venuto?" disse Lucy con decisione.

"È venuto perché gliel'ho chiesto io, come le ha raccontato. Stava tornando a Nizza ed è passato per caso a trovarmi, e io sono stato felice di chiedergli un consulto riguardo al suo piede. Ora, dato che non poteva farlo se prima non la visitava, l'ho portato da lei. A parte il credito che io dò alle sue opinioni, ho anche pensato che, se le nostre idee su questo caso avessero coinciso, come speravo, il suo parere avrebbe aggiunto autorità al mio agli occhi di sir John."

"Perché?" chiese Lucy, testarda quanto un bambino.

"Mi sembra una cosa molto naturale, non le pare, che un inglese abbia più fiducia in un dottore inglese che in uno straniero."

"Allora lei e papà avete litigato?"

"Litigato?! No. Non ci si può aspettare che sir John, non essendo medico, veda certe cose come le vedo io, ecco tutto."

"E la prego, mi dica," insistette Lucy "quali erano queste certe cose?"

"Sembra che mi stia facendo un interrogatorio" disse il dottor Antonio ridendo.

"Proprio così," riprese Lucy seriamente "ma non per sciocca curiosità, come credo lei stia pensando. Non so esattamente cosa mi faccia sospettare che c'è stato qualche equivoco tra lei e papà nei miei riguardi, ma lo sospetto," e guardò Antonio in faccia, "e voglio sapere tutto a questo proposito, in modo da essere in grado di fare quel che mi è possibile per chiarire il malinteso."

"Lei è molto buona, ma ormai non serve nessuna mediazione: grazie a quell'odioso dottor Yorke," disse sorridendo "sir John è riuscito a vedere la necessità di una sosta più lunga in questo povero luogo di quanto si fosse aspettato o augurato. Ora lei sa su cosa non eravamo d'accordo."

"Ah! Ecco perché papà era così silenzioso e pensieroso tutto ieri sera. Riusciremo a ripartire per la fine del mese?"

"Ho paura di no."

"Che seccatura!" esclamò Lucy.

"Anche lei quindi è così ansiosa di lasciare l'Italia?"

"Oh no! Stavo solo pensando a papà. Riusciremo ad andare via entro un mese?"

"Sì, penso di sì, fra un mese o giù di lì."

"Ho paura che un mese sembrerà molto lungo a papà. Si annoia così tanto qui, senza neanche un cavallo per andare a fare una cavalcata, lui che è abituato a farla ogni mattina. Da queste parti non si trova in affitto un cavallo da sella ?"

"Neanche l'ombra."

"Che seccatura" esclamò di nuovo Lucy. "E quando potrò alzarmi dal letto?"

"Mi dispiace non poter rispondere a questa domanda. Meglio metterla *ad referendum*, come dicono nella Dieta Svizzera."

"Vuol dire *sine die*?" disse Lucy: "Il suo latino sarà classico, ma è ben poco piacevole."

"Non può fare uno sforzo e immaginare per un attimo di non avere affatto i piedi?" disse Antonio seriamente. A Lucy venne una gran voglia di ridere, ma invece disse che era una vergogna, era un'assurdità, e che non aveva mai visto un dottore così poco compiacente in tutta la sua vita; perché Lucy, sebbene avesse quasi vent'anni, aveva conservato molto della freschezza, del fascino e anche dei modi capricciosi dell'infanzia.

"Le assicuro," disse l'italiano, in risposta a questa *boutade,* "che non la costringerò a letto un'ora in più del necessario."

"Le sono molto obbligata" disse Lucy, in tono dispettoso.

Il dottore non fece commenti.

"Lo sa, dottor Antonio," continuò Lucy, dopo un attimo, "che non vedo l'ora di alzarmi per rivedere quella collinetta assolata che stava di fronte a noi quando ci siamo ribaltati? Vorrei vederla con calma, non passandoci accanto a pieno galoppo."

"Vuol dire Capo Bordighera?" disse Antonio.

"Sì, suppongo di sì. Ero mezza addormentata quando papà, urlando al postiglione, mi ha impaurita, e aprendo gli occhi mi è apparso per un attimo qualcosa di così verde, così fresco, così bello; solo una fugace visione, ma talmente soave che il ricordo mi perseguita come l'immagine di una terra fatata."

"Non lasci troppo gioco alla sua fantasia," fu la risposta " o perderà i benefici della realtà."

"Che intende dire?"

"Voglio dire che la realtà, mia cara signorina, quand'anche molto affascinante, raramente tiene il passo con le promesse dell'immaginazione."

"Ne so poco del fascino della fantasia," replicò Lucy "ma so che la realtà è spesso sgradevole."

"Come quando si è obbligati a rimanere a letto," disse il dottore sornione.

"Proprio così. Ma mi dica, la prego, me le sono immaginate oppure ho davvero visto delle palme sulla collina di Bordighera?"

"Le ha viste. Bordighera è famosa per le sue palme."

Dato che Lucy aveva apparentemente esaurito la sua sequela di domande, Antonio stava per congedarsi, quando lei lo trattenne, dicendo: "Ancora una domanda, e poi può andare; riguarda Speranza. Mi interessa molto; a volte sembra così infelice. Lei sa perchè?"

"Speranza ha i suoi problemi;" disse Antonio "la sua storia è semplice ma commovente, e perderebbe tutto il suo effetto se gliela raccontassi io. Sono felice che lei provi interesse per questa ragazza. Nel suo carattere c'è una sorta di primitiva nobiltà. Si degni di fare la sua conoscenza, e cerchi di guadagnarsi la sua fiducia. Il mondo morale, cara signorina, è proprio come quello fisico: dobbiamo solo abbassarci per trovare nelle sfere più modeste molte cose degne di nota e comprensione."

Al mattino fu permesso a Lucy di leggere con moderazione, e il dottor Antonio le portò un volume di Shakespeare e *I Promessi Sposi* del Manzoni. Dopo uno o due giorni le fu consentito di sedersi sul letto. Seguendo le indicazioni del dottore, il letto fu spostato dal suo angolo e messo vicino alla finestra, da dove, essendo l'Osteria su un terreno rialzato, si poteva godere una bella vista del Mediterraneo.

"Ha mai vissuto in riva al mare?" chiese il dottore.

"Mai. Quando mi mandarono a Brighton per i bagni, i dottori mi proibirono di stare in una delle case vicine alla spiaggia."

"Meglio," rispose Antonio "così per lei il nostro mare avrà il fascino della novità. È una vista sempre nuova, un libro che non stanca mai. Osservare il cambiamento e la ricchezza dei suoi colori, che vanno dal bianco candido della neve al nero intenso dell'inchiostro, la terrà incessantemente occupata e sarà oggetto di meraviglia. Poi gli chieda il segreto dei suoi mille suoni, dal mormorio basso e triste, che somiglia a un sospiro o ad un bacio, al ruggito simile al tuono che fa scuotere la terra. Tutti i poeti hanno cantato il mare, ma nessuno più potentemente del re Ebreo." E prendendo una Bibbia inglese che stava sul tavolo vicino a Lucy, cercò tra i Salmi e lesse questi versi: " 'Quelli che solcano il mare sulle navi, che commerciano sulle grandi acque; questi vedono le opere del Signore, e le Sue meraviglie negli abissi. Poiché Egli comanda e fa alzare il vento tempestoso che solleva le onde. I naviganti salgono fino al cielo, e ricadono negli abissi, la loro anima è sconvolta per il turbamento. Roteano su e giù, e barcollano come un ubriaco, e non sanno che fare.' Non c'è nulla pari in semplicità, verità e grandezza, miss Davenne."

Lucy lo guardava e lo ascoltava come certamente non aveva mai ascoltato o guardato nessuno prima; poi disse: "Che strano! Sembra che lei conosca bene la Bibbia!"

"E questo la stupisce?"

"Sì; pensavo che i Cattolici Romani non leggessero mai la Bibbia."

"Questo è un errore comune tra i Protestanti. Se lei conoscesse la liturgia della nostra chiesa, saprebbe che i brani delle Scritture ne sono parte integrante, e sono letti e cantati ogni giorno, sia il mattino che la sera; in latino, è vero, ma se ne trova la traduzione in tutti i nostri libri di preghiera. In effetti l'intera Bibbia, tradotta in italiano, è a disposizioni di tutti i lettori, a due sole condizioni: primo, che sia la traduzione delle Scritture comunemente chiamata *Vulgata*, raccolta e portata a termine da San Gerolamo, e secondo, che abbia il testo latino a fronte. Se la Bibbia non è comunemente diffusa in Italia come ci si potrebbe augurare, penso dipenda in parte dalla mancanza d'istruzione popolare, e principalmente dal fatto che il clero poco incoraggia la sua attenta lettura. Comunque, le posso assicurare, che in Italia molte persone della classe colta conoscono profondamente la Bibbia, e l'hanno letta sia nella traduzione autorizzata che in quella non autorizzata."

Lucy era colma di gratitudine, e gustò sia la lettura dei libri che la contemplazione del mare, come lui aveva sperato accadesse; fece persino al dottore una vivida e completa descrizione di una carica di cavalleria, in cui le onde, scagliandosi e rompendosi furiosamente una contro l'altra, e slanciandosi in avanti e indietro come cavalli impazziti, erano gli attori. Ma piano piano sia il mare che le letture persero in parte il loro fascino, e Antonio, che osservava la sua paziente con una sollecitudine quasi materna, si rese conto che era tempo di trovarle qualche nuova occupazione. Per prima cosa, propose che lei dovesse leggersi un capitolo al giorno di Manzoni; poi affermò che il proprio accento sarebbe certo migliorato, se Lucy lo avesse con pazienza ascoltato leggere una scena o due da Shakespeare. Con queste letture ogni tanto arrivavano delle risatine, tintinnanti come campanelli d'argento, che risuonavano così dolci nelle orecchie di Antonio, e a cui, anche se ne faceva le spese la sua pronuncia non priva d'errori, si univa di cuore.

Le sue visite ora erano molto frequenti: veniva tre o quattro volte al giorno; a dir la verità ogni momento che poteva rubare ai suoi doveri lo passava al capezzale della bella malata. E raramente veniva a mani vuote, portava con sé sempre qualcosa che pensava potesse divertirla o interessarla. All'inizio era un album di vedute e costumi della Sicilia, una piccola collezione di monete antiche, alcuni campioni di lava... tutta la sua piccola provvista di curiosità. Quando questa finì, fu la volta di un fiore, una pianta rara, un insetto singolare; uno scarabeo in un'armatura di ambra nera, una locusta verde con la testa simile a quella di un cavallo, una farfalla con le ali d'oro o d'argento, o uno di quei bruchi pelosi color giallo canarino con strisce nere e regolari intorno al corpo. Le ore passavano senza accorgersene, mentre il dottore le spiegava, con frasi brevi e semplici, le loro abitudini e peculiarità, e persino l'uso di molti di essi. "Quella piccola creatura, di cui lei ammira così tanto il verde brillante" disse ad esempio, "ho paura che perderà tristemente la sua stima, quando ne saprà il nome e l'uso che se ne fa. Adesso indovina che cosa sia?"

"No," replicò Lucy "non penso di averla mai vista prima, o almeno non l'ho mai notata."

"È una rappresentante del genere *cantaride,* o mosca spagnola, con cui si fanno vescicanti, ed è un animaletto perfido, perché appena lo si tocca, emette un odore nauseabondo, così da simulare la morte. Non è meraviglioso che ogni essere vivente, per quanto piccolo e brutto, abbia il suo scopo speciale, e si possa difendere in qualche modo? Ora, guardi questa creatura con tutte queste zampe, che corre così svelta; vede, si appallottola su se stessa: è la sua difesa contro il pericolo imminente. Quest'altro esserino, lento e sgraziato, che lei degna appena di nota alla luce brillante del giorno, suppongo abbia spesso attratto la sua ammirazione durante una passeggiata serale."

"Allora è una lucciola?" chiese Lucy.

"Sì; anche questa, se la sua libertà è a rischio, fa credere di essere morta, sebbene sia estremamente attaccata alla vita. Una volta ho fatto un esperimento con una di loro. Prima è rimasta imprigionata sotto un bicchiere per una settimana, e dopo è stata sul fondo di un vaso pieno d'acqua per tre ore, e nonostante tutto venne fuori viva; così pensai fosse giusto lasciarla libera."

Il dottor Antonio riuscì con successo nel suo intento: rendere le ore della reclusione meno lunghe e noiose per Lucy. Non era mai stanca di far domande, alle quali Antonio rispondeva con una bonarietà che faceva onore alla sua pazienza d'insegnante.

Un giorno, dopo un'altra di queste conversazioni, Lucy si allungò sul letto come se sprofondasse nei suoi pensieri, che il dottor Antonio, con il suo silenzio, sembrava rispettare. A cosa pensava Lucy? E stava davvero pensando? No, stava godendosi uno di quei rari momenti in cui il mero senso dell'esistere è la felicità; quando il cielo azzurro sembra più blu, il mare increspato più brillante, l'aria soave più dolce che mai. Gli occhi del dottor Antonio sembravano incantati dal mare, poi vagarono per un attimo e si fermarono sull'atteggiamento pensieroso della sua compagna. Trascorse ancora un momento, poi lei lo guardò. "L'ho forse stancata?" chiese lui.

"Oh no!" disse Lucy, con un tono molto rassicurante.

Tra la domanda e la risposta, entrò ondeggiando la brezza della sera, carica dei ricchi profumi degli alberi di arancio e di limone, che crescevano nell'appezzamento di terreno sotto la finestra. "Che fragranza deliziosa!" esclamò Lucy.

"Deliziosa davvero" fece eco Antonio "le piacciono i fiori?"

"Moltissimo," disse lei "ne avevo tantissimi a Davenne, ma nessuno ha mai emanato neanche la metà del profumo delle piante di questo giardino."

"Se fossi una signorina," affermò Antonio "sono sicuro che il giardino sarebbe uno dei miei divertimenti principali."

"La pensa così perché lei è un uomo," disse Lucy "lei non sa nulla delle giovani signorine, non ha idea di quante cose siano costrette ad imparare... per scoprire poi, come ho fatto io," aggiunse, arrossendo leggermente, "di non sapere nulla."

"Se è per questo, " rispose ridendo Antonio" sono sicuro che la maggior parte dei giovanotti potrebbe dire la stessa cosa."

Ci fu un altro momento di silenzio, poi Lucy tornò al punto da cui era partita. "Ho sempre avuto l'impressione," disse "che di sera i fiori d'arancio profumino più intensamente."

"Non è un'impressione," replicò il dottore "l'arancio, e tutti i fiori molto profumati in effetti odorano maggiormente verso la fine del giorno, e durante le prime ore dopo il tramonto. Ce ne sono persino alcuni, come il gelsomino indiano, che di giorno non hanno alcun odore e di notte invece sono molto profumati."

"Ma cos'è che fa profumare i fiori? Lei lo sa?"

"Glielo farò vedere domani," disse lui, "è troppo tardi stasera. Sono molto contento, proseguì con gentilezza, "che lei mostri tanto interesse per questi argomenti; l'aiuta ad attraversare questo periodo di noiosa reclusione. È incredibile quale ricca miniera di osservazioni e sorprese possiamo scoprire se decidiamo di avvicinarci a un insetto, a una pianta, persino a un filo d'erba, non è vero?"

Il rossore salì al viso di Lucy mentre l'italiano parlava, e tendendogli la mano, lei disse: "Quanto le sono grata!" Antonio rise forte di questa strana idea e disse arrivederci in tutta fretta. Lasciata sola con se stessa, fissò a lungo il mare, i cui confini tremolanti e lontani, illuminati, durante gli ultimi minuti della visita di Antonio, dai bagliori dorati del cielo, stavano velocemente svanendo nella luce morente all'orizzonte; e mentre guardava le sembrava che il linguaggio inarticolato di quell'immensa creazione, lieve come un sospiro in quella sera, rispondesse alle silenziose domande del suo cuore. Cielo, e mare, e giardino avevano perso tutto il colore, il movimento e la forma, eppure Lucy rimase a osservare il buio.

"Lucy tesoro mio," esclamò sir John, aprendo la porta, con una luce in mano, "te ne stai tutta al buio e da sola?"

"Sì papà, dopo che il dottor Antonio è andato via, ho mandato la povera miss Hutchins a fare una passeggiata."

Sir John avanzò fino al letto, sempre con il lume in mano. "Guarda Lucy, mi sono quasi innamorato di questa lanterna dalla forma strana. La padrona di casa ha detto a John che a Genova se ne possono comprare d'argento; devo prenderne qualcuna per riportarla a casa con noi, " e sir John mostrò a Lucy l'oggetto della sua ammirazione, una delle comuni lampade usate in tutta Italia: un globo di ottone per l'olio, con tre beccucci, su un piedistallo molto sottile, che, passando per il centro, terminava in cima con una maniglia, sotto la quale pendeva la catena, a cui erano attaccati uno spegnitoio e uno spillo per attizzare la fiamma.

"È molto graziosa papà" sir John intravide il volto della figlia, mentre si voltava verso la lampada, ed esclamò: "Che bell'aspetto hai stasera Lucy! Oggi non ti ho sentito tossire."

"Oh! La tosse mi ha lasciato in pace in questi ultimi due giorni;" rispose Lucy "l'aria di questo posto mi fa molto bene."

"Lo penso anch'io," osservò il padre compiaciuto "ma non bisogna esagerare, neanche con le cose buone" aggiunse chiudendo la finestra.

La mattina seguente il dottor Antonio portò a Lucy un ramoscello d'arancio, con i suoi fiori di un bianco candido rannicchiati tra le lucide foglie verde scuro. "Ecco, le offro," disse "quello che possiamo definire il principe delle nostre rive."

"Quanto sei bello!" si rivolse al ramo Lucy, mentre lui glielo porgeva; poi annusandolo avidamente: "Dunque, da dove viene una tale fragranza?"

Antonio staccò dal fiore uno dei suoi spessi petali bianchi, e la invitò a tenerlo tra lei e la luce. "Vede quei punti trasparenti nella sua tessitura?" le chiese.

"Sì."

"Ecco, allora" aggiunse "lei sta vedendo da dove viene il profumo. Ognuno di quei diafani puntini è una boccetta di essenza, tiene in serbo una particella dell'olio essenziale, che profuma il fiore, come lei potrebbe profumare il suo armadio con una *cassolette* di *attar* di rose."

"Curioso!" esclamò la ragazza divertita. "Come sono felice di sapere questa cosa!"

Poi lui tagliò un pezzetto di buccia d'arancia, e le mostrò che era piena dello stesso genere di piccoli contenitori per l'olio. "Allora è così!" disse Lucy "e tutti i fiori emanano profumo nello stesso modo?"

"Sì, e anche molte foglie verdi; quelle del mirto, ad esempio, hanno ricettacoli dello stesso genere."

"Ho sempre pensato," disse Lucy, "che il profumo fosse in questi piccoli fiocchi di polvere" e indicò le antere.

"Quelle hanno un fine completamente diverso" rispose lui; e le disse i nomi e gli scopi delle diverse parti del fiore. "Non mi ricorderò mai tutto questo" disse Lucy, con un triste scrollar del capo.

"Glieli scriverò, se vuole veramente ricordarseli" promise Antonio.

"Oh lo faccia, dottor Antonio, e domani le ripeterò la lezione." La vivace animazione del viso della bella conversatrice fece dire ad Antonio: "Si vede che lei ha una predilezione per la botanica."

"Botanica!" esclamò Lucy "Oh no! Non sopporto neanche il nome di botanica, con tutti i suoi difficili termini scientifici: mi piace sentirla parlare di fiori."

"Bene," disse Antonio sorridendo, "ci occuperemo di fiori, e solo dei suoi fiori preferiti. Credo non si opporrà se per poterli studiare sui libri gliene porto alcuni più rari dei soliti, perché l'avverto che la mia conoscenza del soggetto non è molto estesa."

"Abbastanza da dirmi tutto quello che desidero sapere," disse Lucy "ma se lei si stanca di insegnarmi, allora suppongo che dovrò sorbirmi uno dei suoi terribili libri scientifici."

Da quel giorno i fiori divennero l'occupazione preferita di miss Davenne, e l'aiuto più valido di Antonio nel suo intento di gentilezza. Per lei erano molto piacevoli quelle lunghe conversazioni in cui lui le raccontava i processi misteriosi della natura e la distribuzione sapiente delle qualità attribuite ai vegetali in rapporto alla creazione animale, le similitudini e le diversità che esistono tra i due regni, e il legame che li unisce in un unico grande tutto.

Un pomeriggio Antonio capitò a farle visita durante un violento temporale. "Vede," le disse, spingendo il letto di Lucy più vicino alla finestra, di modo che lei potesse dare una sbirciata agli alberi nella parte più lontana del giardino, "vede che banchetto per le piante e gli alberi, come le foglie si tendono a bere ogni goccia che cade?"

"Che strano," disse Lucy "sentirla parlare delle piante come se fossero degli esseri viventi, che respirano, bevono, e – cos'altro? –mangiano forse?" e rise.

"Perché no?" osservò Antonio, con uno dei suoi mezzi sorrisi placidi e sarcastici. "Sembra che tra tutti i fiori che adornano la terra, lei voglia tenere per le giovani signorine l'esclusivo privilegio di mangiare ostriche e bistecche al sangue. Ma lasci che le dica che certi suoi rivali del giardino in effetti consumano proprio del cibo solido."

"Oh dottor Antonio!" fu l'allegra esclamazione. "Che intende dire?"

"Parlo sul serio," spiegò lui. " La Dionea, conosciuta comunemente come 'Venere intrappolamosche', ha foglie armate di piccole spine pelose. Quando un insetto tocca la foglia, la foglia si chiude, stringendo i propri filamenti tra loro, come dita intrecciate, poi tiene stretta la sua preda, e non si apre finché l'insetto non si consuma fino a sparire. E c'è di più, si sono fatti esperimenti dando da mangiare alla Dionea dei pezzetti di carne cruda."

"Carne cruda?!" ripeté la ragazza con disgusto.

"Sì, davvero, carne cruda! E le foglie si sono chiuse nello stesso modo, e quando si sono riaperte la carne era sparita... divorata."

"Orrenda Dionea!" esclamò Lucy. "Non ne terrò più neanche una nel mio giardino. Un fiore che mangia carne cruda! Neanche fosse un cannibale!"

Lo scopo del dottor Antonio all'inizio non era quello di istruire, ma semplicemente di procurare alla sua giovane paziente costretta a letto, quelle piccole distrazioni che potevano essere introdotte nel suo raggio d'azione. Ma la rapidità con cui lei capiva le sue spiegazioni, e la voglia di imparare, finirono, comunque, per farlo andare oltre quel che aveva pensato, e alla fine si ritrovò a darle regolari lezioni di botanica, e spesso scriveva per l'allieva riconoscente un *résumé* delle loro conversazioni. In questo modo Lucy ben presto fu padrona di un piccolo bagaglio di conoscenze sulla botanica, acquisito senza sforzo, e quasi inconsciamente. Così quando il dottore le mise davanti uno dei libri scientifici, lei scoprì che molto del suo contenuto le era già familiare, e quando lui le disse di provare a classificare tale e tale pianta da sola, e lei ci riuscì, sarebbe stato difficile dire se fosse più gratificata o più meravigliata. Lucy guardava al suo insegnante come a un fantastico luminare della scienza, e probabilmente lo riteneva l'uomo più intelligente del mondo.

Una mattina Lucy, con sua infinita sorpresa, sentì nella stanza di miss Hutchins qualcuno che cantava accompagnandosi con la chitarra. Doveva essere il dottor Antonio, non poteva essere nessun altro. "Bravo!" urlò. "Il misterioso trovatore non mostrerà il suo volto?"

"Ora miss Davenne," disse Antonio, entrando nella stanza, con la chitarra a tracolla, "non potrà più pensare che io manchi in galanteria." Lei sembrò molto stupita. "Oh! Non lo neghi, lo sa da sola che, in ognuna di queste sere, lei si aspettava una serenata. Sarebbe un peccato che una giovane signorina in Italia non incontrasse dei banditi, né qualcuno che le fa una serenata. Ora lei una serenata l'ha avuta, e in pieno giorno per di più, il che la rende più eccitante."

"Confessi dottor Antonio che lei pensa che le giovani signorine siano delle creature molto stupide" disse Lucy ridendo.

"Perché mai?" rispose ridendo anche lui.

"Perché lei suppone che si aspettino sempre qualcosa di sciocco o di stravagante, come se fossero diverse da lei."

"Niente affatto. Forse che non esistono i banditi e le serenate, e che l'amore per l'avventura non è naturale per la gioventù? Io, quando avevo la sua età, avrei dato qualunque cosa per un evento emozionante, in terra o in mare, e i romanzi di Mrs. Radcliffe non sono niente paragonati a quelli che creavo nelle mie fantasie."

"Come? Lei che sembra così serio?"

"Sì, proprio io, posato come sono. Ma intanto non fa commenti sulla mia canzone."

"Stavo proprio per dirle quanto mi è piaciuta; è così semplice e talmente piena di pathos."

"È vero, è una delle arie siciliane che preferisco. Oggi sono venuto qui con l'intenzione di insegnargliela."

"Ma io non so suonare la chitarra."

"Può imparare però; non c'è miglior momento di questo. Ha voglia di prendere adesso la sua prima lezione?"

Lucy era tutta impaziente di cominciare. Antonio le mostrò come tenere lo strumento, e i movimenti delle dita di una mano sui tasti, e dell'altra sulle corde. Dopo la lezione, sotto richiesta di Lucy, lui finì la canzone che aveva solo cominciato, una canzone molto bella, che a lei piacque molto.

CAPITOLO VII

Qualche informazione

“Mi permette,” disse Lucy una sera “di farle una domanda?”

“Ho l’impressione sia alquanto delicata,” replicò Antonio “se ha bisogno di un preambolo così cerimonioso.”

“La domanda riguarda lei, dottor Antonio, e non sono sicura che dovrei fargliela.”

“Non importa, ” disse Antonio” le dò piena facoltà di farmi qualsiasi domanda le aggradi, sia che mi riguardi o no.”

“Grazie. Allora, vorrei sapere come mai un uomo al di sopra della media come lei...”

Antonio scoppiò a ridere forte.

“Ah! Benissimo,” disse Lucy, fermandosi di botto, “può ridere quanto le pare ma lei è un uomo al di sopra della media, lo sa che lo è.”

“Se un livello decente d’istruzione e di buon’educazione costituiscono quel che le fa piacere chiamare un uomo al di sopra della media, allora posso davvero essere orgoglioso del mio paese.”

“Vuol forse dire che ci sono molti uomini come lei nel suo paese?”

“Parla sul serio?” chiese Antonio. “Allora lei pensa all’Italia come al regno dei ciechi, dove uno privo di un occhio è un signore. Mi creda, mia cara signorina, lei può trovare uomini assai migliori di me, che vivono quasi inutilmente e muoiono sconosciuti. Lei non ha idea, “continuò,” della quantità d’intelligenza, forza e di nobili aspirazioni che va perduta, per mancanza d’aria e di spazio, in questa enorme macchina pneumatica segnata sulla mappa d’Europa come Italia.”

Una nuvola d'inaudita tristezza gli oscurò il viso abitualmente sereno. Lucy se ne accorse e restò in silenzio.

"Bene," disse Antonio, con un garbato movimento della testa su un lato, come se volesse liberarsi di qualche peso, "vuol proseguire? Si stava chiedendo come mai un uomo al di sopra della media come me... intendeva dire, si abbassi a suonare la chitarra?"

"Oh, no, no! Come potesse vivere in un piccolo villaggio di campagna come questo tra rudi contadini".

"Rudi contadini!" ripeté l'italiano: "Le chiedo scusa se la interrompo ancora, ma non sopporto di sentir travisare così grossolanamente la razza più mite della terra. Li chiami pure ignoranti, superstiziosi, qualsiasi cosa, ma non rudi. Cosa le fa pensare che lo siano?"

"Be'," riferì Lucy, un po' imbarazzata, "papà mi ha detto che più di una volta durante le sue passeggiate, è stato fermato e apostrofato in modo rude."

"Posso capire che sir John, non conoscendo la lingua, sia stato infastidito dall'essere apostrofato dalla gente di campagna; ma come possa confondere la loro cordialità col poco rispetto, e accusarli di rudezza, questo, lo confesso, va oltre la mia comprensione."

"Comunque, dottor Antonio, non ha ancora risposto alla mia domanda."

"Lei dunque considera il mio un destino misero?"

"Non misero, ma indegno di lei."

"E se io non avessi scelta?" disse Antonio.

"Ma lei sa che non è così," lo rimbeccò Lucy con un certo calore, "lei sa che le basterebbe dire una sola parola per tramutare la sua posizione attuale in un'altra molto migliore."

"Ora capisco," replicò Antonio, sorridendo, "lei ha fatto amicizia con Speranza, e quella le ha raccontato favole sulla mia grandezza che aspetta solo di essere accettata da me. Quando si parla di me devo metterla in guardia su fonti d'informazione così sospette come Speranza e sua madre."

"Eppure lei mi ha detto che Speranza è una persona assennata."

"Lo è infatti, e anche sua madre; ma quando si tratta di me, la loro immaginazione vince sul buon senso. Io sono il loro Robin Hood, e se qualcuno dicesse che c'è un trono che mi aspetta da qualche parte, loro potrebbero crederci."

"Se sono affezionate a lei, e so che lo sono, avranno le loro buone ragioni."

"Ragioni immaginarie, o, per lo meno, molto esagerate. Le donne, si dice, sono facili agli eccessi. Niente toglierà dalla testa di Rosa che io ho salvato la vita di sua figlia dall'ultima malattia, il che non è vero; e per quanto riguarda Speranza, pensa di dovermi un'enorme gratitudine, per certi sforzi da me fatti in una faccenda che le stava molto a cuore, sforzi, devo dire, che fallirono in modo totale."

"Com'è bravo quando cerca di sottovalutarsi."

"Proprio per niente, miss Davenne; la prego di credere che ho un'opinione discretamente buona di me stesso, ma non sopporto di essere sovrastimato. Le farebbe piacere sapere in cosa consistono quelle grandi prospettive tanto vantate da Speranza?"

"Certo che mi farebbe piacere" confermò Lucy.

"Ritaglieranno una triste figura quando saranno ridotte alle loro naturali proporzioni. L'anno scorso... ma per essere più chiaro, forse, farei meglio a raccontarle per prima cosa la catena di circostanze che mi ha portato in questo posto."

"La prego, racconti" disse Lucy, impaziente.

"È una storia per la quale saranno sufficienti poche parole. Che un nativo della Sicilia, o di qualsiasi altra parte di questa penisola, il quale non chiedeva altro che di vivere e morire a casa sua, sia stato all'improvviso e con la forza cacciato via dal suo paese, con una spada fiammeggiante dietro di sé, e tutto il vasto mondo di fronte, è una cosa che accade troppo comunemente in questa terra di anomalie, per richiedere qualche spiegazione. Pensare, o anche solo essere sospettati di pensare con liberalità, è sufficiente per esporre qualsiasi italiano a un'eventualità di questo tipo. Ma quello che deve sembrare più stravagante, e infatti lo è, considerando che tutti i governi d'Italia sono entrati in una società dell'oppressione, è come un uomo, cacciato dalla Sicilia, possa trovare rifugio ed essere tollerato negli Stati Sardi [Al lettore si chiede di ricordare che il dottor Antonio sta parlando nel 1840] (N.d.A.). Bene, è successo così: il giorno che il suolo di Catania divenne troppo caldo per me – non è necessario per il nostro scopo attuale entrare nella causa, ovviamente politica, che lo rese tale – quel giorno, fui abbastanza fortunato da ottenere un passaggio a bordo di un veliero mercantile genovese diretto a Genova. Quando arrivammo là, mi domandarono il passaporto, e dato che ovviamente non ne avevo alcuno, mi rifiutarono il permesso di scendere. Per fortuna mio zio – l'ufficiale inglese di cui le ho già parlato, il marito della sorella maggiore di mia madre – quando ero andato a salutarlo, aveva avuto il felice pensiero di darmi una lettera di presentazione per un suo vecchio amico e commilitone, il Console Britannico a Genova. Mandai la mia lettera a quel gentiluomo, e attraverso i suoi gentili uffici, ottenni il permesso non solo di scendere, ma di rimanere in città per una settimana. Come può immaginare, ero penosamente incerto sul cosa fare e dove andare, una volta trascorso quel periodo, quando un mattino vidi sul giornale ufficiale locale, un articolo che mise fine alla mia incertezza. Avrei dovuto dirle che nel tempo cui mi riferisco, l'anno 1837, il colera asiatico stava imperversando in tutta la Riviera. L'avviso che avevo letto era rivolto ai medici in generale, specialmente ai giovani dottori, e li invitava a mettersi a disposizione del Proto Medicato, una specie di comitato di salute pubblica, da cui era stato emanato quest'appello. A coloro che avessero offerto volontariamente i loro servizi, si offriva una qualche remunerazione in denaro. Ero spinto da un motivo umanitario, e per un motivo più egoista mi decisi a farlo. La sensazione era che mi fosse stata tirata una tavola, e se avessi potuto posarci il piede sopra, mi sarei salvato dal completo naufragio, perché per me sarebbe stata una disperazione assoluta dover lasciare l'Italia. Se fossi riuscito nell'impresa, sarei stato sicuro di guadagnarmi il pane onestamente, e senza gravare sulla mia famiglia. Così andai al Comitato di Salute, e dichiarai, perchè era vero, che avevo avuto qualche esperienza nel trattamento del colera scoppiato in Sicilia alcuni mesi prima. Fui ricevuto molto bene; ma mostrando il mio diploma, che, con pochi altri documenti, mi ero portato da Catania, mi dissero che, essendo uno straniero (sì, un uomo nato nel sud era chiamato straniero nel nord dell'Italia!) non potevano accettare i miei servizi, a meno che non avessi ottenuto una deroga tramite petizione al re. Sulle prime, l'idea di mandare una petizione per permettermi il privilegio di esporre la mia vita nel servire i miei simili, mi sembrò disgustosa. Comunque, questi gentiluomini mi pregarono con molto calore di aderire a quella che era, dicevano, una mera formalità; mi offrirono, con enorme gentilezza, di trasmettere loro stessi la domanda, e di appoggiarla dove di dovere; il Console Britannico, d'altra parte, combatté la mia riluttanza così strenuamente, che alla fine io cedetti. Mandai la petizione (cosa orrida, le assicuro) e alla fine di un'altra settimana, essendo il mio permesso di soggiorno stato prolungato fino ad allora, fui informato che la mia richiesta era stata accolta. Il Comitato di Salute mi spedì subito a San Remo, dove arrivai il 23 di aprile."

"Il mio compleanno!" esclamò Lucy, con un'allegria da ragazzina. "Che strana combinazione!"

"Dica pure felice oltre che strana" osservò Antonio, toccato dalla sua innocente euforia per questa coincidenza. "Allora compirà vent'anni fra due giorni. Sono felice che me lo abbia detto adesso, così, anche se in terra straniera, potrà sentire voci amichevoli che le faranno auguri cordiali e calorosi."

"Non si dimentichi!" disse Lucy, scherzosa. "Ma ora deve andare avanti e dirmi come mai è venuto a vivere qui."

"Mi resta ben poco da aggiungere. Quando arrivai a San Remo, il colera era al suo massimo. Ho fatto del mio meglio, anche se con poco successo. A che possono servire l'abilità e l'energia di un uomo contro un nemico impalpabile, che sembra prendere in giro e azzerare tutti i calcoli umani, e sconfiggere tutti i rimedi? Tutto quello che posso dire a mio favore, è che non mi sono risparmiato."

"Sono sicura che quello non l'ha fatto" confermò Lucy con calore.

"E sono stato più che ripagato dall'affetto e dalla gratitudine della gente di queste parti. Dopo parecchi mesi di dura lotta e duro lavoro, la spaventosa piaga diminuì, e poi scomparve spontaneamente. Poco tempo dopo, il medico condotto di Bordighera, un uomo molto anziano, morì, e il consiglio comunale offrì l'incarico a me. Mi piaceva la piccola città, dove ero stato molte volte. Mi piaceva quella brava gente, che conoscevo quasi tutta, e così accettai l'offerta. Ma il Governo rifiutò di ratificare la mia nomina, di nuovo per il fatto che ero uno straniero, e che mi ero laureato in un'università straniera. Bordighera, però, ci teneva che io fossi il medico condotto, e, di fatto, una delegazione, composta dal sindaco e da uno o due consiglieri comunali, si recò a Torino per cercare di fare quello che era possibile. Il Comandante di San Remo, con il quale ero in rapporti molto amichevoli, spalleggiò la delegazione, e scrisse una lettera in mio favore. I miei servizi furono messi in evidenza pomposamente e fatti valere, e finalmente la mia nomina (un affare di stato) ricevette il sigillo ufficiale e la firma. Ecco come ho finito per stabilirmi in questo posto di campagna in qualità di dottore e medico condotto."

"Che destino triste essere cacciati così dal proprio luogo natio, dalla propria casa, lontano da coloro che si amano di più!" esclamò Lucy, con le lacrime agli occhi. "Quello che mi ha appena raccontato mi dà un'idea fugace di uno stato di cose che non mi ero mai sognata prima. Sarà sorpreso dalla mia ignoranza... ma la prego, mi dica: quanti stati separati ci sono in Italia?"

"Così tanti" replicò Antonio, "che a meno di non contarli sulle dita, non sono sicuro di ricordarmene il numero. Vediamo...c'è Napoli (che comprende la Sicilia), Roma, la Sardegna, la Toscana, Parma, Lucca[6], e Modena; con il Lombardo Veneto, che è sotto il dominio austriaco, fanno otto."

"E i governi sono tutti uguali?"

"Tutti uguali, ognuno di loro basato sul principio di oppressione."

"E il Papa...è cattivo come gli altri?"

"Assolutamente, anzi, se possibile anche peggio. Suppongo che non se lo immaginasse."

"A dire la verità", ammise Lucy, con un certo imbarazzo, "non ho mai pensato a queste cose."

"Non me ne meraviglio, alla sua età. È difficile che una ragazza giovane che si reca a Roma per ragioni di salute e per divertirsi si preoccupi molto del tipo di governo. Ha conosciuto molte famiglie romane?"

"Quasi nessuna, eccetto quella del Principe Sofronia. Frequentavamo esclusivamente inglesi."

"Questo succede quasi sempre agli stranieri. Vengono in Italia come se andassero in una comoda locanda; e quando un uomo va in un albergo non ci va certamente con l'intenzione di interessarsi alle persone di casa."

"Che dovrei fare allora per conoscere un po' uomini e cose quando andrò a Roma la prossima volta?"

"C'è solo un modo," asserì Antonio "mescolarsi con **tutte** le classi sociali, mantenendo occhi e orecchie ben aperti. Ma questo, certo, non può farlo e non dovrebbe farlo una signorina."

"Vorrei non essere una signorina," disse Lucy con impazienza infantile "se l'esserlo mi ostacola continuamente ad ogni passo. Ma, comunque, posso cercare di ottenere delle informazioni."

"Certamente", replicò Antonio "e visto che dice che ritornerà a Roma, lasci che le dia un consiglio opportuno. Mai, dietro qualsiasi pretesto o persuasione, prestare una delle vostre Bibbie Protestanti a un romano."

"Perché no? Lei mi ha detto l'altro giorno che molti italiani leggono la Bibbia."

"Verissimo; ma le ho spiegato anche che è permessa solo una traduzione. Se la trovassero a infrangere il divieto di diffondere qualsiasi altra versione, potrebbe imparare a sue spese che genere di clemenza e tolleranza abbellisca lo scettro del Vicario di Gesù Cristo. Quei miei compatrioti che si pigliano la responsabilità di leggere traduzioni non autorizzate, lo fanno a proprio rischio e pericolo. Ma penso che abbiamo parlato abbastanza di politica. Ora devo raccontarle delle mie grandi prospettive."

"Oh, sì, lo faccia!" disse Lucy.

"Ero qui da due anni, quando mi offrirono un incarico simile in una zona lontana del Piemonte. Il solo vantaggio rispetto a quello che avevo qui era di ordine pecuniario, essendo la paga addirittura il doppio. D'altra parte, la piccola città dov'ero invitato era situata in una valle stretta, circondata da montagne, umida in tutte le stagioni, e molto fredda d'inverno. Avrei dovuto, io che non avevo nessuno da mantenere, lasciare i miei vicini gentili e grati, ciascuno dei quali conoscevo di vista e di nome? Avrei dovuto rinunciare a questa vasta estensione di natura splendida, che mi rallegra gli occhi e alleggerisce il cuore ogni volta che la guardo, e tutto per un po' di vile denaro? Non potevo farlo. Sono un bambino viziato del sud. Io voglio aria, luce, calore, colore. Adoro questo cielo... questo mare. Non posso farne a meno, sono la mia vita."

"Mi fa bene al cuore," affermò Lucy, "vederla entusiasta, per una volta."

"Mi faccia parlare di questa natura in qualsiasi momento," disse di rimando Antonio, con un sorriso, "e vedrà."

"Così rifiutò."

"Certamente, e senza la minima esitazione."

"Degno di lei," disse Lucy, il cui interesse e rispetto per il narratore cresceva ad ogni particolare che poneva in una luce più forte la nobile semplicità della sua mente.

"La mia seconda grande prospettiva nella vita," continuò l'italiano, "fu di una natura così confusa che non so bene come spiegarla. Si era liberata all'Università di Torino una cattedra supplementare di anatomia. Ci sarebbe stato un concorso. A quei tempi il professore in cattedra era in qualche modo amico mio e mi consigliò di farmi avanti come concorrente. Perché il mio nome potesse essere ammesso nella lista dei candidati avrei di nuovo dovuto mandare una petizione, per essere esentato da una delle condizioni richieste, cioè quella della nazionalità Sarda. Ora, io avevo già chiesto una petizione una volta, e quello era più che sufficiente per me, così ringraziai il mio amico, e la cosa finì lì."

"Quello è stato un peccato" disse Lucy con un tono di rimprovero.

"Lei dice così perché non sa cosa vuol dire una petizione in questo paese" replicò Antonio. "Uno è costretto ad usare un formulario apposito, una cosa abietta, il cui linguaggio non somiglia a quello di un uomo verso un altro uomo, ma a quello di uno schiavo verso il suo aguzzino. Il solo nome di questa cosa, *supplica,* mi fa star male. No, neanche per salvarmi la vita scriverò mai un'altra petizione."

Due giorni dopo questa conversazione, era il 23 aprile. Quando Antonio arrivò a far visita trovò tre immensi bouquet, almeno cinquanta centimetri di diametro, disposti secondo il modo genovese, legati a bastoni lunghi quasi un metro, posti vicino al letto di Lucy. Rosa e Speranza, non contente di avere preparato i loro, ne avevano fornito uno a sir John perché lo potesse regalare a sua figlia. "Guardi… guardi! dottor Antonio," esclamò Lucy, mentre lui entrava nella stanza, indicando la sua magnifica mostra di fiori.

"Cento di questi giorni!" cominciò l'italiano. "Lo sapevo che non avevo neanche una possibilità di competere con Rosa e Speranza, quindi non le ho portato un mazzolino di fiori, ma un solo fiore moltiplicato per se stesso" e, così dicendo, porse a Lucy un ramo di pesco in piena fioritura, che aveva tenuto nascosto dietro la schiena.

"Oh! Questo è il più bello di tutti... che meraviglia!" esclamò Lucy, intrecciando le mani per la contentezza.

"Sì, è meraviglioso, non è vero?" disse Antonio. "Si può immaginare qualcosa più elegante di questa corolla? Qualcosa di più ricco della tinta di questi petali, che sfuma dal rosso cardinale alla più delicata tonalità di rosa? La corolla come vede è polipetala..."

"Niente termini tecnici, niente analisi," interruppe Lucy "mi faccia godere la pura ammirazione del tutto."

"Ha ragione" rispose Antonio "analizzando aumentiamo il nostro bagaglio di conoscenza, ma è difficile non rovinare il proprio godimento. Che è una delle meraviglie della natura, un *chef-d'ouvre*, è tutto quello che ci serve sapere."

"Mi fa venire in mente," disse Lucy "quello che è scritto sui gigli di campo: 'Eppure vi dico, che Salomone in tutta la sua gloria non era vestito come uno di questi fiori.' ".

"Ai miei occhi," riprese Antonio "il bel ramo di pesco rivela a modo suo, la mano di un Artefice supremo, e in questo è convincente quanto tutte le glorie del firmamento."

"È proprio vero," rispose Lucy. "Come sembra inconcepibile che ci debba essere della gente che non vede nulla in tutte le meraviglie dell'universo se non l'opera della materia e il risultato del cieco caso!"

Antonio non disse nulla, ma fissò la bella conversatrice con intensa simpatia. Lei rimase pensosa, con la faccia rivolta verso il cielo,

"And looks commercing with the skies,
Her rapt soul sitting in her eyes.'[7]

Non ci sono parole più adatte di quelle di Milton per descrivere la nostra dolce Lucy in questo momento. Nessuno dei due giovani parlò per un certo tempo, ma i loro cuori non erano mai stati prima in tale stato di comunione come durante questa pausa. Antonio fu il primo a parlare.

"Ha mai letto Picciola?"

"No. È un romanzo?" chiese Lucy.

"Sì, è un romanzo di un celebre autore francese, Monsieur Saintine. Me l'ha fatto venire in mente quello che lei ha appena detto."

"Di cosa parla?"

"Di un fiore," rispose Antonio "l'eroina del romanzo è un fiore."

"Che strano!...Un fiore!"

"Niente di più, niente di meno," disse Antonio "e interpreta la più bella parte mai assegnata ad un eroina."

"Mi fa diventare curiosa," confidò Lucy. "Mi racconti un po' di questa Picciola."

"Il fondamento del romanzo è semplicemente questo. L'eroe, proprio uno scettico come quelli ai quali alludeva lei, è un giovane nobile, implicato in qualche cospirazione contro Napoleone I, e per questa ragione imprigionato nella Fortezza di Fenestrelle. Rinchiuso tra le quattro mura nude della sua cella, privato di libri, penna, e inchiostro, e di tutti i rapporti umani, a parte il suo secondino, al povero prigioniero non è permessa altra ricreazione che un'ora di esercizio in un cortile interno della fortezza. Durante una di queste passeggiate quotidiane, su e giù per il tetro cortile, i suo occhi cadono per caso su un minuscolo germoglio verde che cerca con tutte le sue forze di uscire tra due pietre. Dapprima questa vista fu perfettamente indifferente al prigioniero; ma poichè ogni giorno constatava il graduale sviluppo e la dura lotta della pianta per l'esistenza, pian piano il suo interesse si risvegliò, e aumentò sempre, fino a diventare una passione. Le misteriose meraviglie della vegetazione colpiscono la mente e il cuore del materialista, e l'umile piccolo fiore diventa la scala su cui eleva se stesso fino al concetto di prima causa. Picciola, o piccola (questo è il nome che lui ha dato alla pianta) è, in breve, il missionario che converte in un credente l'uomo di mondo, scettico e *blasé*."

"È davvero una bella storia," disse Lucy "devo procurarmi il libro, se lei mi annota il titolo. E che pianta era quella che riuscì a operare un tale miracolo?"

"L'eroe del racconto, si dice, non scoprì mai il nome botanico del suo fiore prodigioso."

"Che peccato!" disse Lucy. "Si sarebbe potuto desiderare che fosse una violetta o un non-ti-scordar-di-me... o un... A proposito, dottor Antonio, tra tutti i fiori che lei mi ha portato non c'è mai stato un non-ti-scordar-di-me. Non ne crescono in Italia?"

"Sì, in gran quantità."

"E non me ne ha mai portato uno!" disse Lucy in tono di rimprovero. "Perché non l'ha mai fatto?"

"Perché, non lo so," rispose Antonio sorridendo, ma con un'ombra di imbarazzo; "forse ho pensato che vedendomi così spesso, non c'era bisogno di farmi ricordare a lei."

"Un motivo cattivo e presuntuoso" ribatté Lucy bruscamente. "Non le consiglierei di contarci troppo."

La volta dopo che venne a farle visita, il dottore portò alla sua giovane paziente un grosso mazzo di quei graziosi fiorellini azzurri. Lei li mise in un bicchiere sul tavolino vicino a sé, e disse, indicandoli, mezza seria, mezza scherzosa: "Lei non lo sa ancora ma io sono un po' smemorata; fintanto che avrò questi, non la scorderò."

Se Antonio fosse stato un uomo volgarmente vanitoso, avrebbe potuto pensare che lei volesse dire più di quello che aveva espresso; ma lui le attribuì solo il desiderio di rimediare alle parole piuttosto dure del giorno prima.

CAPITOLO VIII

Speranza

Tra leggere, guardare il mare, lezioni di botanica, lezioni di chitarra, e chiacchiere col dottor Antonio, Lucy era arrivata al ventesimo giorno della sua permanenza a letto con umore discreto, e senza lamentarsi di tutto quel tempo in cui non aveva nulla da fare. La necessità di questa noiosa reclusione era, in effetti, l'unico grave inconveniente che ancora pesava su miss Davenne per il suo incidente passato. Le fitte di dolore che nei primi giorni ogni tanto percorrevano l'arto fratturato, specialmente il piede, si erano gradualmente calmate, e poi erano sparite del tutto; e così aveva fatto quel senso d'irrequietezza che le aveva disturbato il sonno, e, tutto sommato, la salute di Lucy era alquanto migliorata, rispetto a com'era stata per un certo tempo precedente alla sfortunata casualità che l'aveva portata all'Osteria.

Quel ventesimo mattino, dunque, Antonio andò a trovarla più presto del solito, e disse: "Sono venuto a dirle arrivederci a domani; devo fare una visita in un posto che dista qualche ora da qui, e dovrò dormire là."

Questa notizia fece contrarre dolorosamente il cuore di Lucy. "Sarà un giorno lungo per me," rispose, e non riuscì a non aggiungere: "Ma è sicuro che sarà di ritorno domani?"

"Senza dubbio" replicò Antonio. "Darò ordini a Speranza di venire a tenerle compagnia. Le sue storie magari la divertiranno. Ora, mi dica, non pensa sia meglio che io veda sir John Davenne, per fargli sapere che sarò assente nelle prossime ventiquattro ore?"

"Sì, la prego, lo faccia, " disse Lucy riconoscente; perché a Lucy non era passato inosservato il fatto che esisteva una certa reticenza nel modo in cui si rapportavano i due gentiluomini, e salutava con gioia qualunque cosa avesse la forma di un approccio da parte del dottore, fatto che avrebbe potuto condurre ad una migliore comprensione. Quindi miss Hutchins, come il solito, fu mandata a vedere dove fosse sir John, e Antonio, accomiatatosi da Lucy, seguì Iride alla presenza del Giove Britannico.

Dato che non è nostra intenzione attribuire al nostro eroe una generosità superiore a quella della sua natura, diremo subito che la profferta che aveva appena fatto a miss Davenne non era segno di crescente cortesia, ma era soltanto un atto politico. Antonio aveva un piccolo piano da proporre a sir John, e avrebbe preferito che miss Davenne per il momento non ne sapesse nulla. Ora, poichè vedere sir John all'insaputa di Lucy era difficile, lui era contento di avere un apparente pretesto per un *téte-à-téte* ufficiale con quel collo duro e quella schiena rigida del padre della sua paziente. Fin dalla memorabile visita del dottor Yorke e dalla vittoria decisiva di Antonio, sir John, per una delle più strane tra le strane illusioni delle ottiche mentali, aveva visto l'italiano come l'autore di tutti i suoi guai. Sir John non era proprio sicuro che Antonio, con le sue sciocche chiacchiere con Prospero sulla strada, non fosse stato la causa primaria del capitombolo della carrozza; ma comunque sir John non aveva il minimo dubbio che l'italiano era in un modo o nell'altro riuscito a causare l'attuale spiacevole stato di cose; e il suo risentimento era proporzionale al danno che aveva ricevuto. Ora, i gentiluomini ben educati, come tutti sanno, conoscono mille sistemi ingegnosi per far chiaramente capire il loro desiderio di mandarvi al diavolo, senza allontanarsi neanche un millimetro dalla più rigorosa proprietà di modi e parole. E questo discendente di una stirpe lunga un chilometro, questa quintessenza di gentiluomo, era bravo più di chiunque altro, se lo voleva, nel rendersi spiacevole in un modo educato. Questa branca peculiare della diplomazia è molto studiata e praticata nei salotti eleganti e nei circoli più nobili. A questa scuola si apprendono gli inchini cerimoniosi, che vi gettano più distanti di quanto farebbe un telescopio guardato dal lato sbagliato; il blando sorriso che appare così elegantemente provocatorio; il gelido "spero che stia bene," che suona come un *memento mori*, e una varietà di altri mezzi, squisiti come questi, per risultare superlativamente fastidiosi nella maniera più affascinante... e nell'attuale circostanza il nostro educato inglese li applicò tutti con singolare intelligenza. Ma dove si distingueva con ineguagliabile maestria, era nella quotidiana espressione di rammarico e nelle scuse reiterate per il disturbo che veniva recato al dottore. Uno avrebbe giurato di vedergli spuntare dalla bocca degli aghi acuminati ad ogni parola. Antonio, dopo diversi tentativi di pace falliti, capì la situazione, e ripagò il Baronetto con la sua stessa moneta; replicava con inchini fatti con lo stesso preciso angolo di inclinazione; s'informava sullo stato di salute di sir John con lo stesso tono di ghiaccio usato da questi per chiedergli della sua; per il resto si comportava come se sir John non esistesse, uscendo ed entrando dall'osteria con una calma e una serenità tali da lasciare al nemico inglese il simpatico dubbio se la tattica usata da lui fosse capitano.

Per quanto strano, questo spiacevole stato di cose era perdurato anche quando le cause che l'avevano prodotto erano parzialmente scomparse, cioè quando i sentimenti di irritazione del vecchio gentiluomo verso il più giovane erano di molto diminuiti; un risultato ottenuto principalmente dal migliore dei pacieri, il tempo, e da altri svariati, quasi impercettibili agenti, le cui influenze sulla mente umana sono tanto positive quanto indefinibili. L'osteria, che all'inizio era come il regno di Federico il Grande, "tutta irta di punte", anche se non proprio trasformata in una terra di pace dove sgorgavano il latte e il miele, non era comunque più il letto di spine del primo periodo. Sir John si trovava abbastanza a suo agio, tutto sommato: riceveva il Times regolarmente ogni mattina, ed era ben rifornito di quei gustosi passatempi letterari che sono i periodici inglesi. Una valanga di poltrone, divani, specchi, tende, lampade, stoviglie, ecc. ecc., era arrivata da Nizza per soddisfare le sue comodità, e aveva anche un cuoco... pensate, il cuoco del defunto vescovo di Albenga, il più grande gastronomo della Riviera. Grazie alla diligenza postale tra Nizza e Genova, il suo corriere riusciva a rifornirgli la tavola con tutti i frutti di stagione. Due mucche di una fattoria vicina erano state adibite a servire la famiglia, e un burro molto passabile faceva la sua figura alla mensa del Baronetto per la colazione e per l'ora del tè. Le sue passeggiate non erano disturbate, visto che ormai era risaputo che *al Milordo Inglese* non piaceva sentirsi rivolgere la parola. Sir John era una specie di cartello ambulante con la scritta "vietato oltrepassare". Il

Sindaco, e la maggior parte dei Consiglieri comunali di Bordighera, gli avevano fatto visita in pompa magna, e così aveva fatto un anziano nobiluomo, chiamato, per antonomasia, "il Conte", che viveva ritirato nel suo palazzino, proprio sull'altro lato della collina di Bordighera. Queste visite, scrupolosamente rese, com'è ovvio, avevano piacevolmente stuzzicato l'amor proprio e il senso d'importanza del Baronetto. Dopotutto, capiva di essere tra persone che riconoscevano i propri superiori in rango. Trovate, se ci riuscite, un baronetto inglese il quale riconosca o creda che un nobile italiano, il cui nome, forse, figura nella storia da prima che si fossero mai sentiti nominare i Plantageneti, possa essere un suo pari! Sir John, in una parola, si sentiva quasi tanto a suo agio quanto lo era stato in qualsiasi altro posto da quando aveva lasciato le rive natie, ed era quindi considerevolmente ammorbidito nei confronti del popolo italiano in generale, e in particolare verso quel suo esempio che andava sotto il nome di dottor Antonio. L'inno senza fine delle lodi che Lucy cantava a proposito di tutto quello che il dottore aveva fatto e pensato per divertirla, e ciò cui sir John stesso aveva assistito, forse avevano avuto un qualche effetto sul cuore paterno. Sfortunatamente, sir John era troppo orgoglioso per dimostrare in qualche modo il mutare dei suoi sentimenti, cosa che avrebbe potuto essere scambiata per un suo approccio, e continuò, per falsa vergogna, ad essere, se non pungente come prima, almeno formale, distante e freddo come sempre.

Premesso questo, capiremo perchè sir John, uscendo dalla propria stanza, chiese scusa molto cerimoniosamente al dottor Antonio per averlo fatto aspettare così a lungo (solo mezzo minuto) e perchè il dottor Antonio a sua volta offrì delle scuse alquanto verbose per aver disturbato sir John ad un'ora così irragionevole. A queste parole, il Baronetto dichiarò che era sempre a disposizione del dottor Antonio, e lo pregò di accomodarsi. Qui cominciò uno sventolio di inchini, seguiti da una schermaglia su chi dovesse o non dovesse sedersi per primo, una difficoltà che fu superata dai due gentiluomini sedendosi contemporaneamente.

"Mi fa piacere doverle comunicare," cominciò il dottore con un tono quasi oratorio, "notizie eccellenti a proposito della malata che ci sta tanto a cuore. Miss Davenne sta straordinariamente bene questa mattina."

"Mi rallegra sentirle dire così," replicò sir John, con grande condiscendenza, "anche se non mi aspettavo niente di diverso, considerando tutta l'abilità e l'attenzione che lei ha dimostrato nel curare miss Davenne."

Antonio voleva dire qualcosa per implorare una tregua ai complimenti. "No, no!" continuò sir John. "Deve lasciarmelo dire. So quanto le sono debitore e conosco il valore del suo tempo, e farò del mio meglio per dimostrarle quanto ne sono cosciente."

'Questo Don Magnifico intenderebbe pagarmi per le mie conversazioni sulla botanica e le mie lezioni di chitarra?' pensò il dottor Antonio, e all'idea, alzò portentosamente le sopracciglia, e disse in tono sbrigativo: "Lei sovrastima sia la misura del suo debito che il valore del mio tempo; specialmente in questa stagione dell'anno, quando, sono felice di dirlo, ci sono così pochi malati in paese, il mio tempo vale pochissimo. Forse, per evitare ogni malinteso futuro, è meglio che la informi subito con chiarezza, che nove volte su dieci le mie visite non sono professionali, e di conseguenza ogni questione di pagamento è da escludere."

Sir John fece una faccia molto storta, e le sue narici si contrassero come se ci fosse un cattivo odore nell'aria. Antonio andò avanti dicendo: "Il motivo per cui la disturbo questa mattina riguarda miss Davenne, che, devo renderle giustizia, ha sopportato la sua reclusione a letto con ammirevole pazienza e dolcezza. Eppure la prova è pesante, e lo diventerà ancora di più procedendo verso la guarigione, e ho pensato parecchio ultimamente a cosa potremmo escogitare per alleviargliela. Mettiamo di riuscire a portarla ogni giorno sul terrazzino, così che possa godere una vista più ampia della campagna intorno, e anche ricevere visite, volendo... Credo che questo sarebbe un bel sollievo per lei."

"Un bel sollievo, certo," fece eco sir John.

"Ora," riprese Antonio "mi sembra valga la pena provare quello che sarebbe fuori questione con il novantanove per cento delle persone nella sua condizione, e che credo, potrebbe anche funzionare, con una signora così ragionevole, giudiziosa e pronta ad obbedire alle prescrizioni come miss Davenne."

"Non potremmo," disse sir John "far mettere un divano sul terrazzino, e farcela portare ogni giorno?"

"Un divano non sarebbe sicuro" rispose il dottore. "Bisogna evitare che miss Davenne possa farsi del male, seppure con un movimento involontario, e io credo di aver trovato il modo per prevenire anche questo pericolo. Qui c'è il disegno di una sedia, " continuò Antonio, porgendo a sir John un foglio con sopra uno schizzo grossolano, "una cosa, come vede, tra una carrozzina e una poltrona, su cui miss Davenne potrebbe distendersi. Questo incavo imbottito davanti serve per mantenere fermo il piede, ed evitargli qualsiasi movimento, anche involontario. Il tutto potrebbe essere posto su ruote, manovrabili a piacere da chi vi sta seduto. Se lei approva il mio piano, posso subito far fare la sedia da un mio amico, un mobiliere molto bravo (sir John trasalì visibilmente a quest'ultima dichiarazione) che vedrò proprio oggi nel posto in cui devo andare per ventiquattro ore."

"La sua idea è eccellente," disse il Baronetto. "Ma è sicuro che l'uomo di cui parla sia in grado di eseguire perfettamente i suoi ordini?"

"Non ho alcun dubbio;" assicurò l'italiano "la persona in questione è a suo modo un genio, e conto su di lui anche per farmi suggerire ogni possibile miglioramento, che lui potrà capire con una sola occhiata. A proposito," aggiunse "non ho detto nulla a miss Davenne, in caso il progetto per una ragione o per l'altra, dovesse fallire e..."

"Ben fatto," interruppe sir John "non fiaterò a questo riguardo."

"Grazie...e ora che ho la vostra approvazione," terminò Antonio alzandosi, "non abuserò più a lungo del vostro tempo."

"La prego signore," disse sir John, alzandosi anche lui, "di accettare i miei migliori ringraziamenti; molto premuroso da parte sua, senza dubbio... molto... gentile. Le sono infinitamente obbligato."

Sir John era davvero sincero nei suoi ringraziamenti, e queste ultime parole furono pronunciate in un tono che le orecchie di Antonio non erano abituate a sentire. L'immutabile indipendenza e disinteresse dell'italiano avevano sia piccato che compiaciuto l'altero Baronetto. Di tutte le qualità di un uomo, quella che sir John poteva apprezzare meglio e cui dava più valore, era l'orgoglio. Dopotutto, disse a se stesso mentre dirigeva i suoi passi verso la stanza di Lucy, c'è un'ombra di nobiltà in quell'italiano. Dopotutto, disse il dottor Antonio a se stesso, mentre attraversava il giardino, c'è un tocco di sensibilità in quel vecchio orco. Così entrambi i gentiluomini si erano separati con una reciproca disposizione d'animo più gentile di quanto avessero avuto fino a quel momento.

Lucy faceva del suo meglio per ingannare il tempo, ma con poco successo. Tutto quello che per lei era così vivacemente interessante quando c'era Antonio, non lo era per niente ora che lui era assente. Anche il cielo non era così brillante, il mare non era così blu. Mise da parte i suoi libri e i fiori, e divenne pensierosa. Non le era mai caduto addosso un senso di solitudine come quello, prima, e dato che è una prerogativa della tristezza del presente risvegliare quelle del passato, le si riaffacciò alla mente, curiosamente distinto da una massa di pensieri e immagini confuse, il ricordo di sua madre, che fece intrecciare le mani alla ragazza, mentre una fitta di dolore la colpiva sul vivo, come se si rendesse conto per la prima volta, che non avrebbe mai più avuto un cuore di mamma sul quale appoggiarsi. Poi la memoria la riportò alla sua infanzia. La sua vecchia tata, i suoi giochi, il prato, il giardino, tutte le vecchie facce e scene famigliari le ritornarono davanti, e calde lacrime scivolarono sulle sue guance. Lucy era molto triste, e si chiedeva come mai fosse così triste, e perché si sentisse così sola. Abbassò gli occhi, e cominciò a desiderare che Speranza venisse a farle visita, come Antonio aveva assicurato; la ragazza era l'unica compagnia adatta a Lucy quella mattina... Speranza, che a lei sembrava, e in realtà era, così diversa dalla Hutchins, alla quale miss Davvenne non avrebbe mai potuto guardare come a una risorsa.

Finalmente la ragazza fece la sua comparsa, e andò quietamente a prendere il suo solito posto ai piedi del letto. Lucy, guardandola, vide tracce di lacrime nei suoi occhi, e disse: "Tu hai pianto... dimmi che cosa è successo." Speranza tentò un debole rifiuto con la mano – il suo cuore, poverina, era così pieno, che ogni sforzo di parlare lo avrebbe fatto traboccare – e abbassò la testa ancora di più sulla sua rocca.

"Vieni e parliamo, " ripetè Lucy, e tirandola gentilmente verso di sé, le chiese nel tono più dolce che conosceva: "Che cosa ti rattrista, mia cara ragazza?" La tenera voce di Lucy andò diritta al cuore della poveretta, che, incapace di controllarsi più a lungo, nascose il volto nel seno di Lucy, e scoppiò in una crisi di lacrime e singhiozzi. "Ti prego, dimmi che cosa c'è, forse ti posso aiutare" insistette Lucy, baciando la testa di Speranza, e piangendo lei stessa quasi per confortarla.

"Grazie signorina," singhiozzò la ragazza, "Dio la ricompenserà per la sua pietà… per me… Ma per il mio dolore… non esiste aiuto." E così dicendo tirò fuori una lettera da una tasca, la mise tra le mani di Lucy, poi sedendosi di nuovo sul suo sgabello, si coprì la testa con il grembiule, e cominciò a cullarsi avanti e indietro, con piccoli lamenti che esprimevano un'intensa angoscia. La lettera, scritta in una grafia chiara e pulita, era datata "Genova", e firmata "Battista", in enormi caratteri, piuttosto semplici. Diceva così:

"Mia buona Speranza - Il mio caso è stato portato ieri di fronte il Consiglio di Revisione, e io ho consegnato i miei certificati, cioè la lettera del Sindaco di Bordighera, e quella del Curato che mi hai mandato tu. L'ufficiale che ha letto le lettere, e che ha parlato solo lui, ha detto che erano tutte sciocchezze, e che potevo ringraziare il consiglio per non dichiararmi contumace – mi pare questa la parola – e punirmi come tale. Poi hanno scritto il mio nome in quello che chiamano il libro di arruolamento. Così ora, è tutto finito per me, sono regolarmente entrato al servizio del Re come marinaio, per quattro anni. Se si fosse arrivati a questo con giustizia non m'importerebbe. Ti direi: " Tu sei giovane e lo sono anch'io. Quattro anni passeranno prima o poi… aspettami. Ma mi hanno trattato con durezza e senza un briciolo di giustizia, quindi scopriranno che hanno fatto un cattivo affare con me, glielo posso assicurare. Alla prima occasione fuggirò da sua Maestà, e cercherò la mia fortuna in qualche nazione migliore, dove c'è giustizia per i poveri così come per i ricchi; quindi non devi pensare più a me, a meno che tu non voglia pensarmi come a un amico che se n'è andato, perché quello sono e sarò per sempre. Se dovessi dirti che ho il cuore completamente a pezzi non servirebbe a niente se non a rendere più grande il tuo dolore, quindi non dirò nulla del genere, solo addio finché siamo in vita. Ho cercato in tutti i modi di essere un buon figlio, e di vivere nel timore di Dio e della Madonna Santissima. A cosa mi è servito? Mi viene quasi voglia di cominciare a bestemmiare, e bere, e fare a botte, come la maggior parte dei miei compagni, che non sembrano mai star peggio per questo, anzi meglio. Non serve scrivermi ancora… quindi che Dio ti benedica, come lo faccio io dal più profondo del cuore; e non dimenticarmi nelle tue preghiere, e ogni tanto pensa al tuo sfortunato… Battista."

"P.S. I miei rispetti alla cara, cara mamma Rosa, e al gentile dottor Antonio. Volevo mandarti quel ricciolo di capelli che mi hai dato la sera prima del mio primo viaggio a Marsiglia, e l'anello che ci siamo scambiati nella cappella della Madonna di Lampedusa. Ma non mi posso separare da loro… davvero non posso."

Lucy si asciugò gli occhi mentre rendeva la lettera a Speranza, che non aveva mai smesso di lamentarsi dondolandosi avanti e indietro.

Ora, anche se lo scritto di Battista nel complesso era abbastanza esplicito, lasciava molti piccoli punti oscuri, che la ragazza inglese dal cuore affettuoso, con un sincero interesse femminile per una storia d'amore, desiderava fossero spiegati. Questo desiderio portò a una sfilza di domande di una e di risposte dell'altra, queste ultime intervallate da singhiozzi e lacrime, che, anche se aggiungevano pathos alle parole, interferivano alquanto nella loro chiarezza. È da queste risposte, messe solo in un ordine più chiaro, che tireremo fuori la vicenda di Speranza, lasciandola, in ogni caso, interamente alla sua bocca, se no, se la raccontassimo noi, faremmo quello che Antonio aveva paura di fare, e che non aveva fatto… cioè, rovineremmo la sua semplicità.

"Battista" cominciò Speranza "era il figlio unico di una povera donna, che da sempre era chiamata 'la vedova Susanna', anche se il suo uomo era ancora vivo ma l'aveva abbandonata quando Battista aveva appena due anni, ed era andato in Francia, e si era stabilito là. Dato che la Vedova Susanna era la nostra vicina di casa (questo succedeva tanto tempo prima che prendessimo l'osteria), Battista e io stavamo quasi sempre insieme, come fratello e sorella, e da quando eravamo non più alti di così – e la ragazza indicò un tavolo – lui non mi ha chiamato con un altro nome se non 'mogliettina', e io lo chiamavo sempre 'maritino'. Ogni domenica, dopo i vespri, Battista mi aspettava alla porta della chiesa per andare a casa insieme, e non parlava mai a nessuna ragazza se non a me, anche se gli si rivolgevano abbastanza spesso… perché, anche se sono io a dirlo, è pur vero signora, che era il più bel ragazzo del paese. Quando sono cresciuta, e ho cominciato ad andare al bosco, Battista mi veniva sempre incontro a metà strada per portare il fascio al mio posto. E quindi da tutto ciò si era praticamente stabilito, e tutti a Bordighera, e noi più di tutti, davano per scontato, che, appena fossimo stati abbastanza grandi, ci saremmo sposati; anche se né papà, né la mamma, né la Vedova Susanna, avevano mai detto una parola a questo riguardo. Battista aveva una passione per il mare e sarebbe andato volentieri in giro per il mondo, a fare un po' di soldi per me, ma era un figlio troppo buono per pensare di lasciare la sua povera cara mamma, che non aveva nessun sostegno se non lui, e così rimase a casa, e diventò pescatore, ed era un vero orgoglio signorina - e le gote di Speranza arrossirono - vedere come maneggiava la sua barca. Era il più in gamba e il migliore dei nostri barcaioli, e lo dicevano tutti.

"Passarono gli anni, senza portare alcun cambiamento, fino a quando questa casa fu messa in vendita, e mio padre, che da molto tempo ci aveva messo gli occhi sopra, combinò l'acquisto, e siamo venuti a vivere qui. Mio padre, la cui salute peggiorava velocemente, aveva in mente che l'aria di questo posto, meno tagliente di quella di Bordighera, gli avrebbe fatto un gran bene. Così ci stabilimmo qui, e papà una sera - lo ricordo come ieri - disse a Battista: 'Visto che questa casa sarà tua un giorno, cioè quando tu e Speranza sarete marito e moglie, mi aspetto che tu mi dia una mano a pagarla; perché devo dirti che tutti i miei piccoli risparmi se ne sono andati in un colpo, solo con la prima rata, e ne devo pagare ancora tre, una all'anno per tre anni di seguito, e non ci possiamo aspettare di guadagnare abbastanza per far fronte ai pagamenti, e mantenerci anche, con il prodotto della terra e i clienti della casa. Quindi, ragazzo mio, con la benedizione di Dio, vai e lavora più che puoi, e fai dei soldi. La Vedova Susanna verrà a vivere con noi mentre sei via, per cui non ti devi preoccupare per lei.'

"Battista era molto contento della proposta e del fatto che mio padre gli avesse parlato in quel modo, perché così gli aveva assicurato che un giorno sarebbe stato suo figlio. Non rimandò oltre, ma partì subito per Nizza, dove fu assunto a bordo di un mercantile diretto a Genova, da lì andò a Livorno e poi a Marsiglia, e si spinse fino a Cette, e in molti altri paesi; e quando tornava a casa, cosa che fece tre o quattro volte nei primi due anni passati in mare, portava sempre qualche piccolo regalo a sua madre, e qualcosa di curioso o di carino per me, e un po' di denaro per papà; ma era poco, perché la paga di Battista era molto misera.

"Un giorno mio padre disse a Battista: 'Di questo passo ci vorranno dieci anni per pagare l'osteria. Ho dovuto farmi prestare del denaro per la seconda rata, e ora è quasi tempo che paghi la terza. Come faccio?'Battista disse che, se non fosse stato per la coscrizione, che legava un uomo mani e piedi, lui conosceva un posto dove sarebbe potuto andare ed essere sicuro di fare soldi, e lo nominò... un posto molto, molto lontano, in un paese chiamato Tipodi; il maestro di scuola spiegò che si trovava all'altro lato della terra, sotto i nostri piedi. Ma Battista, che poi c'è andato, dice che sono tutte sciocchezze; perché se fosse così, come farebbe la gente a stare in piedi? Eppure ci stanno" e Speranza guardò Lucy come se si trattasse di una questione senza risposta.

"Questa non è mica una prova," affermò Lucy, sorridendo, "ma ne parleremo un'altra volta. Ora vai avanti con la tua storia."

"Bene, allora," continuò Speranza: " 'Ma - disse papà a Battista - non possono prendere te, lo sai, perché sei figlio unico di madre vedova.' "

" 'È vero - rispose Battista - ma sembra che devo comunque presentarmi e tirare a sorte un numero, almeno così che mi hanno detto quando sono andato a Genova per i miei documenti, perché così è la legge.' "

'Ah! - dice papà - tormentano sempre la povera gente con le loro leggi. Be', non importa, restano solo tre mesi da aspettare; chissà, magari tiri fuori un numero buono, e la faccenda si sistema.'

'Piaccia a Dio che sia così!' disse Battista.

Dio è stato buono con noi, signora, perché, quando arrivò il momento, il numero di Battista era uno dei più alti, e lui non dovette arruolarsi. Lui non era presente all'estrazione, che ebbe luogo a Nizza; ma ciò non significava nulla, i gentiluomini del Consiglio pescavano al posto dei giovani che erano assenti. Appena la sua buona fortuna fu risaputa a Bordighera, il Sindaco gli scrisse una lettera a Genova, dove Battista era andato in viaggio - era una bella lettera - per dargli la buona notizia; e con questa carta nelle mani, Battista ebbe il permesso di andare dove gli pareva ed ebbe tutti i documenti che voleva, quindi si imbarcò per quel posto lontano lontano.

"Da quel giorno non abbiamo avuto altro che sfortune. La Vedova Susanna si ammalò di una febbre, e, nonostante le cure del dottor Antonio, tempo un mese morì. Il mio cuore era così a pezzi per questa perdita inaspettata e per il pensiero di dover dare la triste notizia a Battista (mi aveva fatto promettere di fargli sapere qualsiasi cosa; buona o cattiva, che poteva capitare a sua madre), ed ero anche così esaurita per essere stata seduta notte dopo notte al capezzale della Vedova Susanna, che poi mi ammalai io stessa, e rimasi a letto per sei settimane, e non mi sarei mai rialzata se non fosse stato per il dottor Antonio. Stavo appena cominciando a trascinarmi per casa quando, una mattina, venne qui il sindaco, e disse che il caso di Battista non era così chiaro come lui da principio aveva pensato, e che Battista doveva andare a sottoporsi al giudizio del Consiglio di Revisione, che ora aveva preso in carica il suo caso, e che se lui non ci fosse andato sarebbe stato un fuorilegge. Pochi giorni dopo sui muri del Comune e sulla nostra casa, dove la povera madre di Battista aveva vissuto negli ultimi tempi, fu affisso un foglio che lo invitava a presentarsi immediatamente. Ora, la cosa non aveva senso, perché non era stato il sindaco stesso a mettere tanto in chiaro quanto penna, inchiostro e calamaio potessero fare, che Battista non poteva essere preso? E poi come faceva a rispondere all'ingiunzione, quando era in viaggio per tre mesi, come sapevano tutti?"

"Oh no!", continuò Speranza, con una voce piena di indignazione. "Tutto fu fatto per dare a questo povero ragazzo la colpa di aver disobbedito alla legge, e chi poteva avere un interesse nel farlo apparire in errore, se non il Comandante di San Remo?"

"Come il Comandante di San Remo?", chiese Lucy sorpresa.

"Deve sapere," proseguì avanti Speranza "che questo signore aveva una vecchia ruggine con Battista, in quanto una volta gli aveva chiesto di procurargli del buon pesce, perché stava per dare un gran pranzo in onore del Governatore di Nizza. Battista catturò un bel San Pietro, e lo portò al palazzo del Comandante, aspettandosi di essere ringraziato e di ottenere un buon prezzo per il pesce. Ma gli fu offerta la metà di quel che valeva, e questo lo fece arrabbiare, dopo tutta la briga che si era preso, e disse che lo avrebbe ributtato in mare piuttosto che darlo per meno di quel che valeva; e così fece, e il gran pranzo andò male, perché pesce non ce n'era. Quando il Comandante ne seppe la ragione, si arrabbiò moltissimo, e giurò che prima o poi gliela avrebbe fatta pagare. Non potevamo far a meno di stare dalla parte di Battista, ma comunque... lo rimproverammo ben bene per essersi messo in una tale pasticcio. Immagini un po' un povero pescatore che presume di mettersi contro il più importante uomo della Provincia… un militare, per giunta, abituato ad averla sempre vinta e a far tremare chiunque. Tutti dissero che il Comandante avrebbe mantenuto la sua parola, e così è stato.

Il tempo passò, e fu un periodo molto duro, in cui noi non avevamo notizie di Battista. Dalla locanda guadagnavamo davvero pochissimo. Papà se ne stava andando rapidamente, e il suo carattere diventava ogni giorno più aspro, e non smetteva mai di lamentarsi e mugugnare per la sua salute e per la mancanza di notizie su Battista, e per le preoccupazioni dei suoi debiti, e di questo e quello, fino a che i clienti si stancarono di lui, e li perdemmo uno ad uno. Quel poco che facevamo andava via in zuppa, e carne buona e vino per il povero vecchio, che era malato di un uccello nello stomaco…"

"Di cosa?" esclamò Lucy.

"Di un uccello, signora, che mangiava tutto quello che lui ingoiava; chieda al dottor Antonio, signora, le dirà lui quel che intendo. Eravamo ormai così poveri, che spesso dovevo andare due volte al giorno al bosco, e dopo tutto, quel che guadagnavo mi bastava appena per pagare un pezzo di carne o una bottiglia di vino per papà. Se non fosse stato per il dottor Antonio, che ci aiutò in tanti modi, ed era come un angelo custode su di noi, non penso che ce l'avremmo fatta ad andare avanti. Finalmente, dopo sedici mesi di questa vita, arrivò una lettera di Battista. Era triste, perché, povero ragazzo! nel momento in cui scriveva, sapeva della morte di sua madre, ma a noi sembrò un messaggio dal cielo, che ci esortava ad avere coraggio. Questa lettera era la prima che ricevevamo, ma non la prima che aveva spedito. Affermava che stava bene, e aveva già messo da parte una bella somma di denaro, ed era sicuro di raddoppiarla in altri sei mesi; ma dopo sarebbe tornato a casa, e saremmo stati felici tutti insieme. Noi piangemmo dalla gioia, nel leggerla. Papà, che era a letto in condizioni pietose, giunse le mani e disse: 'Ora, mio Dio, quando vuoi, puoi prendermi con te; sono pronto ad andarmene, perché la mia bambina non resterà povera.' Una settimana dopo," continuò Speranza, asciugandosi gli occhi, "seppellimmo il caro vecchio."

"Ah Signora, contavamo i giorni come un condannato a morte conta le ore che gli restano. Passarono sei mesi, poi sette, otto, nove, dieci, e

Battista non si vedeva. Lo scorso marzo, in una notte tempestosa, la mamma e io ce ne stavamo sedute, piene di tristezza, al buio, per risparmiare olio... la nostra scarsa provvista era quasi finita, e non avevamo soldi per comprarne altro; il vento stava ululando, e il mare ruggiva come una bestia feroce, e io stavo pensando ai poveri marinai in mare, quando tutto a un tratto sentii un passo che attraversava il giardino... Il cuore mi saltò in gola, e come una matta corsi alla porta. Era lui... conoscevo il suo passo, ero di nuovo fra le sue braccia. Oh! Che momento benedetto! Dimenticai tutti i miei guai, tutta la mia miseria era sparita, perché lui era tornato, era qui... lui, Battista. Perché Dio mi ha dato quella visione del paradiso che ora mi fa sentire la sua perdita ancora più amaramente? La mamma e io eravamo pazze di gioia, ma non durò a lungo. Appena accendemmo la lampada vedemmo un mondo di tristezza sul viso del povero Battista: era così tirato e pallido; aveva gli occhi infossati, le guance erano scavate. Aveva il braccio destro fasciato in un fazzoletto. 'Cos'è successo?' chiesi io, tutta in un tremito. 'Abbiamo fatto naufragio,' disse 'sono annegati tutti, poveracci, a parte io e un altro, e tutto quello che possedevo su questa terra è andato perduto!" e mentre diceva queste parole scoppiò a piangere. Io credetti, davvero lo credetti, che il mio cuore si sarebbe spaccato in due. Slegai il fazzoletto; c'era un grande taglio che gli attraversava la mano. La mamma andò a chiamare il dottor Antonio – io stavo troppo male per potermi muovere – e lo portò qui. Appena udii la voce del dottore mi sentii confortata, perché mi dissi: 'Lui ci aiuterà.' Nel dolore, la voce di un amico è una cosa molto dolce, cara signora," disse Speranza, sforzandosi di trattenere le lacrime. "Il dottor Antonio fasciò la ferita, e cominciò subito a farci coraggio, dicendo che dovevamo essere grati per il bene che ci era stato lasciato – e se Battista fosse annegato insieme agli altri? – che i soldi, dopotutto, non fanno la felicità, che Battista e io eravamo giovani e forti; e che, avendo lui perso i suoi soldi, dovevamo lavorare di più, e benedire Dio che ci aveva conservato l'uno per l'altro. E mentre ascoltavo queste buone parole il male sparì dal mio cuore. Il dottore si sedette con noi, poi Battista ci raccontò tutto sul naufragio; di come il veliero avesse urtato contro uno scoglio sommerso vicino alla costa della Corsica – quasi in vista di casa! – e fosse affondato in un minuto; come lui e uno dei suoi compagni furono raccolti da una nave francese diretta a Marsiglia, e di come se la fosse fatta a piedi da lì fino a Bordighera. Sedemmo a lungo, e parlammo e parlammo del passato, e del povero caro papà, e della povera cara Vedova Susanna, e dei progetti per il futuro; e quando ci separammo, fu con i cuori così leggeri... perché, dopotutto, non era lui stato risparmiato per me, e io per lui? Dato che era passata già da un pezzo mezzanotte, e Battista non avrebbe più trovato una casa aperta, il dottor Antonio, per quella notte, lo portò a casa sua.

"La mattina seguente ero sicura che Battista sarebbe sceso da noi presto, così mi stupii molto quando alle otto Battista non era ancora arrivato. Ma non ho pensato che fosse successo qualcosa fintanto che non vidi il dottor Antonio arrivare da solo. Appena fu abbastanza vicino, capii dalla sua faccia che aveva delle brutte notizie per me. Il dottore mi disse subito che Battista era stato chiamato a San Remo per la faccenda della coscrizione, e che non dovevo darmi pensiero, ma prepararmi per andare con lui e la mamma a San Remo. Lui, disse, avrebbe visto il Comandante, e fatto del suo meglio per riparare l'ingiustizia fatta a Battista. Al momento il dottore non ci disse quello che poco dopo scoprimmo, e cioè che due carabinieri erano stati mandati da San Remo a prendere Battista; che lo avevano arrestato per la strada, gli avevano messo le manette, e lo avevano fatto sfilare così per la città come se fosse stato un ladro o un assassino, e poi lo avevano portato via su una barca. Dissero che era la legge. Non penso ci sia molta giustizia in una legge del genere" commentò Speranza molto tagliente.

"Così il dottore, la mamma e io andammo più in fretta possibile a San Remo, e ci dirigemmo per prima cosa alla prigione, ma visto che non avevamo un lasciapassare, ci rifiutarono l'ingresso. Poi ci recammo dal Comandante, che era occupato, ci fu detto, e non poteva vedere nessuno. Il dottor Antonio insistendo, fu comunque ricevuto, ma non riuscì a ottenere nulla... neanche un permesso per farci vedere Battista... solo la risposta che così era la legge, e che la legge deve essere rispettata. Dopo essere stato tenuto in prigione a San Remo per una settimana – Dio sa per quale ragione! – Battista, scortato da carabinieri, fu spedito a passo di marcia a Genova, e portato all'arsenale, da dove non gli era mai permesso uscire. Il dottor Antonio scrisse in suo favore a tutti i suoi amici a

Genova, persino al Console Britannico di là. Il curato ci diede una lettera, in cui scriveva che Battista poteva essere considerato anche orfano di padre, perché era stato abbandonato quando aveva solo due anni; ma non servì a niente."

" E che differenza ci sarebbe," chiese Lucy " se suo padre fosse realmente morto?"

"Oh, signora, non lo avrebbero coscritto. Il figlio unico di madre vedova è esentato dal servizio. Visto che la legge è clemente con quelli il cui padre è morto, perché non dev'esserlo con quelli il cui padre è quasi come se fosse al cimitero? Ma a che serve ragionarci sopra? La legge è troppo forte; il povero... Battista, come lei sa, è condannato, e... (Speranza fece un grande sforzo per dominare la sua emozione, e continuò lentamente e composta) Bene, e sia pure; posso sopportare ogni cosa senza lamentarmi. Non tutti sono nati per essere felici. Sono disposta a offrire in sacrificio le mie aspettative su questo mondo alla Vergine Benedetta, Madre dei Dolori. Se è scritto che io non debba essere... la moglie di Battista, bene... Posso rinunciare a ... lui finché sono in vita. Ma non posso (andò avanti con una commozione, che le fece letteralmente scorrere lacrime dagli occhi) Non posso sopportare che lui si volga al male; che lui, prima un modello di bontà, si metta a infrangere i comandamenti di Dio, e che noi restiamo separati per l'eternità. Questo pensiero mi fa stringere il cuore e mi fa impazzire. Oh no, no! Dio non lo permetterà."

Era la prima volta che Lucy vedeva un cuore addolorato... era la prima volta che cose come il bisogno, gli stenti e l'angoscia, finora per lei vaghe astrazioni più che severe realtà, le stavano di fronte in una forma vivente, e raccontavano la loro triste storia, si lamentavano e si contorcevano al cospetto dei suoi occhi e delle sue orecchie. Lasciamo immaginare al lettore come tutte le giuste sorgenti di comprensione e pietà si sollevarono nel petto gentile di Lucy, sgorgando in parole e carezze consolatorie, e in ferventi promesse di aiuto.

"Magari lei conosce il Re?" disse Speranza, alzando d'un tratto il capo con un lampo di fiducia negli occhi.

"No," rispose Lucy "perché me lo chiedi?"

"Perché," disse Speranza "se lei avesse potuto raccontargli la storia di Battista, sono sicura che avrebbe avuto pietà di noi. Oh! Se il Re sapesse, ne sarebbe addolorato. Perché dovrebbe, lui così nobile e potente, desiderare che la gente povera sia rovinata?"

"Se non possiamo parlare al Re," disse Lucy "possiamo scrivergli... cioè, mandargli un memoriale in favore di Battista."

"Sarebbe inutile," replicò la ragazza, abbattuta. "I memoriali mandati dalla povera gente non raggiungono mai il Re; i cattivi consiglieri li intercettano."

"Ma, forse," insistette Lucy "riusciamo a trovare qualcuno che ci assicuri di mettere lo scritto nelle mani stesse del Re."

Speranza scosse il capo sconfortata. Era chiaro che aveva la stessa cattiva opinione del dottor Antonio a proposito di petizioni.

"Troveremo un modo, stanne certa" continuò Lucy: "Chiederò al dottor Antonio cosa fare."

Tutte e due le ragazze si illuminarono a questa idea. Evidentemente Speranza aveva più fiducia nel dottor Antonio che nei memoriali.

Lucy pensò a lungo alla storia di Speranza, desiderando che fosse già l'indomani, per chiedere al dottore come meglio poteva aiutare la sua protetta; e si mise a riflettere con un compiacimento particolare sulla parte che lui aveva recitato nel piccolo dramma. Bisogna confessare che non considerava neanche esagerata o malriposta la fiducia entusiastica della ragazza italiana che lo vedeva come un angelo custode. Quell'uomo sembrava nato per fare del bene. Perché non aveva forse sentito, non aveva forse imparato dalla propria esperienza, che dovunque ci fossero malattia o tristezza, lacrime da asciugare, o cuori afflitti da consolare, lui era **lì**, a far coraggio, a sostenere, a soccorrere in ogni modo? Lucy ebbe un barlume di comprensione, grazie al quale cominciò a percepire come un uomo delle qualità del dottor Antonio potesse essere rassegnato all'attuale destino; anzi, si sentì persino disposta a pensare molto bene di quell'umile sfera in cui la sorte lo aveva cacciato... una sfera, se ne rendeva conto, piena di miseria, oppressione, e ingiustizia, e quindi adatta per tirare fuori da lui tutta l'energia e la gentilezza cavalleresca della sua natura.

Molto presto Lucy si smarrì in un inestricabile labirinto di speculazioni e ragionamenti, in cui non è necessario seguirla, ma che la interessavano molto più di Manzoni o della chitarra, e la fecero arrivare alla fine della giornata meno sgradevolmente di quanto si fosse aspettata.

Anche sir John, quando venne a trovarla la sera, sembrava più sereno e allegro di quanto fosse stato da quando avevano preso alloggio all'osteria... una serenità e un'allegria in parte attribuite da Lucy al passo rispettoso fatto dal dottore nella mattinata; ma poichè sir John si sperticava in lodi sull'ex cuoco del Vescovo di Albenga, siamo inclini a credere che il suo ottimismo avesse più attinenza con la cena che aveva mangiato che con il dottor Antonio.

CAPITOLO IX

Il piano di Lucy

Quando Lucy si svegliò la mattina seguente, scoprì che tutto era di nuovo a posto nel cielo e nel mare, e che il canto degli uccelli era meravigliosamente dolce. Il vassoio della colazione era stato appena portato via, quando il ben noto passo, così svelto eppure così fermo, un passo che lei avrebbe potuto distinguere in mezzo a mille altri, si fece sentire. Lucy si chiese come mai il suo cuore avesse sobbalzato, proprio come quello di Speranza quando raccontava di aver riconosciuto i passi di Battista nel giardino.

Trascorso un altro momento ecco il dottor Antonio, eretto, gentile, e sorridente, com'era sua consuetudine, capace di sprigionare, per così dire, benevolenza da ogni poro. Eccolo qui, tutto coperto di polvere, e non per questo sminuito agli occhi di Lucy, perché quella polvere denotava una certa impazienza e il desiderio di rivederla.

"Merita un premio questa paziente," cominciò lui "che deve aver dormito profondamente, perché ha una bella cera... Vede, stamattina ho lavorato sodo per lei," e le fece piovere addosso un bel po' di piante aromatiche, "qui ci sono timo, lavanda, rosmarino e rosa selvatica, abbastanza da far vergognare il miglior negozio di profumi. Dovrebbe dire a miss Hutchins di farne dei *sachets*. Non c'è *patchouli* o muschio che possa reggere il paragone con questi."

"Grazie, grazie," disse Lucy "sanno di fresco! Mi ricordano le colline verdi."

"Se farà come le consiglio," disse Antonio "un giorno, quando lei sarà lontana, lontana da qui, serviranno a ricordarle la nostra povera Riviera."

"Non mi parli di andar via, dottor Antonio. Mi sono affezionata così tanto a questa vecchia e brutta casa, che proverò a convincere papà a comprarla, e trasformarla in un bellissimo cottage. Le dispiacerebbe averci per vicini?"

L'espressione maliziosa sul suo volto si raddolcì in un sorriso, su cui l'occhio del dottore, seppure con una certa serietà, si soffermò.

"Ora, dottor Antonio, venga a sedersi vicino a me, e non creda di potersene andare per almeno due ore. Ho talmente tante cose da dirle, tante cose da chiederle."

Antonio fece come gli era stato chiesto, e Lucy allora, con una certa aria d'importanza, cominciò: "Ieri Speranza mi ha raccontato tutto di se stessa e di Battista."

"Lo so, e ne sono contento. Le ha risollevato lo spirito, e già sembra meno infelice. Ho appena letto la lettera del povero Battista."

"Dobbiamo aiutarli," disse con calore Lucy "e lei mi deve consigliare cosa fare. Tutto quello che mi ha raccontato Speranza è la verità, non è vero? E Battista è davvero un brav'uomo?"

"Sì," confermò Antonio "è un ottimo ragazzo, come diciamo noi italiani *di buona pasta,* tranquillo e semplice; a volte mi sono chiesto come mai una ragazza vivace e intelligente come Speranza, si sia affezionata tanto a lui; ma in fondo è stupido chiedersi certe cose. Basti dire che tutta Bordighera all'unanimità parla bene dello sfortunato ragazzo… e lodare il proprio vicino, lei lo sa, non è la virtù principale dei piccoli paesi. Quanto all'accuratezza delle affermazioni di Speranza, di quelle non sarei tanto sicuro. Non voglio con questo dire che Speranza l'ha ingannata volontariamente… non ne è capace; ma lei e Rosa, e lo stesso Battista, e in fondo si può dire il novanta per cento degli abitanti di Bordighera, su questo caso hanno delle idee sbagliate tutte loro, e non si può dir nulla per levargliele dalla testa; e naturalmente Speranza non può averle dato altro che le proprie inesatte impressioni. Tutti professano come un atto di fede, primo, che la madre di Battista, per il fatto di essere stata abbandonata dal marito, si doveva considerare una vedova – infatti, la chiamavano tutti la Vedova Susanna – e di conseguenza ritengono Battista figlio di una vedova. Ora in un certo senso, può essere vero per lo spirito, ma non lo è affatto per la legge. Secondo, tutti credono che la lettera del Sindaco di Bordighera, che dichiarava che Battista non doveva essere arruolato, costituisca a favore di Battista un titolo ufficiale, secondo il quale dovrebbe essere esentato dal servizio in ogni caso.

E anche in questo sbagliano. La lettera del Sindaco non era nient'altro che l'espressione di un'opinione individuale, un atto di gentilezza, senza alcun valore legale. Il caso di Battista in realtà è questo. Lui ha estratto un numero, o per parlare più correttamente un numero è stato estratto per lui, un numero sufficientemente alto, si pensava, da assicurargli l'esonero dal servizio, ma che in un secondo momento non si dimostrò tale."

Lucy sembrava non aver capito.

"Supponiamo," esclamò Antonio "che la provincia cui appartiene Bordighera, sia chiamata a fornire dieci giovani uomini per la marina... molto bene: il ragazzo che estrae il numero 'venti' sarà considerato salvo, e con ogni probabilità lo sarà davvero. Nondimeno a volte succede che dieci hanno estratto numeri bassi, diciamo da 1 a 10, e sarebbero quindi tenuti a prestare servizio, ma uno o due non sono di statura regolare, altri uno o due si sono trasferiti all'estero, e non sono reperibili, altri ancora riescono a provare l'appartenenza alle eccezioni riconosciute dalla legge, e così via. Qual è la logica conseguenza?... Perché se il Governo dice 'Voglio dieci uomini', in un modo o nell'altro si devono trovare dieci uomini... La logica conseguenza è che quelli che hanno estratto dei numeri alti sostituiscono quelli non qualificati, o i numeri bassi che mancano. Questo è stato il caso del povero Battista; e anche se da principio nessuno dubitava che il suo numero alto gli avrebbe evitato di essere preso, invece, per le esenzioni ed esclusioni straordinarie che ebbero luogo nella classe cui apparteneva, è risultato che tutti, compreso il Sindaco, erano in errore."

"Capisco bene adesso," disse Lucy "e a giudicare da quello che lei mi ha appena spiegato, suppongo che l'accusa che Speranza sostiene contro il comandante di San Remo, di avere causato la malasorte di Battista per vendetta, non abbia alcun fondamento se non nella sua immaginazione."

"Sono propenso a crederlo anch'io" rispose Antonio: "Che in generale i degni Comandanti dimostrino molta parzialità e ingiustizia in questa faccenda della Coscrizione, come in molte altre, è un fatto noto e fuor di dubbio, e che spiega i preconcetti nutriti da Speranza e compagni su questo punto. I Comandanti sono troppo spesso inclini ad abusare del loro potere. Ma nel caso particolare, non ho saputo nulla che mi dia il diritto di dire che le difficoltà di Battista sono da imputarsi al Comandante di San Remo. Cerchiamo di essere giusti anche con i nostri avversari."

"Il Comandante di San Remo le è ostile?" chiese Lucy, con una certa preoccupazione.

"Oh, no, per niente! In apparenza siamo in ottimi rapporti, anche se dubito che i suoi sentimenti più intimi siano molto amichevoli. Un giorno le racconterò a cosa io debba questa ostentazione di benevolenza. Quando l'ho definito avversario, intendevo da un punto di vista politico. È ovviamente uno dei più accaniti sostenitori del dispotismo assoluto, in verità uno dei più spietati che abbia mai incontrato. Gli viene la schiuma alla bocca quando parla dei Liberali; li impiccherebbe tutti fino all'ultimo con le sue mani."

"Che mostro!" esclamò Lucy.

"Ma se lo assolvo" continuò Antonio "dall'accusa di cospirazione contro Battista, non ho parole per esprimere la mia indignazione per la maniera gratuitamente dura, anzi barbara, e di questo lo ritengo responsabile, con cui ha fatto rispettare la legge... una legge che mette già sotto dura pressione i poveri senza che ci sia bisogno di aggravarla. Che ragione ci poteva essere per tenere il poveraccio in prigione a San Remo per una settimana, negandogli anche il conforto di vedere quelle due povere donne, e per mandarlo a Genova scortato dai carabinieri, come un malfattore, se non quella di soddisfare un vecchio rancore?"

"Che crudeltà!" disse Lucy con occhi di fuoco. "Sicuramente se questa condotta fosse resa pubblica, o se la gente della città mandasse un esposto al Governo, sarebbe rimosso subito dall'incarico."

"Lei dimentica che siamo in Italia," disse Antonio, con un sorriso triste. "Una condotta del genere è già pubblica. I Comandanti, mia cara miss Davenne, non sono altro che l'espressione dello spirito del Governo, e, come tali, appoggiati e spalleggiati a oltranza dal Governo. Quale crede sarebbe il risultato della petizione che lei suggerisce? Be', sarebbe rimandata al Comandante stesso, e allora gli autori dovrebbero badare a loro stessi."

"Perché, che cosa potrebbe fare?" chiese Lucy.

"Si chieda piuttosto cosa non potrebbe fare. Potrebbe fare quello che vuole. Siamo tutti alla sua mercé. Può arbitrariamente convocare chiunque alla sua presenza, coprirlo di insulti, farlo imprigionare, o spedirlo alla fortezza, senza processo o qualsiasi altra formalità legale; può ordinare che il negozio di un commerciante sia chiuso, che la licenza di un altro sia ritirata; può, scrivendo due righe a Torino, farmi licenziare dall'incarico, ed espellere dal regno; può infilare un cappello su un palo, e, come Gessler, ordinare che tutti i passanti debbano inchinarsi. Se non lo fa, non è perché gli manchi il potere, ma perché non gli viene in mente."

"Ma lei mi sta descrivendo uno stato di cose del tutto intollerabile." disse Lucy.

"Intollerabile è la parola giusta," proseguì Antonio "almeno per gli individui pensanti. Quelli che non pensano, che costituiscono la maggioranza ovunque, se ne accorgono meno. L'essere in numero maggiore li rende indistinguibili e questo, fino a un certo punto, li difende da noie, e *res angusta domi*, e le inerenti preoccupazioni, impegnano così tanto la maggior parte di loro che non resta tempo o desiderio di pensare a qualcosa di diverso dagli interessi individuali; poi ci sono i preti che asseriscono che è giusto così. Ma ci stiamo allontanando da Battista."

"Sì, è vero," sorrise Lucy "lo stavamo proprio dimenticando. Ora, mi dia un suo consiglio, o piuttosto mi suggerisca qual è il modo migliore per aiutarlo."

"Ahimè!" disse Antonio "non vedo che un modo."

"E quale sarebbe?" chiese Lucy, vedendo che Antonio si era interrotto.

"Trovargli un sostituto" replicò lui.

"Vuole dire pagare qualcuno che si arruoli al posto di Battista?"

"Proprio così; ma è fuori questione."

"Perché fuori questione? Quanto mai potrà costare? Lo farò io, se posso" disse la ragazza con entusiasmo. "Suvvia dottor Antonio, che cosa ho detto da farle sbarrare gli occhi in un modo così stupito?"

"Le confesso che la sua gentilezza e generosità mi colgono di sorpresa."

"Oh, dottor Antonio, dottor Antonio, che brutto complimento!" disse Lucy scrollando la testa. "Non siamo stati spesso d'accordo sul fatto che è un dovere dei ricchi aiutare i poveri?"

"Infatti," confermò Antonio, recuperando il suo contegno. "Grazie al cielo, esistono esseri di genere migliore, per i quali fare il bene è una necessità della loro natura."

"È proprio quello che molte volte ho pensato di lei, e ho il diritto di farlo," disse Lucy, con un'aria scherzosa che lottava con le lacrime che stavano per scenderle dagli occhi; "e lei non ha il diritto di negarlo. Pensa," proseguì in fretta, "che sarebbe difficile trovare un sostituto?"

"Non posso esserne sicuro, ma spero di no. Poco tempo fa ho sentito parlare di un marinaio di Spedaletti, un paese qua vicino, che ha finito la ferma e che si dice sia ansioso di rientrare in servizio."

"Chiederebbe una somma elevata per prendere il posto di Battista?"

"Direi da mille e cinque a mille e ottocento lire."

"E quanto sarebbe in moneta inglese?"

"Da sessanta a settantadue sterline."

"Non è moltissimo," calcolò Lucy "Non credo di avere quella somma nella mia borsetta al momento, ma è una spesa che posso affrontare."

A miss Hutchins fu chiesto di portare la cassa di miss Davenne; e dopo aver esaminato lo stato delle sue finanze, il bilancio risultò di trenta sterline, diciassette scellini, e qualche pence. "Chiederò il resto a papà," disse la ragazza "la somma totale sarà pronta domani. Vuole occuparsi subito di questa faccenda, così da non perdere un altro giorno?"

"Con molto piacere," fu la risposta di Antonio. "Il mio primo passo sarà cercare l'uomo di cui mi hanno parlato. Se lui ha davvero intenzione di rientrare in servizio, lo manderemo immediatamente a Genova, con cinquanta lire per le spese di viaggio. Potremmo depositare il resto della somma concordata nelle mani di qualche persona a Genova, del Console Britannico per esempio, dal quale potrà essere incassata quando lo scambio sarà stato effettuato. Dovrà prepararsi a qualche ritardo prima che questo possa avere luogo. Ci sono un sacco di formalità che vanno sbrigate in questo come in ogni altro affare. Ma neanche una parola a Speranza; dobbiamo stare attenti a non crearle illusioni, perché, se il nostro piano dovesse fallire, le avremmo solo preparato una delusione ancor più amara."

"Quindi lei crede che ci sia una possibilità di non riuscirci?" chiese Lucy, con un'espressione interdetta.

"Sì," replicò Antonio, "se il Comandante fiutasse il nostro piano, e si mettesse in testa di contrastarci, saremmo infallibilmente sconfitti. Dobbiamo pertanto agire con la più grande prudenza."

Come suonavano dolci alle orecchie di Lucy le parole il **nostro** piano, **noi** dobbiamo fare questo o quello! Com'era piacevole avere un interesse in comune con il più gentile di tutti i dottori!

"Quando sarà il momento giusto, dovrò dare istruzioni sia a Battista sia al sostituto, sul pericolo di una chiacchiera imprudente;" disse Antonio "nel frattempo, devo scrivere due parole di incoraggiamento al ragazzo. Lo farò oggi stesso."

"Grazie" disse Lucy, e vedendo che il dottore stava per alzarsi, aggiunse, "Non ho ancora finito, dottor Antonio; voglio sapere qual è quel posto lontano lontano, dove andò Battista."

"Sidney", disse il dottore "*nel paese di Tipodi*" e scoppiò a ridere forte.

"E di quale male morì il padre di Speranza?"

"Di un male di cui lei non ricorderebbe mai il difficile nome scientifico, un male che non permette allo stomaco di assimilare alcun nutrimento. Dato che gli ammalati sono sempre avidi di cibo, e nonostante questo dimagriscono ogni giorno di più, la buona gente di queste parti ha deciso che ci sia una bestia o un uccello nel loro stomaco che divora tutto quello che mangiano. Non è quello che le ha detto Speranza?"

"Infatti, me lo ha detto; e la prego," continuò Lucy "che vuol dire 'andare al bosco'? Speranza lo ha detto così spesso."

"Quasi tutti i nostri paesi," spiegò Antonio "possiedono dei boschi propri, che sono di grande aiuto alle famiglie povere, che ci tirano fuori non solo la legna e il foraggio per il proprio uso, ma anche qualche soldo, procurando il fabbisogno ai vicini più benestanti. Questo duro lavoro dell'andare al bosco tocca esclusivamente alle donne; è però il solo lavoro gravoso al quale sono soggette. È normale per le mogli e le figlie dei poveri contadini avviarsi molto presto, all'una o alle due di notte, verso il bosco, che spesso si trova a due o tre ore di cammino da dove vivono, così da essere di ritorno per le dieci, in tempo per preparare il pranzo per la famiglia, dopo aver guadagnato cinquanta o sessanta centesimi... un magro salario equivalente alla paga di una donna per un'intera giornata di lavoro. Ci sono delle ragazze - e queste sono sempre additate con ammirazione – che riescono ad andare al bosco due volte al giorno. Questo, e la raccolta delle olive quand'è stagione, costituiscono la principale occupazione e risorsa delle donne qui; ed è per la mancanza di sonno, e per l'eccessiva fatica che comporta questo andare al bosco, che secondo me molte di loro sembrano così sciupate e vecchie prima del tempo."

"E", chiese Lucy "la Madonna di Lampedusa cui si allude nella lettera di Battista?"

"È un santuario," rispose Antonio "molto venerato e molto visitato dalla nostra gente semplice per via di un'immagine di nostra Signora là conservata, che, come racconta una storia, arrivò miracolosamente su queste rive da Lampedusa, un'isoletta al sud della Sicilia. È un posto che vale la pena di visitare; la cappella è costruita su una roccia sporgente, a mezza via di una ripida montagna, e di lì la vista è magnifica."

"Mi piacerebbe vederlo."

"Niente di più facile, quando lei sarà in grado di uscire; non è molto lontano, in quattro ore ci si arriva. Ci sono parecchie camere annesse all'edificio per la sistemazione dei visitatori e degli invalidi, che spesso sono mandati là per trarre beneficio dall'aria, famosa per essere molto salubre."

"Lei ci è mai stato?"

"Molte volte. È solo a un'ora di cammino da Taggia, una curiosa cittadina a tre ore di viaggio da qui, circa tre chilometri nell'entroterra, proprio dov'ero ieri. A proposito, ne ho fatto uno schizzo per lei. Dove l'ho ficcato? L'avrò pur messo da qualche parte... Ah! Eccolo qua, nel mio cappello."

"Com'è fatto bene!" esclamò Lucy: "Ero sicura che lei sapesse disegnare, dal modo in cui descrive i paesaggi. Che posto carino dev'essere questa Taggia, stesa con tanta grazia sul fianco della collina!"

"Sono felice che le piaccia... il posto, voglio dire, non lo schizzo. Spero che lei gli renderà maggior giustizia... un giorno. Ma ora devo andare, o farò tardi per spedire la lettera a Battista. *Au revoir*."

Attraversando il giardino, Antonio incontrò sir John, e si fermò per dirgli che la poltrona che aveva progettato sarebbe stata pronta in pochi giorni, e che la persona che doveva farla aveva confermato che sarebbe servita allo scopo. Sir John reiterò i suoi ringraziamenti, e poi si degnò di chiedere notizie del postiglione, una richiesta che sir John faceva sempre quando intendeva essere particolarmente gentile col dottor Antonio. Prospero era una specie di terreno neutrale, su cui le potenze in guerra si incontravano in tregua cortese. Prospero, disse Antonio, si era appena alzato dal letto, ma non era ancora assolutamente pronto per andare a lavorare. Il dottor Antonio sarebbe stato così gentile, chiese sir John, da informare lo sfortunato individuo che, in considerazione del buon carattere attribuitogli dal dottor Antonio, lui, sir John, aveva deciso di non dare ulteriore peso alla deplorabile faccenda in cui il postiglione aveva giocato una parte così importante? Antonio fece del suo meglio per dimostrare di aver riconosciuto nelle parole di sir John il complimento diretto a lui, e si disse felice che gli fosse affidato un messaggio così gentile e incoraggiante per il suo paziente. Dopodiché i due gentiluomini si separarono, molto soddisfatti uno dell'altro.

In serata Lucy fece al padre un riassunto della storia del povero Battista, raccontandogli la sua triste condizione attuale, e terminando con la domanda di un po' di denaro per aiutarlo. La richiesta fu subito accolta, dato che sir John in realtà era tanto generoso quanto ricco; infatti raramente lesinava denaro a qualcuno, meno che mai alla sua figliola prediletta. Lucy non ricevette dal suo ottimo padre soltanto la concessione del denaro; questa fu accompagnata da una gran quantità di consigli, l'essenza dei quali era che lei avrebbe dovuto fare ulteriori indagini sulla vera personalità di quell'uomo, per essere certa che meritasse la sua gentilezza; perché chi lo sapeva, disse sir John, che non fosse uno di quei Repubblicani assetati di sangue, mai contenti se non di trovarsi in aperto spregio contro tutte le autorità legali, Repubblicani dei quali avevano tanto sentito parlare quando erano a Roma? Come mai sir John, *à-propos* di Battista cominciò a sentire odore di Repubblicanesimo? La colpa era di Lucy che, nell'ardente fretta di rivendicare i diritti del suo nuovo protetto si era avventurata su un terreno pericoloso, inciampando in alcune delle trappole d'acciaio che circondavano i preconcetti intellettuali di suo padre. Certe affermazioni della graziosa Lucy avevano colpito piuttosto duramente il Comandante di San Remo, e sembravano persino mirare a quartieri più alti. Sir John, conoscendo se stesso come la maggior parte della gente conosce se stessa, si riteneva un uomo dalla mente libera, e sempre aperto alla persuasione, ma la verità era che non poteva sentir proferire neanche la minima *animadversion* lanciata contro ogni ordine costituito di Governo, o in verità contro ogni ufficiale di Governo, senza ergersi come un porcospino, e rizzare l'intera schiera di aculei stizzosi che difendevano il suo comprendonio dall'intrusione di una qualsiasi forma di novità. Le insinuazioni di sua figlia lo meravigliarono più di ogni altra cosa, dato che non era abituato a vederla interessarsi di politica, e cominciò a pensare che tutto l'affare avesse un sapore di ostilità. Fu pertanto in un tono di voce più alto di quello che aveva l'abitudine di usare quando parlava al suo tesoro, che terminò il discorso affermando: "Quanto alle assurde critiche sul Governo che mi hai elargito, mia cara Lucy, lasciami dire, e tu puoi riferirlo al dottor Antonio, dal quale, suppongo, le hai raccolte, che un popolo che possiede un buon sistema municipale, come quello da me visto in azione qui, non deve maledire nessuno se non se stesso, quando problemi occasionali come questi, cui tutte le comunità sono soggette, non sono risolti in tempo utile."

Questa sequenza era presa da una piccola scorta di frasi preferite che sir John teneva in serbo per tirarle fuori ad effetto quando era in vena di saggezza. Su cosa si basasse per credere che il sistema municipale in opera a Bordighera fosse buono, noi non siamo in grado di scoprirlo, considerando che non si era mai preso una pena al mondo per sapere qualcosa al riguardo, a meno che, in fondo, non desse per scontato che un sistema rappresentato da tipi così allegri come il sindaco, e alcuni dei consiglieri, che lui conosceva di vista, non potesse essere nient'altro che sano.

Lucy era trasalita parecchie volte durante la conversazione serale; comunque, rimase, dopo l'ultimo discorso, umilmente in silenzio, un mezzo per calmare l'irritabile suscettibilità dei sentimenti di suo padre, forse migliore di qualsiasi risposta, seppure pronunciata con la voce bassa e soave che possedeva. E neanche ritenne necessario ripetere nulla, dell'arringa di sir John della sera precedente, al dottor Antonio quando questi arrivò, brioso e allegro la mattina seguente, per darle le notizie che lei aspettava, che aveva trovato l'uomo di cui parlava, che per mille e quattrocento lire consentiva a prendere il posto di Battista, ed era disposto a partire il giorno dopo per Genova. Gli occhi di Lucy espressero cose più piacevoli e grate di quanto dicessero le sue parole, mentre gli metteva in mano il denaro, che, come avevano deciso, sarebbe stato spedito al Console di Genova. Erano entrambi molto felici, parlando della felicità che si stava preparando per altri, e persino sir John poteva essere soddisfatto per quel giorno: il Governo, invero tutti i Governi e sistemi municipali, furono misericordiosamente dimenticati.

CAPITOLO X

Sul terrazzino

Finalmente arrivò la poltrona disegnata da Antonio, e fu debitamente provata da sir John, che la definì il modello di poltrona ideale. Avendo terminato vari altri preparativi minori connessi all'evento in questione, tra i quali l'arrivo da Nizza di un'enorme scatola di materiale da disegno, il primo di maggio, verso mezzogiorno, il dottor Antonio entrò nella stanza di miss Davenne, e disse: "Si prepari a una grossa sorpresa."

"Che cosa può essere?" chiese Lucy; poi guardandolo, le sembrò di leggere il suo viso, perché si colorò di rosa e disse: "Mi posso alzare?".

"*Brava!*" gridò Antonio "ha indovinato alla prima. *La lingua batte dove il dente duole*. Sì, si può alzare, ma a condizione di sottomettersi ad una quantità di logoranti attenzioni, istruzioni e restrizioni. Non le è permesso camminare, neanche mettere un piede per terra; ha bisogno di altri quindici giorni di assoluto riposo. Si alzerà solo per stendersi tranquilla su quella sedia a sdraio che Rosa e Speranza stanno portando dentro, e le si chiede espressamente di abbandonarsi passivamente a loro, e a miss Hutchins, che la vestirà. Non è delusa, vero?" chiese ansiosamente, mentre notava che il fiore sulle belle guance stava appassendo, e gli angoli della bocca espressiva cominciavano ad abbassarsi. "Vorrei poterle far fare di più, ma non *oso*."

Lucy avrebbe dovuto avere un cuore più duro di quello che aveva, per resistere alla premura, ai toni affettuosi e all'aspetto dell'italiano. La piccola nuvola di fastidio si sciolse in un radioso sorriso. "Sono un'ingrata," disse "mi perdoni" e gli porse la mano, una mano così piccola e affascinante, che lui sentì il terribile desiderio di baciare; tuttavia si contenne, tenendola per un secondo con la sua. Un'ora dopo, con sir John, tutto allegro, che dava una mano, Lucy fu spinta attraverso la porta a vetri dell'atrio, sul terrazzino che in questa nostra storia vera abbiamo così spesso nominato, dove era stata tesa una tenda per riparare dal sole.

"Che meraviglia! Che indicibile bellezza!" esclamò la ragazza, con gli occhi che si dilatavano mentre guardava intorno. "Come ha mai potuto temere, o pensare per un momento," voltandosi verso il dottore "che la mia fantasia potesse oltrepassare una realtà come questa? Nessuna fantasia, neppure quella di un poeta, potrebbe evocare, nei sogni a occhi aperti più sfrenati, questa meravigliosa bellezza.".

"A dir la verità," rispose lui "non avevo una gran paura che lei rimanesse delusa. Sono siciliano e per di più ammiro con entusiasmo la mia isola natia, ma devo dire che la scena davanti a noi non è seconda a nessuna delle più famose vedute in Sicilia."

"Quelle palme al vento danno alla collina di Bordighera un aspetto così orientale! Si potrebbe credere di essere in Asia Minore" disse Lucy.

Era davvero una scena bellissima. Di fronte si distendeva l'immensità del mare, liscio come vetro, e ricco di tutte le tonalità di un collo di colomba; il verde brillante, il rosso scuro, il tenue acqua marina, il blu scuro come lama d'acciaio brunito, là scintillavano al sole come diamanti, qua s'increspavano in una rete di schiuma color della neve simile a un pizzo. In forte contrasto con questo sfondo splendente, stava un gruppo di pescatori con berretti e cinture rossi, che tiravano a riva le loro reti, accompagnando ogni tiro con un bordone triste, che l'eco della montagna rimandava indietro raddolcito. Sulla destra, verso ovest, la traccia argentea della strada sinuosa tra le poche case sparse, o tra gruppi di alberi di arancio e palme, guida l'occhio al promontorio di Bordighera, un enorme masso di smeraldo che chiude l'orizzonte, simile nella forma a una balena coricata, con la sua larga coda sepolta nelle acque. Qui, in un piccolo spazio, si trovano, a ristoro dello sguardo, tutte le tonalità di verde che possono rallegrare la vista, dal grigioverde pallido degli ulivi a quello scuro del fogliame dei cipressi, tra i quali uno, di tanto in tanto, isolata sentinella, si erge sopra gli altri. Gruppi di palme piumate, protese verso il sole, con la parte più bassa nell'ombra, allargano i rami, come i cimieri degli elmi, sulla sommità, dove la slanciata silhouette della torreggiante guglia della chiesa si staglia nettamente contro il cielo limpido.

La costa ad est recede all'interno con una graziosa curva, poi piegandosi dolcemente a sud, si perde a poco a poco nel mare lontanissimo. Tre promontori sorgono da questa mezza luna, che riceve nel suo abbraccio amabile una vasta distesa di acque stanche, tre promontori di aspetto e colore differenti, posti uno dietro l'altro. Il più vicino è una nuda roccia rossa, così fiammeggiante nel sole che l'occhio quasi non osa fissarla; il secondo, ricco di boschi, sul suo crinale più alto porta un paesino allungato, come una corona di muri; il terzo a parte un puntino bianco sembra appena una nebbia blu in lontananza. Due vele chiare stanno doppiando quest'ultimo promontorio. Il tutto, immerso com'è nella luce, eccetto dove qualche balza sporgente getta la sua ombra grigia e trasparente, si vede di nuovo a rovescio, e con una grazia più sfumata, nello specchio di acque che sta sotto. Terra, mare e cielo mescolano i loro colori diversi, e dalla loro varietà, come dalle note di un accordo ricco e pieno, sorge una grande armonia. Atomi dorati galleggiano nell'aria traslucida, e un'aureola color madreperla incombe sui netti profili delle montagne.

"È un ricco banchetto per la sua matita" disse Antonio. "Da qui a quindici giorni, quando le conoscerà meglio a fondo, e per così dire, avrà fatto proprie le varie bellezze che adesso sta guardando con occhi senza posa, ne potrà godere appieno."

"Ma lo sto già facendo, glielo assicuro" affermò Lucy.

"Ma lo farà molto meglio fra un pochino" insistette Antonio. "La percezione della bellezza è graduale, e non una rivelazione improvvisa; richiede non solo tempo, ma un certo studio. È vero sia per un paesaggio come questo, sia per un brano musicale, diciamo una sinfonia. Possiamo afferrare al primo ascolto molti bei dettagli, ma i legami che uniscono i vari passaggi, i rimandi dell'uno verso l'altro e al tutto, quello che in breve, costituisce l'*ensemble* dell'esecuzione, non si afferrano se non dopo aver ascoltato la sinfonica ripetutamente e attentamente."

"Suppongo sia vero," ammise Lucy, che di solito pensava che Antonio avesse ragione. "Chissà perché," proseguì, "qualsiasi cosa dall'aspetto orientale fa così tanta presa sulla nostra fantasia. Non riesco a distogliere gli occhi da quelle palme; mi fanno pensare alle crociate e ai cavalieri, e, insieme alle storie delle Sacre Scritture."

"La fantasia si fa prestare molte cose dalla memoria," disse Antonio, "e così si volta a guardare il passato. Storie che abbiamo ascoltato per la prima volta sulle ginocchia di nostra madre, non si dimenticano mai del tutto... una piccola sorgente che non inaridisce mai nel nostro viaggio attraverso gli anni che corrono spediti."

"Adoro questa Bordighera!" disse Lucy, dopo una piccola pausa.

"È bella, è vero, " rimarcò Antonio "ma ci priva di una vista più ampia e magnifica della costa francese."

"Non mi importa" rispose Lucy" la mia attenzione è sconcertata dall'ampio paesaggio che mi si allarga davanti e quindi non posso evitare che i miei occhi si tendano verso l'orizzonte. Il mare e il cielo sono i soli ampi spazi che uno gode davvero."

"Verissimo," disse Antonio "lei ha lo spirito di un'artista."

"Vorrei che fosse così" confermò Lucy, arrossendo leggermente.

"Ora il mio dovere di cicerone" disse il dottore allegramente. "Vede quel piccolo villaggio ai piedi della montagna rocciosa? Si chiama Spedaletti, e dà il suo nome al golfo."

"Che strano nome, *Spedaletti!* Vuol dire piccoli ospedali, vero?"

"Sì. Un mio amico, che si ritiene una specie di archeologo, pretende di aver accertato l'origine del nome. Dice che una nave appartenente ai Cavalieri di Rodi (alcuni di quelli cui stava pensando proprio ora), mentre attraversava il Mediterraneo, non ricordo in quale secolo, fece sbarcare alcuni ammalati di peste proprio là, dove furono erette delle baracche per il loro ricovero; e quelle stesse costruzioni, secondo il mio amico, diventarono il primo nucleo dell'attuale paese, che, a suo dire, ha mantenuto naturalmente il nome della prima destinazione. Per dare un certo credito all'opinione del mio amico, poco lontano si trovano le rovine di una cappella chiamata la 'Ruota', che potrebbe forse essere la forma corrotta di Rodi (Rhodes). "

"E ci sono ancora ospedali là?" chiese Lucy.

"No; Spedaletti al giorno d'oggi è abitata esclusivamente da famiglie in buona salute di attivissimi pescatori che non sono mai senza lavoro. La natura, che ha reso questa baia così bella, l'ha resa anche sicura e affidabile. Il mare può essere agitato fuori, ma, riparato ad ovest da Capo Bordighera e ad est da quei tre promontori, all'interno in confronto è sempre calmo, e i pescatori di Spedaletti possono uscire a pescare con qualsiasi tempo.

"E come si chiama quel villaggio così arditamente appollaiato sul ciglio della seconda montagna, proprio sopra Spedaletti? Anch'esso ha una sua storia?"

"Si chiama, giustamente, La Colla (la collina). Dubito le possa interessare, ma ovviamente è interessante per me; mentre il colera stava imperversando in modo spaventoso a San Remo, situata ai piedi della montagna sull'altro lato, a La Colla non si è saputo di un solo caso."

"Una cosa del genere deve essere apparsa quasi come un miracolo agli abitanti" osservò Lucy.

"Non ho il minimo dubbio che siano state dette parecchie sciocchezza al riguardo. Il fatto che La Colla si sia salvata si spiega benissimo con la sua posizione estremamente elevata. Ma un fatto più impressionante e davvero inesplicabile è che il flagello fatale non girò il secondo capo, Capo San Remo, ma saltò direttamente a Nizza, risparmiando tutto il tratto intermedio di campagna.... Confessi," continuò Antonio, sorridendo, "che La Colla le sembra molto terra terra paragonata a Spedaletti. I cavalieri e la peste hanno la precedenza sul colera e i dottori, vero?"

"Le risponderò," disse Lucy "alla maniera irlandese, facendole un'altra domanda. Il punto bianco che spicca con tanta brillantezza su quel promontorio lontano, è un convento?"

"È un altro santuario, la Madonna *della Guardia*, un aspirante rivale di quello di Lampedusa, ma totalmente sconfitto da quest'ultimo."

"Tutti i santuari allora sono dedicati alla Madonna?"

"Quasi tutti. La Madonna è la grande passione del nostro popolo. Per me, lo confesso apertamente, c'è qualcosa di estremamente toccante in questa, la chiami se vuole superstizione, che deifica la donna, e ne fa il canale attraverso cui la compassione e la pietà scendono dall'alto sui mortali che soffrono in terra. È il sommo complimento tributato alla vostra natura superiore."

"Lei pensa davvero che le donne siano migliori degli uomini?"

"La mia sensazione istintiva è che lo sono" replicò Antonio "ma, parlando sinceramente, non posso vantare una sufficiente esperienza di donne, e neanche di uomini, per essere in grado di decidere su questo punto *ex cathedra.* Una cosa so, che di tutte le creature con cui finora ho avuto occasione di entrare in stretto contatto, quella che ho trovato molto superiore a tutte, è stata una donna."

Perché questa affermazione, che si sarebbe potuto pensare studiata per compiacere in lei l'orgoglio di donna, avesse raffreddato Lucy e l'avesse resa silenziosa, noi non vogliamo pretendere di indovinare. Di sicuro però accadde e lei, dopo che il dottore era andato via, rimase seduta a lungo, incurante di mare o paesaggio, di libri o matita, persa in quella che sembrava una malinconica fantasticheria. Povera piccola Lucy! Fu distolta dai suoi pensieri da sir John che le si avvicinò con una lettera in mano. Era di Aubrey; diceva che era stato obbligato a rimandare la sua partenza per via di certi affari del reggimento, e che non sapeva, data la situazione, quando sarebbe stato in grado di partire, certamente non per almeno quattro mesi, ma che avrebbe scritto ancora per farlo sapere a suo padre. Lucy sopportò questa notizia molto filosoficamente.

"Dopo tutto papà, sono solo quattro mesi, e possiamo consolarci pensando che non abbiamo bisogno di lasciare questo posto così in fretta."

"Be'," replicò sir John "per come stanno le cose, forse il ritardo si può considerare fortunato… Sì, dopo tutto, questa notizia mi toglie un peso dal cuore: per il mio ragazzo sarebbe stato un ben misero benvenuto non trovare nessun altro che la servitù a casa sua. Potremo viaggiare con calma, e fermarci a Parigi per un breve periodo…"

"Oh papà!" disse Lucy. "Non mi importa nulla di Parigi; restiamo in questa bella Italia più a lungo possibile."

"Ma, mia cara," replicò piuttosto stizzito il Baronetto al quale non piacevano tanti intoppi ai suoi progetti: "Vorrei che tu conoscessi qualcosa di Parigi, com'è giusto e si conviene. L'abbiamo attraversata così in fretta l'anno scorso, e tu stavi così male allora, che te ne sei potuta fare a malapena un'idea." E dopo una breve riflessione interiore, come discutendo qualche punto con se stesso, aggiunse: "Anche se molto inferiore a Londra, Parigi è comunque un posto dove trascorrere qualche settimana piuttosto piacevolmente; ci sono cose che vale la pena vedere, a Parigi; gli Champs-Elysées, per esempio, anche se non si possono paragonare a Hyde Park..."

Ma questo primo di maggio era destinato a essere un giorno segnato in rosso per sir John, che non poté mai rendere pubblico il risultato della somma dei meriti comparativi delle due città, perché fu interrotto dal suo servitore John, il quale annunciava che dabbasso c'era un uomo che voleva vedere sir John. Da dove veniva? L'uomo aveva menzionato il nome del dottor Antonio, e John aveva pensato che il suo aspetto era quello di un mercante di cavalli. "Un mercante di cavalli!" esclamò il Baronetto; e corse giù per la scala con una velocità che avrebbe fatto onore a gambe più giovani delle sue.

Chiunque nelle condizioni di sir John, chiunque intendiamo, che, essendo abituato a una cavalcata giornaliera, fosse stato privato del suo esercizio preferito per quasi un mese, potrà facilmente intuire quanto la sola menzione di mercante di cavalli suonò gradita alle orecchie di sir John, come il mormorio dello scorrere dell'acqua alle orecchie di un viandante assetato. Si era fatto mandare successivamente due cavalli da Nizza, il primo dei quali, si scoprì ben presto, era zoppo, il secondo così ombroso da essere completamente ingovernabile; e la conclusione fu, che, disperato, egli aveva rinunciato a cavalcare.

L'uomo si rivelò davvero un mercante di cavalli in viaggio verso Genova con cavalli da vendere, animali di prima qualità, *bestie magnifiche*, come disse. La conversazione fu tenuta in una sorta di *lingua franca*, grazie alla quale, comunque, anche se babelicamente, gli interlocutori principali riuscirono a capirsi l'un l'altro. Ovviamente, era "il dottore" che aveva detto che il "Signor Milordo Inglese" voleva vedere dei cavalli; si trovavano a così breve distanza che "Sua Eccellenza" poteva quasi vedere le stalle; e l'astuto individuo si alzò in punta di piedi, e indicò a caso un qualche posto. Comunque, portò via sir John in trionfo, accompagnato da John, che, agli occhi del suo padrone, passava per un grande intenditore di cavalli; e un paio di ore dopo, con grande piacere e stupore di Lucy, suo padre riapparì sotto il terrazzino, in groppa a un bel cavallino baio, inquartato, garantito calmo come un agnello, e infatti lo era, avendo un buon terzo di anni in più di quanti avesse giurato il venditore.

"Spero che sia davvero tranquillo," gridò Lucy, piuttosto preoccupata dalle allegre manovre del padre.

"Potrebbe cavalcarlo un bambino," rispose sir John, che da un anno o due sentiva la necessità di evitare di salire in sella a destrieri focosi. "Guarda che bocca, Lucy, obbedisce al minimo tocco." E adattando alle parole i fatti, l'incantato Baronetto girò e rigirò il cavallino, fino a che Lucy strillò: "Papà, papà, così farai venire le vertigini a te e a quella povera bestia."

Nel frattempo, un ragazzo con la giacca da postiglione e il berretto in mano attraversò furtivo il cancello del giardino, e dopo un momento di incertezza, si avvicinò a sir John, che immediatamente si drizzò sulle staffe. Era Prospero, che, in modo umile, stava per contribuire con il suo obolo alla gratificazione del Baronetto in questo giorno memorabile. Anche se i ringraziamenti sentiti erano espressi in un gergo che non significava nulla alle orecchie di sir John, c'era qualcosa nella voce e nell'aspetto del povero ragazzo che trasmetteva alla mente del gentiluomo inglese la chiara percezione di quello che l'italiano diceva e intendeva, quasi avesse parlato in inglese come John. L'aspetto pallido e la figura emaciata erano un significativo accompagnamento alla sua eloquenza semplice. Sir John era commosso, e per nascondere che lo era, immediatamente cominciò con tono infuriato a dare al ragazzo una lezione sui doveri dei postiglioni verso i viaggiatori in generale, e verso viaggiatori di un certo tipo in particolare. L'arringa, spogliata di tutta quella pantomima espressiva di sguardi e gesti rivolti al ragazzo che gliel'avrebbero resa comprensibile, si rovesciò pesantemente sulle orecchie, che nulla capivano, di Prospero, il quale rigirando il suo berretto, e con gli occhi fissi a terra, aveva tutta l'aria del criminale che sir John, con tanta cura, gli stava dicendo di essere.

Nel culmine della crisi, proprio quando il Baronetto, ancora in groppa al suo cavallo, cominciava a non sapere come concludere la scena con dignità, il suo sguardo cadde sul dottor Antonio, che era venuto all'Osteria per vedere l'acquisto, di cui ormai tutto il paese aveva saputo. "Mio caro dottore," urlò sir John con voce cordiale: "Sono molto felice di vederla; le sono infinitamente grato." Il dottor Antonio che veniva chiamato "mio caro dottore", in quel modo franco e sincero, da sir John Davenne! Era la prima volta, quindi non c'è da stupirsi se Antonio ponderò le parole. Pregò sir John di non parlare di gratitudine, e si congratulò caldamente per la fortunata combinazione che gli aveva assicurato un animale così bello. A questo punto arrivò John, e annunciò al suo padrone che la stalla dove aveva tenuto i suoi due precedenti cavalli, per una ragione o per l'altra, non era disponibile almeno per una settimana... una notizia che guastò non poco la soddisfazione del buon vecchio gentiluomo. Vedendo questo, il gentile dottore prese da parte Prospero che manteneva la sua aria contrita, e dopo un minuto di consultazione con lui, si rivolse al Baronetto e disse che nella casa dove viveva il ragazzo c'era una stalla sufficientemente buona, e che, forse, sarebbe stato comodo per sir John, e certo un atto di carità da parte sua, affidare la cura del cavallo a Prospero, che, quando fosse stato in grado di riprendere il suo dovere di postiglione, poteva contare su un fratello più giovane, il quale avrebbe fatto da stalliere al posto suo. Il Baronetto colse al volo la proposta, e Prospero, non poco euforico per questa botta di fortuna, aiutò il suo nuovo "Signor padrone" a smontare da cavallo, poi prese in consegna l'animale, affidato alle sue cure, con l'ordine speciale di essere ogni mattina alle sette all'Osteria, per ricevere gli ordini quotidiani.

Lucy, che dal terrazzino poteva sentire e vedere tutto quello che succedeva di sotto, aveva seguito le fasi della vicenda con un'intensità di interesse, che, a un osservatore indifferente, sarebbe sembrata alquanto ingiustificata per l'occasione; e quando sir John aveva chiamato Antonio "mio caro dottore", un rossore di piacere le aveva tinto le guance bianche, e il suo sorriso era diventato via via più dolce. Dopo tutto, avendo un cuore gentile, era senz'altro naturale che la buona comprensione che stava evidentemente crescendo tra suo padre e il suo dottore, le avesse recato piacere.

"Gentile da parte sua!" disse Lucy a Antonio, quando questi salì da lei, e le si sedette accanto.

"Gentile? Che intende dire?" chiese Antonio, con il sopracciglio aggrottato, come un istrice che si metteva sulla difensiva.

"Aver pensato al cavallo" spiegò Lucy.

"Ah! Ah! Ah!" e allora l'italiano aprì la sua valvola di sicurezza contro l'accusa di cortesia, cioè... rise con la sua risata peculiare, una risata chiara e allegra, con un suono che aveva ancora qualcosa di fanciullesco. "Ma supponga che io non ci abbia pensato affatto, e allora?"

Gli occhi di Lucy apparvero increduli.

"Quando tempo fa lei espresse il desiderio che suo padre potesse avere un cavallo, io parlai del fatto in una lettera che stavo scrivendo in quel momento, e poi, temo, me ne sono completamente dimenticato; quindi vede, lei deve essere grata solo alla fortuna."

"E anche questa poltrona e la tenda per una sciocchina che ha dimostrato la sua gratitudine diventando capricciosa e impaziente, sono frutti del caso!"

"Ci risiamo," disse Antonio, gettando indietro la testa, con un movimento a lui usuale quando era seccato, "come se queste normali cortesie meritassero tanto can-can. Allora se starnutisco, e un vicino mi dice 'Salute!', dovrei essergli obbligato per la vita."

Lucy non poté fare a meno di ridere della stranezza di quel paragone e chiese: "Posso, senza recarle offesa, esprimere la mia ammirazione per la bella fattura di questa sedia, e per il lucido legno giallo di cui è fatta?"

"Sì, può farlo," replicò Antonio, sorridendo "mi fa sempre piacere sentir lodare le cose o le persone di questo paese. La sedia è di legno d'olivo, ed è il lavoro di un tizio molto bravo. Se andremo a Taggia insieme, le mostrerò degli arredi fatti con lo stesso legno, e dalla stessa mano, che oso dire non sarebbero fuori posto neanche a Davenne Hall."

"Un artigiano così bravo" disse Lucy "dovrebbe andare a Londra, sarebbe sicuro di fare una fortuna là."

"Molto probabilmente," rispose Antonio "ma non sembra sentire la necessità di farne una. La gente della Riviera è estremamente attaccata al suo luogo di nascita, e resta fedele alle sue case e a quiete abitudini, andando raramente all'estero, se non quando è spinta dal bisogno. Inoltre, il fabbricante della nostra sedia è qualcosa di più di un abile artigiano: è un artista."

"Posso capire chi è riluttante a lasciare questo posto," disse Lucy, "a maggior ragione se si tratta di una persona con occhio e spirito artistico. Dove altrimenti potrebbe trovare una natura così?" e i suoi stessi occhi brillarono profondamente rapiti. Antonio la stava guardando; per tutta risposta notò: "L'aria aperta le ha già fatto bene, ha un aspetto più... vivace di questa mattina."

"Davvero? Mi sento così bene e felice; e si dice, lo sa, che la felicità faccia molto bene all'aspetto di una persona."

Antonio fissò i suoi occhi neri in quelli azzurro chiaro di Lucy, ma non fece alcuna osservazione. Per lo sguardo e per il silenzio Lucy si sentì in imbarazzo, non sapeva perché, ma si sentiva come se le fosse richiesta qualche spiegazione, che deluse parecchio Antonio quando arrivò:

"Mio fratello non sarà a casa prima di quattro mesi, quindi adesso papà non avrà più fretta di andar via; e poi sono così contenta per il cavallo, e posso restarmene seduta qui a godermi questo magnifico panorama. Non ho ragione ad essere felice?"

"Certamente," disse Antonio, piuttosto serio, e accarezzandosi la barba, "certamente". Che cosa gli era mancato nell'enumerazione delle cause della felicità di Lucy?

Seguì una breve pausa, durante la quale il dottore e la paziente non sembravano affatto a loro agio. "A proposito" chiese l'italiano, alzandosi, "non ho visto il suo disegno, me lo fa vedere?"

"È tutto un pasticcio," disse Lucy, con un piccolo rossore, "non ne riesco a tirar fuori nulla; mi vergogno di me stessa, e sono profondamente scoraggiata."

"Indovino cos'è successo," replicò Antonio "è stata troppo avida. Le posso dare un piccolo consiglio? Vede quella torre mezza in rovina, all'ombra delle palme, sul Capo Bordighera? Provi a disegnare prima quella, o quel pezzo di muro con il suo drappeggio di dulcamara, che si staglia così bene sullo sfondo del mare blu scuro. Non si confonda con troppi soggetti tutti insieme; e, mi prenda in parola, non passerà molto tempo che lei sarà padrona degli sfondi forti e delle piccole distanze. Ma stia attenta all'ambizione."

" 'L'ambizione che salta in alto, si spinge troppo oltre e cade' " declamò Lucy ridendo.

"Questa è del vostro Shakespeare," disse Antonio "penso che tutti gli inglesi lo conoscano a memoria. Non ho mai incontrato uno dei suoi connazionali, uomo o donna che fosse, magari per altri versi ignorante, che non abbia una volta o l'altra tirato fuori una battuta di Shakespeare.

Che uomo deve essere stato, che ha saputo talmente dar corpo, e 'dare locale dimora e un nome' a un'intera nazione per i secoli a venire!"

"Lei sembra conoscere Shakespeare quanto i vostri poeti italiani" disse Lucy.

"È uno dei miei poeti preferiti. Shakespeare non è un poeta di un'era o di una nazione, ma dell'umanità. Lui, come il sole, elargisce luce e calore sopra l'intero mondo dell'intelligenza... Sa disegnare la figura?" proseguì il dottore, indicando la spiaggia. "Che bel gruppo farebbero quei pescatori con quella donna sull'asino che si è fermata a parlare con loro!"

"Ma io non so disegnare la figura per niente" confessò Lucy, con voce disperata.

"Be', può imparare. Le figure sono così pittoresche in Italia, è quasi un dovere ricopiarle."

"Sì, ma bisogna saperlo fare. Non ho la minima idea di dove cominciare, se dal cappello o dalle scarpe; e chi c'è qui che me lo può insegnare?"

"Se davvero desidera un maestro, gliene troverò uno."

"Davvero potrebbe? Allora lo desidero sì!"

"Le presenterò un maestro domani. Lei ha detto spesso che le sarebbe piaciuto leggere il poema di Dante con qualcuno che potesse spiegarlo e annotarlo per lei; ora, se è sempre di questa idea, conosco la persona giusta."

"Lei sembra avere il dono di trovare qualsiasi cosa io voglia o desideri" disse Lucy, girandosi verso di lui con occhi grati.

"Lei non si è mai lamentata nel sottomettersi ai miei ordini severi," rispose Antonio "per cui mi sento obbligato, adesso che è in grado di lasciare il letto, a procurarle tutti i vantaggi che si possono trovare nei nostri dintorni per divertirla; e le assicuro che abbiamo più risorse di quanto si possa pensare a prima vista. In questo paese, in ogni classe sociale, esiste una singolare attitudine a imparare, e molto buon gusto istintivo. Per esempio, abbiamo una banda di musicisti piuttosto buona, la maggior parte dei quali sono autodidatti, e un eccellente organista, che non ha mai avuto altro maestro che se stesso."

"Magnifico!" disse Lucy "e sono tanto buoni quanto intelligenti?"

"Hanno molte buone qualità, a dir poco;" rispose Antonio "sono sobri, indipendenti, generosi; nel loro animo c'è una naturale mitezza; e quando litigano – perché dove esistono uomini sempre in pace uno con l'altro? – la lite raramente finisce a botte. Mi guarda come se mi credesse a stento."

Lucy arrossì, perché sentiva che quello che Antonio stava descrivendo era l'esatto contrario del carattere che lei era abituata a sentir attribuire agli italiani.

"Dimentichi le idee preconcette, o meglio," continuò Antonio "le ricordi tutte, e paragoni le testimonianze del sentito dire con quello che lei stessa osserva. I fatti sono cose testarde, miss Davenne, e l'osservazione dei fatti le dimostrerà che tra noi si trova raramente un esempio di mogli e figlie che portano i segni della brutalità dei loro mariti e padri; l'ubriachezza è una cosa molto rara, e così lo è il crimine; ci sono intere province – quella di San Remo è una – in cui non si è commesso un assassinio a memoria d'uomo. La proprietà è talmente suddivisa, che i due estremi dei grandi ricchi e della grande povertà non esistono quasi, e così, fortunatamente, non esiste la maggior parte dei mali che sorgono tra le due cose... l'accattonaggio per esempio. Non sto parlando delle grandi città, certo, ma dei distretti di campagna, in cui quasi ogni uomo possiede il suo pezzetto di terra, che coltiva meglio che può. Il piccolo proprietario che ha del tempo libero, offre i suoi servizi al vicino, che, possedendo più terra, ha bisogno di altre mani, ma entrambi, il lavoratore e il datore di lavoro, trattano e conversano l'un l'altro su un piano di perfetta eguaglianza. Il lavoratore assunto non si considera inferiore a chi lo assume per il fatto che prende del denaro da lui, e nello stesso modo il datore di lavoro non si considera superiore al lavoratore per il fatto che lo paga."

"Lei mi sta descrivendo una vera Arcadia" disse Lucy.

"Vorrei che fosse così," continuò Antonio, scrollando il capo, "ma ci sono ombre scurissime in questo quadro. La funesta azione del dispotismo si fa sentire qui come in qualunque altro posto in Italia. Lo stato di profonda ignoranza in cui le popolazioni di cui parlo sono lasciate da un Governo sistematicamente ostile a qualsiasi specie di istruzione... il culto della lettera morta al posto dello spirito che vivifica, in cui sono educate e mantenute dai loro preti... l'abitudine a nascondere i torti per cui non esiste possibile riparazione, e di cui sarebbe pericoloso risentirsi; tutte queste influenze deleterie contribuiscono a mantenere un livello di moralità piuttosto basso. L'uomo che per nulla al mondo mangerebbe un boccone di carne il venerdì, o salterebbe la messa in un giorno santo, non si fa scrupoli di rubare al suo padrone un'ora di lavoro, o di dire una cosa non vera per ottenere una diminuzione dell'affitto che paga al suo proprietario."

"Questo è un peccato" disse Luc:, "E i preti sanno queste cose? E non provano a prevenirle o a fermarle?"

"Certamente non usano la loro autorità quanto sarebbe necessario per curare il male. Temono di perdere la loro influenza se trattano, non dico severamente, ma con fermezza il loro gregge. Sembra esserci un tacito accordo tra pecore e pastori. Dateci tutto dal punto di vista della forma, dicono questi ultimi. Lo faremo, rispondono le prime, ma a condizione che voi non esigiate troppo in termini di sostanza. Così la lettera uccide lo spirito. Purché le chiese siano belle piene, i confessionali presi d'assalto, le cassette per l'elemosina colme, i biglietti per le comunioni numerosi, ai nostri *Reverendi* sembra non importare molto se la moralità rimane stazionaria o se addirittura diminuisce. Il Curato, che è sotto molti aspetti quello che credo sia chiamato vicario in Inghilterra, predica dal pulpito che mentire è un'abitudine peccaminosa, e che un lavoratore assunto deve dare un giorno di lavoro pieno per avere una paga giornaliera piena, ma con poco risultato. E perché non c'è rimedio? Perché i confessori non mettono in pratica quello che predicano; sono troppo indulgenti, e non osano, letteralmente non osano, rifiutare l'assoluzione a quelli tra i loro penitenti che sono recidivi. Non osano perché dicono: 'Non vogliamo perdere i nostri penitenti.' E questo sicuramente sarebbe quello che accadrebbe se dimostrassero un appropriato grado di severità. Lo scopo e l'ambizione dei confessori, lei deve sapere, è di avere un gran numero di penitenti, e rivaleggiano l'uno con l'altro su chi sarà quello più seguito. La gente di campagna conosce questa debolezza e ne approfitta. Mi è successo più di una volta di sentir dire, 'se il mio confessore non mi darà l'assoluzione, andrò da tale o tal'altro che è di manica larga', intendendo con questo che è più indulgente."

"Sono davvero delle brutte ombre sul suo bel quadro" sospirò Lucy.

"Molto brutte, " le fece eco Antonio. "Il grande affare dei nostri *Reverendi* – ci sono ovviamente tante eccezioni onorevoli – è l'abbellimento delle loro rispettive chiese; e a questo scopo approfittano del gusto del bello, che è innato nelle nostre genti. Offerte e contributi piovono copiosamente per l'acquisto di un nuovo organo, per una serie di lampade d'argento, per dei dipinti, per l'ornamento del santuario della Madonna. Nello stesso tempo la cittadina è sporca, non illuminata la notte, il manto stradale è tutto buche, le strade sono orrende, e i ponti mancano dove sarebbero più che necessari. Ma cosa importa fintanto che la chiesa è splendida, e mette in ombra la tale o tal'altra chiesa del paese vicino?"

"E in che rapporti è con questi *Reverendi,* come li chiama lei?" chiese Lucy.

"Be', così e così, non sono molto amichevoli con me, credo, specialmente il Curato, che non mi può perdonare il fatto che rifiuti regolarmente il biglietto che altrettanto regolarmente lui mi manda ad ogni Pasqua."

"A che serve?"

"È una vessazione molto seccante. A Pasqua, i Curati si incaricano di mandare a tutti i parrocchiani quello che chiamano il biglietto della comunione, e richiedono a ogni persona, dopo che si è comunicata, di lasciare questo biglietto in sacrestia, come prova. Lei può immaginare che questa specie di coercizione è molto umiliante... almeno io la sento tale. Dispostissimo come sono a compiere i miei doveri religiosi, scelgo però di farlo liberamente, e come un uomo che giudichi per se stesso, non come un ragazzino, dietro pressione. Così ho sempre rimandato indietro il biglietto."

"E il Curato è arrabbiato con lei" disse Lucy, con un faccino serio.

"Sì, ma tiene la rabbia per sé. Lui e i suoi reverendi confratelli, mi considerano un medico piuttosto buono... o per lo meno il migliore che si può avere da queste parti; ma non è solo la fiducia nella mia abilità medica che li fa essere educati nei miei confronti; l'opinione pubblica mi è molto favorevole, e persino qui, e nonostante tutto, la pubblica opinione ha il suo peso. E poi la mia barba," continuò Antonio, lisciandola scherzosamente, "non è la più forte delle prove possibili del favore di cui godo presso il nostro Pascià a tre code, il Comandante di San Remo?"

"Come mai?" chiese Lucy.

"Potrà sembrare strano, ma nondimeno è vero, miss Davenne, che uno dei più stretti doveri, come uno dei più piacevoli divertimenti dei Comandanti, è non poter soffrire i visi non rasati; e il mio, credo, è il solo in tutta la Riviera che possa vantare qualcosa di simile a una barba. La verità è che, quando arrivai a San Remo per la prima volta, ero talmente occupato giorno e notte, che letteralmente non avevo il tempo di radermi. Dichiarai questa motivazione al nostro Gessler, il quale l'accettò, e piano piano, per forza dell'abitudine, la mia barba finì per essere tollerata."

"Sembra che lei ci tenga molto alla sua barba" osservò miss Davenne, sorridendo del modo serio in cui Antonio ne stava parlando.

"Le confesso che è così" rispose lui, sorridendo a sua volta. "Senza parlare del tempo che si risparmia, e di altre seccature, penso se la natura, che non fa nulla senza uno scopo, ha fornito l'uomo di barba, voleva che fosse ornamentale o utile. In fondo mi pare che ogni uomo, ma un italiano in particolare, con il suo incarnato olivastro, stia meglio con la barba che senza. Lei sta ridendo di me, ma mi dica quale preferisce, quale sembra meglio, una testa di Van Dyck con la sua barba, o un ritratto moderno rasato? Sospetto che il vantaggio sia del primo."

"Sì" disse Lucy, con un lieve rossore, e una piccola esitazione, mentre le veniva in mente il suo primo commento fatto al padre quando vide per la prima volta il dottor Antonio: "Sono meglio, ma solo quando gli esseri umani somigliano ai ritratti di Van Dyck."

"Nessuna riserva," esclamò Antonio "o penserò che lei condivida il pregiudizio che ho sentito dire esista in Inghilterra contro le barbe."

"Oh no, non lo condivido!" disse Lucy "ma alla maggior parte degli inglesi non piacciono."

"Bene, che si radano pure, non si discute sui gusti" osservò Antonio, con un'aria di rassegnazione.

"Una volta lei ha promesso di raccontarmi che cosa l'ha reso prediletto al Comandante. A proposito, comanda tutta la Riviera?"

"Assolutamente no. Ogni provincia di questo regno indossa un gioiello simile sul proprio capo."

"E da dove viene il favore che lei gode presso questo qui?"

"Da una sua convinzione molto assurda. Le ho spesso raccontato che, quando venni a San Remo, il colera era al culmine. Trovai il Comandante completamente in preda al panico, e travagliato dall'idea fissa che si sarebbe ammalato. Vidi subito la necessità di far lavorare la sua fantasia in senso contrario, così gli diedi una fialetta di aceto canforato, con la prescrizione di annusarla un certo numero di volte al giorno, assicurandogli che era un rimedio infallibile contro il colera. E lui ci crede ancora oggi" continuò Antonio ridendo di cuore. "La fialetta ora è vuota, e se il colera dovesse riapparire, lui non conosce nessun altro dal quale potrebbe ottenere una scorta fresca di questo meraviglioso antidoto; per cui è molto cortese con me e … con la mia barba."

Lucy si divertì allo scherzo, e rise così di cuore che Antonio si unì a lei finché non ebbe le lacrime agli occhi.

CAPITOLO XI

Il 15 Maggio del 1840

Scivolarono via quindici giorni, durante i quali la salute di Lucy e altre faccende all'Osteria avevano fatto dei progressi costanti; si erano formate nuove abitudini, si erano intraprese nuove occupazioni e attività... insomma, ogni giorno che passava, portava alla nostra piccola colonia la sua scorta fresca di piacevole eccitazione e crescente amicizia.

Il tempo, tanto per cominciare, è stato splendido, e sir John non ha mai omesso la sua cavalcata mattutina, ed è incantato da Buffy (così Lucy aveva battezzato il panciuto cavallino baio), il cui carattere e passo - dichiara sir John - migliorano notevolmente ad ogni cavalcata; un'affermazione cui il Conte, che ormai è un visitatore quotidiano dell'Osteria, annuisce entusiasta, osservando che, in effetti, il suo amico inglese quell'animale non l'aveva pagato quasi niente. Per quale misterioso processo i due gentiluomini si capiscano l'un l'altro, considerando che il bagaglio di segni linguistici che hanno in comune si limita a una ventina o poco più di parole francesi a testa, è motivo di stupore per chiunque; forse, più di tutti, per loro stessi. Ma che, in effetti, si comprendano vicendevolmente è un fatto che non si discute, visto che sir John dichiara di essere molto in debito con il suo nobile amico, per aver avuto per primo l'idea di un progetto, che occupa la maggior parte del tempo e dei pensieri di sir John, e nella cui realizzazione è assistito grandemente dal Conte e dal dottor Antonio. Il progetto è quello di fare una collezione delle migliori giovani piante d'arancio e di palme che si trovano nei paraggi, e trapiantarle nella signorile residenza di tutti i Davenne. "Sì, costruirò un aranceto, " dice sir John, "ma questo non è niente, costruirò una palmeria; Lucy, una palmeria!" e l'esultante sir John si strofina le mani. "Vedi mia cara, non solo creo una cosa, ma le invento anche il nome." Il Baronetto segue il suo progetto con ardore costante; è in comunicazione con tutti i proprietari di palme di Bordighera (paese che non ha rivali in quanto a palme), cavalca fino a San Remo dove si dice ci siano aranci che hanno superato qualsiasi concorrenza; continua a ricevere e a scrivere, con Lucy che funge da segretaria, lettere relative al suo progetto… insomma, sir John cavalca lancia in resta sia il suo cavallino che il suo progetto, con gran gioia del suo cuore e di tutti quelli che gli sono vicini.

L'evento di queste due settimane è stato un festeggiamento *post-diem* del ventesimo compleanno di miss Davenne, che, se lo ricordate, l'aveva, in effetti, trascorso a letto.

Ci furono straordinari preparativi e gran trambusto all'Osteria, che stava cominciando a dimenticare la propria bruttezza, e ad immaginare, come tante altre cose vecchie e ordinarie, che basti un piumaggio molto attraente per abbellire l'uccello; e non si può negare che sir John evesse fatto del suo meglio per questo nuovo piumaggio. Eh già… si diede un pranzo, forse un po' ibrido, una via di mezzo tra un ricevimento pubblico e uno privato, e per il quale sir John aveva fatto stampare dei bigliettini d'invito che aveva mandato al Conte, e ad alcuni altri notabili, tra i quali figuravano il dottor Antonio, il Sindaco, diversi Consiglieri Comunali, il Giudice di Pace di Bordighera; e, per la sera, ad altre personalità di minor spicco, tra cui il maestro di disegno di Lucy. Il pranzo fu non meno che splendido, il cuoco del defunto Vescovo di Albenga aveva superato se stesso; a John bastò dimostrarsi degno di sé. Sir John fece gli onori di casa in modo incantevole, perché non li fece in pompa magna, ma senza pretese, quasi fosse in *incognito*, come si può supporre facciano altri magnati quando posano le loro corone e si fanno credere soltanto dei Conti o delle Contesse. Probabilmente sir John si sentì come era abituato a sentirsi quanto presiedeva il pranzo annuale che dava per i suoi vassalli a Davenne.

In Italia, come dappertutto, i brindisi sono una moda diffusa, ma discorsi di dubbia eloquenza sono soppiantati dal tintinnare dei bicchieri che si toccano tra l'amichevole chiacchiericcio generale. Il Conte propose un brindisi alla salute del loro distinto ospite e della sua educata e colta figliola, e si bevve a quel sentimento con entusiasmo generale. Il Sindaco, due Consiglieri, e il Giudice di Pace seguirono la stessa traccia, dimostrando parecchia ingenuità nel cercare delle varianti a quel medesimo tema. Sir John si sentì in dovere di ringraziare a nome suo e di sua figlia, cosa che fece con un discorso piuttosto lungo; e il dottor Antonio, dopo aver comunicato in italiano agli ospiti le effusioni del Baronetto, riportò a lui con poche frasi inglesi ben svolte, i sentimenti di gratitudine della compagnia.

Durante la serata, Lucy spinta sulla sedia a rotelle fece la sua prima apparizione, e non abbiamo certo bisogno di dire che la sua bellezza e la sua grazia fecero alquanto colpo tra l'entusiasmo proverbiale degli italiani. Antonio cantò alcune tra le sue più briose arie siciliane, che furono applaudite di cuore con richieste di bis; e il maestro di disegno, che era una specie di improvvisatore, declamò un sonetto estemporaneo in onore di miss Davenne paragonandola a un giglio, a una palma e anche a Minerva, già che c'era; il tutto fu accolto con grida di *bravo!* da parte dei presenti, ad eccezione del Conte, il quale (essendo noto a tutti che il Conte e il maestro di disegno erano ai ferri corti) fu visto, durante la declamazione del sonetto, far parecchie smorfie, atte ad esprimere e comunicare una quantità considerevole di dubbi sulla natura di *bona fide impromptu* della recitazione. A parte questo piccolo incidente, sfuggito all'attenzione sia del Baronetto che di sua figlia, e a parte la notevole freddezza con cui la maggioranza accolse il tè (un'ombra subito dileguata dall'ordine di sir John di servire una scorta nuova di bottiglie di vino per i dissenzienti), ogni cosa andò a meraviglia, e soddisfece pienamente tutti coloro che erano coinvolti; tanto che Antonio, dopo un colloquio piuttosto lungo con il Baronetto sul terrazzino, si fece avanti e annunciò *séance tenante* in nome dell'Anfitrione che, se un po' di conversazioni e un po' di musica potevano essere stimoli sufficienti per indurli a regalargli la loro compagnia, sir John sarebbe stato felice di ricevere tutti i presenti ogni mercoledì e sabato a venire, alle otto di sera.

Alla festa si collega una circostanza troppo importante per non notarla, e cioè il fatto che il dottor Antonio in questa occasione riuscì a conquistare sir John. Sarà stato il suo abito rigorosamente professionale, con la cravatta bianca, saranno stati i suoi modi eleganti, o la sua capacità d'eloquio, o tutte e tre le cose combinate insieme, che conquistarono il britannico cuore di sir John? Questo non lo sappiamo, ma una cosa possiamo affermare: che il cuore di sir John fu conquistato. Per tutto il pranzo, e per tutta la serata, sir John trattò il dottor Antonio con notevole distinzione, rivolgendosi pubblicamente a lui come al "mio onorevole amico" e in privato, confidenzialmente, come al "mio caro amico"; si spinse così oltre da dichiarare con enfasi a Lucy, dopo che tutti se n'erano andati, che "se lo si convincesse a farsi la barba, quell'uomo non sarebbe fuori posto alla tavola di un re." Da quel giorno in poi, il dottore fu promosso all'onore di stringere la mano del Baronetto; e, checché ne dicesse Antonio, John era mandato ogni giorno all'appartamento del dottore per portargli i saluti di sir John Davenne e il giornale del giorno prima.

Nel corso dell'ultima settimana all'Osteria ci sono già state due *"soirées musicales"*, come le chiama sir John, e la terza sta creando una grande attesa nel vicinato; i concerti del *Milordo* inglese sono sulla bocca di tutti nel raggio di quindici chilometri. Visitatori da posti lontani come Ventimiglia e San Remo hanno lasciato i biglietti da visita per sir John e miss Davenne, e molti stanno brigando con il Conte e col dottore per avere un invito. L'organizzazione della musica spetta totalmente al dottor Antonio, sotto la cui direzione si eseguono i quartetti. Gli esecutori, un fagotto, un violino, un violoncello, sono tutti *dilettanti* di Bordighera, Antonio è il quarto componente e suona o la chitarra o il flauto. La cameretta di miss Hutchins, di mercoledì e di sabato, è trasformata nella stanza dei rinfreschi, dove si serve regolarmente il buffet. In queste serate, guardare sir John significa vedere un uomo completamente in pace con se stesso… andatura, voce e aspetto dicono: "Sono il monarca di tutto ciò che vedo"; e lasciamo che i saggi teorizzino quel che vogliono, ma il risultato di tutta la faccenda sarà sempre che ad ogni uomo, e anche ad ogni donna, piace occasionalmente essere "lo specchio della moda, e lo stampo della forma, l'osservato di tutti gli osservatori"… fosse pure soltanto a Bordighera. In tutte le altre sere della settimana la compagnia di sir John si limita al Conte e al dottor Antonio, e a questo circolo privilegiato sir John, mentre sorseggia il tè, svela piccole visioni fugaci sulla vita londinese… vita alla moda, è ovvio… inframmezzate da indizi che, come lampi di luce, rivelano qualcosa degli splendori di Davenne Hall, e della grandezza e della potenza dei Davenne, o de "la famiglia", come sir John chiama con affetto la sua razza. Quando battono le dieci, si siede regolarmente con il dottor Antonio per una partita a scacchi (che è il segnale per Lucy di ritirarsi e per il Conte di cominciare ad appisolarsi) e invariabilmente vince due partite su tre, perché Antonio ha scoperto che sir John non può perdere un gioco senza perdere anche le staffe, e quando è arrabbiato, il padre di Lucy è insopportabile.

In queste due settimane Lucy ha trascorso quasi tutto il suo tempo sul terrazzino. Da quando è stata in grado di passare la giornata all'aria aperta, la sua salute si è considerevolmente rafforzata. Apprezza moltissimo le *"soirées musicales"*, soprattutto per la musica – a Lucy piace molto la musica – ma un pochino anche per l'effetto che lei stessa produce. È curioso! Lucy sembra non aver mai sospettato prima di essere bella, o se l'aveva sospettato, solo ora comincia a curarsene. Osserva che tutti quanti sono così educati, così rispettosi con lei, così pieni di attenzioni. In effetti, Lucy è una piccola regina con la sua piccola Corte. Sta facendo notevoli progressi col disegno, particolarmente con le figure, a cui si è tanto appassionata da aver disegnato Speranza più di venti volte… Speranza, siede vicino a lei per ore con angelica pazienza, non più pallida e depressa, ma illuminata da alcuni presentimenti misteriosi che ci sia per lei un cambiamento felice a portata di mano; e poi ci sono gli esercizi alla chitarra, e le visite del dottor Antonio, e quindi le ore di Lucy sono piuttosto piene. Anche il maestro di disegno la diverte abbastanza - un ometto così fiero e aggressivo, ma anche così buono e intelligente! Dante, dice Lucy al dottore, è un pozzo troppo profondo per lei, che invece persevera nel disegnare tutto quello che può. Confessa apertamente che ora gode della vista dal terrazzino più di quanto facesse nei primi giorni; per usare la sue precise parole, è come se tutte le bellezze separate dello scenario si fossero fuse in una sola grande bellezza.

Il dottor Antonio non sembra esaltato dal grande favore mostrato da sir John; lo prende umilmente, forse come un uomo che ha sempre pensato di meritarlo, e neanche i suoi successi di direttore d'orchestra e chitarrista e flautista gli hanno montato la testa. Il dottor Antonio continua ad essere esattamente la stessa serena, modesta, servizievole, cordiale creatura che era quindici giorni prima. Se c'è stato un cambiamento in lui, è un cambiamento in meglio riguardo al suo aspetto, tuttavia così lieve, che un occhio deve esaminarlo con cura per accorgersene... probabilmente l'occhio di una donna. Forse la sua giacca è spazzolata un tantino meglio, i capelli e la barba spuntati con più attenzione, la cravatta annodata un po' più stretta intorno al collo di quanto fosse prima. Né l'organizzazione del settore musicale interferisce con l'assistenza che dà a miss Davenne, che è assidua come sempre; e anche se è evidente che ha molto da fare altrove, trova il tempo per rendersi utile e gradito all'Osteria. Per esempio, un giorno ascoltando Lucy dire che le zanzare cominciavano ad essere un fastidio di notte, si buttò subito al lavoro, legò al letto di lei e a quello di sir John dei pali, e su questi pali appese delle zanzariere; poi, sentendola lamentarsi per le mosche che erano intollerabili, si procurò dei grandi mazzi di una comune pianta vischiosa (Erigeron Viscosum, *Lin.*) intinti nel latte, per appenderli in tutte le stanze e sul terrazzino, mazzi che attirarono tutte le mosche e liberarono subito Lucy da una delle piaghe italiane. Lucy ebbe un pensiero, nascosto con cura nella profondità del suo cuore, e quel pensiero fu che sicuramente non era mai esistito al mondo nessuno come il dottor Antonio.

Tutto sommato, era questo lo stato piuttosto soddisfacente delle cose e dei protagonisti all'Osteria *del Mattone* nel giorno benedetto del 15 maggio 1840.

Erano le dieci del mattino, un mattino così bello come solo i poeti e gli uccelli possono cantare: miss Davenne, con una gonna blu chiaro, sedeva sul terrazzino indaffarata con le sue matite. La scelta del vestito blu era stata accidentale, o era connessa in qualche modo al fatto che la sera prima Antonio aveva detto che fra tutti i colori preferiva il blu? Chi può dirlo? Anche Antonio stava seduto sul terrazzino, poco dietro a Lucy, e si tirava la barba con violenza, segno che il suo animo era in tempesta. All'interno miss Hutchins stava sistemando in un vaso un gran mazzo di rose che aveva portato il dottore. Raramente veniva a mani vuote; e dato che il suo orrore per qualsiasi cosa somigliasse a un grazie rimaneva costante, Lucy aveva imparato ad accogliere i suoi piccoli regali soltanto con un sorriso. Contrariamente al solito, i due avevano poco da dirsi e la conversazione languiva. Forse Lucy era troppo intenta nel suo disegno, forse era assorta in altri pensieri. Di sicuro lo era Antonio, e la sua abituale calma quella mattina lo aveva abbandonato. Per la prima volta da quando abbiamo fatto la sua conoscenza, tradisce forti sintomi di una malattia che si poteva supporre gli fosse completamente sconosciuta: l'indecisione. C'era una parola o una frase che gli tremolava sulle labbra, ma che lui aveva paura di pronunciare. Ogni tanto si piegava in avanti come se stesse per alzarsi, ma poi ricadeva di nuovo sulla sua sedia. Alla fine, con uno sforzo eroico, saltò su dalla sedia e disse risolutamente: "Miss Davenne, mettiamo che lei provasse a camminare..."

Quest'invito fu il benvenuto per Lucy, la cui guancia pallida, più pallida che mai quella mattina, si soffuse a un tratto di cremisi. Dato che miss Lucy tempo addietro aveva dichiarato che avrebbe preferito morire su quella sedia piuttosto che usare le stampelle, si chiamò miss Hutchins, e le fu chiesto di sostenere la sua giovane padroncina da un lato, mentre il dottor Antonio fa la stessa cosa dall'altro. Lucy si alza, si appoggia sulle due braccia che le sono offerte, e si muove. Il cuore di Antonio batte forte e potente come il pistone di un motore a vapore.

"Sente male da qualche parte?" le chiede il dottore in un sussurro.

"No, niente" dichiara Lucy, ma la sua caviglia è un po' rigida.

"E", continua Antonio, con una strana voce profonda, "pensa di potercela fare da sola?"

"Penso di sì" dice Lucy, voltando il suo viso sorridente verso di lui.

"Be', provi allora."

Il dottore e miss Hutchins lasciano dolcemente la presa; Antonio si mette davanti a Lucy con le braccia tese, pronto a prenderla, con un atteggiamento molto simile a quello di una madre che guarda i primi passi del suo bambino. Lucy cammina senza appoggio... uno, due, tre, quattro passi... solo quattro; ma più che sufficienti all'occhio acuto ed esperto di Antonio per rassicurarlo che non c'è alcun motivo di temere eventuali danni alla deambulazione.

"Vittoria!" grida Antonio, battendo le mani così forte che sia Lucy che miss Hutchins sono spaventate dal suono; *"Vittoria!"* grida di nuovo, poi all'improvviso si controlla, se no la sua gioia tradirebbe l'estensione dei suoi timori, e procurerebbe a Lucy uno spavento retroattivo. Ma ha le lacrime agli occhi mentre insieme con miss Hutchins riprende a sostenere

il suo carico prezioso; "Perché" continua il dottore, fingendosi calmo, ma ancora tutto commosso, "non deve affaticarsi troppo, si appoggi bene al braccio, così... e ora piano piano si stenda sul divano... ecco, tutto a posto, bene." Vedere il suo comportamento adesso, tutto ardente di un'emozione nobile e dolce, sentire la sua voce, e la sua risata, avrebbe conquistato anche la persona più scontrosa. Lucy ascolta, ma in silenzio; nemmeno per un momento mai gli toglie di dosso gli occhi, che lo seguono mentre esce sul terrazzo, quando torna indietro con un tavolino, quando si china per far scivolare sotto una gamba dello stesso un pezzetto di carta, e poi sistema le sue matite e i colori proprio dove dovrebbero stare. Lucy non parla, non dice nemmeno "grazie"; perché sente che non potrebbe dirlo senza fare qualcos'altro contro cui sta combattendo. Non osa neppure allungare una mano verso di lui, come il suo cuore, colmo fino all'orlo, la spinge a fare, se no si tradirebbe; ma quegli occhi chiari e soavi posati su di lui dicono più di qualsiasi parola.

Dopo aver riposato mezz'ora, Lucy fece di nuovo una passeggiata tornando dal divano al terrazzino, e ne avrebbe dovuto fare una terza entro un'altra mezz'ora, dal terrazzino al divano, e basta, fino a quando non fosse tornato Antonio – un'indicazione che non sarebbe stata infranta, a giudicare dal modo in cui era stata ricevuta. Mentre stava facendo il terzo, e per ora ultimo, percorso, entrò sir John; e lasciamo immaginare al lettore se il buon umore che gli brillava negli occhi potesse essere rovinato dalla vista di Lucy di nuovo in piedi, e che addirittura camminava. Si affrettò a toglierle il braccio da miss Hutchins e a metterlo sotto il suo, felice di fare appena cinque passi con il suo tesoro, e di riportarla sul divano. E scommettiamo che tre volti più felici di questi non si erano mai visti nell'atrio dell'Osteria.

Quando l'eccitazione prodotta da questo avvenimento si calmò, sir John cominciò a raccontare con gran vivacità la sua escursione mattutina. Sir John, molto presto, aveva cavalcato fino a San Remo, per visitare un giardino che il dottor Antonio aveva raccomandato alla sua attenzione, e in quel giardino aveva trovato un tesoro... un vero tesoro, come dichiarò con enfasi: "Piante d'aranci bergamotti, con dei fiori grandi come quelli (indicando le rose sul tavolo) e un profumo, un profumo!" Sir John era così felice di questa scoperta come se i bergamotti li avesse inventati lui. Il padrone del giardino si era premurato di mostrare a sir John i terreni, e aveva messo tutte le sue piante a disposizione del Baronetto. "Un vero gentiluomo quella persona" asserì (peccato, sir John che lei non tenga un diario adesso!) "proprio un gentiluomo che, tra l'altro, ho invitato per la *soirée musicale* di domani." Avendo così esternato il suo entusiasmo, e baciato affettuosamente Lucy, e dato qualche buffetto sulla sua guancia, e fatto osservare al dottore quanto lei stesse bene – un'affermazione che il dottore lasciò passare senza contraddirla – sir John si sedette a occuparsi delle sue lettere e delle sue carte. Antonio salutò, ed era già arrivato alla porta a vetri, quando s'imbatté in un ostacolo improvviso che aveva la forma di Speranza, seguita dappresso da sua madre, le quali lo superarono velocemente, precipitandosi nella camera come saette.

Tutte e due le donne sono in lacrime e mezze soffocate dai singhiozzi, tuttavia i loro non sono i gesti e l'aspetto di persone oppresse da emozioni dolorose. Speranza, in ginocchio vicino al divano, si stringe con passione a Lucy, coprendole le mani e i piedi di baci e di lacrime. Rosa, meno violentemente sconvolta, si è fermata nel mezzo della stanza, dove, asciugandosi gli occhi con gli angoli del grembiule e alternativamente intrecciando e sciogliendo le mani, esclama di continuo: "*Oh caro! Oh Madonna Santissima!...* Chi l'avrebbe detto che sarei vissuta per vedere questo giorno, *ohimè, ohimè!*". Poi è il turno del dottore di avere le mani baciate e bagnate, e non è ancora finita, perché anche sir John deve attraversare lo stesso grave cimento.

"Questa ragazza è pazza" esclama esterrefatto il Baronetto, diventando molto rosso in viso, e riprendendo con violenza possesso della propria mano. "Sì" dice Antonio. "Pazza di gioia. Suppongo sia arrivato Battista, vero sciocchina?" L'assenso sorridente della sciocchina erompe in un nuovo diluvio di lacrime, mentre lei prende le mani di Antonio, e lo tira gentilmente verso il terrazzino, dove Speranza e lui, e Rosa dopo di loro, spariscono dalla vista.

"Che creature deplorevolmente espansive che sono questi italiani!" osservò sir John, con un tono scontento e brontolone, quasi in segno di protesta per la propria momentanea commozione.

"È nella loro natura provare forti emozioni ed esternare con forza ciò che provano" rispose Lucy.

"Non si può negare quest'ultima parte della tua affermazione mia cara," disse il padre "ancora peggio!"

"E perché papà?" chiese Lucy.

"Perché" replicò sir John, in tono asciutto, "simili esibizioni del modo di sentire offendono grandemente la dignità umana, e presumono una certa superficialità. I sentimenti profondi sono come i fiumi profondi, Lucy, che, come si dice, raramente fanno tanto rumore."

"Ma in questo caso papà, nessuno può dubitare della verità dei sentimenti di Speranza, e anche tu devi esserne stato colpito, perché ti ho visto con le lacrime agli occhi."

"Lacrime agli occhi!" brontolò sir John in tono di scherno. "Sciocchezze!" e prese il Times tirandolo su come una barriera tra sé e l'occhiata indagatrice di Lucy.

Dopo un momento tornò Antonio e disse che Battista si sentiva in dovere di chiedere ardentemente l'onore di essere ammesso alla presenza dei suoi gentili benefattori.

"Oh sì, senz'altro!" esclamò Lucy impaziente. "Lo faccia entrare subito." Le ragazze di vent'anni, di qualsiasi classe sociale, sono propense a provare una certa curiosità per l'eroe di una storia d'amore, sia che indossi un mantello ducale o anche solo una giacca blu da marinaio.

"Sì, finiamola con questa storia; ma a una condizione:" si interpose sir John "che non si ricominci di nuovo con le lacrime e i baciamani."

"Credo che non ci sia nulla da temere," disse Antonio "le donne ora sono molto più composte, e, secondo me, Battista non è il tipo da sciogliersi in sentimentalismi."

"Tanto meglio per lui e per noi," borbottò sir John "oggi ne ho avuta abbastanza di quella roba; mi basterà per tutto il resto della mia vita."

E veniamo all'eroe del giorno: un bel giovanotto di ventidue anni, ben messo, di media statura, con un incarnato scuro, introdotto da Speranza, e spinto da Rosa, fa la sua entrata tutt'altro che trionfale, e con passi lenti e riluttanti si avvicina al divano su cui è stesa Lucy. La ragazza, percependo il suo imbarazzo, gli rivolge, gentilmente e a bassa voce, qualche parola di benvenuto. Battista alza gli occhi, mormora un mezzo lamento, e per un attimo resta attonito; poi, distoglie gli occhi, e se la sarebbe data a gambe, se non fosse stato per Rosa e Speranza che lo afferrano e lo riportano indietro. Volge gli occhi a destra e a sinistra, li affonda nel rosso del berretto di lana che sta rigirando con mani tremanti, guarda ovunque, ma non Lucy... in realtà Battista avrebbe affrontato più volentieri un uragano nell'oceano infuriato che quegli occhi azzurri. "Ma sei scemo?" dice Antonio, perplesso: "Insomma ragazzo, non hai niente da dire a questa signora che è stata per te una seconda provvidenza?" Battista fa vani tentativi per parlare; finalmente i suoni inarticolati diventano un borbottio sussurrato: "È la Madonna." e si butta in ginocchio, facendosi il segno della croce con energia. Sir John potrà dire quello che vuole, ma noi ci domandiamo se omaggio di miglior gusto fu mai tributato al candore e alla bellezza terrena. Antonio vide la necessità di tagliar corto a una scena che, per la grande intensità delle emozioni del poveretto, stava diventando imbarazzante per tutti; quindi, avvicinandosi a lui, lo tirò su dicendo: "Basta così ragazzo, la signora capisce tutto quello che vorresti esprimere... vieni via ora, rimanderemo i tuoi ringraziamenti a qualche altra volta." E dandogli qualche allegro colpetto sulle spalle, il dottore trascina l'imbarazzato giovanotto fuori dalla stanza, seguito dalle due donne confuse.

Preghiamo il lettore di credere che questo non è un quadretto di fantasia, ma un bozzetto dal vero. Se una scena, del genere che abbiamo descritto, con tutti i relativi particolari, non fosse avvenuta davanti ai nostri occhi, non avremmo mai osato metterla su carta. Noi stessi possiamo capire molto bene come un giovane italiano, semplice, ignorante ma pieno di fantasia, la cui nozione di bellezza e di grazia, fin dall'infanzia, si incarna nell'immagine della Madonna, cioè in una figura bellissima, con fluenti riccioli biondi, vestita di blu - possiamo capire, dicevamo, come un tale giovane, messo all'improvviso faccia a faccia con un genere così *suave* di donna come questa ragazza inglese, potesse identificarla con il tipo di bellezza e gentilezza tanto a lungo adorato.

L'infatuazione di Battista durò per un bel po', nonostante le ramanzine di Antonio e le sgridate di Speranza, che diceva di vergognarsi nel vederlo fare la figura dell'allocco. Battista aveva una sola ragione da addurre a sua discolpa, ma con questa scansava e respingeva qualsiasi obiezione: aveva già visto **lei** prima di allora, di questo era sicuro, e gli aveva parlato e gli aveva detto di essere la Madonna. Secondo Battista, accadde una notte, una terribile notte in mezzo al mare, quando, stanco per aver lavorato a lungo alle pompe, si era buttato su una branda e si era addormentato. E la Madonna gli era apparsa nel sonno, e gli aveva detto con occhi di rimprovero: "Sarebbe questa la devozione che hai per me, che te ne vai a dormire senza neanche recitare un 'Salve Regina' in mio onore?" E Battista si era svegliato, si era alzato, e aveva detto le sue preghiere recitando come il solito un "salve regina", e poi si era di nuovo addormentato. Quand'ecco che la Madonna gli riappare, questa volta con occhi molto buoni, e gli dice con un tono dolce: "Battista, sei un bravo ragazzo; fino a quando avrai fiducia in me non ti accadrà alcun male; fatti coraggio, tu rivedrai ancora Bordighera." Ora, gli credessero o no, a Battista non importava – lui cominciava a stancarsi di tutti quei ragionamenti – ma la voce che aveva sentito, gli occhi, i capelli, la figura che aveva visto al piano superiore dell'Osteria in quel benedetto mattino del 15 Maggio, erano la voce, i capelli, gli occhi e la figura della visitatrice notturna comparsa quand'era in mare. Battista poteva giurarlo, e poteva anche giurare che il vestito blu era lo stesso.

"Dobbiamo aiutarli a sposarsi" disse Lucy nel pomeriggio, rimasta sola col dottore. "Noi dobbiamo?" rispose Antonio con una risata allegra: "Pensavo che sarebbe successo tutto da solo ben presto, e senza il nostro aiuto."

"Mi viene voglia di ripetere che lei è un dottore **lento,** come lo ha definito papà una volta," disse Lucy con una punta di impazienza "sa molto bene di cosa sto parlando. Non mi ha detto lei stesso che gli affari di Rosa non stavano andando molto bene? E non è un fatto che Battista ha perso tutto ciò che possedeva al mondo? Ora, non le sembra **chiarissimo** che hanno bisogno del nostro aiuto per riuscire a sposarsi?"

"Non dica il **nostro** aiuto," disse Antonio "perché per quanto mi riguarda non ho niente da offrire se non i miei migliori auguri."

"Proprio per niente," ribattè Lucy, pronta; "lei **deve** dare molto di più: tempo, disturbo e ogni genere di cose; deve scoprire quali siano i loro debiti e le loro difficoltà, e calcolare la somma necessaria per rimetterli a galla."

"Una somma notevole," replicò Antonio, seriamente, scrollando il capo verso la sua impaziente conversatrice, "una somma notevole."

"Non importa," disse miss Lucy "la metterà papà, qualsiasi somma sia, per farmi piacere... lo deve fare; gli dirò che avremmo anche potuto lasciare Battista a bordo della nave, se non facciamo nient'altro per lui e per Speranza."

Antonio sorrise soltanto, ma il suo cuore traboccava di benedizioni per lei, anche se le benedizioni non raggiunsero mai l'orecchio di Lucy.

Una giornata cominciata sotto questi felici auspici, una giornata così ricca di emozioni profonde e soavi per la maggior parte dei nostri personaggi, terminò, siamo felici di dirlo, in un modo degno. Verso mezzanotte, tutti gli echi del giardino furono risvegliati dai suoni di una musica dolce. I *dilettanti* di Bordighera al completo, non abbiamo bisogno di dire ispirati da chi, si riunirono sotto il terrazzino per fare una bella serenata a miss Davenne. Sir John, che non era ancora andato a letto, scese in giardino in segno di riconoscenza per quell'omaggio, e fu accolto da sonori *"vivas!"*. In breve tempo vassoi con vino e bicchieri circolarono tra la compagnia, grazie agli sforzi riuniti di Rosa, Speranza e del non poco stupito John, il cui sopracciglio alzato, nonostante il suo rigido silenzio, aveva più di una volta tradito la serie di sorprese che il suo padrone gli stava facendo provare ultimamente. Quando diciamo "la compagnia", non intendiamo solo i musicisti, ma anche un gran numero di *amateurs* che li avevano seguiti nella loro veglia, e riempivano il giardino.

Lucy, da dietro la persiana, si godeva con gran gusto la serenata. La musica era senz'ombra di dubbio buona; ma quella che le diede molto più piacere delle ben suonate ouverture de "La Gazza Ladra" e di "Semiramide", fu una villanella a tre voci, una delle quali era un basso profondo e dolce, caro al suo orecchio e al suo cuore. Queste villanelle, simili alla serenata del Don Pasquale, sono canzoni popolari della Riviera. La melodia, molto semplice, è cantata in successione da una o l'altra delle voci, con nessun altro accompagnamento che poche note sincopate cantate dalle altre due. Nell'insieme un'esecuzione di grande effetto, se le voci sono belle, che è un evento abbastanza comune in Italia, e piena di malinconia. Almeno era così nel caso attuale, tanto che Lucy cominciò subito a fare liberamente quello a cui aveva resistito con tanta determinazione il mattino, e ritornò a letto piangendo di cuore. Le sue lacrime, tuttavia, non disturbarono il suo sonno, che fu profondo e ristoratore.

CAPITOLO XII

Nel giardino

"Guardi che meraviglioso tappeto la Natura ha steso per lei!" disse Antonio, alcuni giorni dopo, mentre portava miss Davenne in giardino, tenendola per mano. La notte era stata ventosa, e sul terreno c'era uno spesso strato argenteo di fiori d'arancio e di limone, da cui spuntavano in gran contrasto una profusione di papaveri selvatici dal rosso vivo.

"Mi farà trovare una cosa simile quando verrò a Davenne?"

"Non ricco e appariscente come questo," rispose Lucy "ma in ogni caso," continuò con un certo orgoglio, "lei troverà a Davenne, in tutte le stagioni, ciò che solo la mia terra sa produrre: vero prato inglese, verde come solo la sa essere, e soffice come il velluto."

"L'ammirerò moltissimo," disse Antonio; "veramente mi sento incline fin da ora ad ammirare tutto ciò che è inglese."

"Davvero?" fu la risposta, in tono un po' allegro e trionfante. "Oh, allora, venga presto in Inghilterra, e io le farò da cicerone!"

"In tal caso non ci andrò per un bel po'," disse l'italiano scherzando; "o si è dimenticata che lei resterà qua, e costruirà un cottage a dispetto di non so più chi?"

"Vorrei che fosse vero; resterei qui volentieri per tutta la mia vita" disse Lucy con semplicità.

"Davvero resterebbe?" esclamò Antonio con un tremito nella voce, mentre un fiotto di sangue gli saliva al viso.

Lei lo guardò.

"Ma non può farlo," aggiunse con serietà, anzi, con un'ombra di sconforto, "lo sa che non può. Che direbbe il mondo," proseguì con un maldestro tentativo di ridere, "se la figlia di sir John Davenne abbandonasse il suo posto in società per seppellirsi in uno sconosciuto villaggio italiano?"

Fece una piccola pausa, forse aspettando una risposta, poi continuò: "Il rango e le ricchezze sono catene d'oro, ma pur sempre catene. Era Seneca che sosteneva che la grande fortuna è una grande schiavitù, no?"

"Temo che sia vero" rispose Lucy con un sospiro che non poteva trattenere.

La coppia proseguì in silenzio. Era un piacere vederli passeggiare senza fretta, lui che misurava i passi con quelli di lei, e la sosteneva con un'attenzione talmente gentile... lei che si appoggiava a lui con tanta fiducia, con tanto compiacimento. Entrambi giovani, eleganti e belli... entrambi con quell'aria di distinzione che caratterizza le nature raffinate; anche se avevano tanto in comune, com'erano diversi! Lucy tutta riflessi dorati e delicatezza, Antonio tutto ombre scure ed energia... la testolina da cherubino di lei sporta graziosamente in avanti, come se cercasse un posto dove stare, il capo di lui piazzato risolutamente sulle sue spalle... il passo di lei così leggero e infantile, quello di lui così virile e fermo, come se ad ogni falcata pigliasse possesso, in ragione di qualche potere sconosciuto, di ogni pezzetto di terra su cui posava il piede. Che contrasto, eppure quanta armonia in quella fusione di forza e debolezza! Ogni tratto caratteristico dell'uno sembrava favorire e dar risalto a quello dell'altro... il fiero diamante nero dava lustro alla perla orientale, di rimando la perla orientale conferiva delicatezza al nero diamante!

Mentre il dottor Antonio e miss Davenne, nonostante i sospiri e qualche ansia, si godevano la loro prima passeggiata mattutina insieme, stavano infliggendo una vera sofferenza ad un insospettato testimone del loro *tête-à-tête*. Battista naturalmente stava all'Osteria ogni giorno e per tutto il giorno, passando la maggior parte del tempo in giardino, dove soleva fumare la sua pipa osservando furtivamente miss Davenne da qualche posto utile a questo scopo, nel probabile intento di chiarire le proprie perplessità su di lei. Dato che sir John si era lamentato dell'insolito puzzo di tabacco che infestava le sue camere, Battista aveva rinunciato alla sua pipa, ma non alle sue osservazioni, che aveva portato avanti con la massima perseveranza, mentre per consolarsi masticava il tabacco fragrante. Ora, siccome Lucy non si era mai avventurata fuori di casa prima d'allora, il fidanzato di Speranza non si aspettava di vedersela avvicinare alla sua postazione giornaliera, e si affrettò dunque a portare sé stesso e il proprio imbarazzo tanto lontano dalla giovane signora e dal suo compagno, quanto gli permettevano i limiti della piccola recinzione, pensando di poterne uscire quando loro si fossero girati per ritornare verso la casa. Ma con sua grande mortificazione, invece di girare, i due continuavano la loro passeggiata proprio verso di lui, impedendogli così la ritirata che aveva progettato di attuare attraverso il cancello del giardino e non lasciandogli altra alternativa che incontrarli, cosa che non voleva fare, o nascondersi ignobilmente dietro i tronchi di alcuni alberi, cosa che fece, dove lo sguardo acuto del dottore non ci mise troppo a scoprirlo.

"Guardi lì il suo devoto," disse Antonio "vede come si nasconde dietro quegli alberi per evitare di incontrarla. Andiamo direttamente verso di lui e lo mettiamo con le spalle al muro?"

"No" replicò Lucy, pensierosa.

"È stanca? Vuole sedersi?" chiese Antonio.

"No, non ancora, grazie, vorrei passeggiare ancora un po'." E così continuarono a camminare, Lucy sempre assorta.

"Supponiamo," disse lei a un tratto, "che lei venga a stabilirsi a Londra!"

Antonio la guardò con autentica sorpresa, poi rispose: "Supponiamo che lo faccia, quale sarebbe il grande vantaggio che otterrei?"

"Be'," disse Lucy "con il suo talento e la sua abilità medica, e l'interessamento di papà, lei si farebbe presto una grande clientela e diventerebbe ricco."

"Non eravamo d'accordo, " ribatté Antonio, con un sorriso, "sul fatto che la ricchezza può diventare uno svantaggio?"

"Verissimo," replicò Lucy, piuttosto confusa, "eppure sembra una cosa naturale cercare di migliorare le proprie condizioni, non le pare?"

"Ma la ricchezza migliorerebbe le mie condizioni?" disse Antonio dubbioso. "Questo è il problema. Diamo per scontato di superare le difficoltà pratiche del progetto che lei mi consiglia; mettiamo che io abbia fatto fortuna. Quindi sono ricco, ma a che scopo? E per prima cosa consideri a quale prezzo; a prezzo di un definitivo esilio dalla mia patria, a prezzo di rinunciare alle mie passioni e abitudini, a tutto quello che mi rallegra il cuore e gli occhi, alla lingua familiare, al mio caro e caldo sole e ai cieli azzurri, a quei boschetti d'aranci, che emanano per me i ricordi profumati della mia dolce Sicilia. Queste cose, per molti forse perdite di poco conto, per me sarebbero pesanti, tuttavia si potrebbero sopportare se lo scopo da raggiungere valesse il sacrificio. Ma un tale scopo io non ce l'ho. Mia madre, grazie a Dio, sta abbastanza bene di suo; i miei altri parenti sono benestanti. E per quanto riguarda me, davvero non saprei dire quale incremento di benessere la Fortuna potrebbe portarmi."

Antonio fece una pausa, ma visto che Lucy non parlava, continuò: "Una bella casa? Ma mi sembra di alloggiare come un principe nella mia casetta a Bordighera, più grande, dopotutto, di quanto necessiti, e che, per la posizione e la vista di cui gode, batte molti castelli aristocratici. Certo, non ho tappeti di velluto né porte imbottite di panno verde. Che bisogno c'è di queste cose in un clima così congeniale, dove gli inverni sono così brevi e miti, che a volte mi scordo di accendere il fuoco? Una ricca tavola? Ma la mia è la tavola di un epicureo; qui non c'è bisogno di essere un capitalista, non servono serre per avere i lussi della tavola a propria disposizione. Carrozze e cavalli? Non ho forse il mio *calessino* e il mio ronzino? E poi non mi piace guidare e cavalcare, e non mi sento mai così felice come quando posso fare una bella passeggiata, carezzato da questa salutare brezza marina profumata di fresco. Quindi, tutto considerato, " concluse l'italiano, come se il suo discorso avesse dovuto convincere la sua paziente ascoltatrice, "vede bene che la ricchezza non potrebbe far nulla per il mio reale benessere."

Quando smise di parlare, fu colpito dal pallore che aveva preso il posto del vivace colorito sulle guance di Lucy. "Si è stancata troppo," disse "torniamo subito dentro."

L'istinto femminile di Lucy era stato aspramente provocato da quello che Antonio aveva detto, e da quello che aveva lasciato non detto. L'apparente indifferenza con cui aveva accolto e trattato la sua proposta, senza neanche la minima allusione a un argomento, la cui menzione era stata apparentemente richiesta con naturalezza dal desiderio che lei aveva appena espresso, di rimanere dov'era per la vita; quella specie di affettazione con cui aveva trattato per esteso i motivi del suo essere contento della propria sorte, tutto ciò l'aveva colpita dolorosamente. Lucy non aveva idea di quel fermo autocontrollo che rende un uomo capace di trattenere subito un'emozione involontaria, e di mantenersi retto sulla strada del buon senso. Antonio, qualunque fosse il suo scopo, aveva di proposito esaminato l'idea che lei aveva buttato lì, da un punto di vista strettamente pragmatico, quale per una donna è difficile avere, e da cui è sempre ferita, più o meno secondo la relazione che intrattiene con chi sta parlando. A un istinto ne seguì un altro, che la portò a nascondere i suoi sentimenti feriti, e non vide miglior modo di farlo che continuare risolutamente su quell'argomento.

"Sarà come dice lei," riprese Lucy "eppure deve comunque ammettere che a Londra le sue abilità e la sua conoscenza sarebbero meglio apprezzate che qui; e ci deve essere una soddisfazione nell'essere considerati come si merita. Suppongo che lei non sia insensibile alla fama, no?"

"La fama!" esclamò Antonio sorridendo: "Si è dimenticata la definizione di Dante della fama? *Non è il romor mondano altro che un fiato – di vento ch'or va quindi ed or va quinci.*"

"Mi sembra triste e innaturale", disse Lucy "sentire un giovane parlare come se non avesse più neanche una scintilla di ambizione."

"Mi scusi, " ribatté veloce il dottore, "io un'ambizione ce l'ho, e grandissima, quella di servire il mio paese, e di fare del mio meglio per la sua causa."

"E restando qui ha maggiori possibilità di fare del bene che a Londra?"

"Molte poche, certo: comunque, se ci dovesse essere qualche movimento in Sicilia, o in qualsiasi altra parte di questa penisola, cosa che presto o tardi avverrà, pensi quanto più rapidamente e facilmente potrei prenderne parte stando qui piuttosto che da Londra."

"Lei è ardentemente devoto al suo paese" disse Lucy.

"E chi non lo è?" replicò Antonio.

"È sicuro che la causa in cui è impegnato sia una causa giusta?"

"Come del fatto che Dio è in cielo" rispose Antonio in tono solenne: "Perché questa domanda?"

"Deve considerare i miei... i miei pregiudizi, suppongo" disse Lucy.

"Ho sentito così tante critiche al carattere degli italiani, non solo da papà, ma da molti altri miei connazionali... ho sentito parlare così tanto contro il partito Liberale italiano, particolarmente mentre eravamo a Roma, che..." Lucy esitava.

"...che lei è portata a pensare che sia dalla parte del torto" disse Antonio, concludendo la frase per lei. "Non me ne meraviglio, come non mi meraviglio delle opinioni che ha sentito esprimere dagli inglesi su questo argomento. Le simpatie dei forti e dei potenti sono raramente per i deboli e gli oppressi. Si ricorda in che modo ingegnoso gli amici di Giobbe avevano provato che era colpa sua se egli giaceva nel letamaio coperto di lebbra? La tendenza comune dell'egoismo umano di fronte al dolore, è tale da dispensarsi dalla compassione e dall'assistenza. Che il nostro carattere nazionale possa essere soggetto a disapprovazioni (la prego di mostrarmi il popolo il cui carattere non lo sia), che nei ranghi del partito nazionale si possano trovare animi faccendieri, anzi cattivi ed egoisti (e dove non si trovano?), posso prontamente ammetterlo. Non voglio affatto portare la mia patria a modello di perfezione. Gli italiani sono uomini come tutti gli altri, con la loro dose di grandezza e di debolezza umane. Osserviamo il mondo, studiamo la storia dell'umanità, e qual è la lezione che s'insegna? Quella della reciproca comprensione e indulgenza. Ma," continuò con animazione crescente, "mi creda, miss Davenne, quando le dico quello che sono pronto a proclamare a voce alta, e a sigillare con il mio sangue, se necessario, che l'Italia è un paese nobile, molto calpestato e trattato molto ingiustamente, e che la sua causa è santa quanto verità e giustizia possono rendere una causa. Mi scusi l'ardore," continuò Antonio, ritornando al suo solito modo tranquillo; "ma se lei conoscesse la centesima parte della devozione e dei sacrifici spesi a favore di questa terra sfortunata, senza miglior ricompensa dal mondo che una beffarda indifferenza, lei avrebbe, ne sono sicuro, comprensione per i miei sentimenti."

Una lacrima tremolò negli occhi di Lucy mentre replicava: "Ma io provo comprensione per i suoi sentimenti, davvero... e vorrei tanto che lei mi raccontasse tutto del suo paese."

"Lo farò un giorno, almeno riguardo alla Sicilia," disse Antonio. "Ma ora ha davvero bisogno di riposarsi, e poi vede, ecco che arriva il suo maestro di disegno."

Costui, fianco a fianco a sir John, stava infatti attraversando in fretta il giardino, e parlava tutto il tempo con voce tonante, accompagnando quello che diceva con gesti frenetici. Se non fosse stato per sir John, l'ometto dalla testa grossa, nonostante i forti richiami del dottor Antonio, sarebbe passato oltre, senza neanche notare miss Davenne o il suo cavaliere.

"Che è successo mai?" esclamò il dottore.

"Una cosa di una tale impudenza che passa ogni immaginazione!" gridò il maestro di disegno, fermandosi di botto, e buttando per terra il suo cappello in un attacco d'ira: "Cose incredibili, orrende, mostruose! Ci crede che, quando il costruttore d'organi è arrivato da Nizza per preparare l'organo, il Conte, dopo tutte le sue promesse, si è rifiutato di riceverlo, e nega apertamente di avergli mai promesso una camera nel suo palazzo? Lo nega, signore, nonostante il verbale della seduta del 19 novembre 1839, di cui io ho scritto ogni parola a tempo e luogo... dico, con il verbale di fronte agli occhi, quel vile, quell'avaro individuo! Farò diecimila copie del verbale, e di quello della riunione di stamattina, e su ogni copia aggiungerò con inchiostro rosso questo verso di Berchet..." e recitò con immensa enfasi le quattro righe che seguono:

"Vile, un manto d'infamia hai tessuto
L'hai voluto, sul dosso ti sta;
Né per pianger, o vil, che farai,
Nessun mai dal tuo dosso il torrà."

"Sì; diffonderò e distribuirò queste copie in tutta la Riviera, in modo che nei nostri vicoli e strade sia fischiato, gli apporrò il marchio, e lo consegnerò alla posterità per l'impudente impostore che è."

Fatta questa appassionata dichiarazione, l'irritato omino si fermò a prender fiato, raccolse il suo cappello, e con un cambio piuttosto drammatico nell'atteggiamento e nei gesti, disse galantemente a miss Davenne:

"Confido nella ben nota bontà della Signorina per essere esentato dal darle lezione oggi. Non sono dell'umore giusto; e ho da prendere, a proposito di questa faccenda spiacevole, degli accordi che rendono imperativa la mia presenza a Bordighera." Poi rivolgendosi ad Antonio, aggiunse, con una solennità che diventava via via sempre più ridicola: "Di una cosa potete esser sicuro amico mio, che la Confraternita dei Rossi uscirà da questa difficoltà con onore, anche a costo di tutto ciò che possiedo al mondo," e così dicendo, trotterellò fuori dal giardino, dando prima al suo cappello in testa un colpo così risoluto che glielo fece scendere fin sugli occhi.

"Non sarebbe meglio che lei lo seguisse?" chiese la gentile miss Lucy al dottor Antonio: "Se dovesse incontrare il Conte mentre è così arrabbiato, temo potrebbe nascere qualche lite."

"Non si preoccupi più di tanto," replicò Antonio, sorridendo "con tutta la sua furia e il suo impeto, il nostro piccolo amico è una creatura molto pacifica, non farebbe di proposito del male a una mosca. Se dovesse incontrare il Conte proprio adesso, forse mostrerebbe il suo dispetto con un inchino particolarmente altero, o alla peggio con una raffica di versi innocui, scagliati *in petto* al suo nemico *pro tempore*."

"Ma perché tutta questa furia?" chiese Lucy: "Non sono riuscita a capire che cosa l'ha fatto arrabbiare tanto."

"Devo cominciare col raccontarle," disse Antonio "che il Conte è *priore* (presidente) e il suo maestro di disegno è *vice-priore* (vice-presidente) della Confraternita dei Rossi. Ma lei non sa nulla dei Rossi e dei Bianchi. Che ne dice se, visto che non farà la sua lezione, le do io una lezione sulle Confraternite?"

Prima che Lucy potesse rispondere, sir John intervenne: "Oh, sì la prego dottor Antonio; e invece di andare sul terrazzino, facciamoci portare qui delle sedie, e ascoltiamo la storia del dottore sotto queste piante d'arancio."

Quando furono tutti seduti, Antonio cominciò:

"Come vi ho già detto più di una volta, la chiesa parrocchiale, il suo abbellimento, lo splendore delle cerimonie e delle processioni, sono il grande interesse, anzi il solo entusiasmo pubblico accessibile alla massa dei laici di qui. La chiesa parrocchiale, coi suoi sacrestani, coristi, e officianti di tutti i tipi, offre opportunità tuttavia solo per l'attivismo di un numero limitato di persone. Per rimediare a quest'inconveniente, sono sorte, sotto l'ala dell'autorità parrocchiale, confraternite di vari colori, la cui attività è riunirsi in un proprio luogo di culto per preghiere in comune, per seppellire i loro morti, e con un pretesto o con un altro, radunarsi continuamente in processioni. Qui, come in ogni altra cittadina della Riviera, ci sono le confraternite dei Rossi, dei Bianchi e dei Neri, così chiamate per il colore delle tuniche con cappuccio che indossano i confratelli. Ognuna di tali associazioni, naturalmente non molto amichevoli una con l'altra, ha un corpo numeroso di dignitari e funzionari: un priore e un vice-priore, una prioressa e una vice-prioressa, un capitolo o corpo di consiglieri, coristi, crociferi, porta stendardi, mazzieri, portaceri, e così via, la cui elezione annuale, specialmente quella del *priore* e del *sotto-priore*, e del capitolo, mette i confratelli in grande agitazione. Così, capite, ognuna di queste società diventa un piccolo focolaio di grette ambizioni, rivalità, intrighi e pettegolezzi. C'è da meravigliarsi se, nello stato di completa ignoranza in cui la maggior parte sono tenuti, e che li rende incapaci di godimenti e attività intellettuali... se essendo esclusi da ogni genere di partecipazione, anche nella gestione degli affari parrocchiali, o di qualsiasi cosa riguardante gli interessi locali (cose che in Inghilterra sono affidate alle corporazioni) ... c'è da meravigliarsi, dicevo, se, in assenza di legittime fonti di eccitamento, necessario all'uomo come l'aria che respira, questa brava gente si lascia andare a occupazioni futili e infantili?"

"Ah!" interruppe sir John, con l'aria di chi sa, "un governo assoluto non può fare a meno di molte cose di cui lei si lamenta, dottor Antonio; cambi una cosa, e ti crolla addosso tutto il resto. Ma dopotutto, non vorrà certo dire, che le diverse parrocchie non eleggono i loro consiglieri comunali, tra i quali, suppongo, si sceglie il sindaco?"

"Eleggere i propri consiglieri comunali!" esclamò Antonio, "ma neanche per sogno. Un cane con la rabbia non ha più grande orrore dell'acqua di quanto i nostri governi non abbiano per il principio elettivo. Le istituzioni municipali qui sono lettera morta... un corpo senz'anima, una mera presa in giro: volete sapere chi sceglie il sindaco e i consiglieri comunali? Il sindaco uscente (necessariamente una creatura del governo, se no non sarebbe diventato sindaco), il Curato, e l'ufficiale dei Carabinieri; questi tre redigono una lista, che viene sottoposta al Comandante per l'approvazione e la revisione. Il Comandante dopo averla debitamente rivista e approvata la manda all'Intendente (il più alto magistrato civile della provincia) che a suo turno l'inoltra a Torino, dove riceve la conferma ufficiale. Riguardo alla sua osservazione," continuò Antonio, rivolgendosi a sir John, "che tutto ciò di cui mi lamento sia l'inevitabile conseguenza di un governo assoluto, le posso chiedere, come mai una qualsiasi particolare forma di governo che evidentemente cammina male, debba trovare i suoi difensori e sostenitori tra coloro che non vi si sottometterebbero mai nel proprio paese?"

Sir John strinse le labbra in modo significativo, ma non parlò.

"Ora arrivo al nodo della questione," disse Antonio, senza apparentemente notare la nube sulla fronte del Baronetto. "Il Capitolo dei Rossi, presieduto dal Conte, come il solito, tempo fa votò una somma per l'acquisto di un organo per la loro chiesetta, o oratorio, come lo chiamano loro... i soldi si trovano sempre per cose del genere. In un secondo momento, e quando l'organo in questione era quasi finito, il Capitolo si riunì di nuovo per considerare l'eventualità di votare una somma ulteriore per pagare le spese di viaggio e la permanenza qui del costruttore d'organi. Fu allora che il Conte dichiarò che ci avrebbe pensato lui, e che avrebbe ospitato il costruttore d'organi nel suo palazzo, per cui ci fu un unanime voto di ringraziamento al Conte. Questo ebbe luogo nella famosa seduta del 19 novembre 1839, a cui si è appena riferito il maestro di disegno. Sembrerebbe che il Conte, che ha la reputazione d'essere un uomo tirchio, voglia ora ritirare la sua parola, e si rifiuti di mantenere la sua promessa. *Inde ira*."

Sir John sbuffò parecchio nel sentire questo, e protestò che ci doveva essere qualche grosso errore nelle affermazioni del maestro di disegno. Il Conte un uomo avaro! Sciocchezze! Più di venti volte aveva messo il suo *casino* a sua (di sir John) disposizione. Un gentiluomo come il Conte era incapace di tali miseri trucchetti. Sarebbe andato lui stesso dal Conte, e avrebbe chiarito l'intera faccenda.

Sir John mantenne la parola. La sera di quello stesso giorno ebbe una lunga conversazione con il Conte, il cui risultato fu che la mattina dopo il costruttore di organi s'installò nel palazzo del Conte, con infinita soddisfazione di tutte le parti in causa.

CAPITOLO XIII

In barca

Un pomeriggio, mentre Lucy, sottobraccio a suo padre, stava passeggiando come il solito per il giardino, Antonio, che li precedeva di alcuni passi, tolse la sbarra del cancelletto dalla parte della spiaggia, e fece strada giù per una dolce discesa fino in riva al mare. Il sentiero, liscio e spazzato con cura come un vialetto di ghiaia da giardino (sospettiamo che Battista ci avesse messo le mani), era bordato su entrambi i lati da una gran quantità di fiori gialli, bianchi e rosa, che spuntavano dalla sabbia asciutta, vispi e vivaci come se fossero a dimora nel suolo più fertile. Lucy era così presa nell'osservarli, ammirarli e raccoglierli, e così intenta ad ascoltare le spiegazioni di Antonio riguardo a questa particolare specie di piante marine, che non notò Battista con un altro uomo, in piedi vicino a una barca coperta da un'allegra tenda a righe, con la prora già in acqua, fino a che non gli fu vicina.

"Oh! che bella barca" esclamò.

"La barca e l'equipaggio sono qui al suo servizio, se lei ha voglia di usarli" le disse Antonio.

"Grazie, mi piacerà enormemente fare un giro su questo bellissimo, bellissimo mare!" esclamò Lucy con grande allegria. "Tu non hai obbiezioni, papà? Ma," aggiunse con una certa timidezza, "non sarà pericoloso andare con soli due uomini?"

"Sarà al sicuro come sul suo terrazzino, " replicò Antonio." Battista è un barcaiolo di prim'ordine e anche un marinaio, nessuno più di lui è esperto nel maneggiare una vela o un remo. I conterranei di Colombo sono famosi per essere grandi uomini di mare, per ammissione anche degli inglesi, che sono giustamente orgogliosi della loro superiorità in mare. Un governo intelligente, " continuò Antonio, mentre aiutava Lucy a salire sulla barca," farebbe meraviglie con tali elementi; ma.." e terminò la frase con una scrollata di spalle e un sospiro.

Lucy guardò il suo interlocutore e disse: "Ora, non parliamo di governi o di politica; ci vogliamo divertire questo pomeriggio." C'era un miscuglio tale di grazia femminile e di esuberanza da adolescente in questa osservazione, che l'italiano non si risentì. A Lucy piaceva ascoltare Antonio parlare dei problemi del suo paese solo quando sir John non era presente.

Non c'era neanche un'increspatura sul mare, il cui blu brillante era solo qua e là macchiato da larghe strisce bianche – lattei sentieri nell'azzurro – certe che si stendevano in linea retta, altre che si snodavano in avanti con graziosi zigzag. Battista e il suo compagno tirarono fuori la forza delle loro poderose braccia, il primo con gli occhi accuratamente distolti da miss Davenne, che si era stesa sui cuscini del sedile, e divideva l'acqua sul lato della barca con le sue dita delicate, sprofondata in fantasie piacevoli, a giudicare dal mezzo sorriso che aveva sulle labbra. Rapidamente scivolarono oltre il Capo di Bordighera, e allora un nuovo panorama splendido si aprì di fronte a loro.

Una meravigliosa estensione di costa collinosa su uno sfondo di alte montagne, stese a semicerchio da est a ovest, continuamente interrotta da capi e insenature, costellata da cittadine e paesi, pieni di carattere singolare... Ventimiglia, con la sua corona di castelli medioevali diroccati... Mentone, così allegra sulla spiaggia assolata, Roccabruna, giustamente così chiamata perché accigliata e scura... Turbia, e il suo monumento romano, un ricordo del più grande impero sulla terra, che copre con la sua ombra il lillipuziano principato di Monaco al di sotto... Villafranca e il suo faro. Più avanti, correndo verso sud, si profila, vaporosa in lontananza, la striscia lunga e bassa della costa francese, con Antibes alla sua estremità; e ancora più lontano, ad ovest, i fantastici profili azzurri delle montagne di Provenza. Qua e là un picco nevoso si staglia coraggiosamente sugli altri; lo si poteva immaginare come un vecchio genitore alpino, che guarda in giù per controllare se tutto è a posto tra i suoi rami più giovani.

Gli occhi e l'animo di Lucy facevano silenziosamente festa al panorama, su cui le calde tinte del sole al tramonto gettavano un magico splendore di indicibile effetto. Mentre nella nostra dolce ragazza inglese cresceva ogni giorno più forte la percezione delle bellezze tra cui viveva, lei gradatamente scopriva quanto fossero vuote e inadeguate a esprimere quello che provava, le comuni forme di ammirazione di cui aveva fatto largo uso all'inizio. Sir John, al contrario, anche se abituato a questa vista, era entusiasta nel lodarla, e finiva col lamentarsi che l'Osteria non fosse su questo lato di Capo Bordighera.

Ma il golfo di Spedaletti e i tre ben noti promontori a est trovarono un ardente difensore in Lucy, che insisteva sulla loro superiorità... Ammetteva che la vista verso la costa francese era, tra le due, la più variata ed estesa; ma la dichiarava carente dell'armoniosa unità e del carattere di malinconica grandezza che rendeva unica la vista dall'Osteria. "Un pittore," disse Lucy, "potrebbe preferire la prima; ma un poeta, ne sono sicura, troverebbe la seconda più suggestiva di pensieri e immagini che fanno il loro ritorno a casa nel cuore..."

"Accidenti!" rise sir John, guardando con affetto e orgoglio la bella parlatrice, "anche la mia piccola sta diventando un poeta?"

"Chi lo sa?" ribatté la ragazza sorridendo, con un rossore colpevole. In effetti sentiva di esserlo.

Tra due collinette coperte di boschi, un po' a ovest di Bordighera, apparve il Palazzino bianco del Conte, ora tutto inondato di luce rossa. "Ecco uno splendido dipinto per te" esclamò sir John indicandolo alla figlia.

"Il Conte è un uomo di gusto," disse Antonio, "lui ha scelto la posizione e lui stesso ha disegnato il progetto del suo *casino*".

"Allora è più intelligente di quanto pensassi"; osservò il Baronetto "è esattamente dove dovrebbe essere."

"Sì, vero?" replicò il dottore. "Lo sposti con l'immaginazione in qualsiasi altro posto e perderà qualcosa nel cambio."

"Quello che dice sul *casino* del Conte, si potrebbe dire, credo, per tutti i numerosi paesi e villaggi che vediamo da qui, " disse Lucy, "nessuno potrebbe volerli spostare. Persino il borgo più insignificante sembra stare dove appare più bello in sé, e dove aggiunge moltissimo all'effetto dell'insieme. Non crede dottor Antonio?"

"A un'ammiratrice così imparziale," rispose Antonio sorridendole, "oso dire che la stirpe che abita questa terra è una stirpe di artisti inconsapevoli. Possiedono un incolto ma deciso senso del bello, le cui azioni sono chiaramente rintracciabili nella scelta di una posizione e nella costruzione di una cittadina o di un paese, così come nella scelta e nella disposizione di un fiore tra i capelli di una donna. Forse la natura ha stabilito così perché i lavori dell'uomo non fossero impari con i suoi, in questa terra privilegiata. Se lei osserva gli atteggiamenti e i gesti di questa gente, il modo in cui accoppiano i colori, e la grazia con cui indossano i loro semplici costumi, si accorgerà subito del loro innato buon gusto, che devono all'ambiente nel quale vivono. Prenda ad esempio, il berretto degli uomini, nient'altro che una sacca rossa bordata di scuro, o il fazzoletto colorato che le donne si legano in testa, ci può essere qualcosa di più semplice? Eppure guardi in quanti modi diversi, e tutti pittoreschi, riescono a indossarlo. La contadinella, che porta sulla testa o sotto il braccio il fascio d'erba per la sua mucca, non si scorda mai di appendere a un capo del fazzoletto un mazzo di papaveri rossi, o di fiordalisi azzurri, o di qualsiasi altro fiore di stagione. Spesso qui ho visto gli originali dei due famosi dipinti di Leopold Robert!"

"Di solito qui le donne sono belle?" chiese Lucy.

"Sì... cioè hanno tutte le caratteristiche di una bella razza" replicò Antonio "occhi lunghi dal taglio ben fatto, bei capelli, colli sottili sui quali la testa è ben poggiata, polsi, caviglie e piedi piccoli. Ma molte di queste bellezze si perdono o si rovinano per troppa fatica, o trascuratezza, i capelli in particolare. Lei ha un buon esempio delle donne di questa terra in Speranza."

"Ah! È molto bella!" esclamò Lucy, con un tale entusiasmo che sir John la fissò e poi disse:

"Davvero? Be', strano che non me ne sia mai accorto."

"Perché non l'hai guardata abbastanza papà, " ribatté Lucy ridendo. "Se tu avessi provato a farle il ritratto venti volte come ho fatto io, ti saresti accorto della squisita purezza ed eleganza di tutte le sue linee."

"Ma brava miss Lucy, e dove hai preso tutto questo bel linguaggio da artista?" esclamò il padre con un certo stupore. "Dottor Antonio, credo che l'ambiente di cui ama tanto parlare stia influenzando la mia ragazzina inglese!"

"Probabilmente," rispose il dottore, con uno dei suoi sorrisi placidi. "Comunque sono d'accordo con miss Davenne. Speranza è una bellezza; e non l'ho mai vista lavare i panni alla fontana senza pensare alla descrizione che Omero fa di Nausicaa. Se il resto della sua persona fosse senza difetti come la testa e il busto, la figlia di Rosa potrebbe posare per un ritratto di Ebe. Ma l'andare al bosco e trasportare grossi pesi rovinano le proporzioni più belle."

"Dovrò dare un'occhiata a questa bellezza quando torniamo a casa" disse sir John.

La barca, ora sulla via del ritorno, stava proprio di fronte a Bordighera. "Che cosa c'è lassù, poco lontano davanti alla città," chiese Lucy, "che sembra una rovina?"

"C'è, o meglio c'era, una batteria aperta di artiglieria. Tra l'altro, si racconta una storia a suo riguardo che, visto che vi sono coinvolti gli inglesi, potrebbe interessarvi."

"Spero che non sia qualcosa contro di loro" disse Lucy.

"Giudichi lei stessa, " replicò il dottore." In una giornata tranquilla del luglio del 1812, un brigantino inglese giunse in vista di Bordighera, e, con o senza un motivo, passò così vicino alla costa da porsi sotto la portata di fuoco della batteria della città. Ora, gli ufficiali in comando delle batterie costiere avevano l'ordine preciso di far fuoco sui vascelli inglesi che capitavano sotto il tiro dei cannoni. La Riviera a quel tempo apparteneva, per il diritto del più forte, alla Francia. Il tenente francese, che, alla testa di una dozzina di uomini, comandava questa batteria in quel particolare giorno del 21 luglio, doveva essere, a quanto pare, un uomo saggio, senza una particella di *"furia francese"* nelle vene, perché osservò l'avanzamento del nemico con assoluta freddezza, e senza fare nessun preparativo ostile. Ma una condotta così filosofica non stava per niente bene alla brava gente di Bordighera, che contava su qualcosa di meglio. Non capitava tutti i giorni ai calmi e alquanto annoiati abitanti della cittadina una bella occasione di divertimento ed eccitazione come una nave inglese su cui sparare, ed erano decisi a sfruttare l'evento. Così andarono in massa alla batteria, e insistettero con gran chiasso che l'ufficiale mettesse in atto le istruzioni ricevute, sparando immediatamente all'audace brigantino.

Il tenente, non osando prendersi la responsabilità di un rifiuto, acconsentì di malavoglia, ma prima, anche se ogni gomena del sartiame era distintamente visibile ad occhio nudo, fece una ricognizione del nemico con un immenso cannocchiale; e l'ispezione durò così tanto che si poteva sospettare lo facesse nella segreta speranza che il vascello che si era posto alla sua portata, e alla portata di un'offesa, se ne andasse. In ogni caso non lo fece; se ne stava lì, immobile 'come una nave dipinta su un oceano dipinto.' Non c'era nient'altro da fare, così fu dato l'ordine di caricare un vecchio pezzo da otto e sparare. La mira fu piuttosto buona, tanto che parte del bompresso del nemico fu distrutto. Di nuovo il francese guardò attraverso il suo cannocchiale; c'era una gran confusione a bordo del brigantino, e poi furono calate in mare le scialuppe, senza dubbio per un attacco, e molte furono le maledizioni che lanciò a quei tipi testardi, che avevano messo lui e se stessi in un guaio del genere. Ma ecco che invece di avvicinarsi a terra, si videro le barche rimorchiare il brigantino fuori dalla piccola baia più in fretta possibile. Potete immaginare l'esultanza trionfante di questi Falstaff di Bordighera: gli urrà con cui celebrarono la loro vittoria senza sangue dovettero essere sentiti da quelli a bordo, sebbene i proiettili con cui erano accompagnati mancassero il bersaglio.

Un bel giorno, due mesi dopo, lo stesso brigantino riapparve all'orizzonte, diretto con decisione verso Bordighera, ma questa volta accompagnato da una piccola fregata e da un altro brigantino, che avanzavano a destra e a sinistra, con i cannoni puntati a dominare la strada, e a tagliar fuori ogni soccorso sia dal lato di Genova che da quello di Nizza. Fatto questo, il primo brigantino sparò una bordata, evidentemente non intesa a far gran danno, dato che solo un uomo restò ucciso. Nello stesso tempo, un centinaio di marinai e di soldati furono sbarcati, e marciarono dritti verso la batteria. La lotta non fu né lunga né sanguinaria; il vecchio pezzo da otto fu inchiodato e il tenente e la sua dozzina di uomini chiusi a chiave nel corpo di guardia. Si dice che in città si trovarono solo due dei bellicosi cittadini: uno era il Sindaco, il signor Giribaldi; l'altro un eroe il cui nome è andato perso per la storia, che, alla vista delle uniformi rosse, sparò a casaccio con il suo fucile e poi scappò. Gli inglesi portarono il sindaco a bordo della fregata, lo condannarono a … un pranzo eccellente, e lo rimandarono indietro la sera in uno stato molto gioviale, con la chiave del corpo di guardia in tasca. Così finì la guerra tra Bordighera e la Gran Bretagna, perché all'alba del giorno dopo, non c'era traccia né della fregata né dei brigantini."

Mentre il dottore finiva la sua storia, l'ultima parte della quale aveva molto divertito sir John, la barca facendosi gentilmente strada nella sabbia, si fermò del tutto. Antonio balzò fuori e offrì la sua mano a Lucy; ma Lucy giocosamente la respinse, e saltò sulla riva senza alcun aiuto. Antonio pronunciò un'esclamazione preoccupata.

"Ben fatto, Lucy!" urlò il Baronetto, che aveva osservato tutta l'operazione, ed era molto divertito dall'aspetto mesto di Antonio "Ah! Ah! La paziente sta affermando la sua indipendenza, e sta per dare il benservito al dottore."

Cosa c'era in queste parole, pronunciate senza nessuna *malice prepense*, anzi, con grande allegria, da gettare un'ombra di tristezza sulla fronte del dottor Antonio? Evidentemente aveva attribuito loro un significato che non avevano. Tutti gli uomini, anche quelli con una mente sana e ben equilibrata, hanno i loro momenti di ipersensibilità, ed è probabile che il nostro dottore ne stesse attraversando uno. Non replicò nulla alla vivace battuta di sir John, e andò avanti da solo. Lucy, con la rapidità di percezione che nasce dall'affetto, comprese il suo silenzio, e, raggiungendolo al fianco, si lamentò di essere stanca. Antonio le porse subito il braccio, e i tre ritornarono all'Osteria senza rompere il silenzio. Quale compagnia, grande o piccola, propensa a fare una gita piacevole, è mai ritornata con lo stesso umore con cui era partita? Una volta giunti a casa, Antonio si accomiatò; poi improvvisamente tornò indietro e disse, con studiata noncuranza: "A proposito sir John, credo che oggi sia il quarantottesimo giorno della vostra prigionia." Il colore sparì dalle guance di Lucy.

"Davvero?" domandò sir John con una certa sorpresa.

"Sì, ed è anche il giorno della vostra liberazione," proseguì Antonio in fretta. "È per me un piacevole dovere dirle che miss Davenne è sufficientemente guarita per sopportare la fatica di un viaggio senza alcun pericolo o disturbo."

Meraviglia delle meraviglie! A questo annuncio sir John non salta dalla gioia, non si getta al collo di chi glielo ha dato in un trasporto di gratitudine, né gli stringe la mano come un pazzo, ma lo lascia andar via con un imbarazzato: "Ah! È vero... molto bene, grazie." E segue Lucy dentro casa senza un'altra parola. Come mai sir John accoglie questa tanto agognata notizia con una freddezza così evidente? Non è lo stesso uomo che, non più di alcune settimane prima, avrebbe volentieri comprato la sua liberazione dalla misera Osteria con la metà delle sue entrate annuali? No, sir John non è più lo stesso uomo... sir John è cambiato, è diventato pigro, non ha l'energia per prendere una decisione, gli manca il coraggio di dire "domani, dopodomani, la prossima settimana". Il vecchio gentiluomo senza accorgersene ha preso il colore della tinta in cui è stato immerso. Il cielo, il mare, l'aria soave dal dolce profumo, hanno influenzato anche lui. Annibale ha trovato la sua Capua.

Oh Italia, bell'Italia! Tu sei l'incantesimo imperituro che addolcisce e sottomette qualsiasi natura, per quanto rude e ribelle possa essere; coloro sui quali aleggia il tuo caldo respiro si abbandonano a te. Molti erano venuti con odio e diffidenza, lancia in resta, ma non appena assaggiavano il dolce latte del tuo seno, allora abbassavano le armi, ti benedicevano chiamandoti "Madre". La storia è piena di tali conquiste. O terra progenitrice di tante bellezze e malinconie!

Sir John si sedette in silenzio e di malumore. Lo sguardo intenso di Lucy sembrava leggere i suoi pensieri più nascosti; ed era con ansiosa trepidazione che attendeva il risultato delle sue cupe meditazioni. La fronte del Baronetto era aggrottata... aggrottata come quella di un uomo che non riesce a vedere chiaro nella propria mente e nei propri sentimenti. Alla fine in lui sorse la luce che gli mostrò quanto fosse inopportuno lasciare Bordighera proprio in quel momento. La sua collezione di piante per Davenne non era ancora completata, e davvero la salute di Lucy era talmente migliorata che sarebbe stato un peccato andarsene senza una pressante necessità; e dato che nel migliore dei casi Aubrey non poteva essere a Londra prima della fine di agosto, tanto valeva lasciare che Lucy godesse il più possibile di quell'aria che sembrava giovarle così tanto. Appena giunto a questa conclusione, i tratti di sir John si rilassarono, e si illuminarono come quelli di un uomo che aveva risolto un enigma. "Dopo tutto," disse alzandosi "è piacevole sapere che possiamo andarcene quando vogliamo, anche se non vedo il motivo di partire immediatamente, come propone il dottor Antonio, a meno che il mio tesoro non lo desideri."

"Oh, no, papà! Ti prego, restiamo ancora un po'!" replicò Lucy con ardore "Stiamo così bene qui."

"Oh! Stiamo bene, stiamo bene!" borbottò il Baronetto, con una comica mistura di risentimento e di soddisfazione, "da parte mia, confesso che non vedo tutto questo gran star bene, a meno che ai tuoi occhi sembri tale la prospettiva di essere bruciati vivi in questo forno di paese, cosa che accadrà fra pochi giorni. Comunque, per fortuna, ce ne andremo prima che diventi troppo caldo."

Sir John involontariamente sospirò, e, piuttosto riconciliato con se stesso da questa piccola tirata, lasciò la stanza, senza alcun sospetto che anche sua figlia aveva sospirato, e dal profondo del suo giovane cuore innocente, al pensiero di lasciare l'Osteria. Sir John non faceva eccezione alla regola secondo cui tutti i papà e le mamme hanno esattamente lo stesso tipo di vista, che permette loro di distinguere con chiarezza gli oggetti da lontano, mentre hanno bisogno di occhiali per vedere quelli sotto il loro naso.

Accadde così che due ore dopo sir John, mentre stava sistemando i suoi pezzi sulla scacchiera (Lucy si era ritirata per la notte), dicesse al taciturno dottore: "Quindi lei pensa davvero, dottor Antonio, che questo clima si adatti particolarmente bene a mia figlia?"

Antonio guardò il suo interlocutore con una certa sorpresa, fece persino la pausa di un istante prima di rispondere. "Deve solo paragonare la miss Davenne di oggi con la miss Davenne di qualche settimana fa, per poter rispondere a questa domanda da solo; niente più tosse, il colorito è buono, il sonno e l'appetito entrambi eccellenti..."

"E allora secondo lei, " persistette sir John, "una permanenza più lunga potrebbe tendere a rafforzare la sua costituzione?"

Antonio provò un impulso quasi irresistibile di rovesciare tavolino e scacchiera per stringere in un caloroso abbraccio l'inglese, che mai si sarebbe aspettato una cosa simile (i padri di figlie deliziose non hanno idea dei pericoli che corrono), ma vinse gloriosamente se stesso, e rispose con dignità professionale appropriata: "Non ne ho alcun dubbio.

Questo clima è il più salubre del mondo; abitudini tranquille e regolari e l'assenza di qualsiasi eccitamento sono una vera panacea per le persone delicate come miss Davenne. Un ciclo di bagni di mare durante la stagione calda le farebbe molto bene, ne sono certo."

"In questo caso," replicò il Baronetto "suppongo che dovremo restare qui ancora un po'; e ora veniamo al nostro gioco, tocca a lei cominciare."

Quella sera giocarono tre partite. Sir John fu così gentile da stupirsi meravigliosamente di averle vinte tutte e tre. Antonio per tutta la strada fino a Bordighera cantò: "O bell'alma innamorata", con un'energia e un'espressività da far onore ai suoi polmoni e al suo gusto musicale.

CAPITOLO XIV

La Sicilia

Una calda sera d'estate, sul tardi, sir John, Lucy e Antonio, sedevano sul terrazzino, ascoltando gli usignoli e osservando il tragitto della luna che calava lentamente. Quando il disco luminoso, dopo aver indugiato per un attimo in cima alla collina di Bordighera, sparò fasci di luce tremuli come il fuoco attraverso la folta cortina degli alberi, Lucy emise un gridolino di piacere.

"Non somiglia a un vulcano?" chiese. "Non ne ho mai visto uno, ma m'immagino che sia così." E indicò la collina.

"Ha ragione," disse Antonio "gli somiglia tanto che mi sembra di guardare il mio vecchio e familiare Etna in miniatura. Mi ricorda più di una notte felice, quando, seduto sul terrazzo della mia casa di Catania, osservavo i segni solenni di un'imminente eruzione, e sognavo ad occhi aperti lo splendore del futuro. Il presente," continuò con un sorriso triste, "somiglia così poco ai miei sogni di allora, quanto il bollente liquido rosso somiglia alla fredda lava che i *lazzaroni*[8] modellano in ninnoli di fantasia, per guadagnare pochi *"grani"* dai forestieri.

Queste parole portarono a molte domande da parte di Lucy, e risposte del dottore, riguardo all'Etna, a Catania e alla Sicilia, nel corso delle quali Antonio ebbe più di una volta occasione di stigmatizzare, in termini duri, ciò che chiamava il malgoverno della sua infelice isola natia. Sir John non riuscì a sentire le critiche senza protestare: "Avanti, su, sia giusto," fu la rimostranza del Baronetto, "i re, in una questione che è di vita e di morte per loro, non hanno forse il diritto di difendersi?"

"Metta la sua domanda in un altro modo, e sarà più vicino al punto," ribatté Antonio: "Una nazione non ha il diritto di proteggere e difendere le sue libertà e l'indipendenza?"

"Certamente;" disse il Baronetto "ma lei si spinge troppo oltre, troppo oltre davvero; se i re a volte sono costretti a prendere misure estreme, di chi è la colpa se non del partito con cui non c'è alcuna transazione possibile, voglio dire il partito ultra-democratico, che sarà soddisfatto soltanto quando impianterà le repubbliche sulle rovine di ogni trono?"

"Partito ultra-democratico! Repubbliche?" esclamò Antonio, con sincero stupore. "Chi si è mai sognato una repubblica in Sicilia? Se mai ci arriveremo, e potrebbe succedere un giorno, sarà solo per opera dei Borboni. I siciliani sono un popolo essenzialmente monarchico: le loro tradizioni, i loro usi e costumi sono profondamente radicati nella monarchia. Dobbiamo le nostre istituzioni ai re, e sotto una lunga dinastia di re la Sicilia è stata rispettata e felice. Quando la tempesta del 1789 spazzò via i Borboni di Napoli dai loro domini continentali, dove trovarono rifugio sicuro, aiuto di ogni genere e cuori devoti, se non nella fedele e leale Sicilia? Cosa diedero in cambio per tutto questo, tutto il mondo lo sa. E chi ci ha aiutato a consolidare il nostro edificio politico, cioè chi ci ha aiutato a concepire la nostra Costituzione nel 1812, quella Costituzione in nome e in difesa della quale i Siciliani hanno lottato e sono morti negli ultimi ventotto anni, se non la monarchica Gran Bretagna?"

"Allora avete un Parlamento come il nostro?" chiese Lucy.

"L'avevamo" rispose tristemente Antonio.

"E perché è stato abolito?" s'informò Lucy. "Mi ha promesso che un giorno mi avrebbe raccontato tutto della Sicilia... la prego, lo faccia ora."

"Quella fu una promessa avventata," disse Antonio, con un mezzo sorriso, "perché per soddisfarla dovrei fare un riassunto della storia della Sicilia, e non credo che la sua pazienza o quella di sir John resisterebbero alla prova." Comunque Lucy insistette, sir John espresse la sua voglia di ascoltare, e Antonio cedette. *(Il lettore cui non piace leggere di argomenti storici in un romanzo, deve soltanto saltare il resto del presente capitolo.)*

"Le libertà siciliane, "[9] disse Antonio "sono contemporanee a quelle dell'Inghilterra. Fin dal secolo undicesimo la Sicilia, come l'Inghilterra, pose le basi della sua libertà e indipendenza sotto gli auspici di un Principe Normanno. La sovranità nazionale risiedeva, *de facto*, nel Parlamento, che disponeva della corona dell'isola, e nessun principe ha mai considerato il suo titolo valido o il suo potere sicuro, a meno che non fosse basato su un'elezione del Parlamento.

La grande avversione provata verso i Principi della Casa di Angiò, derivava dal fatto che erano stati imposti dal Pontefice, e non eletti dalla nazione. Questa, e nessun'altra, fu l'origine della rivolta, che esplose poi nei Vespri Siciliani (1282). Fu il Parlamento che, di sua volontà, chiamò al trono la stirpe di Aragona, nella persona di Pietro, e in un periodo più tardo, quella di Castiglia, con Ferdinando il Cattolico. E non è a sproposito notare che, alla morte di quest'ultimo, il suo successore, Carlo V, non fu confermato immediatamente; ricevette l'investitura dal Parlamento solo nel 1518, e giurò, come i suoi predecessori, di mantenere intatte le immunità e i liberi costumi della Sicilia. Può sembrare strano che l'Autonomia Siciliana sia passata indenne sotto il fuoco di tre secoli di unione con la Spagna, ma il nostro stupore svanirà se riflettiamo che il legame tra la Spagna e la Sicilia era più nominale che reale, e che durante tutto quel periodo, l'isola mantenne la sua rappresentanza nazionale, le sue proprie leggi, la propria amministrazione, bandiera, moneta e il suo esercito. All'inizio del secolo scorso, quando scoppiò la guerra di successione, il trono di Sicilia fu disputato come tutti gli altri domini del defunto Carlo II di Spagna. Il Trattato di Utrecht affidò la Sicilia a Vittorio Amedeo di Savoia, che, con una clausola speciale di questo Trattato, si impegnava ad 'approvare, confermare e ratificare tutti i privilegi, le immunità, i costumi, ecc, goduti dall'isola.' Così le libertà della Sicilia arrivarono a formare parte del diritto pubblico europeo. Ma il governo di Vittorio Amedeo fu di breve durata, perché poco più di vent'anni dopo, il Cardinale Alberoni riuscì a scacciare con l'inganno il Duca di Savoia dalla Sicilia, che ancora una volta, di sua volontà, si unì alle sorti della Spagna. I Borboni cominciarono a governare osservando scrupolosamente il patto di base, e i due regni di Napoli e Sicilia continuarono ad essere indipendenti e distinti uno dall'altro come durante il regno di Filippo II. Quando, nel 1735, Carlo III ricevette a Palermo la corona di

Sicilia, e l'omaggio della Rappresentanza Nazionale, fece a sua volta giuramento di fedeltà alla Costituzione. E così fece il figlio e successore Ferdinando, che assunse il titolo di Ferdinando III di Sicilia e IV di Napoli, in modo che la distinzione dei due regni fosse chiara per tutti.

I primi anni del suo regno, sotto la guida dell'illuminato Tanucci (Ferdinando aveva otto anni quando fu posto sul trono), in genere furono soddisfacenti per quanto riguarda la Sicilia, e questo spiega come mai la tempesta del 1789 passò sopra l'isola senza disturbare la sua tranquillità. Felice e sicura, con una Costituzione che, se necessario, le dava il potere di attuare riforme con mezzi pacifici, perché avrebbe dovuto prendere parte a una lotta che non le poteva portare niente di meglio di quanto già avesse? Nel frattempo i troni dell'Europa continentale erano scossi dalle fondamenta, e nessuno più di quello di Napoli. Ci credereste che questo fu il momento scelto per tirare un colpo alle nostre libertà secolari, e in tal modo alienare i fedeli siciliani dal proprio sovrano? Il Governo Napoletano si era aggregato alla coalizione contro la Francia, e cominciò a raccogliere denaro, il grande nerbo della guerra. Quindi al nostro Parlamento fu richiesto un contributo mensile di ventimila once (diecimila sterline) per tutto il tempo che sarebbe stato necessario. Il Parlamento siciliano era composto da tre parti, *braccia* le chiamiamo, cioè a dire i tre bracci o rami dello Stato: la nobiltà, il clero e, terzo, i vassalli della corona. Per la validità di ogni provvedimento era necessaria la maggioranza. Il clero e la nobiltà non si opposero al tributo, ma obiettarono il fatto che non era specificato quanto dovesse durare. Solo i vassalli della Corona votarono lo stanziamento senza alcuna restrizione. Re Ferdinando, con un audace abuso di potere, ordinò che il voto dei suoi vassalli, valesse come quello di tutto il Parlamento. In ogni caso, questo primo attacco ai nostri diritti fallì da solo, perché proprio mentre stava per scoppiare una fiera opposizione, l'esercito Austro-Napoletano, sotto il generale Mack, fu sconfitto, e lasciò Napoli alla mercé dei Francesi, costringendo la Corte e il suo seguito a rifugiarsi a bordo delle navi da guerra Inglesi che erano nella baia.

Dopo aver scongiurato molti pericoli sulla terra ferma, i Reali in fuga dovettero incontrare quelli del mare. Due giorni dopo il loro imbarco scoppiò una violenta tempesta, durante la quale uno dei giovani principi spirò; ma alla fine il resto si salvò e sbarcò a Palermo. 'Uomini di Palermo,' gridò la Regina Carolina quando posò piede sulla terraferma, 'volete accogliere la vostra Regina?' In quel momento tutti i passati malcontenti furono dimenticati, prevalse un entusiasmo generale, e Ferdinando e Carolina furono condotti in una sorta di trionfo al Palazzo Reale, dove ben presto furono circondati dal loro solito lusso. Gli abitanti di Palermo pensavano di non fare mai abbastanza per le loro Maestà: cavalli, carrozze, argenteria e denaro furono forniti in abbondanza. I Siciliani erano sicuri che questo arrivo in mezzo a loro dovesse cementare un legame più saldo, e assicurare una comprensione buona e durevole tra la nazione e i suoi regnanti. Ben presto furono delusi. Ma di questo periodo di quattro anni, dal 1799 al 1802, quando, con la Pace di Amiens, la famiglia Reale fu restaurata sul trono di Napoli, non dirò nulla, perché sarebbe come dipingere ma con colori più tenui, lo stesso quadro, di quello che dipingerò da qui in poi.

Nel 1806 Ferdinando e la sua famiglia furono di nuovo obbligati a rifugiarsi in Sicilia. L'esperienza e la sfortuna non insegnavano niente a questa coppia Reale, come a tutti i Borboni del resto. Aggrappati com'erano alla speranza di riconquistare Napoli con l'aiuto e le risorse della Sicilia, sarebbe sembrato del tutto naturale evitare con cura di ferire i sentimenti degli isolani, se non altro per politica. E invece no. Prima di tutto, la Corte allungò le sue mani violente sui *Monti di Pietà*, il patrimonio dei poveri. Poi fu la volta del denaro investito dai privati nella banca, sotto garanzia governativa; furono confiscate le proprietà degli assenti, fossero quelle di amici o di nemici non importava, e le somme così raccolte andavano a ingrassare i napoletani *émigrés*, che sciamavano a Corte, e che, secondo uno storico serio come il Colletta, non erano altro che ' farabutti, codardi, le peggiori coscienze del Regno'. Ogni posto nell'Amministrazione (e ricordate che la Corte era in Sicilia), ogni ufficio, ogni carica, ogni onore, era appannaggio di napoletani, e solo napoletani. Fu organizzato un sistema di delazione politica. Tutti i posti pubblici, tutti i salotti, erano infestati da spie; persino l'intimità delle famiglie non era esente dalle loro intrusioni. Il Governo sentiva puzza di Giacobini dappertutto. Una persona veniva imprigionata solo per essere stata vista conversare spesso con un suo amico, che era stato esiliato con l'accusa di Giacobinismo... *pro crebris conversationibus.* Un cittadino veniva bandito per aver letto con piacere un certo giornale... *pro lectura Gazzettarum cum delectatione.* Non c'era fine alle piccole vessazioni esercitate contro chi portava le basette e i pantaloni, entrambi considerati segnali evidenti di Giacobinismo.

Re Ferdinando era uno dei più deboli dei Borboni Spagnoli; fin tanto che poteva andare a caccia o a pesca con i suoi volgari compagni, fare il Re dei Nimrod[10] o dei Lazzaroni, non gli importava molto di chi rappresentasse la parte del Re delle Due Sicilie. Sua moglie, Carolina d'Austria, dispotica, dalla volontà ferrea, priva di scrupoli, lo dominava completamente. Questa donna ambiziosa non poteva rassegnarsi alla perdita del trono di Napoli. Alla fine, il veloce e immenso successo e la fortuna della dinastia napoleonica le tolse la speranza di riconquistare Napoli con il solo aiuto dei siciliani e di poche navi inglesi, e così meditò di provare un altro espediente. Cominciò una negoziazione segreta con Napoleone in persona, attraverso sua nipote, Maria Luisa. Napoleone la tenne a bada per un certo tempo, facendole sperare che l'avrebbe reinstallata a Napoli, e le avrebbe anche assegnato la Marca di Ancona, se lei fosse riuscita a liberarsi dagli Inglesi.

Se i Borboni di Napoli indossavano ancora una corona, era indubbiamente grazie agli inglesi, e discutere se ci fosse più interesse personale o generosità nell'opposizione, ovunque possibile, offerta dall'Inghilterra alla Francia, non toccava certo a chi ne traeva vantaggio. Che una flotta inglese avesse salvato il re e la famiglia reale nel 1799, che sangue inglese fosse stato copiosamente versato a Maida, e che si fosse in abbondanza speso oro inglese per loro (dal 1805 il re aveva ricevuto un sussidio annuo di trecentottantamila sterline, che fu alzato a quattrocentomila nel 1809), che da dieci a quindicimila soldati inglesi fossero nell'isola per proteggerli... tutti questi erano fatti noti. Era naturale aspettarsi almeno una politica pulita da chi accettava questi favori. Ma né la comune gratitudine, né la comune onestà erano attributi che caratterizzavano Ferdinando e la sua regina. Alla fine gli inglesi ebbero sentore delle macchinazioni di Carolina. I dettagli sono ancora oggi avvolti nel mistero, ma esistono prove schiaccianti della loro realtà tra i documenti del Ministero degli Esteri di Parigi.

Fino al 1810 l'Inghilterra rimase un attento ma passivo osservatore di tutto quello che succedeva sull'isola; quell'anno, però, passò all'azione. Lord Amherst fu richiamato, e in sua vece la Gran Bretagna mandò Lord William Bentinck come Ministro Plenipotenziario e Comandante in Capo dell'armata Britannica nel Mediterraneo.

L'ambasciatore inglese trovò Palermo in uno stato di grande eccitazione, provocata da un nuovo oltraggio commesso dalla Corte proprio alla vigilia del suo arrivo. Visto che le grandi somme votate dal Parlamento Siciliano l'anno prima erano finite, il Re, pressato dalla sua Camarilla, decise di ottenere nuovi fondi senza disturbare i rappresentanti del paese. A questo scopo fu riunito il consiglio di Stato, tutto composto, con una sola eccezione, da napoletani, e fu deliberata l'emanazione dei tre Decreti che avevano gettato Palermo nel fermento. Per prima cosa, tutte le proprietà terriere dei corpi religiosi e dei municipi furono arbitrariamente dichiarate proprietà della Corona; e per poterne realizzare il valore al più presto, un secondo decreto organizzava una lotteria dove i premi erano le terre suddette. Il terzo stabiliva una tassa dell'uno per cento su tutte le vendite di qualsiasi tipo.

L'indignazione per queste misure fu generale, e il Parlamento si fece portavoce di tale indignazione. Quarantatré nobili del ramo Baronale firmarono un'energica protesta, e la presentarono al Re. Lui non fece aspettare a lungo una risposta. Nella notte del 5 luglio del 1811, i Principi di Belmonte, Castelnuovo, Villafranca, Aci e il Duca d'Angiò, considerati i capi dell'opposizione, furono arrestati e imbarcati per diverse prigioni nelle isole vicine.

In quel momento di crisi apparve Lord William Bentinck, e il suo arrivo fu salutato dai siciliani come quello di un salvatore. Mentre da un lato fece del suo meglio per calmare l'effervescenza popolare, dall'altro presentò energiche proteste al Re e ai ministri, sull'impudenza e la follia del corso che avevano intrapreso, ma invano. 'Quel grasso sergente,' disse la Regina, che lo detestava, 'è stato mandato qui dal Principe Reggente per inchinarsi al Re, non per dettar legge.' Incapace di superare questa ostinazione, Lord William tornò in Inghilterra per spiegare al Gabinetto di Saint-James lo stato effettivo delle cose in Sicilia. Dopo un'assenza di sei settimane tornò a Palermo, e questa volta con pieni poteri di adottare qualsiasi misura avesse ritenuto opportuna. L'inglese non era uomo da lasciarsi prendere in giro; così, rendendosi conto che i colloqui cui era continuamente convocato dal re, dalla regina, e dall'erede diretto, non portavano alcuna risposta alle domande molto categoriche che egli aveva presentato, tagliò corto con una sua condotta molto decisa. Cominciò col sospendere i sussidi in denaro forniti dall'Inghilterra alla famiglia reale, stabilì il suo quartier generale a Palermo, e vi portò alcune delle truppe inglesi da Messina. Visto che questi passi non produssero alcun effetto, minacciò di mettersi a capo del suo esercito, prendere Palermo, catturare il Re e la Regina, e spedirli a Londra. Siccome Lord William era ritenuto un uomo di parola, la faccenda fu subito sistemata. Il Re ufficialmente si dichiarò malato, e, nominato Vicario Generale del Regno il Principe Reale, si recò al suo Parco di Ficuzza per cambiare aria. Anche la Regina lasciò Palermo; il comando dell'esercito siciliano fu dato a Lord William; i cinque baroni furono rimessi in libertà, e i decreti illegali furono annullati. Contemporaneamente, ai tre rami della Legislatura fu chiesto di riunirsi allo scopo dichiarato di riformare la Costituzione.

Il Principe Vicario in persona aprì il Parlamento, e dopo un discorso sulle riforme da farsi, propose la Costituzione della Gran Bretagna come modello di quella che ora si contemplava per la Sicilia. La prima seduta del Parlamento, che si prolungò per tutta la notte, e persino parte del giorno dopo, sarà sempre ricordata nei nostri annali come la prova evidente della devozione patriottica di tutti i suoi membri. Il clero, rinunciando ai suoi privilegi, accondiscese ad unirsi ai baroni, per formare così una camera dei pari. I baroni, da parte loro, rinunciarono a tutti quei diritti ereditari, di cui, da tempo immemorabile, si erano mostrati così gelosi. Quella notte il feudalesimo cessò di esistere in Sicilia. Dopo lunghi dibattiti furono approvati dodici articoli, sui quali far sorgere la nuova Costituzione. Visto che era necessaria la sanzione del sovrano, il Parlamento, che non voleva correre il rischio di sotterfugi futuri, chiese al Principe Vicario di ottenere l'approvazione del Re prima di apporre la sua propria firma. A tale scopo il Principe scrisse una lettera al Re, e sul margine di questa lettera il Re annotò, di suo pugno, 'Essendo ciò conforme alla mia intenzione, ti autorizzo a farlo.'

Malgrado questo, il partito di Corte si diede subito a tramare un complotto contro la riforma approvata pubblicamente. Si stabilì un giorno in cui il Re sarebbe andato alla Chiesa di San Francesco per rendere grazia della sua guarigione; e si sarebbe colta quell'occasione per dimostrare contro la Costituzione. Ma i cospiratori reali si erano dimenticati di fare i conti con Lord William Bentinck. Per le strade apparve dell'artiglieria, e ci fu una parata militare... indizi significativi che soffocarono la dimostrazione sul nascere. Il Re rinunciò a San Francesco e si accontentò di dire le sue preghiere a casa. Ma la lezione non gli era bastata, o piuttosto non era bastata all'irriducibile Carolina. Niente affatto scoraggiata, preparò un altro *coup-de-main*, per l'esecuzione del quale confidava sulle truppe siciliane di stazione a Trapani e a Corleone. Il suo obiettivo era quello di sbarazzarsi degli inglesi e della Costituzione in un sol colpo. Ma ancora una volta Lord William fu pane per i suoi denti. Visto che tutti i tentativi di persuasione non erano serviti a nulla, si presero misure coercitive. Tanto per cominciare, un reggimento di cavalleria circondò durante la notte il Palazzo Reale, bloccandolo completamente. Solo allora, e non senza molti stratagemmi e sotterfugi, Ferdinando cedette alla dura necessità, e acconsentì alle condizioni di Lord William, ovvero: che la Regina lasciasse immediatamente la Sicilia; che il Governo fosse nuovamente affidato al Principe Reale; e che l'*alter ego* conferito a costui fosse senza restrizioni.

La vittoria sul partito di Corte, insieme all'assenza della Regina, riportarono una certa tranquillità nel paese. Durante questa calma, il Parlamento continuò il suo lavoro di riforma, e furono aggiunte diverse importanti clausole alla Costituzione, tra cui una che regolava la successione della Corona, e stabiliva l'indipendenza della Sicilia. L'articolo recita letteralmente quanto segue: 'Nell'eventualità che il Re di Sicilia riprenda il trono di Napoli, o comunque acquisisca qualsiasi altra Corona, sarà impegnato a mettere al suo posto sul trono di Sicilia, il suo primogenito, o a lasciare suo figlio sull'isola, cedendogliela, e dichiarando, sin da quel momento, la Sicilia indipendente da Napoli e da ogni altro regno o Governo.' Nel maggio del 1813, la Costituzione del 1812, come fu chiamata, venne promulgata, e Lord William Bentinck, credendo finito il suo compito in Sicilia, andò in Spagna. Ma aveva appena voltato la schiena, che il nuovo edificio politico fu attaccato duramente. Anche se la Regina Carolina era assente, il suo spirito dominava ancora la Corte; e non solo si fece ogni sforzo per gettare discredito sulla Costituzione, ma si tentò di tutto per eccitare la mente del popolo contro gli inglesi. Lord William Bentinck tornò in tempo per recuperare il terreno perduto in sua assenza, ma gli fu presto ordinato di andare a Livorno e a Genova. Fu come se con lui partisse il buon genio della Sicilia.

Ometterò di descrivere la lotta corpo a corpo per e contro la libertà, lotta che seguì tra la nazione e il re, e che portò velocemente alla catastrofe. Dopo la caduta di Napoleone, gli inglesi evacuarono la Sicilia. Poi ci furono le negoziazioni di Vienna, la sorpresa del ritorno dell'Imperatore, lo scompiglio e il tumulto dei cento giorni, e la vittoria finale degli Alleati. La detronizzazione di Murat, decisa a Vienna, restaurò i Borboni nei loro domini sulla *terra firma*, e Ferdinando, lasciando l'erede diretto a Palermo, andò subito a Napoli. La firma del Trattato generale del Congresso di Vienna ebbe luogo nel giugno del 1815, e nel dicembre dell'anno seguente apparvero quei due famosi editti, che cancellarono il nome di Sicilia, come regno indipendente, dalla mappa di Europa.

Con il primo di questi editti, che si diceva basato sull'articolo 104 del Trattato di Vienna, Ferdinando cancellava i titoli separati sotto i quali aveva regnato su Napoli e sulla Sicilia; adottando il nome di Ferdinando Primo del regno unito delle Due Sicilie, e unendo le due corone, annientava in un colpo l'indipendenza, la bandiera nazionale, e la moneta dell'isola. Con il secondo, per una strana mancanza di logica, la Costituzione fu sia soppressa che mantenuta, perché il re, mentre dichiarava come sua prerogativa reale il diritto di fissare le tasse, nondimeno si impegnava a non alzare mai la loro quota oltre la somma stabilita dal Parlamento nel 1813. 'Nessun aumento' (queste erano le parole usate) 'può aver luogo senza il consenso del Parlamento.'

Ho detto che il primo decreto si dichiarava basato su un articolo (il 104) del Trattato di Vienna. Avrei dovuto dire che faceva finta di basarsi, perché dopotutto, era un gioco di parole. I termini usati dal Trattato erano questi: 'Re Ferdinando IV è ristabilito, lui stesso, i suoi eredi e successori, sul trono di Napoli, ed è riconosciuto perciò dalle Potenze, come Re del regno delle Due Sicilie.' Ora questa disposizione non poteva né nella sostanza né nella forma riguardare la Sicilia. Gli agenti mandati a Vienna da Ferdinando, erano stati mandati a discutere un affare puramente personale - vale a dire la sua restaurazione sul trono di Napoli. Gli interessi della Sicilia non c'entravano in questa faccenda... la Sicilia non aveva nulla da dire o niente a che fare col Congresso di Vienna... non aveva neppure un rappresentante al Congresso. Il Re e il Cavalier Medici vi figuravano solo a causa dei domini napoletani. Questo è talmente vero che il Re fu nominato negli atti del Congresso soltanto come Ferdinando IV di Napoli, e non con il congiunto titolo di Ferdinando III di Sicilia. Inoltre si può presumere che se le Potenze riunite a Vienna avessero davvero avuto intenzione di fondere le due nazioni in una, l'avrebbero dichiarato chiaramente e senza giri di parole, così come avevano fatto quando furono stipulate le annessioni di Varsavia alla Russia, del Belgio all'Olanda, di Genova al Piemonte. Si suppone che le condizioni di una tale unione sarebbero state specificate, come negli altri casi. Non si trova niente del genere nell'art. 104. Dice semplicemente: 'Ferdinando è riconosciuto come Re del regno delle Due Sicilie.' Si può seriamente sostenere per un attimo, che la forma del singolare data alla parola *regno* invece del plurale (una sola lettera di differenza in una parola) sia terreno sufficiente per procedere alla distruzione di un diritto fondato nei secoli?

Questo per quanto riguarda l'indipendenza siciliana. Per quanto concerne le libertà siciliane, Ferdinando si era procurato un pretesto plausibile per sbarazzarsene in un trattato concluso segretamente con l'Austria. In questo trattato si dichiarava che 'Sua Maestà il Re delle Due Sicilie, riassumendo il Governo del suo regno, non ammetterà alcuna innovazione che possa interferire in qualsiasi modo con le antiche istituzioni monarchiche, o con il sistema e i principi adottati da Sua Maestà Reale e Imperiale nel Governo interno delle sue province italiane (il Lombardo-Veneto).' Se questa convenzione fosse stata diretta contro la Costituzione Siciliana, sarebbe stata solo un'altra prova della perfidia e del tradimento di Ferdinando, e non sarebbe mai stata considerata così vincolante per la Sicilia. Ma le parole del Trattato provano che si voleva intendere e si poteva solo intendere Napoli. Del possesso del regno, e dei cambiamenti che si potevano fare o non fare, si parlava al futuro. Ora, in primo luogo, Ferdinando non aveva mai perso nulla in Sicilia, dato che il Principe Vicario aveva amministrato gli affari dell'isola come suo delegato; e secondariamente, i cambiamenti in Sicilia erano stati consumati tre anni prima della suddetta convenzione; e ben lungi dall'essere incompatibili con le istituzioni monarchiche, erano stati fatti allo scopo di ristabilire la monarchia nella sua condizione precedente, e di ridare vigore a leggi che erano state giurate da trenta monarchi, uno dopo l'altro. Ma a che vale la ragione senza il potere? Quelli che avevano il potere non lo hanno voluto usare a nostra difesa. Il Gabinetto Inglese mercanteggiò un po' con i Ministri Napoletani sui privilegi più o meno nominali che ci dovevano essere lasciati, ma sulla questione principale, l'indipendenza, siamo stati abbandonati al nostro destino."

Qui sir John fece un movimento come se stesse per parlare, ma l'italiano riprese con un sorriso:

"Sto solo ripetendo i fatti storici, sir John. La colpa di quello che è successo, forse, è più delle circostanze che degli individui. La Pace era la grande *desiderata* dell'Europa, e a quel desiderio la Sicilia fu sacrificata. Quando dico **sacrificata**, sto solo ripetendole opinioni pubblicamente sostenute ed espresse da vostri illustri connazionali, sia dentro che fuori il Parlamento Britannico. Lord William Bentinck, quale migliore autorità su questo argomento, nel giugno del 1821 disse: 'Mi dolgo del fatto che non fu data la libertà a un popolo cui era stata promessa. In effetti, ritengo il nostro onore nazionale impegnato a fare in modo che la promessa sia mantenuta. Per quanto riguarda gli ordini ricevuti dall'Inghilterra, devo dire che, li avessi dovuti dare io, anche con il profondo interesse che provo per i siciliani, non avrei potuto suggerire niente di meglio. Ma cosa si è fatto per far rispettare questi ordini? Niente. Accolti con speranza e gioia dai siciliani, da cosa sono stati seguiti? Dall'unione di due regni. Questo Atto di Unione non fu soltanto una violazione, fu il crollo totale della Costituzione Siciliana. Ha annullato i diritti della nazione, e ha fatto della Sicilia una provincia di Napoli.' Non posso garantire che queste fossero le parole esatte di Lord William, visto che cito a memoria" continuò il dottore "ma sono certo del loro significato. Un altro che in materia aveva un parere simile era sir James Mackintosh. Ma lasciamo andare.

C'è bisogno di dire che il Parlamento non fu mai riunito, e che sia la lettera che lo spirito della così chiamata concessione del 1816 furono infranti quotidianamente? L'irritazione pubblica cresceva di ora in ora, e sembrava dover esplodere da un momento all'altro, quando a Napoli scoppiò la Rivoluzione del 1820, seguita dalla proclamazione della Costituzione di Spagna. Il momento sembrò favorevole ai siciliani per assicurarsi la loro antica indipendenza con mezzi pacifici. Un deplorabile malinteso invece, portò a uno scontro tra il popolo e i soldati napoletani di quartiere a Palermo, in cui il popolo fu vincitore. Si formò una Giunta provvisoria, con pieni poteri di decidere quali fossero le misure migliori per ristabilire l'indipendenza dell'isola. Questa Giunta mandò al Re di Napoli una delegazione a domandare un Governo indipendente per la Sicilia, con a capo il Principe Reale. Queste richieste non furono ascoltate. Il Parlamento Napoletano rivendicò l'assorbimento della Sicilia in nome di due principi opposti: *1°* il diritto divino del re, confermato dal Trattato di Vienna, *2°* il diritto democratico, che non poteva permettere sussistesse in Sicilia una Costituzione così aristocratica come quella del 1812. Sfortunatamente l'isola era divisa all'interno dai partigiani della Costituzione della Sicilia e quelli della Costituzione di Spagna. Da Napoli si spedì un esercito, e nel mese di settembre cominciò l'assedio di Palermo. Dopo due settimane di lotta ostinata, fu firmata una resa, che lasciava al Parlamento siciliano la soluzione del problema dell'indipendenza. Ma il Parlamento di Napoli si prese la responsabilità di annullare questa resa, ritenendola disonorevole per l'esercito napoletano; mantenne comunque le armi e le fortificazioni cui aveva rinunciato in virtù dell'accordo. Mentre le due nazioni stavano litigando in questo modo, che cosa stava facendo Re Ferdinando? Era andato a Lubiana e a Troppau a sollecitare l'intervento austriaco contro quella stessa Costituzione cui aveva prestato solenne giuramento nel mese di luglio del 1820. Che differenza poteva fare per il vecchio Re, uno spergiuro in più o in meno? Pochi mesi dopo gli austriaci occuparono Napoli e la Sicilia, e i due paesi che non erano stati in grado di mettersi d'accordo per vivere rispettivamente liberi, gemevano ora sotto il giogo di una schiavitù comune.

Ferdinando morì nel 1825. Gli successe il figlio Francesco, che aveva prestato giuramento alla Costituzione del 1812 come Principe Reale, e a quella spagnola nel 1820, e aveva persino partecipato alla protesta armata contro l'occupazione straniera nel 1821. Ma salendo al trono, Francesco perse la memoria, e seguì senza esitazione le orme paterne. Per tutti i cinque anni che durò questo regno, il Governo si dibatté in una palude. Il diffondersi della corruzione, sia a Napoli che in Sicilia, era incredibile. Ogni cosa doveva essere comprata, ogni cosa venduta; uffici, onori, titoli, persino la stessa giustizia, erano sul mercato. Viglia, il valletto del re, e Caterina de Simone, la prima Camerista della Regina, erano le due persone più influenti del regno, e tramite loro si concludeva la maggior parte di quegli affari infami. Il Re non tentò di nascondere la propria consapevolezza di quello che stava succedendo; al contrario, era generoso di battute ciniche sull'argomento. Nel 1828, il mondo ebbe la prova che era tanto crudele quanto spregevole. Un tentativo di insurrezione nella città di Cosenza e nella provincia di Salerno, fu letteralmente soffocato nel sangue. Per ordine di Del Carretto, l'alter ego del Re, la piccola città di Bosco fu cannoneggiata fino a ridurla in rovine, e poi al suo posto fu alzata una colonna infame. Si dice che gli ultimi giorni di Francesco furono tormentati dal vano rimorso. Morì nel 1830, lasciando a Ferdinando, l'attuale regnante, un regno degradato, impoverito e alquanto scontento.

I primi provvedimenti del giovane Ferdinando (aveva appena vent'anni) furono di buon auspicio. La maggior parte dei ministri, creature e favoriti del defunto Re, vennero pian piano licenziati; Viglia fu mandato via, si stabilirono giornate per le udienze pubbliche, e si affisse un manifesto che dichiarava Ferdinando determinato a rimettere ordine nelle finanze dilapidate del paese. Queste misure erano molto popolari. Neanche la Sicilia fu lasciata senza la sua dose di promesse. Era intenzione del Re, come dichiarava palesemente sul suo manifesto: 'cercare di curare le ferite inflitte alla Sicilia da suo padre e da suo nonno.' Il licenziamento del Marchese della Favara, luogotenente generale dell'isola, un uomo detestato da tutti, e la nomina in sua vece del Conte di Siracusa, fratello stesso di sua Maestà, fecero credere ai buoni isolani che il nuovo Regnante fosse sincero. Di conseguenza, quando nel 1831 visitò la Sicilia, lo accolsero con grande entusiasmo. Sfortunatamente il seguito non corrispose al principio. Ciò che era apparso puro amore per la giustizia, era in verità mera astuzia di re. Lo shock della Rivoluzione dei tre giorni in Francia stava ancora riflettendosi in tutta Europa, e il nostro Re fu abbastanza saggio da capire la necessità di calmare e conciliarsi il popolo, ancora scottato dall'ignobile malgoverno di Francesco.

Ma diminuito il pericolo, anche il re riprese la sua attitudine naturale. Il primo sintomo della reazione che stava avendo luogo nella mente di Ferdinando, fu la nomina di Del Carretto, lo sterminatore di Bosco, a ministro della polizia.

Questo uomo letale, e Monsignor Cocle, il confessore del re, acquisirono una totale ascendenza sul giovane monarca. Il gesuitismo[11] e la polizia divennero a quel tempo le pietre angolari dello Stato. Durante il regno precedente era tutto mercanteggiabile... le cose non erano migliori adesso... Monsignor Cocle e Del Carretto giocavano il ruolo del *ci-devant Cameriere e Camerista*. Sotto questa amministrazione fu ristabilita la pena della bastonatura, che in Sicilia era stata introdotta per la prima volta durante l'occupazione austriaca del 1821. Non ci volle molto perché tutte le neonate illusioni dei siciliani svanissero. Il Governo sembrava impregnato dal desiderio di infettare, piuttosto che curare le vecchie ferite. Del nostro Parlamento non si parlava più, come fosse una cosa che non era mai esistita... solo nominarlo era un crimine; ma le tasse erano aumentate molto oltre la cifra stabilita dal Decreto di dicembre del 1816, nonostante l'impegno, preso con tale decreto, che non sarebbero aumentate senza il consenso del Parlamento. L'improvviso richiamo del Conte di Siracusa, nel 1835, portò il malcontento popolare al colmo.

Nell'estate del 1836, a Napoli apparve il colera. Fino ad allora, i regolamenti sulla quarantena tra Napoli e la Sicilia erano stati estremamente severi e vessatori. I cordoni sanitari mantenuti così severamente mentre il terribile morbo era lontanissimo, in Russia, invece furono a un tratto trascurati e negletti, quando la piaga arrivò proprio a Napoli. Questa incoerenza fece sorgere in tutti la convinzione che il Re e i suoi ministri fossero in combutta per mandare il colera in Sicilia. Purtroppo l'epidemia raggiunse ben presto Palermo, e credo che nessuna città abbia sofferto i suoi effetti devastanti con maggiore crudeltà. Su una popolazione di 170.000 abitanti, in un mese ne morirono 24.000. Il terrore generale presto si trasformò in delirio. Prese campo l'idea che il Governo stesse avvelenando il popolo su larga scala. Un sospetto incipiente di questo genere, una volta nato, diventa, crescendo, una certezza.

Mario Adorno, uno di coloro che si erano battuti con grande forza in seguito alla perdita dell'indipendenza siciliana, approfittò dell'agitazione dilagante per sollevare un movimento di insurrezione a Siracusa, dove, poco dopo, proclamò la Costituzione. Catania seguì immediatamente l'esempio, innalzò lo stendardo siciliano, rovesciò le statue dei Borboni, e formò un Governo Provvisorio. Parziali insurrezioni ebbero luogo anche nella valle di Messina, e nelle cittadine vicine a Palermo, dove la credenza di un complotto tramite contagio era profondamente radicata. Munito di poteri illimitati, e accompagnato da un forte corpo di truppe, Del Carretto fu mandato in Sicilia, più per raccogliere i frutti della vittoria che per conquistare l'isola, dato che, quando vi sbarcò, tutta la rivoluzione era finita. Infatti, quando la notizia del suo arrivo raggiunse i catanesi, questi, trovandosi senza appoggio, di loro volontà attuarono una controrivoluzione. Tutti quelli che si erano maggiormente compromessi cercarono scampo nella fuga, ad eccezione di Mario Adorno, che fu arrestato e fucilato. La mancanza di qualsiasi resistenza in nessun modo indusse il distruttore di Bosco a rinunciare a una sola crudeltà in suo potere. Si stabilirono dappertutto corti marziali e i cittadini furono imprigionati a migliaia. Parecchie centinaia di loro furono condannati a morte, e non meno di cento subirono la pena. A Bagheria venne fucilato un ragazzo di quattordici anni. Le esecuzioni avevano luogo al suono di musica militare. La furia omicida era tale che una volta, dopo uno di questi orribili spettacoli, quando si contarono i corpi, se ne trovò uno in più del numero stabilito.

Terminata la nobile conquista, e il nobile conquistatore ricompensato con l'Ordine di San Gennaro, il vero significato della tragedia sanguinaria fu ben presto rivelato dagli atti ufficiali che seguirono. Il Re con gioia prese il pretesto che gli era stato offerto, per sbarazzarsi subito anche dell'ombra delle franchigie siciliane rimaste. La sostanza era già svanita da tanto tempo. Le tasse furono aumentate, l'amministrazione fu riempita di napoletani, si adottò un perfetto sistema di centralizzazione a Napoli, si distrusse ogni vestigia di libertà municipale, di libertà di stampa, di associazione, di petizione. Per farla breve, alla Sicilia non rimasero altro che gli occhi per piangere, e l'eterna memoria dei suoi diritti. Questa memoria, e la coscienza della giustezza della propria causa, sosterranno questo nobile e sfortunato paese attraverso ogni prova fino al giorno del suo riscatto, che certamente arriverà."

Antonio si asciugò le gocce di sudore dalla fronte... effetto più della profonda emozione che del caldo. Lucy non era meno commossa di lui, e quasi in un sussurro disse: "Non ci ha raccontato che cosa obbligò lei a lasciare Catania."

"È vero," rispose Antonio. "Tutti i ricordi dei miei guai personali si sono persi in quelli della nostra catastrofe nazionale. Per la verità, pochi riusciranno a credere che un incidente così banale come quello che racconterò possa essere sufficiente, in qualsiasi altro paese, a costringere un uomo all'esilio. Io non presi parte a nessun disordine nella mia città natale. Non che il mio cuore siciliano non battesse forte e svelto ai sacri nomi di Indipendenza e Libertà... non che io non simpatizzassi con la lotta e non l'approvassi, nonostante le tristi previsioni che riempivano la mia mente quanto all'esito di un tentativo isolato... ma ogni mio attimo era occupato dai miei doveri professionali. Il colera, anche se meno mortale che a Palermo, stava comunque facendo una triste strage a Catania, e io ero impegnato giorno e notte. Una sera del mese di marzo, fui chiamato al capezzale di un caro amico, che si era improvvisamente ammalato. Feci appena in tempo a riconoscere i primi sintomi della diffusa epidemia, quando una squadra di soldati entrò nella stanza. Era stato emanato un ordine di arresto per il mio amico, e un sergente, alla testa di una mezza dozzina di uomini, era stato mandato a prenderlo. Alla povera creatura malata fu ordinato di alzarsi da letto e prepararsi a seguire i soldati. Io intervenni, e rendendo noto il mio nome e la mia professione, dissi che far muovere il mio amico nel suo stato equivaleva ad ucciderlo, e quindi avvertivo il sergente della grossa responsabilità che stava prendendosi. La risposta che ricevetti fu che erano stati dati ordini precisi, e che, vivo o morto, il mio amico doveva andare; e dicendo così, il sergente tirò via le coperte dal letto. A quest'atto brutale persi tutto il mio autocontrollo. Ancora oggi non so che cosa feci o dissi, ma finii con l'essere ammanettato, portato a forza fuori dalla casa, e fatto marciare per le strade.

Non avevamo fatto molta strada che incontrammo un ufficiale, di alto grado per giunta, per quanto potessi giudicare nell'oscurità che sopraggiungeva. Fermò la mia scorta e fece qualche domanda al sergente. 'Un dottore! sentii lo sconosciuto esclamare 'Questo non è proprio il momento di arrestare dottori, amico mio.' Dopo un ulteriore breve colloquio, fui liberato delle manette; l'ufficiale mi prese per un braccio, e mi condusse in una direzione, mentre il sergente e i suoi uomini andavano nell'altra. Vicino a lui, a quel punto, vidi dalle spalline che il mio compagno era un generale. 'Dove vuole andare?' mi chiese. Nominai la strada dove vivevo. Mi accompagnò alla porta, e accomiatandosi mi disse: 'Questi sono tempi difficili, e un'accusa di ribellione è un'accusa molto seria. Se dovessi darle un consiglio, le direi di togliersi di torno il più velocemente possibile' e con queste parole mi lasciò. Ecco la circostanza che portò al mio esilio. Molto meno di quello che io dissi o feci quel giorno era costato la vita a molti uomini. Mia madre e mio zio insistevano che seguissi il consiglio del mio amico sconosciuto, e così feci. Da allora sono venuto a conoscenza del suo nome, e del fatto che io non sono il solo cui è riuscito a salvare la vita. Che Dio lo benedica! Sono orgoglioso e felice nel dire che è un siciliano!"

"E il suo amico malato?" chiese Lucy.

"Morto, signorina, morto, poche ore dopo che l'avevo lasciato. Seppi della sua morte prima di salpare. Non avevano osato portarlo via, ma si contentarono di lasciare una guardia a sorvegliare la sua agonia di morte."

CAPITOLO XV

Gita al Santuario

Adesso che tutte le difficoltà che impedivano il matrimonio di Battista e Speranza erano state superate grazie a un favoloso dono di sir John di duecento sterline, tre quinti delle quali erano sufficienti a coprire tutti i debiti della famiglia, e le rimanenti ottanta più che abbastanza da far diventare l'Osteria un affare conveniente, anzi brillante, fu deciso che i due innamorati si dovessero sposare il 25 giugno, giorno del compleanno di Speranza. Ora, in ogni epoca e in ogni paese, la nascita, il matrimonio e la morte sono sempre stati accompagnati da preliminari e cerimonie di un tipo o di un altro. Nel caso in questione, fu ritenuto particolarmente necessario un pellegrinaggio al santuario di Lampedusa, affinché i nostri *Promessi Sposi* potessero rivolgere le loro preghiere, e offrire il loro ringraziamento (nella forma di ex-voto), alla Madonna così denominata, alla cui intercessione dovevano un colpo di fortuna tanto speciale. Perché Rosa, e Speranza, e Battista, come in verità quasi tutta la parrocchia di Bordighera, consideravano come articolo di fede, il fatto che la Madonna in generale, e la Madonna di Lampedusa in particolare, aveva fatto arrivare all'Osteria Lucy e tutte le benedizioni che erano arrivate con lei... senza rendersi conto che in questo modo s'incolpava la Madonna del brutto tiro del ribaltamento della carrozza. Visto che l'interesse e la curiosità di Lucy erano alquanto eccitati all'idea di questo pellegrinaggio, si decise che sir John e sua figlia avrebbero colto l'occasione per visitare il famoso santuario, e respirare l'aria fresca delle montagne per un paio di giorni; che il dottor Antonio, ovviamente, sarebbe stato della partita, e che a lui sarebbero stati affidatati sia la cura di tutti i preparativi per il viaggio, sia gli accordi per il soggiorno a Lampedusa.

Il 20 di giugno quindi, sir John, sua figlia, e Antonio (i promessi sposi dovevano arrivare solo la mattina seguente) lasciarono l'Osteria su una bella barca, coperta da un tendone allegramente colorato a righe bianche e rosse, comandata da Battista, che ci aveva lavorato sodo per più di una settimana, pulendo, pitturando e decorando in onore di quell'occasione. Grazie all'azione combinata di una vela, abbastanza ben gonfiata da una leggera brezza, e di tre vigorose paia di remi non ci misero molto a doppiare il secondo capo. E allora San Remo, la splendida e verdeggiante San Remo, che s'innalza a forma di triangolo, cui sorridono i suoi sette colli, tutti rivestiti della più lussureggiante vegetazione, irruppe nella sua totalità nel loro campo visivo.

"Le piante di palme crescono spontaneamente in questa parte del paese?" chiese Lucy, indicando le piantagioni che ricoprivano la riva: "O sono coltivate per bellezza?"

"Credo che la bellezza sia il merito minore agli occhi dei loro proprietari," rispose Antonio. "Forse lei non lo sa, ma le palme sono un genere di proprietà molto remunerativo, ed ecco perché sono coltivate. Se ne spediscono carichi in Francia e in Olanda ogni anno. In tutti i paesi cattolici il consumo di palme durante la settimana della Passione è molto alto; ma in tutta Italia, e specialmente a Roma, è enorme. C'è una famiglia a San Remo che ha mantenuto per secoli, e ancora mantiene, il privilegio esclusivo di rifornire di palme quello che viene chiamato 'Il Palazzo Apostolico', cioè, la residenza del Papa."

"Questo monopolio se lo sono comprato?" s'informò sir John: "Non dovrei neanche chiederlo, comunque, perché mi hanno detto che qualsiasi cosa arrivi a Roma, è sempre stata e sempre sarà venduta."

"Contrariamente alla regola," replicò il dottore "questo privilegio fu concesso in riconoscenza di buoni servizi. La storia, così com'è, potrebbe divertirvi, e ci aiuterà a passare il tempo fino a quando sbarcheremo. Suppongo abbiate visto e ammirato a Roma l'obelisco, denominato proprio Vaticano, che sta a Piazza San Pietro in Vaticano. Quest'obelisco, nel 1584, cioè durante i primi anni del pontificato di Sisto V, giaceva ancora mezzo sepolto nel terreno, non lontano dall'antica sacrestia di San Pietro. Molti Papi prima di Sisto avevano ideato progetti per disinterrarlo e spostarlo a Piazza San Pietro, ma erano sempre stati trattenuti dal gran costo e dalle grandi difficoltà dell'impresa. Papa Sisto V, che, come tutti sanno, aveva uno spirito ambizioso e intraprendente, si decise a realizzare ciò che i suoi predecessori avevano soltanto pensato. Affidò l'arduo compito a un architetto di chiara fama, Domenico Fontana, fornendogli generosamente tutti i mezzi necessari alla riuscita del progetto. La meccanica di allora era molto arretrata rispetto a quella del giorno d'oggi; e non si trovava un modo semplice per liberare un monolito di grandezza così portentosa dal terreno in cui era affondato, e trasferirlo senza danno al posto dove s'intendeva metterlo. Comunque, nel corso dell'anno s'intrapresero con successo queste due azioni preliminari. Ma la più delicata operazione finale, quella di mettere in piedi quel volume stupefacente, doveva ancora essere eseguita. Alla fine, completate tutte le preparazioni idonee allo scopo, Fontana andò dal Papa e gli chiese di fissare un giorno per l'elevazione. Il Papa lo fece, e promise di onorare con la sua presenza quella cerimonia, che non poteva mancare di attrarre un'immensa affluenza di gente da ogni dove.

'Questa è la cosa che mi preoccupa di più' disse l'architetto: 'Se il rumore della folla distraesse gli operai e impedisse l'esecuzione di un mio minimo ordine, io non rispondo di nulla.'

'Non temete,' rispose Papa Sisto 'me ne occuperò io.' E istantaneamente redasse un editto con cui faceva sapere che chiunque avesse emesso un suono durante l'erezione della colonna sarebbe stato condannato a morte. Questo proclama, col tremendo sigillo Papale impresso sopra, fu affisso senza indugi sui muri di Roma.

Nel giorno stabilito, Fontana, dopo essersi confessato, aver preso i sacramenti e ricevuto la benedizione del Papa, montò sull'alto ponteggio da dove avrebbe sovrinteso al grande lavoro. I suoi ordini sarebbero stati impartiti per mezzo di campane, e di parecchie bandiere colorate, cosicché anche da lontano i lavoratori avrebbero potuto comprenderli ed eseguirli. La Piazza del Vaticano, affollata da soffocare, sembrava come pavimentata di teste; e deve essere stata una scena grande e imponente vedere quell'infinita moltitudine rimanere così ferma e silenziosa per volere di un solo uomo, come se fosse composta da statue, invece che da esseri viventi. Papa Sisto, dal suo alto seggio preparato apposta, guardava la folla riunita di sotto, immobile di fronte a lui, come vittima di un incantesimo.

Alla fine fu dato il segnale, gli argani cominciarono a girare, le pulegge a ruotare, i cavi e le funi ad allungarsi, a stirarsi e crepitare. Su, su, lentamente si alza il mostro di granito. Fontana sventola le sue bandiere, il Papa si piega in avanti attento, sotto migliaia di persone tengono il fiato... ancora un minuto e l'enorme monolito sarà in piedi. Tutto ad un tratto si sente uno schianto sinistro, l'obelisco resta fermo per un secondo, poi si abbassa di qualche centimetro; le funi non riescono più a tenerlo. Il Papa aggrotta la fronte... tutta Roma impallidisce. La presenza di spirito di Fontana lo abbandona.' Acqua! Acqua!' urla una voce improvvisa 'Bagnate le funi!'. Fontana obbedisce al suggerimento benedetto; viene buttata dell'acqua sulle funi, la canapa allentata si contrae, di nuovo gli operai si gettano al lavoro con decisione. La maestosa colonna è innalzata, e sta di fronte al mondo che l'ammira, un'altra prova gloriosa dell'ardire e dell'ingegno dell'uomo.

L'opportuna interferenza che aveva condotto a questo risultato, era arrivata dal capitano di un vascello mercantile, di nome Bresca, nativo di San Remo; uno che nella sua temeraria vita di mare aveva probabilmente avuto qualche esperienza simile sull'allentamento delle funi di canapa. Comunque, nonostante l'innegabile servizio che aveva reso, le Guardie Svizzere, che non conoscevano altra virtù che l'obbedienza, né altro crimine che la disobbedienza al loro padrone, presero il Bresca, e lo portarono davanti al Papa. La notoria severità di Sisto V, una severità che spesso equivaleva a inutile crudeltà, lasciava poca speranza che la vita del capitano fosse risparmiata. Fortunatamente, l'esito dell'impresa che il Papa aveva avuto così tanto a cuore, lo dispose ad essere clemente... giusto, dovremmo dire... verso l'uomo che aveva di fatto contribuito a quel successo. Sua Santità quindi, contrariamente alle aspettative generali, ricevette Bresca con cortesia, e gli promise che gli avrebbe accordato qualsiasi favore avesse chiesto. Il buon capitano, com'era ovvio, implorò per prima cosa la santa benedizione del Papa, e secondariamente, il privilegio per lui e i suoi discendenti, di rifornire ogni anno il Palazzo Apostolico di palme. La richiesta fu immediatamente esaudita con un Breve Papale, che inoltre conferiva a Bresca il titolo e il grado di Capitano dell'esercito Pontificio, e il diritto di indossarne l'uniforme, e di issare la bandiera Papale sul suo vascello. Questo Breve è tuttora in possesso della famiglia Bresca, e il monopolio che accordava perdura tutt'oggi."

"Eppure penso che questo Papa Sisto doveva essere un uomo odioso" esclamò Lucy.

"Certamente non era amabile," osservò Antonio. "Non si riesce a evitare di rabbrividire di fronte all'abile chirurgo che incide profondamente la struttura fisica di un uomo, anche se sappiamo che il suo braccio è armato da motivi umani. Il compito di Sisto V era più o meno di questa natura. Quando divenne il capo della Chiesa e dello Stato, erano entrambi in condizioni così pietose, che solo dei rimedi estremi, se ce n'erano (l'uso generoso del bisturi e dei ferri), potevano riuscire a guarirli; e questi furono applicati senza esitazioni e senza risparmio. Gli uomini non sono altro che quello che le circostanze li rendono... ma basta fare morali, perché eccoci alla fine del nostro viaggio," aggiunse il dottore, guardandosi intorno, "e là, proprio di fronte a noi, tra quelle due montagne che gentilmente si ritirano, si allunga nell'entroterra la piccola valle di Taggia; e quel fiume che casca in mare, a un centinaio di passi da noi verso est, è l'Argentina, l'orgoglio degli abitanti della valletta, e il loro flagello ogni tanto, come quando, gonfiato dai torrenti montani, muggisce come un toro impazzito e si porta via tutto quello che trova."

Una passeggiata di due minuti portò la nostra compagnia ad un incrocio formato dalla strada per Taggia e da quella più grande per Nizza, che si incontravano ad angolo retto, e dove una carrozza aperta li stava aspettando. La loro gita ora li faceva attraversare piantagioni di alberi d'olivo, i cui rami, avvicinandosi da ambo i lati della strada, formavano sopra le loro teste un baldacchino verde.

"Che studio magnifico per un pittore sarebbero questi tronchi contorti e nodosi!" esclamò Lucy: "Non ho mai visto tante forme pittoresche e strane in così gran numero."

"Qualunque cosa si possa dire," osservò Antonio "sull'effetto di monotonia che si ha vedendo olivi in massa, non possiamo negare ad ogni singolo albero il merito per la varietà e l'originalità della forma."

"Certamente no," disse Lucy "per quanto mi riguarda, confesso di avere un debole per l'albero d'olivo. Parla al mio cuore e alla mia immaginazione. Mi riporta alla mente il rametto simbolo di pace che la colomba portò a Noè; la foresta mobile di rami d'olivo che accolse il nostro Salvatore quando entrò a Gerusalemme; il giardino dove pregò e soffrì." Mentre devote associazioni di idee si svegliavano nella sua mente, Lucy sembrava davvero molto simile a una divina Madonna di Guido Reni; se non altro Antonio non si stupiva più della confusione di Battista.

"La prego dottore, " disse, dopo una pausa, "mi prenda uno dei rametti che pendono sul nostro capo." Quando Antonio l'ebbe soddisfatta, Lucy esaminò le foglie, verde scuro da un lato, e grigio-argento dall'altro, e poi chiese: "Le palline bianche che pendono a mucchietti sono il frutto?"

"Sì," rispose Antonio "e, tempo permettendo, per gennaio queste cosucce bianche saranno trasformate nelle lucide bacche nere, che, macinate al mulino, forniscono il famoso olio. Dopodiché, dai noccioli schiacciati, lavati e asciugati, si ricava un eccellente combustibile, mentre le foglie secche servono da concime. Il legno d'olivo, come lei già sa, è molto apprezzato dai mobilieri per i loro articoli più eleganti; quindi, vede, nessuna parte dell'albero è senza valore." "Come mai allora," chiese sir John "con un prodotto così ricco a portata di mano, la gente da queste parti è povera?"

"L'apparente contraddizione si spiega facilmente" replicò Antonio. "In primo luogo, deve sapere che solo una volta ogni tre anni si ha un buon raccolto, questo significa che solo ogni tre anni gli alberi si coprono per bene dei puntini bianchi che sta guardando adesso, i quali, se lo ricordi, sono, dopo tutto, la promessa, e niente di più, di un raccolto abbondante. Visto che queste palline devono restare sull'albero da aprile o maggio, mesi in cui si formano, fino al gennaio seguente quando vengono raccolte, e dato che, essendo molto delicate di costituzione, vengono danneggiate facilmente e in egual misura da qualsiasi genere di situazioni estreme, si tratti di caldo o di freddo, siccità, pioggia o vento, può ben immaginare i rischi e le perdite cui vanno incontro durante un intervallo di tempo lungo addirittura otto o nove mesi. A questo bisogna aggiungere che la coltivazione dell'olivo è dispendiosa, perché l'albero ha bisogno almeno una volta ogni quattro anni, di grandi quantità di un concime particolare e molto costoso, fatto di stracci di lana, con corna e unghie di bestiame; che in certe stagioni la terra intorno ad ogni albero va smossa per dare aria alle radici, che i *muriccioli,* cioè i muretti dei terrazzi che sostengono il terreno dei nostri distretti montani, hanno continuo bisogno di riparazione, che, per di più, il costo di raccogliere il frutto e fare l'olio, è calcolato il venticinque per cento del prodotto netto. Tenendo tutto questo ben a mente, credo non si stupirà più se un prodotto così ricco offre solo poveri guadagni."

Sir John, ben lungi dall'annuire ai chiarimenti del dottore, scrollò il capo, come per dire che da qualche parte ci doveva essere un errore di organizzazione; ma poichè si cominciavano a vedere le due torri scure, coperte da festoni di edera, che dominavano l'entrata della città, la conversazione prese una piega diversa.

"Qui molti feroci assalti dei Saraceni sono stati sostenuti e respinti coraggiosamente" osservò il dottore, mentre aiutava i suoi compagni a scendere." Anche in epoca piuttosto recente, questa Riviera è stata infestata da Corsari Barbareschi, che approfittavano della costa non difesa, e della mancanza di facile comunicazione tra le città, per piombare in un dato punto, e soddisfare il loro solo obiettivo, il saccheggio, prima che si potessero ottenere aiuti da altre parti. Sì, davvero, " continuò Antonio, in risposta alla muta espressione di meraviglia negli occhi di Lucy, "ci sono persone ancora in vita che si ricordano un'incursione di questo tipo, quando un convento di frati venne invaso e la maggior parte dei monaci fu portata via. Era stata la politica della Serenissima Repubblica di Genova, sempre gelosa della sua vicina più prossima, la Francia, a evitare che si costruisse qualche strada carrozzabile, tra la capitale e questa parte dei suoi domini, e solo mezzo secolo fa un viaggio da Genova a qui era considerato, ed era davvero, un'impresa piuttosto difficile e pericolosa.

"Quanto a sicurezza, non ci si può ancora vantare molto, dottore: il suo Prospero è stato nocivo quasi quanto un Corsaro" disse sir John ridendo.

"Ah, è vero!" ribatté il dottore nello stesso tono "ma almeno spero che Bordighera non sia stata così spiacevole quanto Algeri o Tunisi."

"Non proprio, non proprio" rispose sir John, di buon umore. "Allora questa bella strada è un lavoro moderno" continuò.

"Si, assolutamente" replicò Antonio: "L'attuale strada della Cornice venne terminata solo nel 1828, e lo dobbiamo a un incidente: Carlo Felice, il sovrano allora regnante, aveva un grosso debole per Nizza, dove spesso risiedeva. La strada che percorreva da Torino a là era ovviamente quella del Col di Tenda. E così accadde che, durante una di queste visite a Nizza, la neve caduta in abbondanza, rendesse impossibile il ritorno a Torino per la solita strada. La sola alternativa era quella di andare a Genova via mare, da dove sua Maestà poteva raggiungere facilmente la sua capitale. Quindi si imbarcò, ma il tempo era così brutto, e il mare così grosso, che fu obbligato a tornare indietro. Il popolo della Riviera, che aveva cercato invano e a lungo di ottenere il permesso per aprire una strada lungo la costa, colse l'opportunità che gli veniva così offerta. Avrei dovuto dire prima, che il Governo del Piemonte aveva ereditato, insieme agli antichi Stati della Repubblica di Genova, anche il pregiudizio contro una strada verso la Francia. Quindi le popolazioni di tutte le città e dei villaggi si radunarono *en masse*, con a capo i Sindaci e i Curati, a riempire burroni e rimuovere rocce, in un lasso di tempo incredibilmente breve. 'Vostra Maestà, ecco qui una strada al Vostro servizio' gridavano a una voce, e sua Maestà si compiacque gentilmente di accettare quella comodità. Ordini infuocati arrivarono da Torino, ordinando alla Riviera di lasciar perdere la costruzione della strada... ma un giorno troppo tardi, perché la strada era finita e il Re e i cortigiani l'avevano già inaugurata."

Mentre parlava, il dottore aveva cominciato a guidarli per la città, un posto dall'aspetto bizzarro, certo, con un'atmosfera e dei colori decisamente medioevali, pieno, sia a destra che a sinistra, di nicchie buie e archivolti misteriosi, tra cui alcuni che si aprivano inaspettatamente su un panorama soleggiato e verde che era un ristoro per la vista. Miss Lucy si stupì della quantità di ponti di pietra massiccia che si gettavano al di sopra delle loro teste, attraversando la strada, da una casa all'altra; ponti che, come spiegò il cicerone, servivano da salvaguardia contro un visitatore frequente e spiacevole: il terremoto. Un'altra fonte di meraviglia per la giovane signora inglese, era vedere, ogni tanto, sulla soglia delle case, piatti pieni di arance, limoni e verdure, senza nessuno che li tenesse d'occhio. Fu sorpresa di sapere che erano lì perché in vendita; chiunque volesse tale e tale articolo, lo prendeva *sans cérémonie* dal piatto, lasciando il costo corrispettivo, uno o due soldi. Questo nuovo metodo di vendita divertì parecchio sir John, che osservò: "Anche se ingegnoso ed economico, un metodo del genere non avrebbe gran successo in molti posti."

Il nostro trio ora arrivò in una strada più larga delle altre, dove un gran numero di persone di ogni classe, gentiluomini, preti, braccianti e meccanici, stavano o riuniti in gruppo o gironzolando sotto i portici che si allungavano su ambo i lati. "Questo è il *Pantano*," disse il dottor Antonio "una combinazione della Borsa e di Regent Street per la buona gente di Taggia. Qui si concludono affari, e qui i damerini e i ricconi esibiscono al mondo la loro eleganza e importanza. Quell'uomo alto in uniforme è il brigadiere dei carabinieri, una delle autorità costitute. Se stiamo qui ancora qualche minuto, lo vedremo avviarsi per andare a stendere un rapporto ufficiale sul fatto che il dottor Antonio di Bordighera è stato visto percorrere il *Pantano* alle quattro e cinque del pomeriggio, in compagnia di una signora e di un gentiluomo forestieri; un evento importante di cui il mio amico, il Comandante di San Remo, sarà informato prima del tramonto."

"Sta dicendo sul serio?" esclamò Lucy. "Faccio fatica a credere che qualcuno possa pigliarsi il fastidio di interessarsi a banalità del genere."

"Banalità?" ripeté Antonio molto serio. "Sir John non potrebbe essere un generale francese travestito (gli assomiglia proprio, ne sono sicuro), venuto a rivoluzionare Taggia, città di Sua Maestà Sarda? La nostra polizia è sempre pronta e desidera evitare alla patria rischi del genere."

Al passaggio dei nostri amici, i cappelli si levavano, e molti accenni e sorrisi, e agitar di mani, indirizzati in particolar modo al dottore, erano la prova che questi si stava muovendo su un terreno famigliare. Chiamò con un cenno un giovane alto, magro, coi capelli chiari ("che ha fatto la sua poltrona, miss Davenne"), il quale li raggiunse, e dopo aver salutato la compagnia, diede una stretta di mano ad Antonio… un atto di familiarità che richiamò sul volto di sir John solo metà della sua abituale smorfia, perché, facendo uno sforzo tremendo, il Baronetto, per il momento, riuscì a sopprimere l'altra metà. Questa impressione spiacevole comunque fu ben presto annullata dal modo tranquillo e deferente con cui il giovane ebanista fece entrare i visitatori nel suo laboratorio, una stanza grande dalle mura nude, dove trovarono un ragazzo che modellava una testa in creta.

"Quel giovane," disse il dottore "ha un deciso talento per la scultura; autodidatta, ha già modellato teste e anche figure intere. Sta per andare a Roma, dove una famiglia ricca e generosa di questo paese si è offerta di pagare tutte le sue spese mentre studia là; e mi sbaglierò di grosso se Salvatore Revelli non diventerà in pochi anni, un nome onorato nella Repubblica delle Arti. [12] Anche questo tipo," continuò Antonio, indicando scherzosamente l'ebanista, "potrebbe guadagnarsi fama e denaro se non fosse per la sua ostinazione a restarsene ficcato nel *Pantano*... Avanti signore, tira fuori le tue belle cose, se ti va."

Il numero delle belle cose non era grande (a cosa serviva aggiungerne altre quando quelle che c'erano non trovavano un compratore?), nondimeno, ce n'era più che abbastanza per provare l'abilità e il gusto non comuni dell'artigiano. Infatti c'erano solo alcuni tagliacarte, e cartelle di cuoio, ornate riccamente con le incisioni più delicate e fantasiose, o con figure minuscole, e tre tavole della fattura più squisita. Su una di queste era delineata una serie di figure che rappresentavano i diversi costumi della gente della Riviera, fatte così bene che Lucy esclamò: "Questo non è il lavoro di un ebanista, ma di un artista, che non solo disegna magnificamente, ma è anche un coloritore di prima classe!"

"Il mio amico" disse Antonio "ha tutto il merito della scelta e della disposizione, ma non ci sono colori in queste figure se non quelli conferiti dalla natura ai diversi pezzetti di legno che le compongono."

Lucy faceva fatica a crederci, e sir John ebbe bisogno della testimonianza congiunta di occhi e occhiali prima di ammettere il fatto. Si offrì subito di comprare tutto quello che era in mostra, esprimendo al dottore il suo rammarico per il fatto che la scorta dell'ebanista non fosse più grande. Dopo un cordiale scambio di buoni auguri e ringraziamenti, Antonio e i suoi amici se ne andarono, e camminando per altre strade serpeggianti, tutte sole e piante di sopra, verso i balconi e i terrazzi, tutte ombre e buio di sotto, arrivarono a un ponte che univa i due versanti della piccola valle.

Di fronte, su un alto crinale, sorgeva Castellaro, luccicante nella luce dorata. "Com'è bello e luminoso!" disse Lucy: "È il villaggio più allegro del mondo; si potrebbe immaginare che Castellaro provi la felicità dell'esistere."

"Oppure", continuò Antonio "che in un trasporto di gioia, stia per gettarsi tra le braccia della valle."

"Proprio così," rise il Baronetto "devono essere coraggiosi quelli che vivono nelle case in prima fila. Solo a pensarci mi gira la testa."

Verso la metà del ponte raggiunsero una colonnina di pietra, su cui c'era una Madonna e un'iscrizione in latino. "Ecco un altro ricordo del terremoto" disse Antonio indicando l'iscrizione. "Riporta che nel mese di giugno del 1831, una terribile calamità distrusse due archi del ponte, il terzo e questo su cui siamo ora. Due bambini, fratello e sorella, che stavano attraversando il ponte proprio nel momento della scossa, furono gettati di sotto insieme a questo arco, che è l'undicesimo, e, incredibile a dirsi, non si fecero nulla; in segno di riconoscenza per l'avvenuto miracolo il padre grato eresse la colonnina, con un'iscrizione commemorativa del fatto."

Appena passato il ponte, ai piedi di un sentiero ripido e stretto, la compagnia trovò due muli e due uomini che li aspettavano. Il dottore disse che preferiva andare a piedi. Sir John, una volta in sella, aprì il suo ombrello e si mise davanti, seguito da vicino da Lucy, mentre un uomo era alla testa di ogni mulo. "Non ho mai visto una strada così detestabile e pericolosa," gridò poco dopo il Baronetto "certo il comune non va in rovina per mantenere in ordine le strade!"

"Migliorerà appena passeremo nel comune di Castellaro" disse Antonio. "Castellaro ha più di una volta fatto pressione su Taggia perché ripari la sua parte di strada. Non s'immaginerà mai quale risposta è sempre stata data: 'Non è Taggia che vuole andare a Castellaro, ma Castellaro che vuol venire a Taggia; quindi che Castellaro ripari la strada se vuole, a sue spese.' Sono queste le idee di economia politica che si nutrono da queste parti."

L'aria mutevole della montagna, fortemente impregnata dell'intenso profumo del rosmarino e del timo che crescono in abbondanza nei dintorni, cominciò ad agire come un leggero stimolante sui nostri viaggiatori, il cui morale cresceva ad ogni passo. Sir John diventò così poetico da paragonare gli enormi ciuffi di ginestrone giallo sparsi sulla collina, a sorrisi che illuminavano un volto vecchio e rugoso. Lucy, con fanciullesca esuberanza, si mise a colpire Antonio con tutti i fiori raccolti per lei dalla vittima, che urlava al tradimento, e, mostrando una paura mortale, arretrava, strillava, e si nascondeva dietro le rocce e gli alberi, e le faceva degli scherzi così infantili che noi, i suoi biografi, non possiamo permetterci di riferire. Metteva di buon umore ascoltare gli allegri scoppi di risata di Lucy ai bizzarri comportamenti di Antonio, e alla faccia seria con cui lui l'avvertiva di non sbirciare all'indietro, rovinandosi così la sorpresa. A un tratto venne fuori da uno dei suoi nascondigli urlando e agitando un enorme mazzo di fiori, così straordinariamente festosi che si potevano trovare soltanto, disse, sulla strada che portava al villaggio più allegro del mondo. Dal centro di ognuno dei grossi fiori bianchi che teneva in mano, spuntava un lungo pennacchio elegante dagli stami lilla scuro. L'insieme, così ricco e delicato, somigliava un pochino alla coda di un pavone bianco." Che mai può essere?" disse Lucy. "È la *capparis spinosa*" rispose Antonio "e questi fiori che le piacciono tanto non sono altro che capperi in piena fioritura, conosciutissimi per l'uso culinario." Quest'informazione non raffreddò l'entusiasmo di miss Davenne, che assicurò che le piaceva la salsa di capperi, e vedendo Antonio infilare alcuni fiore nel suo famoso cappello a cono, volle averne qualcuno nel suo, dove stavano davvero bene. Sir John, ridendo, permise di essere adornato nello stesso modo... le due guide ebbero ugualmente la loro parte e, così impennacchiata, la piccola truppa attraversò il paese di Castellaro, alquanto osservata, ma ricevuta con gli stessi segni di rispetto e simpatia che l'avevano accompagnata per tutto il giorno. Ogni tanto un paesano si avvicinava al dottore con la richiesta di visitare qualche malato, cosa che, non essendo il caso urgente, veniva rimandata all'indomani con un sorriso bonario.

Una strada larga, liscia, ben in ordine, che sir John chiamò una strada da cristiani, si apriva dal villaggio verso nord, e si allungava sul fianco della ripida montagna con capricciosi zigzag, ora nascondendo, ora rendendo visibile la facciata del santuario, all'ombra di due querce dalle dimensioni enormi. "I Castellini che fecero questa strada 'col sudore della fronte' " disse Antonio "ne parlano con orgoglio, e a buon diritto. Raccontano con infinito compiacimento come ogni ciottolo con cui è pavimentata sia stato portato dalla spiaggia, e che, a questo scopo quelli che possedevano i muli li usavano e quelli che non li avevano si caricavano il peso sulla schiena; come ogni gentiluomo e paesano, giovane e vecchio, donne e ragazzi, lavorarono giorno e notte, senza nessun'altro stimolo se non l'amore per la Madonna. La Madonna di Lampedusa è la loro fede, la loro occupazione, il loro orgoglio, il loro *Carroccio*, la loro idea fissa."

"Una singolare infatuazione" osservò Lucy: "Mi piacerebbe saperne la leggenda, perché, certamente, c'è qualche tradizione ancora esistente che la riguarda."

"Tutto ciò che riguarda l'immagine miracolosa," rispose Antonio "e la data e il modo della sua traslazione a Castellaro, è spiegato dettagliatamente in due iscrizioni, una in latino, l'altra in brutti versi italiani, che si possono vedere all'interno della cappelletta del santuario. Andrea Anfosso, un nativo di Castellaro, capitano di una nave corsara, un giorno fu attaccato e sconfitto dai Turchi, e portato all'isola di Lampedusa. Qui riuscì a scappare e a nascondersi, fino a quando il vascello turco che lo aveva catturato lasciò l'isola. Anfosso, uomo pieno di risorse, si mise a costruire una barca, e trovandosi nel gran dilemma di cosa usare come vela, osò un passo ardito e originale prendendo dall'altare di qualche chiesa o cappella dell'isola un dipinto della Madonna per adottarlo come tale; e funzionò così bene allo scopo da permettergli di fare un viaggio insolitamente felice e di tornare alle rive natie; quindi in uno slancio di generosità, offrì la sua vela sacra all'adorazione dei concittadini. Ma il lato miracoloso della faccenda non finisce qui. Tutti d'accordo scelsero un luogo, a un tiro di schioppo dall'attuale santuario, ed eressero una cappella, dove fu depositato il dono con tutti i dovuti onori. Ma sembrò che la Madonna, avesse un'insormontabile antipatia per il posto scelto, perché, ogni mattina che Dio metteva in terra, il dipinto veniva trovato nell'esatto punto dove ora sta l'attuale chiesa. Si misero delle sentinelle alla porta della cappella, l'intero villaggio rimase in piedi per molte notti, montando la guardia all'entrata... nessuna precauzione comunque funzionò. Nonostante la sorveglianza stretta, il dipinto, ormai senza dubbio miracoloso, trovava il modo di farsi strada fino al posto che preferiva.

Alla fine i Castellini arrivarono a capire l'espresso desiderio della Madonna; che il suo quartier generale fosse là dove la sua effigie si trasferiva ogni notte; e anche se le era piaciuto scegliersi il punto più scosceso e ripido dell'intera montagna, tanto che fu necessario innalzare degli archi per mettere fondamenta sicure per il suo santuario, i Castellini intrapresero *con amore* il compito, così chiaramente rivelato, e si portò a termine l'ormai famosissima cappella. Questo avvenne nel 1619. Nel corso del tempo furono annesse delle stanze per la sistemazione di visitatori e pellegrini, e fu costruito un terrazzo, e anche ora sono in programma molte altre aggiunte e abbellimenti, e senza dubbio un giorno saranno terminati; perché, nonostante i Castellini abbiano soltanto una borsa piccola, hanno la grande leva capace di superare ogni ostacolo: la fede che determinò le Crociate."

Mentre Antonio finiva di parlare, John e miss Hutchins, due personaggi che in ultimo abbiamo stranamente dimenticato, erano vicini alla staffa di Lucy, che con tono scherzoso chiese al dottore, se era finito il tabù e se poteva ora voltarsi e guardare dietro di sé. "Come se non l'avesse fatto continuamente nell'ultima ora" disse Antonio, scrollando il capo. Lucy si voltò di scatto, e abbracciò con un'occhiata il panorama meravigliosamente vario che le stava davanti.

A nord una lunga, lunga vista di profonde, scure, tetre gole, chiuse in distanza dal gigantesco paravento formato dalle Alpi innevate... a sud la splendida estensione del Mediterraneo... ad est e ad ovest, una fila dopo l'altra di colline graziosamente ondulate, che scendevano con dolcezza verso il mare... nella piana sottostante, la fresca e intima valle di Taggia che, con il suo zampillante corso d'acque, e zone ricche di giardini, sembrava un mosaico perfetto di tutte le gradazioni del verde, interrotto da sinuosi arabeschi d'argento. Ogni tanto, un melograno ritardatario in piena fioritura allargava il suo orifiamma di abbaglianti fiori rossi a forma di tulipano. Sul poggio opposto sorgeva la tetra e medioevale Taggia, come un ospite scontento a uno splendido banchetto. Poco più lontano, verso ovest, l'occhio coglieva il Campanile della Chiesa Domenicana, che emergeva da un gruppo di cipressi, e ancor più lontano, sul limite estremo del dirupo più occidentale, il santuario di Nostra Signora della Guardia mostrava la sua bianca silhouette contro il cielo azzurro scuro.

Sir John interruppe la silenziosa ma incantata contemplazione di Lucy, con un, mezzo stizzito, mezzo lamentoso: "Insomma Lucy, mia cara, potresti spegnere il tuo entusiasmo fino a dopo pranzo?", che la spinse immediatamente al fianco del padre. Si sedettero davanti a un pranzo succulento, cui sir John partecipò con un'alacrità e un gusto che ben facevano onore alle qualità salutari dell'aria di montagna. Finito il banchetto, Lucy propose di prendere il caffè in terrazza, e visto che il padre era d'accordo, si trasferirono immediatamente là, e sir John, dopo aver sorseggiato la Moka, e pagato un ampio tributo di ammirazione all'amabilità del panorama, prese il Times dalla tasca, e si sprofondò nelle sue colonne. Lucy e Antonio, lasciati così a se stessi sedevano osservando in silenziosa meraviglia gli splendori delle ore della sera.

Il cielo era lucido e limpido come acciaio levigato, salvo a occidente, dove si libravano tre belle nuvolette, simili a lunghe sciarpe di organza arancione. Il sole, quasi nascosto dietro il ciglio della catena montuosa ad ovest, passando tra gli intervalli delle colline più basse di fronte, lanciava alcuni dei suoi raggi in fiammeggianti colonne attraverso la valle. Mentre il disco abbagliante sprofondava lentamente, la zona d'ombra della montagna opposta cresceva in progressione corrispondente e, come una marea di acque scure, inseguiva le larghe strisce di luce facendole avanzare e riducendole per gradi a una linea purpurea, che si attardò per un attimo, come per un ultimo saluto, sulle vette più alte, per poi svanire con un tremito. Ora la prima fila delle catene montuose riacquistava a un tratto la rigidità del suo profilo, mentre quelle sullo sfondo, dietro le quali il sole era sceso, galleggiavano in un vapore trasparente di lapislazzulo e rosa. Il cielo ad ovest è una splendida fornace, i cui caldi riflessi chiazzano di cremisi la neve distante delle Alpi, e accendono l'orizzonte del mare. Dopo un altro momento il bagliore rossastro impallidisce e cede il passo, le ombre diventano più spesse nella valle sottostante, e le gole a nord diventano velocemente sempre più buie. L'ardente brillare ad ovest si è addolcito in tenui colori rosa, e questi a loro volta, con una scala armoniosamente graduata, svaniscono in una trasparenza verdastra di madreperla, che passa dal verde all'azzurro, fino a che l'ovest e l'est si mescolano in un blu scuro uniforme, ornato qua e là con i lustrini di una stella tremante.

"E le nostre belle nuvole?" disse Lucy.

"Andate!" replicò Antonio tristemente: "Emblema di molte splendide speranze, che svaniscono mentre le si guarda."

"Ma domani ritorneranno" disse Lucy ingenuamente, e nel dirlo piegò un poco la testa verso Antonio, e la brezza della sera portò alcuni dei suoi riccioli d'oro sopra le labbra di lui, come offrendoli al suo bacio.

"Chi può dire" disse lui "quali nuvole nere piene di tuoni avvilupperanno quelle cime domani?"

Le magnifiche evoluzioni di luce e ombra che, per rispetto alla pazienza del nostro lettore, abbiamo liquidato senza cerimonie in poche righe, in realtà avevano occupato un'ora intera, di cui il primo quarto era stato consacrato da sir John al suo giornale, il secondo a trovare una posizione comoda, e l'ultima mezz'ora a uno splendido pisolino. Questa era la ragione per cui la giovane signorina e il gentiluomo parlavano sussurrando, e sussurrando capitava ogni tanto che si chinassero l'uno verso l'altra.

Il silenzio solenne della sera fu improvvisamente rotto dalle campane delle sei chiese di Castellaro che suonavano l'Ave Maria, cui fecero eco in rapida successione quelle delle molte più numerose chiese di Taggia, e dei distanti conventi dei Cappuccini e dei Domenicani. Era il concerto più dolce e melanconico che si potesse immaginare. Sir John cambiò posizione, ma non si svegliò, e Antonio prese a recitare, quasi all'orecchio di Lucy, i versi di Dante così spesso citati, eppure sempre eccellenti da citare:

Era già l'ora che volge il disio
a' naviganti, e 'ntenerisce il cuore
lo dì c'han detto ai dolci amici addio;
e che lo novo peregrin d'amore
punge, se ode squilla di lontano
che paia il giorno pianger che si more;...

"Finora non avevo mai capito completamente" disse Lucy, con gli occhi lucidi, "tutto il pathos di questi bellissimi versi. Il rimpianto per la madre patria lontana che li ispira arriva dritto al cuore. Devono essere stati scritti in un momento come questo."

"E da un esule," aggiunse Antonio. "Forse gli occhi del grande Ghibellino stavano fissando una catena di monti come quella che ci sorge davanti, che stava tra lui e '*Il bello ovile ov'ei dormì agnello, Nimico a' lupi che gli danno guerra.*'"

“Ma mentre parliamo, ” proseguì “la notte ha calato il suo velo sul serio, e le lucciole cominciano ad accendere le loro minuscole lanterne… un segnale che è l’ora per me di andare a casa.”

“A casa!” ripeté Lucy sorpresa: “di certo non vorrà tornare a Bordighera stanotte?”

“Oh no,” disse Antonio: “Non pensi che io sia un cavaliere così incostante. Vede quella massa bianca sulla sinistra di Taggia, con delle luci all’interno?”

“Ho notato quella casa prima, ” ribatté Lucy “ha un’aria misteriosa.”

“È quella che io chiamo casa, quando vengo a Taggia.”

“È piuttosto lontana,” disse Lucy “non può restare quì?”

“Non c’è posto.”

“Non ha amici a Castellaro?”

“Nessuno caro la metà di chi mi sta aspettando a Taggia.”

“Quindi è molto affezionato a questo amico?”

“La amo e la riverisco con tutto il mio cuore” fu la risposta.

Lucy taceva.

“Si ricorda,” andò avanti Antonio “di quando le ho detto che di tutti i miei simili quello che appariva più alto ai miei occhi apparteneva al suo sesso? Ora vado da quella signora. Arrivederci a domani, e sogni d’oro… Dio mio, come sono fredde le sue mani! È meglio che rientri a casa, anche se l’aria è tanto dolce e mite. Rientri immediatamente e si beva una tazza di tè bollente, la prego… Non vuole? Be’, arrivederci, non posso trattenermi oltre.”

Anche se sir John, ormai del tutto sveglio, la sollecitava ripetutamente a rientrare, Lucy si attardò sul terrazzo fino a che non vide un’alta figura scura che attraversava il ponte sottostante, in mezzo a una nuvola di lucciole... la valle in quel momento sembrava come un mare di stelle danzanti. Allora, e solo allora, si alzò e raggiunse il padre, che era rientrato per ordinare il tè.

Due ore più tardi la stessa alta figura che aveva attraversato il ponte, stava a una delle finestre della casa misteriosa, spiccando marcatamente contro la luce all’interno. Ora, se uno avesse sussurrato all’orecchio di quella figura, mentre stava alla finestra in tacita contemplazione: “C’è qualcuno che non dorme nei paraggi per colpa tua,” sarebbe trasalita per lo stupore. È proprio vero che anche l'uomo più sensibile e tenero non può nemmeno immaginare quello che la sensibilità di una donna può suggerire per tormentar se stessa.

La figura alla fine si ritirò, chiuse la finestra con un sospiro, e un sincero "Dio la benedica!"... un desiderio al quale noi partecipiamo con tutto il cuore.

CAPITOLO XVI

Nuovi personaggi e incidenti

Alle otto del mattino seguente, al posto d'onore, vale a dire ai piedi della balaustra che separa l'altar maggiore dal corpo della bella chiesetta del santuario, troviamo Speranza e Battista i quali, in ginocchio, ascoltano con estrema devozione la messa che viene detta per loro. L'altare, su cui sta l'immagine miracolosa, che però è nascosta alla vista profana da una tenda, è riccamente adornato, e i muri intorno, così come quelli delle due cappelle più piccole alla destra e alla sinistra della navata, sono coperti da ex-voto, per la maggior parte dei cuori d'argento, intervallati ogni tanto da una gamba o da un braccio d'argento, con persino un neonato d'argento fasciato secondo l'inviolabile uso italiano. Ci sono anche molti quadretti un po' primitivi, i quali, nove volte su dieci, intendono rappresentare vascelli che affondano in mari terribili, con onde soprannaturali, e con la Madonna seduta su una nuvola, che li osserva placidamente.

Finita la messa, la balaustra viene spalancata dal vecchio sacrestano, che chiama con un cenno Speranza e il suo promesso. Questo è il segnale per la congregazione, composta principalmente da donne, di affrettarsi all'altare. Vengono accesi i quattro ceri davanti, e poi la tenda si solleva lentamente tra un tintinnio di campanelli, e appare un dipinto di piccole dimensioni (alto quasi un metro, e largo poco più di mezzo), con tre figure: nostra Signora e il Santo Bambino, ognuno con un'aureola intorno al capo, e al loro fianco Santa Caterina. Un mormorio generale di soddisfazione esce come un sospiro dalle labbra dei fedeli, i cui occhi s'illuminano e diventano lucidi sollevandosi in contemplazione. Il sacrestano appare raggiante. Speranza inginocchiata, arrossisce e fa la sua offerta, un enorme cuore d'argento Battista furtivamente e goffamente presenta la sua, un dipinto di una carrozza appena capovolta, con la Madonna come al solito su una nuvola. Una breve preghiera del sacerdote, una breve risposta dall'assemblea, e poi il prete si ritira. Il sacrestano, mentre spegne lentamente i ceri, s'intrattiene in una breve e ufficiosa conversazione con alcuni dei presenti, nel corso della quale fa notare la meraviglia del fatto che il dipinto diventi ogni giorno più bello; c'è ancora uno scampanellio, la tenda scende, e i devoti se ne vanno uno ad uno.

"Come può questa gente credere," disse Lucy al dottore, mentre scendevano le scale di una piccola galleria sopra il portone della cappella, da dove avevano osservato l'intera cerimonia, "come può questa gente credere che un quadro così piccolo possa essere servito da vela?"

"La sua osservazione miss Davenne, sa terribilmente d'eresia" rispose il dottore con serietà: "Se il quadro fosse stato di misura più appropriata, che miracolo sarebbe stato?"

E facendo strada verso la sinistra della cappella, attraverso un arco che sosteneva il terrazzo dove sedevano la sera prima a guardare il tramonto, Antonio aggiunse: "Adesso se si affiderà alla mia guida, la porterò dove l'aspetta una piacevole sorpresa."

"Come vuole" disse Lucy.

Questa freddezza nell'accogliere una proposta fatta scherzosamente, così diversa dai suoi modi abituali, piuttosto briosi in occasioni simili, fece sì che Antonio la guardasse in faccia e poi dicesse: "Temo non abbia dormito bene la notte scorsa."

"Al contrario," fu la replica brusca "non ho mai dormito meglio in vita mia." (Oh! miss Davenne, miss Davenne, se non fosse per quel rossore che le colora e le brucia le guance, dovremmo rimproverarla a dovere per aver detto una bugia proprio sotto gli occhi della Madonna!). Antonio la guardò di nuovo ma non disse nulla, non le offrì nemmeno il suo braccio; Lucy infatti gli si teneva a sufficiente distanza, per autorizzarlo a pensare che lei in quel momento non desiderasse il suo sostegno. E così continuarono a camminare in silenzio, fin quando, dopo una netta curva intorno a una roccia, arrivarono a una piccola spianata, coperta da una fitta macchia di rose selvatiche. Lucy, anche nel suo umore attuale, non poté fare a meno di rallegrarsi a quella vista. "Qui è dove sorgeva la cappella originaria," disse Antonio "può vedere i resti delle vecchie mura tra i cespugli; ma stia un po' indietro o non si libererà mai da questi rovi" aggiunse, mentre vi s'inoltrava in mezzo, cominciando a tagliare a destra e a manca; poi strappate con cura le spine, fece un bellissimo bouquet e lo porse, senza parlare, a Lucy, che lo prese anche lei senza parlare.

"Quello è un Cappuccino?" gli chiese infine, indicando un uomo vestito con una lunga e ampia tonaca, e una corda legata in vita, il quale veniva giù per la strada a poca distanza da loro.

"Quello è il sacrestano che stamattina nella cappella ha giocato un ruolo così importante. Si è tolto il camice e ha indossato la sua tonaca da eremita, perché deve sapere che lui è l'Eremita di Lampedusa, e non è chiamato con nessun altro nome. È un'istituzione della cappella, ed è a sua guardia giorno e notte. La Madonna e lui sono una cosa sola."

Lucy e il dottore tornando verso il santuario incontrarono l'Eremita (che probabilmente li aveva aspettati), il quale fece alla signora un profondo inchino, e scambiò alcune parole con il gentiluomo.

"Quest'uomo," disse Antonio, in italiano, dando qualche cordiale pacca sulle spalle dell'Eremita, "ha la Madonna nella manica; lo neghi se può." L'Eremita, evidentemente molto compiaciuto per il complimento un poco profano, mostrò di averlo apprezzato con un piccolo cenno del capo, e con un movimento deprecatorio di entrambi le mani, come per dire: "La prego, risparmi la mia modestia," e proseguì oltre. Durante la sosta, Lucy lo aveva osservato con una certa curiosità. Era un uomo magro, asciutto, dal colorito rosso, di circa sessant'anni, con un paio d'occhietti grigi, irrequieti e penetranti come quelli di un furetto... testimoni rivelatori di un carattere collerico.

"Quel poveretto," disse Antonio "porta avanti un piccolo commercio di immaginette della Madonna, e mi aveva detto che sarebbe venuto da lei tra poco per mostrarle la sua raccolta. Si aspetterà che lei ne compri qualcuna, che potrà regalare a Speranza e a Battista, i quali saranno felici di accettarle. Questa specie di tributo, che impone a tutti i visitatori del santuario, e certi altri guadagni di poco conto, costituiscono le entrate dell'Eremita, perché non percepisce alcun salario. È un originale, che vale la pena studiare; il suo fanatismo per tutto quanto riguarda la Madonna è ferocissimo. In confronto a lui, Torquemada era un modello di tolleranza."

Sul terrazzo trovarono Battista e Speranza. Colto così di sorpresa, il povero Battista, che non aveva ancora vinto la sua soggezione per Lucy, arrossì in modo straordinario, e cercò di nascondersi dietro Speranza... una manovra notata da tutti, ma alla quale, per comprensione verso il povero ragazzo, nessuno mostrò di aver fatto caso. Antonio andò a prendere un tavolo per miss Davenne, e lei si sedette a disegnare. Poco dopo l'Eremita, mantenendo la parola, fece la sua comparsa, portando con sé un gran fascio di immaginette, ammirate e lodate da tutti i presenti, e di cui Lucy, come aveva appena convenuto, divenne l'acquirente.

"Avete molti visitatori?" chiese Antonio,

"*Santi chiodi!* Direi di sì" esclamò l'irascibile vecchietto, il cui modo brusco di parlare e i continui scatti del capo lo facevano sembrare in un permanente stato di collera. "Direi proprio di sì. È tutto l'anno la stessa cosa. La gente viene da Torino, da Genova, da Nizza, da tutte le parti del mondo. E chi non può venire, la Madonna l'ascolta lo stesso, se la si prega; è la fede che salva. Guardi, giusto la scorsa settimana, il Marchese di Papparilla, uno dei più importanti nobili di Genova, si è ammalato; i dottori ci avevano rinunciato. Ma sua madre, proprio una santa donna, sapete che ha fatto...? Rinuncia ai dottori come loro avevano rinunciato a suo figlio, e si mette a scrivere una lettera al Curato, pregandolo di fare un Triduo al santuario. E cosa succede? *Proprio il primo giorno* del Triduo il Marchese è fuori pericolo."

"Ma che cos'è un Triduo?" chiese Lucy.

"Un Triduo!" (con il caratteristico scatto del capo, più marcato che mai). "*Santi chiodi!* Tre giorni di preghiera, e la benedizione del Santo Sacramento, con le campane della parrocchia che suonano per tutto il tempo. Può fare un Triduo per sette lire e dodici soldi; tre lire per la parrocchia, tre per la Madonna, ventiquattro soldi per lo scampanio; otto soldi vengono a me. Se paga altre tre lire e dodici soldi, può far dire una messa ognuno dei tre giorni. Ogni messa costa venti soldi, e quattro soldi in più per la camminata da Castellaro a qui. Insomma, quasi niente."

"Certamente, " disse Antonio "non è caro. Mi dica, e il santuario della

Madonna *della Guardia"* indicandolo in lontananza... "è come questo?"

"Come questo!" esclamò il vecchio, diventando rosso, e facendo una smorfia di supremo disprezzo. "Santuari come questo, mio caro signore", continuò, con gran serietà di tono, "sono rari, anche se lei si mettesse a cercarli per tutta la Cristianità; un santuario simile, mio caro signore, non si trova da nessun'altra parte nella Cristianità.... ma, la prego, vada in sacrestia e legga il Breve Pontificio che c'è appeso; così imparerà che questo santuario di Lampedusa è pari a Roma... sì, signore, la stessa cosa, per quanto riguarda indulgenze e privilegi, sia durante la vita, sia *in articulo mortis.* Tutto quello che si può ottenere a Roma, dove risiede Sua Santità il Papa, si può ottenere qui, senza eccezioni. Quando il santuario di nostra Signora *della Guardia* potrà dire lo stesso di sé," concluse, con un'aria di dignità offesa, "allora, e solo allora, lo metterò al paragone di questo."

"Eppure," persistette Antonio, molto seriamente, "anche se non ho intenzione di fare paragoni, che sono sempre una cosa odiosa, eppure ho saputo da un'autorità competente, che grazie all'intercessione della Madonna *della Guardia*, ultimamente sono avvenute delle guarigioni miracolose."

"Sarà..." disse l'Eremita con aria di condiscendenza. "Lungi da me lo screditare la Madonna *della Guardia;* può anche darsi che abbia guarito qualche povero vecchio gottoso o qualche vecchietta reumatica. Ma ha mai ridato la parola e l'udito a quelli nati sordi e muti, guarito paralitici inchiodati al letto da venticinque anni, e fatto piovere dopo un giorno dalla richiesta?"

"Quindi lei ha assistito a veri miracoli?" s'informò Antonio.

"*Santi chiodi!* Se ho assistito a miracoli? Spererei ben di sì!" sbottò il vecchio con ardore. "Si ricorda l'estate del 1835? No, non se la ricorda, perché non c'era ancora lei da queste parti. Non era caduta neanche una goccia di pioggia per tre mesi interi, le dò la mia parola d'onore, e la raccolta delle olive, che prometteva così bene quell'anno, stava andando rapidamente in rovina. Ci si lamentava in tutta la Riviera. Furono fatti dei Tridui; il Sacramento era stato esposto per settimane in tutte le parrocchie dei dintorni, si erano dette *Novenas* alla Madonna *della Guardia* (con un leggero sogghigno), erano state mostrate le reliquie di San Benedetto; il miracoloso crocefisso dell'oratorio di San Sebastiano, a Taggia, fu portato in processione.... eppure nemmeno una goccia di pioggia. Allora tutte le mani si levarono a supplicare Castellaro. 'Che cosa aspettano i Castellini?' si chiedeva da ogni parte. 'Loro che possiedono un'immagine così miracolosa, perché non la portano in giro? Intendono rimandare fin quando ogni speranza di salvare le olive sia perduta? ' Be' signore, e cosa fa il Curato? Scrive al Vescovo di Ventimiglia una bella lettera, che fece piangere tutti coloro che la lessero o la sentirono; 'Ora o mai', scrive,' è il momento di portare la Madonna di Lampedusa alla chiesa della parrocchia, e di mostrarla ai fedeli.' Il Vescovo, da santo uomo qual è, rimanda una bella lettera in risposta al Curato, dicendo, che, infatti, era arrivato il momento di dare una bella prova della Madonna di Lampedusa. Il primo di maggio quindi, partiamo in processione... una folla tale che non se la può neanche immaginare: c'erano tutte le Confraternite di Taggia, di Riva, di Pompeiana, di Boscomare, davvero, da dov'è che non sono venuti?... così partiamo, il Curato con la sua cotta bianca alla testa della processione, le Confraternite dietro, a seguire, con grossi ceri nelle loro mani... ceri di cera vera... e portiamo l'immagine benedetta sotto un baldacchino, proprio come se fosse stata il Sacramento... la portiamo, dicevo, alla chiesa della parrocchia. Bene, cosa pensa che sia stata la conseguenza? La sera di quello stesso giorno... badi bene, dello stesso giorno... tuoni, tuoni, tuoni, lampi, lampi, lampi, arrivò un terribile temporale, e poi giù... si mise a piovere, pioggia, pioggia, pioggia, a secchiate, come se non fosse mai piovuto prima. Per finire la mia storia, la nostra immagine rimase nella chiesa della parrocchia per quindici giorni, e per quindici giorni la pioggia non cessò mai di cadere a torrenti; finché, alla fine, temendo un secondo diluvio, riportammo la Madonna indietro in tutta fretta, ed ecco che appena fatto questo, la pioggia cessò, e il sole brillò splendidamente, e il nostro raccolto fu abbondante. Voi questo lo chiamate un miracolo sì o no?" chiese l'Eremita, guardando la sua platea con occhi raggianti.

Speranza e Battista, avendo ascoltato la storia a bocca aperta, in una specie di *trance* estatica, immediatamente emisero una sfilza di suoni inarticolati, che volevano esprimere entusiastico consenso e meraviglia.

"Ma non è tutto" riprese l'Eremita, dopo un silenzio di un minuto o due, la cosa migliore per godersi la rinnovata sorpresa dei suoi ascoltatori. "Una sera, mentre l'immagine era nella chiesa della parrocchia, un altro attendente e io avevamo appena sostituito i quattordici grossi ceri che le bruciano davanti tutto il giorno con quattordici lampade a olio, che, per economia, accendiamo la notte, e stavamo andando via, quando tutto a un tratto le lampade cominciarono a danzare su e giù. 'Tu lo vedi che succede?' dissi io all'altro uomo. 'Sì' rispose lui tutto tremante; non avevamo finito di parlare che le lampade ricominciarono ad andare su e giù."

"Anche l'immagine danzava su e giù?" chiese Antonio, con la compostezza più perfetta.

"Nemmeno per sogno, " rispose l'Eremita in fretta "l'immagine non si muoveva per niente. 'La Madonna ci dà un segno' dico io al mio compagno 'c'è qualcosa che non va qui.' E così cominciamo a frugare intorno, ficcandoci sotto i banchi, controllando nei confessionali, e ispezionando ogni buco e angolo. Da parte mia, a dirvi la verità, pensavo che in chiesa ci potesse essere qualche ladro, perché dovete sapere che là abbiamo dieci bellissime lampade d'argento. Cercammo, cercammo, senza trovare nulla, e avevamo deciso di andarcene via, quando tutto a un tratto le lampade ripresero a danzare più violentemente che mai. Ci mettemmo di nuovo al lavoro cercando dappertutto, e indovinate che cosa abbiamo trovato alla fine?... (una pausa ad effetto; gli occhi di Speranza e di Battista erano pronti a schizzare dalle orbite per l'attesa elettrizzante)... Abbiamo trovato un bambino di sei anni, che dormiva placidamente rifugiato sotto uno degli altari minori. Ora, pensate, se il povero bambino si fosse svegliato nel bel mezzo della notte, là, tutto solo, sarebbe certamente morto di paura. Questo la Madonna non l'avrebbe permesso, così ci diede un segno, e grazie al suo santo intervento, l'innocente piccola creatura fu salvata da morte certa."

Visto che questa conclusione non era stata contraddetta da nessuno, anzi approvata da Speranza e Battista con grande enfasi, chissà quanti altri miracoli il vecchio avrebbe raccontato, se non fosse stato per Antonio, che, dicendo di dover andare a visitare qualche paziente, sia a Castellaro, sia a Taggia, prese scherzosamente il braccio dell'Eremita sotto il suo, e lo portò fuori, con la scusa di avere una certa comunicazione importante da fare riguardo a nostra Signora *della Guardia*. Lucy riprese a disegnare, Battista strisciò sempre più lontano e poi sparì del tutto, e Speranza, seduta accanto alla sua giovane benefattrice, cominciò a lavorare su qualcuno dei suoi indumenti da sposa. Avremmo dovuto dire prima, che, tra tutti i congegni forniti dalla previdenza del dottor Antonio per la comodità dei suoi compagni di viaggio, c'era un'ampia tenda, che per suo ordine quella mattina era stata tesa sopra il terrazzo, ed è sotto la sua ombra che lasciamo per un attimo miss Davenne.

Tra i numerosi bighelloni che erano il costante ornamento del *Boulevard de Gand* di Taggia, e quindi tra quelli che avevano notato la passeggiata della nostra piccola compagnia attraverso il *Pantano,* c'era il Signor Orlando Pistacchini, impresario e primo attore della compagnia teatrale che portava il suo nome eufonico, e che costituiva il diletto del rispettabile pubblico di Taggia. Quando facciamo quest'ultima affermazione, ci avvaliamo della frase piuttosto iperbolica, copiata letteralmente dai cartelloni manoscritti affissi ai quattro angoli del *Pantano.* Se dovessimo riportare i fatti nella loro genuina nudità storica, dovremmo dire che, dato che nessuno andava a teatro, la compagnia in questione non costituiva né l'orrore né il diletto di nessuno; e potremmo anche dichiarare con franchezza che l'onorevole *corps dramatique* stava *bona fide* morendo di fame. Una situazione molto spiacevole, e che faceva sì che lo sfortunato impresario, completamente a digiuno, se ne stesse appoggiato piuttosto depresso a una colonna di pietra, ruminando su come o dove avrebbe potuto procurarsi un pasto. Distolto dalle sue tristi riflessioni dalla venuta dei forestieri, Orlando Pistacchini sollevò languidamente il suo cappello, speculando per un momento su che cosa potessero aver avuto per colazione quelli là, e poi ripiombò nelle sue dolorose meditazioni. Ma quando la fama con le sue cento trombe, o per parlare meno poeticamente, ma con più verità, quando un ebanista alto, dai capelli chiari, sparse in lungo e in largo la notizie che i due compagni del dottor Antonio non erano altro che il Milordo Inglese di Bordighera e sua figlia, in viaggio verso Lampedusa, dove sarebbero stati per un paio di giorni... quando l'impresario, diciamo, sentì questo, un improvviso lampo di luce gli rivelò una successione senza fine di colazioni e cene; corse a casa a tutta velocità, si sedette al suo tavolo e scrisse quanto segue:

"ILLUSTRISSIMO MILORDO,

"Quando un amico e un protettore delle belle arti del vostro rango e generosità, viene a portata di tali umili ma sinceri cultori e devoti di Melpomene e di Talia come noi ci dichiariamo essere, non saremmo per niente degni di quel nome di artisti di cui ci fregiamo, se non offrissimo con reverenza al nobile rappresentante dell'ARTE e della GRAN BRETAGNA, una pubblica testimonianza di rispettosa simpatia e deferenza quale siamo in grado di offrire. A questo fine la Drammatica Compagnia Pistacchini sta preparando una rappresentazione extra per la serata di domani, il 22 di giugno, che consiste nel quinto atto della famosa Tragedia

ARISTODEMO,

SEGUITA DALLA DIVERTENTISSIMA COMMEDIA

L'AJO NELL'IMBARAZZO,

in cui Orlando Pistacchini avrà l'onore di apparire come Aristodemo e l'Ajo. Questo è l'intrattenimento per cui sollecitiamo il patrocinio del Mecenate Inglese, al quale umilmente imploriamo il favore della presenza sua, e della sua impareggiabile figliola. Tutta Taggia si radunerà in teatro per fare onore ad ospiti così distinti. Speriamo voi veniate. Ahimè! La musa è troppo spesso negletta al giorno d'oggi, e se mani nobili e generose non si levano in suo aiuto, che ne sarà di lei? Con la massima umiltà vi imploriamo quindi di venire. Questa è la preghiera più ardente dell'umilissimo e obbediente servo di Vostra Signoria

"ORLANDO PISTACCHINI,
"Impresario e Primo Attore

"N.B. – Non risparmieremo fatiche e spese per dare alla rappresentazione lo splendore che merita un'occasione così magnifica. La sala sarà illuminata *a giorno*, e ci sarà un volo di piccioni tra la Tragedia e la Commedia. Confidiamo nel vostro cuore nobile con troppa pienezza per temere la delusione di un rifiuto."

Orlando fece due copie di questa specie di canto del cigno di un impresario sull'orlo della rovina, la seconda, con leggere variazioni, era diretta a miss Davenne, e poi andò a letto, "forse a dormire." Il mattino dopo vide lui e la sua sposa, la Signora Rosalinda (un piccolo corpo rotondo, soffocato dal grasso, e in un certo qual modo asmatico), entrambi vestiti con i loro abiti migliori, soffiare e ansimare sotto il sole bollente, sulla strada per Lampedusa.

A sir John Davenne, più o meno nello stesso momento, dopo una bella colazione, era venuta voglia di andarsi a godere il suo giornale del mattino all'ombra di una delle due querce sempreverdi che allargavano la loro cupola di verzura poco distanti, di fronte al santuario. Essendo l'ombra molto fitta, e dato che soffiava un venticello da nord, a sir John, dopo un'ora o giù di lì, venne piuttosto freddo, così si alzò, e cominciò, con gli occhi ancora fissi sul giornale, a camminare lentamente al sole, e, per colpa della sua cattiva stella, in direzione di Castellaro. Il Baronetto si stava godendo intensamente un attacco molto aspro contro il leader dei Whig alla Camera da parte di un membro dell'opposizione, quando tutto a un tratto un'ombra cadde sul suo giornale, e alzando gli occhi, si ritrovò di fronte una donna molto bassa dall'aspetto apoplettico, con un cappellino rosa stinto, e un uomo alto, magro e giallognolo, tutto pelle e ossa, entrambi i quali, sbracciando e gesticolando frenetici, procedettero subito ad apostrofarlo in maniera brutalmente teatrale. Sir John con un'imprecazione affrettò il passo; l'uomo e la donna, sbuffando e ansimando, ma mantenendo la loro posizione ciascuno a un fianco dell'attonito Baronetto, continuarono molto arditamente a tenerlo sotto tiro. Sir John disperato si rigirò in fretta e accelerò l'andatura fin quasi a farla diventare una corsa; anche la coppia drammatica si girò, affrettando il passo nella stessa proporzione, in particolare la donna gli saltellava dietro in un inseguimento accanito.

"Oh me benedetta!" disse Speranza, che in quel momento per caso guardava in quella direzione, "chissà perché Milord vostro padre, corre tanto?"

"Non vedi che ci sono un uomo e una donna che lo inseguono?" esclamò Lucy, sgomenta, "forse sono dei ladri."

"Oh no. Non c'è pericolo," replicò Speranza "adesso ho visto chi sono; è l'impresario del teatro di Taggia, il Signor Pistacchini, con sua moglie. Corro giù a vedere cosa vogliono."

Dopo un momento, sir John arrivò sul terrazzo, infuriato e col fiato piuttosto corto. “Cos’è successo papà?” gridò Lucy.

“Che vuoi che ti dica bambina mia!” brontolò sir John. “Un paio di vagabondi mi si sono appiccicati come la mia stessa ombra, sbraitando tutto il tempo come indemoniati. Non ho capito una parola di quello che dicevano. Non c’è modo di avere un po’ di privacy in questo paese, nemmeno in cima a un monte.”

“Speranza li conosce,” disse Lucy, calmandolo, “sono attori del Teatro di Taggia; non hanno cattive intenzioni, ne sono sicura.”

“Cosa me ne importa se hanno o non hanno cattive intenzioni, quando comunque mi offendono?” replicò il Baronetto, arcigno. “Accidenti a... quella coppia di impudenti attori girovaghi.”

Lucy restò in silenzio. Speranza tornò indietro in quel momento con le due famose missive, e disse che il Signore e la Signora Pistacchini, sentendo che miss Davenne e sir John erano nei paraggi (valeva la pena sentire come Speranza pronunciava *sir John*), avevano deciso di dare una grande rappresentazione in loro onore, ed erano venuti a piedi fin da Taggia per pregare che il padre e la figlia volessero onorare il teatro con la loro presenza. “Le povere creature sbuffano come cavalli, e sono così esausti e sull’orlo dello svenimento,” continuò la ragazza, con la voce che moriva in un sussurro, perché solo Lucy sentisse.

“Stanno per svenire dalla fame?” esclamò Lucy, piuttosto scioccata, e la sua voce vibrò con una sorpresa dolorosa. “Papà, questa povera gente ha fatto a piedi tutta la strada da Taggia, e non hanno fatto neanche colazione.”

“Be’, e allora?” rispose il padre con stizza “se non hanno fatto colazione, be’, fategliela fare, ecco tutto.”

Agendo dietro questo suggerimento, Speranza fu mandata con ordini di provvedere che al Signor Pistacchini e a sua moglie fosse servito un buon pasto, e a dire che, dopo, miss Davenne sarebbe stata felice di riceverli. Lucy poi guardò le lettere, e non senza qualche scoppio di risa tradusse al padre quella indirizzata a lui. Sir John non poté fare a meno di sorridere a quello che appropriatamente denominò lo stile affamato della lettera. Dobbiamo proprio aggiungere che l’incenso che emanava, per quanto grossolano, solleticò piuttosto di buon grado i degni sensi del Baronetto, e che l'affermazione circa l'avvento del Mecenate Britannico trovò favore ai suoi occhi?

"E se ci andassimo papà?" disse Lucy, vedendo che suo padre aveva ritrovato la calma.

"Per tornare dopo mezzanotte, su per quella strada rompicollo?" domandò sir John. "Sciocchezze mia cara. Al Signor Pastaccani, o come diavolo si chiama, e a sua moglie non importa un fico della nostra presenza; sono i soldi che vogliono. Dagliene un po' e sbarazzatene."

"Sarà meglio chiedere al dottor Antonio cosa fare" disse Lucy. "Anche se è abbastanza chiaro che questa gente si trova in un triste stato di bisogno, eppure" (proseguì con una certa esitazione) "è difficile offrire del denaro a persone che non ne hanno chiesto, e che, per quanto ne sappiamo, possono aver visto giorni migliori." ...Gentile, sensibile, rispettosa Lucy.

"Puàh!" disse sir John, alzandosi per andare. "Provaci e vedrai se lo pigliano o no."

D'accordo sir John, nove a dieci che lo piglierebbero. La fame, *malesuada fames*, come ha letto a scuola, è una bestia difficile da governare, e la maggior parte di quelli che sono sulla sua sella, ne scenderebbero a qualsiasi condizione. Eppure il metodo che lei propone ha degli inconvenienti. Quella manciata di monete che lei ha ordinato alla sua gentile figlia di dare in forma di elemosina, non potrebbe portare su quelle due fronti rugose un rossore, che sarebbe stato meglio rispare? O non potrebbe strappar via un altro brandello di quell'ultima difesa dell'onestà, il rispetto di se stessi, che sarebbe stato meglio non toccare nemmeno? Mentre, se aspetta fino a domani, e manda la sua donazione grande o piccola che sia... per mezzo del benevolente dottore per esempio... la manda come corrispettivo del piacere preparato per lei, ci sono novanta probabilità su cento di non urtare nessun sentimento, di non far chinare nessuna testa per la vergogna, e di essere comunque benedetto come un benefattore generoso.

Queste riflessioni, che noi per amore dell'effetto, abbiamo messo sotto forma di un'apostrofe al nostro amico il Baronetto, sorsero spontanee nella mente della nostra dolce eroina, e improntarono il suo comportamento durante il susseguente incontro con il Signor Pistacchini, e la Signora Rosalinda. Ben lungi dall'offrire denaro, miss Davenne non fece neanche una remota allusione del genere. Disse di quanto le dispiaceva che avessero dovuto affrontare una passeggiata così calda e faticosa, e quanto suo padre e lei fossero grati per il loro lusinghiero invito; non era sicura che ne avrebbero potuto approfittare o no, ma alcuni dei suoi amici sarebbero sicuramente andati a teatro, e quindi pregò che due palchi, per ogni evenienza, fossero riservati per il loro gruppo, a nome di sir John Davenne. Dopo di ciò il Signor Pistacchini e sua moglie si accomiatarono, se non proprio soddisfatti dal risultato della loro spedizione, almeno incantati dal modo in cui erano stati ricevuti, e conquistati dalla grazia e dalla gentilezza di Lucy in modo così totale, che dichiararono con enfasi a Speranza, come lei riportò fedelmente, che la giovane signora era un angelo, e come tale, speravano ancora acconsentisse ad onorarli con la sua presenza la sera seguente.

"E perché non dovrebbe andarci, cara signorina?" disse Speranza, con i grandi occhi che le brillavano: "Pensi soltanto che splendido spettacolo sarà, tutto illuminato a giorno e con il volo dei piccioni!"

"Ti piacerebbe vederlo?" chiese Lucy, sorridendo dell'entusiasmo della giovane contadina.

"Oh sì! ... più di ogni cosa al mondo... e anche a Battista" fu l'innocente risposta. "Dicono che il Signor Pistacchini sia un attore così bravo."

"Davvero?" disse Lucy: "Bene, Speranza, tu ci andrai."

"Non senza di lei" rispose Speranza, in tono risoluto.

"E perché no?" replicò Lucy. Speranza scosse la testa in silenzio. "Vedremo cosa ne dice il dottor Antonio; in ogni caso, voi starete qui fino a domani. Suppongo che miss Hutchins troverà un angolo per te nella sua stanza, e Battista si sistemerà come meglio potrà."

"Oh! Non si preoccupi per lui, lui può dormire dovunque" disse Speranza, e corse via tutta allegra per comunicare gli inaspettati accordi al suo fidanzato.

Quando il dottor Antonio ritornò, Lucy gli diede da leggere il bell'esempio di eloquenza del Signor Pistacchini.

"Che cosa pensa di fare?" le chiese.

"Che cosa mi consiglia?" domandò a sua volta Lucy.

"Io le consiglierei di andarci," disse il dottore "qui si offre alla sua osservazione un pezzetto di umana natura, perché non dovrebbe approfittare dell'opportunità? Quindi il mio consiglio è: ci vada."

"Lo seguirei volentieri," rispose Lucy "soprattutto per Speranza, che ci ha messo su il cuore. Ma papà si oppone, perché sarebbe difficoltoso ritornare di notte a Lampedusa."

"Non vedo perché dovreste assolutamente tornare a Lampedusa per la notte" osservò Antonio.

"Ma non mi ha detto lei stesso molte volte che non c'è un albergo decente a Taggia?"

"È vero," disse l'italiano "ma lei e suo padre potreste dormire dalla Signora Eleonora."

"Vuol dire in quella casa che lei chiama casa sua?"

"Proprio quella. La Signora Eleonora ha molta voglia di conoscervi."

"Sono molto obbligata sia a lei che alla signora, ma non è mia abitudine recare disturbo a persone che non conosco. Non ci andremo."

Questa breve frase fu pronunciata seccamente, con alterigia, quasi con disprezzo, nel miglior stile di sir John Davenne stesso, quando faceva il prepotente. Antonio divenne tutto rosso, ma non disse nulla. Andò a una certa distanza, prese il giornale che era posato su una sedia, si sedette, e sembrò assorbito dal contenuto. Non potremmo garantire che stesse davvero leggendo, a meno che non leggesse e rileggesse sempre la stessa parola, dato che i suoi occhi non si muovevano. Lucy andò avanti col suo disegno, apparentemente con una grande fretta di finirlo e di sbarazzarsene.

In quel momento entrò Speranza, cantando allegramente: *"Ma l'amor della Rosina, Dove mai lo trove..."* ...ma la canzone le morì sulle labbra quando vide la coppia sul terrazzo, seduti lontano uno dall'altra, in apparenza indifferenti alla reciproca compagnia. Si avvicinò in punta di piedi al dottor Antonio, e gli chiese sottovoce: "Andremo a teatro?"

"Temo di no, mia povera Speranza; miss Davenne si rifiuta di dormire a casa della Signora Eleonora."

"Oh! Che peccato!" esclamò Speranza, con la coda tra le gambe, "e perché si rifiuta?"

"Non lo so... puoi chiederglielo tu."

Speranza si avvicinò a Lucy, e accucciandosi di fianco a lei, le disse in un sussurro qualcosa, che il dottor Antonio cercò di origliare. Lucy si alzò immediatamente, andò dal dottor Antonio, e appoggiandosi dietro la sua sedia, chiese, con un certo imbarazzo: "Il più gentile dei dottori ha ancora voglia di presentare la più capricciosa delle ragazze alla Signora Eleonora?"

"Certamente!" disse Antonio, voltandosi a guardarla con uno strano misto di stupore e piacere: "Come può dubitarne?"

"Allora," disse Lucy, tutta sorrisi e rossori, "sarò molto felice di conoscere la sua amica."

Ora o mai più sarebbe stato il momento per il dottore di esclamare come Figaro: "*...Donne, donne, eterni Dei chi v'arriva a indovinar?*". Chi infatti può penetrare le profondità di un cuore femminile? Ecco qui una ragazza, prima tutta pepe e aceto, che improvvisamente diventa dolce come uno zuccherino; lei, che con sprezzo aveva rifiutato, solo un momento fa, di accettare una gentilezza da una persona che **lei non conosceva**, ora prega come un favore di essere presentata a quella stessa persona! Dov'è il criterio, ci piacerebbe saperlo, che giustifica una contraddizione così evidente? Avevamo una flebile fiducia di trovare un indizio su questo indovinello nelle poche parole sussurrate da Speranza alla giovane signora, ma più riflettiamo su queste parole, meno riusciamo a vedere come avrebbero potuto causare l'improvviso cambiamento nell'umore di miss Davenne; comunque, lasciamo che il giudizioso lettore giudichi da sé, e faccia di queste parole ciò che vuole; noi le trascriviamo alla lettera: "Perché", aveva detto Speranza "perché cara signorina, non vuole andare dalla Signora Eleonora? È la più dolce e simpatica vecchietta di tutta la Riviera."

Ancora un'altra cosa ci confonde: come mai un uomo ragionevole e sensibile quale crediamo sia Antonio, non abbia chiesto a Lucy di spiegargli il perché del suo irrazionale malumore, o come mai non avesse creduto opportuno, almeno, tenere un contegno tale da dimostrare un certo dispiacere per i modi testardi della cara ragazza viziata. Al contrario, Antonio la guardava più affettuosamente che mai, e le si rivolgeva con un tremito nella voce, quasi che il capriccio di miss Lucy gliel'avesse resa ancora più cara.

"E sir John?" domandò il dottore.

"Dobbiamo persuadere papà ad andare" disse Lucy. La trattativa con sir John fu lunga e difficile, e durò l'intero tempo del pranzo. Lucy tirò fuori tutta la sua diplomazia femminile per fare pressione sul padre, mirabilmente assecondata da quel bricconcello del dottor Antonio, che, ogni tanto, buttava lì dei misteriosi indizi sugli antenati della Signora Eleonora, e parlò in un modo tale di trabocchetti e di casematte, da conferire all'abitazione della signora, il prestigio di un castello. Attaccato in quella maniera su ogni suo punto debole, cosa poteva fare sir John, se non cedere? Lucy fu dell'umore più amabile e allegro per il resto del giorno, aveva preso in tale simpatia la **vecchia signora** che non riusciva a parlare d'altro e, durante la tranquilla passeggiata che fece dopo pranzo, con suo padre e il dottor Antonio, fino al roseto selvatico, Lucy insistette nel volerne ascoltare la storia, peraltro, corta da raccontare. La Signora Eleonora era una vedova, della cui numerosa famiglia erano sopravvissuti solo due figli, entrambi esiliati politici. La signora aveva lasciato Genova, l'antica residenza della famiglia, per trasferirsi nei paraggi di Taggia, dove c'era tutto quello che restava della maggior parte dei suoi beni, e dove viveva in grande isolamento. Una breve storia, concluse Antonio, che si potrebbe facilmente far diventare lunga e commovente, se si potesse raccontare solo la centesima parte del dolore, della forza e della fervida carità in essa comprese. Con quanto calore adesso Lucy partecipava all'ammirazione del dottor Antonio per la Signora Eleonora, e che emozioni profonde provava per lei, e per un'altra povera madre senza prospettive, il cui unico figlio era a sua volta in esilio!

CAPITOLO XVII

A Teatro

La mattina seguente arrivando al santuario, Antonio trovò Lucy molto occupata a disegnare la casa della Signora Eleonora, per farne uno schizzo che intendeva donare a lei personalmente. Fino ad allora, Lucy non aveva scoperto quanto era pittoresca la vecchia costruzione, e quanto era bello il contrasto che il portico scuro lungo il suo fronte faceva con il gran terrazzo che lo sovrastava, tutto verdeggiante per un pergolato di vite. Antonio si sedette accanto a Lucy, e cominciò a raccontarle di come la sera precedente lui avesse fatto visita ai Pistacchini, i quali stavano centellinando un'insalata... per dare la notizia tanto attesa, che l'indomani sir John Davenne e sua figlia avrebbero onorato la rappresentazione con la loro presenza; e di come la notizia fosse stata accolta con tali dimostrazioni frenetiche di gioia, tali evviva, tali danze per la stanza, tali lanci della povera insalata fuori dalla finestra, che lui, il dottore, aveva pensato per un momento se doveva o no ricorrere al suo bisturi per un salasso sedativo. "Vedere l'impresario", continuò il dottore "come l'ho visto questa mattina, in parata, in tutta la sua gloria, attraverso il *Pantano*, ad accogliere e confermare le prenotazioni per i biglietti che piovevano su di lui da ogni parte, con una condiscendenza regale degna di Aristodemo... sopportare le spaventose inflessioni della sua voce, mentre mi dichiarava confidenzialmente che i posti andavano a ruba, e che contava su un incasso di un centinaio di lire... vedere e ascoltare tutto ciò era meglio di qualsiasi commedia mai recitata. Farete la fortuna della compagnia. Tutta Taggia si riunirà in teatro per vedere la famiglia inglese."

"Ma come fanno a sapere che ci saremo?" chiese Lucy.

"Si sa tutto in piccoli posti come questo, e poi Pistacchini ha avuto cura che il pubblico fosse circostanzialmente informato. Anche ora, sul *Cartellone* appeso nel *Pantano*, c'è questo annuncio alto una ventina di centimetri, *Sotto il Patrocinio della Famiglia Inglese*; e inoltre, tutti i manifesti manoscritti affissi ad ogni angolo hanno un significativo N.B. scritto grande: *La presenza della Famiglia Inglese è sicura!*"

Lucy si divertì moltissimo all'idea di costituire così la grande attrattiva della rappresentazione di quella sera, e Antonio proseguì dicendole i preparativi che aveva fatto. Per quanto potesse giudicare, c'era solo una possibilità che qualcosa andasse storto. La Signora Eleonora aveva compiuto miracoli non solo nel provvedere alla sistemazione di sir John e di sua figlia, ma anche nel trovare una stanza per Speranza e miss Hutchins; questo, in ogni caso, era il massimo che poteva fare. Ora, il dottor Antonio aveva i suoi dubbi su come l'inglese John avrebbe sopportato le delizie e gli agi della Locanda di Taggia, dove sarebbe dovuto andare insieme con Battista. Certo, John aveva sorriso quando gli era stato detto a quale costo avrebbe dovuto godersi il teatro; "Ma la sua ignoranza," affermò il dottor Antonio "è una beatitudine dalla quale temo che **lui** si risvegli. E domani alle due," concluse il dottore "ho deciso con sir John che l'intera compagnia sarà all'incrocio, dove la strada di Taggia si unisce a quella per Nizza, per ritornare a Bordighera."

"Sarò felice di rivedere quella vecchia e brutta Osteria, " disse Lucy, sorridendo, "che emozione sarà per Rosa riaverci indietro!"

Poco dopo le sette di sera, sir John e Lucy montarono sui muli che dovevano portarli giù per la montagna. Sir John era vestito con tanto ordine e precisione come se fosse dovuto andare al Teatro di Sua Maestà in una serata di gala; Lucy indossava il suo vestito di mussola blu, e un largo cappello di paglia, che Speranza aveva ornato di fiordalisi azzurri e papaveri rossi, e com'era bella con quella piccola eccitazione che dava un'insolita brillantezza al suo incarnato. Essendo ancora pieno giorno, anche se la discesa era ripida, non c'era pericolo; in ogni caso Antonio, per tutto il tempo tenne con la sua mano le briglie della signorina. Raggiunti dai due domestici inglesi e dai due fidanzati italiani, lasciarono i muli all'entrata del ponte e lo attraversarono in ordine militare, girarono a sinistra e, dopo una passeggiata di cinque minuti lungo il fiume, arrivarono all'improvviso davanti a un enorme palazzo. "È curioso, non è vero," fece notare Antonio "trovare in una cittadina come Taggia, una costruzione privata, di tale magnificenza e gusto come questa, con annesso un teatro, come un'altra Versailles?" Lì si era riunita una folla, letteralmente con la bocca aperta per la curiosità, ma si fece subito un varco per i visitatori inglesi, che furono pilotati da Antonio, attraverso un cancello sulla sinistra, in un peristilio formicolante di gente, anche sulla punta dei piedi, per dare un'occhiata agli illustri forestieri.

Alla sinistra della porta d'ingresso c'era un tavolo coperto da un panno rosso, e sul tavolo, tra due candele di cera accese, un vassoio d'argento, con dentro una bella quantità di monete, alcune fasciate modestamente nella carta, altre sfacciatamente scoperte, e davanti a quel tavolo, come il dragone delle Esperidi, era seduta la nostra recente conoscenza, Orlando Pistacchini, con un mantello da re, e sulla testa la benda reale di Aristodemo, re di Messenia. Appena intravide sir John, si alzò, pose i suoi due palmi sul cuore, e in quella posa fece un profondo inchino ai due nuovi venuti. Sir John, che era stato istruito precedentemente da Antonio sugli usi di tali occasioni, fece cadere nel vassoio un pacchetto ben fasciato di carta bianca, che, cadendo, fece sentire un tintinnio molto rallegrante. L'aspettativa era al culmine più alto, ogni collo si allungava e si stirava verso il tavolo. Aristodemo si inchinò ancora una volta, gli passò per la mente la voglia incontrollata di acchiappare il pacchetto; ma vincendo la tentazione, fece strada su per una rampa di scale di legno ai due palchi riservati. Qui di nuovo incrociò i palmi sopra il suo cuore, si inchinò profondamente, e arretrò senza voltare la schiena, come se fosse in presenza di reali. Lucy si tolse il cappello e, appoggiandosi alla balaustra del palco, con i suoi folti e bei riccioli sciolti a profusione sulle guance e sul collo, suscitò un mormorio generale di ammirazione da ogni parte del teatro.

Era un teatrino grazioso, illuminato splendidamente da candele di cera, e con la platea e i palchi stipati fino al soffocamento.

"Tutta l'aristocrazia locale, *le ban et l'arrière-ban*, sta al suo posto," sussurrò Antonio a Lucy.

"Aristocrazia a Taggia!" disse Lucy sorridendo.

"Sì, proprio, e tra le aristocrazie una della più altere," fece notare Antonio, sornione. "A capo della lista c'è una marchesa, quella signora anziana là, che ha in testa un *pezzotto* genovese, e che sembra... badi bene che io dico solo **sembra**... così senza pretese. Questo palazzo e il teatro le appartengono, e la sua famiglia è stata da tempo immemorabile padrona del luogo. La marchesa le ha fatto l'omaggio di cederle il suo palco questa sera."

"Che gentilezza!" esclamò Lucy: "Vorrei poterla ringraziare."

"Può adottare il nostro uso italiano, se vuole, e farle una visita nel suo palco. Quel naso arcigno e quella faccia gialla sulla sinistra, all'ombra di piume bianche, appartengono a una baronessa, e il vecchio gentiluomo con la testa incipriata, che sta sussurrandole all'orecchio, e che pare così pieno d'importanza, è il sindaco della città. Quella figura robusta di dietro, con gli occhi e i capelli grigi, che sembra così innocente..." Le descrizioni di Antonio furono a un tratto interrotte da un fischio acuto, e il sipario si alzò scoprendo alla vista Aristodemo, assorto in quella particolare meditazione che sembra la condizione normale degli eroi tragici. Ma anche tutti gli sforzi di Orlando per esprimere la disperazione ufficiale, non potevano nascondere il gioioso scintillio che la certezza di un incasso mostruoso aveva acceso nei suoi occhi. Aristodemo fece la sua parte con vigore, e incontrò la sua morte in modo coraggioso, e i conoscitori giudicarono eccellente il modo in cui cadde a terra. Lucy per tutto il tempo ebbe il privilegio di due rappresentazioni, di cui quella sul palcoscenico non era la più interessante. Attraverso una fessura del tramezzo di legno tra i palchi, lei e Antonio potevano vedere il comportamento di Battista, e osservare tutto il *crescendo* di terrore dipinto sui lineamenti del giovane uomo, quando vide il re cercare tastoni il suo pugnale e provarne la punta. "Si sta per uccidere?" chiese a Speranza molto allarmato; e che spavento si prese, e come i capelli gli si rizzarono letteralmente in testa quando i passi dello spettro, che si suppone abiti la tomba reale, si sentirono avvicinarsi, e Aristodemo, reso pazzo da quel suono, affondò addirittura il suo pugnale nel proprio petto!

Il volo di piccioni che venne dopo la tragedia fece accadere un incidente che aumentò ancora di più l'eccitazione che accompagna sempre un bello spettacolo. L'inventivo Signor Pistacchini aveva preparato per i visitatori inglesi e il pubblico una piacevole sorpresa, così sperava, che consisteva in un piccione il quale, legato con un congegno a due cordicelle, tese da una specie di *oeil-de-boeuf*[13] del sipario fino alla balaustra del palco occupato dagli stranieri, doveva sembrare librarsi di sua sponte alla loro portata di mano. Ora, per qualche impedimento o altro, l'uccello così lanciato, guadagnò solo metà del suo percorso aereo e, fermatosi nel mezzo, rimase appeso a testa in giù, sbattendo molto pietosamente le ali. Questa sfortuna causò un clamore immoderato; la platea si alzò in piedi tutta insieme, i più entusiasti stavano in piedi sulle panche con le braccia alzate, cercando vanamente di raggiungere il piccione, mentre si levava un grido universale all'indirizzo dell'impresario. Pistacchini fece velocemente la sua comparsa, armato di una pertica, e saltando giù dal palco nella fossa dell'orchestra, riuscì a spingere lo sfortunato uccello abbastanza vicino a Lucy, per permettere ad Antonio di liberarlo e consegnarlo nella mani della ragazza inglese, in mezzo a un tuono di applausi.

Terminata questa piccola aggiunta all'intrattenimento, non compresa nel programma della serata, Lucy andò a far visita alla marchesa per ringraziare la nobile signora d'averle ceduto il palco. "È stata davvero molto gentile," disse miss Lucy "perché senza dubbio si gode una visione migliore del palcoscenico" e poi parlò così carinamente della bellezza del palazzo e della graziosità del teatro, che lasciò la vecchia e distinta signora altamente impressionata in suo favore.

Dopo aver sopportato i terrori protratti della tragedia, Battista si poteva ritenere in diritto a una qualche indennità dalle mani dell'impresario e, se così era, certamente ne ricevette una ampia dalla commedia che seguì. Chi potrebbe descrivere i suoi trasporti nel vedere "l'Ajo nell'imbarazzo" che ascolta, come colpito da un fulmine, il suo pupillo più grande confessargli di essere sposato, sì, veramente sposato alla giovane signora della casa di fronte! Povero Ajo, cosa avrebbe dovuto dire al padre del suo pupillo, che ha ordinato e decretato che i suoi figli non avrebbero mai dovuto scambiare una parola con una dell'altro sesso! Non solo sposato, ma, che il cielo ci aiuti!, padre di un bebè, che si sente in effetti piangere e urlare! L'Ajo è pronto a strapparsi i capelli. Il suo pupillo, un uomo che ha famiglia; il suo padrone misogino, un nonno! Da che crisi di riso irresistibile fu preso Battista quando il figlio più giovane di questo terribile conte è sorpreso da suo padre mentre, in ginocchio, fa una dichiarazione a Marta la vecchia cuoca! E poi, quando "l'imbarazzato *domine*" è convinto ad andare a prendere il bambino, e sulla via del ritorno incontra il conte, il quale apre il mantelluccio del poveretto e scopre il piccolo Bernardino, capovolto come il povero piccione, quale estasi di allegria si poteva paragonare a quella di Battista? E, in realtà, chi riusciva a non ridere alle buffonate di questa commedia? La risata si era contagiata persino a sir John Davenne, il quale capiva ben poco di quello che stava succedendo, mentre, per quanto riguarda Lucy, lei rideva quasi quanto Battista.

Prima della fine della serata la marchesa ricambiò la visita di Lucy, e venne il sindaco, come rappresentante della città, in parte per offrire i suoi rispetti a sir John e a miss Davenne, e in parte per soddisfare la propria curiosità e quella della baronessa, i cui omaggi era incaricato di recapitare. Lucy era davvero compiaciuta di tutta questa attenzione, e l'altero Baronetto fu non poco gratificato, in particolare perché quel birbone del dottore dettagliava minuziosamente con appropriata serietà tutti i titoli e le qualificazioni di questi personaggi.

Era passata mezzanotte quando il sipario calò una volta per tutte, e la nostra compagnia fece la sua uscita dal teatro, mentre Antonio, guardando John (reso più solenne del solito per gli onori riflessi della serata), andare via con Battista, confidava a Lucy che considerava John un martire. Quanto alla cameriera della signorina inglese, che, sottobraccio a Speranza, seguiva sir John, Lucy, e Antonio, era in un grande stato di agitazione; e quando scoprì che il gruppo di giovanotti (tra i quali spiccava l'ebanista) che, dietro e davanti a loro, con in mano torce accese, cantavano "Buona Sera" di Rossini, lo stavano facendo in loro onore, lei scoppiò a piangere e a ridere, dichiarando che era una cosa spaventosamente emozionante. Questa scorta era un omaggio del tutto spontaneo, asserì il dottor Antonio, con cui lui non aveva niente a che fare. Così accompagnati raggiunsero la casa della Signora Eleonora, dove furono ricevuti da una vivace ragazza e da un uomo, dato che una delle condizioni per accettare l'ospitalità della vecchia signora, era stata che lei non dovesse aspettarli in piedi; e dopo aver preso il tè, che era già pronto, il Baronetto e sua figlia furono condotti alle loro camere, Speranza e miss Hutchins alla propria, e il dottore andò a cercarsi un letto in casa di qualche altro amico.

Era piuttosto tardi la mattina quando Lucy, dopo una notte di sonno profondo, si alzò e, andando ad aprire le finestre per far entrare l'aria fresca, scorse una graziosa signora, vestita di nero, che passeggiava nel giardino sottostante, e sembrava impartire ordini sussurrandoli con cautela alla ragazza vivace, conosciuta da Lucy la sera precedente, la quale stava ora raccogliendo fiori da aggiungere al grande mazzo che già teneva in mano. Il rumore della finestra che si apriva fece guardare in su la Signora Eleonora. "Ah! Buon giorno miss Davenne," disse la signora, col tono di un caloroso benvenuto, "mi fa bene al cuore vederla, spero che non abbiamo disturbato il suo sonno."

"Oh! Per niente, la ringrazio," disse Lucy, arrossendo: "Ho dormito così bene."

"Tanto meglio," replicò la gentile anziana signora: "i giovani hanno bisogno di una buona dose di riposo. Deve farmi sapere quando è pronta a ricevermi. Non vedo l'ora di baciare quel suo dolce viso."

Quando, poco dopo, la signora italiana, portando con sé i fiori, andò a trovare la sua giovane ospite, c'era nella sua voce e nel suo sorriso così tanta dolcezza, qualcosa di così toccante nella leggera malinconia che cadeva, come un velo, su tutta la sua persona, qualcosa di così genuinamente materno nel modo in cui, pigliando le mani di Lucy tra le sue, spostava i riccioli dalla sua bella fronte con un bacio e chiamandola "figliola mia", che Lucy sentì un nodo alla gola, che le impediva di rispondere alle gentili domande sulla sua salute, e poggiò la sua deliziosa testolina sul petto della nuova amica. Povera Lucy, non riusciva a non pensare tutto il tempo alla sua cara mamma.

Mentre le due signore facevano così conoscenza una dell'altra, sir John stava compiendo un giro di ispezione, e riceveva impressioni molto favorevoli, sulla residenza e sulla sua proprietaria, da tutto quello che vedeva. Anche se non sembravano neanche la metà di quello che erano apparsi la sera prima, visti alla luce delle torce, il porticato scuro e il viale di colonne di pietra che portava alla casa, e la casa stessa, cupa e solida, tutto quanto aveva una particolare aria solenne e austera, che piaceva al gentiluomo inglese e lo interessava. Gli affreschi mezzi cancellati sulle mura consunte dal tempo, la statua mutila della fontana di marmo di fronte all'ingresso, lo stemma, scolpito in pietra nera sopra le porte e sopra le mensole degli enormi caminetti all'interno, tutte queste vestigia di antico splendore erano state osservate e annotate in favore della Signora Eleonora, e avevano messo in funzione il bernoccolo della venerazione per le cose e i tempi antichi, che era tra i più prominenti sul cranio del Baronetto. Il dottor Antonio, venuto per far colazione, s'imbatté all'improvviso nel Baronetto, che stava in piedi con la testa all'indietro, apparentemente meditando su una sorta di vecchio imbuto, con una duplice apertura, posto sopra la grande porta; il dottor Antonio disse che era un accessorio della maggior parte delle case vicine alla costa, ideato per permettere a chi stava dentro di versare liquidi bollenti sugli assalitori. La comparsa della Castellana, che arrivava in quel momento dal giardino, mano nella mano con Lucy, completò la serie di impressioni gradevoli ricevute dal Baronetto, il quale, incapace di esprimere i suoi sentimenti in altro modo, si affrettò verso la vecchia signora per aiutarla con tutta la dovuta deferenza a entrare in casa. La Signora Eleonora aveva non solo l'aspetto di una lady, come sir John sussurrò ad Antonio successivamente, ma aveva tutti i modi dignitosi di chi appartiene ad una corte.

La tavola fu apparecchiata sulla terrazza, della quale abbiamo giù avuto occasione di parlare, e la Signora Eleonora e i suoi ospiti si sedettero a far colazione all'ombra piacevole di una vite, che, fatta crescere su un pergolato, pendeva in festoni, formando un muro verdeggiante su ogni lato, eccetto a sud, dove c'era una splendida veduta del mare. La Signora Eleonora fece gli onori della tavola con quella semplice grazia di modi, sotto cui una vera lady della vecchia scuola sa nascondere molto bene l'assidua attenzione per il benessere di ogni ospite. A vederla sorridere così piacevolmente, ad ascoltarla parlare così allegramente, uno non avrebbe mai immaginato che la cara vecchia signora avesse nel suo cuore ferite che sanguinavano senza sosta. La Signora Eleonora non apparteneva a quelle numerose confraternite di donne che usano i propri dispiaceri come una clava con cui abbattere lo spirito dell'altra gente. Infatti, durante le due ore che aveva trascorso con Lucy, quell'anima gentile non aveva fatto neanche la più nascosta allusione alle sue sofferenze; e Lucy, anche se desiderava ardentemente dimostrarle la sua comprensione, non aveva osato intavolare un argomento tenuto nell'ombra in quel modo. Incoraggiata, però, dalla presenza del dottore, la nostra dolce inglesina ora si fece audace e chiese alla Signora Eleonora come stessero i suoi figli. Stavano molto bene quando li aveva sentiti l'ultima volta, fu la risposta.

"Spero" proseguì Lucy, dopo una piccola esitazione, "che lei abbia loro notizie regolarmente."

"Abbastanza regolarmente," disse l'anziana signora "finora, grazie a Dio; un po' più presto o un po' più tardi, le lettere dei miei figli sono sempre riuscite ad arrivarmi."

Gli occhi di Lucy si volsero verso Antonio.

"La Signora Eleonora vuol dire," spiegò il dottore "che finora la persona o le persone preposte ad aprire e controllare tutte le lettere dei figli della Signora a lei, o le sue a loro, sono state abbastanza generose da permettere che raggiungessero la propria destinazione."

"È terribile," esclamò l'amorevole Lucy "interferire in quel modo tra una madre e i suoi figli."

"Per quanto terribile sia, "osservò la Signora, con mitezza, "potrebbe essere ancora peggio. Ho sentito di poveri rifugiati polacchi ai quali è stato impedito senza pietà per anni e anni qualsiasi rapporto epistolare con le loro madri e mogli."

L'onesto sir John, reso edotto dell'argomento di cui stavano discutendo, dichiarò che considerava quell'accusa contro la responsabilità del Governo, di natura così seria e odiosa, che... che... che...

"Che lei stenta a crederci," suggerì Antonio "a meno che non sia chiaramente provata dai fatti. È fin troppo giusto. La Signora Eleonora mi permette di raccontare a sir John la storia del maresciallo francese?"

Visto che la Signora Eleonora aveva fatto un sorriso di assenso, Antonio continuò così: "Uno dei figli della Signora Eleonora, all'epoca un bambino di otto anni, quando viveva qui, prese in gran simpatia un ragazzo della sua età, nativo di Taggia, e divennero grandi amici e compagni di giochi. Gli anni passarono e questo ragazzo fu chiamato alle armi, e salì al grado di sergente. Due anni fa il giovane uomo capitò qui, in visita ai suoi genitori, e la Signora Eleonora, com'è naturale, scrivendo a suo figlio, raccontò che il vecchio compagno di giochi, ora un bel soldato di ventotto anni, era diventato sott'ufficiale. Il figlio della Signora le rispose dicendo quanto fosse contento di apprendere la buona fortuna del 'maresciallo', come chiamò scherzosamente il suo ex compagno di giochi. Ebbene, pochi giorni dopo aver ricevuto questa lettera, chi viene a trovare la Signora Eleonora? Proprio quel vecchio gentiluomo con la testa incipriata che vi ha omaggiato con la sua visita nel palco ieri sera; in effetti il Sindaco di Taggia in persona; il quale le chiede di fargli vedere senza indugio il maresciallo francese nascosto a casa sua, altrimenti per lui sarebbe stato uno spiacevole dovere procedere alla perquisizione della casa, avendo ricevuto da Torino ordini precisi. La Signora Eleonora all'inizio non poteva credere alle sue orecchie. Un maresciallo francese! Quando mai ne aveva conosciuto uno! Alla fine si ricordò della lettera di suo figlio, e rise così tanto del degno magistrato da metterlo in imbarazzo. Furono date le spiegazioni, fu mostrata la lettera, e la faccenda finì lì."

Sir John aveva già sentito parlare di corti marziali permanenti che giudicavano, fucilavano o impiccavano i patrioti italiani a decine, di migliaia che languivano in prigione, o che vagavano per il mondo senza casa, eppure nessuna di queste sfortune collettive aveva risvegliato la sua compassione o fatto insorgere la sua indignazione nemmeno metà di quanto fece questo piccolo aneddoto. C'era qualcosa di così puerile, di così malvagio in una sorveglianza del genere, disse. Nello stesso modo, si sa che una dose di medicina omeopatica a volte ha agito con potenza su costituzioni che pure avevano resistito a dosi allopatiche mille volte più forti. Forse anche perché la vista di una persona dall'apparenza gentile alla quale erano state fatte tali cose indegne, aveva risvegliato tutta la virilità che albergava nel petto di sir John. Supponiamo che all'epoca non sapesse nulla di un certo statuto inglese che rendeva legale in determinate circostanze, e sotto alcuni regolamenti, rompere il sigillo di lettere private e spiare il loro contenuto, persino nel suo paese costituzionalmente libero; si può scommetere dieci a uno che quando venne a conoscenza di un tale provvedimento, anche se detestava il solo nome di riforma, desiderò una riforma a quel proposito, e si adoperò per farne realizzare una.

Dopo colazione, Lucy andò nella sua camera a prendere lo schizzo che aveva fatto della casa della Signora Eleonora, la quale dimostrò un tale piacere come se non fosse stato il lavoro di una principiante, e lo appese al muro del suo salotto, dicendo che nel guardarlo avrebbe sempre pensato alla giovane amica inglese. Ora si doveva andare via. La Signora insistette nell'accompagnarli alla fine del viale. Sir John le offrì il braccio, ed era un piacere vedere con che aria cortese e deferenziale sosteneva la sua ospite, e con quale cura adeguò il proprio passo al suo. Il commiato tra le due donne fu toccante; si separarono più come amiche che come due che si conoscevano da poche ore. Grosse lacrime tremarono negli occhi di Lucy mentre, baciando affettuosamente le guance sfiorite della vecchia signora, disse: "Pregherò perché un giorno possa essere consolata dai suoi cari, restituiti a lei." Grosse lacrime tremarono negli occhi della Signora Eleonora, mentre, baciando la bella e fresca ragazza, rispose: "Possa Dio ascoltare la sua preghiera. Vivo nella speranza; ma se l'Onnipotente ha deciso altrimenti, ho fede che ci incontreremo tutti lassù," e alzò gli occhi al cielo. "Dio vi benedica! Addio!"... e partirono.

La Signora Eleonora rimase ferma, salutando un'ultima volta con la mano prima che sparissero dopo la curva della strada, poi, con passi lenti, con la fronte rivolta a terra, quell'anima solitaria ritornò nella sua casa solitaria.

CAPITOLO XVIII

Antonio fa un giuramento

Battista e Speranza, il giorno dopo essere tornati all'Osteria, si sposarono nella chiesa parrocchiale, di buon mattino e senza chiasso, e per le dieci, l'ora abituale della colazione della famiglia inglese, ogni traccia di quella piccola festa che non si era potuta evitare, cioè il modesto rinfresco a un numero molto limitato di invitati, era scomparsa. Anche se Battista ci teneva moltissimo a sfilare per le vie principali di Bordighera con il bel premio che aveva vinto, e a ricevere una serenata la sera... anche se a Speranza sarebbe piaciuto mostrare all'intera città il suo completo nuziale, un regalo di Lucy, che era arrivato da Genova il giorno prima, e ultimo ma non ultimo, esibire la piacevole figura dello sposo, coi suoi riccioli irresistibili, e un vestito nuovo di vellutino, tuttavia, considerando la cosa, pensarono fosse più saggio negarsi tali debolezze. L'abito di fine organza, il ricco velo, la coroncina di fiori d'arancio e le scarpe di raso bianco, furono quindi riposti con uno sforzo così eroico che non riusciamo a concepirne uno più grande, a meno che non lo si paragoni a quello fatto da Battista quando ringraziò la banda musicale di Bordighera pregandola di non venire.

"Fintanto che siamo felici, che importa se agli altri lo sembriamo o no?" disse Speranza dando spiegazioni a miss Davenne. "Se avessi fatto grande ostentazione, o io mi fossi messa tutte le belle cose che lei mi ha regalato, ci sarebbero stati pettegolezzi e chiasso sulla sposa, e sulla sua eleganza, e sul matrimonio, e su questo e su quello, per una dozzina di chilometri. E quale sarebbe la conseguenza? Be', che saremmo stati ricordati in posti dove è meglio che ci dimentichino. Meno si menziona il nome di Battista e meglio è." *Non destar can che dorme*, è un proverbio italiano di grande significato e di uso frequente in un paese dove la sorte e la libertà di ognuno sono alla mercé di un potere assoluto; dove, per esempio, una povera donna può essere spogliata *ipso facto* dei suoi sudati risparmi, e vederli aggiudicati a chi l'ha denunciata da un Comandante un po' alticcio, e dove un avvocato, per aver suggerito mezzi legali di ottenere giustizia, può essere mandato in una fortezza, e tenuto là per mesi a imparare a tenere la lingua a freno la volta successiva. Non c'è da meravigliarsi se, con tali scandalosi esempi di fronte agli occhi, la gente è diventata cauta in propria difesa. Se voi foste coscienti di camminare su un terreno minato, non lo fareste con passi cauti? Casi simili a quelli sopra citati erano accaduti ed erano noti a tutti. Ne abbiamo scelto uno su un centinaio in quanto particolarmente significativo di un sistema che si immischiava di tutto e di tutti in qualsiasi occasione. I viaggiatori descrivono un albero dell'isola di Java, le cui esalazioni pestifere fanno appassire ogni più piccolo filo d'erba nella circonferenza della sua ombra. Così è con il dispotismo. Nessuna minuzia che abbia vita, per quanto futile o puramente personale, è al sicuro dall'azione sottile e pervasiva di questo maledetto albero dell'upas.[14]

Non appena il caldo si fu stabilito regolarmente, cosa che accadde per la metà di luglio, fu deciso che miss Davenne dovesse cominciare un ciclo di bagni di mare. Era suo desiderio fare il bagno nel crepuscolo della sera, ma Antonio mise il suo *veto* a questo, e non si poteva persuaderlo ad acconsentire, per paura che il bagno, agendo come uno stimolante, potesse disturbare il sonno notturno di Lucy. "Le costruiremo un capanno su ruote", disse il dottore premuroso "all'interno del quale sarà in privato come in camera sua." E non era vanteria, come provò quel che seguì, perché poche ore dopo sorse sulla spiaggia di Spedaletti, un capanno così ben fatto e comodo come mai se ne erano visti abbellire le spiagge di posti famosi come Brighton o Dieppe. "Quest'uomo doveva essere portato per la meccanica; inventa sempre qualcosa" immagino di sentire qualche lettore esclamare leggendo ciò. La prego di scusarmi, signora o signore... Antonio non era più portato per la meccanica di me o di voi, ma possedeva quello che vorrei avessimo voi e io, una grande volontà di essere utile e di fare favori ai suoi simili; e mi dicono non ci sia niente di meglio per rendere l'uomo ingegnoso. Si metta all'opera con lo spirito giusto, gentile lettore, e sarà lei il primo a stupirsi dei risultati.

Il capanno su ruote di Antonio era né più né meno che la carcassa di un vecchio carro, con un tendone sopra e delle tendine ai lati, assicurati da corde, che si potevano allungare o accorciare a piacere, a dei solidi pali piantati sulla spiaggia. Con una scaletta si entrava dal lato della riva, e con una più lunga si usciva dal lato del mare. Un'invenzione, vedete, che non sembrava costata al suo inventore un grande sforzo di immaginazione. Quattro nastri rossi ondeggiavano con grazia sui quattro pali che reggevano il tendone, e davano un bell'aspetto al tutto. Ma in questo e altri abbellimenti Antonio non ebbe parte in alcun modo, erano di esclusiva invenzione e fattura di Battista... *Suum cuique*.

Ogni mattina allo spuntar del giorno, Lucy, assistita da Speranza come bagnina – Speranza, che sapeva nuotare come uno squalo – andava a godersi il bagno e le meraviglie dell'aurora. Anche se una parte della sua infanzia l'aveva trascorsa in campagna, tuttavia, a causa della sua pessima salute, Lucy non era mai stata mattiniera; di conseguenza quel meraviglioso *crescendo* di luce, e di suoni, e di vita, con cui la natura sembra salutare l'avvento del suo Grande Luminare, era una bella novità per lei, e una novità deliziosa. Dopo il bagno, che all'inizio doveva durare un quarto d'ora e non di più (questi erano gli ordini precisi dell'Esculapio di Bordighera, e Speranza non era certo donna da farli trasgredire), Lucy doveva bere una tazza di tè caldo, e ritornare a letto fino alle sette, ora in cui si alzava. Il resto della mattinata fino alle dieci, quando si univa a suo padre per la colazione, miss Davenne lo passava annaffiando e curando i suoi fiori – ormai aveva proprio un giardino tutto suo – e poi sul terrazzino con i suoi pennelli e le sue matite. Il dottor Antonio faceva sempre la sua comparsa verso le undici, rimanendo un'ora con lei, a chiacchierare o a leggere Le ore tra mezzogiorno e la cena erano occupate da una siesta, da due passi in giardino, da un libro goduto all'ombra, di nuovo dal dipingere, o dal pianoforte. Abbiamo omesso di dire, mi pare, che da Nizza era stato fatto portare un pianoforte eccellente. A volte c'erano dei duetti col dottore, che non mancava mai di fare una seconda visita nel pomeriggio. La giornata di lei si concludeva di solito con una breve passeggiata su per la collina, o una visita al *casino* del Conte, a volte con una gita a una città o a un paese vicini. Ma quest'ultima cosa accadeva ogni giorno sempre più raramente, perché la ragazza dall'animo gentile aveva notato il disappunto e la mortificazione del povero Battista; ogni volta che questi vedeva la carrozza al cancello, spariva nei più oscuri recessi del giardino con la coda fra le gambe, e lei non aveva cuore di infliggere a nessuno tribolazioni inutili. Il terrore eccessivo per Lucy che Battista aveva provato all'inizio, aveva lasciato il posto a un'adorazione reverenziale altrettanto eccessiva. Ogniqualvolta lei andava a fare una passeggiata, lui la guardava da una rispettosa distanza, o, se pensava di essere non visto, la seguiva passo passo; e molte volte la sua velocità e abilità nel nascondersi, se chi passeggiava si voltava all'improvviso, e la sua ricomparsa dietro di loro, erano state fonte di divertimento e di stupore per Lucy e il dottor Antonio. Per natura Battista aveva qualche affinità con un cane e l'osservazione non vuole essere dispregiativa, ma al contrario, considerando che la razza canina è notevole per fedeltà, devozione e sagacia, tutte qualità in cui pochi altri animali del creato eccellono.

La nostra dolce Lucy traeva molto giovamento dai bagni di mare, e ancor di più, si può congetturare, da un tenore di vita come quello che abbiamo descritto, libero sia da noia che da eccitazione. Sir John andava in estasi per le sue guance rosse e per il crescente *embonpoint*, e col dottore osservava scherzosamente che di sicuro stava quasi per rivaleggiare con la Signora Pistacchini in quanto a misure. Se la vita di campagna fa bene al corpo, non fa meno bene alla mente. Pochi hanno tentato di armonizzare con la natura, di interessarsi ai suoi meravigliosi processi, senza essere testimoni di un allargamento delle idee, e di un risveglio di sensibilità salutari che derivano da una comunione del genere. In ogni modo, questo era il caso di Lucy. Forse... speriamo di non essere accusati di presunzione in favore del nostro eroe, quando suggeriamo, che, forse, il rapporto costante con un uomo di una certa esperienza, con un buon senso pratico, e genuina semplicità di cuore, come Antonio, possa aver contribuito un poco a un tale risultato. Comunque sia, una cosa era certa, Lucy si sentiva ed era davvero un'altra persona, con forze nuove, sia fisiche che mentali.

Antonio, nel frattempo, si stava lisciando la barba con violenza. Fin dal viaggio a Lampedusa, o per esser più precisi, fin da quel pomeriggio quando Lucy si mostrò così capricciosa e incoerente, era avvenuto un cambiamento nel nostro caro amico. La serenità di spirito e umore, che poteva essere paragonata al flusso gentile e misurato di acque trasparenti, era in certo qual modo disturbata, e soggetta a stati di interruzione. Antonio era meno chiacchierone di quanto fosse di solito, e se ne stava seduto accanto a Lucy per delle mezz'ore senza pronunciare una parola; evidentemente distratto fino alla sbadataggine. Un giorno, risvegliato a un tratto da una di queste fantasticherie dalla domanda: "A cosa sta pensando?" arrossì enormemente, e, strano a dirsi, Lucy ne fu contagiata e arrossì a sua volta. C'era anche, a volte, qualcosa di formale e cerimonioso nel suo modo di rivolgersi a Lucy, come se fosse desideroso di tornare su alcuni di quei suoi passi che, con l'aiuto e il favore delle circostanze, lo avevano portato alla gentile famigliarità che esisteva tra lui e miss Davenne. Ma Lucy non si sottometteva a queste manovre; prendeva, come si dice, il toro per le corna, e con la stizza di una bambina viziata, in tali occasioni esclamava: "Che cosa le ho fatto da indurlo a essere così freddo e distante oggi? Vorrebbe farmi intendere che, ora che sto abbastanza bene, a lei non importa più nulla di me...? Che l'annoio?" o altre rimostranze del genere. Visto che non si poteva resistere al fascino della sua voce, e alle emozioni che ispiravano le sue parole, la conclusione della faccenda era che, qualsiasi tentativo di formalità, se mai c'era un'intenzione del genere da parte di Antonio, finiva col creare sentimenti ancora più amichevoli e interesse nel cuore dell'uno per l'altro.

I sintomi mostrati dal nostro dottore erano tali da dar segno di una certa lotta interiore; una lotta sull'esatta natura e oggetto della quale, ci dispiace di non poter essere espliciti quanto vorremmo... anzi, non possiamo offrire nient'altro che una mera congettura. Il cuore umano è una matassa di fili impercettibili, intrecciati in modo così sottile, che persino il suo proprietario spesso non sa come districarla, e, con ogni probabilità, questo era il caso di Antonio. Che un uomo dal carattere moderato come il suo e con la sua discrezione, e per di più dotato di senso pratico, come abbiamo visto, rinunciasse a se stesso per costruire sconsiderati castelli in aria, è un'ipotesi che non possiamo ammettere neanche per un momento. Che la fantasia, da fata insidiosa qual è, non potesse essere riuscita a coglierlo ogni tanto con la guardia abbassata, e non avesse esercitato su di lui uno dei suoi ingannevoli incantesimi, noi non possiamo garantirlo. Antonio non era altro che un uomo, dopotutto, e soffriva, a quel che pareva, di un male comune all'umanità, un male che offusca gli organi della visione mentale. Inoltre, ci sono ore nella vita (e tra le altre denunciamo quella, traditrice, del crepuscolo), quando la mente più formata non può nulla contro l'incantesimo dell'immaginazione amorosa, e le cose più impossibili appaiono possibili, anzi, facili. Quando un uomo, una volta passato il parossismo, fa del suo meglio per aiutare la ragione a riaffermare il suo predominio, fa tutto quello che, a nostro giudizio, ci si può ragionevolmente aspettare da lui; e chi può dire se gli attacchi taciturni e pensierosi di Antonio non fossero il silenzioso lavorio della mente tesa a bandire i fantasmi ingannevoli evocati dalla Fantasia in un'ora diabolica?

Ma è arrivato il momento di riprendere il nostro racconto.

"Conosce Lord Carnifex?" chiese una sera Antonio a sir John, dopo che miss Davenne si era ritirata nella sua stanza. La domanda era posta in un tono apparentemente indifferente, con ogni evidenza finto.

"Molto bene," rispose sir John "è un lontano parente della famiglia di mia moglie. Perché?"

"Oggi pomeriggio sul suo giornale ho letto un articolo su di lui e sua figlia più piccola. Eccolo qui" continuò Antonio, prendendo il giornale da un tavolo dietro, e porgendolo a sir John, che lesse ad alta voce:

"*Romanzo nell'alta società.* – Non molto tempo fa abbiamo intrattenuto i nostri lettori con il resoconto di una sciocca scenetta successa a Firenze, nella quale miss Fanny Carnifex, la figlia più giovane del nobile Lord che porta quel nome, e un giovane pittore romano, recitavano i ruoli principali. La scena da noi riferita si è allungata fino a diventare una commedia in due atti, e, proprio come avrebbe sperato Lydia Languish,[15] in questo caso alla fine c'è stata una fuga. Visto che la faccenda è ormai di dominio pubblico, non esitiamo a darvi tutti i nomi delle persone coinvolte. Secondo i nostri informatori, l'eroe, Marini, un giovanotto molto bello, di appena ventidue anni, appartiene a una rispettabile famiglia borghese, ed è considerato un promettente artista. Sembra che sia stato maestro di disegno di miss Fanny, e abbia approfittato dell'occasione offertagli da questo per guadagnarsi l'affetto della sua allieva."

("Mascalzone impudente!" fu la parentesi di sir John)

"Un mattino la coppia innamorata irruppe nello spogliatoio del nobile genitore della ragazza e si gettò ai piedi di lui, implorando il suo consenso alla loro unione. Si può immaginare la conclusione di un passo del genere. Marini fu messo *sans façon* alla porta, e miss Fanny fu affidata subito alla cura della zia materna, Lady Biribi, che portò a Roma la bella colpevole. Qui si chiude il primo atto, di cui abbiamo già dato un resoconto. Il seguito si può raccontare in poche parole. Eludendo la più stretta sorveglianza, miss Fanny riuscì a raggiungere il suo temerario giovane amante, che l'aveva seguita a Roma. Questo deplorevole *dénouement* ha creato una dolorosa agitazione nella colonia inglese a Roma e a Firenze. Il nobile Lord, ci assicurano, non ha intrapreso alcun passo riguardo ai due fuggitivi, ed è seriamente deciso a lasciare la figlia al suo destino."

"Le sta bene!" esclamò sir John, accartocciando il giornale con mani che tremavano per l'emozione. "Se fossi suo padre da me non vedrebbe mai neanche uno scellino. Che muoiano di fame. Lo conosco bene Lord Carnifex. Per Dio! Non gli rivolgerei mai più la parola se avesse ancora a che fare con quella..." L'ultima parola non era udibile, mentre il Baronetto si alzava, e cominciava a camminare con rabbia su e giù per la stanza.

"A cosa serve ora tutta questa rabbia?" disse Antonio con calma.

"A dare un avvertimento a tutte le civette sciocche, signore, disposte a disonorare le loro famiglie" ribatté sir John con impeto.

Il dottore si arrischiò ad osservare, con un tono di voce conciliante: "Per fortuna il ragazzo sembra essere di rispettabile famiglia."

"Al diavolo la rispettabilità!" tuonò sir John. "Un individuo che è poco più che un mendicante, che vive di pennelli e di espedienti"

"Michelangelo e Raffaello vivevano di pennelli e di espedienti." protestò Antonio cominciando a scaldarsi.

"Liberissimi di farlo," replicò l'inglese "intanto mia figlia non l'avrei data né all'uno né all'altro."

Sulle labbra di Antonio tremò una risposta pronta e tagliente, ma se la ingoiò.

"Quel furfante matricolato!" proseguì il Baronetto, con rinnovata furia. "E pensare che nessun inglese tra tutti quelli che sono lì, ha avuto abbastanza coraggio da fargli saltare le cervella. Ce n'è abbastanza da rinnegare il proprio paese!"

"Via, via, sir John," disse Antonio, con gentilezza, "non deve essere così severo. I ventidue anni e l'amore sono una droga terribilmente intossicante."

"L'amore!" rise il Baronetto con disprezzo. "Sciocchezze: erano le sterline, gli scellini e i penny che quel delinquente dal sangue freddo voleva. Si sposano solo per i soldi questi… ehm… maledetti avventurieri italiani."

L'italiano divenne rosso e si morse il labbro. Forse l'inglese lo notò, o forse fu solo il suono delle proprie parole a calmarlo. Si fermò per un secondo di fronte ad Antonio, che, con le braccia conserte, stava in piedi appoggiato al pianoforte; poi, mosso da un impulso improvviso, sir John gli porse la mano e disse, con nobile semplicità: "Ho avuto veramente torto a ferire i suoi sentimenti. La prego di perdonarmi. Non ne avevo intenzione. Quella storia odiosa mi ha fatto uscire dai gangheri. Le confesso che nutro un'invincibile avversione ai matrimoni con gli stranieri. Non parliamone più. E ora, ha voglia di una partita?"

Antonio **aveva** voglia di una partita, e si sedettero e incominciarono; ma sir John era così *distrait* che il suo avversario dovette escogitare ogni immaginabile sforzo per farlo vincere. Era quasi mezzanotte quando il dottore uscì dal cancello del giardino; invece di voltare a destra e prendere la strada per Bordighera, voltò a sinistra, giù per il sentiero verso il mare, e cominciò a passeggiare avanti e indietro sulla spiaggia. Il suo passo, anche se più lento del solito, non dava alcun segno di emozioni sovreccitate, e neanche il suo volto, cui la pallida luce della luna, che vi cadeva sopra, conferiva un'espressione di calma solennità. Camminò in questo modo per un tempo considerevole, poi si distese con la faccia rivolta al cielo. La luce grigia dello spuntar del giorno lo trovò nella medesima posizione. Allora si alzò, e, come se riassumesse il risultato della sua lunga meditazione, disse ad alta voce:

"Dopotutto che importa se un uomo è infelice o infelice, fin quando conosce il suo dovere e lo fa? E quindi *Viva l'Italia!* Il mio primo e ultimo amore!" e riprese la strada di casa.

Da quel giorno cessarono tutti gli attacchi taciturni di malumore, e la corrente gentile di sereno buon senso e umore tranquillo, che dava quel certo fascino ai modi dell'italiano, tornò a fluire copiosa e regolare come quando avevamo fatto la sua prima conoscenza. Quella notte di pensieri solenni aveva vinto la lotta interiore, oppure solo somministrato al combattente sufficiente forza per controllare e sopprimere le sue manifestazioni esteriori? E nella solitudine della sua casa Antonio era padrone di se stesso, composto e persino allegro, come quando era all'Osteria in presenza di Lucy? Lasciamo che resti un segreto tra quella buona creatura e il suo Creatore.

CAPITOLO XIX

La fine di un idillio

Era una di quelle giornate soffocanti del mese d'agosto, così opprimenti per i nervi delle persone sensibili, durante le quali, la natura, come se lei fosse a sua volta esausta, sembra essersi fermata. I raggi del sole dardeggiavano attraverso un velo sottile di nuvole bianche, come attraverso una lente scottante, e riversavano sulla terra masse di calore afoso e maligno. Non si muoveva una foglia, non cantava alcun uccello, persino le cicale avevano sospeso il loro stridulo frinire. Il solo suono che ogni tanto rompeva la calma sinistra, era il lamentoso grido del cuculo che chiamava la sua compagna.

Lucy aveva cercato di disegnare, di darsi al giardinaggio, di esercitarsi al piano, di dormire, il tutto senza successo, e ora stava stesa ansimante sul divano. "Eccola finalmente!" disse, mentre il dottor Antonio entrava: "In queste due ore avevo tanta voglia di vederla. Mi sento così male."

"Davvero?" esclamò Antonio diventando pallido: "Che cosa si sente? Ho incontrato sir John mentre andava dal Conte neanche un'ora fa, e non mi ha detto una parola sul fatto che lei non stesse bene."

"Non ho detto niente a papà, " rispose Lucy "è già abbastanza inquieto per non aver avuto notizie di Aubrey."

"Vuol dire, di suo fratello?"

"Sì; Aubrey doveva scriverci tramite la posta delle Indie, che sappiamo essere arrivata, ma non c'era nessuna lettera da parte sua."

"Mi dispiace moltissimo, " disse Antonio. "Ma mi dica di lei. Non ha avuto tosse, vero?"

"No; ma mi sento molto a disagio… così debole… così oppressa… così accaldata."

"È normale. Tutti soffrono per questo clima, chi più chi meno. Mi faccia sentire il polso… Febbre non ce n'è. È questo maledetto scirocco che agisce sui suoi nervi. Ora si stenda di nuovo e resti tranquilla," e sistemò i cuscini sotto la testa di lei "e cercherò di farla stare più comoda. Miss Hutchins," aggiunse, uscendo, "perché non prepara un bicchiere di limonata un po' forte per miss Davenne? Il succo di due limoni in mezzo bicchiere d'acqua… acqua tiepida per favore."

"Sì, signore" rispose la cameriera della signorina, con la voce più melliflua che aveva. Miss Hutchins, si sappia, era alquanto conquistata, una conquista difficile, ma Antonio c'era riuscito. La cameriera, un tempo così rigida, ora cercava di farsi notare, ed era orgogliosa di obbedire ai suoi ordini.

Un momento dopo Antonio ricomparve, seguito da Speranza, e, per la quantità di frasche che portavano, sembravano entrambi due spazzacamini in un mattino di maggio [16], o un pezzo di bosco di Birnam. Le sparsero tutte sul pavimento, poi Rosa portò un innaffiatoio, e il dottore bagnò i rami parecchie volte, dicendo: "Questo ci rinfrescherà alla svelta, a patto di non lasciar entrare aria dalla fornace esterna." Chiuse la porta a vetri, e tirò giù le tende verdi che la coprivano, così da creare una luce crepuscolare. "Le piace la sua limonata?" le chiese, mentre Lucy poggiava il bicchiere.

"Moltissimo, è così rinfrescante."

"Ha voglia di dormire?"

"No," disse Lucy "sta andando via?"

"No, a meno che non abbia voglia di dormire… Non ne ha voglia? Molto bene. Vuole che le legga qualcosa?" continuò Antonio avvicinandosi alla mensola di libri vicino al pianoforte, e tornando indietro con un libro: "Le leggo qualcosa del suo poeta preferito, il Giusti?"

"Lei è un uomo davvero in gamba!" disse Lucy, invece di rispondere alla domanda. "Mi sento già meglio. Che ne sarà di me quando lei non sarà più…" Il resto della frase si perse in un accesso di pianto.

Il povero dottor Antonio se ne stava fermo, con il libro in mano e lacrimoni agli occhi, sul punto di piangere anche lui. In quel momento, fortunatamente, qualcosa gli andò di traverso e lo obbligò a schiarirsi la gola con forza. Avendo in questo modo ritrovato la sua voce, disse: "Vede com'è nervosa? Piange senza il minimo motivo, come se dovesse andarsene domani. Non conosce il proverbio italiano 'Prendi tempo e camperai?' " Il suo tono era quello di una madre che rimprovera il figlioletto. Seguì poi una pausa, durante la quale Lucy piano piano si riprese dalla sua emozione.

"Dottore," disse a un tratto "lei crede nei presentimenti?"

"Per niente," rispose Antonio, in tono vivace: "Io credo nello scirocco."

"Allora sbaglia," disse Lucy con serietà. "Una volta non mi ha raccontato di piante così sensibili da prevedere i temporali? Bene, io sono una di quelle piante. Sono sicura che sta per accadermi qualche disgrazia. Lo sento nell'aria."

"Lei sente questo vento traditore che viene dal sud, ecco cosa sente. Uno scroscio di pioggia farebbe volar via il suo disagio e i suoi presentimenti."

Lucy scrollò il capo senza credergli, poi disse: "Vuole leggermi qualcosa? Scelga lei."

"Proviamo 'Il Brindisi di Don Girella'. È così divertente che la farà ridere." E portando una sedia vicino alla porta a vetri, in modo da usufruire della poca luce che sgusciava dentro, cominciò a leggere.

Abbiamo le nostre ragioni per descrivere quanto minutamente possibile i dettagli di questa scenetta domestica, e le rispettive posizioni del lettore e dell'ascoltatrice. Leggermente a destra della porta a vetri, a circa cinque o sei passi di distanza, era posto di traverso il divano dove era stesa Lucy, con il viso rivolto verso la luce. Indossava un abito di mussola bianca con una fascia blu in vita; il suo cappello di paglia a tesa larga era appeso per mezzo dei suoi nastri blu, ad un angolo posteriore del divano, proprio sopra la sua testa. Miss Hutchins, con le braccia conserte, sedeva al grande tavolo al centro della stanza, occupata nel tentativo di ingoiare una serie di sbadigli testardi, che non volevano essere soppressi. Di fronte a Lucy, cioè a sinistra della porta a vetri, ma tanto vicino che le tende verdi toccavano il libro, era seduto Antonio.

Bene, la lettura andava avanti da un certo tempo, e più di una volta l'intensa *vis comica* del poeta aveva portato un lieve sorriso sul pallido volto di Lucy. Tuttavia, piano piano, la comprensione del significato del testo divenne sempre più flebile, e la voce ricca e melodiosa del lettore, calmandola come il mormorio di un ruscello, cullò la dolce ragazza in quello stato che non è ancora sonno, eppure non è neanche veglia, ma una voluttuosa miscela di entrambi. Tutto a un tratto si sentì un passo pesante salire le scale... Lucy trasalì. "Chi può essere?" balbettò con un brivido. Nello stesso istante la porta a vetri viene spalancata con fracasso, e una figura colossale entra impettita e rumorosamente, e: "Ciao Lucy, ragazza mia," ruggisce una voce simile al tuono, mentre quella torre vivente si abbassa per baciare la figura prostrata. "Eccoti qua finalmente! Accidenti! Ma cos'è questa roba? Per Giove! Con tutte queste tue verdi frasche e l'innaffiatoio, hai l'aria bucolica delle pastorelle di un balletto. *Une chaumière et ton coeur!* Ah! Ah! Non manca niente per un idillio, come si diceva a Eton...Accidenti, c'è persino il pastore!"

"Aubrey!" esclamò Lucy, con un tono di rimprovero, ma non riuscì a dire altro. L'imprecazione e la freddura spiritosa, non c'è quasi bisogno di dirlo, erano rivolte al nostro amico dottore. Antonio si era preso una botta talmente violenta dalla porta, quando Aubrey era entrato, che era quasi caduto per terra, e nello sforzo di non perdere l'equilibrio la sua sedia si era rovesciata. A quel rumore, il nuovo venuto si era voltato, aveva visto Antonio, e aveva pronunciato quella stupida e insulsa battuta sul pastore.

Gli occhi dei due uomini s'incontrarono in modo poco amichevole. Dall'altero cipiglio, dal labbro sprezzante e dal comportamento in certo qual modo aggressivo di Aubrey, si evinceva poca benevolenza verso l'oggetto della sua attuale investigazione. Le labbra tirate, il volto livido e lo sguardo fermo in un atteggiamento di autodifesa di Antonio, mostravano che sentiva odore di nemico in avvicinamento. Restavano lì, a confrontarsi l'un l'altro, esemplari di due belle razze, come persino Grecia e Roma avevano visto raramente; uno chiaro, roseo, con gli occhi azzurri (proprio gli stessi occhi di Lucy!), l'altro scuro come una tempesta; l'inglese più alto di una testa del suo alto antagonista, con un petto largo e le spalle in proporzione ancor più larghe, proprio il *non plus ultra* dello sviluppo muscolare e della forza; l'italiano meno massiccio, ma altrettanto ben piantato, elastico e agile come una tigre, con nervi e tendini d'acciaio, servi obbedienti di una volontà indomita tradita dal fuoco tenebroso dei suoi occhi. Dio non voglia che non si debbano mai incontrare con rabbia, perché sarebbe come uno scontro di due nuvole in tempesta!

Questo reciproco scrutarsi non durò più di dieci secondi, eppure furono sufficienti per sviluppare tra i due un forte sentimento di antipatia. Lucy, in quanto donna, lo intuì, e il suo crescente terrore le liberò la lingua. "Mio fratello, il Capitano Davenne... Il dottor Antonio, il mio medico... il migliore amico di papà." Le parole ruppero l'incantesimo. Il Capitano Davenne si inchinò leggermente, e così fece il dottor Antonio. Una raccomandazione di commiato a Lucy, di restare tranquilla, e di andare a letto presto se la sera non si fosse sentita meglio, e il dottore si ritirò.

Aubrey cominciò a pigliare a calci nel modo più rumoroso possibile tutte le sedie e le poltrone che erano nella stanza – e ogni nuovo calcio faceva fare un nuovo balzo di spavento a Lucy – finché alla fine, avendole disposte in modo quasi simmetrico ai lati del sofà, allungò le sue membra poderose sul divano improvvisato, senza mai smettere di parlare forte. Lucy in questo modo fu edotta, tra un calcio e l'altro, sulla serie di circostanze fortunate che le avevano portato così l'inaspettata benedizione della compagnia di suo fratello. Brevemente erano queste. L'ufficiale malato, i cui doveri erano ricaduti sopra Aubrey, era guarito più rapidamente del previsto, e di conseguenza al Capitano Davenne era stato permesso di prendere vela, proprio con quella posta delle Indie, il cui arrivo senza una sua lettera aveva causato l'inquietudine mattutina di sir John. A che pro scrivere quando doveva raggiungere l'Inghilterra contemporaneamente alla propria lettera? A Londra aveva incontrato Tom Carnifex, il figlio maggiore di Lord Carnifex, che aveva appena ricevuto un ordine frettoloso da suo padre di raggiungerlo a Firenze il più presto possibile. Tom aveva offerto ad Aubrey un posto nella sua britschka [17]; Aubrey aveva accettato, ed eccolo qua. Sull'estraneo che aveva trovato in compagnia di sua sorella, sulla piacevole o spiacevole impressione che gli aveva fatto a prima vista, neanche una parola.

Chi più sorpreso e felice e eccitato di sir John quando, entrando nella stanza poco dopo, per prima cosa gli caddero gli occhi su quel tesoro che tanto gli era mancato, Aubrey, seduto accanto alla sorella? Se il suo senso del decoro glielo avesse permesso, sir John avrebbe fatto delle cose folli. Con quanto orgoglio e affetto fissava il suo "ragazzo", come soleva chiamarlo! A dir la verità, le proporzioni erculee di Aubrey e la bellezza dei suoi tratti avrebbero suscitato anche l'ammirazione di un giudice più imparziale di suo padre. Le ansiose domande del Baronetto provocarono una seconda edizione del racconto di Aubrey già riferito, e poi cominciò tra padre e figlio un fuoco vivace di domande e risposte, come martelli che battevano in rapida successione su un'incudine. Non c'è da meravigliarsi se avevano così tanto da dirsi, visto che erano separati da dieci anni. Chiacchierarono senza interruzione, finchè la comparsa di John Ducket, venuto a stendere la tovaglia per la cena, pose fine alle loro effusioni. Il Capitano Davenne si complimentò con John per il suo aspetto, un onore che allargò sul volto serio di John un sorriso di intenso compiacimento. I due gentiluomini passarono nella camera di sir John, da dove, poco dopo, furono chiamati con l'annuncio che la cena era in tavola. Aubrey mangiò e bevve per due, e mentre mangiava e beveva, le sue lodi per le vivande, per il vino e per la situazione, rese ancora più impressionanti da diverse imprecazioni e tremendi scoppi di risa, che facevano risuonare ancora piatti, bicchieri, caraffe e persino la porta a vetri, crescevano sempre di più in volume.

"A proposito mio caro ragazzo," disse il Baronetto "a quale locanda ti ha lasciato Carnifex?"

"A nessuna" fu la risposta. "Ho lasciato il mio baule-armadio a una specie di stazione di posta, dove sono stati cambiati i cavalli. Ehi, John, dopo cena devi andare là e far portare qui il mio baule."

"Ho paura", disse sir John "che qui non ci sia posto per te; è davvero un guscio di noce; non c'è un buco libero, che io sappia."

"Non importa," rispose Aubrey "*à la guerre comme à la guerre*, posso dormire sul divano, o sul pavimento, ovunque. Sono qui e ho intenzione di restarci, perchè suppongo tu non voglia buttarmi fuori a forza."

Dato che questo era l'ultimatum di Aubrey, da cui era chiaro che nessuna ragione, per quanto valida, lo avrebbe distolto, seguì un breve consulto tra sir John e John Ducket, il cui risultato fu che John doveva riuscire a trovarsi un posto qualunque per dormire, e che la sua camera doveva essere resa il più confortevole possibile per il suo giovane padrone. Per fare un piacere a Aubrey, John avrebbe dormito volentieri anche nei campi.

Finita la cena, il Capitano Davenne, con grande stupore e costernazione di sir John, accese un enorme sigaro. "Sigari di prima qualità," disse, sbuffando via il fumo: "Spero non ti dispiaccia il suo profumo, Lucy; so che a mio padre piace." Lucy affermò che non aveva obiezioni... e in ogni caso le piaceva, più che dispiacerle. Ora, a dire il vero, non lo poteva sopportare. Che cosa le aveva tirato fuori un'asserzione così poco consona alla verità? Lucy, quasi inconsciamente, sentiva quasi la necessità di accontentare suo fratello. Povera timida, debole Lucy! Quante tue sorelle ho visto, candide e ingenue come sei tu, peccare in modo simile o anche peggiore, per accattivarsi degli orsi come tuo fratello! Speriamo che non saranno le deboli e sensibili creature a essere chiamate un giorno per giustificare tutti questi peccati, ma i dominatori rumorosi e prepotenti la cui violenza li ha provocati.

Sir John non ammise apertamente né contraddisse l'affermazione di Aubrey che lo riguardava; magari non si sentiva sicuro su come sarebbe stato accolto un rifiuto deciso da parte sua o magari scelse, in quel primo giorno d'incontro, di essere indulgente. Propose soltanto, prudentemente, una *levée en masse* per andare in giardino, dove avrebbero bevuto il caffè. L'ora consueta della visita serale di Antonio era ormai passata, e Antonio non si era visto." Spero che il dottore non se la sia svignata, " disse sir John, dopo aver consultato il suo orologio due o tre volte." La compagnia di mio figlio non è una buona ragione perché io non debba godere anche di quella del mio amico. Ho molta voglia di fartelo conoscere Aubrey... questo dottore è un uomo così simpatico che potresti anche incontrarlo altrove... davvero un gentiluomo; gli siamo infinitamente debitori." E poi sir John raccontò di nuovo a suo figlio tutta la storia dell'incidente, e l'aiuto provvidenziale dell'italiano, già descritti in diverse lettere spedite in India; e, scaldandosi su quell'argomento, il Baronetto andò avanti allargando il racconto a tutte le attenzioni continue che Antonio aveva prestato a Lucy, e alla quantità di ingegno con cui era riuscito a divertirla durante il suo confino nella casa. Il prestarle libri, le lezioni di botanica, le lezioni di chitarra, raccontò tutto, e il catalogo terminava con quello stupendo colpo da maestro: la poltrona a rotelle inventata dal dottore. Tutto questo discorso Aubrey l'ascoltò con un'attenzione davvero edificante, e un'apparente gran soddisfazione... una soddisfazione che si faceva più evidente osservando il piacere che i dettagli procuravano alla sua adorata sorella, sul cui volto colorito gli occhi affettuosi del fratello rimasero per tutto il tempo.

"Non vedo l'ora di stringere la mano a questa fenice dei dottori," disse Aubrey "e chiedergli scusa per la mia maleducazione. Suppongo fosse lui quello che ho trovato qui stamattina."

"Sì" disse Lucy.

"Che ne diresti," continuò Aubrey, rivolgendosi a sir John, ma guardando sua sorella, "se andassimo a mettere violentemente le mani addosso a questo smemorato di amico tuo e lo trascinassimo prigioniero qui?... ah! ah! ah!"

"Oh sì, fatelo!" disse Lucy, con occhi scintillanti, mentre dentro di sé si pigliava a male parole per aver mal giudicato suo fratello con tanta cattiveria. Dato che sir John acconsentì immediatamente alla proposta, il Capitano Davenne si accese un altro sigaro, e partirono. Mentre attraversavano il cancello del giardino, Aubrey fu colto da un accesso violento di risa. "Perché ridi?" domandò sir John perplesso.

"Be', questa casa è così maledettamente strana... ha un aspetto così bislacco. Non so cosa darei per portarla tutta intera a Londra e metterla in mostra a uno scellino a testa. Scommetto quello che vuoi che nessuno crederebbe che sir John e miss Davenne ci hanno abitato contenti per delle settimane. Credo proprio che miss Hutchins e John si siano dimenticati com'è fatta una camera decente."

Sir John prese le parole di suo figlio come un rimprovero personale. Abbassò la testa.

"*À propos de bottes*" (Aubrey era stato l'amante di un'attrice francese a Madras, e parlava bene il francese, e gli piaceva far vedere che lo parlava) "il vecchio Duca di B... ha chiesto di te."

"Molto gentile da parte sua," disse il Baronetto, distendendo i tratti del viso. "Come sta il vecchio gentiluomo?"

"In gamba come sempre" rispose Aubrey. "Si domanda cosa ne è stato di te. Per la verità lo fanno tutti; soprattutto Lady Deloraine. A casa sua ho incontrato l'ambasciatrice di ... e sua nuora, Lady Charlotte

Tuicy, tutte e due piene di sospetti per la tua assenza, e disposte a partecipare a qualsiasi cospirazione pur di rapirti dal tuo misterioso nascondiglio."

"Dio non voglia che mettano in atto la loro minaccia!" disse il Baronetto ridacchiando. "Ma a proposito di rapimenti, hai sentito quella bella storia della fuga di Fanny Carnifex...?"

"Maledetto quel vile pezzente di italiano!" gridò Aubrey. "Ho sentito, sì."

"E si sono... sposati alla fine?" chiese sir John, con un certo sforzo.

"Sì; ma è un matrimonio che non durerà a lungo. Fanny sarà presto una vedova allegra, te lo dico io."

"Che cosa vuoi dire?" chiese sir John, sorpreso. Aubrey si fermò di colpo, alzò lentamente il suo braccio destro, lo tenne teso come se pigliasse la mira, e, con uno schiocco di lingua, imitò lo sparo di una pistola. "Tom Carnifex è uno dei migliori tiratori d'Inghilterra, mio caro signore" disse con noncuranza, per tutta spiegazione.

Questa scenetta fu recitata in modo così perfettamente naturale, c'era negli occhi dell'attore qualcosa di così selvaggio, che sir John non riuscì a evitare un brivido. Anche se una volta gli era sembrato auspicabile che l'offensore dovesse servire da esempio, non era nei programmi del giorno di sir John assistere alla sua esecuzione.

Occupati in questa piacevole conversazione e in queste previsioni, il capo della dinastia dei Davenne e il suo erede, erano arrivati in vista della povera casa del dottor Antonio, proprio mentre il suo proprietario, di umore poco piacevole, stava uscendo. Antonio era poco preparato ai saluti calorosi dello scontroso estraneo di poche ore prima, che adesso, stringendogli la mano con entusiasmo, si scusava ridendo per essere stato così poco educato la mattina. Anche se colto piuttosto di sorpresa, l'italiano rispose agli approcci di Aubrey con tutta la gentilezza d'animo che poteva racimolare lì per lì; e i tre, Antonio nel mezzo, ritornarono all'Osteria, dove trovarono il Conte, al quale fu presentato con la dovuta forma il giovane Davenne. La serata trascorse, se non tranquilla come il solito, perché piuttosto rumorosa, non meno piacevole. Il Capitano Davenne era di umore molto espansivo, e ciarlava con gran gusto, ridendo moltissimo delle sue battute e delle sue storielle, bevendo continuamente in gran quantità ciò che lui chiamava limonata; ed era limonata infatti, solo con una grossa aggiunta di rum giamaicano. Certe sue avventure di caccia alla tigre, che raccontò con gran vivacità, furono ascoltate con tensione e interesse – Antonio le traduceva per il Conte che aveva imparato tanto l'inglese quanto sir John l'italiano. Lucy si ritirò presto, ma non prima di aver visto una sincera benevolenza e amicizia nascere tra suo fratello e il suo dottore, il suo amico. Speriamo che abbia dormito bene, povera ragazza. Quando suonarono le dieci, sir John e Antonio, secondo le loro abitudini, si sedettero per una partita a scacchi, che da parte del Baronetto fu una serie di continui errori. I suoi pensieri erano occupati in altro modo.

Quando Lucy, alle otto circa del mattino seguente, dopo il suo bagno di buon'ora, e una o due ore di riposo aggiuntivo, attraversò l'atrio per uscire, trovò il fratello già sistemato sul divano che sbadigliava con forza. "Dove stai andando?" chiese Aubrey. "A innaffiare i miei fiori. Ho un piccolo bel giardino tutto per conto mio; vieni a vederlo." Aubrey alzò la sua lunga figura, ci andò, lo guardò e lo ammirò. Non è che quel giardino l'aveva fatto tutto da sola? Oh no, l'aveva fatto Speranza. Speranza, la figlia della padrona di casa, una ragazza molto carina. Il dottor Antonio aveva dato a Lucy la maggior parte delle piante. "Non sono belle?" – "Molto" disse Aubrey, aggiungendo: "Sai Lucy, mi piace proprio questo tuo dottore."

"Davvero?" disse Lucy, guardandolo con occhi sfavillanti.

"Raramente ho visto una figura più imponente della sua, e i suoi modi sono proprio quelli di un gentiluomo. Peccato che non sia un Duca inglese."

"Perché?" disse Lucy. "Ti assicuro che è piuttosto contento della sua classe."

"Perché se lo fosse, signorina, voi due fareste una gran bella coppia" Lucy diventò rossa. "Così come stanno le cose, " continuò lentamente Aubrey con voce chiara, crudele e severa, "così come stanno le cose, preferirei vederti morta e sepolta piuttosto che sposata con quell'uomo."

Il piccolo innaffiatoio le scivolò di mano, e si sentì le gambe mancare.

"Maledizione!" urlò Aubrey, sollevandola da terra: "Non è il caso che ti spaventi, era solo una supposizione!" E, senza dire un'altra parola, circondò la vita di sua sorella con il suo braccio possente e la guidò su per le scale fino al divano. Questa fu la prima e ultima volta che tra loro fu menzionato il nome di Antonio.

Il dottore fece visita, come sua abitudine, durante la mattinata, ma invece del solito saluto caloroso da parte di Lucy, ricevette un inchino silenzioso. Le sue guance erano spaventosamente pallide, gli occhi rossi. Lui si informò sulla sua salute, e ottenne come frettolosa risposta che lei stava benissimo. Voleva sentirle il polso… non ce n'era bisogno, lo riassicurò, stava bene. Quando lui si curvò sulle spalle di lei per guardare il suo disegno, lei si ricordò di aver lasciato nella sua stanza un pennello, che in quel momento le era indispensabile, e si alzò per andarlo a prendere. C'era nella povera Lucy una sorta di imbarazzo, che Antonio non aveva mai visto. Il cuore gli si strinse dolorosamente. Che Aubrey fosse la causa dei modi e degli sguardi alterati della dolce ragazza, Antonio non ne aveva il minimo dubbio; ma come mai? e perché? Era lui, Antonio, in qualche modo connesso con questo nuovo stato di cose? Per risolvere il mistero avrebbe volentieri dato il proprio sangue. Oh! Poter stare dieci secondi da solo con lei, solo dieci, per fare una domanda, ricevere una risposta. Si attardò più di quanto facesse di solito, per approfittare di una possibile occasione. Invano. Tra lui e lei c'era una muraglia cinese semovente.

Passarono quattro giorni senza che la situazione migliorasse. Aubrey si era talmente innamorato della sgangherata Osteria che né gli inviti pressanti del Conte, né le esortazioni di suo padre a prendere il suo cavallo e andarsi a godere il bel paesaggio, riuscivano a convincere il colossale dragone a lasciare per un attimo il suo recinto, a meno che non lo facesse Lucy, e di solito accadeva la sera, e allora lui la prendeva sottobraccio e sosteneva affettuosamente i suoi passi. Il resto del giorno, dalle sette del mattino alle undici di sera, Aubrey lo passava in casa, per lo più completamente disteso, fumando e gustandosi la sua bevanda preferita, o facendo tremare la povera locanda con le sue falcate poderose. Il suo sorriso più grazioso e la stretta di mano più calorosa erano rivolti ad Antonio, per il quale aveva una tale simpatia che per nulla al mondo Aubrey avrebbe perso un minuto della compagnia del suo nuovo amico. Rumoroso, piuttosto volgare, vivace, di buon carattere, compagnone, questo giovane Davenne si accontentava facilmente di ogni cosa e persona, e non dava peso ai disagi della sua camera al piano di sotto, ben lungi dall'essere comoda, senza mai suggerire a nessuno, con parole o sguardi, la voglia di lasciare il suo alloggio attuale. La conversazione con sir John verteva principalmente su Londra, è vero (intendiamo quella Londra la cui esistenza è conosciuta da persone di rango e di moda), sui divertimenti di Londra, sugli illustri parenti e conoscenti della famiglia Davenne, sul generale rammarico per la prolungata assenza del Baronetto, e così via. Nove volte su dieci però, era sir John stesso che intavolava l'argomento, e allora, non era forse naturale e appropriato per un figlio obbediente soffermarsi su argomenti così evidentemente piacevoli per suo padre?

Intanto la freschezza della salute stava svanendo rapidamente dalle gote di Lucy, e la sua testa si ripiegava come un giglio privato dal sole. Non solo la povera Lucy veniva tutto a un tratto strappata alle gioie e ai benefici del suo rapporto di amicizia, la cui abitudine era diventata una dolce necessità per lei. Ma doveva anche indossare una maschera e recitare una parte troppo crudelmente in disaccordo con i suoi sentimenti. Perché fosse costretta ad agire così non lo sapeva neanche lei, ma un avvertimento misterioso dal suo interno le diceva che solo a un tale costo si poteva evitare qualcosa di terribile. Il suo cuore era colmo di strane apprensioni e paure. L'amicizia mostrata da Aubrey verso Antonio, invece che rassicurarla, si aggiungeva alla sua inquietudine. Era chiaro, persino ai suoi occhi inesperti, che tutta questa benevolenza era finta, una mera esibizione, e di conseguenza, quale poteva essere il motivo di Aubrey? E l'addolorata ragazza meditava, fino a farsi girare la testa, sull'ostilità del primo incontro dei due giovani uomini, e sull'allusione significativa fattale l'indomani, e sull'improvviso cambiamento nei modi di Aubrey.

Nessun precedente ricordo piacevole, connesso al ragazzo, venne a contrastare le impressioni dolorose suscitate dall'uomo fatto. Aubrey, bisogna ricordare, aveva trascorso la sua giovinezza a Eton, e delle vacanze di lui Lucy ricordava poco, a parte le paure per la propria bambola, e per il gattino prediletto che lui si divertiva a tormentare. Si ricordava benissimo però dei sei mesi che aveva trascorso a casa, prima di entrare nell'esercito. Le liti quasi quotidiane tra padre e figlio, sua madre in lacrime, la tristezza che pervadeva tutta la famiglia, lo sguardo arrabbiato di Aubrey, e anche qualcosa di peggio, in cambio dei suoi infantili tentativi di riconciliazione (aveva appena dieci anni allora), e la paura che lei nutriva nei suoi confronti; questi erano i soli ricordi di Lucy, queste le immagini e le emozioni legate nella sua mente al fratello. Gli anni successivi avevano addolcito, ma non cancellato queste impressioni, e l'Aubrey che, fino al giorno del suo arrivo, dimorava nella mente di sua sorella, non era affatto un esempio di docilità e affetto giovanili. Quello che vedeva di lui adesso, la convinse che l'uomo aveva mantenuto le promesse del ragazzo. Lucy, fin da subito, ne aveva avuto paura. I suoi modi rumorosi e le sue maniere prepotenti, le frequenti imprecazioni e l'allegria grossolana, le davano sui nervi in modo atroce, e ferivano ogni sensibilità della sua natura raffinata. Nature delicate e sensibili come quella di Lucy, nutrono un orrore innato per ogni forma di violenza; per loro è un elemento di disgregazione, qualcosa di incompatibile con il proprio essere, da cui si ritraggono istintivamente proprio come le piante, cui miss Davenne si era paragonata nella sua ultima conversazione con Antonio, si ritraggono al tocco di una mano. Già solo per questo la pressione della presenza di Aubrey sarebbe stata eccessiva per Lucy. Ma lo era incomparabilmente di più quando fu oscuramente suggerita alla sua fantasia una possibile esplosione di quella violenza, che tanto temeva, diretta dove erano riposti molto del suo affetto grato e del suo rispetto!

Al quarto giorno dall'arrivo di suo figlio, sir John diede una cena di addio, e annunciò alla piccola ma selezionata compagnia, il Conte, il Sindaco, il dottor Antonio, ecc., che la sua partenza era fissata per dopodomani. Aubrey poteva osservare sua sorella quanto voleva: Lucy non batté ciglio. A dire il vero, il suo tormento era tale che quasi si sentì sollevata dall'annuncio.

Sarebbe bastato poter dire: "Grazie dottor Antonio, Dio benedica lei e la sua terra"... sarebbe bastato potergli dire solo questo, liberamente, come le suggeriva il suo cuore, senza inibizioni, senza nessun occhio che la controllasse, Lucy sarebbe partita tranquilla. È il pensiero dominante della sua testa; anzi, non ha altri pensieri se non questo, che le preme le tempie come una corona di spine, di ringraziarlo e benedirlo. Sarebbe sembrato così spietato non farlo. Quest'uomo era stato con lei tutto pazienza, gentilezza, cortesia. Cosa avrebbe potuto fare di più un amico, un fratello, un padre, di quanto aveva fatto lui per lei! "Benedetto lei e la sua terra". Mormorava queste parole a se stessa, gliele avrebbe scritte volentieri, ma potevano sembrare così fredde sulla carta. Lui non ha idea, ne è sicura, della profondità della sua gratitudine, di tutto quello che lei prova. Che stupida era stata a non farglielo sapere quando era tempo... quando nessuna nube scura faceva cadere la sua ombra tra loro, in una delle luminose mattine sprecate in conversazioni generiche sul terrazzino... in una delle serate illuminate dalla luna trascorse sulla riva dell'acqua, così vicini che l'onda d'argento veniva ad arrampicarsi dolcemente sui loro piedi. Oh, le dolci passeggiate in giardino... le gite in barca sul mare blu... il viaggio benedetto a Lampedusa! Oh, se potesse riportare indietro un minuto, solo un minuto, di quel passato!

Vani desideri, vane fantasie! Il tempo inesorabile va avanti, il giorno è arrivato, persino l'ora della partenza è vicina, e Lucy non ha trovato l'occasione per alleggerire il suo cuore. Se ne sta seduta sulla sua sedia da invalida guardando il vuoto davanti a sé, come sognando; Aubrey ed Antonio sono sul terrazzino e discutono sulla politica inglese in India, Antonio è molto pallido in volto, e i suoi modi sono insolitamente animati; sir John cammina per la stanza, pensando a un discorso d'addio, buttando ogni tanto un'occhiata sconsolata alla figlia; la Hutchins si agita su e giù, dentro e fuori, in uno stato di grande inquietudine; John Ducket è partito per Nizza la mattina, per lasciare al Capitano il posto a cassetta; e la povera Hutchins ha dovuto lavorare per due. Annuncia che i cavalli sono attaccati alla carrozza. "Avanti Lucy" dice il Baronetto, incoraggiandola. Aubrey è giù a fianco di sua sorella, e l'aiuta ad alzarsi; la Hutchins ha notato un cestino al braccio di Lucy, e si offre di portarlo al posto suo; Lucy lo tira a sé velocemente, e guarda in modo severo la sua cameriera... una manciata di fiori appassiti, quasi senza colore, una volta così azzurri... questo è il tesoro che stringe con tanta cura.

Mentre sir John e il dottore scendono gli scalini, seguiti da Aubrey e miss Davenne, un numero di persone si sono riunite nel giardino e, tolti cappelli e berretti, li agitano nell'aria. Sir John ha la lingua appiccicata al palato e rinuncia al suo discorso. Pensa addirittura che sia più prudente procedere alle strette di mano in silenzio. Quelli che scelgono di baciargli la mano, Prospero, suo fratello più piccolo, la vecchia madre, ora lo possono fare: sir John non oppone resistenza. Intanto, Aubrey spinge Lucy verso il cancelletto, dove è in attesa la carrozza. Rosa e Speranza, e un po' più indietro, Battista, piangono come fontane. Lucy, quasi senza rendersene conto, ricambia le calde carezze delle due donne, che baciano la sua mano e le sue vesti, e si aggrappano disperatamente alla loro giovane benefattrice, fino a che Aubrey, con un'imprecazione, la spinge sulla carrozza. Antonio aiuta il Baronetto a salire. "Buon viaggio, sir John, *buon viaggio Signorina*, abbia cura di lei." La Signorina non dice una parola... non sorride, non si inchina, ma fissa quel viso gentile... quel viso gentile che non osa nemmeno sorridere, ahimè! Perché sente su di sé uno sguardo malvagio. Lo schiocco del postiglione, un grido dei presenti: *"Buon viaggio, il Signore li accompagni"*, e la poderosa macchina rotola su per il sentiero, e il viso gentile scompare. Lucy si risveglia dalla sua trance... "Papà, ce ne stiamo andando?" e scoppia in un pianto a dirotto. Era come il cedimento di una diga fluviale. Anche papà si lascia andare, stringe la sua bambina sofferente al petto, e padre e figlia mescolano le loro lacrime. Mentre all'interno succede questo, Aubrey, a cassetta, si accende un altro sigaro con il mozzicone di quello appena fumato.

Le persone lasciate indietro stanno sulla strada guardando la carrozza che si dilegua rapidamente. La guardano fino a che sparisce. Il povero Antonio era triste da morire, e avrebbe volentieri gettato la maschera. Ma no... deve stare lì a sentire l'inutile e prolisso chiacchiericcio del Conte e del Sindaco, che insistono per accompagnarlo a casa. La raggiunge finalmente, si getta sul suo letto e – un uomo è soltanto un uomo, dopotutto – piange come un bambino.

CAPITOLO XX

Assenza

Quando due persone legate affettuosamente una all'altra si separano, quanto più si deve compatire quella che resta, rispetto a quella che se ne va! Ogni vecchio luogo famigliare, ogni oggetto diventa per la prima un ricordo crudele, dal quale sorge l'immagine cui è associato. Ogni ora che passa riporta la memoria di qualche dolce abitudine corrispondente, ahimè!, interrotta, e con essa desideri nuovi e rimpianti; mentre per la seconda, ogni ora che fugge, ogni oggetto che scorre via, l'agitazione del movimento, gli eventi, persino la noia del viaggio, creano migliaia di piccole distrazioni, il cui effetto non può essere altro che dividere e diminuire la concentrazione di pensieri e sentimenti su un dato punto.

Lucy non faceva eccezione a questa regola. Non era colpa sua se il paesaggio tra Bordighera e Nizza univa alla propria caratteristica di bellezza anche quella di grandiosità… se la strada spesso si arrampicava ad altezze aeree… se le cittadine al di sotto erano così pittorescamente raggruppate… se le frastagliature della costa si mostravano così capricciose, e nuovi e arditi panorami si aprivano a ogni curva. Non era colpa sua se aveva occhi, e per mezzo loro riceveva impressioni. Con questo non vogliamo affermare che l'agonia della separazione non continuasse a palpitare nel suo seno; che i suoi pensieri non corressero impetuosamente all'indietro, aggrappandosi all'amico che aveva lasciato, che non si sentisse desolata e tristissima. Vogliamo solo sostenere che la novità e la varietà delle cose all'esterno e le vicende, s'imponevano alla sua attenzione, mescolandosi con la corrente principale dei suoi pensieri e dei suoi sentimenti.

A Nizza, dove fu la loro prima sosta, i Davenne incontrarono una famiglia – una delle poche elette che sir John poteva acconsentire a conoscere – del genere che solo l'Inghilterra può produrre, formata da un padre e una madre, ancora giovani, con un seguito di dieci o quindici figli e figlie. I membri femminili della famiglia, sette di numero, piombarono su Lucy e s'impossessarono di lei. Dovette visitare, sotto la loro guida, tutti i posti rilevanti della città e dei suoi dintorni... partecipare a picnic apparentemente organizzati apposta per lei... andare ad una recita di *dilettanti* francesi, a un concerto di professionisti, a sentire un famoso *improvvisatore*... e tutte queste occupazioni e questi divertimenti, concentrati nei tre giorni che trascorse a Nizza, lasciarono alla nostra povera eroina ben poco tempo libero da dedicare ai teneri rimpianti.

A Parigi, dove, secondo il suo vecchio programma sir John soggiornò un mese, tra le visite ufficiali al Louvre, al Luxembourg, al Palais-Royal, a Versailles, a Saint-Cloud, a Fontainebleau, ecc, ecc, e l'indispensabile giro quotidiano sugli Champs-Elysées e sul Bois de Boulogne... tra il provare innumerevoli vestiti nuovi e cappellini... e i teatri, le serate all'Ambasciata, l'andare e il dare feste... e ultimo ma non ultimo, le visite mattutine agli inglesi residenti a Parigi, la vita fu una vera corsa... senza contare una presentazione formale alle Tuileries, e l'onore di un posto alla tavola reale per una cena a Neuilly, insieme al padre e al fratello. Anche se poco favorevole al capo della dinastia Orléans, al quale non poteva perdonare di essere il figlio di Filippo Egalité di rivoluzionaria memoria, e non facendo mistero dei suoi sentimenti in proposito, sir John, per usare le sue parole, pensò fosse giusto arrendersi alla politica del giorno, e considerava parte del suo dovere, in quanto inglese, contribuire all' *"entente cordiale"*, seppure a costo delle sue simpatie personali. Pensate un po' se un uomo dell'importanza di sir John Davenne poteva andarsene per Parigi senza far visita al Capo dello Stato! Solo al pensiero delle conseguenze si rizzano i capelli in testa.

Ma le dissolutezze parigine erano riposo e pace in confronto al vortice di visite, colazioni, cene, feste e balli in cui Lucy si ritrovò a volteggiare dal momento che pose piede in Inghilterra. Neanche uno dei più lontani, in termini di condizione o legame, dei suoi numerosi parenti, o del vasto circolo di amici e conoscenti della famiglia, evitò di insistere per avere a disposizione la bella viaggiatrice almeno per un giorno. Sir John, da parte sua, una volta a Davenne, si rifece del tempo perduto, riempiendo la sua splendida magione fino alle più recondite soffitte, con Lucy - centro di tutti gli sguardi - a fare gli onori di casa, dando ricevimento pubblico e organizzando festa dopo festa per mezza contea. Per settimane e mesi Lucy non ebbe un momento libero per sé; vestirsi e fare visita, fare visita e vestirsi, questi due grandi doveri e occupazioni di una giovane lady di alto ceto in ogni paese, e più che mai in Inghilterra, erano l'ordine del giorno. Incapace di resistere alla corrente che la trascinava, che altro doveva fare se non lasciarvisi andare, mezza contenta, mezza preoccupata?

Antonio, nel frattempo, poteva fare quello che voleva, ma non riusciva a pensare ad altro che a Lucy. La stella luminosa che per un attimo aveva brillato sopra il suo orizzonte, era tramontata per sempre, mentre lui ancora la stava fissando, con gli occhi inchiodati sull'alone di luce che si era lasciata dietro. Era lo stesso, sia che rimanesse a casa sua a riflettere, seduto proprio sulla sedia a rotelle inventata per la sua adorata paziente, sia che uscisse per le sue solite occupazioni, c'era sempre il caro volto che lo guardava quando girava un angolo, lo seguiva ad ogni curva. La piccola libreria dalla quale aveva preso dei libri che erano ancora caldi del tocco della sua mano, il flauto e la chitarra che aveva suonato così volentieri per il suo divertimento, la mappa della Sicilia che le aveva portato quando si era risvegliato in lei l'interesse per la sua terra, i fiori che lei gli aveva dato, religiosamente conservati... tutto intorno a lui la ricordava. Tutto sembrava domandare: "Lei dov'è?" Se era stanco di meditare su un volume sul quale aveva inutilmente tentato di fissare la sua attenzione, Antonio si alzava e guardava fuori dalla finestra, e la prima cosa che il suo occhio vedeva era il *casino* del Conte, dove l'aveva accompagnata tante e tante volte... là c'era quel rigoglioso pino italiano che allargava il suo verde baldacchino sotto cui lei si era seduta, quando aveva provato a fare uno schizzo della costa verso la Francia... là risplendeva al sole una larga pietra gialla, da sotto la quale, con gran terrore di Lucy, avevano visto sgusciare una serpe, grossa come il mignolo di lei... più in là, dopo la curva, lei si era fermata a raccogliere una sperduta piccola conchiglia bianca e gliel'aveva donata.

E peggio era quando i suoi doveri professionali lo portavano all'altro lato del promontorio. Che folla di ricordi si risvegliavano alla vista della vecchia, rossastra Osteria, segnata dalle intemperie, col suo ingombrante terrazzo, il piccolo giardino, e la spiaggia di ghiaia! Non c'era un solo palmo di terra che non fosse magnificato da una qualche memoria di lei. Là, superata la ripida discesa della strada, l'aveva vista per la prima volta, pallida come un cadavere, ma così bella nel suo pallore che si era domandato come facesse ad esistere sulla terra una creatura così impareggiabile. Là lei gli aveva sorriso così dolcemente quando lui aveva ordinato di voltare la barella, là, nella prima insenatura della collina dietro la casa, un giorno, all'imbrunire, lei aveva scoperto la prima lucciola della stagione e aveva urlato per la gioia. Non c'era un sentiero che non avessero percorso insieme, non c'era un fiore che non avessero esaminato insieme, non c'era uno dei suoni misteriosi della natura – dalla voce del mare al frinire del grillo – che non avessero ascoltato insieme, non una delle migliaia di sfumature del mare, o della terra, o del cielo, che non avessero ammirato insieme! E poi tutti parlavano di lei; Rosa, Speranza, Battista, il Conte, il maestro di disegno, Prospero, sua madre, non conoscevano altro argomento. Persino i suoi pazienti gli domandavano se la *bella Signorina* non sarebbe mai ritornata. Addirittura i monelli che giocavano per strada interrompevano il gioco per chiedergli dove fosse l'*Inglesina*. Sembrava così strano, così innaturale, così impossibile che se ne fosse andata da un posto così pieno di lei, che Antonio stava seduto per ore, in vista dell'Osteria, aspettando di vedere il suo bianco vestito sventolare sul terrazzino, o di sentire la sua voce da uccellino cantare una delle arie siciliane che le aveva insegnato. A volte quasi si arrabbiava con se stesso, ed era deciso a scrollarsi di dosso questa specie di continua ossessione; tentò con lunghe marce a piedi sotto il sole cocente, ma con scarso risultato. Il canto dell'usignolo nella valle, il profumo del timo sul passo montano, il profilo bianco di qualche villaggio distante, i rintocchi della campana di una chiesa in lontananza, risvegliavano in lui vecchie associazioni mentali, e da queste usciva furtivamente la figura fatata, e si manteneva vicina a lui. Poteva fare quello che voleva, combattere più virilmente che poteva, non c'era modo di sbarazzarsene. Antonio era triste da morire.

Il riconoscimento dei servizi di Antonio da parte di sir John fu nello stesso tempo delicato e munifico. Il giorno dopo la partenza della famiglia inglese, Prospero, secondo i precedenti ordini che aveva ricevuto, si presentò a casa di Antonio con una lettera e con Buffy. Il Baronetto, in poche righe, piene di sentimento, pregava Antonio di accettare il cavallino come ricordo di uno che gli era molto obbligato, e di non dimenticare, se avesse mai deciso di andare in Inghilterra, che là aveva un vecchio amico il quale faceva affidamento su una sua visita e sul poter fare gli onori di casa del suo paese per il dottore. La lettera conteneva un pacchettino di banconote inglesi, la somma di cento sterline, ma a queste, chi scriveva non faceva alcuna allusione. Il dottor Antonio prese da quella somma ciò che riteneva una buona parcella per i suoi servizi (dieci sterline) e il resto lo diede al sindaco come dono al comune da parte di sir John, da impiegarsi come il consiglio comunale poteva riteneva opportuno. Il sindaco convocò subito il consiglio comunale, che istantaneamente votò di ringraziare il Baronetto, e delegò al sindaco il compito di scrivere e mandare al generoso donatore un messaggio che esprimesse i sentimenti di gratitudine sia del comune che del consiglio, con allegata una copia della minuta della riunione. A questo messaggio e alla minuta Antonio aggiunse una lettera di ringraziamento da parte sua per il regalo del cavallino. Due mesi dopo arrivò al sindaco una nota di risposta, della più spartana laconicità. Sir John asseriva molto chiaramente, che, non avendo lasciato nessun fondo per gli scopi indicati nella lettera del sindaco, lui non poteva accettare alcun ringraziamento, ma che, essendo ansioso di meritare la buona opinione espressa, chiedeva il permesso di includere una cambiale di cento sterline, da devolvere a beneficio della comunità. Questa nota, curioso a dirsi, attirò un vespaio alle orecchie del nostro amico. Il consiglio comunale si riunì in fretta, e convocò Antonio alla propria presenza per spiegare la faccenda. Cosa che il dottore fece con la pronta schiettezza che gli era caratteristica. Disse che avendo ricevuto da sir John Davenne una somma dieci volte più grande di quella che considerava una remunerazione sufficiente per aver curato la figlia del gentiluomo, senza alcuna indicazione o suggerimento su cosa si dovesse fare della somma eccedente, la sola interpretazione possibile, e per di più consona alla natura generosa del mandatario, era che il resto gli fosse stato dato perché il dottor Antonio lo usasse a beneficio della comunità, e lui stesso aveva giudicato di poter ottenere con sicurezza tale scopo tramite il consiglio comunale.

La spiegazione non fu considerata soddisfacente, e ci si lamentò sonoramente del dottore per avere compromesso la dignità del consiglio. Poi seguì un lungo e tumultuoso dibattito su cosa si dovesse fare. Tre membri, noti come creature del curato, ed evidentemente istigati da lui, spingevano per un voto di censura contro Antonio, mozione che fu respinta. Un quarto avanzò la proposta che si dovesse costringere Antonio a spiegarsi e a scusarsi con il gentiluomo inglese, cosa che Antonio rifiutò con decisione di fare. Un quinto propose che i soldi dovessero essere rimandati a sir John, ma questa proposta non fu sostenuta da nessuno. Alla fine, dietro mozione di qualcuno più ragionevole degli altri, fu deciso all'unanimità, che la questione dovesse essere aggiornata a sei mesi… un modo decente di seppellirla per sempre. Da quel giorno si formò un partito contro Antonio (capeggiato dai tre amici del curato cui si alludeva prima); nel corso del tempo vi si unirono la maggior parte dei preti della città, e molte delle pie donne che erano loro penitenti. L'animosità giunse a tal punto che, poco dopo, il curato, ammalatosi di indigestione, fece chiamare il dottore di Ventimiglia, e si mise in cura da lui. Ma né tutte le dimostrazioni di ostilità, né tutta la propaganda sottobanco del partito della Chiesa, e l'accusa di impostura mossa ad Antonio, ebbero il potere di far crollare la sua popolarità tra i contadini, i quali, nonostante tutti gli sforzi fatti per imbrogliare la faccenda, rimanevano saldi nel loro semplice buon senso a un puro e semplice fatto: che per il loro beneficio il dottor Antonio aveva rinunciato a una bella somma di denaro che avrebbe potuto, senza biasimo di nessuno, tenere tranquillamente nelle proprie tasche.

CAPITOLO XXI

Otto anni dopo

A questo punto, usando il nostro privilegio di romanziere, chiediamo il permesso di saltare un periodo di non meno di otto anni in una volta sola. Se il gentile lettore vorrà considerare la quantità del materiale, connesso o no con il nostro soggetto, con cui avremmo potuto riempire questo vuoto, e il risparmio di tempo e pazienza che accompagna il nostro modo spiccio di concludere l'argomento, siamo sicuri che non se la prenderà con noi per lo sforzo di immaginazione che gli imponiamo, e ci darà persino qualche credito per la nostra discrezione. Da qui in poi nessuna dolce attrattiva ci farà ritardare sulla nostra strada. Addio ombre fresche e splendenti colline!... Addio quieti sentieri cosparsi di fiori, chiari rivoletti gorgoglianti allegri lungo la strada! La porzione assolata del nostro percorso è finita, e fosche nuvole fanno ombra su quel che ne rimane. Andiamo avanti in fretta, più presto che si può.

Il tempo è la metà di marzo del 1848, la scena quella stessa strada, su cui, otto anni fa, abbiamo incontrato per la prima volta Lucy e suo padre, e, come allora, il suo principale oggetto è una carrozza da viaggio, che prosegue per la propria strada dalle alture di Turbia fin giù alla lontana Mentone cinta dal mare. Un cielo coperto, un mare color del piombo, un sottile orizzonte grigio legato sia alla terra sia al cielo da una lastra nebbiosa di pioggia cadente... questo al momento l'aspetto cupo della campagna attraverso la quale sta viaggiando il gruppo. Gli oliveti della valle e della collina tremano e fremono sotto le raffiche acute del vento che li travolge, cambiando rapidamente dal bianco allo scuro, dallo scuro al bianco, a seconda che la brezza dominante volti le loro foglie dal lato argenteo o da quello verde scuro. È logico che il servitore inglese di mezza età a cassetta – la sua nazionalità è inequivocabilmente scritta nel suo incarnato florido, e nella curva elaborata delle sue basette grigio-rossastre verso la punta del naso – è logico che si abbottoni il pastrano e ammicchi un po' malignamente e un po' scherzoso alla rigida collega seduta al suo fianco, come se dicesse: "E sarebbe questo il bel paese di cui mi hai raccontato tante meraviglie?"

Certo che la povera bella Riviera non sembrava tristemente più la stessa in questa brutta giornata; e un amante di bei paesaggi non avrebbe avuto di meglio da fare che chiudere gli occhi e andare a dormire. Tuttavia un viaggiatore interessato ad altri fenomeni oltre quelli che sorgono dalle combinazioni di forma e colore, avrebbe potuto scoprire, anche grazie all'atmosfera tenebrosa, qualcosa che attraesse il suo interesse e mettesse in gioco la sua sensibilità. Più di una volta la carrozza aveva incontrato gruppi di soldati che marciavano allegramente tra fango e melma, cantando canzoni cui le montagne intorno avevano raramente fatto eco. Il nome di Italia, un tempo bandito, risuonava nei cori, accoppiato a un altro – per un momento così pieno di brillanti promesse, e poi così pregnante di lunghe delusioni per le orecchie e i cuori italiani – il nome di Pio IX. Un'atmosfera inusuale di animazione prevaleva nei molti villaggi e nelle cittadine sparsi lungo la strada, o appollaiati sopra. Nelle strade principali c'erano capannelli di cittadini di ogni classe, che discutevano animatamente l'argomento del giorno, nonostante il vento e la pioggia; bandiere di ogni dimensione sventolavano sopra i tetti, o fluttuavano dalle finestre, mostrando tutte i colori italiani, bianco, rosso e verde, e guardie nazionali improvvisate, che non avevano niente del soldato se non il moschetto, montavano la sentinella davanti ai municipi decorati dalle bandiere. Non c'era alcun dubbio, la tre volte dolce dea, la Libertà, aveva respirato sopra questa terra, e, con il suo fiato caldo, aveva risvegliato alla vita le popolazioni a lungo dormienti della Riviera.

La signora all'interno della carrozza non aveva perso neanche uno di questi segni del cambiamento dei tempi, e li guardava con un'avidità che accentuava il colorito febbrile su ciascuna delle sue pallide guance, e aumentava il sinistro luccichio dei suoi occhi incavati. Ad ogni passo dei cavalli che andavano veloci, il suo interesse per ogni cosa sembrava aumentare, e, mentre la carrozza superava Ventimiglia, e il primo di una serie di promontori, che proiettavano in forma di luna crescente una riga cerulea nel mare, cominciava a fare capolino dalla foschia della pioggia, la bella viaggiatrice fu talmente sovrastata dalle proprie emozioni, che, posandosi una mano sul fianco, come se cercasse di reprimere i battiti del suo cuore, si abbandonò sul sedile e annaspò in cerca di fiato. Il lettore non aveva quasi bisogno di quest'ultima precisazione per indovinare chi fosse la signora... Chi, se non la nostra dolce eroina, tradirebbe una tale emozione alla vista di Bordighera? Infatti, era Lucy tristemente cambiata ma ancora bella, con i suoi fluenti capelli biondo rame che scendevano più abbondanti che mai su una fronte pura e liscia come otto anni prima. Ma quale dolore o affanno, gentile figlia di Albione, ha prodotto la rete di piccole righe orizzontali tra le tue tempie e gli occhi? Quale mano invidiosa ha inciso le due linee profonde che formano un angolo con ciascun lato della tua bocca?

Lucy aveva fatto quello che il novecentonovantanove donne su mille avrebbero fatto in un caso come il suo... si era sposata. Quando sir John, un po' per scherzo e un po' seriamente, aveva sollevato la questione per la prima volta domandando chi, tra la numerosa scorta di pretendenti che si accalcavano intorno alla giovane e ricca bellezza, avrebbe trovato grazia ai suoi occhi, Lucy, arrossendo violentemente, aveva dichiarato che non aveva mai pensato a una cosa del genere e che il suo unico desiderio era quello di continuare a vivere come aveva fatto fino allora con il suo caro papà. La qual cosa sentendo il caro papà aveva ribattuto con un sorriso che quello che lei stava dicendo era una completa sciocchezza. Aubrey, che per caso era presente a questa conversazione, non disse nulla al momento, ma un giorno dopo, o giù di lì, colse l'occasione per chiedere a sua sorella che obiezioni potesse nutrire verso Lord Cleverton. Lei non aveva nessuna obiezione particolare verso il Visconte, o verso chiunque altro, solo che non aveva inclinazione per il matrimonio. Ma lui, Aubrey, aveva invece una forte inclinazione perché lei lo facesse un matrimonio, e, se entro due mesi da quel giorno lei non avesse fatto una scelta...be', lui allora avrebbe compreso dov'era l'ostacolo, e avrebbe pensato a rimuoverlo. Questo fu detto con la gentilezza di eloquio e con le maniere peculiari del fratello di Lucy... cioè, con occhi di fuoco e pestando i piedi. Lucy non era, come il lettore sa, di quella materia coriacea di cui sono fatte le eroine dei libri o della scena, che sfidano i loro tiranni scuotendo loro in faccia le proprie catene. Era una povera creatura, debole e nervosa e nella sua natura aveva qualcosa del carattere della canna che si piega, piuttosto che della quercia che tiene coraggiosamente testa alle raffiche dei venti. Inoltre la minaccia del Capitano Davenne era a doppio taglio. Le donne, quando temono per gli altri, sono disarmate alla svelta; perciò miss Davenne fece la sua scelta entro il termine stabilito, e quattro mesi dopo era sposata... sposata senza amore, ma senza ripugnanza, al contrario, con un certo grado di simpatia, che opportunamente nutrita e coltivata, poteva, e avrebbe dovuto maturare in un affetto stabile e duraturo.

Lord Cleverton era un uomo le cui attenzioni e preferenze non potevano che lusingare una ragazza della calda sensibilità di Lucy, anche se non fosse stato quello che professava di essere: un entusiasta ammiratore dell'Italia, dove infatti, lui, l'onorevole Mister Tyrrel, giovane e vivace addetto all'Ambasciata di Firenze, aveva fatto il suo *début* nella vita, e, se la fama diceva il vero, ne aveva combinate di cotte e di crude. Nel bel mezzo di una carriera di stravaganze spensierate, inaspettatamente richiamato, dalla morte di suo padre, ad assumere il titolo paterno e un seggio nella Camera Alta, l'elegante diplomatico, come un altro Principe Hal,[18] aveva messo da parte le sue follie, e aveva stupito il mondo con la sua costante applicazione e un non comune senso per gli affari. Bello e dall'aspetto ancora giovanile, anche se di venticinque anni più vecchio della sua sposa, citato come modello di eleganza e buon gusto, Lord Cleverton univa a tutti i brillanti pregi dell'uomo di mondo i più solidi talenti dell'uomo di stato. Nessuno sapeva meglio pronunciare con migliore grazia tutti quegli adorabili nulla che sono la moneta corrente dei salotti; nessuno, con logica più stringente, sapeva attaccare il ministero tra gli applausi entusiastici dei banchi dell'opposizione su cui sedeva. Sfortunatamente, le qualità che controllano il successo nelle consorterie alla moda, o i trionfi oratori nelle assemblee politiche, non sempre assicurano la felicità domestica... non almeno come la intendeva Lucy. Ci mise un po' di tempo ad accorgersene, ma alla fine se ne accorse.

Che cosa occorreva e cosa mancava alla giovane Viscontessa? Era come una piccola regina nella sua nuova famiglia, suo marito era il suo primo suddito... dovunque andasse sia giovani che vecchi le porgevano omaggio... seri statisti mettevano da parte le loro speculazioni per intrattenerla con argomenti più leggeri consoni alla sua età e al suo sesso... famosi poeti cantavano la sua bellezza, e pittori di prima qualità si disputavano l'onore di ritrarre le sue adorabili fattezze su tela... eppure non era felice! Che cosa le importava di avere la propria vanità femminile nutrita fino alla sazietà, se il suo cuore provava desideri che rimanevano insoddisfatti?

Lord Cleverton era uno di quegli uomini che vivono principalmente con la testa. L'ambizione era la grande passione della sua indole; i legami profondi, esclusivi, che assorbono tutto, se mai esistevano, erano ritenuti ostacoli al conseguimento del potere, secondo lui l'unico scopo nobile, legittimo, degno di essere perseguito da un uomo. Il rispetto per la sua giovane moglie era davvero sconfinato, così come la deferenza verso qualsiasi suo desiderio che non interferisse con la passione che lo guidava. La considerava sempre con infinito compiacimento, e quando la vide fare gli onori della sua casa a una folla di ospiti importanti, con quella grazia e quella dignitosa semplicità di modi con la quale conquistava qualsiasi cuore, la sua emozione predominante era l'orgoglio compiaciuto. Ma nessun sentimento più caldo animava la sua ammirazione. Il suo grande interesse nella vita era riposto altrove. La politica assorbiva la maggior parte del suo tempo. Oltre alle sedute alla Camera, era così occupato fra progetti, riunioni, delegazioni e la presidenza di società di ogni denominazione, che Lady Cleverton a volte neanche lo vedeva per settimane, e comunque soltanto in compagnia. Il mondo si interponeva sempre tra lui e lei. Non era possibile alcuna intimità con un uomo del genere, nessuno di quei dolci sfoghi del cuore, nessuna di quelle interessanti *causeries* accanto al camino, che dalla comprensione facevano nascere l'amore, e sono per l'amore quello che la fresca rugiada del mattino è per i fiori. Le preoccupazioni di lui non erano le stesse di lei. Invano, all'inizio, lei aveva ripetutamente ricercato, notando una nube sulla sua fronte, di sapere quale ne fosse la causa, così che lei potesse disperderla. Tutti i suoi tentativi di conquistarsi la fiducia di lui erano stati gentilmente, e con molta cortesia, nondimeno pertinacemente frustrati. La ragione di ciò, diceva lui, era che non voleva disturbare la serenità della vita di lei. Questa ragione, lei pensava, poteva essere valida con un estraneo; ma lei non era forse sua moglie, e quindi non le spettava la sua parte di gioie e dolori? E così accadde che il povero cuore di Lucy si rimpicciolì e appassì, facendola sentire ogni giorno più sola. Questo non era successo in pochi giorni, o settimane, o mesi… la goccia deve cadere a lungo prima che faccia un buco. Il processo di dissolvimento non era neanche costante. No; c'erano alti e bassi, attese, speranze contrarie alla speranza. Ma alla fine venne il giorno, e fu un triste giorno, in cui la Viscontessa si rese conto della sua situazione, quando vide i suoi sogni d'amore e felicità svanire come una lucida bolla di sapone, e la fredda *ennui* cominciò ad attorcigliarsi intorno al suo cuore come un serpente.

Se fossero state concesse a Lucy le gioie della maternità… Se avesse avuto un caro bambino, su cui riversare le straripanti ricchezze della sua anima, tutto sarebbe andato bene per lei. Ma la Provvidenza aveva voluto diversamente. Lord Cleverton aveva desiderato un erede con tutto l'ardore del capo di una nuova dinastia, ma era troppo ben educato e generoso per non nascondere l'amara delusione che lo tormentava. La sensibilità di sua moglie però la portò ben presto a percepire che qualcos'altro, oltre alle preoccupazioni politiche, opprimeva l'anima del marito; e a forza di cercarne la causa la scoprì. È incredibile quanto facciamo presto a indovinare quello che ci farà soffrire. La scoperta completò l'infelicità di Lucy, e poche erano le notti in cui non inzuppava il cuscino di lacrime amare. Quanti tra i grandi, con rango e ricchezze – invidia dei volgari che li guardano come soli e stelle che brillano sopra la testa – quanti mostrano, se visti da vicino, qualche cancro misterioso, qualche escrescenza nascosta, che li rende oggetto di pietà! Proprio come la bella rosa colta di slancio, che lascia cadere la sua meravigliosa corolla, mostrando un verme schifoso nel suo calice. Lord Cleverton si accorse dell'aspetto alterato di sua moglie e dei frequenti eccessi di astrazione, non solo con dolore, ma con malcontento. Quella grazia ammirevole, quel flusso di conversazione così naturale e animato, che aveva attratto verso di lei i più saggi e i più gai della società, leader politici come leader della società mondana, vennero piano piano sostituiti da una monotona cortesia meramente formale. Lord Cleverton, al quale piaceva che si parlasse di casa sua come di una delle più piacevoli di Londra - perché considerava una tale fama d'ausilio alla sua ambizione – guardava l'alternanza della gaiezza e della malinconia della moglie con crescente scontento, abbastanza decifrabile dall'espressione del suo volto. Lucy, conscia di essere osservata dall'occhio indagatore di lui, si sforzava di mascherare, con perpetui sorrisi, il reale avvilimento che la tormentava. Da ambedue le parti nacque un controllo forzato; il tempo, come il solito, allargò la breccia, e marito e moglie divennero ogni giorno più estranei l'uno all'altra. Non abbiamo la pretesa di sviluppare la situazione, la indichiamo soltanto.

Nel frattempo, mentre la salute e lo spirito di Lady Cleverton si abbattevano, i suoi doveri come ospite di una delle più splendide e ospitali magioni della metropoli, divennero più pesanti, e mai come nella primavera del 1847. Il Governo in carica stava barcollando, e si parlava di un nuovo Ministero, in cui l'opinione pubblica assegnava a Lord Cleverton un posto importante. Le ambizioni, alte e basse, erano a un punto incandescente, e nessuna era più alta di quella del marito di Lucy. Ancora una spinta violenta, ancora una sconfitta del Gabinetto, e il potere, quel fine a lungo agognato, sarebbe stato raggiunto. La casa di Lord Cleverton divenne il quartier generale del suo partito, dove, tra lo sfolgorio del salone da ballo, e il baccano di cantanti italiani e tedeschi, ci si assicuravano le opinioni esitanti, si assegnavano le cariche, e si decideva il piano di una nuova campagna. Era il momento, per la grazia di modi della giovane Viscontessa, e per il fascino persuasivo della sua conversazione, di ottenere tutto quello su cui Lord Cleverton aveva contato quando per la prima volta aveva pensato a lei come moglie. Le chiese di essere assidua a Corte, di accettare tutti gli inviti, non importava da dove venissero se da sua Grazia o da sua Eccellenza, o solo da qualcuno della scuola di Manchester. Doveva mostrarsi ovunque la moda esigesse la presenza delle signore d'alto rango, e, per poter trionfare, doveva apparire sempre come se il trionfo fosse già assicurato. Lady Cleverton fece tutto questo, senza ostentazione e con calma. Suo marito l'ammirava e se ne stupiva, poi provò gratitudine nei suoi confronti. Il modo in cui si adattava a tutti i suoi desideri, e adottava i suoi punti di vista, fece entrare, anche se nel fervore della corsa, un dubbio nella sua mente: se lui era stato per questa bella creatura tutto quello che avrebbe dovuto essere; e decise che, una volta finita la crisi attuale, il futuro avrebbe dovuto fare ammenda per il passato. Ma era troppo tardi. Lord Cleverton, nel bel mezzo dei suoi intrighi e progetti mondani, si prese una febbre, e morì in pochi giorni. Morì con i tristi sospetti di aver preso la strada sbagliata per la felicità, e benedicendo l'angelo che lo curò, lo vegliò e lo consolò teneramente e senza remissione fino all'ultimo.

La giovane vedova, tristemente a pezzi nella salute e nell'anima, si rifugiò a Davenne, dove l'età avanzante e severi accessi di gotta avevano tenuto prigioniero sir John negli ultimi due anni. Il tenero padre era spaventato dall'aspetto alterato della sua bambina, e fu ancora più preoccupato per lo stato di profondo scoraggiamento in cui la vide immersa. Lucy, infatti, si sentiva come se stesse morendo, e niente poteva distoglierla dalla ferma convinzione che i suoi giorni fossero contati. Sir John fece del suo meglio per farla ragionare e strapparla da questa triste fantasia, ma invano, finché l'idea di mandarla all'estero gli suggerì: "Perché quello che ha funzionato una volta, non dovrebbe funzionare ancora? Ha solo bisogno di aria fresca, di un cambio d'ambiente e di calma. Perché non andare per un po' a Bordighera, e consultare il dottor Antonio? Certamente la sua salute era molto più delicata quando eravamo là otto anni prima, e lui l'aveva rimessa in sesto alla svelta. Forse il Conte gli avrebbe concesso l'uso del *casino*, o avrebbero potuto convincere il dottore ad andare a Roma insieme con loro. Lui sir John era sicuro che il dottor Antonio avrebbe fatto qualsiasi cosa per lei." Il degno Baronetto aveva colpito la corda giusta, e, percependo il proprio vantaggio, reiterò le sue ragioni. E quindi il dottor Antonio e Bordighera, Bordighera e il dottor Antonio, e la vecchia Osteria, e Speranza, e Battista - quei nomi da tempo non detti – divennero il tema quotidiano delle conversazioni a Davenne Hall. Ricordi sepolti tornarono alla vita, vecchi rapporti facevano valere la propria forza, rinfrescando e vivificando il cuore di Lucy. Un'aurora fiduciosa brillò debolmente nel suo spirito abbattuto. Sì, se c'era qualcosa che poteva salvarla, era la cura di quel suo gentile dottore.... era l'aria soavemente profumata della dolce Riviera. Fu quindi deciso che non appena fosse trascorso il primo anno di lutto, Lucy e suo padre sarebbero partiti per la Riviera. Lucy attese con una sorta di nostalgia, anelando l'arrivo di quel momento, che, quando alla fine giunse, trovò il povero sir John inchiodato a letto per un attacco di gotta più grave del solito. Tuttavia, non voleva acconsentire a nessun ritardo da parte di Lucy, fu perentorio sul fatto che dovesse andare, perché gli amici e i dottori avevano da tempo convenuto che la Viscontessa dovesse lasciare l'Inghilterra prima che il vento di marzo cominciasse a soffiare. Sir John l'avrebbe raggiunta a Bordighera, a Roma, a Napoli, dovunque, ma lei doveva partire, e subito. A Lucy non piaceva andare così lontano da casa, sola con la servitù, e assunse una signora di mezza età come compagna di viaggio; e *chaperonée* in tal modo, a metà febbraio del 1848 partì alla volta di Parigi. Troppo ansiosa di raggiungere l'Italia per trovare nella capitale francese una qualsiasi tentazione di un ritardo, Lady Cleverton riprese il suo viaggio, prima, per fortuna, della comparsa delle barricate repubblicane sui Boulevards. Una volta a Nizza, la sua impazienza non ebbe limiti. Non si concesse nemmeno qualche giorno per riprendersi dalla fatica; ma dato che la sua indole sensibile rifuggiva l'idea di esporre a un'estranea le emozioni che sapeva si sarebbero risvegliate nei luoghi che stava per rivedere, lasciò la sua compagna in hotel, e, assistita solo dalla fedele Hutchins e da un servitore, proseguì per Bordighera con l'ansia febbrile di una persona la cui vita è messa in gioco dal lancio di un dado. Ora voleva vivere; e nessun dottore, a parte il dottor Antonio, poteva farla vivere. Lucy su questo punto aveva una specie di superstizione.

Finalmente la carrozza passò il promontorio di Bordighera, e la piccola valle sottostante si aprì alla vista. Lucy tese avidamente gli occhi per afferrare con un solo sguardo tutti i dettagli del panorama un tempo famigliare, e il cuore affondò nel suo petto. Che cosa dava alla povera Osteria, al giardino, persino alla riva del mare un aspetto così desolante e abbandonato? Nel crescente affanno del suo spirito non riusciva a vedere nulla distintamente; tuttavia vedeva abbastanza da percepire che, qualunque ne fosse la causa, era avvenuto un cambiamento in quel luogo. Fermò la carrozza, affrettandosi con membra tremanti giù per il viottolo. Il cancelletto pende da uno dei cardini arrugginiti, come se nessun essere umano l'avesse varcato da secoli; il giardino è proprio una giungla di erbacce e di rovi, il boschetto di alberi di limone e arancio, una volta lussureggiante, è ridotto a un misero insieme di tronchi frantumati, sparsi, simili a scheletri... le poche foglie secche rossastre, ancora appese ai rami, appaiono come se un fulmine le avesse bruciate; la casa, tutta crepe, fessure e buchi, sta velocemente andando in rovina, cascando a pezzi. La sola parte intera è la massiccia rampa di scale. Alcune imposte, se non stanno sbattendo al vento, o se non giacciono sul terreno, sono ermeticamente chiuse. Tutto all'intorno porta i segni di completo abbandono, decadimento e desolazione.

Mentre bussa alla porta a vetri, che è chiusa dall'interno, chiamando Speranza e Battista, Lucy è spaventata da una voce ai piedi della scala di pietra. È un giovane paesano, la informa che in casa non c'è nessuno che possa rispondere ai suoi richiami e al suo bussare; la casa è disabitata, ed è stata così fin dalla morte del suo ultimo proprietario.

"Cosa? Speranza è morta?... Battista è morto?"

"No, no; Speranza e Battista sono entrambi vivi, grazie a Dio, e in buona salute. Tengono la stazione di posta di Mentone. Avevano venduto l'Osteria a un vecchio, che poi è morto."

Lucy respirò più liberamente.

"E... il medico condotto di Bordighera?" disse esitando: "Che ne è stato di lui?"

"Il dottor Gabriele vuol dire? Sta benissimo, grazie."

"Non il dottor Gabriele... intendevo il dottor Antonio... un gentiluomo alto con la barba lunga... un siciliano."

"Ah, sì! Ho capito chi intende. Mi dispiace, ma io non sono di queste parti. Il dottore di cui parla lei se n'è andato molto tempo fa; almeno, così ho sentito dire."

Lucy si appoggiò alla ringhiera... le sue gambe stavano cedendo.

"E lei certamente non saprà," disse, tremando dalla testa ai piedi, "dov'è?"

"No, non lo so, e ho paura che nessuno lo sappia da queste parti."

Il giovane contadino in tutto questo tempo aveva esaminato la bella interlocutrice con molta curiosità e interesse. "Forse, " aggiunse con una certa esitazione... "forse lei è la *Signora Inglese* che visse a lungo in questa casa, e fece tanto bene al paese?"

Fu un conforto per Lucy scoprire che era ricordata tanto bene. L'interesse che coloro che aveva lasciato provavano per lei non era dunque morto. Le parole del ragazzo in qualche modo lenirono il dolore dell'amara delusione.

"Ha indovinato, " rispose lei "sono l'inglese. Può crederci per l'amore di chi ama molto Bordighera." E affrettandosi alla carrozza, comandò al servo di dare al postiglione ordini per il ritorno a Mentone, alla Locanda della Posta.

Durante la sosta di Lucy, la pioggia scendeva fitta, e ora lei era tutta bagnata e tremante. Miss Hutchins suggerì di rimediare fermandosi da qualche parte per far asciugare gli abiti e bere qualcosa di caldo; ma Lucy non voleva sentir parlare di indugi prima dell'arrivo a Mentone. La promessa di una *pourboire* favolosa ispirò nuovo coraggio al postiglione, che fece volteggiare la lunga frusta attorno alla sua testa con schiocchi violenti, per mandare i cavalli al galoppo, e questi partirono subito, scalpitando furiosamente tra il fango e la melma. Il giorno stava declinando quando l'inzaccherata carrozza si fermò di fronte alla Locanda della Posta.

Il cielo si era parzialmente rischiarato a ovest, e le rosee tinte del sole che tramontava nel mezzo di una massa di enormi nuvole nere, illuminavano un gruppo a lato della porta della locanda... uno di quei semplici quadretti domestici di cui Teniers o Mieris avrebbero fatto una piccola meraviglia. Su una panca di legno sedeva una bella ragazza, con gli occhi e i capelli neri e, poco distante da lei, un uomo sulla trentina, dalla pelle scura, con favoriti neri, e una pipa in bocca, stava accucciato sui calcagni, con le braccia tese verso un cherubino roseo dalla testa riccioluta... entrambi i genitori incoraggiavano, con i gesti e le parole, i primi tentativi di camminare del piccolo, mentre questi, con urla di gioia infantile, barcollava da uno all'altra. Lucy osservò con fervore quel trio. Speranza si volta e coglie lo sguardo del dolce viso. "Madonna Santa! Mamma! Mamma! C'è la Signora." In un attimo è in piedi, e, spingendo il bimbo tra le braccia di Battista accovacciato, con un impeto che fa cadere il marito lungo e disteso, con il bambino che gli si abbandona sopra, balza sul predellino della carrozza, e si butta al collo di Lucy. "Oh, mia cara signora!... mia cara signora!" è tutto quello che Speranza riesce a dire. Rosa viene fuori di corsa, con un solo pensiero ovviamente, quello di qualche disgrazia mortale accaduta alla promessa urlante della famiglia. Battista si rimette in piedi, e un'agnizione generale ha luogo tra benedizioni, singhiozzi, batter di mani, e invocazioni alla Vergine, e tutto sarebbe altamente comico, se non fosse molto commovente.

"Che Dio la benedica! Che mani fredde ha Signora. Sembra esausta! Se solo ci fosse il dottor Antonio." Speranza si morde la lingua; Lucy viene praticamente portata su per le scale e condotta nella stanza migliore della casa. Ben presto un fuoco crepita nel camino, davanti al quale viene spinto un divano, e Lucy, toltasi il vestito e lo scialle bagnati, viene avvolta in comode coperte e fatta stendere per scaldarsi e riposarsi. Speranza si china amorosamente sopra l'adorabile malata, le strofina e a turno le bacia le mani fredde e i piedi, asciuga e liscia e bacia i bei riccioli umidi, sorridendo per tutto il tempo, e chiacchierando e benedicendo il giorno e l'ora e la Madonna, eppure, persino nella sua eccitazione, senza dimenticare nulla che possa minimamente servire al conforto della sua *cara cara padrona*, come chiama Lucy; meno che mai, il pane tostato e il tè caldo… non il tè per chiunque, ma quello tenuto nel cestino verde per le occasioni straordinarie. Miss Hutchins è del tutto messa da parte per il momento, e la prende con buon umore. Speranza non vuol cedere a nessuno, nemmeno a sua madre, il diritto di mettere quei piedini in pantofole calde, o di mettere il "prete" per scaldare il letto, o di fare il più piccolo servizio alla sua adorata *padrona.*

Lucy si sentì rivivere in questa atmosfera generale di devozione, e, mentre si sedeva a bere il tè, che le sembrò un nettare, un bagliore di benessere si allargò nel suo corpo e nel suo cuore. Era da tanto, infatti, che aveva voglia di un tale banchetto, di cui per otto anni aveva sentito la fame. Non tutto il prestigio del rango e della ricchezza, non tutti i piaceri della vanità gratificata, le avevano dato un'ora così. Di tutti gli omaggi che si erano accumulati su di lei, di tutti i sorrisi che erano stati diffusi sulla nobile signora, fossero pure quelli di labbra reali, nessuno l'aveva resa così felice, nessuno l'aveva tanto lusingata come il sorriso di questa contadina, come l'omaggio di questa gente semplice. Ci sono benedizioni, grazie a Dio, che il rango non comanda, né la ricchezza compra.

Lucy raccontò a Speranza della sua visita a Bordighera, e dello shock che aveva avuto vedendo là lo stato alterato delle cose, e della sua delusione nel sapere che il dottor Antonio se n'era andato. "Ne parleremo domani, cara signora, " disse Speranza, che aveva notato le palpebre abbassate di Lucy, "e dopo che avrà avuto quella buona notte di riposo che mi aspetto lei abbia. Le dirò soltanto che il dottor Antonio è ritornato nella sua terra, ed è ancora là, o almeno c'era due mesi fa. La Signora Eleonora ha ricevuto una sua lettera, e le potrò dire tutto del nostro caro amico. Abbiamo sentito che c'è stata una grande rivoluzione in Sicilia, e che lui ha lottato come un leone. C'è stata una famosa rivolta anche in Sardegna, e una qui a Mentone, e a Roccabruna. Battista ne era alla testa – le dò la mia parola che lo era! – e diventerà un ufficiale della Guardia Nazionale. Il Comandante di San Remo è scappato, e non ci saranno mai più comandanti, o almeno così si dice; e i carabinieri non conteranno più dell'altra gente. Anche nel suo paese c'è stata una rivoluzione?" chiese Speranza, con l'aria di una persona che dà per scontate le cose che domanda.

"No, grazie a Dio!" disse Lucy sorridendo.

"Niente rivoluzione?" ripeté Speranza, piuttosto delusa. "Ma già…voi comandanti nel vostro paese non ne avete" aggiunse, come se questo sistemasse la faccenda. Così, mentre si rivolgeva a Lucy, Speranza, nonostante la sua saggia decisione di rimandare ogni colloquio all'indomani, raccontò quello che più interessava all'ascoltatrice. Era già qualcosa sapere che non tutte le tracce del dottore erano andate perse; quindi, dopo aver ricevuto la benedizione di Speranza, Lucy si addormentò, e per tutta la notte sognò mari azzurri, alberi d'arancio profumati, e che stava passeggiando nel giardinetto dell'Osteria con il dottor Antonio.

La mattina presto Speranza portò a Lucy i suoi figli: due belle ragazzine in salute, scure come la notte, Lucia Maria e Rosa Lucia, e il piccolo Lucio dalla testa riccia. "Lei prima lo sapeva che esisteva un nome come Lucio?" chiese con orgoglio la giovane madre.

"Credo di sì" replicò Lucy.

"Be', io per parte mia di sicuro non lo sapevo" disse Speranza: "e, dato che era un maschio, ero dispiaciuta e confusa su come fare a chiamarlo col suo nome, perché ero decisa a farlo, anche se avessi dovuto inventare un nome apposta. Battista voleva che lo chiamassi John, come suo padre, ma non era la stessa cosa; e così, cosa crede che abbia fatto? Ho preso un Almanacco e ho passato in rivista tutti i Santi, e alla fine ho trovato Lucio… che Dio lo benedica.” E Speranza, sorridendo al racconto della sua scoperta, mostrò tutti i suoi denti bianchi.

Dopo aver mandato via alla svelta Lucia Maria e Rosa Lucia e affidato Lucio ai vizi e alle cure della nonna, Speranza si rivolse a Lucy e disse: “Ah! Cara signora, lei non saprà mai come ci siamo sentiti quando ci fu portata via in tutta fretta. Non si arrabbi con me se glielo dico, ma è stato proprio crudele da parte di suo fratello venire qui solo per portarla via da un posto dove stava così bene e felice, dove tutti, vecchi e giovani, la adoravano. Non dimenticherò mai l’emozione che ho provato quando non ho più visto la carrozza. Eravamo tutti così tristi che di più non si poteva, e non sapevamo cosa fare. La mamma si struggeva e sospirava tutto il giorno e tutti i giorni. Battista sembrava un pesce fuor d’acqua, e divenne piuttosto irascibile, e quanto al povero dottore” (qui Speranza scrollò il capo in modo sinistro), “quanto vagava su e giù, qui e là, come un’anima del purgatorio, senza trovare né pace né riposo ovunque andasse! Ti faceva male al cuore vederlo sedere per ore intere in posti da dove poteva guardare l’Osteria. Chi avrebbe mai pensato che le cose sarebbero finite così, quando vi vedevamo camminare fianco a fianco, entrambi così giovani e belli, e così contenti di essere insieme, che sembrava che Dio vi avesse fatto uno per l’altra. Ma a cosa serve tormentarsi adesso?” continuò Speranza, notando che le guance di Lucy cambiavano colore. “Senza dubbio è stata la volontà di Dio che le cose siano andate male come sono andate, solo che il povero dottore non si è mai ripreso dallo shock della sua partenza… non è stato mai più lo stesso uomo. Non voglio dire che non fosse più buono, e gentile, e caritatevole come prima… sarebbe una bugia dire che non lo era, ma era diventato serio, e non aveva mai niente di buffo da raccontare per far ridere un povero disgraziato. Per di più i preti, con il curato in testa, lo avevano preso in antipatia… e poi c’era sempre la solita storia dei bigliettini della comunione a Pasqua. Ci crede che un giorno il curato ha chiesto dal pulpito, che cosa ci facessero gli stranieri tra noi?… come se gli stranieri non fossero Cristiani! Insomma, il dottor Antonio perciò faceva una vita triste e aveva una gran voglia di partire. Be’, un giorno (era il 1842), ricevette una lettera da casa sua con la notizia della morte di sua madre. Quell'anima buona e gentile se la prese tanto a cuore che si ammalò, e se non fosse stato per quel grasso e piccolo dottore inglese di Nizza, se lo ricorda Signora? che venne qui e lo curò come un fratello, credo che il dottor Antonio sarebbe morto. Alla fine guarì, ma, oh cara Signora, sembrava l'ombra di se stesso. Il dottore inglese lo portò via a Nizza, e poco dopo il dottor Antonio mandò a dire al consiglio comunale che si dimetteva dal suo incarico di medico condotto, e da allora noi non lo abbiamo più visto. Una volta, quando il dottore inglese si fermò qui per la notte, ci disse che la madre del dottor Antonio era riuscita in qualche modo... non ho ben capito come... ma aveva fatto qualcosa che impediva al Governo del suo paese di confiscare la fortuna che spettava in eredità a suo figlio; e poi abbiamo saputo per caso che il nostro caro amico aveva lasciato Nizza, e che era andato in viaggio, nessuno sapeva dove.

Già la vostra partenza aveva reso Bordighera abbastanza triste e monotona per noi, ma ora che anche il dottor Antonio se n'era andato, cominciavamo a odiarla, e decidemmo che l'avremmo abbandonata anche noi il più presto possibile. Le cose erano proseguite bene, e avevamo risparmiato una bella somma di denaro. C'era come una benedizione su quello che avevate fatto per noi. La gente veniva da vicino e da lontano a vedere la vecchia Osteria, dove il grande Milordo inglese e la sua bellissima figlia erano stati così a lungo. Quasi tutti i viaggiatori su questa strada provenienti dal vostro paese si fermavano nella nostra casa, e gli piaceva sentirci parlare di voi e di tutto quello che vi riguardava; e pagavano molto bene quello che prendevano, restando spesso anche per la notte, perché, dicevano, avevamo imparato da voi come trattare gli inglesi, come farli stare comodi. A noi, per amor suo Signora, piacevano tutti, anche se nessuno di loro sembrava conoscerla. Quindi ce la passavamo bene quanto potesse desiderare il cuore. Il padrone della Locanda della Posta di Mentone voleva ritirarsi dagli affari, e ci ha offerto di venderci tutta l'azienda, ma noi avevamo paura di dire di sì prima di trovare un compratore per l'Osteria. Anche in quello fummo fortunati. Un vecchio marinaio, che tutti avevano da tempo dato per disperso, tutto a un tratto tornò a Bordighera, dopo essere stato via per quarant'anni. Era un uomo a cui piaceva vivere da solo, e avendo trovato tutta la sua gente morta, aveva ancora meno voglia di restare in città. Si innamorò dell'Osteria, perché, diceva, era fuori mano, e non sarebbe stato disturbato dalla vista di tante facce. Così noi facemmo i due affari nello stesso tempo, e poi siamo venuti qui, dove ci troviamo da sei anni, con un solo desiderio: che potesse arrivare il giorno in cui avremmo di nuovo visto l'angelo mandato dal cielo, al quale, dopo Dio, dobbiamo tutto ciò che possediamo, e se siamo come siamo." E la grata Speranza prese tra le sue rozze mani le morbide manine di Lucy, e le coprì con baci affettuosi.

"Ma come mai la povera Osteria è andata così in rovina?" chiese Lucy.

"È stato il terremoto del 1844, un terremoto tremendo, che la ridusse così; quasi la distrusse del tutto," rispose Speranza. "La maggior parte delle case di Bordighera e dintorni ne soffrirono più o meno, ma nessuna così gravemente come la povera vecchia Osteria *del Mattone*. Perché le fondamenta non erano buone, dicono alcuni. Quanto al giardino, nessuno lo ha più curato da anni, quindi è normale che sia andato tutto in malora. Il vecchio marinaio morì l'anno dopo il terremoto, e dato che non ha lasciato testamento, e sembra non avesse parenti, la casa fu chiusa e lasciata con il giardino, a prendersi cura una dell'altro. Battista dice che l'altro giorno ha visto che la Gazzetta dava avviso che se non si faceva avanti nessun parente dell'ultimo proprietario a reclamare la proprietà entro un dato tempo, sarebbe andata al re."

Lucy trascorse quel giorno e la notte seguente alla Locanda della Posta, decisa a recarsi a Taggia il mattino dopo, per accertarsi dalla Signora Eleonora, se fosse possibile trovare il dottor Antonio. Non fece alcun tentativo di nascondere alla sua umile amica l'ardente desiderio di mettersi sotto le sue cure mediche, e neanche la superstiziosa sensazione che nessuno se non il dottor Antonio potesse ristabilire la sua salute malferma. L'affezionata Speranza non aveva mancato di notare l'aspetto emaciato di Lucy e i suoi frequenti accessi di tosse, ma non aveva dato altro segno dell'ansia che provava se non stringendosi più affettuosamente che mai alla sua benefattrice; Speranza diede la sua calorosa approvazione a questo piano, convinta, come la signora, dei poteri di Antonio, né la si potè dissuadere dall'andare a Taggia con lei, qualsiasi cosa Lucy dicesse in contrario. "La mamma e Battista si possono prendere cura dei bambini e badare al lavoro" replicò Speranza: "Ora che ho lei ancora una volta, voglio approfittare al meglio di questo dono di Dio."

A Taggia la Signora Eleonora non c'era, essendo appena partita per Genova, con i suoi due figli, entrambi tornati dall'esilio. Lucy fu felice di questa notizia, e ancora di più voleva vedere la sua vecchia conoscenza e congratularsi con lei. Speranza implorò così ardentemente di poter esaudire lo stesso desiderio, che ebbe il permesso di accompagnare la sua amica inglese a Genova. Il breve viaggio fu delizioso, il cielo terso, il sole brillante e caldo, il mare blu scuro; e Lucy sentiva riaccendersi nel petto quella passione per la bellezza che aveva dato forma a molti dei suoi piaceri nei tempi andati; inspirava con gioia l'aria mite, e alla vista di quella natura privilegiata, le tornarono alla mente tutte le antiche sensazioni ed emozioni, con una gioia acuta, paragonabile solo a quella di un avaro che conta e riconta tutte le monete di un tesoro da tempo perduto e ora ritrovato.

Arrivando a Genova, Lady Cleverton non ebbe difficoltà a rintracciare la Signora Eleonora; la buona anziana signora tese le braccia alla sua inaspettata visitatrice, senza articolare nessuna parola di benvenuto. Che miriade di pensieri corse nelle menti di ognuna mentre si tenevano l'un l'altra in uno stretto abbraccio! Lucy fu la prima a parlare: "Non le avevo detto che un giorno o l'altro lei avrebbe riavuto i suoi cari?"

"Dio benedica il suo cuore gentile" ribatté la signora italiana: "l'Onnipotente ha davvero ascoltato le nostre preghiere, e mi ha reso una madre tra le più orgogliose e felici."

Speranza non ricevette dose inferiore di carezze e gentilezze da parte della Signora; e se gli angeli piangono mai per la tenerezza, diamo per scontato che lo abbiano fatto nell'assistere a questo incontro.

La Signora Eleonora aveva poco da aggiungere alle informazioni sul dottor Antonio già date da Speranza, e quel poco era mal adatto a sollevare lo spirito di Lucy. Solo una volta la gentile vecchia signora aveva avuto notizie del suo amico siciliano da quando era ritornato nella sua patria. Mostrò la lettera a Lucy; era datata Palermo, il primo febbraio del 1848, e dava un breve resoconto della lotta che aveva appena avuto luogo tra le truppe del re e il partito popolare. Il dottore aveva evidentemente scritto nei primi momenti esaltanti, dopo una vittoria costata cara. La lettera riportava questo poscritto: "Sono stato, grazie a Dio, così fortunato da versare un po' del mio sangue per la causa del mio paese. Una pallottola napoletana mezza 'morta' mi ha ferito alla spalla destra; è soltanto un graffio, e non mi impedisce di usare il braccio, come vede. Glielo dico soltanto perchè nel caso lei dovesse vedere il mio nome tra i feriti, eviti di preoccuparsi. Le scriverò di nuovo presto."

"E non ha più avuto sue notizie?" esclamò Lucy, sentendosi gelare. La Signora Eleonora scosse la testa. "La sua ferita, allora, deve essersi rivelata più seria di quanto pensasse, altrimenti avrebbe mantenuto la sua promessa. Deve essere ammalato, ho paura che…" la fantasia prese la mano alla ragione, e lei ad un tratto si figurò questo caro amico solo, malato, senza aiuto, forse persino morente. Lucy prese all'istante la decisione di andare a Napoli, salpare per Palermo, e *coûte que coûte*, trovarlo. Perciò scrisse, con la posta del giorno stesso, a suo padre di venirla a raggiungere a Napoli, precisando che, se per caso lei non fosse stata lì al suo arrivo, avrebbe ad ogni modo trovato all'Ambasciata Britannica ulteriori notizie sui suoi spostamenti. Scrisse anche alla sua compagna di viaggio, che la stava ancora aspettando a Nizza, di arrivare col corriere a Genova; e tre giorni dopo, la nostra delicata, fragile Lucy si imbarcava su un vapore diretto a Napoli.

La Signora Eleonora e Speranza l'accompagnarono a bordo, e restarono con lei fino all'ultimo, pronunciando parole di augurio e di conforto. La partenza fu una faccenda triste, particolarmente per Speranza, che non lasciò la presa del vestito della sua *padrona,* fin quando le strappò una promessa, che se, in qualsiasi momento, Lucy avesse avuto bisogno di lei, l'avrebbe mandata a chiamare. "Lo so che sono solo una povera contadina ignorante e lei è una ricca signora nobile," disse la povera creatura, con le lacrime che le scendevano sulle guance, "eppure si dice che una volta un topolino aiutò un leone; quindi, la prego, mia cara, cara padrona, non dimentichi che sono tutta per lei, e se la povera contadina può essere di un qualche aiuto, la chiami... oh! Mi prometta che lo farà, e io la rispetterò e la servirò fino alla fine dei miei giorni… lo farò! Davvero lo farò! Quindi che la Madonna mi aiuti!"

CAPITOLO XXII

Napoli

L'ondata di sentimento nazionale, che, dall'ascesa di Pio IX, e dalle prime riforme da lui concesse, si era ingrossata lentamente ma senza sosta per tutta l'Italia, non si era sollevata tanto come a Napoli e in Sicilia. Mentre però la crescente e quotidiana richiesta di riforme non incontrava alcuna ostilità da parte dei poteri costituiti di Roma, della Toscana o del Piemonte, che anzi, erano in una certa misura compiacenti, a Napoli e in Sicilia il caso era molto diverso. Là, al contrario, ci si preparava alla battaglia ordinando una decisa opposizione a qualsiasi progresso, e più di una volta alle grida sincere di "Lunga vita a Pio IX!... Lunga vita a Ferdinando II, e alla Riforma!" si era risposto con raffiche di moschetto, ed erano seguite severe incarcerazioni. La Sicilia, visto che non si teneva conto della sua moderazione, della lunga sofferenza, della sua fedeltà, alla fine, perduta la pazienza, si decise a strappare via con la forza quello che le sue petizioni e rimostranze avevano mancato di ottenere fino a quel momento. Cavalleresca anche nella propria disgrazia, fissò al suo Re, un giorno fino al quale avrebbe aspettato l'esito delle ultime suppliche fatte per ottenere riparazione. Se fossero state trascurate, allora si sarebbe ricorso all'*ultima ratio* dei popoli e anche dei re. Come si può immaginare, l'appello fu trattato con la solita crudele indifferenza, e la Sicilia, fedele alla parola, si sollevò in armi. Palermo diede il via, e, nel giorno stabilito, era in piena insurrezione.

Questa notizia fece divampare le fiamme in tutta Napoli. Era come un fiammifero buttato in un fuoco che cova sotto la cenere. A migliaia si riversarono in Via Toledo, migliaia affollarono la piazza di fronte a

Palazzo Reale. Erano, è vero, disarmati, e le loro grida erano le pacifiche "Viva il Re, Viva la Costituzione," ma l'atteggiamento era quello della minaccia. Se possiamo giudicare da tutte le apparenze, il Re tendeva a considerare l'effervescenza dei sentimenti popolari come una sfida personale, che era ben disposto ad accettare. Un'enorme bandiera rossa, mai issata prima, se non come segnale di guerra, fu vista sventolare dalle torri del Castello di Sant'Elmo. La folla mantenne la posizione presa, per nulla spaventata da quel brutto emblema, al cui aspetto sanguinario molti risposero con grida dal suono sempre più feroce. Coccarde tricolori sembravano spuntare dal terreno sotto i loro piedi, e, distribuite con passione, decorarono ben presto ogni cappello e cappotto.

Ci sono momenti in cui le baionette e i cannoni sono impotenti di fronte a quella che sembra una moltitudine disarmata e senza difesa. Una volta che il sangue del popolo ribolle, mani e braccia di carne abbattono muri di pietra e si fanno beffe dell'artiglieria. La storia moderna, dalla distruzione della Bastiglia in poi, è pieni d'esempi del genere. Ora si prospettava una crisi di questo tipo; che sia passata senza spargimento di sangue, può essere attribuito al coraggioso rifiuto del Generale Roberti, il prode e onesto comandante del Castello, di bombardare la città. Pur di non farlo, rassegnò le sue dimissioni. Tutto questo accadeva nella grigia e umida mattina del 27 gennaio 1848.

Trovandosi in un difficile dilemma, il Re chiamò a raccolta la maggior parte degli uomini eminenti nei quali aveva fiducia. Tra loro c'erano il Conte Statella, comandante in capo di Napoli, e il Generale Filangieri. Ad una sola voce risposero a Ferdinando, consigliandogli di cambiare senza indugio il Governo e di concedere la Costituzione. Il Gabinetto fu quindi sciolto, e l'anima di esso, l'eroe di Bosco e Catania, Del Carretto, fu senza cerimonie fatto partire su un vaporetto governativo. Il disgraziato ministro, seguito dalle maledizioni dei suoi conterranei, e avendo incontrato esecrazione a Genova e Livorno dove il vascello si dovette fermare, andò più velocemente possibile a Marsiglia. L'esilio di Del Carretto fu un atto di giustizia tardiva, e anche clemente, paragonato ai suoi crimini, nondimeno fu un atto di bieca ingratitudine da parte del Re. Nel momento in cui Ferdinando cominciò a temere per la sua persona, si comportò come un delinquente qualsiasi, sacrificando, senza esitare, uno che avrebbe dovuto sostenere, essendo stato un suo complice attivo, senza scrupoli, e un servo fedele.

La preghiera universale del popolo alla fine fu ascoltata, fu promessa una Costituzione, che pochi giorni dopo fu proclamata pubblicamente. Il Re usò le seguenti parole nel suo solenne preambolo: "In accordo al desiderio unanime del nostri amatissimi sudditi, abbiamo promesso, di nostra piena, libera e spontanea volontà, d'instaurare in questo regno una Costituzione, e, nel temuto nome del Santissimo e Onnipotente Dio, Uno e Trino, al quale solo è concesso di leggere le profondità del cuore, e che noi invochiamo a gran voce come Giudice della schiettezza delle nostre intenzioni, e della sincerità senza riserve con cui abbiamo deciso di intraprendere i sentieri del nuovo ordine politico, abbiamo deciso di proclamare, e proclamiamo, come irrevocabilmente sanzionata da noi, la seguente Costituzione."

Il 24 febbraio, con la pompa e le cerimonie della solennità, il Re, i Principi della Famiglia Reale, i nuovi Ministri, il comandante in capo dell'esercito, la magistratura, e tutti gli altri alti funzionari del regno, prestarono giuramento a questa Costituzione. Pochi giorni dopo fu promulgata la legge elettorale, e fu convocato il Parlamento per il primo maggio.

È nella natura delle cose, che coloro che sono a capo degli affari, in qualsiasi tempo di grande esaltazione, diano poche soddisfazioni a qualsiasi partito. Quello che è stato, è rovesciato... quello che sarà, è ancora una speranza senza contenuto. L'aspettativa è tesa salita fino al colmo, tanto che è normale per gli uomini al timone fallire il suo raggiungimento... anzi, è inevitabile che ne restino molto al di sotto. E neanche i nuovi ministri facevano eccezione a questa regola. Da tutte le parti erano ritenuti colpevoli... per non aver trovato subito una soluzione alla questione siciliana, il nodo gordiano della situazione... per non aver dato alla loro politica un carattere più decisamente italiano... per non aver adottato i tre colori nazionali, e così via. In breve, il Gabinetto non riusciva a fare nulla di buono, e divenne così apertamente impopolare, che la sola alternativa possibile era dimettersi. L'ascesa al potere della nuova Amministrazione, detta, per via della data in cui si formò, il Ministero del 6 marzo, fu salutata da un immenso grido di gioia generale. Questo era lo stato delle cose quando Lucy, verso la fine del mese di marzo, raggiunse Napoli.

La gran confusione e l'animazione della città, la gioia dimostrata da tutte le classi, specialmente da quelle più basse (persino i lazzaroni erano adoratori della libertà in quel momento, e dagli eventi successivi si può arguire che le arti machiavelliche sono capaci di pervertire i sentimenti più naturali dell'uomo), avrebbero offerto alla nostra eroina una grande opportunità d'osservazione e d'interesse, se altri pensieri e altre cure non l'avessero completamente assorbita. Le persone dell'albergo in Via Toledo dove Lady Cleverton si fermò, spalancarono gli occhi e stirarono le labbra quando gli fu detto di far *viséd* il passaporto della nobile lady e del suo seguito, per Palermo." Forse miladi[19] non sapeva che Palermo era in aperta rivolta, e tutta la Sicilia si era sollevata." Miladi lo sapeva benissimo, ma miladi era decisissima ad andare, e loro dovevano fare quello che gli era stato chiesto. In gran fretta arrivò subito Mr. X... un giovane addetto dell'ambasciata Britannica, dove i passaporti erano stati presentati per la firma. Questo gentiluomo era un cugino di Lord Cleverton, a cui era debitore del suo posto di diplomatico, e faceva visita a Sua Signoria per dissuaderla dal tentare quella che lui definiva una folle spedizione. I due paesi senza dubbio erano apertamente in guerra... il mare non era sicuro... incrociatori napoletani stavano appositamente al largo per impedire a qualsiasi straniero di sbarcare sull'isola... e anche se non c'era un pericolo immediato, Lady Cleverton avrebbe potuto trovarsi in una situazione molto spiacevole. Lady Cleverton si mostrò molto ostinata. "L'ambasciatore di Sua Maestà Britannica, " continuò l'addetto "non ha voluto autorizzare Sua Signoria a correre tali rischi. Si è parlato dell'eventualità che Lord Minto sia inviato fra pochi giorni a presentare condizioni ai siciliani. Se Lady Cleverton davvero persisteva nella sua attuale determinazione, si poteva ottenere in quel medesimo tempo un passaggio per lei sul vapore reale." Lucy non si lasciò persuadere che fossero necessarie tutte quelle precauzioni per una lady inglese che viaggiava per motivi di salute. La sera venne Sua Eccellenza in persona a parlare con la sua refrattaria compatriota, e la esortò così seriamente ad adottare il piano da lui proposto, che non c'era altro da fare che cedere, soprattutto perché lei non osava essere esplicita sul perché preferiva l'aria di Palermo a quella di Napoli; non certo perché provasse in alcun modo vergogna per quello che stava facendo, visto che mai vi fu sorella di carità spinta da motivi più puri, ma Lucy, ora, aveva sufficiente esperienza del mondo per sapere che ad azioni suscettibili di essere interpretate in due modi, raramente si dà la spiegazione migliore, e quindi per rispetto a se stessa mantenne il suo segreto.

La nostra Viscontessa trovò i giorni che seguirono terribilmente lunghi. Non c'è niente di più difficile dell'attesa. Mr. X..., l'addetto che, in virtù della sua parentela, si prese il diritto di farla divertire, era molto assiduo nelle proprie attenzioni e le propose tutte le solite gite ed escursioni panoramiche. Lucy non accettava alcun divertimento; non poteva sopportare che i suoi pensieri fossero disturbati, anche se la sua indole gentile e garbata le impediva di dire al suo ospite che i suoi sforzi, invece di alleviare la febbre dell'impazienza, l'aumentavano.

Un giorno il giovane diplomatico arrivò più agitato del solito. Sembrava sempre che portasse tutto il peso del mondo sulle sue spalle, anche quando stava in ozio. Bene, quel giorno ci doveva essere una gran ricevimento a Corte, il primo dopo l'insediamento del Governo Costituzionale. Sarebbe valsa la pena di andarci, se non altro per il lato ridicolo della cosa.

"Che intende dire?" chiese Lady Cleverton.

"*Per San Gennaro*, come dicono qui," rispose l'addetto ridendo: "Ci saranno tutti i veterani carbonari, tutte le celebrità del partito Progressista, un mucchio di dottori ammuffiti e *avvocati* che adesso suoneranno il primo violino a Corte. Dio, quanto li prenderà in giro Ferdinando!"

"Non capisco come mai lei, che essendo inglese dovrebbe saper far di meglio, debba mettere in ridicolo le professioni liberali" rimarcò seccamente Lady Cleverton.

"Ma mia cara signora cugina, chi al mondo ha mai pensato di mettere i dottori e gli avvocati napoletani sullo stesso piano di quelli inglesi?"

"E perché no?" chiese la signora, con lo stesso tono secco.

"Non mi guardi così male," rispose il bel gentiluomo, ridendo, ma non certo contento, "perché io in realtà faccio solo eco a quello che dicono tutti. Non conosco neanche uno di questi signori, che sembra le interessino tanto, se non di vista. Sua Eccellenza ha fortunatamente messo il suo nome sulla lista degli stranieri che sarà presentata domani. Farebbe bene ad andarci e a giudicare per suo conto."

"Penso che lo farò" rispose Lady Cleverton. "Varrà la pena vedere uomini il cui nome figurerà in una pagina della storia."

Il diplomatico fu puntualmente sbalordito dalla vedova del suo illustre parente. "Dopo tutto," pensò "le migliori delle donne direbbero di no a Pompei, al Vesuvio, e al San Carlo, con la scusa della salute e della mancanza d'animo, ma andrebbero a Corte anche se stessero per morire."

I pronostici del saccente diplomatico non si verificarono. Quando Lady Cleverton si unì alla cerchia reale, trovò che tutto e tutti apparivano quello che in genere apparivano in occasioni tanto illustri; era persino impossibile dire se in quell'assemblea ci fosse penuria di blasoni. Forse, a causa dei nuovi elementi introdotti, c'era più animazione, di sicuro meno noia del solito. Se c'era una qualche deviazione dall'etichetta di Corte, l'esempio veniva dal re stesso, che andava da un gruppo all'altro, stringendo le mani e parlando con cortesia a tutti, recitando in modo diligente la parte del re-cittadino. Era vestito semplicemente di nero, e, se non fosse stato per la Gran Croce di San Gennaro, il cui cordone portava incrociato sul petto, e la deferenza mostratagli, poteva essere scambiato per uno degli ospiti, e nemmeno per uno dei più appariscenti. Alto, con le gambe lunghe, la testa piccola coi capelli grigi, e miope, con poco d'attraente e d'autorevole nella sua persona, se non quello che gli derivava dal portamento eretto e dall'andatura decisa, Ferdinando II aveva più l'aspetto di un vecchio ufficiale di cavalleria a riposo che di un re di trentotto anni.

Ma Lady Cleverton lo osservava con totale ammirazione. Tutto quello che aveva sentito dal dottor Antonio su Ferdinando stesso, o sulla sua dinastia, in quel momento era dimenticato, e le ombre gettate sulla sua fronte dai tristi precedenti, sparivano nell'*auréole* di popolarità che cingeva, agli occhi di lei, il Principe della riforma... il Principe che, come un filosofo, aveva ceduto alla voce della pubblica opinione... il Principe che, come un padre, aveva esaudito le preghiere del suo popolo. Lui che aveva diffuso la felicità su un regno intero, non si meritava benedizioni e affetto?

Ma il giovane diplomatico, che aveva deciso di essere il suo cicerone, non le permetteva di starsene con le proprie riflessioni. "Guardi quei due gentiluomini," diceva "tra i quali sta passando Sua Maestà; quello alla sinistra del Re, è Bozzelli, ministro dell'interno, fino a ieri un esule; e l'altro, con la testa grossa, spettinato e piccoletto, è Carlo Poerio, ministro della pubblica istruzione. Tutto quello che si sa di loro è che sono entrambi avvocati, che hanno molto da dire in propria difesa, e che sono stati spesso imprigionati con accuse politiche, che, tuttavia, non poterono mai essere provate contro di loro. E ora, vede, con tutto ciò, eccoli qui, quasi fossero l'idolo di Napoli, guardati come le due grandi colonne del Ministero."

Il gentiluomo che il diplomatico aveva chiamato Poerio, attirò con forza l'attenzione di Lucy. Sua era la fronte larga e potente, che lei aveva così ammirato nel dottor Antonio, suoi quegli occhi nocciola, chiari e nitidi, e il labbro sottile fermamente serrato, prova di una volontà incrollabile.

"Quel giovanotto magro, dai capelli chiari e dall'aspetto riflessivo, " continuò il diplomatico, al quale non importava granché se lo si ascoltava o no, purché potesse parlare, "è il Professor Settembrini, editore di uno dei giornali più importanti, un Utopista in tutto e per tutto. Doveva avere un posto al ministero, ma qualcuno ha obiettato, credo, che sembrava troppo giovane. In ogni caso può star certa che è destinato ad essere uno dei futuri legislatori di questo paese. Così come questo vecchio, alto con occhiali dorati, che ci sta passando accanto... un magistrato in ascesa; non mi ricordo il nome. Paron... qualcosa del genere... Ah! Pironti, ecco com'è; un intrigante di prima qualità; tutte persone comuni, fino a ieri. Solo il cielo sa da dove siano saltati fuori! Quel gentiluomo alto e imponente nel vano della finestra di fronte," disse l'inglese, abbassando la voce in un rispettoso bisbiglio, "è il fratello del Re, sua Altezza Reale il conte di Siracusa, già Vicerè della Sicilia. Chissà con chi sta parlando? È una faccia che non conosco... qualche altro *parvenu* suppongo."

Lucy non riuscì a evitare di fare un gran balzo, il sangue le arrossò il volto, e sulla fronte apparvero grosse gocce di sudore. "Cosa succede?" esclamò l'inesperto diplomatico: "Si sente male?"

"Non è nulla... un capogiro improvviso."

"Vuole andarsene?... Sarà stato il caldo della stanza."

"È molto probabile" rispose Lucy, con voce malferma.

Fortunatamente per lei, le si avvicinò l'ambasciatore inglese in persona, e il diplomatico s'inchinò senza fare ulteriori commenti. Sua Eccellenza era molto dispiaciuto, ma aveva ragione di credere che la missione in Sicilia di Lord Minto sarebbe stata rimandata per almeno una quindicina di giorni. Erano sorte nuove complicazioni. La Viscontessa ricevette questa notizia con molta freddezza. Non le importava di un piccolo ritardo; era anche possibile che rinunciasse del tutto al suo progetto. Sua Eccellenza era troppo ben educato per fare qualcosa di più che alzare un sopracciglio a quest'annuncio inaspettato; lui, che davvero si era tanto prodigato per quella faccenda, veniva scaricato senza neanche un "grazie". Dopo aver parlato del più e del meno per un po', l'ambasciatore proseguì nel suo solito giro di inchini, e Lucy rimase finalmente sola.

Il compagno del Conte di Siracusa era un uomo alto, con occhi e capelli neri, che, a prima vista, sembrava aver passato da poco la trentina; il suo contegno era pensieroso, ma sereno, il sorriso molto accattivante, il portamento nobile ed eretto; il contegno, il sorriso, la figura, in una parola, del dottor Antonio. Al posto della lunga barba aveva ora un paio di grossi baffi sopra il labbro superiore. A parte questa leggera differenza, e un'ombra di pallore, più grande forse di un tempo, non c'era nulla di cambiato in lui; appariva giovane e a suo modo bello come otto anni prima.

Il Re si stava avvicinando a loro, il conte e Antonio si allontanarono dalla finestra e andarono incontro a Sua Maestà, che, fermandosi a scambiare qualche parola con il fratello, d'un tratto prese il braccio del dottore, e, mettendolo sotto il suo, continuò il proprio giro. Lucy non si era persa neanche un dettaglio di questa scenetta, meno che mai aveva perso l'improvviso bagliore di quei ben noti occhi neri quando incontrarono i suoi, o il colore che rese incandescente il volto pallido.

Qual era il sentimento che fece voltare la testa alla Viscontessa mentre cercava di nascondersi dietro ad alcune signore? Era la paura di quell'augusta presenza, o il timore di essere tristemente diversa da quella che era stata? Lucy lo sapeva appena. Il movimento era stato istantaneo, meccanico, irresistibile, ed era in un'agitazione d'animo troppo grande per poter scandagliare o analizzare la molla segreta di quell'atto.

Passò mezz'ora, nel corso della quale gli occhi di Lucy si voltarono più di una volta in direzione della porta, attraverso la quale aveva visto sparire il Re e il dottor Antonio. Più di una volta l'ingresso di qualche gentiluomo alto, coi capelli neri e i baffi, dalla porta, le aveva fatto battere il cuore forte e veloce. Finalmente eccolo... senza fretta, ma con la sua solita falcata lunga e calma, gentile e senza pretese pur nel cambiamento di fortuna come quando, povero medico di campagna, faceva il giro dei suoi umili pazienti a Bordighera. Eccolo e, con occhi raggianti, si dirige verso di lei.

"Lei qui!" esclamò, mentre lei metteva la sua mano in quella di lui. "Che imprevista felicità! Chi se lo sarebbe mai sognato, otto anni fa, di incontrarci a Napoli e, tra tutti i posti del mondo, a Corte!"

"Chi, davvero!" fu tutto quello che Lucy riuscì a dire. La sua anima era rapita dalla dolce magia della voce che giungeva un'altra volta al suo udito.

"Come sta, e come sta il mio buon amico sir John?" chiese Antonio dopo una breve pausa.

"Quando ho lasciato l'Inghilterra, papà era a letto con un attacco di gotta. Mi raggiungerà qui presto. Tra l'altro, mi ha dato una lettera per lei, pensando che l'avrei trovata a Bordighera. Fargliela avere sarà la prima cosa che farò domattina."

"Grazie," disse il dottore "come sarò contento di stringere ancora la mano del gentile sir John!"

"Come mai si trova a Napoli?" si informò Lucy. "Pensavo lei fosse a Palermo, e gravemente ferito, per giunta."

"Come fa a sapere della mia ferita?" disse Antonio vivacemente.

"Ho visto la Signora Eleonora a Genova, e me l'ha detto. È così felice adesso... entrambi i suoi figli sono con lei. Mi ha fatto leggere la lettera che le ha scritto. Era molto preoccupata per lei, e lo ero anch'io."

"Lo era anche lei? Dio benedica il suo cuore gentile!" disse Antonio. "Che cosa ho mai fatto per meritarmi due amiche come voi?... Due come voi costituiscono un'oasi per me in questo vile deserto di un mondo."

"Non voglio sentirla parlare male del mondo" fece di rimando Lucy, con qualcosa che ricordava i suoi modi infantili.

"Benissimo, non lo farò... adesso" assicurò Antonio."

"Mi dica della sua ferita... come sta?"

"Perfettamente guarita. Era soltanto un graffio."

"E che cosa le ha fatto ritardare così a lungo di scrivere alla Signora Eleonora? Che scusa ha per aver lasciato i suoi amici in ansia?"

"Il lavoro continuo e preoccupazioni di ogni tipo. Nondimeno è stato molto brutto da parte mia. Domani, lo prometto, manderò una lettera a Genova" disse il dottore.

"Mi raccomando non si dimentichi, e mandi alla cara, anziana signora il mio più grande affetto. Adesso, allora, mi dica tutto di lei da quando ci siamo separati... sulla Rivoluzione e la Sicilia e tutto. Non si è dimenticato, vero, della mia vecchia passione per fare domande?" aggiunse sorridendo.

"Mi fa piacere come un tempo" rispose lui. "Le dirò tutto di me e della Sicilia, ma prima devo sapere tutto di lei e della sua salute, bella signora" continuò Antonio, che aveva osservato la sua amica da tempo perduta, con una certa ansietà. Lucy gli disse subito della sua salute, proprio come usava fare una volta; e lui l'ascoltò con lo stesso interesse e la stessa attenzione con cui era solito ascoltarla nella malandata Osteria *del Mattone.*

"Rimetteremo tutto a posto di nuovo, con l'aiuto di Dio" disse Antonio, in tono incoraggiante, quando lei ebbe finito. "Aria fresca, abitudini tranquille e metodo... lei sa del mio vecchio amore per il metodo... e l'adeguata obbedienza alle prescrizioni del suo dottore," (lui sorrise, e gli occhi di Lucy gli assicurarono che non c'era alcun bisogno di questo *desideratum*) "faranno meraviglie per lei, come fecero a Bordighera."

Era la volta di Antonio di fare un resoconto su di sé, cosa che fece molto succintamente. Seguiremo il suo buon esempio, solo che tratteremo l'argomento da un periodo precedente, e toccando uno o due punti omessi da lui, giusto quel tanto di indispensabile per la chiara comprensione della nostra storia.

Quando a Bordighera Antonio si svegliò dal suo sogno d'amore di un'ora, come abbiamo già detto, aveva giurato in cuor suo di non avere altra amata che la propria patria, e di dedicare a lei e a lei sola, tutte le energie della sua anima e della sua mente; e quando diciamo la sua patria, intendiamo ovviamente l'Italia, perché il patriottismo di Antonio non era limitato all'isola in cui era nato, ma abbracciava l'intera madrepatria. Per perseguire questa idea, non aveva tardato a mettersi in comunicazione con i leader dell'emigrazione italiana, non tanto con l'intenzione di diventare un propagandista, e conquistare nuovi elementi alla causa liberale, ma per riunire quelli già esistenti, e dare loro quell'unità di intenti e di direzione, assolutamente necessario per assicurare il successo nel giorno della prova. La fortuna che aveva ereditato da sua madre diede al nostro dottore una modesta autonomia, e di conseguenza i mezzi di perseguire senza fermarsi, e promuovere più efficacemente, la meta che si era posto. Un giro a piedi in Svizzera, intrapreso per la sua salute nella primavera del 1843, gli diede l'opportunità di conoscere, e di farsi conoscere da molti dei principali esuli italiani; e dato che i loro punti di vista e le loro speranze erano identiche alle sue, fu molto facile stabilire una comprensione comune. Antonio trascorse la maggior parte del suo tempo, dal 1843 al 1847, a Torino, dove, per la sua assistenza gratuita ai poveri, si guadagnò una ben meritata reputazione di carità e abilità, e per via di diversi articoli medici, la nomea di scrittore elegante e profondo. Verso quell'epoca, cioè la primavera del 1847, le notizie dalla Sicilia cominciavano ad essere di seria importanza. Il governo napoletano, come prima abbiamo fatto notare, lungi dal concedere alcuna soddisfazione al sentimento popolare, sollevatosi al suo apice dopo le riforme concesse a Torino, a Firenze, e a Roma, combatteva contro di esso nel modo più brutale. Lettere private affermavano che una rivolta a Palermo era imminente. Antonio, con alcuni amici, si imbarcò per Malta, e da lì, all'inizio di gennaio del 1848, fece l'attraversata fino a Palermo, dove lui e i suoi compagni restarono nascosti fino al 12 di gennaio, quando, con la bandiera tricolore in mano, comparirono in Piazza della Fiera Vecchia. Risposero da ogni parte al grido di *"all'armi"*, e la rivolta iniziò sul serio. La lotta fu lunga, ostinata, e durò dal 12 al 29 gennaio; e, nonostante i rinforzi di nuove truppe, sbarcate dalla flotta napoletana il 15, e un rapido bombardamento della città dalla fortezza di Castellamare, l'impeto popolare si dimostrò irresistibile. Come per incanto si conquistò roccaforte dopo roccaforte; il palazzo reale fortificato fu assalito con tale ardore (fu lì che Antonio venne ferito) che la guarnigione l'abbandonò il 25, e le truppe, scacciate dalla città da ogni parte, furono inseguite vigorosamente e vittoriosamente.

Il fuoco dell'insurrezione si allargò su tutta la superficie dell'isola; Girgenti, Catania, Messina, Caltanisetta, Trapani, Siracusa, una ad una in rapida successione, seguirono l'esempio dato da Palermo. Alcune guarnigioni deposero le armi, certe altre furono completamente sconfitte, altre ancora si ritirarono nei forti, come quella di Messina, che, dalla cittadella in cui si era trincerata, continuava a sparare sulla città. L'ultima cittadina di una certa importanza che si unì al movimento fu Noto. La sua adesione si ebbe il 4 di febbraio, e in quello stesso giorno la bandiera tricolore sventolava dagli spalti della fortezza di Castellamare. Fu allora che il Comitato Generale di Palermo, che era stato costituito per organizzare e dare le dovute direzioni all'insurrezione, assunse il potere e il titolo di Governo Provvisorio della Sicilia, con il venerabile Ruggero VII come presidente.

Nel frattempo, come abbiamo precedentemente chiarito, a Napoli era stato inaugurato un nuovo ordine politico delle cose, circostanza che diede grandi speranze di un veloce accordo tra i due paesi. Infatti, poco dopo (sotto gli auspici di Lord Minto) si iniziarono tra il Governo Napoletano e quello di Sicilia le negoziazioni; che da parte di Napoli, erano ben lungi dall'essere iniziate e condotte in quello spirito di lealtà e conciliazione che solo poteva, se non del tutto dissipare, almeno diminuire la diffidenza profondamente radicata nella mente dei siciliani dai deplorabili precedenti. La giustizia di questa affermazione sarà chiara a chiunque si prenderà la briga di rileggere la corrispondenza ufficiale di quel tempo tra Lord Minto e il Visconte Palmerston. "Comincio", scrive Lord Minto a Lord Mount Edgecumbe a Palermo "comincio a credere molto seriamente che qui (a Napoli) non ci sia alcuna intenzione di venire a una comprensione amichevole, e che tutto quel che è stato fatto, o si sta facendo, non abbia altro scopo che prendere tempo per prepararsi alle ostilità, o per assicurarsi un appoggio straniero." Questo è il senso della lettera di Sua Eccellenza, datata 22 febbraio.

Stanco di essere tenuto a bada senza motivo, e conscio dell'opportunità di rimuovere il paese e se stesso dal pericolo della loro posizione provvisoria, il Comitato Generale di Palermo alla fine pubblicò una dichiarazione, in cui si affermava con chiarezza che non si sarebbe continuato a trattare sulle condizioni della pace a meno che non fosse accettata la condizione *sine qua non* che nessuna armata, se non quella siciliana, dovesse stare di guarnigione sull'isola. Nello stesso tempo furono convocati i Collegi Elettorali per il 15 di marzo, e fu fissata per il 25 l'apertura del Parlamento.

Il Ministero napoletano, dal canto suo, disperando completamente di essere capace di sbloccare le difficoltà della situazione, diede le dimissioni, e gli successe l'Amministrazione del 6 Marzo. L'ascesa al potere di uomini come Carlo Poerio, Saliceti, e Savarese, ben prometteva di portare l'ardua questione siciliana a una risoluzione definitiva. Un consiglio di Gabinetto fu tenuto il 7 marzo, presente il Re – anche Lord Minto era stato invitato a presenziare – e si preparò una serie di misure e si firmarono diversi decreti, che si ritenevano soddisfacenti per i siciliani. La Convocazione del Parlamento, già fissata dal Comitato di Palermo, fu legalizzata da un atto di Convocazione emanato dal Re lo stesso giorno; il Governo Napoletano concesse alla Sicilia il suo Parlamento separato, i suoi separati ministri, con l'eccezione del ministro degli affari esteri; e il più popolare uomo di quei giorni, l'incarnazione, per così dire, della rivoluzione siciliana, Ruggero VII, fu nominato Luogotenente Governatore dell'isola, in nome di Ferdinando II. Si creò l'ufficio di un ministero speciale per la Sicilia, che doveva risiedere a Napoli, ed essere un mezzo di comunicazione tra il governo dell'isola e il Re, e si nominò a quella carica un siciliano, il Commendatore Scovazzo. Ma si trascurò il punto più importante e delicato, che non ci fosse nessun esercito, se non quello siciliano, di stanza in Sicilia senza il consenso del Parlamento Siciliano. In verità, sembra strano che Lord Minto, alla cui presenza furono prese tutte queste misure, non abbia messo sul tavolo proprio la questione vitale, lui che, solo pochi giorni prima, il primo di marzo, aveva scritto a Lord Palmerston: "I siciliani, cercando di porre le loro libertà sotto la salvaguardia dei loro stessi concittadini, sono giustificati dall'esperienza, e, in vero, non c'è nulla nel carattere o nella condotta del governo esistente (Napoli) che meriti la loro fiducia."

L'inspiegabile silenzio circa l'esercito (punto importante della questione), considerato dalla massa dei siciliani come un cattivo auspicio, annullava tutti i buoni effetti che le sopraddette concessioni avrebbero potuto produrre. Infatti, la prevalente sfiducia nel Governo Napoletano e la paura di un suo tradimento era tale che la sola possibilità di tranquillizzare le menti irritate era quella di rimuovere un esercito che aveva tenuto in schiavitù la Sicilia per trentatré anni, e contro il quale Messina stava ancora combattendo. Il sentimento popolare si dichiarò talmente contrario alle condizioni del 7 marzo, che il Comitato Generale le considerò "inaccettabili, in quanto contrarie alla Costituzione del 1812." Lord Minto allora fece pressione sul Comitato perché proponesse le sue condizioni, cosa che fece, ma il Governo di Napoli addusse l'impossibilità di discutere le condizioni proposte, senza il concorso del Parlamento Napoletano, che non si era ancora riunito. Il giorno precedente l'assemblea della Legislatura Siciliana, arrivò una protesta del Re, che accusava i siciliani " di mettere in pericolo il risorgimento dell'Italia, e di mettere a rischio l'indipendenza e i gloriosi destini della patria comune." Questa protesta dichiarava nulli e vani, anticipatamente, tutti gli atti che potevano essere portati a compimento in Sicilia. Non restava altro da fare ai due paesi che tentare la sorte con le armi.

La spaventosa prospettiva di una guerra fratricida riempì molti nobili cuori d'orrore e desolazione, da entrambi i lati del Faro. "Come?" esclamava il nostro amico dottore: "Mentre l'antico grido di guerra di *Fuori il barbaro* risuona per tutta la penisola... mentre la guerra con l'Austria è resa inevitabile dall'eroica insurrezione di Milano... è mai possibile che ci siano qui due nobili Stati Italiani intenti, non a fare uso delle massime energie contro il nemico comune, ma a scagliarsi l'uno contro l'altro?" E, mentre diceva questo, Antonio si affondava le mani nei capelli. Non c'era modo di evitare la più odiosa delle calamità? Forse c'era. Non serve a niente starsene seduti e disperarsi. Se il Governo Napoletano si fosse convinto ad acconsentire a quella sola condizione, che nessun esercito non siciliano dovesse presiedere l'isola, senza dubbio le condizioni del 7 Marzo sarebbero state accettate, e la pace ristabilita tra i due paesi. Questa almeno era la ferma convinzione di Antonio, e di molti dei suoi amici del partito Moderato, con cui stava dibattendo la questione. Decisero tutti d'accordo di fare uno strenuo sforzo per arrivare a questo risultato desiderabile. Antonio stese un memoriale, nel quale esponeva, con grande sintesi logica, le ragioni che avrebbero dovuto persuadere il Governo Napoletano a cedere sulla questione dell'esercito, e si dilungava sui benefici certi che sarebbero risultati da una rinnovata comprensione tra Napoli e la Sicilia, in merito alla causa comune, invocata dal Re stesso nella sua protesta. Lesse questo memoriale ai suoi amici e con la loro totale approvazione lo spedì a Napoli. Fu posto nelle mani di uno dei ministri - tra il quale e Antonio esistevano reciproca stima e benevolenza - frutto di un precedente, lungo, importante carteggio. Pochi giorni dopo, arrivò una breve nota di risposta, il cui contenuto era il seguente: "Se il redattore del memoriale potesse venire a Napoli, e sottolineare *a viva voce* quegli argomenti così mirabilmente espressi su carta, con la massima probabilità avrebbe successo. Sua Maestà non è mai stato così disposto come in questo momento a fare concessioni. Non c'è un giorno da perdere!"

E Antonio non perse un giorno, e partì per Napoli. Sapeva molto bene a che cosa l'avrebbe esposto questo passo. Sapeva molto bene che le sue intenzioni sarebbero state male interpretate per spirito di parte; che il suo nome sarebbe stato fatto a pezzi, che sarebbe stato bollato come fuggitivo, rinnegato, traditore, ma non gli importava. Fintanto che aveva una speranza di fare del bene alla sua patria, non era un uomo per cui le considerazioni personali potevano essere un deterrente. E così andò a Napoli, incontrò i ministri, incontrò Sua Maestà, e perorò ardentemente la causa che aveva intrapreso... se con qualche esito o no, lo vedremo da qui in poi.

CAPITOLO XXIII

Il 15 maggio 1848

Il giorno dopo, alla stessa ora in cui era solito fare la visita mattutina all'Osteria, il dottor Antonio fece la sua comparsa nel salotto di Lucy. Non dobbiamo dimenticare di dire, che a questo punto sapeva tutto del matrimonio e della vedovanza di Lucy... lo sapeva dalla lettera di sir John, che Lady Cleverton, fedele alla sua parola, gli aveva mandato la mattina presto. Salutò la sua bella amica, cordialmente come sempre, e, con la libertà dei vecchi tempi, cominciò subito a trovare i difetti del suo alloggio. "Un appartamento bellissimo e signorile," osservò il dottore "ma non fa per lei. Deve poter respirare aria pura, e poter guardare qualcosa delle bellezze di Napoli che sia meglio delle sue case eleganti. C'è un hotel poco lontano, a Santa Lucia, che è perfetto per lei; certo, non così elegante," aggiunge il dottore, scherzosamente, "come Toledo o Chiaia, ma meno rumoroso, e questo è un vantaggio non da poco. Conosco il padrone dell'hotel che le sto consigliando. È una persona molto cortese e rispettabile." Lucy era disposta al cambio. "Venga a giudicare lei stessa," dice il dottore; e si avviano subito. La signora fu incantata dalla posizione, che dominava una vista del Golfo e del Vesuvio, e impazzì per un largo balcone di marmo su cui si aprivano le stanze. "Faremo finta di essere di nuovo a Bordighera" disse, arrossendo e guardando Antonio. "Senz'altro" rispose lui. "Che ne dice se, mentre il personale porta qui le sue cose, noi andiamo a prendere un bel po' di piante e fiori per farle una sorta di giardino?" E quando la carrozza fu talmente piena di rose, magnolie e aranci nani, che il nostro eroe e la nostra eroina non sapevano più dove mettere i piedi, il dilemma fece ridere Lucy come non aveva più riso da molto tempo. Antonio, premuroso come sempre nei suoi riguardi, propose di andare a comprare carta, matite e colori… ben presto le sarebbe venuta voglia di fare qualche schizzo del panorama dalla sua finestra. "E un pianoforte?" le chiese, mentre passavano davanti ad un negozio che ne aveva esposti. "Ah! Certamente," fu la pronta risposta. "Mi deve insegnare qualche altra canzone siciliana." Ordinato il piano e il materiale per disegnare, tornarono al nuovo albergo.

Ora c'era molto lavoro da fare per l'occupatissimo dottore… disporre piante e fiori sul balcone nel modo migliore… sistemare la cassetta dei colori e le matite, così che lei avesse sottomano tutto quello che le serviva… scegliere la posizione e la luce migliore per il cavalletto… il posto migliore per il pianoforte che era appena arrivato… tutte cose che fece con la calma, il metodo, e il gusto che riportarono alla memoria di Lucy il proprio arrivo all'Osteria. E mentre sedeva al piano, seguendo con gli occhi ogni movimento di lui, e lasciando correre le dita sui tasti, quanto erano occupati i suoi pensieri a ricordare i vecchi tempi… con quanta vivacità la memoria le dipingeva quella prima sera, quando lui aveva messo su le tendine e, con grande orrore di suo padre, aveva attaccato la carta sopra la fessura della porta. Quanto era colmo di gratitudine il suo cuore! Era forse il misterioso potere delle associazioni mentali che insegnava alle sue dita distratte come trovare le note di quell'aria siciliana che lui le aveva cantato, e che, dal giorno del proprio matrimonio, lei non aveva più suonato?

I giorni di Bordighera erano tornati. Gli stessi fiori, lo stesso cielo, la stessa mirabile natura, persino i soavi profumi dell'aria… tutto quello che aveva ammirato e goduto allora in quel luogo, era di nuovo suo. Era anche meglio, e più caro al suo cuore era il ritorno a una salutare alternanza di attività e riposo, alla stessa dolce conversazione, alle stesse serate tranquille sul balcone; ma la cosa migliore e più cara di tutto, era la stessa attenzione vigile e senza remissione che lei sentiva propria, ora come allora, la prova, se ne avesse avuto ancora bisogno, che Antonio, come lei, aveva caro il passato. Sembrava che la sua freschezza giovanile e la dolce allegria fiorissero di nuovo. La felicità era un medico persino migliore del dottor Antonio. Gli eventi degli ultimi otto anni sbiadirono nella memoria di Lucy come se non fossero mai accaduti. Poteva quasi immaginare di essersi addormentata quel triste giorno in cui aveva lasciato Bordighera, per risvegliarsi a Napoli, dopo un sogno lungo e doloroso, non trovando nulla di cambiato in lei.

Antonio non prescrisse nulla per la sua paziente, ma organizzò la sua vita ora per ora; tanto per camminare, tanto per andare in carrozza, per leggere, per disegnare, e per la musica (ma poco pianoforte, perché il suonarlo la rendeva stanca e accaldata), aria fresca, brevi passeggiate, oltre il quotidiano giro in carrozza per la campagna, niente teatri, niente luoghi affollati, niente ambienti riscaldati, e se proprio aveva l'obbligo di andare a Corte, doveva farlo il più raramente possibile. Eppure, con tutte queste restrizioni e nonostante i divieti, Lucy non si annoiava, né mai si lamentava della monotonia della sua vita: al contrario, tutte le lettere che scriveva a suo padre contenevano questo ritornello, che era felice e stava bene, e che il dottor Antonio era il più gentile e il più bravo dei dottori, e che sir John non doveva affliggersi se non era in grado di raggiungerla così presto come avevano entrambi desiderato.

Antonio, invariabilmente come una volta, andava a trovare Lucy due volte il giorno, una la mattina – la visita del medico, come la chiamava lei scherzando - e una la sera, la visita dell'amico. I suoi pensieri sembravano continuamente occupati da lei, e la sua ansia per procurarle conforto e divertimento era incessante. Le portava vedute, incisioni, schizzi di suo pugno dei dintorni bellissimi che avrebbero visitato insieme un giorno, libri nuovi, sia italiani che inglesi, i romanzi più in voga, e gli opuscoli sui temi più interessanti del giorno. A quell'epoca non c'era certo penuria di argomenti capaci di destare la curiosità e di fermare l'attenzione di una persona tanto interessata all'Italia quanto lo era Lucy. La recente insurrezione di Milano e Venezia, l'entrata dell'esercito piemontese in Lombardia, le vicende della guerra, la situazione interna del paese e dei diversi partiti, Pio IX, Carlo Alberto, e gli altri leader dell'epoca, la Corte di Napoli, il Re, e i suoi Ministri, tutti a turno offrivano materia per le osservazioni vivaci, i giudizi arguti e le capacità descrittive di Antonio. Lucy tanto tempo prima aveva imparato ad apprezzare la costante ondata di entusiasmo di lui, i suoi più fervidi sentimenti, quella felice combinazione di ragione, sensibilità e umorismo che rendeva la sua conversazione così originale, la sua compagnia così allegra; ma ora

Antonio stava mettendo a nudo di fronte a lei tutti i tesori del suo cuore, iniziandola a tutti i misteri della sua anima appassionata, facendola depositaria delle sue speranze, paure e delusioni.

Le raccontò come, nel momento in cui aveva creduto che tutte le difficoltà al conseguimento dello scopo che si era prefisso fossero sparite, c'era stata una scissione all'interno del Ministero, e proprio la persona su cui contava, aveva lasciato la carica; e il terreno che Antonio credeva di aver guadagnato dovette essere riconquistato. Scoraggiato, ma sempre perseverante, aveva rinnovato i suoi sforzi, quando arrivò la notizia che il Parlamento Siciliano aveva deposto il Re e messo da parte tutta la sua stirpe. Antonio voleva allora ritornare nella sua terra, e condividere il suo destino, se il Re in persona non avesse insistito perché rimanesse; Sua Maestà, nonostante tutto quello che stava accadendo, professava verso i siciliani le intenzioni più liberali e concilianti. Un giorno avrebbe mandato loro delle condizioni di cui essi stessi si sarebbero stupiti, e Antonio doveva esserne il latore. Ma quel giorno non veniva mai. "Credo che voglia corrompermi, " osservò Antonio "perché più di una volta ha fatto allusioni al suo desiderio di avere un dottore del mio merito costantemente al suo fianco. Tuttavia non può gettarmi polvere negli occhi. C'è qualcosa di contorto in lui… qualcosa di bieco nel suo sguardo e nel suo comportamento; ha un atteggiamento sonnacchioso tutto suo, con un lampo negli occhi ogni tanto, che mi fa sempre venire in mente un gatto in attesa del topo. Mi sbaglierò di grosso, ma quest'uomo un giorno ci farà impiccare tutti."

Lucy non voleva ascoltare predizioni del genere, e chiuse la bocca al dottore in modo molto efficace, posando la propria mano sulle labbra di lui; si vergognava nel vederlo dare spazio a certi pregiudizi: "Bene, bene," rispondeva lui sorridendo, visto che più di una volta Antonio tornava sull'argomento. "*Vedremo*." Se Antonio era franco nelle sue osservazioni riguardo al Re, non risparmiava il proprio partito, quando vedeva ragioni per biasimarlo. A volte paragonava i Liberali di Napoli al cane della favola, che aveva perso la carne per correr dietro alla sua ombra. Per esempio", disse "la Costituzione non è ancora in vigore, e già reclamano ad alta voce un suo ampliamento; un Parlamento esiste per ora solo su carta, e già urlano a più non posso contro la Camera dei Pari. Chiedono al Re di mandare un'armata in Lombardia a cooperare con il Piemonte, e in tutti i loro articoli alludono al suo essere, in cuor suo, filo-austriaco. Chi dubita che sia così? Ma a che serve dirlo? Rimproverarlo di essere filo-austriaco servirà forse a farlo diventare un patriota italiano?"

Fu su questo punto: indurre Ferdinando a prendere parte attiva nella guerra di Indipendenza, che il nuovo Ministero diresse tutti i suoi sforzi. Era anche nella speranza di contribuire in qualche misura a tale risultato auspicabile, che Antonio rimaneva ancora a Napoli. Oltre a far progredire la causa dell'indipendenza italiana, così cara al cuore del dottore, si sarebbe ottenuto un altro e non meno prezioso vantaggio: quello di rendere impossibili le ostilità tra Napoli e la Sicilia, almeno per il momento. Il Tempo, grande pacificatore, avrebbe guarito molte ferite, addolcito molte emozioni esaltate, e aperto la strada a un qualche onorevole compromesso futuro. La riluttanza del Re a rinunciare anche in minima parte al suo esercito, era estrema. Nondimeno il sentimento a questo proposito era così forte nella capitale, i ministri affermavano così seriamente l'impossibilità a governare se non si fosse soddisfatto in qualche modo quel sentimento, che il Re alla fine si assoggettò a quella misura. Un corpo di truppa di quattordicimila unità fu mandato sul teatro di guerra, e una parte della flotta inviata in Adriatico, per agire di concerto con le forze navali sarde e veneziane.

Quindi non c'era più nulla a Napoli che trattenesse Antonio, nulla se non il dolce incantesimo di cui era vittima, a meno che non si aggiunga... il Destino. La riunione del Parlamento Napoletano era imminente. Già che c'era, non era meglio restare per essere presente alla sua apertura, e giudicare da sé lo spirito che lo animava e cosa ci si poteva aspettare per l'avvenire? E restò.

I corpi legislativi si dovevano riunire il 15 maggio; in precedenza, il Ministero pubblicò un programma della cerimonia che avrebbe avuto luogo quel giorno. Uno degli articoli del programma diceva che i Deputati dovevano giurare fedeltà al Re e alla Costituzione; ma non si faceva menzione di una clausola inserita nel Manifesto del 3 aprile (la dichiarazione dei principi politici del consiglio dei Ministri di allora) che conferiva alla Camera Elettorale il diritto di modificare e ampliare la Costituzione. Questa omissione apparve carica di pericoli a molti dei Deputati, che si riunirono nel municipio di Monte Oliveto per deliberare in materia. Ci dispiace dover far notare un'illegalità così evidente, un'usurpazione di potere così grossolana. Non essendo la Camera dei Deputati ancora costituita legalmente, i membri non avevano il diritto di assumere il carattere o l'autorità di un'assemblea deliberativa. In ogni modo i Deputati si riunirono; il giuramento, così come era inserito nel programma ufficiale, fu rifiutato, e si avviarono dei negoziati con il ministero allo scopo di trovare una formula soddisfacente per ambo le parti. Delegazioni continuavano ad andare su e giù dalla Camera al Ministero, dal Ministero alla Camera. Questo accadeva il 14 maggio. La notizia della controversia si diffuse in un lampo per tutta la città, e creò un bel po' di agitazione. Nel pensiero della gente predominavano il sospetto e l'allarme. Si dovettero registrare persino alcuni tentativi di aperta rivolta. Questi segnali sinistri resero entrambe le parti consapevoli dell'urgenza di una conciliazione, e dopo molti negoziati e sforzi, ci si accordò che il Parlamento dovesse aprirsi senza nessun giuramento da chiedere o da fare.

Era con passo pesante e cuore abbattuto, che, la mattina presto del giorno successivo: il 15 di maggio, Antonio si diresse agli appartamenti di Lucy. Lucy aveva espressamente desiderato che lui venisse a trovarla di buon'ora, e a riferirle lo stato delle cose. Lei non sapeva nulla della felice risoluzione delle difficoltà, che aveva avuto luogo solo la notte prima. Le strade che il nostro dottore doveva attraversare erano affollate a un livello molto insolito per quell'ora mattutina, e l'aspetto e il comportamento della folla non erano per niente rassicuranti. Capannelli di persone si formavano qua e là – sintomo infallibile di guai imminenti – e il dottore notò individui che passavano di gruppo in gruppo, parlando loro sottovoce. Era chiaro che gli agitatori (istigati da chi?) si erano messi al lavoro. Antonio, nonostante i tristi presagi che riempivano il suo cuore, si avvicinò a Lucy con il suo solito atteggiamento sereno e, in risposta alle domande ansiose di lei, le diede assicurazione che ogni motivo di allarme era scomparso, e che tutto stava procedendo quanto meglio si potesse desiderare.

"E ora," disse Antonio, sorridendo, "mettiamo da parte la politica; mi ha proprio stancato. Parliamo dei vecchi tempi… della nostra Bordighera, pacifica e verdeggiante. Vorrei essere ancora lì, ero così felice."

"Anch'io," replicò Lucy, con un intenso rossore "Devo dirle," proseguì con una piccola esitazione "che non ho mai rinunciato all'idea di costruirmi un bel villino in uno dei suoi angoli tranquilli e andarci a vivere. La donna di adesso può realizzare il capriccio della ragazza. Che ne dice di questo progetto?"

"Ottima idea," disse Antonio "ma è sicura che non si annoierà di una vita in isolamento; che un giorno non rimpiangerà le sue relazioni eleganti, i vantaggi del rango e del benessere, le attrattive di Londra, la Corte...?"

"Non mi importa nulla del rango e della Corte," lo interruppe Lucy "fino a che papà e... lei sarete con me." Antonio cominciò a tormentarsi una barba immaginaria, e poi a un tratto si alzò e fece qualche passo su e giù per la stanza.

"Ne riparleremo tra breve," disse, tornando con calma a riprendere posto accanto a lei. "Si ricorda questo giorno otto anni fa?"

"E come no! Lo ricordo come fosse solo ieri. Potrei anche disegnarla come era in quel momento quando mi disse: 'Adesso miss Davenne... mettiamo che lei provasse a camminare...'" e provò ad imitare il modo di parlare di lui. "Persino il tono della sua voce mi risuona ancora nelle orecchie."

"Cara nobile amica!" esclamò Antonio: "Mai... no, mai la minima gentilezza andò perduta con lei. Confesso che in quel momento ero spaventato a morte, ma poi fui felice in proporzione."

"Già, spaventato che potessi restar zoppa," disse Lucy "e felice che non lo fossi." Antonio la guardò sorpreso.

"Avanti, mi dica che non è così, se ne ha il coraggio" insistette Lucy scherzosamente.

"Certo, non lo nego... anzi, devo render giustizia alla sua perspicacia."

"Le giovani signorine," continuò Lucy, con lo stesso tono di scherzo, "non sono sempre o così cieche o così sciocche come scelgono di apparire. Non ci sono mai cascata nel suo 'non è nient'altro che una caviglia slogata'. Il papà ci è cascato, ma sua figlia no. L'ho sempre saputo che la mia gamba era rotta."

Antonio spalancò gli occhi quel tanto che poteva spalancarli.

"Che abisso di finzione scopro in lei" commentò alla fine, ridendo.

"Sembra che sia io quello che **ci è cascato.** Lei era sicura che la sua gamba fosse rotta, e non ha mai detto nulla, neanche a me."

"No" rispose Lucy: "decisi che lei dovesse avere tutto il vantaggio del suo gentile inganno. Le ho permesso di imbrogliarmi a suo piacimento."

Antonio non rispose nulla, ma prese la bianca manina abbandonata su un bracciolo della sedia, la prese nelle sue, e lentamente ma con decisione se la portò alle labbra.

Il rumore secco e distinto di una scarica di moschetti squarciò l'aria immobile, e fece tremare tutte le porte e finestre.

Antonio balzò in piedi in un istante, pallido come se ognuna di quelle pallottole sparate gli avesse attraversato il cuore.

"Cosa può essere?" chiese Lucy, spaventata a morte.

"Niente di grave," disse Antonio, con uno sforzo enorme per non sembrare preoccupato. "Probabilmente un po' di polvere sparata dal Governo per salutare l'apertura del Parlamento. A proposito, non devo fare troppo tardi."

Mentre prendeva il cappello, si udì un'altra scarica, seguita quasi subito da un vivace fuoco continuo.

"Stanno combattendo, ne sono sicura," gridò Lucy, atterrita, e tutta tremante, "non vada, per l'amor del cielo! A che serve che lei vada? Che può fare un uomo, e da solo?"

"Soddisfare la propria coscienza con l'aver fatto tutto quello che poteva per evitare una guerra civile" replicò Antonio, con tranquilla determinazione. "Mi lasci andare, la prego."

"Le non ci andrà" gridò Lucy, ora fuori di sé dal terrore, e frapponendo la sua esile figura tra lui e la porta. Antonio la guardò.

"Io devo andare" disse. Era come se avesse parlato il destino. Lucy capì a un tratto che era inutile lottare contro quella volontà di ferro. Riunì le proprie mani come un bambino che sta per mettersi a pregare, lo guardò in faccia, e disse: "Oh, Antonio!" In quella semplice invocazione c'era un mondo di cose.

L'italiano la tirò a sé, la strinse al suo petto. "Lucy" disse solennemente: "questo non è il momento per molte parole" (Il fuoco non cessò mai nel frattempo). "Lucy, io ti amo… ti ho amato teneramente per tutti questi otto lunghi anni… ti amerò fino alla morte. Ma la mia patria ha su di me dei diritti, prima ancora di te. Ho giurato di rispettare questi diritti più solennemente che mai quel giorno in cui il pregiudizio, armato di un blasone, si è messo tra te e me. Quel giorno, votai di nuovo me stesso alla patria. Lasciami adempiere quel voto... lasciami fare il mio dovere... aiutami a farlo, Lucy! Lucy, mia nobile amica, aiutami ad essere degno di te e di me stesso. In nome di tutto ciò che è sacro, lasciami partire senza una lotta penosa!"

Lo spirito eroico che dettava questo suo sacrificio, nel momento più dolce della sua vita, splendeva sul suo viso e vibrava nella sua voce. Agli occhi di Lucy appariva trasfigurato in modo straordinario. Anche la più debole natura di lei si innalzò, in questo istante unico, a un'altezza in cui ogni abnegazione è possibile.

"Nobile cuore!" disse, con uno scoppio di ammirazione: "Vai! Dio sia al tuo fianco e ti protegga. Cercherò di essere degna di te." E allentò la presa.

"E Dio benedica te per queste parole!" esclamò Antonio, quasi disarmato, stringendo le mani di lei e tenendole sul proprio cuore. "Dio ti benedica!... Il tuo amore sarà il mio scudo!" così dicendo la fece coricare sul divano e sussurrò: "Mi rivedrai presto, o avrai mie notizie." Rimase per un attimo a osservare la figura quasi esanime, stesa davanti a lui, si passò la mano sugli occhi, e uscì senza dire altro.

Nell'anticamera incontrò miss Hutchins al suo solito posto. Le chiese della carta e dell'inchiostro, e scrisse poche righe, che le porse. "Ora vada subito dalla signora;" le disse "non si sente bene. Dovesse sentirsi peggio, faccia chiamare il dottore il cui nome e indirizzo le ho appena dato."

"Sta partendo signore?" chiese la Hutchins, col diritto datole dalla sua professione, indovinando subito la ragione del malore di sua signoria.

"No, non parto esattamente; ma forse mi sarà impedito di venire qui per qualche tempo. Si prenda cura di Lady Cleverton. Addio, miss Hutchins." E Antonio tese la mano alla fedele cameriera. Il viso della Hutchins cominciò a contrarsi nervosamente, ma, obbedendo agli ordini, andò dalla sua padrona. Quindi Antonio, sedutosi al tavolino da lavoro, scrisse in fretta una breve lettera, la sigillò e indirizzò, e, senza tentare un'occhiata verso la porta chiusa, si mise il cappello, e se ne andò.

Nel frattempo, centinaia di persone, in uno stato di follia, correvano per le strade, distaccamenti di soldati marciavano in tutte le direzioni, la città si era coperta, come per magia, di barricate, su molte di esse si combatteva; in breve, la guerra civile, con tutti i suoi orrori, stava infuriando nella bella città di Napoli. Quale mano sacrilega aveva acceso la fiamma della discordia? Da quale parte si era sparato il primo colpo? Dai Repubblicani, testardamente intenti a distruggere la monarchia, come fu affermato più tardi dal partito di Corte? O dal partito di Corte, che, come giuravano i Liberali, aveva preparato la miccia a sangue freddo, confidando che una scintilla casuale l'avrebbe accesa, e disperdendo ai quattro venti le libertà appena strappate al pugno di ferro del dispotismo? Nessuno lo sapeva allora, e fino ad oggi è rimasto un segreto.

Eventi contemporanei non sono quasi mai riportabili alle loro fonti, oscurati come sono dalle passioni contemporanee. Che i Repubblicani abbiano deliberatamente sfidato il Governo sembra poco credibile, in base a un fatto, affermato da tutti gli scrittori imparziali, e garantito da testimoni oculari, e cioè, l'esiguità del partito Repubblicano, ammesso che un partito del genere esistesse nella Napoli del 1848. Il grido di "Repubblica" non era mai uscito dalle labbra dei combattenti, e nessun personaggio repubblicano noto figurò mai tra i molti prigionieri processati in seguito per accuse politiche. Se il detto *hic fecit cui prodest* fosse sempre vero, ci porterebbe a rilanciare contro il potere esecutivo l'accusa di aver sollecitato uno scontro da cui ricavò tal vantaggio e tal profitto. Ma non è nostra intenzione insistere su congetture, e concediamo all'esecutivo il pieno beneficio della mancanza di una prova diretta, sostanziale e irrefutabile. Vogliamo essere assolutamente equi nei confronti di Re Ferdinando II di Napoli. C'erano già i presupposti per la catastrofe del 15 maggio, senza voler per forza dubitare che fosse preparata o premeditata da una parte o dall'altra.

Un giornale politico dell'epoca la definì, in modo giusto ed esauriente, *lo squilibrio tra due paure*, e questo era letteralmente vero. Fin dal 29 gennaio i sostenitori del diritto divino e i partigiani della libertà costituzionale si erano guardati con palesi sentimenti di odio e diffidenza. Il popolo non aveva dimenticato che gli spari e i colpi di baionetta avevano più di una volta risposto alle loro grida di *"Viva Pio IX! Viva la Riforma!"*. Il Re dal canto suo non aveva dimenticato che la Costituzione gli era stata strappata con la forza; lui continuamente sul *chi vive* per le sue prerogative minacciate, loro ugualmente all'erta per le proprie libertà in pericolo. L'inopportuna enciclica del 29 aprile, l'atto determinante con cui Pio IX inaugurò la propria secessione dal movimento nazionale, fu un potente cuneo che allargò la breccia. Un partito la salutò esultante e con ravvivata speranza, l'altro manifestò apertamente il proprio sdegno per l'enciclica stessa, e per le speranze che incoraggiava. Le cose erano a questo punto quando si verificò lo sfortunato contrasto tra l'Esecutivo e i Deputati riguardo alla formula del giuramento. Ecco, quindi, la scintilla che cadde sui materiali combustibili da tempo accumulati. L'atteggiamento preso dai Deputati sembrò all'Esecutivo foriero di rivoluzioni; il comportamento dell'Esecutivo apparve ai Deputati indicativo di un imminente *coup d'état*. Senza contare le intemperanze, che abbondano sempre nelle grandi comunità, e che vengono a galla nei tempi "squinternati", da entrambe le parti non mancavano gli spiriti ardenti per soffiare sulla fiamma che covava e farla divampare. L'incendio si estese in lungo e in largo, fino a che l'intera città fu in fiamme.

"Che cosa è successo?" chiese Antonio, arrivato in strada, a un prete che stava passando in fretta.

"Hanno arrestato il Re… il Principe ereditario chiuso in un convento… la Camera dei Deputati si è dichiarata riunita in permanenza."

Arrivò poi di corsa un giovane, facendo gesti frenetici. Antonio lo fermò ponendo la stessa domanda.

"Tutti i Deputati riuniti in assemblea sono stati massacrati… a quelli che stavano andando alla Camera si dà la caccia come fossero bestie feroci… hanno proclamato la legge marziale. Oh! Se potessi trovare un moschetto!" urlò il giovane come impazzito.

Il nostro dottore non credette a nessuna delle due affermazioni, ma da entrambe temette il peggio. Attraversò *Piazza Reale*, dove trovò imponenti forze di fanteria, cavalleria e artiglieria, schierate davanti al palazzo, e si affrettò in direzione degli spari; ma non aveva ancora fatto cento passi in Via Toledo che una barricata in costruzione gli impedì di proseguire. Non si fermò a far domande, ma si aprì a forza un varco in quell'ostacolo, e corse più velocemente che poté a un'altra barricata che aveva intravisto da lontano, e da dove veniva il continuo rumore degli spari. La maggior parte dei suoi difensori apparteneva evidentemente alla classe colta; erano per lo più ragazzi giovani, molti appena usciti dall'adolescenza, e tutti insieme non erano più di quaranta. Gli assalitori non erano visibili dal punto in cui si trovava Antonio, a causa dell'altezza della barricata, ma la tenuta regolare del fuoco dimostrava che si trattava di un corpo disciplinato di considerevole forza.

Antonio esitò per un secondo sulla possibilità di poter dire qualche parola che potesse essere ascoltata, ma rendendosi conto che un qualsiasi tentativo di riconciliazione in quelle circostanze sarebbe stato disperato, si guardò intorno alla ricerca di un moschetto. La vista di un uomo steso ai suoi piedi, gravemente ferito, cambiò istantaneamente il corso dei suoi pensieri. Aveva altri e più sacri doveri da compiere che uccidere o essere ucciso. Si inginocchiò a fianco di quello che era soltanto un ragazzo, tirò fuori la sua borsa degli strumenti, e cominciò ad esaminare e fasciare la ferita. Un altro combattente rotolò a terra, e un altro ancora, e per alcuni tutto l'aiuto terreno era ormai inutile. Antonio ora si trovava nell'emergenza del suo lavoro. Si strappò la giacca di dosso, la stracciò in bende, e, completamente assorbito dalle cure che prestava ai feriti e ai morenti, si dimenticò che c'erano delle cose chiamate pallottole che grandinavano intorno a lui. Alla fine un forte grido proveniente dai difensori della barricata lo fece guardare in su; stavano lì, di fronte a lui, agitando le mani e gesticolando. Girò la testa per vedere che cosa stessero indicando. Un colpo di baionetta lo mandò a sguazzare nel suo stesso sangue.

CAPITOLO XXIV

Notizie

La confusione mentale di Lucy durante il fatale tafferuglio, la dolorosa alternanza tra fiducia e disperazione attraverso la quale lei era passata durante tutti i giorni della settimana apparentemente senza fine che seguì la catastrofe... il graduale abbattimento del suo cuore, essendo fallito, uno dopo l'altro, ogni nuovo tentativo fatto per accertarsi del destino di Antonio... tutto questo lo dobbiamo lasciare all'immaginazione del lettore. Descrivere una simile sofferenza sarebbe un compito troppo lacerante per il cuore e anche inutile. Chi potrebbe dare vita, con una descrizione, alle agonie delle sue incertezze e delle sue paure? La parola... qualunque parola sarebbe al di sotto della triste realtà. Finché c'era qualcosa da fare... finché c'erano nuovi canali d'informazione da ricercare... finché si poteva compiere qualunque sforzo, il corpo e lo spirito di Lucy ressero meravigliosamente. Ma quando tutte le fonti alla sua portata si furono esaurite... quando ogni indagine e ogni possibile ricerca era stata compiuta... quando non le rimaneva altro da fare che intrecciare le mani sul seno e dire a se stessa: "Antonio è morto, se no lo avrei visto o avrei avuto sue notizie."... allora il fragile corpo e l'animo appassionato cedettero in egual misura. Anche in questa crisi, la cura e l'amore del perduto Antonio erano al capezzale di Lucy. Miss Hutchins, lasciata alla propria responsabilità, mandò subito a chiamare il dottore all'indirizzo lasciato da Antonio: la sua assiduità e abilità si dimostrarono degne della fiducia di Antonio.

Per dieci giorni interi la vita e la ragione di Lucy restarono appese a un filo. Poi ci fu un miglioramento quasi impercettibile, e con esso alcuni momenti di lucidità, durante i quali Lucy credette di vedere una figura, che si muoveva senza far rumore per la stanza, stranamente somigliante a Speranza. Come poteva essere Speranza? Doveva essere una fantasia. Lucy aveva visto così tante persone e tante cose strane nel corso degli ultimi giorni. Eppure questa visione non se ne andava come avevano fatto le altre... la perseguitava con una pertinacia che le faceva battere il cuore velocemente. Lucy non diceva nulla, ma la osservava con evidente piacere. Arrivò a vederla senza domandarsi più nulla. Forse immaginava di essere ancora all'Osteria con suo padre, o alla Stazione di Posta di Mentone. L'occasionale mormorio di nomi che usciva da quelle labbra pallide, indicava un'illusione di questo genere. Povera Lucy! La sua testa era così confusa, e la sua vista così debole.

Una sera tardi si svegliò dopo alcune ore di sonno ristoratore, con le idee insolitamente chiare, e, incontrando due grandi occhi scuri che la guardavano con affetto, come nei giorni passati, a un tratto chiese in un sussurro: "Sei tu Speranza?"

"Dio la benedica, mia cara, cara padrona, sono la sua Speranza." E l'amabile creatura si buttò in ginocchio premendo le labbra sulla mano emaciata, tesa verso di lei: "Sono qui, e resterò qui, non la lascerò mai. Ma non deve parlare, neanche un'altra parola." E, sistemando i cuscini, la gentile creatura girò con delicatezza quel viso pallido dall'altra parte. Lucy rispettò quell'ordine col silenzio; non voleva nessuna spiegazione: avere vicino a lei l'umile amica italiana la placava e la tranquillizzava. Oh, glorioso potere dell'affetto, che benedice ed è benedetto!

Ma quale misterioso intermediario aveva fatto venire Speranza al capezzale di Lucy proprio quando ce n'era più bisogno? Un itermediario molto semplice e naturale. Speranza era l'ultimo lascito di gentilezza che Antonio poteva offrire Lucy. La comprendeva così bene, che istintivamente sapeva quale sarebbe stato per lei il miglior conforto se gli fosse accaduto qualcosa di male. In tal caso, sarebbe stato consolante per Lucy avere qualcuno con cui poter parlare di lui con la certezza di essere capita. Così aveva scritto due righe frettolose alla moglie di Battista, in cui le diceva che se non avesse più avuto sue notizie entro una settimana dopo aver ricevuto la lettera, doveva imbarcarsi immediatamente per Napoli, e andare nell'hotel, il cui nome era scritto vicino alla data: lì avrebbe trovato Lady Cleverton. Speranza si attenne fedelmente alle istruzioni ricevute, e raggiunse Napoli giusto in tempo per prendere il suo posto di infermiera tenera e affettuosa, presso il capezzale della sua padrona priva di sensi. Chi semina gentilezza, raccoglie gentilezza.

La convalescenza di Lucy fu lunga e difficile. Ci vollero tre intere settimane prima che potesse mettersi a sedere sul letto, e ancora un mese passò prima che riuscisse ad alzarsi per un'ora; e fu necessario un periodo lungo il doppio per acquistare abbastanza forza da sopportare un giro in carrozza all'aria aperta. La sua prima uscita quasi le provocò una ricaduta... la vista delle strade, dei militari, di donne sorridenti sottobraccio ad amici o a mariti, mentre lei si sentiva così desolata e derelitta... fu una prova durissima da sopportare. Molti notavano quella faccia spettrale che sbirciava con tanta ansia in ogni carrozza che passava. Quale poteva essere la sua sciocca illusione? Ora, in effetti, divenne evidente quanto avesse fatto bene Antonio a mandare Speranza a Napoli. Chi altri avrebbe potuto comprendere e consolare Lucy in quel momento? A volte, rompendo un lungo periodo di silenzio, Lucy parlava di Antonio per ore. Speranza sapeva, meglio di chiunque altro, quanto lui fosse stato buono, gentile e nobile. Speranza poteva comprendere che amico aveva perduto Lucy. Lottare contro il proprio dolore? Perché avrebbe dovuto? Dove mai avrebbe potuto trovare di nuovo uno come lui? Chi altri era stato per lei quello che era stato lui? Era suo diritto e dovere piangerlo. Non le aveva salvato la vita? Non aveva pensato a lei e al suo benessere fino all'ultimo? Altre volte ricordava il suo incidente, e cominciava a raccontare tutto quello che era successo all'Osteria, a Lampedusa, a Taggia, ridendo mentre parlava... una risata più dolorosa del pianto... come se avesse dimenticato quell'orribile 15 di maggio, fino a che una certa parola la ammutoliva, e le faceva sgorgare dagli occhi grosse lacrime. Non erano le solite le lacrime che gonfiano gli occhi e poi traboccano; quelle di Lucy sgorgavano proprio dalle ciglia.

Lucy parlava sempre di Antonio come di uno che non era più... alludendo ogni tanto, ma vagamente e con poca convinzione, come se non riuscisse ad articolare le parole necessarie, al modo di trovare il luogo dove era stato sepolto. Ma Speranza non era assolutamente d'accordo nel considerare la morte di Antonio una certezza. Nessun dottore in Legge avrebbe potuto discutere sul caso con più destrezza di questa donna non istruita. Il suo tatto, la sua arguzia, erano ammirevoli in sé e per sé, ma diventavano adorabili se si sapeva che tutta questa intelligenza era il frutto di un cuore riconoscente.

Dando per scontato il caso peggiore, diceva Speranza, cioè che il dottor Antonio non fosse riuscito a fuggire, come un uomo così in gamba avrebbe sicuramente fatto, perché non poteva essere prigioniero invece che morto? La sua *cara, cara padrona* non aveva letto sui giornali che centinaia di persone erano state arrestate quel tremendo 15 di maggio e nei giorni che seguirono? E c'era forse da meravigliarsi se, nella quantità di quella gente, il nome di uno non fosse stato ancora trovato? Tanto meglio, perché, se non era menzionato, la possibilità che uscisse dalla prigione senza subire processo era maggiore. Un giorno o l'altro la *padrona* avrebbe visto che Speranza aveva ragione. Il dottor Antonio non era il tipo d'uomo che poteva perdersi in quel modo così incredibile. La Signora sapeva molto bene che era uno degli amici del Re, e un giorno il Re avrebbe chiesto che ne fosse stato di lui, e allora avrebbero cercato in tutte le prigioni e l'avrebbero trovato.

"Se fosse vivo, avrebbe escogitato un modo per farmelo sapere" insisteva Lucy.

"Ma Signora, come fa a trovare un messaggero se è in prigione con le catene alle mani e ai piedi? Ma dategli tempo" concludeva Speranza, con aria molto competente: "E poi, oh, *cara, cara signora padrona*, non crede che la Santa Vergine si prenderà cura di un uomo tanto buono? Dobbiamo avere fede." E Lucy ascoltava il suggerimento di Speranza. Pregava, povera anima, e cercava con tutte le sue forze di farsi coraggio.

La sventura fa conoscere alle persone degli strani compagni. Fa anche di più: spesso fa trovare amici inaspettati. Lady Cleverton aveva considerato che, attraverso Mr. X, il giovane diplomatico, aveva qualche piccola probabilità di ottenere informazioni sui più recenti prigionieri politici, o una lista degli uccisi, e senza aspettarsi un grosso risultato, perché non vedeva di buon occhio il *soi-disant* cugino, lo aveva mandato a chiamare la mattina del 17 maggio. Mr. X restò scioccato dalla devastazione del suo aspetto, e il tono gentile della voce con cui le si rivolse, portò Lucy, invece che a fare una richiesta cerimoniosa, a lanciarsi in confidenze. Gli raccontò di quanto fosse personalmente obbligata al dottor Antonio... di quanto anche sir John lo stimasse. Disegnò un bel quadretto della sua vita come medico condotto a Bordighera, e di come lei lo avesse incontrato di nuovo a Corte, con il Re che si appoggiava al suo braccio. Raccontò, con semplice commozione, come lui l'avesse lasciata il 15 di maggio, non con la furia di uno spirito di parte, ma con l'intenzione di rischiare la propria vita per cercare di prevenire che il fratello uccidesse il fratello, e, senza accorgersene, rivelò di considerare questo italiano il migliore, il più saggio e il più nobile degli uomini. Aveva chiesto che Mr. X venisse da lei, per chiedergli di aiutarla a rintracciare le sorti di Antonio. Non aveva nessun altro amico a Napoli a cui rivolgersi... Lui l'avrebbe aiutata?

Fa onore alla natura umana constatare che questo appello fu sufficiente perché quel giovane vanesio sposasse la causa del dottor Antonio con tanto affetto come fosse stato suo fratello; e si dimostrasse per la nostra eroina, in questo triste momento della sua storia, il più disinteressato, discreto e servizievole degli amici. Nel cuore del giovane gentiluomo, in mezzo a tanta lega di convenzionalità, c'era una miniera d'oro, a cui serviva solo un tocco casuale per metterne in mostra la ricchezza. Mr. X aveva lavorato sodo per ottenere qualche indizio del destino di Antonio, ma invano. Aveva usato ogni mezzo ufficiale e non ufficiale che la sua posizione gli permetteva, o che gli era gentilmente indicato dal suo superiore. Aveva costretto tutte le sue conoscenze napoletane, alte o basse, a contribuire, consapevolmente o inconsapevolmente, al suo scopo; aveva fatto amicizia con ufficiali dell'esercito, ufficiali della polizia, *employés* di ogni rango e colore... e con ognuno non aveva mai mancato di intelligenza, perseveranza e prudenza. Durante la lunga malattia di Lucy, aveva anche mantenuto una corrispondenza quasi quotidiana con sir John con molta abilità diplomatica, per tranquillizzare il vecchio signore, il cui viaggio a Napoli era rimandato indefinitamente per ordine del suo medico.

Gli ultimi eventi avevano sconfitto l'antipatia che il giovane gentiluomo provava verso coloro che una volta aveva definito con disprezzo gli *"Avvocati"* e, cosa ancora più stupefacente, gran parte di essa si era trasferita verso quel partito che in precedenza godeva di tutta la sua simpatia. Il caso aveva voluto che la rivolta del 15 maggio avesse colto e trattenuto forzatamente Mr. X in una casa vicino alla barricata di San Ferdinando, il punto in cui si era svolta la lotta più disperata di quel giorno. Da lì era stato testimone delle azioni feroci della soldatesca; aveva visto uomini che avevano deposto le armi, e che stavano implorando grazia, essere fucilati a dozzine... aveva visto padri, madri, mogli, e bambini, in ginocchio, massacrati senza pietà... aveva visto crudeltà brutali che gli avevano fatto rizzare i capelli in testa. Tutto ciò che c'era di generoso e virile nel suo carattere insorse in pieno a quello spettacolo, e niente, se non la certezza che una condotta così esecrabile avrebbe ricevuto una punizione esemplare, riuscì a tenere la sua indignazione entro i limiti. Ma quando sulla Gazzetta Ufficiale constatò che chi aveva perpetrato questi orrori veniva lodato e premiato, quando seppe da autorità indiscussa che il Re in persona, dal balcone del Palazzo Reale, non aveva mai smesso, con gesti e con parole, di istigare le truppe alla carneficina, esortando gli artiglieri, mentre ufficiali eccellenti e umani cercavano di tenerli a bada, a usare i loro cannoni da campagna... quando udì e vide tutto questo, l'intera sua anima si ribellò a quel partito che negli ultimi tempi aveva monopolizzato la sua parzialità. Una causa difesa in tal modo non era la causa che lui aveva sostenuta.

Erano trascorsi sei mesi, e la povera Speranza non sapeva più quali argomenti usare per infondere ancora fiducia (fiducia che, ahimè, non nutriva più neanche lei) nella sua infelice padrona, la cui tristezza diventava sempre più profonda, quando poche righe di mano ignota trasformarono questa tristezza in indicibile gioia. Alla porta di Lady Cleverton avevano lasciato una lettera, il cui contenuto era il seguente: "Il suo amico è vivo, ma prigioniero. Se c'è una persona della cui fedeltà lei sia certa – badi bene: **certa** – la mandi da me per ulteriori particolari. Mi troverà dopodomani, all'imbrunire, all'entrata della città dove sbocca la strada che viene da Roma, vicino alla barriera Capo di Chino. Tenga un fazzoletto bianco in mano. Neanche l'aria che respira deve sospettare una qualche forma di comunicazione tra me e lei. È soltanto osservando strettamente questa precauzione che lei avrà una probabilità di essere di qualche aiuto al suo amico, in futuro. Ogni mio atto e ogni mio passo è sorvegliato dalla polizia."

Era vivo!... Oh, sia ringraziato Dio, era vivo! Che importava se era prigioniero?... Era vivo! Lei avrebbe aperto a forza le porte della sua prigione... aveva benessere e influenza... avrebbe scritto in Inghilterra... i ministri di là avrebbero fatto qualcosa per la vedova di Lord Cleverton... avrebbe pregato e implorato così tanto che nessuno avrebbe avuto il cuore di opporle un rifiuto; anche suo padre aveva amici potenti... avrebbe fatto intervenire il governo inglese. Sì, avrebbe trovato il modo per strappare Antonio dal pugno del tiranno. Ahimè! Povera, cara Lucy!

Il suo fedele alleato, il diplomatico, andò, su richiesta di lei, al posto dell'appuntamento e là trovò in attesa un anziano gentiluomo, che gli raccontò quello già a noi noto, che un drappello di soldati aveva sorpreso da dietro, e posto tra due fuochi, la barricata dove Antonio stava assistendo i feriti. Il gentiluomo proseguì dicendo come i soldati non dessero tregua, e che Antonio, caduto sotto un colpo di baionetta, doveva la propria vita alla presenza di spirito con cui aveva fatto finta di essere morto. I cadaveri, e tra loro il dottore, erano stati gettati in un mucchio su un carro, e poi trasportati a un vicino corpo di guardia, per essere tenuti lì fino a sera. La soldatesca era così furiosa che Antonio non aveva avuto altra scelta che continuare a fingersi morto, e solo quando, la notte tardi, lo stavano trasportando con i cadaveri alla sepoltura, non ebbe altra alternativa che mostrare segni di vita. Parte della scorta voleva dargli subito i requisiti per la destinazione degli altri corpi, ma erano presenti altri, più umani, la cui opinione prevalse e, di conseguenza, il nostro eroe ferito fu alloggiato nella prigione di Santa Maria Apparente, che, per sua fortuna, si trovava sulla strada del lugubre convoglio. Per una settimana fu lasciato in compagnia di delinquenti comuni, e poi trasferito al castello dell'Uovo, e messo *au secret*. Mentre era nel suo primo luogo di detenzione, Antonio non aveva mai smesso di piangere e lamentarsi per la ferita – ferita leggera, fortunatamente – implorando, per l'amor di Dio, la presenza di un chirurgo per medicarlo, almeno una volta; ma parlava al vento. Neanche i suoi pietosi appelli al nuovo carceriere del castello ebbero più successo; era proprio come rivolgersi ai muri di pietra della sua prigione sotterranea. Un giorno, con voce rotta, domandò un confessore, affermando che si sentiva morire, e il secondino per tutta risposta gli disse che era libero di farlo, quando e come gli pareva, ma che non avrebbe avuto nessun confessore. Tutti questi gemiti, lamenti e preghiere si spiegavano con il pensiero fisso di Antonio, rivolto a far sapere a Lucy che era ancora vivo. Sperava di trovare nel medico o nel confessore un uomo abbastanza cristiano da portarle un messaggio, e l'apprensione e l'ansia per lei facevano sparire la paura per se stesso.

Lo stretto isolamento dai rapporti umani, eccetto quelli con il carceriere, inflitto ai prigionieri politici, non era soltanto per la sicurezza delle loro persone, ma aveva lo scopo e l'intento, che in molti casi ebbero successo, di deteriorare le loro facoltà mentali, e indebolire la loro forza di resistenza. Ma la fermezza d'animo di Antonio non lo abbandonò mai; e la sua ferita, senza altro medicamento che l'acqua fredda, guarì alla svelta. Sei settimane dopo il suo trasferimento al castello, il prigioniero fu portato di fronte al giudice inquisitore per essere interrogato. Allora, come sempre, preoccupato dal pensiero di Lucy, era ricorso all'espediente di rifiutarsi con fermezza di rispondere a qualsiasi domanda a meno che prima non gli fosse permesso di comunicare con un rappresentante legale. Rinviato in carcere e richiamato ancora, minacciato o lusingato, tuttavia Antonio persisteva nel suo silenzio. La lotta tra giudice e prigioniero durò quattro mesi interi, ma alla fine Antonio la spuntò. Gli fu assegnato un difensore, proprio lo stesso che aveva scritto la lettera anonima a Lady Cleverton, e che ora stava raccontando questi particolari al diplomatico. Per Antonio era stata una fortuna, perché il suo avvocato, anche se pauroso per natura, e reso ancor più timoroso dalla difficoltà dei tempi e dal carico di una famiglia numerosa, era tuttavia un uomo onesto, liberale e con un senso del dovere legato alla professione abbastanza alto da posporre all'interesse e alla salvezza del cliente, ogni considerazione personale.

Il diplomatico, come convenuto tra lui e Lady Cleverton, alluse alla possibilità di ottenere un intervento diplomatico straniero, e fece anche capire che nessuna somma di denaro sarebbe stata considerata troppo alta se si poteva organizzare un'evasione. "Guardatevi dal tentare una cosa del genere," sussurrò l'avvocato molto impensierito: "Un tentativo di fuga fallirebbe senza dubbio, e servirebbe solo ad aggravare la posizione del vostro amico, che è già abbastanza grave, glieľassicuro. Trovereste facilmente dei carcerieri o dei tirapiedi della prigione disposti ad essere corrotti, che, entro mezz'ora, denuncerebbero il corruttore alla polizia. Lasciate perdere, per l'amor di Dio! Lei non ha idea di quanto sia diffusa la corruzione in questo triste paese. Le spelonche fetide e schifose che servono da prigione, sono infestate da una cricca di demoni in forma umana, avanzi di galera che vanno orgogliosi di essere spie e traditori. Quanto all'intervento diplomatico, a meno che non fosse sostenuto dalle bordate delle vostre navi, sarebbe peggio che inutile, anzi servirebbe solo a far aumentare l'animosità, rendendo il prigioniero una preda da disputare. Abbiamo un solo appoggio che sia sicuro... il tempo. Il tempo maturerà degli eventi, e questi potrebbero costringere a un cambiamento nella politica di questo paese. Molto dipende dall'esito della nuova campagna militare che si dice imminente, tra la Sardegna e l'Austria... molto dal comportamento dell'Inghilterra e della Francia. Passerà un periodo abbastanza lungo prima che il processo contro il vostro amico e i suoi co-accusati possa avere luogo. L'*Istruzione*, cioè i procedimenti preliminari riguardo alla vicenda del 15 maggio, è appena cominciata, e sembra non dover terminare in breve periodo. Nel frattempo abbiamo dalla nostra parte i casi della vita: quello che oggi è importante, potrebbe non esserlo domani, e potrebbe succedere qualcosa che metta fine a tutti i processi dello Stato. In ogni caso, con la pazienza guadagneremo un punto; le passioni che, in questo momento, stanno ribollendo, si raffredderanno. Il consiglio migliore che posso dare a lei e a Lady Cleverton, e a tutti quelli che vogliono il bene del dottor Antonio, è di restare calmi e di indossare la maschera dell'indifferenza. Ho sentito che molti inglesi hanno smesso di andare a Corte dopo quel fatale 15 maggio. Voi non dovete fare lo stesso. Non fate sospettare a nessuno che disapprovate il Governo. Andate a Corte, frequentate tutti i circoli ufficiali, ascoltate insultare e calunniare i prigionieri senza neanche un fremito. Guardate e ascoltate tutto quello che succede. In questo modo sarete in grado di darmi qualche informazione utile. Questo è l'unico modo, per ora, di aiutare il vostro amico. Da parte mia non lascerò nulla d'intentato, e vi farò sapere qualsiasi cosa degna della vostra attenzione."

Il resoconto di questo colloquio fatto dal diplomatico fu come un velo gettato sull'euforia di Lucy. I dettami della prudenza e dell' esperienza stonavano con la sua impazienza febbrile di riavere Antonio libero; e l'uomo che poteva far la predica sul tempo e la pazienza, mentre un caro amico era in prigione con accuse da pena capitale, non poteva che essere tacciato di indifferenza. Comunque seguì il consiglio di comparire a Corte e di conversare in società. In questo modo, quando fu in grado di giudicare lei stessa il tono generale dei sentimenti verso gli infelici prigionieri... quando quotidianamente sentì uomini d'onore e colti oltraggiati come assassini... quando quotidianamente sentì più di un'allusione al fatto che era ormai tempo di finirla, una volta per tutte, con quella *canaille*... quando il rappresentante di una grande potenza, sondato sull'argomento, rispose che, non avendo alcuna influenza sulle risoluzioni del governo napoletano, non poteva fare una richiesta, che, con ogni probabilità, sarebbe rimasta inascoltata... quando Lucy si rese conto di tutto ciò, allora, e solo allora, fu costretta ad ammettere la saggezza dell'uomo che le aveva raccomandato pazienza e fiducia nell'azione del tempo.

Non molto dopo il diplomatico ricevette altre notizie, l'essenza delle quali era questa: uno scritto di pugno di Antonio era stato trovato nella casa di un coimputato (si trattava del memoriale che gli avevano visto scrivere a Palermo), in cui diceva "che era arrivato il momento per tutti gli amici leali della libertà e dell'indipendenza di riunirsi e formare una sacra falange." Il dottore di conseguenza fu interrogato, e, dal tenore delle domande postegli, sembrava molto probabile che gli avrebbero addebitato l'accusa di essere uno dei fondatori di quella setta segreta: il relativo processo istruttorio era in corso al momento.

La comunicazione successiva arrivata dall'avvocato di Antonio, e l'ultima che riteniamo necessario riportare, servì soltanto a confermare l'ipotesi precedente. Antonio sarebbe stato processato come uno dei fondatori della Società Segreta per l'Unità d'Italia. La data del processo dipendeva molto dall'andamento degli affari politici in Italia e all'estero.

Il tempo passò e maturarono gli eventi... ma ahimè nessuno di questi servì a migliorare in alcun modo le prospettive dei prigionieri politici. La disfatta dei piemontesi a Novara, la conquista della Sicilia, a opera dall'esercito napoletano, la restaurazione di Pio IX in Vaticano e del dispotismo grazie alle baionette francesi, l'occupazione delle Legazioni Romane e della Toscana da parte degli Austriaci, e, in ultimo, la caduta dell'eroica Venezia, sono i punti salienti di quell'Iliade di mali che nello spazio di pochi mesi si erano accumulati sulla sfortunata penisola. La Reazione dominava violentemente ovunque, eccetto che in Piemonte. Quello stato era, in effetti, una notevole eccezione; là, la lealtà e il buon senso del giovane sovrano, e la lealtà e il buon senso del popolo, erano riusciti a mantenere la libertà pubblica e la sicurezza privata. A Napoli c'era il rovescio della medaglia. Qui per il Governo era arrivata l'ora di mietere il raccolto del seme sanguinoso sparso il 15 maggio.

CAPITOLO XXV

Vae Victis

La bella Partenope si specchia civetta nel suo splendido golfo, limpido come il cristallo. Il sole riversa sulla città torrenti luminosi, che portano luce e calore nei più nascosti recessi; un'incessante marea umana si snoda sulla banchina soleggiata e sulle strade pavimentate di lava, nell'esaltante caccia di un affare, un divertimento, un piacere. Tutto brilla, tutti sorridono, come se la Libertà non fosse morta dissanguata giusto ieri... come se il Parlamento Costituzionale non fosse stato mandato a tenere le sue riunioni nelle prigioni di Stato... come se, proprio in quel momento, il Procuratore Generale Angelillo non stesse domandando la testa di quarantadue persone!

Solo quarantadue, per cominciare! Il resto verrà in seguito. I piatti della bilancia della Temi napoletana non corrono il rischio di arrugginire per mancanza d'uso. Nessuno deve preoccuparsi di questo. Il numero dei prigionieri, per delitti politici, nell'infelice regno delle due Sicilie, nell'anno di grazia 1850, è calcolato, da fonti autorevoli[20], in qualcosa tra quindici e trentamila. Supponendo che il numero inferiore sia quello più vicino alla verità... supponendo che di questi quindicimila, due terzi siano liquidati in modo sommariamente paternalistico (definito con molta eleganza *economico*)... cioè, senza nessun tipo di qualsivoglia processo, la rimanenza riguarda cinquemila esseri umani responsabili di fronte la giustizia... abbastanza, bisogna ammetterlo, per offrire occupazione e divertimento a ogni tribunale, alto e basso, del regno, e ai frequentatori abituali di tutti quei tribunali, per qualche anno a venire. Ci sono tra gli altri, da quattro a cinquecento individui imprigionati solo per la faccenda del 15 maggio, il che promette un'infornata mostruosa.

Il processo con cui abbiamo a che fare al momento è più rimarchevole per la gran varietà degli elementi sociali coinvolti che per il numero. Tutte le classi, dalla professione più umile alla più elevata, hanno contribuito con un proprio contingente alla formazione di questo gruppo. Fra gli accusati si contano un ex-Segretario del Ministero degli Interni, un ex-Magistrato, un ex-Capo Divisione del Ministero della Pubblica Istruzione, tutti e tre Deputati; due ex-capitani dell'esercito, il rappresentante di una famiglia ducale, due gentiluomini comuni, colti e ricchi, uno dei quali ha declinato un posto da diplomatico, parecchi avvocati e medici, quattro sacerdoti, un arciprete e diversi piccoli commercianti, negozianti e artigiani, un ex-gendarme, un facchino e un domestico. Sono tutti accusati di appartenere a una società segreta anarchica, e alcuni di loro, per giunta, di aver combattuto sulle barricate il 15 maggio 1848... una precauzione eccellente per poterli tenere agli arresti per un ulteriore processo, nel caso fossero assolti in questo. Un'accusa particolare è mossa contro alcuni per aver tentato di sterminare gli attuali ministri e altre persone, per mezzo di un terribile esplosivo... una semplice bottiglia, scoppiata in tasca a uno degli accusati, senza ferire né lui, né altri. Mai più nefasta cricca di delinquenti aveva disonorato i banchi di una Corte, se dobbiamo credere al Procuratore Angelillo. Mai un gruppo di onorevoli cittadini, così maltrattato e offeso, ha gridato vendetta al cielo, se i precedenti e le prove presunte valgono qualcosa a questo mondo. È forse tra uomini di tale reputazione pubblica e privata come Carlo Poerio, Settembrini e Pironti... tra nomi storici come quello di un Caraffa... o tra gentiluomini colti e ricchi come Nisco, Gualtieri, Braico, ecc. .... tra tali dignitari della Chiesa come l'arciprete Miele, che l'anarchia recluta i suoi sostenitori e il crimine i suoi complici? Che direbbe lei, lettore inglese, di un'accusa di tradimento mossa contro qualche vostro uomo di stato tra i più eminenti e rispettati, principali membri del vostro Parlamento... giudici, nobili; uomini di chiesa e gentiluomini? Bene, questi uomini i cui nomi ho appena scritto, e che lei vede far entrare nella tetra sala del Palazzo della Vicaria, in manette e scortati da gendarmi, questi uomini stanno tanto in alto nella scala sociale del loro paese, si collocano così in alto in quanto a reputazione e posizione, quanto uno dei vostri uomini di stato inglesi, Membri del Parlamento, magistrati, nobili e possidenti.

Questo è il famoso processo di Stato contro la setta dell'Unità d'Italia, che strappò alla nobile anima di un uomo di stato inglese un grido d'indignazione che presto risuonò in tutta Europa. La Corte che presiede è la Gran Corte Criminale di Giustizia, il più alto tribunale del regno. Non presiede come tribunale ordinario ma come corte speciale, con l'intento di sbrigarsi... con ciò intendendo che a giudizio del suo Presidente, Navarro: "il delicato, scrupoloso, imparziale e generoso Navarro"[21], si potrà fare a meno di qualsiasi formula procedurale, inestimabile per la difesa. Il lugubre dramma sta per cominciare. Lo spazio ridotto assegnato al pubblico è affollato, e così è l'emiciclo, riservato agli spettatori privilegiati, tra i quali si può scorgere una signora coperta da un fitto velo. I Giudici sono nei loro seggi; di fronte a loro, su una piattaforma elevata, siedono gli accusati. Appaiono pallidi e smunti. A dire il vero, il posto da cui sono stati trasportati non è dei più salubri, specialmente in questo periodo dell'anno, a Napoli, il mese di giugno. Non meno di milletrecentottanta esseri umani sono messi in gabbia uno sull'altro, senza aria o luce, in una sporcizia bestiale, nell'attigua prigione della Vicaria, dove sono rinchiusi i nostri quarantadue. Bisogna anche tener conto di una detenzione preventiva, durata non meno di dieci mesi (per molti anche di più) che avevano già sopportato. Né si deve dimenticare il grado appropriato di salutare disciplina applicata al corpo e alla mente, con cui la prigionia per accuse politiche è invariabilmente insaporita a Napoli: un doppio trattamento, con il lodevole scopo di far scaturire la verità, di cui via via sapremo abbastanza per la nostra edificazione. Una persona malvagia potrebbe chiamarla "tortura", ma la tortura è stata abolita, si sa... almeno di nome. Non c'è da stupirsi quindi, se gli accusati appaiano smunti e malati. Ma se la carne è inferma, lo spirito che l'alberga è pieno di forza ed energia... almeno l'aria di calma determinazione che hanno - la calma determinazione di una guarnigione di soldati che sono consapevoli di non potersi aspettare la grazia, e si preparano a vender cara la pelle - sembrerebbe suggerire questo.

Mentre viene fatto l'appello dei prigionieri, uno di loro, Margherita (un ufficiale della dogana), si alza per ritrattare la sua precedente dichiarazione, estorta, dice, per mezzo di coercizione fisica e morale, e suggerita dallo stesso giudice Inquisitore. Un altro, Pitterà (maestro di calligrafia), dichiara, che quando fu tirato fuori da un *criminale* (una cella sotterranea quasi o del tutto senza luce) per essere interrogato al Castello (dell'Uovo), di conseguenza alle costanti privazioni e alle ripetute minacce, fu colto da stordimento psichico. Interviene un terzo, Antonietti (un doganiere), affermando che, quando fu interrogato, era così esaurito di mente e di corpo che avrebbe firmato di sua volontà la propria condanna a morte. Se qualcuno volesse sapere con maggior chiarezza che tipo di pressione era quella che poteva snervare e disumanizzare in questo modo persone tutt'altro che delicate e deboli, Pironti, e molti oltre a lui, ci racconteranno i particolari. Pironti, un ex magistrato e deputato, riporta di essere stato in totale isolamento per quaranta giorni in una prigione sotterranea, dove doveva stendersi sul nudo terreno, in mezzo a ogni sorta di parassiti. I suoi capelli e la sua barba furono rasati, per ordine speciale, da un galeotto. Poi fu sottoposto a un insidioso interrogatorio dal comandante del castello, che provò prima con minacce, poi con lusinghe, promettendogli la clemenza reale, a indurlo a fare delle rivelazioni, cioè a denunciare i propri complici. De Simone, un profumiere, fu minacciato con duecento colpi di bastone, ammollato in acqua. Faucitano (un appaltatore edile, quello della bottiglia esplosiva), fu trascinato alla Prefettura di Polizia da venti guardie Svizzere, sei ispettori di polizia e venti *sbirri,* che lo picchiarono, gli sputarono addosso, gli strapparono i vestiti, i capelli e la barba. Fu tenuto per due ore nell'ufficio di polizia, legato con corde bagnate, poi condotto al castello, gettato in un *criminale* umido e buio, senza nemmeno una manciata di paglia dove stendersi, e detenuto lì per nove giorni senza niente da mangiare, a parte del pane ammuffito, né da bere, a parte dell'acqua putrida. La prima deposizione gli fu estorta promettendogli l'alternativa di duecento colpi di bastone. Muro (un servo), fu tenuto per cinque giorni nella completa oscurità, e quando stava andando all'interrogatorio, un tenente dell'esercito, che lo conosceva, gli disse, con aria compassionevole, che se non avesse posto il suo nome su qualsiasi cosa che il Commissario desiderava lui firmasse, sarebbe stato rovinato per tutta la vita. Quando gli chiedono come mai ora affermi di non conoscere Pironti, dopo averlo invece riconosciuto subito quando per la prima volta fu messo a confronto con lui, Muro risponde che il Commissario allora gli aveva detto di indicare col dito quale dei quattro individui che stavano in fila non avesse baffi; e lui aveva obbedito. Sersale, un mercante, subì un digiuno così prolungato che la sua salute è incurabilmente minata (la voce del prigioniero è flebile, e riesce a malapena a stare in piedi). Sua moglie fu tenuta in prigione per cinque giorni a pane e acqua, per indurla con il terrore a confessare come veritiera l'accusa contro di lui. Cocozza, un avvocato, firmò il suo interrogatorio senza rileggerlo... essendo questa la condizione per essere tolto da un orrido *criminale*. Il Commissario gli chiese di deporre che Nisco (uno dei suoi co-accusati) era il cassiere della setta dell'Unità d'Italia. Caprio, un falegname, fu costretto dal Commissario, in presenza del capo carceriere, e del secondino Carmine Bisogni, a denunciare Nisco e a giurare che lui (Caprio) aveva avuto da quel gentiluomo seimila ducati, allo scopo di corrompere le truppe, e gli fu promessa la libertà se lo avesse fatto. A Errichiello, il padrone di un caffè, era stato offerto un impiego a dodici ducati al mese, se avesse assecondato le opinioni del Commissario. Dono, un chimico, non fu mai interrogato neppure una volta durante i dieci mesi della sua incarcerazione.

Caraffa, dei Duchi d'Andria, si alza per raccontare una triste storia. Quando venne arrestato sua madre era gravemente malata. Da allora non aveva più avuto sue notizie. Gli era stato persino fatto credere che i suoi parenti lo avessero rinnegato. Il Signor Beccheneda, Ministro del Parlamento e Direttore della Polizia, era andato a trovarlo in prigione, assicurandogli che la vicenda poteva essere sistemata facilmente, se solo avesse testimoniato contro il suo co-accusato, Poerio, su un preciso punto. Al rifiuto di Caraffa, il Ministro si era congedato da lui con queste parole: "Benissimo signore, lei vuole distruggere se stesso. La lascio al suo destino!" Una notte lo sfortunato giovane era svenuto, e cadendo a terra, si era ferito l'occhio destro. Chiamò aiuto, ma nessuno venne a soccorrerlo. Sentiva mormorare in giro che sarebbe stato trasferito in un *criminale,* pieno dei più disgustosi parassiti, e che la sua condanna era irrevocabile. Dopo un mese di prigionia, sotto l'influsso combinato della tortura mentale e della febbrile impazienza di avere notizie di sua madre, il suo cuore lo abbandonò, e scrisse una lettera, nella quale testimoniava contro alcuni dei suoi co-accusati... la scrisse dietro suggerimento del Giudice *Inquisitore* nella casa del comandante del castello, sotto gli occhi del Commissario. Ora ritratta tutto ciò che ha scritto in quella lettera; ma neanche questa pubblica ritrattazione è sufficiente a mettergli in pace la coscienza. Sente il desiderio e la necessità di fare ulteriore ammenda per la sua colpa. Desidera chiedere il perdono, cosa che adesso fa alla presenza dei Giudici e del pubblico, ai suoi cari amici, dice, indicando gli altri prigionieri. La sua voce freme di un'emozione che tocca il cuore di tutti i presenti.

E questo basti a proposito dell'onesto e umano trattamento dei prigionieri, accusati di delitti politici, **prima** del processo. Ora passiamo ad un'unica illustrazione del modo umano in cui sono stati trattati **durante** il loro processo.

La Corte ha ripreso le sue sedute, che erano state sospese per una quindicina di giorni a causa di una seria malattia di uno degli accusati, Leipnecher, ex capitano dell'esercito. Il Presidente, Navarro, impaziente di procedere con la causa, quella mattina, il 17 giugno, di buon'ora, aveva chiamato i sette medici che assistevano Leipnecher, per informarli che il Governo era arrivato alla determinazione che il processo dovesse andare avanti ad ogni costo. Tutto quello che si chiedeva loro era una risposta a una singola domanda: Leipnecher poteva essere portato in tribunale senza correre il rischio di morte immediata? Dopo aver timidamente balbettato qualche osservazione, i dottori risposero che Leipnecher non aveva febbre e, anche se certamente soffriva di un'infiammazione nervosa, questo non necessariamente gli impediva di essere presente alla seduta, sempre che fosse stato portato in tribunale su una sedia, e una volta arrivato là, assistito a dovere. Il Presidente allora prende posto sul suo seggio nel Tribunale, e, dietro un suo cenno, viene introdotta nella sala una portantina, circondata da numerosi gendarmi; gli inservienti della prigione ne tirano fuori un uomo malato, che è totalmente incapace di reggersi in piedi, lo portano in braccio come fosse un bambino, e lo poggiano su una sedia, sistemando due cuscini per sostenergli la testa. Viene fatto l'appello dei prigionieri, tra cui Leipnecher, che però non risponde. Non può farlo… non sente nulla. Alla fine, stimolato dai suoi compagni, che riescono a farlo smuovere dal suo torpore, esclama, con la mente in delirio: "I medici non mi vogliono curare!" Prendendo queste parole come un'accusa verso i medici, il Presidente, Navarro, desidera che siano scritte nelle minute, e decreta che Leipnecher sarà il primo ad essere chiamato per l'interrogatorio. Durante la rilettura del resoconto delle sue precedenti risposte davanti all'Inquisitore e alla Gran Corte Criminale, l'infelice uomo non dà altri segni di vita se non qualche movimento meccanico. Al termine della lettura, il Presidente chiede all'accusato se ha qualcosa da aggiungere, ritrattare o modificare. Il prigioniero non emette neanche un suono. Il Presidente chiede all'avvocato di Leipnecher di rispondere in sua vece. L'avvocato si rifiuta, adducendo il fatto che la natura dell'interrogatorio è strettamente connessa alla persona dell'accusato. Navarro insiste che l'avvocato si avvicini al suo cliente, comunicandogli le domande, e trasmetta alla Corte qualsiasi risposta possa aver ricevuto. L'avvocato, evidentemente molto teso, si avvicina a Leipnecher, e si rende conto subito che qualsiasi tentativo di comunicazione verbale con lui è impossibile. La fronte della povera creatura è coperta di sudore freddo, e soltanto l'affanno dell'agonia interiore mostra che non è ancora un cadavere. Il Procuratore Generale, venendo in aiuto all'imbarazzato Presidente, fa notare che essendo il rapporto dei medici stato fatto la mattina presto, la febbre potrebbe essere salita da allora e suggerisce l'opportunità di mandare a chiamare i medici perché diano di nuovo la loro opinione. Nel frattempo la causa poteva proseguire. Dopo un considerevole ritardo, due dei sette medici che avevano fatto il rapporto del mattino, si presentano nella sala, accompagnati da cinque medici sconosciuti. Vengono fatti giurare, e dopo aver visitato il paziente, rispondono: "che ha la febbre e che sta aumentando." Il Procuratore Generale desidera sapere se il malato può rimanere in aula per un'altra ora senza rischio certo. La risposta è: "che non ci sarebbe pericolo imminente ma che lo stato del paziente è tale da non permettergli di rimanere più a lungo nel luogo in cui si trova senza seri danni." Dopo aver ascoltato tale parere, il Presidente dichiara chiusa la seduta. Questo accadeva il 17 giugno 1850; il 22 dello stesso mese Leipnecher era morto.

E ora scegliamo a caso qualche esempio dell'imparzialità della Corte, e del suo religioso rispetto per la libertà di difesa.

L'accusa supplementare contro Poerio è di aver combattuto furiosamente sulle barricate del 15 maggio 1848. Chiede il permesso di provare che durante quell'**intera** giornata fu trattenuto dai suoi doveri d'ufficio al Consiglio dei Ministri, da dove accompagnò l'attuale Ministro della Guerra, il Brigadiere Carascosa, a casa. Poerio propose anche di provare che nel momento in cui si asseriva che avesse fatto di Iervolino il proprio confidente politico, in realtà sapeva che lo stesso Iervolino era un istigatore prezzolato. La cosa poteva essere confermata da testimoni ineccepibili e con un documento di data certa, cioè un rapporto contro Poerio, scritto tutto di pugno da Iervolino. La corte rifiutò ambedue le richieste.

Pironti è accusato di aver ricevuto, verso la fine di ottobre del 1848, a casa sua, in *Vico Ecce Homo, n. 9,* una lettera densa di contenuti d'alto tradimento. Chiede di provare di non essere tornato a Napoli da Santa Maria di Capua prima del 2 novembre, e che non prima del 4 ha preso alloggio nella casa dove, secondo l'accusa, la lettera era stata data a lui verso la fine di ottobre. È pronto a convalidare la sua asserzione per mezzo della testimonianza di coloro che avevano traslocato il suo mobilio, dei suoi inquilini e del suo padrone di casa. La Corte rifiuta la richiesta.

Viene ascoltato Bocchino, un granatiere della Guardia Reale, testimone dell'accusa contro Cocozza. Anche se è stato decorato dal Papa, il carattere morale di Bocchino non è dei più degni. Risulta da certificati, firmati dal colonnello del suo reggimento, che il testimone ha subito punizioni per varie cause undici volte: per aver abbandonato la sua postazione, per furto, per insubordinazione, e per tentato stupro; è stato condannato due volte alla bastonatura, una volta a trenta, e la seconda a sessanta colpi. Quest'uomo afferma di aver portato una lettera di Mazza a Cocozza, entrambi tra gli accusati. Riferisce che andò da Cocozza, mise la lettera nelle sue mani, non sentì parlare né di rivoluzioni né di sette, e non si ricorda nient'altro. Il Presidente lo esorta a raccontare tutta la verità, ma Bocchino persiste nel dire che non sa niente di più. Allora il Presidente chiede che sia letta la lunga e circostanziata dichiarazione scritta resa dal testimone. L'avvocato di Cocozza si oppone e con grand'energia reclama l'osservanza della legge. Navarro gli chiede di non interrompere la Corte, ma di restare seduto. A questo punto Settembrini, ribollendo d'indignazione, si alza e chiede di essere ricondotto in prigione. Visto che persino questa difesa meramente fittizia viene ostacolata, lui non vuole, dice, legittimare con la sua presenza quella violazione continua di tutte le leggi, sia umane, sia divine. Navarro brontola qualche parola inarticolata, e, con il ringhio di un mastino, ordina a Settembrini di trattenere la lingua. Settembrini tuttavia replica con calore. Navarro ripete le sue minacce di farlo punire per la sua temerarietà. Tutti gli accusati si alzano in piedi come un sol uomo. L'emozione generale è al culmine.

Ristabilita la calma, Poerio si alza e dice che la discussione pubblica è il crogiolo in cui la verità viene messa alla prova; per mezzo suo tutti i fatti raccolti nel processo preparatorio scritto, dove fossero incompleti, alterati o esagerati, vengono ricostituiti nella loro purezza, per mezzo suo tutti gli elementi spuri vengono rimossi. Quindi è logicamente indispensabile che ogni testimone chiamato in una pubblica corte debba relazionare e organizzare i fatti che sono di sua conoscenza, e quando la sua dichiarazione orale non fosse del tutto conforme con la deposizione scritta, è assolutamente necessario che le ritrattazioni, variazioni, reticenze ed esitazioni del testimone, in una parola, tutte le circostanze in grado di offrire un'indicazione della sua sincerità, debbano essere registrate con chiarezza. Se i testimoni venivano portati alla sbarra solo per dare una secca conferma delle loro dichiarazioni scritte, allora si perderebbero il fine e lo scopo della legge, e i dibattiti pubblici sarebbero ridotti a nient'altro che una debole ripetizione degli interrogatori privati fatti in precedenza.

L'avvocato di Cocozza cita gli Articoli 248, 249, e 251 del Codice di Procedura Penale, e fa presente alla Corte che un testimone chiamato in un tribunale pubblico deve dare la sua testimonianza orale senza l'aiuto di quella scritta, che ogni aggiunta, ritrattazione o modificazione di ciò che ha detto in precedenza, deve essere registrata nei verbali processuali, e che solo dopo aver fatto questo il Presidente può far riferimento – se il Presidente giudica opportuno farlo – alla sua dichiarazione scritta. Il pubblico ministero si oppone ritenendo queste domande infondate. La Gran Corte Criminale si ritira, e dopo un'ora rientra con una deliberazione, in cui, pur ammettendo che tutte le aggiunte, ritrattazioni e modifiche dei testimoni devono essere esattamente trascritte, dichiara, allo stesso tempo, che solo il Presidente è il miglior giudice dell'applicazione di tale regola. La Corte, di conseguenza, respinge le domande. Quindi si riprende l'interrogatorio del testimone Bocchino, gli si legge la sua dichiarazione scritta, che lui ripete e conferma, frase dopo frase.

Malacarne – anche lui un granatiere della Guardia – altro testimone dell'accusa, depone contro due degli accusati, Cocozza e Brancaccio. Cocozza, alzandosi, protesta di non aver mai conosciuto il testimone in vita sua, e chiede che il testimone lo guardi e dica se riconosce lui, Cocozza. Il Presidente Navarro fa un cenno al testimone di voltarsi, e gli chiede se quello che è in piedi tra gli altri prigionieri sia o no Cocozza. Il testimone, voltandosi, e indicando Cocozza, esclama: "È lui in persona!" L'altro accusato, Brancaccio, chiede che il testimone identifichi anche lui, ma per precauzione resta seduto. Navarro, prima di permettere che la richiesta venga soddisfatta, ordina a Brancaccio di alzarsi. Quest'ultimo osserva che se lo facesse non ci sarebbe il minimo dubbio che il testimone riuscirebbe a distinguerlo con facilità tra gli altri suoi compagni di prigionia. Navarro replica che a nessuno può essere permesso di restare seduto mentre parla alla presenza della Corte, e che, quindi, non può ammettere l'identificazione a meno che il prigioniero non si alzi.

Colanero, un altro granatiere e testimone dell'accusa, dichiara di aver trascorso un'intera giornata con l'accusato Colombo. Mazza, uno dei prigionieri, si alza, e, a nome di Colombo, che rimane seduto, domanda che il testimoni identifichi la persona di Colombo. Navarro fa osservare a Mazza che non è il portavoce di Colombo, e che, se Colombo ha qualche richiesta da fare, deve alzarsi lui stesso. Mazza ribatte, che se Colombo, che deve essere identificato, si dovesse alzare, come potrebbe esistere alcun dubbio sull'identità della sua persona? L'avvocato di Colombo chiede, a nome del suo cliente, che il confronto abbia luogo senza che il suo cliente si alzi. Il Procuratore Generale sostiene che avendo il testimone indicato l'accusato con nome e cognome, cioè, Salvatore Colombo, la richiesta dell'avvocato non può essere accolta, dato che, secondo la legge, l'atto del confronto deve avere luogo soltanto quando la persona è stata indicata in modo vago. Poerio fa osservare che il giorno precedente è stato usato il sistema opposto - *vide* il caso sopra riportato – sebbene un testimone avesse indicato Francesco Cocozza con entrambi nome e cognome, il Presidente aveva nondimeno autorizzato a procedere alla sua identificazione. La Gran Corte Criminale si ritira, e, dopo un'ora di dibattito, respinge la richiesta dell'avvocato di Colombo.

E ora parliamo della moralità di qualcuno tra i più importanti testimoni dell'accusa.

Tra loro spicca Mauro Colella, uno dei testimoni contro Poerio. Dalla deposizione di un prete di nome Mingione, risulta che Mauro Colella, l'anno precedente, nella settimana di Pasqua, a cena in casa sua, gli aveva confidato che una *denunzia* – una falsa accusa – stava per essere ordita contro il cognato di Imbriani, spiegando che alludeva a Carlo Poerio. Qualche tempo dopo, Colella, che vive di fronte al deponente Mingione, lo chiamò da una delle sue finestre, e mettendo una mano sulla punta del dito medio dell'altra – un gesto significativo – disse a Mingione: "L'uccelletto è nel vischio" *(l'amico c'è capitato)*. "Chi?" chiese Mingione; e Colella rispose: "Poerio," aggiungendo "vengo lì da te e ti racconto tutto." Infatti, andò proprio a casa di Mingione, e dopo avergli fatto il resoconto dell'arresto di Poerio, disse che lo avevano impigliato in una rete tale che ci avrebbe senza dubbio rimesso la testa. E quanto Mingione gli chiese che cosa poteva averlo indotto a denunciare Poerio con accuse false, Colella replicò che lo aveva fatto perché Poerio era stato un deputato e un difensore della nazione *(sic)*, che avrebbe ucciso tutti quanti se non fosse stato ucciso; e anche perché per fare questo gli avevano promesso un posto nella polizia da dodici ducati al mese. Queste affermazioni del sacerdote Mingione, fatte sotto giuramento davanti alla Gran Corte Criminale, sono confermate e avvalorate dalle testimonianze di sua madre e di sua sorella. Colella, secondo la sua *fede di perquisizione* – si chiama così un certificato che riporta i precedenti penali di una persona – è stato processato per furti commessi nel suo convento, quando era frate, per spergiuro, baro al gioco, bestemmia, e ora è in prigione con l'accusa di stupro.

Francesco Paladino – in seguito defunto – testimone dell'accusa contro Nisco, si fa notare nella sua *fede di perquisizione* per trentadue delitti: conio di monete false, falsificazione di banconote, baro al gioco, estorsione di denaro con frode, truffa, ecc.

Segue Gennaro Fiorentino, un altro testimone dell'accusa, con otto accuse di furto, spergiuro e frode.

Antonio Marotta, testimone contro il sacerdote Nardi, si fa notare nella sua *fede di perquisizione* per falsa testimonianza, e spergiuro in un processo di stato contro il Canonico Colamella, ed è attualmente sotto mandato d'arresto emesso dalla Gran Corte Criminale di Potenza, e nonostante ciò rimane libero. Quest'uomo è proprio il Bruto degli informatori. Denunciare il sacerdote Nardi, suo cugino, era stata per lui una vera inezia, cui fece seguire l'eroismo di denunciare i suoi due fratelli. Si vanta della sua azione motivandola come servizio al Re. Il fatto è che i due sfortunati fratelli di Marotta, non potendo più sopportare l'onta gettata su un'onorevole famiglia dalla sua infame condotta, lo avevano cacciato di casa, e lui, per vendetta, era diventato l'accusatore del suo stesso sangue.

Rimane Iervolino, la chiave di volta dell'accusa contro Poerio, Settembrini e Nisco. Dedicheremo un capitolo separato alla testimonianza di questo mascalzone consumato, e ai vari incidenti cui dette origine. Occuparono la quattordicesima seduta della Corte per intero, e niente dà un'idea più completa di tutta la procedura, niente pone in maggior rilievo la malvagità e l'infondatezza dell'accusa, la nobile attitudine della difesa, la fredda predeterminazione a condannare da parte dei giudici.[22]

CAPITOLO XXVI

Continuazione

Si fa entrare la fenice degli informatori, il bambino viziato della Prefettura di Polizia, un uomo pallido, vestito elegantemente, di media statura, sui trent'anni. Un viso lungo, leggermente butterato dal vaiolo, un paio d'occhietti inespressivi, che sembrano non guardare da nessuna parte, una fronte bassa e stretta, lo rendono tutto meno che attraente. Eccolo che entra con un'aria di presunta innocenza e timidezza, che rende merito alle sue capacità d'attore. Iervolino è senza dubbio, tra tutti i suoi degni compari in infamia e bassezza morale, quello che meglio si guadagna il magro salario di dodici ducati, circa due sterline al mese, concessogli dalla polizia. Contrariamente a Gennaro o a Marotta, che declamano le loro calunnie, Iervolino se le lascia scivolare dalle labbra con modestia, esitante, come uno che ricorda le cose con difficoltà; ma una volta imboccata la strada giusta grazie a un'alzata di ciglio o a una parola del Presidente, prosegue con freddezza e metodicità, unite a decisione e facilità d'eloquio.

Dichiara che, trovandosi in stato di bisogno, e senza lavoro, visto che l'orefice che di solito gliene dava non aveva nulla per lui, andò dal Barone Poerio, allora Ministro della Corona, per procurarsi da lui quello che definiva *un pane sicuro*. Vedendo che, nonostante le promesse ricevute, non arrivava nessun impiego, concluse che il fallimento fosse da addebitarsi al fatto di non appartenere ad alcuna setta; perciò insistette con Poerio perché lo facesse entrare nella setta cui Poerio apparteneva. Il Ministro accolse la sua richiesta con favore, e lo mandò con Attanasio, un amico di Poerio, da Nisco, che, a sua volta, lo mandò da Pacifico, in un caffè che si trova vicino a Santa Brigida. Pacifico presentò Iervolino a una persona di nome D'Ambrosio, che lo portò a casa sua, dove lo iniziò alla setta dell'Unità d'Italia. Ma del giuramento e dei segni che gli furono imposti in quel tempo e in quel luogo, Iervolino non ha più memoria alcuna. Così entrò in stretto rapporto con Poerio, e conobbe tutti i suoi amici più intimi: Nisco, Attanasio, il Reverendo Padre Grillo, cassinense, e un carceriere chiamato *Cartonano*, tutti appartenenti alla setta. Poerio gli fece anche conoscere Settembrini, ma degli amici di questo, lui, depone che non ne sa nulla, perché Settembrini non gliene ha mai parlato. Iervolino, inoltre, era assiduamente a casa di Nisco, dove incontrava tutti questi amici intimi. Poerio e Settembrini gli affidarono diverse faccende o commissioni; ad esempio, Settembrini gli diede da distribuire venti copie stampate di un invito, o messaggio per il pubblico, in cui si diceva di non fumare, di non giocare al lotto e di non pagare le tasse, e Poerio un giorno gli chiese di recarsi a controllare se davanti al palazzo reale sventolasse la bandiera bianca o quella tricolore. Poerio in un'altra occasione gli disse anche che i membri della Setta dovevano indossare delle medaglie per riconoscersi l'un l'altro, e che molte erano già state coniate; e che lui, Iervolino, ne avrebbe ricevute in gran numero per distribuirle tra i suoi proseliti.

Settembrini gli confidò anche che era prossima una rivolta; che si aspettava Garibaldi, e gli chiese quanti affiliati e quanti fucili potesse radunare, e sentendo che Iervolino aveva cinque o sei fucili e che poteva far conto su trenta affiliati, Settembrini mostrò grande compiacimento. Questo era ovviamente mera vanteria, e lo diceva soltanto per guadagnarsi la fiducia dei membri della setta; perché Iervolino, ben lungi dal cercare di radunare dei combattenti contro il Re, anzi si era pentito anche solo di aver figurato tra i nemici di sua Maestà; e da due mesi, era solito far rapporto all'ufficio di polizia, dove aveva anche depositato quattro proclami incendiari, a lui dati da Settembrini qualche giorno prima dell'arresto di quest'ultimo. Non ricorda nient'altro.

Il Presidente gli ordina di riportare alla mente la sua deposizione scritta, e lo invita a raccontare tutta la verità. Iervolino dichiara di aver detto tutto quello che si ricorda, ma che è pronto a ratificare tutto quello che aveva scritto, perché corrisponde al vero. Vengono letti la prima dichiarazione di Iervolino, la susseguente ratifica, la delazione (*denunzia*) e tre rapporti segreti. Non può dire quale fosse il tenore del giuramento che ha prestato, o quali fossero i segni a cui venne iniziato perché ha dimenticato tutte e due le cose. Ricorda che i segni ogni tanto venivano cambiati. Li riceveva sempre da Settembrini, che gli raccomandava continuamente di frequentare gli uomini del popolo (*popolani)* che appartenevano alla setta. Chi fossero questi "uomini del popolo", non sapeva dirlo, non gliene venne indicato nessuno in particolare. Alla domanda: "Che grado aveva lei nella setta?" risponde che era solo un membro comune. Ma quando gli fanno notare che la risposta contraddice l'affermazione da lui fatta sull'argomento nella sua dichiarazione scritta, gli torna alla mente che in effetti era stato promosso da Nisco al grado di Unitario. Interrogato ancora sul giuramento che aveva prestato, tutto quello che ricorda, dice, è che il giuramento era per la Costituzione. Interrogato ancora se questo fosse tutto, e se non fosse implicita nel giuramento una modifica della forma di Governo, replica che all'inizio il giuramento era in sostegno della Costituzione, ma che in un secondo tempo, come venne a sapere da altri associati, mirava all'insediamento di una Repubblica… (e qui, come il solito, quando quella parola tanto attesa viene pronunciata, il Presidente mostra una marcata approvazione e soddisfazione). Iervolino non ricorda i segni di riconoscimento che all'inizio gli impartirono, ma, tra quelli che Settembrini gli comunicò in seguito, ricorda le parole: "Siamo tutti figli, la madre è Roma" e un segno, che consisteva nel toccarsi il naso e la palpebra sinistra con l'indice della mano destra (si tratta dei segni citati nell'atto d'accusa stampato). Non fu mai presente a una riunione della setta, e ignora se ci fossero mai state riunioni del genere.

L'avvocato di Poerio chiede che l'affermazione di Iervolino, che il giuramento impostogli fosse a favore della Costituzione, venga inserita nelle minute del processo. Sia il Presidente sia la pubblica accusa si oppongono alla richiesta. L'avvocato insiste su questo punto. Allora il Presidente interroga di nuovo Iervolino sulla formula del giuramento, e Iervolino ripete che si giurava alla Costituzione, ma aggiunge di aver sentito dire che più tardi si tendeva a una Repubblica e in questi termini la risposta è registrata nelle minute.

L'accusato Poerio si alza, e prega il Presidente di chiedere a Iervolino se tutti i suoi rapporti segreti per la polizia siano stati allegati al processo. La domanda viene posta, e Iervolino afferma di sì.

"Quest'uomo mente!" riprende Poerio "perché io qui presento alla Corte un rapporto scritto per intero di suo pugno, e indirizzato a un funzionario di polizia chiamato Gennaro… un rapporto carico delle più disgustose calunnie contro Settembrini e contro me stesso. Invito il delatore (*denunziante*), a dire se questo rapporto è suo, e, nel caso negasse, domando che l'identità della sua grafia venga accertata legalmente."

Navarro esprime il suo stupore nel sentire che un rapporto scritto contro l'accusato Poerio sia nelle sue stesse mani. A questo Poerio risponde: "Non sono tenuto a dire come ho ottenuto questo documento. È un segreto affidato al mio onore, e che rimarrà sepolto nella mia mente per tutta la vita. Il documento è utile per la mia difesa, e lo esibisco qui sotto la mia responsabilità, e nell'esercizio di un diritto concessomi dalla legge. Questo deve bastare alla sua vigile giustizia, Signor Presidente, e anche a farle rendere conto che, anche in questi tempi disastrosi, la virtù oppressa ha più amici di quanto i malvagi possano supporre."

Si chiede a Iervolino di esaminare il documento. Questi avanza con passo incerto e pallido in volto, guarda il foglio, osserva l'indirizzo con attenzione, poi dice: "Dev'essere indirizzato a Don Gennaro Cioffi," fornendo così anche il cognome mancante, in quanto il documento era strappato in quel punto. Iervolino legge, e gira e rigira parecchie volte il documento, poi balbetta che non si ricorda di averlo scritto, ma che crede sia suo. Alla fine, dopo essere stato incalzato da domanda dopo domanda, dice: "Questo foglio è mio, ma l'indirizzo non sembra scritto da me." Il documento è letto ad alta voce dal Segretario.

Poerio si alza di nuovo e parla: "Tra le prove della difesa (*posizioni a discarico*) che presento alla Corte, ce n'è una, con la quale mi propongo di dimostrare che, fin dal mese di maggio 1849, io ero perfettamente cosciente che quest'uomo era un agente segreto di quell'empia fazione che vuole la mia rovina, costi quel che costi. Quindi offrii di mostrare alla Corte un rapporto contro di me, scritto e firmato da quest'uomo, e chiesi che fossero interrogate due persone onorevolissime, due miei grandi amici, ai quali diedi da leggere quel ripugnante documento appena arrivò in mio possesso. Ma la Corte pensò fosse giusto respingere questa particolare richiesta, insieme alle altre che avevo fatto. Quando fui chiamato per l'interrogatorio, non mancai nuovamente, con rispetto, di insistere per l'ammissione delle prove della difesa precedentemente respinte, in particolare di quest'ultima. Di nuovo ottenni un rifiuto; tuttavia la Corte, nella sua gran saggezza e giustizia, mi riservò il diritto di chiedere che i due testimoni da me indicati fossero interrogati, qualora, nel corso del dibattito pubblico, fosse emersa l'utilità o la necessità del loro interrogatorio. Chiedo che questo diritto sia ora reso valido. Se la giustizia divina ha permesso che io sia un bersaglio per le frecce della calunnia, ha anche fatto nascere dal seno della calunnia stessa i mezzi per la mia discolpa. Voi, grandi sacerdoti della giustizia umana, voi non potete lesinarmi, non potete portarmi via questo beneficio a me elargito dalla Provvidenza."

L'avvocato di Poerio appoggia la richiesta del suo cliente con argomentazioni legali. Il pubblico ministero si oppone. Poerio, alzandosi, dice: "È con animo molto addolorato che sono costretto a ricordare all'onorevole magistrato, che quando per la prima volta produssi questa stessa prova della difesa, il pubblico ministero opinò per l'ammissione. Quindi come può adesso il pubblico ministero sollecitare il rifiuto della stessa posizione a discarico che in un primo momento ammise… Sollecita il rifiuto ora che il documento è stato dimostrato autentico?"

A questo punto il Presidente ammonisce seccamente l'oratore, e gli ricorda che non ha il diritto di criticare la Corte. Era nel pieno diritto del Procuratore Generale ammettere, così come lo è ora rifiutare, la medesima prova della difesa, perché le sue opinioni sono sempre coscienziose e conformi alla legge.

L'accusato risponde: "L'Onorevole Procuratore Generale non può smentirmi quando affermo un fatto certo, un fatto innegabile, quando gli dimostro di essere in evidente contraddizione con se stesso. Questo non posso presumere di criticarlo, perché conosco i miei doveri, ma mi si può permettere di deplorarlo, perché conosco anche i miei diritti, e come esercitarli, assoggettandomi al controllo della vostra giustizia imparziale."

La Corte si riserva di deliberare in merito.

Il Presidente chiede a Poerio se ha qualche osservazione da presentare riguardo alla deposizione di Iervolino, e l'accusato risponde così: "Onorevolissimo Presidente, la *denunzia* è audacemente calunniosa, e anche la polizia la giudicò tale. Questo miserabile, spinto dal rancore, dalla miseria e dalla cattiveria, elaborò una falsa accusa e la presentò il 19 aprile 1849. Nell'ufficio della polizia la leggono, ma non se ne curano. Iervolino rinnova il suo attacco, e non viene ascoltato. Non prima del 16 maggio, cioè dopo un periodo di circa un mese, quest'informatore viene convocato per ratificare le sue affermazioni. Gli vengono chieste testimonianze che confermino la sua accusa, ma non ne ha. Il Commissario Maddaloni lo congeda, non dà corso ad alcun processo, e ad arrestarmi non ci pensa proprio; eppure, in quel momento, la polizia imprigiona senza esitazione, non solo i presunti capi, ma anche i presunti membri della presunta setta. Quando fui arrestato, due mesi dopo, non fu in conseguenza della delazione di Iervolino, ma, come appare da un certificato inserito nel processo, a causa di qualcuno che a casa dell'Arciprete Miele aveva riferito di aver sentito dire che il Barone Poerio e il Duca Proto erano i capi della setta. Ma persino il Commissario Maddaloni non avviò nessuna indagine relativa alla *denunzia* di Iervolino, visto che Nisco, benchè in prigione da otto mesi, non era stato interrogato una sola volta a proposito della setta, e che tutti gli uomini nominati nella denunzia, e indicati come miei complici e appartenenti alla setta, Attanasio, D'Ambrosio, Pacifico, e Padre Grillo, continuavano a vivere indisturbati a Napoli. Neanche adesso la polizia crede nell'accusa velenosa di Iervolino, dato che recentemente ha concesso il passaporto a una delle parti denunciate, Padre Grillo, che ora è a Roma. Le accuse calunniose di Iervolino furono riesumate soltanto più tardi, per servire la malvagia intenzione di certi commissari di polizia, ai quali piace darsi le arie di giudici inquisitori e gonfiare i processi con le informazioni segrete delle loro spie. Ma non è mio scopo attuale confutare le falsità messe insieme nei rapporti di quell'infame miserabile. Con il vostro permesso, onorevolissimo Presidente, gli porrò solo qualche domanda. Quando ho avuto l'onore per la prima volta di fare la sua preziosa conoscenza? Mi fu presentato da qualche mio amico? Lui venne solo o in compagnia?"

Iervolino replica che era andato a cercare Poerio a casa sua, quando questi era segretario del ministero degli interni, per presentargli una petizione. Non era stato né presentato né raccomandato da nessuno.

Di nuovo Poerio: "Quest'uomo si sbaglia su un punto. Non venne a casa mia, ma nel mio ufficio: comunque, questo poco importa. Asserisce di avermi sollecitato, mentre ero un ministro costituzionale della Corona, ad aggregarlo in una certa setta. Come faceva a sapere che un ministro del Re apparteneva a una setta? Come osò fare una simile richiesta ad un alto funzionario dello Stato, richiesta che poteva costargli cara?"

Iervolino risponde, che era un fatto pubblicamente noto che Poerio fosse membro di una setta. Inoltre ora ricorda che le sue sollecitazioni per entrare nella setta non ebbero luogo subito dopo aver conosciuto Poerio, come forse appare nella sua prima delazione, ma in un secondo momento, quando Poerio non era più ministro; certamente non prima del 16 maggio 1848.

"Ma come poteva allora Poerio, se non era più in carica, essere utile al *denunziante*?"

Risposta: raccomandandolo ad altri ministri.

Poerio: "Il *denunziante* afferma che veniva a trovarmi a casa quotidianamente. Dove mi aspettava? Alla porta che dà sulla strada, nell'ingresso, nell'anticamera, o nella mia stanza?"

Risposta: all'inizio qualche volta sulla porta di casa, o nell'ingresso, o nell'anticamera, ma via via che diventava più intimo, era solito accomodarsi nella camera da letto di Poerio.

Poerio: "Se è così, il deponente di certo sarà in grado di nominare qualcuno tra i deputati, nobili, magistrati, ministri che mi onoravano con le loro visite."

Risposta: Iervolino non si curava di sapere i nomi dei visitatori di Poerio, eccetto quei quattro che ha scritto nella sua *denunzia*.

Poerio: "Ma se era solito trascorrere tutte le mattine nell'ingresso, avrà ben dovuto conoscere qualcuno dei capi dei diversi uffici che venivano da me tutti i giorni per la firma."

Risposta: Iervolino vide un gran numero di persone, ma non chiese mai i loro nomi.

Il Presidente chiede all'accusato Nisco se abbia qualcosa da dire. Nisco asserisce: "Prima di tutto, devo osservare che sembra a dir poco strano che io non sia mai stato interrogato una volta su questa presunta setta. Dichiaro solennemente di non essere un appartenente ad alcuna setta; salta fuori un delinquente che, alle mie spalle, mi accusa di esserlo; quest'accusa odiosa per me rimane un mistero durante l'intero processo preliminare, cioè a dire per quattordici lunghi mesi, e ora improvvisamente mi si chiede di rispondere, davanti a un pubblico tribunale, a questo vile calunniatore."

Il Presidente interrompe l'accusato, e lo ammonisce di non insultare il testimone, che ha diritto al rispetto.

Nisco riprende: "Quest'uomo non è un testimone, è un *denunziante*... un delatore. Se non mi è permesso di definirlo un calunniatore, lo chiamerò allora con il suo nome e sarà quasi, anzi è proprio la medesima cosa. Dirò che è uno Iervolino; nome che è la personificazione di tutta la cattiveria umana. Bene, questo Iervolino confessa l'appartenenza a una setta, confessa di aver prestato giuramento a una setta, di aver, durante tutto un anno, ricevuto ed eseguito commissioni riguardanti quella setta. Quest'uomo allora è responsabile di fronte alla giustizia, e non può essere ascoltato come testimone. Fatelo venire qui Iervolino, a sedersi su queste panche, fate che rischi la sua testa, e allora le sue fantasiose rivelazioni potranno essere non dico credute, ma ascoltate senza offesa per la legge." Poi Nisco si dilunga in dettagli e affermazioni per dimostrare, che durante l'amministrazione di Poerio, cioè dal 6 marzo al 3 aprile 1848, lui, Nisco, non è mai stato a Napoli, e, di conseguenza, non può, per impossibilità fisica, aver intrattenuto nessuna delle comunicazioni che Iervolino tiene per certe, in un posto dove lui, Nisco, non era. "So benissimo," continua l'accusato "che Iervolino ha ritrattato la sua prima dichiarazione in un punto, e afferma solo ora che le sue sollecitazioni a Poerio per essere aggregato in una setta, furono fatte in un secondo momento, e mentre Poerio non era più in servizio. Ma quand'è che questo informatore ha cambiato la sua tattica? Quando la non credibilità della sua prima affermazione ha colpito lui e tutti quanti sulla faccia. Ma la nuova dichiarazione di Iervolino supera in assurdità, se possibile, la vecchia. Il suo scopo, dichiara, era di essere raccomandato da Poerio a qualcuno dei nuovi ministri. Ai ministri, senza dubbio, del 16 maggio!... la stessa amministrazione cui Poerio, come deputato dalla tribuna, non cessò mai di fare una leale, coscienziosa ma risoluta opposizione." Nisco conclude chiedendo di dimostrare, grazie a testimoni irreprensibili, l'esattezza delle sue affermazioni riguardo al proprio *alibi* che lo attesta fuori da Napoli, proprio nell'epoca in cui Iervolino afferma di aver intrattenuto rapporti personali con lui nella capitale.

Settembrini, interrogato dal Presidente se avesse qualcosa da dire, si alza e risponde: "Dopo le domande poste all'informatore dal mio amico e co-accusato Poerio, non ho niente da chiedergli riguardo a me stesso. Tutto quello che posso dire è che non ho mai conosciuto Iervolino prima, e che avrei voluto non conoscerlo neanche adesso. Quell'uomo è pagato dalla polizia, riceve dodici ducati al mese, oltre alle gratifiche, a seconda dei servizi che rende. Guardate come si è ripulito e tirato a lucido: sembra tutt'altro che povero adesso. Lui stesso lo ha confidato ai suoi amici, Nicola Rubinacci, Luigi Mazzola, Ferdinando Lanzetta e Giovanni Luigi Pellegrino; queste confidenze le fece in un'occasione, quando, avendo sentito Rubinacci che si lamentava della difficoltà dei tempi, Iervolino lo esortò a comportarsi come lui e così sarebbe uscito alla svelta dallo stato di bisogno. Chiedo che le persone che ho nominato possano essere udite come testimoni, e spero che la Corte mi conceda almeno questa richiesta. Colgo l'opportunità per ricordare alla Corte che io mi trovo qui in una posizione unica e senza precedenti, ovverosia, io sono il solo in questa causa le cui prove di difesa siano state **tutte** respinte in massa. Se dalla deposizione di quest'uomo non nasce la necessità di ascoltare qualche testimone in mia difesa, non nascerà più, perché, con l'eccezione di questo singolo *denunziante*, non c'è nessun altro testimone d'accusa contro di me nel processo pubblico."

La Corte si prepara a ritirarsi. Poerio si alza e chiede di parlare. Navarro sembra alquanto infastidito e mostra segni di impazienza, ma Poerio sostiene il suo diritto, e reclama dalla ben nota "giustizia del Presidente, il pieno esercizio della libertà di difesa." Dopo una certa esitazione, il Presidente, che si era già alzato, si risiede, e l'accusato dice quanto segue:

"Signori... Nell'interesse della mia difesa sono chiamato a sottoporvi alcune domande, che sorgono naturali dalla dichiarazione del delatore.

Iervolino ha riconosciuto come suo l'infame documento che ho presentato alla Corte, ma, incapace di abbandonare interamente la cattiva abitudine alla menzogna, ha finto di dubitare che l'indirizzo fosse scritto di suo pugno. Questo dubbio deve essere rimosso, e quindi richiedo che la Corte nomini delle persone esperte in tale materia, e commissioni loro la cura di accertare legalmente se la grafia di quel documento corrisponda o no a quella dell'indirizzo sulla busta. Iervolino nega che, verso la fine di maggio del 1849 - epoca in cui io venni a sapere che era una spia pagata e un informatore – gli ordinai di uscire da casa mia; asserisce persino che continuò a frequentarla dopo quella data. Io affermo, al contrario, che precisamente in quella stessa data io lessi a due onorevoli amici miei quel nauseabondo documento che ho esibito qui, e che in loro presenza, gli proibii di entrare a casa mia. È l'interrogatorio di questi due testimoni che ora io chiedo, essendo sorta la necessità della loro testimonianza dal dibattimento pubblico. Chiedo anche l'accoglimento di due altre istanze, la cui stretta legalità e grande importanza lascio alla vostra saggezza soppesare."

Il Presidente interrompe l'accusato, gli ricorda che soltanto la deposizione di Iervolino è durata sei ore, e lo prega di essere conciso e di omettere le cose inutili.

Poerio risponde: "Non è certo colpa mia se le complesse falsità di Iervolino hanno allungato questo dibattito. In quanto al metodo della mia difesa, e alla scelta dei miei argomenti, prego che mi sia permesso seguire i dettami del mio giudizio, e nondimeno mi aspetto quella attenzione benevola che la vostra nobile passione per la verità, onorevolissimo Presidente, e l'immancabile rispetto per la libertà di difesa, (Navarro sussulta e si agita sulla sedia), garantiscono anticipatamente a un uomo nella mia situazione. Quando la Corte rifiutò le mie prove a discarico, mi lasciò il diritto di chiedere che i testimoni prodotti a sostegno di quelle stesse prove fossero ascoltati, se ne fosse scaturita la necessità o l'opportunità durante il processo pubblico. Permettetemi ora di fare uso di tale diritto. Quando la Corte respinse la mia domanda speciale per la reintegrazione nel processo di un documento relativo a una presunta lettera del Marchese Dragonetti, la Corte mi riservò il diritto di ripetere verbalmente le conclusioni contenute nel documento non prodotto. Lasciate che ora mi avvalga di quella riserva per dimostrare la pertinenza di quest'ultima mia richiesta"

Navarro fa osservare all'accusato, che queste parti sono già state ampiamente sviluppate nella sua difesa scritta, e che la loro ripetizione porterà soltanto a un'inutile perdita di tempo per la Corte.

Poerio: "Il tempo che dedicate all'ascolto della difesa, è tempo messo a disposizione del più nobile degli scopi; né sarà rimpianto, onorevole Presidente, se serve a convincervi della mia innocenza, e della malvagia animosità dei miei nemici. Signori, nelle prove della mia difesa, ho fatto appello alla testimonianza di persone eminenti, Cardinali, Ambasciatori, Ministri, Generali, ecc. Li ho chiamati a deporre sia sulle mie opinioni sia sulle mie azioni di uomo pubblico. Questo Iervolino, un uomo che ha venduto la sua anima alla fazione volta alla mia rovina - questo esempio di tutti i vizi - osa con le calunnie più vili e insensate, insozzare quarantacinque anni di una vita modesta ma virtuosa e coraggiosa. Dopo averlo ascoltato, potete negarmi i mezzi di una giustificazione? Se la lista dei testimoni che ho presentato è troppo lunga, decurtatela secondo la vostra saggezza, ma non respingeteli tutti con la scusa che sono troppi. Non privatemi così della possibilità di rivendicare la cosa che è per me più vitale... cioè il mio onore.

E ora vengo alla mia ultima richiesta. Il 24 luglio del 1849, sei giorni dopo il mio arresto, fui convocato, per la prima volta, alla presenza del Commissario Inquisitore, e mi fu chiesto di aprire una lettera sigillata inoltrata per posta al mio indirizzo, e che era attribuita al Marchese Dragonetti. Non appena vi posai lo sguardo, mi accorsi subito della vile imitazione della scrittura di Dragonetti. Tra i miei documenti sequestrati c'erano alcune lettere autentiche di Dragonetti che io produssi. Il Commissario Inquisitore e i suoi attendenti le paragonarono con quella che mi era stata appena data, e, anche ai loro occhi, la falsificazione apparve evidente. Né mi accontentai di questa prova materiale della calunnia, ma andai oltre, per confermarla con la dimostrazione di un'impossibilità morale. Come poteva Dragonetti, uno dei più puri e più eleganti scrittori d'Italia, le cui lettere erano un modello di stile raffinato... come poteva aver scritto un foglio pieno di volgari errori grossolani, non solo di grammatica, ma anche di ortografia? Come si poteva supporre che un uomo della florida condizione economica di Dragonetti, con una grande cerchia di parenti, amici, e conoscenze a sua disposizione, avesse usato la posta in una faccenda così compromettente... lui che aveva mandato le sue lettere sui più differenti argomenti sempre per mezzo di mano privata? Com'era possibile che un uomo d'età matura, e cresciuto alla scuola della sfortuna, si fosse mai potuto sognare di scrivere apertamente e di suo pugno, senza neanche un'ombra di artificio, una lettera che lo avrebbe mandato al patibolo, autenticandola con la sua firma, e per di più con il titolo di Marchese?

Questi, e altri simili inspiegabili argomenti, immediatamente dopo che io li addussi, furono messi nel verbale redatto a quell'epoca; verbale che non figura tra i documenti dell'attuale processo, essendo stato tenuto fuori da motivi subdoli. La finta lettera serviva a informare me che Mazzini, uno dei triumviri di Roma, mi dava appuntamento a Malta; parlava di una rivolta generale che era imminente in tutta l'Italia; alludeva a una corrispondenza con Lord Palmerston, che incitava il popolo di questo paese a proclamare una repubblica, e offriva aiuti di ogni genere (qui, tutti gli occhi si voltano verso il rappresentante della Gran Bretagna, sir William Temple, fratello di Lord Palmerston, che è presente nella galleria con la Principessa Colonna); alla fine, quello stupido foglio, annunciava l'arrivo imminente di Garibaldi. Chiedo formalmente che il verbale mancante sia reinserito tra i documenti di questa causa; e non ho alcun dubbio che voi accoglierete la mia domanda, perché la condanna di un innocente è una calamità pubblica, e, per rimuovere un pericolo del genere, dovete concedermi il libero uso di tutti i mezzi che tendono a dimostrare che io sono una vittima di macchinazioni oscure e calunniose. E vi prego di notare che dell'argomento Garibaldi si parla nella denunzia di Iervolino contro di me del 20 maggio 1849; che l'argomento Garibaldi fu menzionato dai testimoni di Pomigliano interrogati nel processo preliminare; e che l'argomento Garibaldi è toccato dall'autore della falsa lettera, attribuita a Dragonetti. Quindi, qui, avete la parola d'ordine dei miei persecutori... qui, quindi, avete il filo per svolgere la ragnatela tessuta per la mia rovina. Signori della Corte, vi scongiuro di lasciar splendere su di voi la luce. Sicuramente non vorrete, chiudendo i vostri occhi, rimanere per vostra scelta nell'oscurità."

La Gran Corte Criminale si ritira per deliberare, e ritorna dopo due ore con una decisione del seguente tenore: "Delle richieste dell'accusato Nisco, la Corte ammette, con una maggioranza di sei voti a due, quella relativa alla prova del suo soggiorno a San Giorgio per mezzo di testimoni – respinge la prova, attraverso testimoni, dell'epoca precisa del suo viaggio verso e da Roma, riservando all'accusato il diritto di stabilirne la data per mezzo dell'esibizione del passaporto.

La richiesta di Settembrini di provare per prova verbale che Iervolino fosse un agente pagato dalla polizia, è respinta dalla Corte – che riserva il diritto dell'accusato di provare le sue asserzioni per mezzo di documenti. Tutte le richieste di Poerio sono respinte in massa.

~~~~~~~~

Il processo durò otto mesi, dal giugno del 1850 al gennaio (incluso) del 1851. Il discorso del Procuratore Angelillo a sostegno dell'accusa durò tre giorni. Gli avvocati della difesa lottarono come leoni per i loro clienti, ma con scarso successo. Di quarantadue accusati, ridotti a quarantuno per la morte di Leipnecher, otto vennero assolti, trentatré condannati (registriamo soltanto le sentenze severe); tre, tra cui Settembrini, a morte; due all'ergastolo; tre a trentacinque anni di ferri; uno, Nisco, a trent'anni di ferri; tre, Poerio, Pironti, e Romeo, a ventiquattro anni di ferri; uno a vent'anni di ferri; otto a diciannove anni di ferri.

Come uno dei nomi inclusi in quest'ultima categoria cadde dalle labbra del cancelliere del tribunale, si udì un grido provenire dai sedili riservati della galleria, a cui seguì un gran trambusto. Nello stesso istante uno dei prigionieri, alto, dalla figura imponente, spaventosamente pallido, si alzò e protese entrambe le braccia verso la galleria. Si mormorava tra la folla che una signora, la signora velata che non aveva mancato di assistere a una sola seduta della Corte.. qualcuno diceva la sorella, qualcun altro la moglie del prigioniero che si era alzato... una certa signora inglese, alla quale questi aveva salvato la vita, era svenuta, ed era stata portata via dai suoi amici.
~~~~~~~~

CAPITOLO XXVII

Ischia

In quest'ultimo capitolo troviamo tutti i personaggi principali della nostra storia (eccetto sir John, che è ancora confinato a Davenne per colpa della sua gotta) nell'isola di Ischia.

Il dottor Antonio, vestito da delinquente comune, trascina le sue pesanti catene in un lontano e tetro castello.

Lady Cleverton, fin dallo scorso febbraio, risiede in una delle più belle e meglio esposte ville dell'isola. A causa della salute malferma vive estremamente ritirata, e generalmente lascia a suo cugino, il diplomatico, e alla sua accompagnatrice, una signora dai modi molto cortesi, il compito di fare gli onori della splendida magione ai distinti visitatori, che arrivano a frotte da Napoli e dalle isole vicine, per ammirare il bellissimo yacht di Lady Cleverton. I dottori di sua signoria, si dice, le hanno consigliato di vivere il più possibile in riva al mare, e, per renderle agevole attenersi a questo consiglio, le era stato spedito dall'Inghilterra quello yacht modello. Il *Perseverante* – così Lady Cleverton aveva battezzato il suo bel veliero – è più conosciuto, per almeno venti miglia intorno, di qualsiasi nave di sua Maestà Napoletana... Esce ed entra dalle baie circostanti a tutte le ore del giorno e della notte... si vede bordeggiare e incrociare la costa, senza mai disturbare la siesta dell'ufficiale di dogana o della guardia costiera... il *Perseverante,* in breve, in queste acque del meraviglioso golfo di Napoli, è come se fosse a casa sua.

Speranza, quasi non è necessario dirlo, è a fianco della sua cara padrona.

Battista ha rinunciato alla sua locanda e alle sue spalline militari per fare il pescatore e venire a stabilirsi qui a Ischia, dove vive in un povero quartiere della cittadina vicino al porto. Quasi giornalmente, porta alla villa di Lady Cleverton grandi carichi di pesce, che sono sempre ricevuti da Speranza. Dato che nessuno nella casa capisce il *patois* di Battista tranne Speranza, è lei che contratta; ma sotto ogni altro profilo lo considera come un perfetto estraneo, come, in effetti, fanno anche la Hutchins e il servo inglese, i soli membri tra i famigli che lo hanno conosciuto prima. La clientela di Battista in città non è grande: a parte ogni tanto qualche occasionale compratore, sembra limitarsi ad un vecchietto magro, vestito con un consunto abito nero, che abita senza dubbio nel Castello, perché si vede sempre attraversare il ponte che unisce il Castello all'isola, quando va, come fa regolarmente un giorno sì e uno no, a comprare la sua provvista di pesce a casa di Battista. Battista mostra un gran riguardo per il suo unico cliente, lo chiama "Caro dottore" (un diploma conferitogli da Battista stesso), ha un bicchiere di Lacryma Christi sempre pronto per lui, lo carica di pesce, e nell'affare sono compresi dei misteriosi fagottini, che il visitatore si avvolge intorno al corpo sotto i suoi vestiti. Questi fagotti sono matasse di seta forte, preparati con cura da Lady Cleverton e da Speranza. Basterebbe un'ora per annodare centinaia di queste matasse una all'altra, e farne una solida fune o una catena, con cui una persona potrebbe scendere da qualsiasi altezza.

Bene, siamo nel mese di maggio… il fatale mese di maggio! La notte è buia quanto gli amanti e i contrabbandieri potrebbero desiderare, e il nero profilo del lontano Castello turrito è scarsamente distinguibile sullo sfondo scuro di un cielo coperto. Una barca, in cui sono il diplomatico e Battista, avanza con cautela e con i remi fasciati di panno fino ai piedi dell'enorme edificio, e si ferma proprio dove la rocca si tuffa ad angolo retto nel mare. Il *Perseverante* è ancorato a neanche un miglio dal piccolo porto di Ischia. In una cabina del ponte ci sono Lady Cleverton e Speranza, mute come ombre: la loro ansia è troppo grande per poter consentire anche una sola parola, Speranza, in ginocchio a fianco della sua amata padrona, le bagna le tempie. La vita di Lucy è appesa al risultato di quelle ore.

Ogni orologio della cittadina batte la mezzanotte… le due donne sullo yacht aguzzano gli occhi in direzione della fortezza… i due uomini nella barca aguzzano gli occhi verso l'alto... nessun movimento... nessun suono. Un'altra ora (un secolo!) è trascorsa, e domina sempre la stessa calma mortale. Cosa può significare questo ritardo? Mezzanotte era l'ora stabilita; limare le catene del prigioniero, e le sbarre della finestra, attraverso la quale deve evadere, doveva occupare solo venti minuti. Magari era stato scoperto? Se così fosse, sarebbe stato dato un allarme, i moschetti avrebbero sparato, si sarebbero sentite delle voci... se non altro si sarebbero viste delle luci... invece rimane tutto fermo e livido come la morte. O potrebbe essere che, al momento decisivo, faccia a faccia con l'abisso sottostante, il coraggio del fuggitivo l'abbia abbandonato? Si sapeva che tre anni di tortura fisica e mentale, come si pratica nelle prigioni napoletane, avevano abbattuto cuori nobili e coraggiosi come quello di Antonio.

Mentre a bordo dello yacht, e nella barca, si discutevano tali congetture con sussurri tremanti, la vasta massa del Castello stava diventando ad ogni momento più distinta contro l'orizzonte che gradualmente si schiariva. Altri dieci minuti, e sarebbe stato troppo tardi per la barca allontanarsi senza creare sospetti; quindi il diplomatico e Battista si misero di nuovo ai remi e, con cautela lasciarono la loro pericolosa posizione per dirigersi verso lo yacht; e poco più di un'ora dopo, una portantina depositava Lady Cleverton all'ingresso della sua villa. Battista a questo punto stava passeggiando su e giù per il suo povero alloggio, vicino al porto, aspettando, con la più acuta impazienza, l'ora in cui sarebbe dovuto arrivare dal Castello il suo misterioso cliente, e con lui la soluzione dell'enigma della notte passata.

Finalmente arrivò, e con una notizia tale da far indietreggiare il suo ansioso ascoltatore come fosse ubriaco. Battista volò alla villa, e fu immediatamente portato dalla spaventatissima Speranza davanti a Lady Cleverton. "È **lui** che non vuole uscire!" gemette il poveretto, strappandosi i capelli e mordendosi le mani: "Non vuole uscire!" Era questo il fatto. Antonio si era rifiutato di fuggire, e il fallimento della notte scorsa era opera sua.

"Questa è pura follia!" esclamò il diplomatico. L'occhiata che a queste parole fu scambiata tra Lucy e Speranza era piena di un terrore nuovo. In quest'istante Battista porse a Lady Cleverton un sudicio pezzo di carta. *Oh che gioia!* Era da parte sua, anche se non si poteva dire fosse proprio scritto da lui. Le lettere erano formate da piccoli buchi fatti nella carta. Le poche parole, tracciate nella completa oscurità, erano costate a chi scriveva un'intera notte di lavoro. Il contenuto era il seguente:

"Oltre a me ci sono altri cinque qui, tutti nobili individui; quello che vale meno, vale il doppio di me. Non posso abbandonarli. Tu non puoi salvarci tutti; lasciami al mio destino. La Provvidenza mi ha assegnato il posto tra i sofferenti. Forse le nostre pene conteranno qualcosa per la nostra patria. Prega che sia così. Prega per l'Italia. Dio ti benedica! Il tuo A...."

Lucy si coprì il volto con le mani, e lacrime ardenti le gocciolarono tra le dita. Gli altri tre non erano meno commossi.

"Li salveremo tutti", esclamò Lucy a un tratto, sollevando il capo con l'aspetto di chi avesse avuto un'ispirazione.

"Li salveremo, che Dio ci aiuti!" dissero il diplomatico e Speranza. Battista non aggiunse nulla, ma alzò la mano in atto di giuramento solenne.

Nel pomeriggio il Barone Mitraglia fece visita a Lady Cleverton. Lei lo aveva conosciuto alle riunioni di Corte. Era un personaggio troppo importante questo barone, generale, ciambellano... "tre grandi uomini in un uomo solo", troppo in alto nel favore del Re era questa gran croce di innumerevoli ordini per rifiutarsi di riceverlo. Non si poteva far altro che parlare del più e del meno, la Corte, il tempo, il bel panorama, il bellissimo yacht di Lady Cleverton che il barone aveva ammirato da lontano... Gli piacerebbe salire a bordo? Il barone si rammaricò moltissimo di non poter accettare al momento il gentile invito di sua signoria; il fatto era che si trovava a Ischia per una faccenda ufficiale, e doveva ritornare subito a Napoli. Non era venuto, spera Lady Cleverton, con una risata forzata, a mettere Ischia in stato di assedio? Le parole "faccenda ufficiale" l'avevano alquanto spaventata.

"Potrei quasi desiderare che fosse così" rispose il barone, con un sogghigno, "non foss'altro per assicurarmi che lei non ci scappi via un giorno di questi." Mentre parlava, nei suoi occhi grigi, ci fu come uno scintillio, alquanto inspiegabile per l'ascoltatrice. "La mia attuale missione" continuò il barone con serietà (ad una signora della sua discrezione posso confidarla), riguarda alcuni prigionieri politici.. suppongo lei non avesse idea di avere dei vicini del genere… che sono incarcerati nel castello laggiù" e indicò con il dito l'enorme fortezza, che era distintamente visibile dal divano su cui era seduto.

"Davvero?" fu tutto quello che Lady Cleverton riuscì a dire, mentre un'ombra le passava sugli occhi.

"Sì; sono arrivate informazioni al Governo di Sua Maestà solo pochi giorni fa, che su quest'isola da un po' di tempo si portano avanti pratiche segrete… una specie di complotto per la fuga dei prigionieri di cui le parlavo. Non si allarmi Milady, non c'è pericolo che dei personaggi così pericolosi siano di nuovo lasciati liberi nella società. Sua Altezza Reale il Principe Luigi, che, come ammiraglio del regno, ha quest'isola in carico, mi ha mandato qui a investigare sulla faccenda. Ma dopotutto non è nulla di cui valga la pena parlare; un semplice gioco da ragazzi. Comunque ho pensato fosse meglio, soprattutto nell'interesse dei prigionieri stessi, di ordinare il loro immediato trasferimento."

Lady Cleverton aveva ascoltato questa notizia con le sensazioni di un criminale con la testa sul ceppo, ma riuscì a mantenere una calma esteriore sufficiente per domandare, con aria noncurante: "E dove li manderete?"

"Questo è il mio segreto Milady " rispose il barone, con un sorriso aguzzo come la punta di un pugnale: "È il mio segreto." E andò via.

Quando Speranza, poco dopo, ritornò dalla sua padrona, la trovò svenuta. Questo, purtroppo non era un fatto insolito; Lady Cleverton era soggetta a svenimenti da molti mesi ormai. "È stato quell'uomo orribile" mormorò. "Ti racconterò tutto dopo; ora non riesco a pensare, ho così sonno …" Speranza la fece stendere sul divano per dormire. Lucy giaceva molto quieta. Ogni tanto passava sulle sue labbra qualche parola sconnessa, evidentemente legata a un sogno: qualcuno che aveva aspettato da tanto stava per arrivare, e lei aveva bisogno del suo vestito blu. A un certo punto canticchiò le prime note di un'aria, che Speranza riprese, e cantò dolcemente a bocca socchiusa. Era la prima canzone siciliana che Antonio aveva insegnato a Lucy. Dopo, il silenzio non fu più rotto per ore.

Il giorno era in declino. Speranza, che non aveva quasi osato respirare per paura di disturbare la dormiente, cominciò ad aver paura, non sapeva perché, della calma che c'era intorno. Incapace di sopportarla ancora, andò in punta di piedi dalla sua padrona, e si chinò su di lei. Sul suo bel viso era avvenuto un cambiamento che colpì Speranza. La chiamò per nome... nessuna risposta; prese una mano di Lucy... era fredda. Lucy aveva smesso di soffrire.

Sembrava una bambina addormentata. L'angelo della morte aveva disteso le rughe premature intorno agli occhi e alla bocca. Le labbra erano leggermente aperte in un sorriso. Era stesa con la testa rivolta verso il castello. Il suo ultimo sguardo era stato per Antonio.

~~~~~~~~

Sir John non sopportò lo shock della tragica notizia; si trascinò ancora per qualche mese, poi morì.

Il giovane diplomatico sollecitò e ottenne un cambio di residenza: Napoli gli era divenuta insopportabile.

Il misterioso cliente di Battista non si vide mai più, e non si sentì mai più parlare di lui.

Battista e Speranza ritornarono alle loro terre, e comprarono una bella casa di campagna vicino a Nizza, dove vivono tuttora in condizioni agiate; Lady Cleverton, che doveva aver avuto un presentimento della sua fine prematura, aveva lasciato a Speranza una gran somma di denaro. Ma la perdita della loro benefattrice, e il tragico destino senza illusioni del dottor Antonio, gettò la malinconia sulle loro vite. L'aspetto di Speranza è tristemente cambiato; i suoi capelli sono tutti grigi.

Il Capitano, ora sir Aubrey Davenne, fece un ricco matrimonio e non tornò mai in India. Negli ultimi anni è stato uno dei più rispettati membri della Camera dei Comuni, dove raramente prende la parola, se non su quello che è diventato il suo interesse dominante: argomenti religiosi e filantropici. La Società della Pace lo annovera come uno dei più influenti e zelanti promotori.

Il dottor Antonio ancora soffre, prega, e spera per la sua patria.

FINE
~~~~~~~~

NOTE

1) Round-head, un membro del partito parlamentare in Inghilterra nella guerra civile del 1642-49, così chiamato con disprezzo dai Monarchici, per via dei capelli rasati. (N.d.T.)

2) John Churchill Duca di Marlborough, 1650-1722. Generale inglese che sconfisse i francesi a Blenheim, il 13 agosto 1704. (N.d.T.)

3) Fascia di stoffa lunga e stretta che si avvolgeva attorno al collo, una sorta di incrocio tra colletto e cravatta. (N.d.T.)

4) sir William Congreve (1772-1828), ingegnere inglese che nel 1808 inventò un razzo militare che prese il suo nome. (N.d.T.)

5) Bevanda calda composta di acqua e vino, con zucchero e talvolta anche aromi; una specie di 'vin brûlé'. (N.d.T.)

6) Una clausola del Trattato di Vienna stabilì che dopo la morte di Maria Luisa d'Austria duchessa regnante di Parma, il duca di Lucca fosse ristabilito nei suoi paterni Stati di Parma, e Lucca fosse incorporata alla Toscana. Questi cambiamenti avvennero nel 1827 alla morte di Maria Luisa; e di conseguenza il numero dei piccoli Stati d'Italia diminuì di uno, cioè quello di Lucca. (N.d.A.)

7) "Sembrava in relazione con il cielo, la sua anima rapita occupava i suoi occhi"

8) Popolani di Napoli, così detti da una parola spagnola che significa "povero, bisognoso". (N.d.T.)

9) *Mémoire Historique sur les Droits Politiques de la Sicilie,* par M.M. Bonaccorsi et Lumia. *La Sicilie et les Bourbons*, par M.Amari, Membre du Parlement Sicilien. *Gli Ultimi Rivolgimenti Italiani*, *Memorie Storiche di P.A* Gualterio, vol. IV. (N.d.A.)

10) Nimrod è citato come grande cacciatore nella Genesi 10:8-12: "Ora Etiopia generò Nimrod: costui cominciò ad essere potente sulla terra. Egli era valente nella caccia davanti al Signore, perciò si dice: "Come Nimrod, valente cacciatore davanti al Signore. L'inizio del suo regno fu Babele…" (N.d.T.)

11) L'infatuazione del re per questo famoso ordine crebbe talmente negli anni, tanto che con un Decreto Reale nominò il suo fondatore, S. Ignazio da Loyola, maresciallo di campo dell'esercito, con la paga e gli annessi consoni al grado. I soldi venivano effettivamente versati alla Sede Principale dei Gesuiti a Napoli. Vedi *Gli ultimi Rivolgimenti Italiani, Memorie Storiche, di P.A. Gualterio*, vol. IV, cap. XLIX, p. 75. *Firenze, Felice Le Monnier, 1852*. (N.d.A.)

12) La profezia di Antonio era giusta. Revelli si impose subito come uno dei più promettenti giovani scultori del tempo con il suo primo lavoro esposto a Genova nel 1849, un bassorilievo che rappresentava un episodio della vita di Colombo, fatto per il monumento che i genovesi stanno erigendo al loro grande concittadino. (N.d.A.)

13) "Occhio di bue", in francese è così chiamato l'occhiello di rinforzo di testa del sipario. (N.d.T.)

14) Le nozioni sulle "upas-tree", dovute a Foersch, un medico olandese, e confermate da Darwin nel suo "Loves of the Plants", si sono rivelate una leggenda. Il succo dei suoi frutti può essere velenoso, ma l'albero in sé è innocuo, come ha dimostrato Bennet. (N.d.T.)

15) Personaggio romantico della commedia *I Rivali* di Sheridan. (N.d.T.)

16) Il termine usato è "Jack in the green", il nome di una festa londinese degli spazzacamini che aveva luogo il primo di maggio, durante la quale gli spazzacamini, coperti di frasche, saltavano e facevano lazzi, ricevendo oboli dai passanti. (N.d.T.)

17) Carrozza leggera a quattro ruote con copertura a mantice. (N.d.T.)

18) È il nomignolo con cui Falstaff chiama il suo compagno di baldoria, il Principe di Galles e figlio del re, nell'*Enrico IV* di Shakespeare. (N.d.T.)

19) La strana ortografia della parola "Milady" non è un errore, ma l'ironia con cui l'autore sottolinea che chi parla non conosce perfettamente l'inglese. (N.d.T.)

20) Gladstone, Due Lettere. (N.d.A.)

21) Gladstone. (N.d.A.)

22) I particolari contenuti in questo e nel seguente capitolo sono il riassunto di una corrispondenza pubblicata all'epoca da un periodico di Torino, moderato e diretto abilmente, Il Risorgimento, il solo giornale, che noi sappiamo, che prese a cuore la causa dell'innocenza e dell'umanità calpestate, e fece tutta la pubblicità che poteva fare al processo contro Poerio e compagni. Ci si può fidare della veridicità del corrispondente, che era un testimone oculare coscienzioso. (N.d.A.)

NOTE ALLA TRADUZIONE

Ho cercato di restare il più fedele possibile all'originale... se di originale si può parlare, trattandosi già di una traduzione in inglese di un romanzo che un italiano aveva scritto in francese!

Nonostante questa ricercata fedeltà, non è stato difficile "modernizzare" il linguaggio del romanzo per avvicinarlo a noi, in quanto le parole inglesi hanno subito minori cambiamenti di quelle italiane, dal secolo scorso ad oggi. Mi spiego: per "giovinetta" o "fanciulla" oggi noi diciamo "ragazza", mentre un inglese userebbe la parola "girl", allora come adesso.

Quando lo ritengo possibile, senza che venga compromesso il senso della frase, traducendo mi piace lasciare che l'inglese influenzi e arricchisca l'italiano con nuove metafore o immagini. Se c'è un'espressione inglese che ha un corrispettivo in italiano di forma completamente diversa, io tendo a privilegiare la forma inglese originale, se penso sia comunque plausibile e comprensibile, non perché non conosca la relativa espressione in italiano, ma perché penso che tradurre non significhi sempre e, in ogni caso, "riscrivere".

Ho mantenuto il respiro lungo del periodo, magari "girandolo", quando possibile, per evitare almeno in parte le innumerevoli incidentali e parentetiche, così come ho quasi sempre mantenuto le forme passive un po' ampollose e i termini arcaici o desueti, quando li trovavo.

D'altra parte ho cercato di rendere tutto il più scorrevole e colloquiale possibile, soprattutto negli abbondanti dialoghi.

Anche per questo motivo, d'accordo con il curatore, abbiamo deciso di evitare la forma del "voi", probabilmente più corretta per l'epoca, optando per l'uso moderno del "lei" e del "tu", così come si è deciso di evitare l'uso dei soggetti "egli" o "ella", sostituendoli, quando non se ne poteva fare a meno, con i più discorsivi, anche se meno corretti, "lui" e "lei".

Il Ruffini (o chi per lui...) fa largo uso dei trattini, che io ho spesso sostituito, quando lo ritenevo possibile, con altre forme di punteggiatura, soprattutto parentesi e puntini sospensivi, a seconda del significato che aveva la frase compresa fra i due trattini.

Il Ruffini usa spessissimo il corsivo, sia quando usa parole italiane (tante!) o comunque straniere, sia quando vuole sottolineare il senso di una parola inglese, designando col corsivo un'appoggiatura significativa. Ho pensato di differenziare questi due corsivi, altrimenti come può il lettore italiano distinguere se il corsivo indica una parola in italiano nel testo o se la parola è tradotta dall'inglese e il corsivo indica un senso, essendo, nella traduzione, **tutte** le parole in italiano? Per cui ho lasciato i corsivi che indicano la parola in italiano nel testo, così come le parole in francese o in latino che non ho tradotto, e ho usato il grassetto per quelle parole che nel testo sono in inglese, ma in corsivo per indicare un'appoggiatura, che per fortuna non sono molte. È meno complicato di quanto lo faccio sembrare! Ad esempio, un brano dal secondo capitolo:

"...Tutto quanto quaggiù è relativo, *non è vero?*"

Nel modo in cui aveva posto la domanda sembravano lottare un sospiro e un sorriso.

"Usi senza paura le forbici per spogliare la sua padroncina" spiegò a miss Hutchins, lasciando la stanza. "Miss Davenne non si deve muovere, non **deve,** ha capito?"...

dove *non è vero* è in corsivo perché è in italiano nel testo, mentre **deve** è in inglese nel testo, ed è in corsivo per indicare un senso rafforzativo. Se si lasciassero tutte e due in corsivo, come si potrebbe capire la differenza? Non ho usato le virgolette per operare questa distinzione, perché già il Ruffini usa il corsivo tra virgolette in altre occasioni...e allora la confusione sarebbe stata totale!

Ci sono poco più di venti note a piè di pagina, alcune dell'autore e alcune mie per spiegare l'origine di un certo nome o a cosa l'autore fa riferimento. Ho cercato di contenermi...se ne potrebbero fare molte di più!

A volte ho avuto la netta sensazione che si siano usate due "mani" diverse per la stesura in inglese. Tanto ampolloso, bigotto, retorico e decadente è in certi punti, quanto arguto, ironico, critico, in altri. Ho cercato di sottolineare il più possibile la vena ironica, cosa che secondo me è stata un po' tenuta in ombra nelle precedenti traduzioni, perché mi sembra la cosa più interessante del romanzo. Come quando sono descritti i cerimoniosi rapporti che intercorrono tra il dottor Antonio e sir John, ad esempio, o in generale quando si parla della "britannicità" del padre di Lucy.

Negli ultimi capitoli poi sembra intervenire una terza mano, perché il resoconto del processo è scarno, essenziale, quasi un verbale del tribunale, come una sospensione, anzi una *suspense* prima dell'epilogo, che arriva poi di botto, asciutto e secco, in netto contrasto col resto del romanzo.

Insomma, ho cercato di evidenziare quanto più possibile gli effetti quasi teatrali (pochi per la verità...) che rendono più interessante la narrazione. L'arrivo inaspettato di Aubrey o il racconto del custode del santuario di Lampedusa sembrano vere e proprie scene teatrali, trattate con una leggerezza e un'ironia che mi ha molto divertito, e spero diverta chi legge.

Gerolamo Alchieri

GIOVANNI RUFFINI

Giovanni Ruffini nacque a Genova il 20 settembre 1807 dal Magistrato Bernardo di Finale Ligure e da Eleonora Curlo di origine tabiese. Nella casa di Genova, in via delle Grazie n°13 al Molo dove abitò con la famiglia composta, oltre che dai genitori, dai fratelli Ottavio, Jacopo, Agostino e dalla sorella Angela fece amicizia con Giuseppe Mazzini; quella stessa casa fù la testimone della nascita della "Giovine Italia", fondata a Marsiglia ne 1831. La mamma Eleonora fu per tutti l'animatrice, l'ispiratrice e la benefattrice, tanto da disperdere quasi tutto il patrimonio di famiglia per la causa italiana. Giovanni, finì presto in esilio, come i fratelli, prima a Marsiglia, poi a Parigi, a Ginevra e infine in Inghilterra. Dal 1836 incominciò a scrivere il "Lorenzo Benoni or Passages in The Life of an Italian", romanzo storico in parte autobiografico sulla vita di un esule ligure-piemontese e sulla carboneria, pubblicato ad Edimburgo nel 1853. Nel 1855 uscì in contemporanea ad Edimburgo e a Parigi il "Doctor Antonio". Le vicende politiche molto complesse portarono in Italia Giovanni Ruffini, eletto deputato nel primo parlamento italiano. Si allontanò dalle idee mazziniane, visse a Parigi, destinata ad essere, per quasi tutta la vita, sua residenza abituale. La compagna Cornelia Turner lo aiutò nel redigere le numerose opere. Ruffini, oltre ai romanzi già citati, scrisse in tempi ristrettissimi per Gaetano Donizetti il "Don Pasquale" nel 1842, nel 1856 pubblicò "The Paragreens or a Visit to the Paris Universal Exhibition", nel 1860 "Lavinia", nel 1863 "Vincenzo or Sunkeen Rock", nel 1867 "A Quiet Nook in the Jura", nel 1868 "Sanremo Rivisited". Morì a Taggia nel 1881.

Controllando e studiando questo scrittore si trovano nei testi troppe contraddizioni, troppe date e notizie false, non c'è un'enciclopedia che concordi con un'altra. Perciò esiste ancora un ampio spazio per continuare a studiare, a conoscere e ad approfondire l'animo, la storia, la vita e l'opera di questo ligure troppo spesso dimenticato.

Così disse ad Imperia, al convegno del 5 dicembre del 1998, Giuseppe Petronio "Bisogna servirsi di Giovanni Ruffini per andare avanti nella conoscenza e nella rivisitazione della nostra storia del 1800 e dei nostri ideali di ieri e di oggi". Un altro importante aspetto sottolineato da Giuseppe Biamonti: "Ruffini fa pensare alla pittura dei preraffaelliti. Il suo paesaggio è uno scenario, non uno stato d'animo".

Gerolamo Delfino

INDICE

Finito di stampare
ottobre 1999
Tipografia Microart's S.p.A. - Recco